跨度小说文库
Kuadu Fiction Series

跨度小说文库
Kuadu Fiction Series

刘剑 著

人之初

中国文史出版社

致　谢

　　本书在写作的过程中,王福芹女士及蓝思贝儿月子中心鼎力支持,为本书提供了专业及技术上的指导与依据。本书中的部分章节,也取材于王福芹女士及蓝思贝儿月子中心的创业故事,没有她的人生经历与创业经历,就没有这本书的诞生,在此致以深深的谢意。

目　录

序　章

　　还有十分钟,就要召开记者招待会了,蓝琴注视着周边的环境:蓝宝贝接待大厅里已经布置一新,撤去了所有多余的家具,各种绿植和公司吉祥物小蓝宝宝的造型及毛绒公仔遍布各个角落;墙壁上贴满了蓝宝贝自创办以来各个时期的照片,几乎可以看见所有的宝爸宝妈和宝宝;红毯铺上了,签名墙也在一侧立了起来,以蓝色海洋为背景的签名墙,给屋里增添了几分明亮;主席台做得很精致,主席台后的背景是小蓝宝宝的巨型宣传画;主席台上面还放着一大簇紫红色的康乃馨,康乃馨也有"母亲之花"之称,是送给母亲的首选之花。这完全符合今天的主题。下面的座位选择的都是两大一小的亲子套椅,以家庭为单位坐成一排,让人一目了然。

　　会场是她亲自参与布置的。为了迎接三天以后的十周年庆典,她和月子中心的所有高管与中层一个多月不眠不休,精心筹备。十年了,那些在月子中心初创时期住进来的婴儿们,现在都已经上了小学,但好在和这些家庭都没有断了联系。三天以后,将有精心挑选的一百对家庭出现在这里,一起分享他们在这里度过的难忘的相伴岁月。对于蓝琴来说,这既是一次庆典活动,也是一次商业促销。她完全有信心在这次庆典中取得一个很好的成交量,她相信会有新的一百对年轻爸妈成为月子中心下一个十周年的客户。为此,销售部门设计了砸金蛋、抽奖的环节,有优惠的促销价格,还有三份免费享受二十八天全程月子服务的名额,足以吸引那些闻讯而来或是慕名而来的新晋父母,成为月子中心的新客户。

　　销售总监陈然负责对接所有来访的新闻媒体、自媒体。蓝宝贝自成立以来,很少在新闻媒体上做采访、打广告,但这次一反常态,主动联系,而且投放了二十多万元的广告宣传费,这对于正处于网络媒体大潮冲击下的传统媒体来说，无疑是件大大的好事。所以一接到邀请，全市所有的新闻媒体都派来了记者。虽然已经付了宣传费用，但蓝琴还是叮嘱销售部，所有来访的媒体记者也和其他嘉宾一样，有伴手礼、优惠卡、小蓝宝宝吉祥物，以及中午的用餐，这些都由陈然来负责。

自媒体的力量也不能忽视，这一部分由金牌护士胡美丽负责。胡美丽本身就是网络大V，她自开通抖音以来，每天讲授育婴知识，粉丝量已经达到一百万。胡美丽的好姐妹们，以及蓝宝贝的一些宝妈们，在她的鼓励下，坐月子时也没闲着，都在抖音上传授和交流育儿经验，也都纷纷成了不同量级的网红，少的也都有几万粉丝，这些人的力量绝不在传统媒体之下。蓝琴让胡美丽发起"英雄帖"，从今天开始，网红宝妈们纷纷出动，连续发布动态、发起直播直到庆典结束。这次活动也吸引了很多的自媒体大V和平台，这些人不请自来。对此，蓝琴态度明确，主动来的都欢迎，伴手礼、优惠卡全送，但为此索要费用的一律不理。

一个胡美丽，能抵百万兵，这是蓝琴经常对大家说的话。胡美丽能成为百万粉丝网红，也和她当年的鼓励分不开。想当年，胡美丽还在考虑是否去房地产公司做售楼小姐的时候，蓝琴决心把这个思想活跃的年轻人收入麾下，给她提供专业设备，帮她找专业的摄制和营销团队，让容貌姣好但从来不安分的她彻底成了自己手下的一个稳定的"大将"，这一直是蓝琴引以为傲的一步棋。

除了这些请来的和不请自来的媒体，蓝琴并没有邀请任何站台嘉宾和领导。这些年来，她一直很低调，她愿意把更多的时间交给顾客，而不是走关系。月子中心和其他的行业不同，是一个比较单纯和直接的产后护理机构，不用和更多的权力部门打交道。今天的主角是那些宝爸宝妈们，蓝琴更愿意把最尊贵的位置留给他们。

蓝琴扫视着大厅，新闻媒体的记者已经陆续进来，接待人员将他们安置在各自的座位上。主席台上有五个座位，将有公司的五位高管答记者问，包括专家团队首席专家卓越、医疗部主任杨天青、销售总监陈然、护理部主任李菁以及总经理顾安琪。

一切都很顺畅，如果不是十分钟前来的那个电话。

电话是门外打来的，负责接待的小黄声音急促："蓝姨，不好了，我看见那个'鬼见愁'过来了，正在门口找车位呢，车上好像坐着好几个人。"

蓝琴觉得呼吸紧张了起来，真是怕什么来什么！她说："你没看错？"

"没错，他已经找到车位了，我看见他下车奔这边走来，好几个人，还有人扛着照相机、摄像机。"

蓝琴的大脑急速运转起来。小黄急促地问："蓝姨，怎么办，我让保安把他拦住？"

蓝琴迅速拿定了主意："拦不住，他要想进让他进……"

不等小黄说完，蓝琴挂掉电话，看看表，还有七分钟，安琪正往台上走去。

蓝琴迅速给安琪打电话。安琪一边接着电话一边坐了下来。

蓝琴说："李宝琦来了。"

蓝琴看见安琪的嘴张成了"O"形，安琪的第一反应也是一样的："怎么办？让保安挡住他？"

"没用的，这么多新闻媒体来了，不能发生任何冲突。"蓝琴瞬间下了决心，"你下来吧，我上去。"

安琪离开了座位，蓝琴走上主席台，在众人诧异的眼光中，她面带微笑地坐了下来。用眼角的余光，她看见李宝琦和几个人走了进来。来者不善啊！

蓝琴想起两天前，被护士们称为"鬼见愁"的李宝琦电话里和她的争吵，李宝琦将电话摔了，挂电话前狠狠地来了一句："我是不会放过你们的！君子报仇，十年不晚。"

现在李宝琦借着所有的新闻媒体都在的情况下，来"报仇"了，这当然是有预谋的。

主持人已经开始讲话："尊敬的各位嘉宾，各位媒体朋友，蓝宝贝月子中心十周年庆典记者招待会现在正式开始。"

好像是变戏法一样，李宝琦从怀里抽出一个条幅，和另一个人将条幅拉开，条幅上写着一行血红的大字："黑心蓝宝贝还我儿健康！"

大家的目光都被吸引过去了，现场一片哗然，主持人也吓傻了，一时不知该说什么。自媒体主播们却如获至宝，急忙将摄像设备齐齐对准了李宝琦。

蓝琴面带微笑，将话筒拉了过来。

蓝琴说："这位宝爸，今天是我们月子中心的记者招待会，看来你挑这个日子来这里,是有话想说吧?那好,我们就把第一个机会给你。有什么想说的,正好对着这么多新闻媒体,就请你直言吧。"

蓝琴示意主持人将话筒递给李宝琦。李宝琦三十岁出头,面相斯文,戴着一副金丝边眼镜,有几分书卷气。今天他特意穿了一身西装,很正式,完全不像是一个来滋事生非的人。这个外表太唬人了,蓝琴想,这是他的加分项。

李宝琦接过话筒,有些紧张,但语气坚定:"今天,我要当着大家的面,投诉你们这家黑心月子会所!"

"有什么不满,就请直说吧,我想这也可以提高和改进我们的工作,帮助蓝宝贝成长。"

蓝琴始终面带微笑地看着眼前这个既紧张又气愤的男人。

李宝琦迟疑了一下,他看了一眼身边拿着摄像机和照相机的同伴。站在台下的总经理安琪忍不住向前一步。蓝琴迅速将眼光望向她,用眼光无声地提醒她要冷静。

李宝琦开始诉说了。他的表达能力很强,这和他的职业有关,毕竟,在一家大型旅行社当了很多年副总,能言善辩是他的强项,这也是让护理人员头疼地把他称为"鬼见愁"的原因。在这个行当做过的人,无理也能辩三分,何况是一个自认为很有理的人。

李宝琦说,两个月前,他们夫妻两人带着刚出生的儿子来月子中心坐月子,孩子来的时候是好好的,在月子中心也没见什么异常,但回去一周后开始出现问题,咳嗽、气促、呼吸困难,而且高烧久久不退,最后到医院检查,发现得了吸入性肺炎。他们夫妻怀疑是坐月子期间护理不当所至,但几次反映到月子中心均没有得到满意答复,而且态度恶劣,所以这次他要当着新闻媒体的面,讨回一个公道。

李宝琦的眼中喷射出怒火:"孩子生下来,请一个月嫂不过大几千块钱,但为了给妈妈和孩子创造一个良好的养育环境,我们选了你们这家月子中心,一个月要花费四万多元,这么多钱,我们不在乎,一切都是为了孩子。现在孩子在你这里出了事,我们光在医院给孩子治病就花了两万多,孩子现在还在医院里接受治疗。你们拒不承认护理不当,也不做任何赔偿和补救,我想问一句,你们月子中心还有没有王法?还讲不讲公理?为了赚钱,这样草菅人命,不怕有报应吗?!"

蓝琴望着激愤的李宝琦,脑海中浮现出两天前和李宝琦在电话中谈崩了的情景。那天,他们在电话里整整谈了两个多小时,事实上这已经不是他们的第一次接触,在这之前,李宝琦已经来过月子中心至少三次,护理部主任杨天青、总经理安琪都接待过他,但都没能解决问题,最后只有她这个院长亲自出面。李宝琦坚持认为孩子的吸入性肺炎是在坐月子时护理不当引起感染导致的,不管蓝琴怎么解释,他都不能接受。蓝琴问他最终的诉求是什么,他才终于透出口风来,他要求赔偿,除退还在月子中心花费的三万八千元外,还要追加二十万元的赔偿。

　　其实,李宝琦的孩子一住院,蓝琴第一时间就让销售总监陈然买了玩具、营养品去看了他。当时,李宝琦和他的妻子还有他的母亲都在,对月子中心的慰问还表示了感谢,李宝琦还亲自送陈然出大门。然而一周过后,风向突然变了,李宝琦又杀了上来,不依不饶地要追究责任,这背后是有人指使还是他不甘心自己掏这笔医药费,蓝琴不得而知,但她知道一件事,这次惹上的人是个难缠的主儿,和以前的纠纷不同,这个人有文化,也懂得辩理。

　　蓝琴明确告诉他自己很同情孩子的遭遇,但经过仔细检查,确认月子中心没有责任,所以不能给他退款和赔偿。李宝琦恶狠狠地说:"那就只能对簿公堂了!"

　　蓝琴回答:"悉听尊便。"

　　李宝琦摔掉了电话,但蓝琴知道这事没完。现在她担心的终于来了,在蓝宝贝多年没有过的一次正式的新闻发布会上,李宝琦过来砸场子了。

　　蓝琴拉过了话筒,保持平静的语气说道:"李宝琦先生,请问您说完了吗?我可以开口了吗?"

　　李宝琦点点头,一堆摄影机、照相机对准了蓝琴,现在她成了全场的焦点。

　　蓝琴清了一下嗓子,这些年来她很少在新闻媒体面前亮相,没想到,这次亮相是以这种形式。

　　"首先,对各位到场的朋友表示欢迎,包括这位前来兴师问罪的李宝琦先生。蓝宝贝月子中心成立十年了,几乎没有接受过媒体朋友们的采访,也没在新闻媒体上亮过相,但是大家还是知道这个中心的。大家可能通过公交车的车身、出租车的车窗、马路上的灯箱看见过我们会所的宣传,也有通过我们十年来的口碑相传了解到我们的。我想李宝琦先生和大家一样,也可能是通过这些宣传或者是身边人的推荐,知道我们这个机构的。"

蓝琴目光炯炯地看着台下的人,她的声音不徐不疾,态度一如既往的温和。

"蓝宝贝成立十年,为这个城市的三千多个家庭做过月子护理服务。我们眼看着一个个孩子从襁褓中嗷嗷待哺的婴儿,成长为一个个天真可爱、活泼健康的少儿,这是我特别荣幸也为之骄傲的一件事。人生在世,最重要的一个时刻是降生的时刻;在人的成长中,最难忘的一个时刻是成为父母。所以,我很理解李宝琦先生的心情,毕竟你们是第一次为人父母,对孩子的健康特别重视。我也要对你表示感谢,我原以为,经过前几次失败的交流,咱们会在法庭上见,我原以为,和你见面的人会是我们的法务和律师,但是你肯来这里,肯当着这么多新闻媒体的朋友说明此事,你其实也是给了我们一个向公众正式说明和解释的机会。谢谢你"

蓝琴望向李宝琦。李宝琦的脸上有几分诧异,他的喉咙动了动,想说什么却没说出来。

蓝琴又望向众人,从现在开始,她提醒自己,她将忘记李宝琦这个人,现在是她自己的舞台,她所要做的演讲,不是为了这个人,而是为这个月子中心,这个自己一手建立起来的月子中心。

"李宝琦先生说他的孩子得了很严重的吸入性肺炎,这种症状在我们这里出现过吗?出现过,算李先生这次,有过三次。"

下面有些喧哗的声音,安琪的脸色很不安。

"前两次,我们在月子中心就进行了排查,也找了儿科专家进行了诊断,从中发现一个规律,这两次的新生儿都是剖宫产的,剖宫产出生的孩子有这种症状的概率是比较高的,但医生也会告诉你,在怀疑新生儿吸入性肺炎的病例中,有些只是新生儿湿肺引起的,肺内有湿性啰音,但这是一个良性过程,更多的其实不需要治疗,几天后,就会自行消失,所以,我们前两次出现的症状符合这个条件。按照月子中心的护理方法,很快就痊愈了,并没有引起任何纠纷。三天以后,大家如果再过来,就会发现,其中一个曾经怀疑是吸入性肺炎的孩子也会与他们的父母一起参加我们的庆典。

"在我们很多人的心目中,孩子的健康是头等大事,以至于只要孩子出现了哪怕是一点点状况,马上就往医院送,孩子只要有个头疼脑热,就以为是出了大事。其实我可以负责任地告诉大家,新生儿期、婴儿期和幼儿期,每个阶段都会有每个阶段的特点，有的看似是不正常状态，却都是孩子特殊阶段的特殊症状，而不是疾病。"

李宝琦打断了她："可是我儿子不是什么湿肺，医生诊断他就是肺炎，诊断书我也带来了。而且就是在你们这里坐月子之后。"

"我正要说到这件事，每个孩子的体征不一样，病状也不一样，比如肺炎，也是各有不同的。您的孩子，由于剖宫产分娩产程较长，使胎盘或脐带影响胎儿血液循环，导致胎儿在宫内就缺氧，有可能吸入了羊水或胎粪，所以留下了隐患。您将孩子抱来时，我们经过诊断，曾经建议您到医院复查，但您拒绝了，而且您说，您在医院有熟人，问过了说没大事。我们曾经两次建议您复查，最后您也在责任书上签了字。这个，是事实吧？"

李宝琦犹豫了一下，没说话。

"如果能够及时地治疗和处理，我想这个问题会很容易解决。但您错过了最好的时机，在这期间，我们曾提醒您留下孩子再多住一个月观察一下，或去医院复查，还给您联系了医疗机构，您担心费用太高，拒绝了我们的建议，把孩子送回农村的老家，让奶奶看护。这一个月期间，他频繁出现发烧、咳嗽等情况，您和您的家人把它当成普通感冒治，所以才导致病情延误，最后不得不去医院进行大治疗。而在这期间，蓝宝贝并没有忘记您，您所住的医院，是我们帮着联系的，主治的儿科医生是我们蓝宝贝首席专家卓越大夫的弟子，现任市第一医院的儿科副主任医师，也是专家。直到昨天，我们的人还去医院看望过您的孩子，这个，我没有说假话吧？如果您有异议，我也随时准备和您一起去法律部门，按司法程序来处理这件事。"

蓝琴并没有等待李宝琦的回答，她接下来的话，说给了在场的人。

"李宝琦先生今天的这个事情，我觉得是很有代表性的。月子中心是管什么的？是负责产后母婴科学护理的，也负责传递一些健康理念和常识。常识告诉我们，育儿不仅仅是经验，还是一门社会学，是一门心理学，而这些全是我们在最初为人父母时就要从头学习的，也是我们月子中心要陪同大家一起学习的。有太多的新生儿，在他们诞生的那一刻，在给我们带来喜悦的同时，也给生活带来了新的挑战、使命和责任，挑起这个担子，我们愿意陪您一起。"

她的眼睛扫视着场内所有的人，脸上浮现了一贯的表情：淡定而温暖的笑容。

"今天来的各位，我看了一下，以年轻人居多，我想，你们中间有人可能刚刚结婚，还没有孩子；也有的人可能正在恋爱，准备进入结婚的殿堂；还有些人响应国家政策，也准备要二胎了吧？那么我想，在座的各位，其实更需要了解关于孕、产、育这些人生特殊时期的相关知识，为了避免把新生儿湿肺转成吸入性肺炎这样的事故发生，我们需要更专业的护理、更专业的指导和更专业的养育方法，而这一切，依赖于两个字——科学。"

蓝琴看着下面的年轻人。今天来这里的，有不少是在新闻媒体一线工作的人，这使她突然萌生了一个大胆的想法，也许，这一次的记者招待会，还能做出更多的事。

"十年前，我们开了这个城市第一家月子中心，那个时候，人们印象中根本没有这样的机构，坐月子有条件的就请月嫂。好月嫂供不应求，一个月要一万块钱，还经常排不上。我们办执照时，工商部门根本找不到上级监管部门，最后只好按家政服务项目办的执照。公司成立三年了，还有人以为我们是月嫂中介机构，让我帮忙介绍月嫂给他，也有人让我介绍家政人员给他们做卫生。

"十年前，这个城市多数人不知道科学的育儿是什么样的，有人从书本上学，有人听老一辈人讲，孩子有了病，马上往医院送，不知道有些病根本不用去医院，通过科学护理和喂养就全能解决。有人盲目地以为孩子贫血、缺钙、缺锌，用大吃二喝的形式给他们补，最后喂养出一个个肥胖儿，很多孩子从小就种下了高血压、糖尿病的种子。十年前，多少家庭面对早产儿和患有各种先天性疾病的儿童一筹莫展，花费巨额医药费也一无所获，并不知道这些病除了必要的治疗外，更需要的是科学护理，这样对孩子更有益处。十年前，我们也和大家一样，和今天来到这里的宝爸李宝琦一样，也在跌跌撞撞中摸索，走过弯路、错路，我刚才说的出现过三次怀疑儿童吸入性肺炎的事情就是发生在这十年间。但好在我们用了十年的时间，还是走上了一条正路、一条科学之路。而且我可以自豪地说，今天这个城市有月子中心十多家，全省有月子中心四百多家，但是对母婴产褥期研究、探索了整整十年从没间断过的医护团队，我们是第一家！目前已经形成了成熟体系和行业标准，现在全省所遵循的行业标准，就是以我们中心为参照的。"

蓝琴自豪地指向主席台上的几个人。

"今天，坐在台上这几位是我们团队的代表，她们中间，有最好的妇产科专家,有最好的儿科专家,有最好的中医专家,有最好的护理专家;我们还有你们不知道的五大部门、八大团队;我们还有这个城市最好的营养师指导建立起来的优秀餐饮团队,有用了十年时间培养的贴心阿姨,二十四小时一对一陪护的母婴生活护理师;有最好的健康规划师,最好的心理咨询师、健身教练和产康专家,甚至有粉丝过百万的网红护士;你们还不知道的是,我们是全国最早提倡并推广母婴同室的月子中心,我们的母乳喂养率已经超出了国家标准两倍多,我们有十几项母婴功能性用品获得了国家专利,我们自己设计的月子服已经销售至世界十几个国家……"

蓝琴已经陷入了对公司的阐述中,她完全忘记了李宝琦这个人。

"今天,在各位提出各种问题之后,如果大家有时间,我想很有必要请大家听一节关于科学育婴的讲座,这个讲座是由我们蓝宝贝的首席专家卓越老师主讲的,事先我并没有征得她的同意,这完全是一个临时的决定。卓越医生是谁,我想我不说大家应该也知道,不知道的稍微搜索一下,就能知道她曾经在这个城市是妇产科的传奇。这样的一堂课,在网上我们如果以市价出售,一定会供不应求,大赚一笔,但我们从来没有这样做过。卓越老师在网上有时会做直播,全是公益性的,每次收看的人数都超过万人次。为什么我们要花重金聘请卓越这样的专业医生来坐镇,建立全市乃至全省第一家拥有专业医护团队的月子中心? 就是为了避免有更多的新生儿因为不专业、不科学的护理影响到健康的成长,以至被耽误一生! 今天我想请大家抽出宝贵的时间,听一听儿科专家告诉你们,怎么样更好地养育一个健康的宝宝……"

记者招待会结束了,除了极少数有紧急任务的人,多数人没有走,在那里听卓越讲课。虽然是临时起意,但卓越早有准备,她很认真,拿出准备好的PPT,把大堂当成了课堂。

蓝琴疲倦地回到自己楼上的办公室,今天她太累了,她现在亟须回到家里,洗个热水澡,然后倒在床上睡一觉。她想:还是年事渐长,老了,不是年轻时的状态了。

安琪随后赶了过来,关心地问:"脸色不好,累了吧? 要喝咖啡还是奶茶? 我让她们送上来。"

"什么也不要,我就想安静地待一会儿。'鬼见愁'走了吗?"

"没走,也在那儿听课呢。"

蓝琴无奈地摇了摇头,心想这位爷心真大。安琪问:"这事怎么处理?他刚才找我,条件放低了,说不要赔偿了,只要退回坐月子时的花费就行了。"

"没有可能。我们要退了就显得我们理亏了,我们又不是真的理亏,上法庭,也是他败诉,不过——"略一思索,蓝琴说,"你告诉他,这次的钱不会退给他,但如果他下一次生二胎,还在我们这儿坐月子的话,我仍然欢迎!"

安琪走了,蓝琴将身子软软地倒在靠椅上,长长地伸了一个懒腰。有人敲门,是助理小杨。小杨说,有个人想见董事长。

蓝琴问是什么人,小杨说:"此人名叫吴襄,自称是省报的记者。"

"省报?"蓝琴想我们也没找省级媒体啊,她告诉小杨,可以见他。

吴襄是一个三十岁左右的年轻人,胸前挎着一个照相机。蓝琴眼尖,一眼就看出,他就是和李宝琦一块儿来的几个人之一,刚才一直在拍照。吴襄很有礼貌地打了个招呼,然后递来一张名片,上面写着省报都市新闻部副主任记者。

蓝琴苦笑一下:"李宝琦也真是厉害,连省报的记者都找来了。怎么,刚才的热闹还没看够,还想挖什么猛料?"

"您误会了,我没有想爆料。"吴襄又解释,"李宝琦和我们主任是同学,所以我也是为了人情而来的,本来想帮他出口气,但我听了您的话,我不想帮他了。"

为了对付他们,李宝琦真是下了苦功夫!蓝琴面无表情地说:"谢谢。你们能实事求是就最好了。"

"我来了是想和您说一声,您不用担心,我这边不会有任何负面的报道,相反,我还想写一篇正面的报道,因为——"吴襄微微一笑,"我觉得您是一个很有魅力的女人。"

蓝琴淡然一笑:"您过奖了。"

"没有过奖。其实在我来之前,对您也有过一些调查。虽然我不是这里的人,但提起您的名字,发现还真是有很多人知道。您是一个传奇人物啊!"

"胡说!"蓝琴忍不住大笑一声,"他们都是怎么说我的?"

"他们说您是商场的奇才,曾经在医院当过护士,后来又做快餐起家,开了这个城市最大的快餐连锁店,是这个城市的'快餐女王',还说您后来还开了全省第一家、全国第十一家月子中心,算是一个敢为天下先的女强人。"

"更是胡说，快餐店是我丈夫的，我不过是代管了一段时间，什么'快餐女王'纯属八卦之谈，我现在只有月子中心这一家企业，根本不是什么女强人，这也不是什么大企业，不信你查一下，城市里排名前十，不，前二十的富豪榜里，保证没有我这个人。"

"我过去也不知道真假，刚才看了您的表现，成功地把一场危机化为了企业的正向宣传，这化干戈为玉帛的能力，让我相信这些传言都是真的。眼见为实，这是我们做记者的职业习惯。"

在吴襄眼中，蓝琴的淡定和恬静，弥散出一种迷人的魅力。尽管眼前这个女人并不年轻了，眼角也有了些许的皱纹，可是她稍有些慵懒的放松姿态，却让她看上去比那些成名的女企业家们更具有神秘感，这激起了他强烈的好奇心。

"蓝总，我有个想法，原本我是想给写一篇曝光类的负面新闻的，但是出于对您的敬佩和对这个职业的好奇，我想写一篇关于您个人成长与创业的专访。因为省报现在有个选题，是写一组改革开放四十年以来的新职业女性，而您又是省城第一家月子会所的创始人，我想就此为切入点，在这里逗留几天，完成这个采访。这可能是一个长篇的通讯，也可能会成为我们省报下属杂志社的一篇五千字左右的人物专访，但需要一定时间的准备，您看这可以吗？"

真是意外的收获。蓝宝贝成立十周年之际，原以为只通知本地的新闻媒体参加庆典就行了，没想到李宝琦这么一闹，还引起了省城记者的关注，这真是坏事变好事。

略一思索，惊喜之余，蓝琴又冷静下来了。

"谢谢您的好意，不过，我这个人一向低调惯了，只想做事，不想张扬，而且省城这么大的媒体，又有那么多同行，我蓝琴何德何能，怎么敢以代言人自居？所以，请原谅我不能接受您的采访，也请您尊重我的选择。"

吴襄脸上浮现一丝失望之色："我还是希望您这次能慎重考虑一下，因为我来一次也不容易，真不希望遇到好的新闻线索空手而归。"

"再次感谢！这次实在也是事情太多，可能没有更充足的时间了，希望下一次有机会咱们能合作。您中午不要走了，留下来一起吃饭。"蓝琴拨通了助理小杨的电话："小杨，给我多准备几份伴手礼，另外通知餐厅，中午用餐再多留出几个座位。"

吴襄见蓝琴态度坚决，也不再坚持，起身道："那好，我也不客气了，中午我就留下来了。您先忙吧。我先和李宝琦去沟通一下。"

助理小杨进来了，给吴襄和随行人员包括李宝琦都准备了一人一份伴手礼，然后领着吴襄出去了。

蓝琴长松了一口气，看看表，已经到了中午用餐时间，但她什么也不想吃，她正要打电话给安琪，让她负责陪一下来的客人，自己就不参加了，手机却突然响了一下。蓝琴拿起来，发现是一个截屏，是卓越发来的。

截屏是两个人的微信对话，是她从前的闺密于凤鸣发给卓越的。蓝琴看了一下截屏的内容，脸色沉了下来。她放下手机，刚要拿起座机打电话，手机的微信提示音又响了一下。蓝琴拿起手机，这一次是销售总监陈然发来的截屏，蓝琴的脸色更差了。

接着，好像是串通好的，一条条微信发过来，来自杨天青、胡美丽，还有餐饮部主管傅大明、月嫂卢姐等人，内容全是聊天截屏。

蓝琴放下手机，拨通了安琪的电话。

"阿琪，吃上了吗？"

"还没有。记者们还有些问题，要采访，我正在安排。"

"别安排了，你过来一下吧，我这里有事要和你商量。"

"怎么了？我现在正在接受采访，走不开啊，电话能先说吗？"

蓝琴略一思索，说："行吧。我刚才知道了，为什么今天李宝琦会赶过来捣乱。"

安琪一愣，马上聪明地反问："是有人背后指使吗？"

"凤鸣最近有啥动作吗？"蓝琴并没有正面回答，而是抛出了一个问题。

安琪迟疑了一下，蓝琴敏锐地察觉到了，发出了"嗯？"的一声疑问音。

"有件事昨天我就想告诉你，但太晚了怕影响你睡觉的心情，就没和你说，今天一忙也忘了。你知道吗？听说凤鸣在对面的女子医院也要开一个月子会所，和咱们对着干，而且开业的时间选在了咱们十周年庆典的同一天。"

蓝琴咬了咬牙，她全都明白了。

"李宝琦是凤鸣指使的吧？"安琪反问了一句，"如果是那样就解释得通了。"

"她想的不光这么简单，她还想挖我的墙角。"蓝琴一张一张地将手机的几个截屏转发给安琪，"她刚刚发了微信，给卓越、胡美丽、杨天青、傅大明还有卢姐他们，她许诺，月子会所成立后，她会以双倍于我们的酬金聘请这些人，这些接到邀请的人刚刚都把和她的聊天截屏发给我了。"

安琪倒吸一口冷气："怎么能这样?! 这个凤鸣，真是恩将仇报，她是想把我们整个团队连根挖走啊!"

蓝琴打断她："算了，这事别声张，你先接受采访吧。"

蓝琴放下电话，突然间心口一痛，手机险些掉下去。

怎么会这样呢? 竟是凤鸣，她曾经最看重的人，她最好的朋友!

一阵阵的心痛袭来，蓝琴不得不站起来，她觉得要再瘫坐在那里，自己就要压抑得昏过去了。

不知道凤鸣给自己团队里的多少人发过这样的信息，但她的目的是很清楚的，有些人她知道她是拉不走的，可是她仍要试一试，而且在这背后还有更深刻的用意，像卓越这些老人，会心无忌惮地将凤鸣的意图直接告诉自己，但也可能有些人受到重金聘请的诱惑会心动，所以不会在第一时间告知自己，这些人是谁? 如果是一个没有经验的管理者，一定会对此心生疑惑。

公司高层全接到了信息并第一时间发给了蓝琴，但安琪没有发来这样的信息，这并不是她刻意隐瞒，也不是凤鸣放过了她，凤鸣是想用这个方式，让蓝琴先对安琪产生怀疑。这是乱其军心的打法。

凤鸣，你一个好好的儿科医生，现在也开始研究兵法了? 你想乱我阵脚，连出两步妙棋，先是收买宝爸在记者会上捣乱，接下来马上挖我的团队，真是用心良苦啊!

蓝琴推开窗户，眺望窗外，在四楼的楼层往下看，自己公司门前的十周年庆典的彩虹门格外显眼地伫立在停车场里成群的车队前面，远处天高云淡，阳光普照，真是一个大好的天气。

但蓝琴却觉得这刺眼的阳光像箭一样射在她的脸上、身上，不觉得温暖，只有灼痛。她闭上眼睛，似乎在躲避阳光，又似乎在躲避着即将扑面而来的风暴。

当她再次睁开眼睛时，她的表情又恢复了从前的样子，淡定，平静。

蓝琴坐回办公桌前，拿起手机，她想给凤鸣打个电话，但想了想，还是发了一条语音过去。

"凤鸣，你想开战是吗? 好，我奉陪，那就血战到底吧。"

手机放下，蓝琴从胸中长长地出了一口闷气，瞬间，她看到了桌上吴襄放在那里的名片，她又有了一个主意。

她拨通了吴襄的电话。

"吴记者，您好，我是蓝琴。您还没开始用餐吧？没有吗？那好，我刚才想了一下，觉得您的建议我可以接受，您来确定采访时间。"

曾经，她不想高调和张扬，她只想认真地做事，做好自己喜欢的事，最好不和外界发生太多的联系，但现在，她改变主意了。蓝宝贝需要她做出这个决定。

第一部　风　起（2010—2012 年）

吴襄整理的采访笔录（一）

你要我谈起我人生的创业经历，这其实是一个很复杂的过程，从哪儿谈起呢？从我离开老家开始吧，你可能会觉得诉说这个过程很漫长，但请保持足够的耐心，因为这段经历和我接下来走过的道路息息相关，就像是一条锁链的顶端。

我老家在黑龙江省的松河市，长白山脚下，那是一个林区。二十世纪六十年代中期，我的父亲是为了逃饥荒从山东闯关东过来的，在亲戚的介绍下，到林业局当了工人。我出生于长白山脚下，小时候，就在林区里长大，在伐木工人的吆喝声中度过了童年。

在林区长大的经历，可能对我的性格有所影响，我身上流淌着林厂工人的血液，有个性强硬的一面。父亲说我小时候像个假小子，他也确实想把我当成男孩子养，小时候我留短发，我也经常会去林场工地上找父亲，有时提着铝制的饭盒给他送饭，碰到那些工人光着脊梁，抽着卷烟，在那里肆无忌惮地说笑，有时说着荤笑话，旁若无人，也不忌讳我这个小孩。我父亲就混在他们中间，他长得精瘦，从不打赤膊，也不抽烟，脸上总是挂着随和的笑容，像是人群中的一个异类。

父亲和那些林场工人不一样，但他似乎与他们之间并没有隔阔，这可能和父亲随和、宽容的个性有关系。我挺喜欢去林场玩，他们下班之余去山里打猎，去河边游泳，去镇上喝酒时，我有时也会跟着去。看他们吹牛，说着酒话，开着玩笑，我觉得挺有趣的。那些叔叔们也喜欢我，有时也会把他们的孩子叫过来，我很快和他们就都熟了起来。这里面有些人，现在还有联系，其中一些人，在我后面的故事中还会出现。

　　上小学之前，除了家里，林场就是我的游乐场。林区很大，但我们住的地方很集中，几百名职工都住在场子边上的小镇里。在这里，长白山远远地可以看见，可是我没去过。我十八岁以后才第一次上了长白山。我母亲身体不好，父亲在林场当工人，白天很忙，我五岁时母亲又怀上了妹妹，没有时间管我，放任我像假小子一样游荡了好几年。

　　我后来不去林场找父亲，是我姥姥来了以后。我姥姥是在我姥爷去世后，被我父亲接来的，那时候我已经上小学一年级了。我姥姥当时四十五岁，其实岁数不大，比我现在还年轻，可是在我心目中，她就是一个老太太，从来没有年轻过。

　　我姥姥来自农村，虽然不识几个字，但她却是一个精致、精明的女人，心灵手巧，聪明能干。她来到我家的第一天，就明确告诉我父亲，不要再给我留短发，要我把长头发蓄起来。"女孩子要有女孩子的样子，"她说，"我知道你喜欢男孩子，但女孩子就是女孩子，你拿她当男孩子养，她也成不了男孩子。"

　　把我还原成一个女孩子，是我姥姥做的第一件事，接下来，她做的第二件事就是不让我再随便上林场转了，她要求我和她在家里学女红。她不让我去的原因，很简单，"那些臭男人，一身汗臭，满嘴脏话，天天吞云吐雾，跟他们学不来好。"姥姥说。她来这里的目的之一，就是要把野了几年的我重新还原成她心目中的一个女孩形象：精致，干净，优雅，贤惠，家里家外都是一把好手。

　　我姥姥是过日子的好手，在我心目中，好像没有她不会干的活儿，没有她解决不了的事。她特别擅长烹饪，有一个本事叫"粗粮细做"，就是能把最粗糙的食品做得很精致、很可口。她还精于女红针黹，我们姐弟几个的衣服后来都是她做的，我上初中以前，就没买过衣服。我记得在她来之前，我们家日子过得很艰苦，因为我母亲身体不好，又连着生了三个孩子，家里只有我父亲一个人上班养家，当时我父亲在林厂的工资只有六十元，每个月还要给我奶奶寄十元，只剩下五十元，要养活好几口人，挺拮据的。我姥姥来了以后，又多了一口人，父亲最初是挺发愁的，可是姥姥来的第一天就告诉他："你放心，我不是吃闲饭的人。你的家里，我帮你管着，保证让孩子饿不着、冷不着、屈不着。"姥姥说这话也是有种恨铁不成钢的感觉，因为我妈确实当不起家，身体不好，脾气也差，虽然是农村孩子出身，却好像没什么独立生活的能力。对此，我姥姥也颇为自责，她说："你妈都是让我惯坏了。"

有了妈妈这个前车之鉴，我姥姥就把我当成了她努力培养的对象。我刚上小学，姥姥就开始对我开展独特的"家教"，她要我成为她心目中那种理想女性：上得厅堂，下得厨房。她让我留长发，用我妈的旧衣服改成裙子给我穿，让我再也不能成为"假小子"；她教我女人要会干的手工活儿，教我一个家庭主妇在厨房里的所有功夫，教我怎么像女主人一样收拾庭院，她要把我母亲没能学会的，一一都教给我，衣食住行，言谈举止，都不放过。总之，她要我做一个最优秀的家庭主妇，一个男人身边的最佳伴侣。她总说："你今天所做的一切，都是为了以后做准备。"她还说："技多不压身，多会几样活儿，不憋手。"

我在她老人家的调教下，被赶鸭子上架地学了不少技能，包括缝纫技能。我总是想，如果命运允许，我可能是个好裁缝，你看在我蓝宝贝所有的专利中，其中有四个专利是我们自己发明的月子服，这些式样是我设计的，也是我亲自缝制的，这一切，都得益于几年来姥姥的悉心教导。我现在手头还存着一个针线包，是我十岁那年，我姥姥给我的，这是她用了多年的"工具"，她当成传家宝一样给了我。

姥姥虽然没文化，却是个家庭管理大师，这对我的影响很大。她特别会安排生活，在最艰苦的时候，没让我们受过冻、挨过饿。我父亲月工资只有六十元，给奶奶每月十元，剩五十元还要养活五口人，后来我弟弟出生，变成六口人，一人平均不到十元，但我家没

17

缺过吃,这是怎么做到的,我一直也不知道。但我父亲告诉我,自从我姥姥来了以后,我们家就没欠过外债。

我九岁那年,家里添了一个大件——自行车,我父亲乐得够呛,他可以骑着新自行车去上班了。我十岁那年,又添了一个大件——缝纫机。缝纫机买来的时候,姥姥偷偷跟我说,自行车是给你爸买的,但这缝纫机是给你买的,缝纫机是女人手里的一片天。也就是在缝纫机买来的当天,姥姥将她使用了多年的针线包传给了我。

这两件东西让我们家一度扬眉吐气,我们家成了大家心中的"富裕户",但是我很清楚,我们家的财产并没有增值,一切都是因为我姥姥管理有方而已,如果像以前那样让我父亲或母亲去管,我可能到现在一年也换不上一身新衣服。

我后来问我姥姥,她是怎么做到把一个月几十块钱花到取之不尽用之不竭的,姥姥神秘地从抽屉里翻出一个小册子,告诉我奥秘全在这上面,我打开看,里面记着密密麻麻的数字,这是姥姥的账本。姥姥告诉我,每一项收入和支出都在这些数字里,哪一些要节省,哪一些要使用,她都有精确的计算。有很多地方,她做了标记,我看不懂,后来我知道,是她认为可以开源节流的地方。比如给我做了一件衣服,但是我后来穿又太小了,可以改成一个样式给我妹妹;比如有一个旧棉被不能再用了,但是可以把没有污损的棉花套子取出来,做一件棉衣。姥姥用一点一滴的节省,帮我们节约了不少费用。

"每个人都要有一笔账,一个在手里,一个在心里。"姥姥跟我说。她特别中意的是买的那台缝纫机,"我们会用它做很多事!"后来我知道了,姥姥买它的目的之一,是帮着身边的邻居们改衣服、做衣服、缝补衣服,而这能赚一些零花钱。但姥姥也有一件事没算对,那就是它虽给我的家庭增加了收入,让我们的新衣服比去年更多了,却过早地毁坏了她的健康。

每个人在成长的过程中都会有一个对他影响很大的老师,这些人未必是你在学校遇上的,还有可能是生活中的,像父母、奶奶、爷爷、姥姥,那些伴你一起成长的人,就是你的启蒙老师,他们的思想、情感和价值观会影响你的一生。我很幸运，我姥姥在我最需要教化的时候，告诉我一个女人应该拥有什么样的东西才能叫作女人，怎么持家过日子才能不把家败坏，这些东西现在的年轻人可能会觉得是守旧的、过时的，但其实在我未来的商业管理中，都用上了。

我十一岁那年，家里出了一件大事，我父亲在一次伐木的工作中，被一棵倒下的大树砸断了腿，当时做了伤残鉴定后，确定永远不能再重返林场当工人了，这对我们家庭来说，可算是一个大的灾难。看着我爸爸被人抬进医院，我和我妈妈都落下了眼泪，我姥姥也赶了过来。她把痛哭流涕的我搂在怀里，说："娃儿，不哭，不哭，没事的，小灾去大病，坏事先出了，剩下就是好事。"

小灾去大病，坏事变好事。这句话多年来一直在我耳边萦绕，多年来，有什么不好的事情发生时，我姥姥这句话就会出现在我的耳边。那一年，本以为天塌了，却没有想到，坏事真的变成了好事。父亲出院以后，因为身体原因，组织上不能安排他再继续干体力活儿，就把一个相对不那么累的活儿给了他，让他去林场食堂当管理员。

说了半天我姥姥，这回说说我父亲。我父亲是个老实人，没有任何恶习，年轻时不抽烟，不喝酒，还特别孝顺，他特别喜欢儿子，可是一连生了三个女儿，我是老大。他受伤后被调到食堂做管理员，真的是时来运转，因为他擅长烹饪，你要问这特长是怎么来的，不用说也知道，我姥姥教的呗！在食堂我父亲才真正找到了自己的位置，有太多的食材可以让他大展身手，这下子，他的烹饪技术可找到能施展的空间了。

很多年后，有人管我叫快餐女王，其实这个说法也不准确，我是经营过这个城市第一家快餐店，但我们家真正的大厨是我丈夫顾宝峰，他的厨艺是从哪儿学来的？我父亲亲自传授的。

一切冥冥中自有天意，父亲管过食堂，我创业第一个做的就是餐饮业。父亲管食堂最大的好处是可以买到又便宜质量又好的米、面、油和肉，当然我父亲是个特别老实的人，尽管近水楼台，可我们家从来没有占过公家一分钱便宜，这一点，也是组织上安排他管理食堂，一连十几年都没换过人的原因。虽然他很清廉，我们还是能够从中受益，就是我们能在物资紧缺的时候买到别人需要用票才能买到的部分食材，这些在困难的年代，也解决了大问题。

父亲这次腿受伤，还有另外一个收获，他为我选择了将来的从业之路——去林业局医院当护士。当时父亲住院做手术的时候，林业局医院刚刚扩建改造成功，父亲头一次住进了窗明几净、焕然一新的医院住院部。这和镇上拥挤、狭窄的小诊所有天壤之别，而且那一批医护人员都是大学生，从全国各地刚刚毕业分来的，人有礼貌，也很和气，给父亲留下特别深刻的印象。当时林业局在我们那里被叫作"林老大"，收入高，待遇好，有自己独立的体系：医院、铁路、公安局、消防队和文化体育部门。医院是一个待遇和社会地位都比较高的单位，父亲在这里，得到了当时刚毕业的年轻医生和护士的精心照料，这也是没进过大医院的他从没经历过的，于是他一下子就喜欢上这里了。而且也打下了主意，他的女儿决不能再去林场当工人，一定要来到医院，穿上白大褂，戴上白帽子，当护士，当医生，多神气。

你看，我的人生就这样被我的姥姥和父亲定了型。姥姥告诉我，你要当一个好主妇，父亲告诉我，你要去林业局医院上班，当一个医院的好员工。在我十八岁之前的岁月，就是这两个人在决定着我的人生选择。我确实也很顺从，完全按照他们的设计，一步步走着他们要我走的路。在家，我是大姐，会干活儿，能算账；在外面，我是父亲心目中那个好学生，在班上成绩保持前五名。确定的梦想是去考离家三百里以外的中专护校，然后再回林业局医院上班。

父亲为了给我的将来铺一条理想的从业之路，早早做了准备。这也许是姥姥教他的，他开始学会了察言观色，结交人脉。利用他在食堂里当管理员的便利，他认识了林业局的一些领导，其中有一名颇有实权的副局长，因为孩子结婚，父亲去给他落桌，让他很满意，两人就有了交情。父亲原本不抽烟，但副局长经常会把一盒红塔山、云烟之类当时特别好的烟塞给他，父亲便开始学会了抽烟，抽烟让他又交了很多朋友。他不能总抽别人的烟，自己也得买烟，父亲很慷慨,经常把只抽了一根烟后剩下的烟连烟带盒塞给那些和他一起抽烟的人,为此家里花销一度因为他的烟超了支,姥姥最初很不满意,后来得知了父亲的真实想法后,开始支持他,并拨一笔"专款"供他抽烟。不喝酒的父亲也开始喝酒,过去是和工友们,后来也和林业局大大小小的干部,这也需要增加开支,母亲对此十分不满,姥姥劝她:"烟搭桥,酒搭路,你别说蓝田了,这都是为了娃,男子汉大丈夫,没有不求人的时候。不能临时抱佛脚。"

父亲的转变都是为了我,他们不说我也知道,这让我一度也很有压力。我知道我得好好学习,要不对不起为了我,又陪人抽烟又陪人喝酒又给人说好话的父亲。从那个时候起我知道了生活的艰难和不易,父亲和姥姥都是生存能力很强的人,这些能力也传给了我。

我十七岁时,终于考上了省会的一所中专护士学校,这让父亲如愿以偿。接下来的事,就是我第一次离家,去学习陌生的护理专业。我对这个选择有什么感觉吗?没有,因为这不是我的选择,是父亲和姥姥的选择,我只知道,他们这么做都是为我好,我按部就班地去走就行了。

对我来说,唯一有感觉的事,就是这场离家几百里的远行。可是我长这么大,还一次也没有去过长白山呢。

长白山离我们镇子二十多公里,但是因为远,又比较高,再加上姥姥一直认为一个女孩不能总是出去野,我父亲腿又残疾,母亲又体弱多病总是躺在床上,所以我没有机会去爬长白山。现在,我就要走了,我想去爬山,完成一个夙愿。

我想去,又不敢自己去。这时我想到了刘长河,我的一个发小,一个一直对我有好感的男孩。

长河和我一样,都是林场工人家的孩子,比我大两岁。在我当假小子的时候天天到林场去玩,他偶尔也会去,不过他和我不一样,我是假小子,他像个小姑娘,性格文静,爱脸红,那些工人们经常拿他开玩笑,也经常逗哭他。小的时候,我们一起上过林场的幼儿园,后来他和我又上了同一所小学。他本来比我高一个年级,但后来因为身体原因休学一年,所以进了初中时我们成了同届生。

我考学的时候,长河也正好考上了省城的重点高中。我们两人之间太熟了,又都算得上镇上比较有出息的孩子,所以我们两个的关系一直特别好。

我要离家去求学,他也要去,我没去过长白山,他去过几次,熟门熟路,所以,这是一个最理想的伙伴。

那天上午,我们没和家人说要去爬山,只是说去找同学玩。我们俩一人骑了一辆自行车,骑了两个多小时,骑到了长白山脚下。长白山高出了我们的想象,它太高、太大了,我们爬不到长白山的主峰白头山,只能在稍低一点儿的白云峰休息。九月份的天气,其实很温暖,但我们却看到了山顶上的积雪。

我们在白云峰上往远处眺望,林海,峡谷,峭壁,河里白色的浮石千变万化,灿烂的阳光迎头而落,风吹过来,林海深处传来树叶的合唱,这是我从没见过的美景。一阵冷风吹过,我不禁打了个寒战,长河很体贴,脱下了他的长衣,披在我的身上。

长河说:"咱们真了不起,我听说,长白山是中国东北最高的山脉,这下子让咱们征服了。"我说:"是啊,这下子没有遗憾了,可以安心地去上学了。"

我们就躺在山峰上的一块巨石下,畅所欲言,谈起了各自的学业,我问他将来打算干什么。他说,高中毕业就回林场,不考大学了,他父亲现在调到厂保卫科当干事,已经帮他搭好了桥,上完学以后,顶替父亲的位置回林场上班,争取到机关当干部。他又问起我,我说我去林业局医院当护士。他看起来很高兴,说那我们还可以在一起啊,我说对,咱们都回林场,还可以再爬长白山。

不知不觉,我们在长白山待了两个小时,天色将晚,我们必须赶在天黑前回去。在下山的时候,我不小心踩到了落叶之上,一个趔趄险些摔倒,长河冲上去挡住了我,我倒在了他的怀里。这是我第一次倒在一个男生的怀里,有一种独特的感受,我不知道长河是不是也和我有同样的感受。

这次的一个趔趄,让我的脚脖子受了损伤,我一瘸一拐地在长河的搀扶下下了山,好不容易到了山下,脚脖子处肿了一个大包,我没法骑车了，长河骑车带着我，一手扶把，一手扶着我的车子往家走。

这条路很漫长，我们也很疲倦。我坐在长河的自行车后座，能感觉他身上蒸腾出来的热气化为一股暖流侵入我的身体。他在不停地流汗，又因为迎着风骑车，风迅速又将这些汗水吹干。我坐在他后面，看着他很吃力地保持车子的平衡，心里既担心又感动。因为怕摔倒，我不得不紧贴着他的身体，搂住他的腰。他骑得很稳，一点儿都不晃，我心里说，长河已经不再像小时候那么文弱了，他长成了一个男子汉。

这是一种异样的感觉，在这个人人可以把爱挂在嘴上的年代，人们可能不会理解这种含蓄的情感。我们骑到家时，夜已经深了，我们都有点儿害怕，不知怎么和家人解释，可是又不怎么害怕，觉得今天所做的一切都是值得的，哪怕是挨骂也认了。

长河把我送到家门口时，我很想说一堆感谢的话，却不知如何说出口，还是长河打破了尴尬，他要我回去一定要定时抹云南白药，尽快消肿，还说他家里也有，明天可以给我带一瓶来，好像我的脚伤是他造成的。我答应了一声，长河突然又一笑，对我说："你啊，不再是我从小认识的那个假小子了，爬个山还能把脚崴了。"我啐了一口："我都多大了，还当假小子?!"

"我还是喜欢你原来的样子，不过，你要还是假小子，可就嫁不出去了!"

"去你的! 狗嘴吐不出象牙! 我嫁不嫁得出去要你管啊!"

我们互相斗着嘴，却比说任何感谢的话都更自然。那天晚上，天上的星星特别多，特别亮，像一颗颗眼睛在凝视着我们。我看着长河骑着车离去的背影，不知不觉间，觉得似乎有什么东西撞击在我的心上，那是爱情之箭吗? 可能是吧! 但我没有想到的是，这支爱情之箭射来的时候，却也是我离开林场越来越远的开始。

第一章　再度相逢

1

开往沈阳的绿皮火车终于到站了,蓝琴活动了一下因为长期蜷缩而有些酸痛的双腿,把行李取下来,在熙熙攘攘的人群中,随人流往外走。

她上身穿着宽松的连帽衫,下身牛仔裤,足蹬一双阿迪达斯的登山鞋,再加上个子不高,在人群中很不起眼。她是有意这样打扮的,挤绿皮火车,这一身再合适不过了。

沈阳的天气还是比 C 市冷,下来的时候她不禁打了个冷战,很后悔没有在下车前打开行李箱取出一件长风衣。

她在人群中走着,在想 C 市的朋友们看到她现这个样子会怎么想。她,C 市第一家连锁快餐店的老板,被称为"快餐女王",现在是拥有一栋五层大厦的月子中心的老板娘;她也是富翁云集的 C 市女企业家协会的副会长,当过两届人大代表。现在她穿着廉价的衣服,和一群从绿皮火车上下来的匆匆返乡的民工挤在出站口,感觉这一刻很魔幻,但也很真实。

买绿皮火车票是无奈之举。事实上在出发之前她做了剧烈的思想斗争,她是不想来的,但架不住刘长河一再的邀请。再说,她也确实有十多年没见过这个老朋友了,听他说起自己在这里发展得不错,她是想来看一看的。长河这个人,在哪儿都会发展得不错的,而这种能力正是她欠缺的。

在蓝琴一生中,很少有过举棋不定的时候。这次举棋不定的结果,就是她错过了所有的动车、快车,只能选择绿皮车了。宝峰说可以让司机或是自己开车送她过去,但蓝琴不想让外人知道自己真实的去向,一口回绝。

其实也没有什么怕见人的事,但蓝琴斟酌再三,还是对宝峰隐瞒了这次出行的真正目的。出门这么多次,这是第一次对丈夫撒谎,这让蓝琴感到很不是滋味,她一下火车就开始后悔,觉得自己此行是个错误。

内忧外患,急火攻心,现在她竟然还抽出时间来参加一个和自己毫无关系的活动,蓝琴有时都不理解自己为什么会这么做。胡思乱想间,走出检票口,一个电话适时打过来。来电话的是长河派来的司机,告诉她自己就在外面等着,穿白色衬衫,手里举着一个写有她名字的牌子。

蓝琴走出检票口,一下子就发现了接她的人,一个二十多岁的小伙子。寒暄几句,小伙子马上接过蓝琴手中的行李箱,领着蓝琴来到停车场,上了一辆奔驰商务车。

蓝琴订了一间皇姑区如家酒店的房,她报了一下地址,接车小伙子笑道:"您把它退了吧,我们刘院长已经给您订好地方了,我现在就拉您过去。"

蓝琴心中有些不安。这次去沈阳,长河特别要求,食宿、交通都由他来负责,蓝琴坚决反对,昨晚上让助理给自己订了如家酒店。这些年来她养成了习惯,出门基本都住快捷酒店,不住高档酒店,再说现在又是非常时期,自己今非昔比,快捷酒店是再合适不过的了。可是没有想到长河还是来了这一手。

蓝琴说不用了,已经订好了,司机坚持说,您要这么做,我没法交代,刘院长回去要骂我的。而且这边酒店订金都已经交了。

车子一路开到沈阳市最繁华的商业中心区——和平区,在一家五星级酒店前停下,司机介绍说,长河的私立医院就在这附近不到五百米处,他今天有一个董事会要开,所以没法亲自过来。

蓝琴随着司机走进装潢豪华的五星级酒店,一直上到顶层的总统套房。这些年来,她为了工作上的事,没少出门,但很少住这么好的酒店,看来长河对于她的到来是十分重视的。

套间里的茶几上已经摆好了时令水果,还有一瓶放在冰块里冰镇着的白兰地。房间布置美轮美奂,全是中式装修,高端大气。司机将蓝琴的行李放好后,说院长吩咐了,让她先休息两小时,再来接她去用餐,然后就很识趣地离开了。

司机走了,蓝琴一头倒在松软的席梦思床上,觉得通体舒泰,坐了将近六个小时的绿皮火车,她真的应该好好休息一下了。但她休息不了,刚倒在床上,宝峰的电话就来了,寒暄没几句,宝峰就告诉她,银行又来催款了,他找了金融系统的朋友,答应宽限到月底,不过这也是最大的努力了。蓝琴要他告诉银行,月底前我们一定会还上款,我们说到做到,让他们放心。

宝峰忧虑地说道:"月底你有把握?现在形势不好,招租在短期内不会有效果。"

"你先别急着租,我再想想办法,现在租房也是临时抱佛脚,没啥大用处的。"

宝峰想说什么,但欲言又止,只说声"好"就把电话挂了。蓝琴知道他的想法,事情发生后,他没有埋怨自己,但不代表心里没想法。他心里一直在怪蓝琴多事,放着好好的稳定的快餐生意不做,非要扩大规模,弄了五层楼,把资金全套牢了,现在银行天天追债,她又扔下烂摊子跑了。

蓝琴打开窗子,从三十三层的高空俯瞰沈阳中心街区的街景。下面是熙熙攘攘的人群与车流,迎面吹来的有几分干燥而又强劲的冷风,与 C 市不一样,如果站在 C 市的楼顶,那风一定是咸湿的、清爽的,但现在无论是干燥还是清爽的风都无法吹拂掉她内心的焦躁。没有人知道,曾经在 C 市创造过餐饮界奇迹的快餐女王,现在已经被逼到快要走投无路了。巨额的银行借款,还有二百多人的人员工资,上千万的欠款,像一座座大山压在她头上,月底是最后期限,她拿什么还钱呢?抵押吧,抵押她所有的财产,还有关掉十二个连锁店,然后是裁员,把股票、基金、债券里的钱全部取出来,尽管现在肯定是割肉,但赔钱也得拿出来,因为裁员后要有人员工资的补偿,就是卖血也不能亏欠这些人。

蓝琴向下望去,突然想,如果从这个窗子往下纵身一跳,是不是就一了百了了?这个想法吓了她一跳,她急忙将窗户关严,好像是想将这个想法挡住一样。

门铃响起,有人来访。蓝琴收拾一下,问道:"谁啊?"

外面没有人应答,蓝琴又问了一句,还是没有人回答,蓝琴走到门前,隔着门喊道:"到底是谁?"门外的人似乎忍不住了,"扑哧"一笑,蓝琴听那笑声很熟悉,急忙打开了门,一个身影突然撞了进来,一把就将她抱在怀里,接着,蓝琴的腮帮子就接了一个热辣辣的吻。

抱着她的人笑道:"琴姐姐,真想死我了!"

蓝琴轻轻打了她一下,将她一把拉进屋里,说:"死丫头,都成老太婆了,还这么疯啊!"

来人大笑道:"谁是老太婆,人家还单身呢,怎么老了?"

"不老还能怎么着,都快四十岁的人了,还冒充少女吗?"

几句玩笑话,一下子就把两个人拉回到了几十年前那段无话不谈的岁

26

月,让人倍感亲切。

来人叫于凤鸣,是蓝琴当年在吉林医学院学习时的同学,蓝琴学的是护理专业,她学的是临床医学专业,但比蓝琴要低两个年级。凤鸣也是松河人,不过她们从小并不认识,毕业后,蓝琴分到林业局医院工作,两年后凤鸣也跟了回来。但凤鸣去的时间不长,后来就走了。这些年一直在沈阳的一家公立医院上班,听说后来又跳槽到一家私立医院担任儿科主任,两个人一晃有十年没见面了,当年曾一起学习,一起工作,算得上闺密。

蓝琴将凤鸣拉过来,说:"凤丫头,让我好好看看你,老了没?"

凤鸣与蓝琴的形象不太一样,她比蓝琴个子高一些,但长得更秀气,鹅蛋脸,浓眉大眼,少女时代常常梳一个麻花辫子,就是一个典型的东北大妞。不过她现在的气质已经明显发生变化,身穿一件能凸显身材的绿色真丝中式外套,足蹬一双名贵的施华洛世奇牌亮红色的高跟鞋,虽然人近中年,但皮肤白皙细腻,水润润的,一看就是精心保养过,脸颊上又架了一副名贵的金丝边眼镜,显得很文雅,举手投足间,又显露出那修剪得精美、做了美甲的指甲,真是一副雍容华贵的范儿!再看看自己这一身低调到了极点的打扮,和那张风尘仆仆完全不施粉黛的脸,蓝琴真是有些自惭形秽。

蓝琴说:"你还年轻,我老了。"

"你也不老,就是欠收拾!"凤鸣变戏法般地从胳膊上挎着的LV包里取出一只精美的口红,"这个送你!先把你的红唇弄出来!"

蓝琴扫了一眼,"娇兰的,好大的礼啊!"

"一管小小的口红而已,大老板别看不上眼就行。"

"我可没有见面礼给你啊,我们家快餐是不错,可惜没法送过来。"

两人说笑着,在意大利真皮沙发前坐下,蓝琴递给凤鸣一个橙子。

凤鸣一边剥开橙子,一边仔细地打量了一下房间,吐了一下舌头:"好气派!"又感叹一句:"刘长河还真是拿你当回事的,你看,他就给我了一个请柬,还是让手下人送过来的。"

"那是因为你们离得近,你要是也离他千里以外,他也一样待你。"

"说是这么说,还是不一样。你在他心里的地位比我重多了。"

"不说这个了。"蓝琴不愿接着这个话题,感叹一声,转而说:"咱们有十年没见了吧,沈阳变化真大!和我上次来的时候好像有天壤之别。人也变化大啊,我看你们都挺好的,不像我都成老太婆了!"

"你也没老,就是不打扮,你别看我看着年轻,其实全靠那些化妆品和这一身行头撑着呢,等我卸了妆,早上从被窝里爬出来看看,肯定比你老。"

"是啊,全身珠光宝气的,我看你是发起来了! 这些年都在忙啥? 邀你来 C 市洗洗海澡,吹吹海风,吃吃海鲜,你就是跟我敷衍,也不抽时间过来一趟。"

"天地良心,我是真想去找你,你也不是不知道,我这些年经了多少事。不过,现在没问题了,我自由了! 可以来一场说走就走的旅行了!"

"现在怎么有时间了? 大主任!"

"我辞职了。"凤鸣轻松地说。

蓝琴一愣。凤鸣又辞职了?! 凤鸣这个人,好像从没安生过,她当年分到林场医院儿科,没多久就辞职了,后来去了沈阳,靠家里找关系进了沈阳公立医院,本来挺好的单位,但她后来经不住诱惑,又去了沈阳一家私立医院当儿科主任,赚年薪。蓝琴当时还挺替她高兴,没想到,她又辞了。

"这是啥时候的事? 又是因为啥啊?"

"年初吧。也不是为了啥,这些年,天天为了生存而奔忙,我想歇歇了,也得抽个时间让自己放松放松,享受一下生活。这些年来上了这么多班儿,我感觉自己没得到啥,除了一次失败的婚姻,还有一身的毛病,就没别的了。我想闲一段时间,调整一下身心。"

蓝琴一时无语。凤鸣那次失败的婚姻她有所耳闻,凤鸣的前夫和她是在沈阳一个单位的,听说就是因为这次失败的婚姻,凤鸣才离开这个伤心地,这也是她从公立医院出走的原因。当时自己还劝过她,但是没劝住,凤鸣是很任性的人,她决定的事情是不会变的。

蓝琴安慰她道:"辞了就辞了吧,反正岁数也大了,找个轻松的事也不错,别让自己太累了,像我似的,天天累心累体,人都老了十岁。"

凤鸣笑道:"也许哪天我就找你去,跟着你混了,大老板!"

蓝琴啐了她一口,"你这穿金戴银的大小姐我们小店可雇不起,再说你也不用我啊,这身边不就有现成的。"她用手比画了一下,"你看,刘长河院长不就是你最好的投诚对象吗? 现在他都成大款了。"

"他?!"凤鸣撇了一下嘴,"就冲他家那个醋坛子,我才不去那儿呢,羊肉吃不着再惹一身膻。"

"身正不怕影子斜,你和他又没啥事,你还怕她啊!"提起长河,蓝琴来了兴趣,"我这些年和你们联系少啊,我看长河现在发展得还真不错。"

"岂止是不错,现在他可牛了,城里最大的民营医院的大股东,在广州、上海还有分院,听说身家已经过亿了。咱们那拨人,长河是最有出息的。"

"他也有勇气,"蓝琴发自肺腑地说,"当年放着林业局医院副院长的位置不干,敢出来单干,这在当年可是需要点儿魄力的。"

"什么魄力,他要不是靠他老丈人,能有今天吗?他到沈阳创业的第一桶金不也是他老丈人提供的吗?"提起长河,凤鸣似乎不屑一顾,"蓝琴,我有时真不了解你这个人,他那样对你,你就真没有气?!"

"什么气?"

"你可是他的初恋,当年是他攀龙附凤,抛弃了你,你不恨他?"

蓝琴微微一笑,"那都什么年代的事了,早过去了。再说,我们现在都有家庭了,陈芝麻烂谷子的事,还提它干什么。"

"你真大度,我做不到。"

"也不是大度,我后来也想明白了,人都想追求更好的东西,我们不也一样吗?要不能都离开国营单位吗?只不过手段方式不同罢了,我现在都能理解。"

"我理解不了,我恨他。所以我死也不会去他那里打工的。"

看着凤鸣一脸不忿的样子,蓝琴不禁莞尔,"你恨他干啥?他也没伤害过你,我都不恨了,你还恨个什么劲儿啊?"

凤鸣直勾勾地看着蓝琴,脸色严肃起来,"蓝琴,你是真不懂还是装的?"

"怎么了?"蓝琴有点儿糊涂了,"我不懂什么?"

"你不懂我的想法吗?"凤鸣的眼圈有点儿红了,"你不懂我当时为什么从林场医院辞职吗?"

蓝琴心中隐隐有些不安感,说:"你说说为什么。"

"事到如今,我也不怕和你说了,反正事情都过去了,我走就是因为刘长河。"凤鸣咬着牙说道,"你不知道我也喜欢他吗?可是你们俩好,你是我的闺密,我不想咱们三个将来难做,所以我走了。"

蓝琴愣在那里,尽管心中隐隐察觉到当时的处境,但这事一直没挑明,她也一直埋在心里,但没想到今天一见面,凤鸣就挑明了。

"这事不怪你,不怪他,也不怪我。我走了,以为这下子咱们之间就不会再有尴尬了,可没想到你们也没成一对,没想到他竟然也来了沈阳,和我在一个城市,这真是冤孽。"

蓝琴不知说什么好,只得微笑道:"你现在还没能忘了他?"

"呸,渣男一个,谁还把他放在心上!"凤鸣突然又笑了,"这事早过去多少年了,我早不当回事了,要不能一见面就和你说这个吗?"

蓝琴长吐一口气,如释重负,说:"那就好,这都过去了。大家现在也都有了各自的家庭和责任,以后剩下的就全是友情了。"

凤鸣哀怨的大眼睛望着蓝琴,蓝琴心中一动,想自己说错了什么,再一想立刻明白了,他们都有了家庭,但凤鸣还是单身一个,无儿无女的,自己这样说,是扎她的心啊!这么一想,觉得有些愧疚,便抓住了凤鸣的手,说:"不说这些事了,说说你吧,这么多年了,没再想着找一个?"

"没有,对男人我早就死心了,没这个想法了。"凤鸣万念俱灰地说。

难道她还没忘了长河?蓝琴心想。她不想再谈这个话题,但一句话还是忍不住脱口而出:"凤鸣,你来了沈阳之后,长河也来了。你确定他不是为你来的吗?"

凤鸣摇摇头,说:"蓝琴,你比我了解刘长河,他从没爱过我。而且这个人,永远也不会为了和他不相干的人,做出委屈自己的事。"

2

长河的晚宴设在中国城,一个古香古色的中式餐厅。

司机把蓝琴和凤鸣接到的时候,已经有几个人在那里等着他们了,多数不认识,全是长河医院里的人,有医办室的主任、两位副院长,还有长河在当地卫生局的两个朋友。

蓝琴有点儿意外,她原以为长河除了邀请她和凤鸣,还会有他的太太和儿子、准儿媳这些家人,因为这次来沈阳,就是为参加长河儿子婚礼的,可是没想到,长河晚上安排的是这些人,像是一场公务餐。这些年来,她特别懒得参加这种有公务性质或是商业性质的聚会,凡是有这样的情况,全都是宝峰替她参加。现在没想到来了沈阳,竟然又参加这种宴会,她心里暗暗叫苦,只能强自寒暄。

凤鸣倒是很活跃,毕竟她是当地人,而且与卫生局的那两个领导也相识,坐下就打成了一片。凤鸣还和长河手下的医办室主任开着玩笑:"你们刘总真是架子大啊,我们都到了他也不来,领导都得压轴呗?"

医办室主任笑道:"最近要开股东会,又兼并了几家药店,我们院长这几天一直在忙这些事。"

正说着,刘长河从门外进来了,边走边说:"一进门就听见有人在说我的坏话,又是于凤鸣这丫头吧!"

长河进来时,所有人都迎上前去,蓝琴坐在那里没有动。长河老了,这是她第一眼见他的感觉。已经十多年都没见他了,虽然他衣着得体,气度不凡,但脸上的褶皱和阿玛尼西装下近二百斤的体重,以及难以遮掩的疲倦神态,已经和当年那个瘦削、文静的青年有了翻天覆地的变化。

长河一眼看见了蓝琴,隔着人群伸出手去:"蓝琴!"

蓝琴站起来,迎上前去和他握手:"长河,久违了。"

凤鸣在旁边起哄似的说:"老朋友很久没见了,是不是拥抱一个?"

长河豪爽地一笑:"我没问题啊。"张开双臂做拥抱状,大家哄笑起来,蓝琴微微一笑,向旁边一闪,说:"心领了。"

长河略有些尴尬,但马上又说道:"蓝琴,今天你坐在我旁边,你是贵客。"

大家早就自动地把主人席让给长河,长河拉着蓝琴坐下,医办室主任让服务员上菜。

蓝琴说:"你太客气了,安排了这么好的住宿,又在这么高档的地方吃饭,都是老朋友,也太破费了。"

"说什么话,你总也不来,我当然要好好表现一下,总得给我个机会吧。"

菜开始一道道上来,荤的素的,海里游的,天上飞的,山上跑的,应有尽有,蓝琴看着桌上堆成山一样的菜品,心中迅速给这顿饭估出了一个价值。她是做小本生意起家的,对成本控制很精准,看长河点的这些菜,估计最后得剩多一半。

看得出来,长河在当地确实吃得开,因为蓝琴是他请来的客人,所以大家的第一杯酒都敬蓝琴。但接下来,长河就是绝对的主角,长河的酒量明显比当年要强出很多,茅台倒了三杯,还喝了一杯红酒,酒桌上的气氛很热烈,还有人唱起了歌。

蓝琴用手按了一下太阳穴,觉得头很痛。她很厌烦中国的这套酒桌文化,这些年来,她几乎不参加任何超过六个人以上的宴会,一般在饭桌上也滴酒不沾,她其实也能喝点儿酒,但是讨厌那些油腻的男人,以及那种油腻的喝酒方式。

凤鸣却似乎还是很适应这个圈子,因为蓝琴少言寡语,又不喝酒,作为全场少有的女性,凤鸣好像成了焦点,全场都洋溢着她欢快的笑声。凤鸣的酒量也不错,差不多喝掉了一瓶红酒,脸微微泛起红晕,在灯光下更显得妩媚。蓝琴想凤鸣变化也挺大的,那个刚上班说话都脸红的小姑娘,现在有点儿交际老手的感觉了。蓝琴想,这正是自己所不擅长的。在职场上她判断敏锐、清醒,可到酒桌上就很木讷。

长河将脸凑了过来,说:"蓝琴,是不是累了?我没看你吃什么。"

"不是的,我饭量不大,已经吃得很好了。"

"是不是不合胃口,你还想吃什么?我让他们去做。这家饭店我很熟的。"

"已经很好了,我就是觉得点的菜太多了,咱们就几个人,太浪费了。"

长河笑着说:"蓝琴,听说你生意做得也不小了,怎么还这么节俭啊?"

"我和你不一样,我是小本生意。而且,我们是反对浪费的,我们做快餐的,每天得量体裁衣,浪费不起。"

"一别多年,你还是没变,务实、直率。"

"你倒是有些变化,"蓝琴略有些嗔怪,"我以为今天晚上会和嫂子、孩子在一起吃个便饭,没想到你弄了这么大的阵仗。"

长河叹了口气,说:"咱们是老朋友,我想今晚就别叫他们了,所以约了几个朋友,说话也方便。你也知道,要是我老婆来了,我就没这么自由了,要是儿媳妇在,也总还得端着点儿。"他指指桌上的酒杯,"你嫂子坚决反对我喝酒,她要是在,这玩意儿一口也碰不得。"

蓝琴莞尔道:"你是借我解酒瘾来了。"

"也不是,你来了我高兴,要不我不会喝这么多酒的,"长河又低声说,"你要是不喜欢这个场合,一会儿早点儿散了。"

"不必,我看凤鸣倒是挺高兴,别因为我扫大家的兴。"

长河又将脸凑了过来:"你累不累?一会儿散了,咱们再喝会儿茶吧,今天多聊一会儿,明天事情多,怕没时间陪你了。"

蓝琴心里的不安感又涌了上来,她突然明白了今晚为什么长河没把家人带来,他还是有些话想单独和自己说。往事突然涌上心头,像一波波海浪袭过她心底已经干涸多年的海滩,长河毕竟和她曾有过别样的感情。她望着正在桌上和客人们举杯的凤鸣,轻声说:"可以,把凤鸣也喊上吧。"

长河好像察觉了蓝琴的不适,开始张罗最后一杯酒,客随主便,虽然大家酒兴正酣,但长河发了话,也只能及时刹车。于是,最后一杯酒干掉,宴会结束。

凤鸣略有些酒意,听说还要去喝茶,明确表示不去了,要回家睡觉。蓝琴见状就说那就改天吧,长河也没有坚持,把车调过来,非要亲自送他们回去。

因为凤鸣已经有些醉意,所以先送她回去,然后再送蓝琴。凤鸣住得倒也不远,很快到了地方,凤鸣下了车,奔驰商务车继续往前开,去往蓝琴的住处。

现在车上只剩下他们两人,刚才人多混乱,现在突然就剩下两个人,气氛反而有些凝重了。蓝琴没有主动开口,长河也沉默了片刻,眼看着车子就要到达目的地了,长河终于说话了:"蓝琴,今天晚上凤鸣喝了不少,你来了,她也高兴。"

"是啊,大家有多少年没见了。"

长河的脸上有些愧疚,"这些年来疏于联系,其实都怪我。"

"我理解,你做大生意,事情多,我这边也是很忙,大家都是为生活,不常联系也正常。"

"什么大生意,就是一家医院、几个药店而已,现在是房地产、能源制造业的大时代,我这个和人家比起来不值一提。蓝琴,我听说你在那边也做得风生水起,事业做得也不小。"

"和你比起来,我那个更不值一提,小本生意,赚的都是辛苦钱。"

"有什么需要我帮助的你就说话,我知道,做生意有时需要资金周转的,要是有困难,千万别客气。"

蓝琴心动了一下,想:我现在最需要的就是资金周转!不过,我怎么可能向你开口呢!她微笑道:"谢谢。目前还没什么需要的,有需要的时候我一定不会客气。"

长河说一言为定。说话间,车子已经到了酒店门口,长河似乎还想停留一会儿,蓝琴却以太晚了为由,拒绝了他的想法。两人在车前告别。

长河说:"明天你好好休息一下,有什么需要随时联系我的司机,我把他的电话给你发过去了。明天我可能要开一天会，有可能白天不能陪你，晚上咱们再见面。"

"你忙你的吧，告诉司机也不用过来。明天有凤鸣在，我一天就闲不住。我想去五爱市场看看，正好让她陪我。"蓝琴笑道，"儿子两天后就结婚了，你这个老公爹也不抽空管管，还忙着开会。"

"有他妈妈在，不用我管，我也说不上话。"长河苦笑一下，"再说这一阵子忙着股权重组和收购药店的事，我也真没时间。"

两个人在宾馆前分了手，刚一进电梯，凤鸣的短信就过来了："聊上了吗？我这个电灯泡躲得及时吧？"

蓝琴不禁笑道：这个精灵古怪！她明白了刚才凤鸣是装醉，就是想给他们创造独处的机会。不过这真是多余了，自己来沈阳完全是捧个场的事，与长河的旧情是怎么也不可能再叙起来的。

蓝琴进了宾馆，换上睡衣，正准备洗澡，电话又来了，是宝峰的电话。

宝峰似乎是有些喝醉了，声音里透着兴奋，也有些舌头发大的感觉："老婆，你睡了没？今晚是怎么安排的？"

"马上睡，晚上见了凤鸣，还有几个当年的同学。怎么，你又喝酒了？"

"没喝多，小酌。你猜我今晚和谁喝的？"

"隔着一千里呢，我怎么知道？"

"张行长，马副行长，还有卢局，蓝琴，告诉你一个好消息，银行贷款的事让我解决了。"

蓝琴心中一喜，问："怎么回事？"

"咱的房子我找着主儿了，卢局长的公子最近正好要上项目，他看中了咱们的地方，想租下来。"

"什么项目？"

"开一个大酒店，包括 KTV 和餐饮、住宿。正好咱们是五层楼，可以让他做这个。"

"什么？"蓝琴心头一紧，"你答应他了？"

"不答应怎么办？这不是最好的解决办法吗？张行长也去了，看卢局长的面子，他也答应在贷款方面给予照顾。"

蓝琴的脑海中泛起一阵阵回忆。两年前，为了扩大规模，她和"好妈妈"品牌进行了合作，想以其良好的口碑和资质建一个亲子乐园式的儿童主题餐厅和早教中心,因为城市里双职工父母增多,育儿压力增大,所以她看中了这一部分市场。为此她不惜重金,盘下了市中心一个黄金位置的五层楼盘,签了十年的合同,在原有宾馆的风格上,重新进行了装修和设计,然而这一项目上马后,却因为手续不全,一直没能办下执照,加上品牌方又突然撤除合同转与其他大财团合作,导致项目中断。其间,如家酒店的连锁经营模式刚刚登陆 C 市,也相中了这一块地方,想让她加盟连锁经营,但蓝琴认为自己的这一创意很有市场,并没有答应。结果在这期间,"好妈妈"与另外大财团的亲子早教中心迅速建立起来,错失良机,让她的项目陷入僵局,而前期投入的几百万元装修费用也面临着血本无归的境地,这也是她最近陷入困境的主因。现在如果让卢公子接管,变成娱乐消费场所,自己当年的苦心孤诣也就彻底宣告破产了。

卢公子其人,她也有所耳闻。此人利用父亲卢局长的权势,一直从事娱乐场所的经营,想当年就因涉黑、涉黄、涉赌,被查处好几家,在当地的名声很差。这几年他一直沉寂着,现在又东山再起,看中了自己盘下的这个地方,还想重操旧业。

一想到让自己一心想筹办的亲子乐园变成花天酒地的 KTV、洗浴桑拿,蓝琴无论如何也接受不了。

"你先别答应他,我们再想想办法。"

"可是我在酒桌上已经答应人家了,这两天就要拟合同了。"

"你就告诉他,这几层楼的法人是我,还要和我商量,等我回去再定夺!"

蓝琴挂掉了电话。

3

早上九点钟,凤鸣来宾馆找蓝琴,两人在宾馆简单用了早餐,然后去沈阳最大的批发市场——五爱市场转了转。

到一个城市,不去大商场、大购物中心,而去老百姓生活的地方,如早市、批发市场和公园,成了蓝琴的一个习惯。她对于逛奢侈品商店一直就没有兴趣。在瑞士旅游时,她也坚持不去挤满了中国人的名表店,而是在硫森的一个小酒吧度过了一下午。蓝琴喜欢接地气的地方,这可能和她从事了多年的快餐行业有关。早市、批发市场和公园都是了解老百姓生活的"晴雨表",了解老百姓的所思所想,是她能把事业做下去的基础。

凤鸣明显在这一点上和她有天壤之别。她告诉蓝琴,五爱市场她都有五年没去过了,她不知蓝琴为什么要选择这种批发市场。她推荐了市里新开的奥特莱斯。蓝琴并没有向她解释,只坚持了自己的决定。

凤鸣不知道,有差不多整整五年的时间,蓝琴每天早上都四点多钟起来,第一个去的地方就是当地的食品批发市场,整个市场肉禽蛋菜的价格,几乎都装在她的脑子里,哪一家的又便宜又好,哪一家小商贩的秤够准从不缺斤少两,她也一清二楚。这一切都是因为开了快餐店,一个快餐店就可以让一个原本活得精致而小资的女性变成普罗大众中最不起眼的一员,这些艰苦与转变,一直养尊处优的凤鸣是难以理解的。

她们在五爱市场转了半天,中午选择去吃小吃。出门到一个地方,不去大饭店,不去高档场所用餐,也是蓝琴的习惯。她不顾凤鸣"不干净,不卫生"的抗议,最终还是选择了和平区的美食一条街。

整整一天下来,累是肯定的,但得出的结果让蓝琴很沮丧。十年前她来沈阳,快餐店人满为患,她和凤鸣还有一个同学在一家快餐店花了十元钱,排了至少二十分钟的队,最后一人拿到一大盒快餐,吃完撑得受不了,而且觉得味道特别香。这也是导致她决定回 C 城开一家快餐店的诱因。可是现在,沈阳的快餐业已经走向低谷了,十年前她们去过的那一家,早就关闭了。凤鸣告诉她,随着网络的发达,现在已经有了线上点餐。年初,有一家叫"美团"的外卖公司在沈阳出现,他们采用了手机 App 的方式,接受用户线上订餐,接到订单后他们提供送餐上门服务,特别受年轻人的欢迎,许多快餐店都缩减了门店,因为与其在闹哄哄的门店里排队,年轻人更喜欢舒适地躲在自己家里,一边看着电视、听着音乐、玩着手机,一边用餐。而且现在还有了大众点评网,哪家的好吃,都会有综合排名,年轻人足不出户就可以根据用户评分和评价确定选择对象,只要动动手指,就会有人将餐直接送到家里。

"这叫线上经济。"凤鸣说,"现在用餐、购物都可以在线上完成,太方便了。"线上经济让商家成本大大地降低,再开那么多门店也没必要。十年前她们去过的那家快餐老店并未破产,而是注册了品牌后,关闭门店,集中进行线上送餐服务,现在在大众点评网还是本市排名前十的快餐店。

凤鸣所说的这种模式,蓝琴对之也有所耳闻,但在 C 市还远远没有形成规模。C 市虽然是个沿海城市,可是其发展速度缓慢,仍是三线城市的水准,与沈阳相比都要落后几分。线上经济已经开始在全国各大城市蓬勃发展，而 C 市的经商者，多数却还是遵循着过去传统的、保守的产业模式。蓝琴想到了自己那庞大的连锁经营店，可以说正是这种思潮的代表。

这十几家连锁店，每年要缴纳巨额的房租，还有人员工资，可是近两年，除了在闹市中心区的几家，基本上都没有赚钱，能盈亏持平就已经不错了。他们也有订餐服务，但远远没有达到网络化，只是电话预约。有的时候忙起来，值班的人都没有时间接电话，送餐的人也没法及时送餐，顾客经常有怨言。

这十二家连锁店开的时候，是 C 市颇为轰动的事情，媒体称之为打造了 C 市的"快餐航母"。这个想法当时是宝峰的创意，他是个喜欢把事情做大做强的人。连锁店占据了 C 市的各个城区，给老百姓的生活带来了极大的便利，一度生意红火，供不应求，C 市其他的快餐店在如此强大的攻势面前，如秋风扫落叶般纷纷关闭。原本小本微利、登不上大雅之堂的快餐生意让宝峰、蓝琴成了 C 市餐饮行业的老大级人物。也就是在这个时候，蓝琴的眼光又盯上了另一个在 C 市完全属于新兴的行业——儿童早教，她动用了全部的账上资金，盘下闹市中心一座大楼，准备打造 C 市最大的儿童早教基地，包括儿童的餐饮、娱乐、亲子空间和早教课堂，然而没想到的是，多米诺骨牌就是在这里崩盘！

"利令智昏！"蓝琴的脑海中浮现出了这四个字。这四个字可以完全形容这两年她和宝峰的状态。这两年，赞美与掌声听得太多，让他们都有些飘飘然了。宝峰加入了当地的商会，当了常务副会长，每天在饭局和应酬中交际，还到处参加剪彩、新闻发布会等活动，人变得越来越浮夸；她也加入了女企业家协会，与其他女企业家一起，也开始参加各种各样的只有"成功女性"们才会举办的沙龙、插花、读书会、朗诵会、慈善晚宴及各种聚会，一度也以成功女性自居，平时简朴的她，也开始购买一些时尚奢侈的品牌服装和包包……

不忘初心，居安思危，说起来容易，做起来难，都说要撸起袖子加油干，你蓝琴的袖子，怎么就一直没有挽起，你怎么就脱离了劳动人民，开始像个资本家一样了呢？你难道忘本了，难道忘了当年为了节省成本，无论是寒冬还是酷暑，都一大早跑到农贸市场上和商贩们讨价还价货比三家的日子？难道忘了卖第一盒快餐时，是你自己骑着三轮车，跑到夜市上吆喝、让城管追着跑来跑去的吗？

蓝琴想到这里，有点儿忏悔之意，嘴里原本就粗糙的饭食也没有了滋味。而凤鸣却想着赶快离开这里，她好不容易等到蓝琴吃完，就迫不及待地提出去新开的奥特莱斯，她想买双鞋，好去参加明天的婚礼。

蓝琴提起去大商场就头疼，但凤鸣陪她转了这么长时间，她也不好意思拒绝，正在这时长河的电话打来了。长河通知她们，晚上一起用餐，这次是家宴，儿子、儿媳、太太，还有几位新亲都参加。五点司机准时来宾馆接她和凤鸣。

这个电话救了蓝琴，因为时间关系，没法再去奥特莱斯了，两人只能选择回宾馆。路上蓝琴问凤鸣："我总也没见珍珍了，也不知她现在是什么样了。"

珍珍是长河的夫人，当年林场卫生局的一位领导——林副局长的千金。林副局长对于蓝琴、长河都是一个重要的人物，蓝琴的父亲先认识的林副局长，长河是通过蓝琴认识了林副局长，后来又认识了他的女儿珍珍，珍珍一见长河就喜欢上了，但蓝琴和长河当时正在相爱，是林场医院里的"金童玉女"。不过这段爱情最终在世俗面前败下阵来，林副局长亲自出面干预后，长河做出了选择——放弃青梅竹马的蓝琴，选择了珍珍。这是蓝琴人生第一次，也是唯一一次经历失恋。

"你还挺关心她啊！"凤鸣白了她一眼，潜台词是，你真的不恨她？

"问问而已，我只记得她当时挺胖的，还有点儿黑，现在还是这样吗？"

"现在还是很胖，不过现在可不黑了，皮肤油光粉嫩的，一点儿褶子没有，人家用的都是名贵的化妆品，完全可以一擦抹百丑啊。人家胖也显得富态，像贵夫人！所以她也绝不减肥。"

凤鸣的话语里透着嫉妒与不屑。蓝琴不禁笑了，一别多年，这个丫头还是没变啊。她想起了昨晚上凤鸣吐露的心事，她当年也是喜欢长河的，这样看来，对于长河的夫人，那是有天生的敌意。希望她可别把这种情绪带到晚上的宴会上。

事实证明蓝琴的顾虑是多余的，事实上那个晚上的气氛是融洽的。凤鸣的不屑完全隐藏在了貌似热情的表面之下。当珍珍——长河夫人进来的时候，她热情地上去与之拥抱，而且一口一个"嫂子"，叫得还是很亲热的。

已经二十年没见过面了吧？在蓝琴的印象中，林珍是一个矮胖的、其貌不扬的姑娘,在人群中不起眼,性格上也不强势,虽然是卫生局局长的女儿,可是看不出有什么官家子弟的模样,很低调,也很随和,这一点和当时高冷、俊俏的蓝琴简直有天壤之别。但只有蓝琴清楚,在这低调、随和的外表下,也有一颗躁动的心,对于长河的追求,她是主动的、猛烈的。蓝琴和她不一样,和长河相识多年,她始终也没有主动挑明关系。而最后林珍将长河夺走后,无数人为之惋惜,甚至替她感到不平,可是她对此还是表示出毫不在意的样子,甚至长河想约她谈谈,她也没有给他这个机会。事实上,她听说长河和林珍开始约会,并去了林副局长家的时候,就已经决定退出了。她至今也没有后悔自己的这个选择,在很小的时候,姥姥就告诉过她,"别为你根本得不到的东西费心思",虽然当时,痛苦时不时地如同针扎一般在她心头刺过。

现在,这个给她带来巨大痛苦的女人,就站在她的面前。正如凤鸣所说的,她还是很胖,但是显得雍容华贵,一身名贵的范思哲女装,腕上精致的浪琴女表,足下的施华洛世奇高跟鞋,以及身上浓郁的 Dior 香水味道,无一不在提醒着你,这是一个来自大富之家的女主人。

面对着这个阔别数年没见的曾经的同事、情敌,蓝琴表示出了足够的尊敬,虽然没有像凤鸣那样热情,两人还是拥抱了一下,Dior 香水的味道冲进了蓝琴的鼻子里。林珍说:"蓝琴,还那么年轻、漂亮!"蓝琴说:"哪儿有,还是你一点儿变化也没有。"

简单的寒暄后,长河介绍自己的儿子、儿媳,儿子刘贺在北京一家跨国银行工作,儿媳陆娜则在北京的一家航空公司上班,是个空姐。婚礼举行之后,他们要先去马尔代夫度蜜月,然后再回北京。刘贺身材消瘦,英姿勃勃,陆娜身材高挑,健康美丽,堪称一对璧人。这对璧人自然得到了最多的赞誉,对此,林珍显得十分自得,但也谦逊地说道:"小孩子嘛,不要夸太多,他们得和长辈多学习。"

整个饭局非常乏味,比昨天还要乏味。作为饭桌上的主角,基本是林珍在滔滔不绝地讲述着明天婚礼的一些事情,以及对于自己如何教育儿子成长经历的吹捧。相比之下,长河似乎有些疲倦,话比昨天少了很多。凤鸣也收敛起了刚才的热情,显得有几分沉默,蓝琴甚至注意到,在林珍的视线不在她身边的时候,她抓紧时间打了一个大大的哈欠。

林珍话题一转,对着满桌亲戚说到了蓝琴:

"你们不知道我们家长河、我和蓝琴的关系。我们当时都在林场医院上班,我和长河在一个科室,就是医院的人力资源部,我是科员;长河刚毕业就当了副科长;蓝琴在护办工作,是儿科护士。我记得当时蓝琴特别漂亮,但人就是太高冷了,有点儿接触不上的感觉。那个时候,我爸爸在卫生局上班,专管林场医院,可是人家都说我不像是领导的孩子,蓝琴倒像是。因为什么?就因为她那个高冷,那真是一般人学也学不来的。"

林珍喝了两杯红酒,又咯咯笑了起来:

"别看蓝琴高冷,但是喜欢她的人可多了,当时院里的小伙子,个个都想追求她,还有人托我爸爸帮着说合,但是蓝琴就是谁也看不上,她心高,她不属于这个林场,她是有大志向的人。"

蓝琴笑着打断了她的话:"珍珍,今天你们是主角,别老说我的事了,陈芝麻烂谷子的。咱们都老了,未来就看这群年轻人的了。"

"不,我说这个是想告诉你,一看到你,我就想起了我们年轻时的那段岁月。真不容易啊,大家今天走到这一步,可以说历尽艰苦,但总算赶上了一个好的时代,我们也没白活这一生。蓝琴、凤鸣,其实长河这个人,嘴上不说,但心里特别珍惜当年你们之间的那些友情,平时没事,总是在家和我提起你们,提起当年。这两天,听说你们要来,他别提多高兴了,最近他特忙,又是股东大会,又是股权重组的事,可是他说了,只要你们来了,再忙他也得抽出时间好好陪你们。蓝琴、凤鸣,我作为你们的嫂子,也特别欢迎你们的到来,你们是来给长河捧场的,也是来给我捧场的,我代表孩子们,谢谢你们。我敬你们一杯。"

林珍下桌举起杯来,蓝琴和凤鸣急忙起来,也拿起酒杯来与她碰杯。

正在此时,雅间的门突然推开,一个人风风火火地冲了进来,进来就道歉:"对不起,对不起,来晚了。"

众人望去,只见眼前是一个三十岁左右的女郎,波浪形的披肩发,戴着黑色暴龙眼镜,上身黑风衣,下身一条做旧的牛仔裤,身材高挑,非常时尚。

刘贺和陆娜见了她,急忙起立迎了上去,亲切地拉着她的手,叫着:"阿琪姐!"被称作阿琪姐的女子绕过桌子跑到林珍面前,拥抱了她一下,说:"姐姐,对不起,妹妹来晚了,实在是会所最近的事太多,您别怪我。"

林珍笑道:"不晚,不晚,好饭不怕晚!"

长河说:"阿琪,快坐下,你说你要晚来,没等你,但位置一直给你留着,酒也给你倒上了。"

"谢谢刘院长,好意心领了,但酒我不能喝,我开车来的。"

"阿琪,今天这么重要的、喜庆的日子,应该喝一杯,开车怕什么,一会儿让我找人给你开回去不就得了。"

"说得也对,那就听你的!"

阿琪爽快地坐下来,摘下墨镜,脱掉风衣,端起了酒杯。待她坐定,长河向大家介绍,来的人名叫顾安琪,是新月月子会所的总经理。

长河说:"新月月子会所成立已经三年了,很成功,事业做得很大,顾总是很能干的人。"

阿琪笑道:"大家别叫我顾总,叫我阿琪就行。我们新月愿意竭诚为大家提供服务。"

长河一一介绍来客,介绍完毕阿琪瞪着一双美丽的大眼睛,说:"噢,今天来的都是家人。这是我的荣幸,那我更得敬一杯啊!"

阿琪是个爽朗、奔放的女性,坐下来三言两语,就把原本有些气闷的场合弄得有些生机了。来人中有人对她的职业感兴趣,问她啥是月子会所。

"月子会所就是帮助产后妈妈进行产后护理、新生儿护理的专业服务机构,或者通俗地说,就是由我们来帮助宝爸宝妈完成坐月子的所有工作,让他们能够科学坐月子。"

"噢,就是月嫂吧?"有人自作聪明地说。

"不是月嫂,我们是专业的产后护理机构,产后的母婴处于生理上的特殊期,也就是医学上说的产褥期,虽然是女人必经的生理过程,但是跟医学息息相关。我们是专业的,其间有很多的服务项目,绝不是简单的月嫂能够做得到的。"

阿琪介绍:国内的月子会所分为两类,一类是属于产后护理的月子会所;另一类则是通过各种渠道将产妇在产前移往国外,以便新生儿获得外国国籍的服务机构。

"你们看过《北京遇上西雅图》吧,汤唯就是去美国坐月子,想把孩子生在美国,有个美国国籍,才认识了吴秀波,认识了海清她们演的另外一群同样去美国坐月子的人。我们这个机构是坚决不会做这样的事的。相反,我们是真正的在中国开的有中国特色的月子中心,给中国人提供月子服务。"

阿琪说,女人坐月子是很重要的,在中国妇女生产后有"坐月子"的习俗,而在欧美却似乎没有这样的传统,包括一些华人后裔,但大家对月子其实还是有一点儿误解的。"月子",医学上指的是产褥期。产褥期主要是指从分娩结束到产妇身体恢复至孕前状态的一段时间。在正常的妊娠过程中,胎儿以及胎盘娩出以后,子宫要恢复到孕前状态大概需要六周的时间,因此我们就把产褥期定到产后的六周,也就是说,从胎儿娩出以后到产后的六周这段时间叫作产褥期,民间俗称"月子"。

过去,坐月子都在自己家里,有家人照顾,多数是婆婆、妈妈来照顾的,再后来有了月嫂出现,但月子中心出现后,将这一事情提升到了专业化的层面。

"月子会所最初兴起于我国台湾和韩国。二十世纪八十年代以后,台湾经济快速增长,人们的生活水准与消费能力大幅提高,年轻人的压力也开始增加,很多人没时间带孩子,于是月子中心纷纷成立,形成了新的产业。我记得有个资料显示,好像中国的第一家月子会所是1991年左右在台北成立的,距现在也不过十年。后来传到内地,在北上广深这些大城市开始出现,也不过四五年光景,所以很多人对这个机构,不,应该是这个服务行业还是很陌生的。"

"那您是很超前的,算是沈阳第一家吗?"蓝琴对阿琪的介绍很感兴趣,插了一句。

"差不多,我没调查过,但我能肯定我们是最早的一批。我也不算超前吧,我以前搞早教的,开过民办的幼儿园,也当过老师,所以对这些事情有兴趣。"

阿琪又进一步介绍:"我们这里更像是一个产后护理之家。主要从产后新生儿的喂养等科学护理和产妇的身体恢复、心理调整等方面入手,负责给宝妈和宝宝提供全面、专业的服务,这个也是跟着社会经济的发展而来的。现在各个家庭很多都由传统的三世同堂的复合式家庭变为以父母为核心的双职工家庭,新一代的爸爸妈妈由于没有人照顾月子,进而产生了对专业的月子中心的需求。当然,进入月子中心的好处很多,一个是节省了宝爸宝妈们的摸索时间,直接享受到了专业的服务,再有就是现代女性普遍就业,在护理婴儿及坐月子方面缺乏经验,而在月子中心坐月子,不仅能够学到丰富的知识,还能够在学习的同时与其他宝妈相互交流讨论,对于做好宝妈产后的心理调节,对孩子科学护理有好处;再有一个最大的好处就是能解决老人的压力,还能避免家庭之间的矛盾,尤其是坐月子期间最容易发生的婆媳矛盾,往往是一辈子都解不开的心结。"

"这可太好了。"在座的一位年长的女性说,"婆婆侍候月子,那真是费力不讨好,付出再多,儿媳妇也还有意见。要是有这样的机构,可把我们解放出来了。"

"对,我们家也是,我那个老亲家,事儿特别多,总是挑这挑那的,有这么个专业的机构,我就不用和他们家天天周旋了。"另一位年长女性也随声附和。

蓝琴又问:"一般都是什么情况下能去住?"

"刚分娩出院的产妇和新生儿都可以,新生儿是指自脐带结扎至生后满二十八天的小婴儿。通常产妇会在分娩三到四天之后入住月子会所,入住时间通常为四到六周,也有极少数的新妈妈会坐'双月子'。"

在座的来宾除蓝琴和凤鸣外,也有家里有了第三代的老人,对于月子中心这个新生机构都挺有兴趣,各种问题不停地提来。

"各位,大家如果有兴趣的话,可以来我们会所看看,你们一去就明白我们是干什么的了。"

阿琪不愿喧宾夺主,及时制止了大家的提问,然后拿出名片,在征得长河同意后发给大家。长河也说,阿琪的月子会所在沈阳是有相当规模的,有时间可以去看看。

凤鸣心直口快地问:"长河,你请了月子会所的老总过来,是不是未雨绸缪,想先给儿子儿媳妇报上名啊?"

"岂止是报名,大家要是不着急,在这里多待上一段时间,就可以看见刘院长家里双喜临门的局面了。"阿琪笑道。

蓝琴闻言不禁看了看新娘小腹,发现新娘虽然穿着束腰的裙子,可是肚子有微微隆起的迹象,她立刻明白了。凤鸣也同时看了过来,惊叫道:"噢,原来是有了,怪不得——"

阿琪急忙捂了一下嘴:"哎呀,我多嘴了,嫂子,我真该打啊! 对不起!"

蓝琴看着阿琪夸张的表演,不禁莞尔,想这个姑娘外粗内细,还真是个营销高手。

林珍倒是不以为然:"有啥该打的,你不说我也想说呢,这是好事,我马上要抱孙子了,高兴还来不及呢,怎么会怪你。"

于是大家又都纷纷举杯，祝贺林珍、长河双喜临门，新娘子陆娜则羞涩地低下头，脸上略泛红晕，但也透着幸福。

长河说："我已经决定在顾总的会所里让孩子坐月子了，你们谁要有这方面的需求，可以找顾总，也可以找我，我保证一定打折。"

阿琪笑道："打最低的折，今天在座的都是我永远的 VIP。"

大家又开始说笑起来，阿琪开始轮番敬酒，明媚的笑声响彻了整个雅间。

4

婚礼办得很隆重、很热闹，一共办了五十桌，可以看出，长河夫妻在当地是很有人脉的。

婚礼分为中式和西式两种，先是在草坪上举办露天婚礼，由牧师打扮的人上来进行见证，双方宣誓，交换信物，接着就是回到宴会厅，中方司仪上台，进行中式婚礼仪式。

蓝琴和凤鸣、阿琪坐在一桌，算是新郎父亲的朋友，整个婚礼一如北方婚礼的模式，冗长而又拖沓，刚刚西式婚礼草坪上的浪漫与简约的感觉，瞬间被中式婚礼上模式化的东西取代，特别是婚礼上还请来了赵本山团队的一名小品演员，可能是拿了昂贵的演出费，他很卖力气地演起了二人转，场上观众不停地叫好，可是这对蓝琴来说简直是场折磨。

蓝琴受不了这种吵闹，开始再次后悔自己的选择。她本可以在 C 市过自己安静的日子，为什么要来到这里呢？她原本想参加完婚礼就走，可是长河坚持要她再住两天，还说婚宴事情完了，要约几个老同学去附近的山庄玩几天。可是蓝琴现在已经归心似箭了，特别是家里还有那么多的事需要处理，她真是坐不住了。

蓝琴假借去洗手间为名，出去透透气，却在门外看见了先一步出来的阿琪。

阿琪今天的打扮和昨天完全不同，一身 Burberry 的职业套装，衬托出她身材修长挺拔，她正在楼梯的一个角落的沙发里抽烟，看见蓝琴出来，就向她招手。

蓝琴打个招呼："顾总，你也出来了？"

"透个气,里面太吵了,不要叫我顾总,叫我阿琪就行。"

蓝琴坐了下来,阿琪扬起手中细长的摩尔烟,递给蓝琴,蓝琴挥手拒绝,说:"我不抽烟。"

"我也是偶尔抽。您怎么也出来了?"

"和你的理由一样。"

阿琪笑笑,说:"东北就这样,弄个婚礼要是不把房盖顶起来,就不算成功。我以为刘院长会浪漫一点儿,没想到也整这一套。"

"那个西式婚礼还不错,其实没必要再弄一个中式的了。不过众口难调,有些上岁数的人还是喜欢热闹。我能理解长河的苦心,他一直这样,总想面面俱到。"

"您很了解刘院长。要不怎么能是老朋友呢?"阿琪笑笑,吐出一口烟,"听刘院长说起过您的事,我很钦佩你。"

蓝琴没想到长河在背后还和这个女人谈起过自己,有点儿好奇地问道:"他说过我什么?"

"说您是个女强人,背井离乡创业,很了不起。"

蓝琴说这是他过奖了,又说:"你也了不起,昨天你说的事情,我听着很新鲜,你这个是新兴行业,很有前景。"

阿琪笑道:"我是个母亲,但我第一个孩子没能保住,那个时候,我在外面办学校,忙事业,天天风里雨里,怀了孕还很拼,结果有一次去盘锦出差的路上出了车祸,我保住了自己的命,却没能保住自己的孩子。"

蓝琴心中顿生敬意,这是一个很惨痛的经历,可是看阿琪的脸上却是云淡风轻。

"真没想到你还有这样的经历,真是太不容易了。"

"女人要对自己好一点儿,尤其是怀了孕的女人,因为你不再是一个人,要承担更大的责任了。过去我不懂这个,现在明白了,所以我就是要做这一行。"

"那你后来要孩子了吗?"

阿琪摇摇头:"我不能再要孩子了,不过,我现在有很多孩子,新月会所里的孩子全是我的,我有上百个孩子。"

蓝琴对阿琪更增加了几分敬意,"你真是一个坚强的女性!"

"不坚强又能怎么样? 我失去了一个孩子,后来又失去了一个丈夫,但

45

我其实什么也没失去。新月会所有上百个爸爸和妈妈,还有上百个孩子,这是一个大家庭,也是我生活的全部。在我们会所,没有人叫我顾总,比我年轻的叫我琪姐,比我大的直呼我的名字安琪,那些孩子们叫我琪姨,这就是我的家,我们都是家人。"

蓝琴陷入深思中。阿琪的经历和她是如此的相似,她也有过一次失去孩子的经历,也是在创业初期。

"女人要对自己好一点儿,更要对自己腹中的胎儿好一点儿,因为那是另一个你,一个穿越时空过来寻找你的你。"阿琪说,"等我明白了这个道理时,有点儿晚了,但好在我选择了这个职业,也不算晚。"

蓝琴说:"给我也来根烟?"

阿琪略有些惊讶,但随即释然一笑,递过烟盒。

蓝琴取出一根烟,点燃放在嘴里深吸一口,口腔里有一股薄荷香味,很清新。

"我和你一样,也失去过一个孩子。"。

阿琪脸上露出惊诧之色。

"流产。"蓝琴说,"咱们俩很像,那个时候我很年轻,把事业看得比什么都重要,并不知道最重要的东西是什么。"

"现在呢?"

"有一个儿子,在北京上学。"

"关系怎么样?"

关系? 蓝琴苦笑一下,想起了正值青春期叛逆的儿子,那个和自己没说几句话,就会争吵起来的冤家,她吐出一口烟圈:"他和他爸爸更亲,几乎无话不谈。"

"这很少见,一般都是男孩子和妈妈更亲。不过,在我们这样的人身上,也不为奇。"

"我不是一个成功的妈妈,可能太强势了,让人讨厌。"

"不,我其实很喜欢你的,我觉得,你和她们不一样。"阿琪真诚地看着蓝琴,"我第一眼见你,就觉得你不一样。"

"有啥不一样,都是凡夫俗子,现在又都是人老珠黄,不像你正年轻。"蓝琴调侃一句。

"绝对不一样的,例如,整个大厅这么多人,只有咱们俩跑出来抽烟,这是我们的缘分。我想你一定是有故事的人。"

"我的人生没有多少故事,但有不少事故,"蓝琴笑道,"可以给年轻人做个反面教材。"

两人正说着,不远处看见凤鸣急匆匆地朝她们的方向走了过来。

凤鸣嗔怪道:"好啊,蓝琴,我找了半天见不到你,原来你躲起来抽烟了。"

阿琪说:"里面太闷了,我们出来透透气。"递过烟盒,"你也来一根?"

"NO!"凤鸣一脸深恶痛绝的表情,"我可不会抽烟。"又拉过蓝琴,"新郎新娘要来敬酒了,我赶快出来找你。不在了可不好!"

蓝琴说:"我们走吧。"

阿琪说:"你们去吧,我有事得先走一会儿了,刚才有个信息过来,会所有点儿急事需要处理一下,你们回头替我解释一下。"

"新郎新娘马上要来敬酒,不等一下就走是不是有点儿不礼貌。"凤鸣质疑道。

"没事,这不是什么大事,反正过一阵子,我和他们就得天天见面了。我们的日子还长着呢。"阿琪笑道,"你们快过去吧!"

蓝琴说:"那好吧,再见。也许这两天我去你那儿看看。"

"欢迎之至,我随时恭候大驾,另外我们的月子餐也是不错的,你们可以品尝一下。"

阿琪走了,看着她窈窕的背影,蓝琴赞了一句:"来去如风,真是个妙人!"

"没看出来,我觉得挺商业的,"凤鸣不以为然,"典型的商人!"

婚礼之后,蓝琴回到宾馆,正想放水先洗个热水澡,宝峰的电话来了,一上来就开门见山:"你啥时候回来?"

"后天。怎么了? 着急了?"

"卢公子那边着急办手续啊。而且,他还有个想法——"宝峰欲言又止。

"说吧,怎么还吞吞吐吐的?"

"他说我对这里熟门熟路的,想让我抽点儿时间帮他管理一下,做他的职业经理人,他不想再雇新的总经理了。这样一举两得,我们既把楼租出去了,我还能再得一份佣金。"

蓝琴的脑海中浮现出一个画面,灯红酒绿、纸醉金迷的 KTV 包房里,宝

47

峰西装革履，手持高脚杯在敬着酒；宾客满席、觥筹交错的酒桌上，宝峰满嘴酒气在和一群人称兄道弟。无论如何，这都是她最不想看到的画面，宝峰和长河不一样，他是一个性情中人，特别喜欢江湖义气，率性行事。而卢公子像一个陷阱，宝峰一旦和他接触上，随时可能掉进去。

蓝琴尽量让自己耐心下来，说："咱们有同聚，十二家店呢，你怎么还能抽出时间帮别人做事？"

"同聚还有什么需要管理的？都很正规了，我们也有店面经理，不需要操太多的心，再说同聚不是还有你吗？我们把楼盘甩了，你那个儿童餐厅搞不起来，就可以专心搞快餐业了，"宝峰乐观地说，"我也能有时间再开辟一个市场。卢公子这次做的是个大手笔，他要打造 C 市餐饮娱乐业的大品牌、大地标，这一行业前景乐观，利润也大得多，我们没准儿可以再闯出一片天地。"

宝峰一直想做大做强，他是有雄心壮志的人，总想做大事，否则当年也不会放弃副厂长的身份，下海创业。对他的这个特点蓝琴是知道的。

"宝峰，酒店业鱼龙混杂，我觉得以咱们俩的性格，未必是合适做这一行的，你忘了，当年你是怎么离开白老板的？你还要走上老路吗？"

"当年和现在不一样了，卢公子也不是白老板，他做的是正规生意，这个我已经考察过了。"

"你要慎重。快餐业现在的前景也不是你想的那么乐观。我这次来沈阳，发现很多老牌的快餐店都倒闭或是转型了。"

"对啊，正是因为快餐业也做不出什么气候，我才考虑转型，卢公子也是咱东北老乡，人挺仗义，我想等你回来，让你见见，你就明白我的想法了。"

宝峰对投身酒店业还是充满信心，这正是蓝琴最担心的。她当然知道宝峰为什么会有这样的想法，十几年前，宝峰也曾当过酒店的老总，但那是一次失败的、痛苦的经历，可宝峰一直对酒店业情有独钟，还梦想着从失败的地方爬起来，证明自己。

"无论如何，不要答应他任何事，等我回来。"

放下电话，蓝琴已经下定决心，明天无论如何得回去了。对于长河，她已经尽到了该尽的礼节，再待下去，就没有意义了。

蓝琴正想拿起手机查一下明天最早的一班车，发现明天是周日，所有的车次都没有座了，她又想查一下高客，突然电话又响了，上面显示是一个陌生的号码。

她接了一下,对方说:"琴姐,你好,我是阿琪。"

"阿琪,你好。有什么事吗?"

阿琪说明来意,想请蓝琴吃个饭。蓝琴正要推辞,阿琪说:"吃饭事小,我是和姐姐一见如故,想请姐姐明天去我们会所坐坐,口说无凭,您看一下,就知道我做的事业是什么了。"

对阿琪蓝琴颇有好感,对于她创办的月子会所,蓝琴更有兴趣。她是个好奇心很强的人,对于新兴的事物一直有兴趣尝试和了解。

想起明天反正也没有合适的车次回 C 市,蓝琴说:"好的,我可以过去。"

"上午十一点吧,我等您,不见不散。"

电话放下,蓝琴又给凤鸣打电话:"凤鸣,明天陪我去个地方吧。"

听说去新月月子会所,凤鸣的第一反应是:去那儿干啥?

蓝琴向她解释对这个新兴行业感兴趣,凤鸣调侃道:"你可真是工作狂,到哪儿都不忘工作啊。"不过,虽然不感兴趣,凤鸣还是同意和她前去。

放下电话,蓝琴欣慰地想,有个闺密真好! 这次来沈阳,多亏了凤鸣的陪伴。

第二天,蓝琴和凤鸣来到了新月月子会所。一到门口,把她们俩吓了一跳,新月规模不小,超出她们的想象,一共是三层楼,而且墙体全都刷成了活泼的绿色,在钢筋水泥的城市丛林中,像是一片绿森林,格外醒目。门口有值班的保安,听说他们要找总经理,先打电话确认了之后,又让她们留下了姓名和电话,然后取来鞋套,要她们将鞋套上,穿越了一道风淋消毒,这才放她们进屋。

虽然只有三层,但是仍然有内部电梯。里面的环境整洁有序,装修是暖色调的,以黄色和绿色为基调,精致而有童趣,让人心情愉快,地面更是光滑如镜、亮可鉴人,可以称得上一尘不染。阿琪从楼上下来会见她们,她和前两次又有所不同,今天是一身墨绿色的职业套装,再加上还佩戴着一副金丝边眼镜,显得典雅、庄重。

阿琪带她们参观了一下整个会所,三层会所里各种设备一应俱全,一楼是办公区域,从二楼以上,就是客人居住区、卧室、婴儿房,客房装修雅致,有一种温馨舒适的回家一样的感觉。还有 300 平方米的多功能厅,为宝妈们提供各种娱乐活动和知识讲座、实操的场地,还有一个装潢精美的会客室,这是为来探视的家人和朋友们提供会面的场所，顶楼还有一个露天观景阳台。最可爱的地方是婴儿SPA室、洗澡间、游泳池，还有摆放着各种黑白卡片和彩色玩具的大平台，阿琪说这是给宝宝每天体能训练、智能开发的操作台。

阿琪介绍，新生儿期是为宝宝身体素质打基础的最重要阶段，也是大脑神经细胞发育最迅速的时期，这时候给予的科学干预，是生命黄金一千天最重要的基础。从这里走出去的宝宝，生长发育指标都达标甚至超标，才是月子会所最希望完成的事。

"啊，这地方太棒了，既像宾馆，又像是家!"刚开始还有抵触情绪的凤鸣也不禁感叹起来。

"我倒是更想让它成为一个家!"阿琪有些自豪地说，"宾馆没有感情，家才是我们最需要的。"

在将近200平方米的总统套房，里面豪华而又充满格调的装修风格再次让凤鸣惊叹不已。阿琪告诉蓝琴，长河就订了这样的房间，将来刘贺、陆娜两口子就在这里坐月子。

"我冒昧地问一下，订这样的房间，是怎么一个标准?"凤鸣问道。

"68888元。但是我会给他打折，享受会员价。"

凤鸣吐了一下舌头，小声对蓝琴说："有钱人的生活，真是不可想象。"

阿琪边走边向她们介绍："我们月子会所房间数共有三十八间，你们刚才看到的套房，我们一共有三套，一般情况下，我们不会让来访客人随便进入这些房间的，因为这里的环境要求比较高，所以会严格控制进去的人员，必须是我们会所里的专业人员才能上去。一般客人进入的是样板间。"

"入住率怎么样?"蓝琴问。

"我们现在的二十多个房间里都有人，还有几间预订出去了。因为我们的口碑很好，所以不愁客源，现在的经济好转，人们收入提高了，年轻人也有认知能力，知道专业的事找专业的人去做，所以大家比较舍得在这方面投入。"

"看来生意还是不错的。"

"最初是不行的，头一年开张的时候，一年不到十个人，把我愁坏了。这两年人们的意识改变了，需求量也大了，再加上我们的口碑不错，所以总算渡过了难关。"

阿琪带他们又去护办室和康复室进行参观，在月子会所里，除了穿白大褂的医生,就都是穿统一制服的工作人员、护理人员。

"任何一个月子会所都必须有一个有医学背景的专家团队,如妇产科、儿科、中医、心理、母婴护理、康复、理疗等专家组成的团队,虽然生孩子、坐月子是生理过程,但是母婴都处于生理特殊期,特殊期就有特殊状况,跟医学息息相关。"

阿琪带她们参观了厨房。

"月子餐要可口,但最重要的是必须绝对的健康、卫生,对原材料要求极高,而且还需要科学搭配,分阶段进补,不能像传统坐月子那样大鱼大肉,不吃蔬菜、水果等食物。你看我们的厨房,每天都要进行清洁、消毒,因为宝妈此时身体抵抗力低下,更需要食品安全保障。"

做餐饮多年,蓝琴对此也有同感,"我们快餐店也一样,去年刚取得了ISO9001 国际质量管理体系、ISO2200 食品安全管理体系的认证,做餐饮的,食品安全是生命,必须保证每一个厨房都可以让客人随时参观。"

"一会儿尝尝我们的月子餐,让咱们回到做母亲的那个年代。"

蓝琴笑道:"好。做母亲的时候,我老公给我做的月子餐,就是以红烧肉和猪蹄、小米粥、煮鸡蛋为主,看看你们的有什么不同。"

"我们的月子餐很好的,有中医专家和营养师共同研究设计的餐谱,还有根据个体差异定制的个性化食谱。"

三个人来到阿琪的办公室,刚坐下,就有助理过来汇报,有三个客户过来了。

助理说:"三个人今天是来交款的,他们订的标准分别是 48888 元、28888元和 38888 元的。"

阿琪问:"有熟人介绍来的吗?"

"有,48888 元是刘长河院长的朋友;28888 元是看广告来的,是新客户;38888 元的,是刚刚满月离馆的一个宝妈的同学。"

"好,刘院长的朋友打 9.5 折,另外两个再增加点儿服务。"

"就这点儿折扣吗?"

"对,和他们说明一下,我们这个行业体现的是两代人一生健康的价值问题,不是价格问题,不能把精力用在讨价还价上,要用在母婴服务上。我们的价格本身也没有水分,因为是朋友,所以才能给一些优惠。"

助理说,她们还有些具体问题,想咨询总经理。阿琪要蓝琴她们先坐一会儿,然后和助理出去了。

阿琪走后,凤鸣吐了下舌头,说:"好家伙,这一会儿工夫,就来了三对,而且还不打折,我算算,这就是十万块钱进账了,真是暴利行业!"

"也不能这么说,"蓝琴说,"你看看人这家规模,这种专业度,再说一住就是将近一个月,我觉得这费用的性价比还是可以接受的。"

"反正比你的快餐店利润大多了!"

"那没有可比性,这个是太专业的事情了。我们那个没有太多的技术难度。"

蓝琴觉得自己这次有点儿大开眼界的感觉。

"我觉得这真是个朝阳产业。"

"你动心了?"

"有点儿。"

一个熟悉的身影突然从办公室门前一扫而过,还没看清是谁,阿琪进来了。

阿琪先说抱歉,又看了看表,已经快中午了。她要带着凤鸣和蓝琴去二楼餐厅用餐。

餐厅装修得很雅致,中式风格,古香古色,这不是客户们来的地方,是总经理专门招待客人的。

阿琪说:"你们来了好几天了,东北菜都吃腻了吧,咱们来点儿雅致的吧。"

服务员将菜端上来,是淮扬菜系,清淡而美味,还有两瓶意大利进口红酒。蓝琴说:"不是说月子餐吗?"

"放心,月子餐也有,但你们来了,怎么也得有几道主菜。"

原来月子餐只是配食。阿琪说,这个餐厅还有一个功能,就是为客户家里来了外地人不愿出去吃饭或者是家里人想在这里聚会的,提供一个套餐服务,很受大家的欢迎。

把餐饮和护理服务结合起来,蓝琴觉得这个做法很新颖。

吃了没多久,凤鸣出去接电话。阿琪问蓝琴:"琴姐,看了我这个地方,有何感触?"

"感触颇深,妹妹真厉害。一个小女子经营了这么大的事业,让人佩服。"

"我认为这是一个很有前途、充满爱心的行业，为人父母，就要尽其责任，倾尽所爱，给自己的家人、孩子最好的呵护，而我们这里就是帮助他们完成这个心愿的地方。所以我放弃了一些大企业的高薪聘请来到这里。这是一个新兴的行业，一开始真是举步维艰，但熬过了最艰难的几年，总算挺过来了。"提起过去，阿琪心有余悸，但还是有一股成就感溢于言表。

"我们C市也缺少这样一个机构，"蓝琴说，"我也觉得是有前途的。"

"将来我要是把事业做大了，也许会做连锁，你们那边如果有需求，有兴趣咱们可以一起玩。"

蓝琴表示同意，"一言为定。"

正说着，阿琪的电话响了，她看了电话一眼，皱起了眉头，说："有个客人来了，你们先坐着，我招呼一下他。"电话没有接，她挂断就直接出去了。

阿琪刚走，凤鸣就进来了，一进来就挤眉弄眼地说："蓝琴，你猜我出去看见了谁？"

"看见谁了？"

"刘长河，他就在阿琪的办公室里。"

蓝琴想起了刚才在阿琪办公室门前看见的那个有些熟悉但又没看清的人影，原来是长河。"他怎么来了？你们见面了？"

"没有，我觉得不太方便说话，就回来了。"

蓝琴猜测道："怎么了？有啥不方便的？我想他是为孩子的事来的吧。"

"我看不是，我觉得，"凤鸣凑过身来，小声说，"长河和这个阿琪的关系不一般。"

"瞎说什么，他不就是一客户吗，有啥不一般的？"

"长河一定知道我们在这儿。因为他来了，阿琪应该告诉他我们在这儿的，可是他没过来见我们，这只能说明，他们两个人不想让我们知道他们在这儿见面。而且，我看见一个现象——"凤鸣一脸神秘地说，"我看见长河在阿琪的办公室里，穿的是拖鞋。"

5

蓝琴订了明天下午的火车，虽然长河一再挽留，还说已经约好了沈阳的同学们，这两天去朋友的一个山庄住一晚上，但蓝琴婉言谢绝。她现在归心似箭,就想回 C 市去,那里有太多的事情需要她处理。

晚上,蓝琴拒绝了长河的约请,说想自己静静。实际上,她是从阿琪新月月子会所拿了很多宣传材料、资料,想静下心来看看。

月子会所对她来说是个新生的事物。蓝琴在 C 市第一医院当过护士,作为儿科护士,她对于婴儿的护理还是有一定经验的,通过考察顾安琪的那家月子会所,当年在儿科的经历突然浮现在心头,她凭直觉感到这是一个很好的项目,而且也很适合自己。

十五年前,她有过一次流产,很严重,大出血后整个人昏迷,在死亡线上挣扎了一圈。当时,宝峰出去谈业务,没在身边。晚上有一个企业临时加班突击生产,急需五十份团餐。送餐员正赶上家中有事请了假,她自告奋勇,晚上自己蹬着三轮车去送餐,走到半路时突然对面一个大车开过来,大车车灯打得贼亮,晃到她眼睛,让她一阵眩晕,接着车子就倒了下来。她只记得大车紧急刹车时发出的"嘎"的刺耳声,然后自己就处于半昏迷状态。好心的路人把她送往医院。她还记得自己在路上喃喃自语,要他们打一个电话,那是宝峰的电话,接下来她就人事不省了。

她在病床上躺了整整七天,命保住了,孩子没了。宝峰在她身边,心疼得直揪头发,不停地咕哝着:"不值得啊,蓝琴,为了这几十份快餐,太不值得啊!下回你再也不能去送餐了,我们雇人,多多雇人!你答应我,无论什么情况下,也不能再自己去送餐了。"

来探床的护士长也谴责她:"蓝琴,你也在医院工作过,怎么一点儿常识也没有?你都怀了几个月了,这种情况怎么还敢自己骑三轮车出去?你胆子也太大了!"

面对这些关心的指责,她只是淡然一笑。她最关心的只有一件事,稍好一点儿的时候,她去妇产科找卓越大夫,C 市有名的产科"大拿",问:"我还能有孩子吗?"卓越说:"短期内别有这个想法了,先调养。一至两年后,身体没大事,应该可以的。"她说:"我和您预个约,两年后,我怀上孩子,由您来接生。"卓越面沉如水,说:"这事有预约的吗?"

两年后,她怀上了孩子,可是接生的并不是产科第一把交椅卓越,是卓越的学生。求卓越的人太多了,她没有时间接受任何的预约。孩子顺利生下来的那一刻,蓝琴深深松了一口气,她真的害怕自己这辈子不会再有孩子了。

蓝琴摇摇头，把自己从当年的回忆中抽离出来，可是看了几页资料，脑海中又浮现出当年的回忆。孩子刚生下来的时候，正是她们开第一家正式门店的时候，忙得手忙脚乱，好在她是顺产的，在医院只住了三天就出院了。在家坐月子，躺在床上手机还不停地响。这个时候，姥姥已经去世多年了，母亲体弱多病，自己家里没有人可以使得上劲儿。她雇了一个月嫂，月嫂上班后，她在家里没坐足一个月，又回到工作岗位上去了。他们盘下了市中心的一个门店，还买了一辆送货车，她把孩子交给月嫂，一心扑在工作上。然而，没有想到的是，生意是做起来了，可是她和孩子的感情却疏远了，孩子和她不像和父亲那样的亲，甚至不如和月嫂亲。而月嫂看孩子时有一次忙着做饭，忘了关窗子，孩子在窗前受了风寒，结果落下了个病根，气管一直不好，后来去北京看了几次，至今也没能去根儿。

　　忆往昔峥嵘岁月，蓝琴觉得自己对得起所有人，但最对不起的是儿子顾枫。顾枫现在在大连枫叶学校上中学，那是个国际学校，学费极其昂贵，宝峰坚持要让自己的孩子从小受到最好的教育，初中一毕业，就把他送走了。但其实孩子从为人之初，最应该接受的是来自父母的关爱和教育，这一点，他们夫妻俩都不合格。

　　蓝琴强迫自己停止胡思乱想，又开始看阿琪给她的资料，看了没几眼，就有人敲宾馆的门。蓝琴放下资料，问："谁？"外面有"咯咯"的笑声："是我！"

　　蓝琴打开宾馆的门，凤鸣站在门口，一手提着一瓶红酒，另一手提着一个食品袋子。凤鸣笑道："我来看看你，一个人在宾馆，寂寞吗？"

　　"寂寞啥，刚想安静一会儿，你又来了！"蓝琴嗔怪道，顺手接过凤鸣手中的红酒，"来就来吧，还拿东西！"

　　"我想你一定没有吃饭，我也没有，正好咱们姐俩今晚小酌一下，你不是明天要走吗？我还没好好请请你，不过想想，这两天饭店去得太多了，你肯定也不想去了，咱们就在宾馆里吃吧，给你践个行！"

　　总统套房十分宽敞，两人把酒和吃的放在外间的桌子上，蓝琴打开凤鸣拿来的餐袋，里面是一摞装得满满的快餐盒，打开之后，她惊呼一声："炸排骨，熏大肠，干豆腐丝，锅包肉，大拌菜，冷面，嘿，全是我爱吃的！"

　　"别嫌寒酸，别看没啥贵重的东西，可也都是当地特产，妹妹我跑了好几个门店凑齐的，保证都是老沈阳的名吃！"

"不错不错,正合我意。"

两人将菜摆了一桌子,像两个男人一样把酒打开,倒上。凤鸣眼尖,一下子就看见了蓝琴放在电脑桌前的资料,说:"嘿,上午刚去的,晚上就开始研究上了。"

中午告别的时候,阿琪给了蓝琴和凤鸣一人一份资料,还有伴手礼。所以蓝琴有的凤鸣也有。蓝琴说:"我是得学习学习,我对她这个事挺感兴趣。"

"是啊,我听了也有兴趣。琴姐,你是学护理的,我是学儿科的,其实这个行业还挺适合咱俩。"

"你也有这个感觉吗? 我还以为你没啥兴趣呢。"

"切,你别小瞧人,你妹妹我也有经商头脑的。"

凤鸣端起红酒,与蓝琴碰了一下,拿起一块炸排骨,迅疾下肚,然后说:"琴姐,咱俩有十年没见了,其实我有很多话想和你说。"

"我洗耳恭听。"

凤鸣收起一直嬉笑的表情,严肃地说:"琴姐,今天晚上来,我不仅是想和你喝酒叙旧,其实还想探讨一个事——我们的未来。"

蓝琴轻呷一口酒,看着因为有点儿严肃而让人有些不习惯的凤鸣,笑道:"咱们的未来?"

"对。琴姐,我觉得好像冥冥中的安排,在我生命最迷惘的时候,老天把你派到了我的身边。这些年来,我活得并不好,失败的婚姻,一事无成的事业。你们都功成名就,有家有业,我还是孤身一人,我有时也想,命运似乎一直没眷顾过我,可是我一直不服气,我不信命,我也想靠自己再活出一片天地。但我缺少一个引路的人,缺少一个同行的人,而你,蓝琴! 就是上天派来的那个人。"

蓝琴笑道:"我有这么厉害?!"

"你当然有了。想当年,在林业局医院,你放弃了铁饭碗一走了之,在另一个城市安家立业,我就很佩服你。我那时就想着找个稳定工作过安逸日子,因为我既没有你那样的勇气,也没有那样的机会。现在,我也快四十岁了,稳定的日子也过有,动荡的生活也有过,我现在想收收心,做点儿有意义的事,什么是有意义的事? 就是做我喜欢的事。琴姐,咱们姐俩合作干点儿啥吧!"

蓝琴说:"咱们能干啥呢? 我就有一个快餐店,总不能你和我去做快餐吧,那也不适合你啊。"

"你不是说你有个楼盘吗? 你不是一直想开拓个新产业吗,咱们俩可以想想能干啥,我看那个月子会所就不错,是个有前景的企业,咱们俩合伙做那个如何?"

蓝琴吓了一跳,她怎么也没想到,平时大大咧咧自由懒散的凤鸣竟然会有这个想法,而更难得的是,与她竟然有不谋而合之感。

"你学过护理,我做过儿科,那个阿琪有什么? 她是学幼教的,她都能干,咱们更能干! 我想了想,越想这个越靠谱!"凤鸣脸上焕发出兴奋的神采,"琴姐,你昨天不是说,快餐业的黄金时期已经过去了吗,我看也是,现在美团外卖这么发达,想吃哪家都可以送,谁还需要你们的快餐啊! 你别再做餐饮了,反正 C 市也没有月子会所,咱们合伙开一家,一定有前景。"

"可是这个还是需要资金投入的,我现在资金紧张,有点儿捉襟见肘。"

"我来之前做了调研,那个阿琪说,如果做一个小型的月子会所,资金不会需要太多,一二百万就行。我有一笔股票解套了,再加上我在沈阳还有一个空的房子可以卖了,我收拾一下,能有一百万元资金,你再添点儿,我觉得也差不多了。"

凤鸣看来是真下定决心,准备破釜沉舟了。蓝琴不禁暗下佩服,笑道:"你还真有钱!"

"我一个人生活,一个人吃饱了全家不饿,还不得攒点儿钱? 我没有你们那么大的开销。不过,这也是我全部的家底了。"凤鸣坦诚地说。

"如果能够控制在二百万元左右,我也差不多能挤出一点儿。"

凤鸣说这番话的时候,蓝琴脑海中有了一个主意,这主意开始是模糊的,但随着凤鸣的言谈,此时渐渐清晰。

"如果资金紧张,你先拿出一层楼来做这个,我们试运行一下。"

"要做就得全拿出来,不能只拿一层,这个不是做卖场,是做一个产业。"蓝琴说。她的脑海中已经浮现这个行业的未来前景,要做就得做成专业的、有规模的,不可能只拿出一层做会所,其他的还租给别人做别的,那就不伦不类了。坐月子对环境要求极高,你凑合一下,也不是那个意思。

"琴姐,要是五层都做这个,可能投资就更大,我反正只有这么多钱,我可以全投进去,剩下的你财大气粗就想办法解决吧,你是大股东,我是小股东,你是董事长,我就当个董事,有事你说了算,我给你打工。"

我财大气粗?想想银行贷款下个月还不知怎么解决,蓝琴不禁苦笑一下。

"琴姐,你到底怎么想的,你觉得我的想法行不行?"见蓝琴不语,凤鸣有些着急。

"容我想想,再给你答复。"

"好,那就给你一周时间想想,反正我也下了决心,如果你不做,我就去阿琪那儿给她打工去吧,我有儿科临床经验,她们也用得上,我已经闲了快一年了,我不能再闲着了,人该待废了。"

"阿琪那儿需要人手吗?"

"需要!我下午给她打了电话咨询了一下,她们需要儿科的医生坐班,她很欢迎我过去。"

凤鸣真是外粗内细,不过一天时间,把调研工作都做好了。对于她这种雷厉风行、斩钉截铁的风格,蓝琴还是很欣赏的。

"她们给的薪水也不错的,"凤鸣直言不讳地说,"但这也不是我想要的。我是想在那儿里适应适应,学习一些经验,熟悉一下门路,将来找个机会,还是要自己干。"

蓝琴点点头,她想凤鸣的想法是对的。凤鸣来找她的目的,她也很明白,自己有资产、有经验,再加上两人的关系,当然是比阿琪更合适的合作者。而凤鸣这种个性,加上她的专业能力,其实也是她目前能想到的最好的合作伙伴。

正想着,电话响了,蓝琴打开一看,是长河打过来的。

蓝琴接了电话,长河在那边说:"蓝琴,吃了吗?"

"正在吃。"

"是明天下午的火车吧?我去送你。"

蓝琴说不用了,长河执意要送,还说:"明天中午一起用个餐吧,我不找司机了,我亲自开车过去,就咱们俩,这一天天太忙乱了,也没和你聊几句。明天要走了,给我个机会吧。"

蓝琴看了凤鸣一眼,刚想说什么,长河却将电话挂了,这是不给她拒绝的机会。

凤鸣问:"谁的电话,刘长河的?"

蓝琴点点头，凤鸣说："他明天要送你吧？"

"你啥都知道！他还说明天中午要请我吃饭，你也一起吧？"

"我才不去呢，我不当电灯泡。"凤鸣撇了一下嘴。

蓝琴嗔道："又说怪话，什么电灯泡？"

"你真不懂咋的，长河这次就想和你单独聊聊，你每次都拉着我！"

"有什么可聊的，该说的话都说过了，再说来这里，大家互相看见了不就行了吗？还聊啥。"蓝琴无奈地说，"他把电话挂了，都不给我机会拒绝。"

凤鸣说："我觉得长河心里还有你，不过你可得小心，这种男人不能碰，有钱又薄情的人最可怕。那个林珍眼也毒着呢，她是笑里藏刀的。"

蓝琴笑道："开什么玩笑？我这次离开沈阳都不知道啥时候再来，我还能见他几面？再说，刘长河就算是再出色，跟我有啥关系。我们只是朋友或者同乡，再也不可能有什么别的关系了。"

"对，最好没有关系。刘长河是个风流鬼，他和那个阿琪肯定关系不一般。"凤鸣咬牙切齿地说。

"又说这个！怎么了人家？不就是在办公室里等她吗，这有啥不正常的？"

"不正常，上午我趁着去洗手间时问了问门前接待的小护士，她说刘长河经常来这里，是常客。"凤鸣一脸诡秘地说。

"你真够八卦的，还跑到那儿打探去了？你是真闲得没事了。"

"我跟你说，要真是为了孩子坐月子的事，林珍去是最合适的，他一个老公爹，这么热心干啥，还隔三岔五地去！还有那天吃饭你没注意吗？阿琪和他是不是太随便了，他俩互相看对方的眼神都和看咱们不同，他们俩绝不是简单的甲方乙方的关系。"

"真受不了你，小福尔摩斯，脑子全用在这儿了。我怎么看不出来呀！"蓝琴笑道，"我看你应该去小报当记者去，专门打探名人隐私。"

"反正我就是提醒你，别让刘长河的甜言蜜语骗了。不过，长河倒确实是有实力的，"凤鸣满怀憧憬地说，"将来要真是有需要投资的事，你还是可以借他的劲儿的。"

"我就是饿死也不会找他的，"蓝琴斩钉截铁地说，"我还没落魄到那一步，需要靠他刘长河接济。"

凤鸣吐了吐舌头，不说话了，专心对付快餐盒里的锅包肉。

6

第二天中午,刘长河的车子拉着蓝琴来到了火车站附近的一家西餐厅。因为来得比较早,西餐厅里面没有什么人,非常安静。看见两人在隔断里坐下,服务员很应景地放了一段轻音乐,舒伯特的《圆舞曲》。

因为这几天孩子结婚,长河做了点儿修饰,染了头发,还定制了一套西装,坐在对面,沐浴着阳光,显得神采奕奕,完全符合他现在成功的人设。蓝琴看着他,想凤鸣的猜测也许是对的,长河虽然比自己大了一些,但也不老,还不到五十岁的他,仍然是许多年轻女性心中成熟又成功的理想人选。

这是和自己曾经青梅竹马的人,后来形同陌路,现在又开始续上了。但蓝琴的态度很明确。这次来沈阳,其实也是想了一个心愿,给刘长河一个面子,顺便和他和解。毕竟已经过去了这么多年,没有必要总是在心里拴着个疙瘩。可她也仅能做到如此,凤鸣的担心全是多余的,她才不会再让自己犯第二次错误。

咖啡端上来了,长河呷了一口,说:"这几天太忙,没来得及好好陪你,你又要走了。"

"已经很麻烦你了。总统套房并不是每个人都有机会住的,我给你添了不少麻烦。"

"咱们俩之间还说这个吗?我只怕你这一辈子都不想再麻烦我了。"长河深情地望着蓝琴,"其实这两天我一直想和你说一句话,但一直没有机会。现在,你快走了,再不说就没机会了。蓝琴,我想说的就是,对不起。"

蓝琴笑笑:"这又何必呢?大老远的过来,就为了这句话。"

"这是我欠你的一个道歉,我欠了你很多年,今天终于能说出来了。"

蓝琴看看窗外,车水马龙的街道,人来人往的马路,每个人都行色匆匆,他们是路人,过了今天,她蓝琴和眼前这个男人也是路人,和这些人没什么不同。她轻轻地说:"真的不必了。物是人非,时过境迁,我们都有各自的生活,再也不会有谁对得起谁、谁对不起谁的事了。这都是过去式了,请学会遗忘吧。"

"是的,我知道对不起这三个字对你来说是苍白无力的,"长河忏悔地低下头,"我也不敢奢求你的原谅,但是蓝琴,请相信我的心里永远有你的位置,我不会破坏和打扰你的生活,但你需要我的时候,请一定要来找我。我这不是赎罪,只是一个朋友的请求。"

"谢谢,做个好朋友,我是没有问题的。"蓝琴端起咖啡喝了一口,"但我目前确实没有什么需要你帮助的,如果有的话,我会开口。"

"没有吗?"长河质疑了一句,"上午凤鸣来电话,你们是不是想要合作什么事? 对那个月子会所有兴趣?"

这个凤鸣! 蓝琴心里骂了一句,真是嘴大得很,这个事八字没一撇,她就到处放风了! 她喝了一口咖啡,说:"没有的事,那是凤鸣个人的想法。"

"凤鸣对这个感兴趣,她和我打听了不少阿琪的事,还让我约她出来吃饭,要谈一下。"长河苦笑一下,"我觉得凤鸣可能又开始犯了疑心病,她好像是怀疑我和阿琪有什么关系,一直在那儿旁敲侧击,话中有话的。这些年来,我只要和哪个女人一起出现,她就以为我有问题,她比林珍还敏感。"

那是因为什么? 要么也许你真有问题,要么就只能说明一件事,凤鸣其实更在乎你,可能比你老婆林珍,还有我都要在乎得多,所以她才会格外关注你的一举一动。蓝琴心里想着,却把头歪在一旁,沉默无语,她用这个动作表明这件事她毫无兴趣。

"我和阿琪没有什么,但我和新月会所却有点儿关系。"长河说,"我想和你实话实说,我其实是新月会所的大股东。"

这真是个意外,蓝琴一脸惊讶的表情。

"阿琪只不过是给我们打工的。会所成立时,我不是原始股东,可是我看好这个产业,在后来有股东因为经营前景不好而想撤股时,我就跟进了。我现在是持股最大的股东,但很多人并不知道这件事,包括林珍。"

牛排已经端上来了,但蓝琴被长河的话语吸引,根本没有食欲了。

"如果不是我的资金进来,我想,会所在去年就已经破产了。当时,对于会所昂贵的价格,老百姓一时无法接受,但今年这种局面已经大大改观,你也看到了,会所的生意现在十分红火。我相信,这个是一个朝阳产业,将来甚至会比私立医院还要有前景。我要建立一个医疗帝国,融医院、药店、康养机构于一身,怎么可能少了月子中心呢?"

长河目光炯炯地说,这一刻,他再也没有了儿女情长,而是恢复了商场强人的状态。

"蓝琴,凤鸣平时很大条,但这次,她看得很正确。而我认为,你其实是

61

可以考虑这个提议的，对你的事我也侧面了解过，快餐业现在已经饱和，进入瓶颈期，不会有太大的发展，而你最近租了五层楼，但一直没有投入使用，我倒是觉得，你可以在 C 市做第一个吃螃蟹的人，因为用不了多久，这一行业就一定会遍地开花，机不可失。"

蓝琴陷入沉思中，长河的话是有道理的，而他也是有远见的，在这方面，他看得肯定比凤鸣更远。

"我听说你租大厦时预交了五年的租金，又花了很多装修费，你那个是想做儿童主题的吧，这件事情也很适用。我估计你现在的资金会有缺口，如果这方面需要帮助，请你开口。如果你不想欠我的人情，将来你真的干起来，就算我入股也行。我曾经拯救过新月，我不介意再重新做一下这件事。这也可以算作一个投资。"

看着长河很诚恳的表情，有一股暖流突然涌进了蓝琴的心中，但她迅速抑制住这种情绪，不能被长河感动了，她甚至觉得这是一个危险的开始。

"谢谢，但是我还没有考虑好做不做这件事，而且，我也不需要任何外来的资金，"蓝琴态度坚决地说，"我们的现有资金流没有问题，所以，暂时还不需要你的帮助。"

"蓝琴，不要斗气，在商场上，资金就是生命线，如果断裂了，就会遭受灭顶之灾，不要因为过去的事拒绝我，"长河诚恳地说，"我是因为相信你的能力才做出这样的决定。我是真的想帮你。"

"感谢你对我的肯定，但是咱们之间相隔太远，山高水长的，我想我们是不会有合作的，也不需要有合作了。"蓝琴伸出手来，"做个好朋友，让关系更纯洁点儿，就是我来这里的初衷。"

火车开动了，长河也走了。从车窗外望着他走出站台的背影，不是那么挺拔了，甚至有些落寞。蓝琴不知道自己是否做出了一个正确的决定，但她相信，不让长河再次进入自己的生活绝不会是错误的选择。

火车逐渐提速，看着窗外一闪而过的风景，已近深秋，满眼皆是深红色的色彩，蓝琴陷入了深思中。未来怎样走下去呢？她应该怎么办？她的脑海混乱至极，偏在这时，宝峰又发来了短信："卢公子又来了电话，我该怎么说？"

蓝琴不假思索地回复一句："拒绝他。"

这个短信反而让蓝琴清醒下来了，一个原本不成形的想法也在她脑海

中渐渐成形,她给宝峰又发回去了一条短信:

"宝峰,我刚刚做出一个决定,我想关掉咱们的十二家快餐连锁店。"

吴襄整理的采访笔录(二)

上次和你说了很多我小时候在老家林场的事,也不知对你的采访有没有用处,你不嫌我啰唆就行。这次你很想了解一下我为什么离开林场,以及我和我丈夫顾宝峰创业的经历,这些事情,其实我曾经在媒体上接受过采访,您要是费心的话,在网上搜一下就可以搜到,我想我们可能不用再围绕着这件事说得太多了。

离开林场的真正原因,与刘长河有一定的关系,但也可以说与他无关,这是我丈夫顾宝峰率先做出的一个决定,也是我做出的决定。

1987年,我中专毕业,因为父亲求了人,所以我很顺利地分到了林场医院,在妇产科做护士。我觉得我的人生好像从那天开始就在为今天所做的一切做准备。在妇产科当护士的短短两年的时间里,我掌握了很多相关的专业知识,而这为以后创办月子中心都奠定了基础。

我父亲求的人是林业局的副局长林大勇。他是林业局老人,从伐木工人做起,一直做到领导岗位,算是新中国成立后林场的第一代工人。这个人很随和,也很讲义气,父亲和他很谈得来。我并没有想到的是,有一天林大勇的女儿会亲手断送了我的初恋,让我义无反顾地离开了那家医院。

我在医院里只当了两年护士,然后又去进修大专,去了当时的吉林医学院,而让我去这个学校学习的动机,是因为长河。当时他在省城重点高中毕业后,并没有像当时说的那样,回林场上班,而是选择了继续深造,他考上了沈阳医科大学,继续开始从医的学习。长河告诉我,只有高中或中专学历远远不够,只有继续深造才能够大有作为。他根据我的专业,替我选择了一个比较合适的学

63

校——吉林医学院，因为那里刚刚开设了高护专业，是全国第一个拥有高护专业的大专院校。

我那时和长河已经建立了很亲密的关系，但对外并没有挑明。我们经常通信，他有时会给我寄一些专业的书和一些吃的过来，放假的时候我们还会见面，那个时候，爬长白山对我们来说，已经成了约会的一个保留项目。第一学期的暑假，我们俩至少爬了十次山，我们聊的话题越来越多，从学校生活到未来的憧憬，天南地北，无所不包。长河比我年长两岁，喜欢读书，博学又能言善辩，完全不是小时候那个状态，我一度对他言听计从。

林场的效益在那两年不错，还有脱产进修的制度支持，所以我要去报考吉林医学院的想法，父亲第一时间表示赞成。对于我们上学或是有进步想法时，父亲、姥姥都是第一时间赞成的，这是我的幸运。那天我说了这个意思以后，父亲当天晚上就去找林局长，回来后告诉我一个好消息，林局长同意我去报考，并答应由他和医院领导说下情况。

父亲对我说就一件事要我注意，那就是必须考上，"要不，咱们会被人家看笑话。"

就这样，带着父亲的嘱托，我积极备考，最终没让人看笑话，如愿考上了吉林医学院，成了中国第一批拥有高护学历的护士。在这件事上，我想我应该感谢的是长河，没有他的勉励，我可能没有这个动力，还要感谢为我说好话的林局长，可是冥冥中好像有天意，我当时做梦也没有想到，一直帮我的林局长最后成了长河的岳父。

在吉林医学院我度过了一生中最珍贵的一段学习时光，而且这样的时光以后再也没有过，我开始成长为一名具有专业素质的高级护理人员。在医学院的时候，长河和我的信件来往越来越密切，因为两家学校离得不太远，所以他过来找过我。当时班上有些男同学也追求过我，可是我一律委婉地拒绝，虽然从未挑明，但我在心里还是会有比较，我觉得他们都不如长河，我当时已经把长河当作了一个可以交往下去的对象，但我们的感情是含蓄的，大家心中有对方，却都没有主动说明。

在吉林医学院我有了一些同学，有护理专业的，也有医疗专业的，其中和一个叫于凤鸣的同学关系很好，她比我要低两届，也是松河人，她家里离我家也就十几公里，这个关系让我们一下子拉得很近，这个人后来还会在我的生命中出现，并成为一个重要人物。

从吉林医学院毕业后，我还是回到林场医院，一年后，长河、凤鸣竟然也都分到了林场医院。我们在这里再度相逢了。长河的回来，是他父亲的决定。也是我父亲帮过忙的，因为长河的资料是长河的父亲委托我父亲递给林局长的。林局长对于长河的情况很满意，给院长打了电话，院长大笔一挥，长河就分了过来。不过，长河只做了一年医生就转了岗，调到了人事科当了副科长。

这个决定其实不是长河的初衷，是林局长的决定。那个时候，林局长的女儿林珍也分到了林场医院。林珍不是学医的，所以一上班就在人事科，原来的副科长是个转业军人，到了退休年龄，院里想让一个年轻的干部上来，林局长就推荐了长河。林局长另有深意的是，林珍从长河一入医院就看上了这个能干又有好学历的小伙子，林局长察觉到了此事，所以想找个机会，让他们多多接近。

长河接受了这个安排，毕竟以他的年龄在林场当医生，想熬成主任医师还是需要时间的，而能迅速在行政部门有个位置，对于一心想要出人头地的他，是个不小的诱惑。

那个时候，虽然没有明说，我们的关系在医院里已经人尽皆知。因为我在从医学院回来上班之后，给我提亲的人就络绎不绝，甚至还有我们院长的儿子，也有林业局领导的孩子，有人还托林大勇局长说媒。我那个时候形象不错，学历也可以，一下子成了医院的"香饽饽"。但我一直都不见，为此也得罪了不少人。我父亲也急了，问我怎么回事，我不说，只是说现在想努力工作几年，不想恋爱，我父亲问不出来，就让我姥姥问，在我姥姥面前，我没法撒谎，也骗不过她，我只能直说，心中有人了。我姥姥其实已经猜出了几分，一直追问是谁，最后我只好告诉她是长河。

姥姥做了一件我万万没有想到的事情。她给长河打了电话，但这是很多年以后我才知道的，姥姥没告诉我。在爱情的领域我一直是被动的，姥姥知道了我的这个特点，她决定帮我。姥姥给长河打了电话，告诉他，要是再不主动，她就要做主，替我选婆家了。那天晚上，我下班的时候，长河在医院门口等我，说："我送你回家。"我说："有病吧，我们家离得这么近，哪儿用你送？"确实，我们家离林场医院不远，我平时都是走着上下班的。长河说："上车吧，我带着你走。要不，我就和你推着车一起走。"我想了想，就上了他的车。

长河骑着自行车带着我回家，路上碰上不少同事，这一个举动等于向所有人表明了我们之间的关系。此后，他经常骑车来接我送我，其实我是会骑车子的，但长河坚持要我坐在他车后座上，我知道他的目的，其实心里是很感动的。自从他来接送我后，给我提亲的人渐渐就没了。

我们成了医院的"金童玉女"，特别相配的一对，然而这个局面只持续了半年。有一次林珍没来上班，后来有人在城里的另一家医院发现了她的踪迹，她病了，病得很严重。那天，林局长找到了长河。后来我们才知道，林珍的病和长河有关。他们天天在一起工作，可是林珍却得不到长河的垂青，所以单相思的痛苦让她一时做了傻事，吃了多半瓶安眠药。对于林大勇来说，这是一件丢人的事，所以林珍被抢救下来后，没在林场医院疗伤，而是去了另一家医院。

看着精神沮丧、意志消沉的女儿，林大勇很心疼，他决定为自己的女儿做件事情，那天，他把长河叫进了自己的办公室。

后边的故事，就是一个很俗套的故事了。林大勇告诉长河，人事科科长也面临着转岗，调到别的部门，现在空出一个正科级的编制，如果长河愿意，他可以向组织推荐，这个岗位就是给他留着的。但前提是，希望长河能去医院看一下自己的女儿，因为她快要走火入魔了。

长河最终妥协了。他去了那家医院，见到了林珍。后面的事情就很迅速地发生了，林珍出院了，调离人事科，去了物资科，长河成了人事科的科长，一年以后，长河又转岗到办公室当主任，直至五年以后，成为林场医院最年轻的副院长。

而我再也没有了坐在他自行车后座上的权利。我们之间虽是众人心中的情侣，但从未到谈婚论嫁的地步，也没有对外公开双方的情侣身份，所以我们都还是自由身，长河做出这样的选择，人们会有一些非议，但也不会觉得太过分。同为寒门子弟，长河与我不同，他一直想往高处走的，对于他来说，与林局长家结缘，是一条捷径，他的父母都十分支持他与林珍交往，这也给了他很大的压力。他父亲后来还去找林局长，向他保证会让长河听他的话，做出正确的选择。

长河后来想约我谈谈，还给我写了一封信，我没见他，至今也没看他的那封信。我有我的尊严，当我发现我已经失去的时候，我不会做徒劳无功的事情。

和你说这么多我的这些旧事，是想引出另外一个人物，他才是今天故事的主角，也是我放弃林场医院的稳定工作外出创业的原因，这个人就是我的丈夫，顾宝峰。

我丈夫顾宝峰是我在和长河彻底分开以后出现的。我后来其实并不恨长河，我也理解他的选择，但是我的精神当时还是受不了这种打击，一度十分消沉。同办公室的大姐为了让我从失落情绪中走出来，就积极给我介绍对象，还没等她下手，宝峰就主动找上了她，托她向我表示想和我处处。

你没见过我丈夫这个人。见过他的人都觉得我们并不般配，他比我矮一点儿，岁数也比我小，而且他当时长得瘦弱，形象也特别一般，他主动求别人和我接近时，还有人笑话他"癞蛤蟆想吃天鹅肉"，不过你只有和他相处长了，才知道他是很有主见的人，而且做事胆子大、有魄力，特别能吃苦。这和他的出身有关系，他爸爸以前也是林厂的工人，后来因病早逝，他母亲含辛茹苦将他们姐弟三人拉扯大，他是家中唯一的男孩，排行最小，两个姐姐放弃了上学的机会，早早工作、嫁人，供他读完了大学。他在吉林大学读农业系，是当时村里唯一一个考上大学的学生，后来毕业进了林场，在一个销售部门工作，一年的时间就成了金牌销售员。他虽然其貌不扬，但能说会道，情商不低。

宝峰和长河完全是两类人，长河比较内敛、深沉，喜怒不形于色，宝峰则是热情活泼，精力充沛，永远是面带笑容，乐观向上。他和我们办公室的大姐认识，但我和他并不认识，我也没注意过这个人。宝峰是怎么注意我的呢，可能就是长河骑自行车带我出入的那段时间，他开始注意我了，但那时我正和长河"金童玉女"，他没有机会，现在我处于空窗期，他马上就主动出去了。

我当然不会去见他。我那个时候谁也不想见，我也没想过用这个办法缓解压力。但宝峰还真有办法，他去食堂找了我父亲，提着两瓶好酒，还有五十斤猪肉，提出一个要求：学做菜。我父亲觉得挺奇怪，一开始没收他，也没要他的礼。但后来宝峰几次上来，又是请客，又是喝酒的，就把老爷子给"拿"下了，从此跟着我父亲开始学厨艺。后来有一天，我回家发现他竟然在我们家。这个人真有主意，就这样顺理成章地进入了我的家门，和我家里人先熟悉了。我对他从不假以辞色，而且明确告诉父亲，他来我家是别有用心的，以后别让他来了。宝峰也不生气，平时没事还来看我父亲，好烟好酒地供着，我父亲就对我说，别把人往坏里想，我看这孩子也不错。

是的，如果不考虑外表，宝峰并不比长河差，也是大学生，在厂里干销售，一年后因为业绩突出，提了副科长，我父亲认为，他配我绰绰有余。宝峰人挺聪明，他说跟我父亲学厨艺也不是假的，他是真学，这一点后来用上了，我们家开快餐时，他就是第一代厨师。

我姥姥喜欢宝峰，这是宝峰用来"攻心"的第二计，不过他也确实做出过让我姥姥刮目相看的事。有一次我姥姥心口突然疼，而我母亲当时腰受了点儿伤，我父亲带着我母亲去县城看病去了，家里就我妹和我弟两个小孩子。姥姥疼得脸都白了，这时候正好宝峰去我家给我爸送跌打酒。发现我姥姥脸色很差，坐在那里喘气都很困难。他马上就把我姥姥背上，出去打车。镇上打车比较难，宝峰背着我姥姥走了二里地，才发现了一个骑着三马子的熟人，宝峰搭上那辆车，一直把姥姥送到我们医院。姥姥得了心绞痛，在医院里抢救一番脱了险。事后姥姥让爸爸请宝峰来家里吃饭，她让我在饭桌上给宝峰敬酒，说宝峰是她的救命恩人。

宝峰和我家里人熟络起来，可是我从来没有对他动过心，我们没单独约过会，见面我也是冷冷的。我对宝峰印象不好，我觉得他所做的一切都是为了得到我，这个人太有心计了。我姥姥对他赞不绝口，宝峰还帮我妹妹弟弟辅导功课，他们也替他说"好话"，我觉得他们都被"收买"了，这让我挺恼火。

见我对宝峰无意，办公室大姐又给我想办法，终于有一天，院长又对她重提旧事，原来院长的儿子一直单身，过去给我介绍时，我曾经明确拒绝，现在他又提起这事，办公室大姐要我考虑一下，还说："那个刘长河嫌贫爱富，就是为了巴结领导，我建议你考虑一下，咱也找个条件好的，气气他。"我笑道："这是终身大事，又不是来斗气斗富的，也太儿戏了。"大姐还是要我考虑一下，说上次都拒绝过他一次了，人家也没生气，还想着你，我觉得至少应该见一见，要不显得太不礼貌。你总还在人家的手底下做事啊！

今天的年轻人可能不太理解，当时的很多婚姻都是这样，不是出于爱情本身，而是附加了太多的人情因素，而且那个时候的领导也特别爱干涉儿女和身边人的终身大事，很多婚姻都是父母一手包办和策划的。我们林场这个风气更浓，像刘长河就是因没法忤逆他家里人的意见才放弃了我。大姐一再相劝，我没有办法，答应她可以见一面。

谁也没有想到，还没等我见面，这个事就让宝峰搅黄了。见面前夕，宝峰竟然给院长打了电话，说他和我已经建立了恋爱关系，如果没有意外，可能年底就会结婚，到时候要请院长当证婚人。院长一下子傻了，问问身边的人，有人做证，说确实经常看见宝峰去我家，还在我家吃过饭，上次他背我姥姥来医院的情景也有人提了起来。院长信了，给办公室大姐打电话，发了一顿脾气，说她办事不明。

办公室大姐也傻了，把我叫来对质，我一听头都大了，说绝无此事。大姐说："真搞不懂你们这些年轻人，以后你的事我再也不管了，你爱跟谁跟谁吧！"一夜之间，我把人都得罪光了。我气坏了，去找顾宝峰。他正在厂办呢，见我来了，一点儿也不紧张，还满脸带笑地迎接我。我说："你什么毛病？谁让你撒谎的！我和你有什么关系？"他笑道："你得感谢我，你知道吗？院长儿子可不是啥好鸟，他已经秘密结过一次婚了，后来还没等办事就离了，这事他

69

们没敢公开。这个人是有家暴倾向的，所以才导致离了婚。你要是跟了他，以后得受大罪，我这是帮你渡过难关。"我气极了，说："我用得着你帮吗？狗拿耗子多管闲事！"气得随手拿起桌上的茶杯就向他泼去，但我万万没有想到，这里面盛的是开水，宝峰"哎呀"一声，被泼到脸上的水烫了一个大泡。我吓了一跳，觉得自己做得有点儿过分了，刚想说对不起，宝峰倒是很镇定，一边说着没事，一边把脸上的水擦净，说："我骗你是小狗！"

宝峰说的其实没有错，事后证明院长儿子确实是有问题的，他因为家暴后来又离了一次婚。但当时我还是特别生气的，不过给他淋了热水，我还有点儿担心他。宝峰却不以为意，还给我出主意，"反正事情已经出了，咱俩不行就假戏真做，先处一段时间，或者你先假装跟我谈恋爱也行，实在不行两个月后你再对外公布分手就行了，就说我这个人毛病太多，把原因往我身上推就行了。这样也不影响你以后再找对象，还不得罪院长。"他居然还替我想呢，我怒道："我用不着你操心，以后别让我再见到你就行！"

我后来再想，宝峰是怎么知道我要和院长儿子见面的？最后我才找到问题的源头，我姥姥。

姥姥问起过我和宝峰的事，我和他说过，我对他这个人没有兴趣，又说最近想见一个人，是院长的儿子。姥姥当时没说什么，只是说支持我的决定。可是一转身，她就去找了宝峰，就和当年对待我和长河的事一样。

我去找姥姥兴师问罪，姥姥也没有否认，她说："小琴，我有句话想劝你，希望你认真思考。我觉得宝峰这个人不错，他是心眼不少，但不是坏心眼，其实全是站在你的角度考虑问题。我也认为，那个院长的孩子未必适合你。有的时候，你就是太被动了，这一点我还很欣赏宝峰，他对自己想要追求的东西是一直敢于主动出击的，这一点我觉得比刘长河强。"我说："无论如何我不可能跟他在一起！"姥姥问："为什么？就是因为他长得不够帅吗？他要是个帅哥，你是不是就没那么反感他了？"我一时语塞，姥姥说："长得不帅怎么了？帅能当饭吃，还是能当衣穿？刘长河长得帅，可是他靠谱吗？你不小了，这个道理还不明白？"

我哭了，说："姥姥，我在医院都成笑话了，这让我以后怎么见人？"姥姥说："有啥不能见人的？你这是自由恋爱，又不是乱搞男女关系，用不着的。院长还能因为这个事怎么样你吗？择偶是自己的事，你管别人说三道四？我觉得倒不如将错就错，放下成见，和宝峰处处再说，他要是行，你就找对了人；他要是不行，你就放弃吧。宝峰一定不会死缠烂打的，这点我敢保证。"

经过姥姥好说歹说，我答应和宝峰处处，但我心里想了，这就是为堵众人的口，两个月，最多两个月，我就找借口和他分了。抱着这个念头，我和宝峰一开始处得并不融洽，他说东我就说西，他不喜欢什么我就故意干什么，我就是想让他知难而退。但宝峰对我的故意习难却好像也没当事，从没发过脾气。

慢慢地我也发现他的一些优点，宝峰家里很穷，只有一个老母亲，身体很差，姐姐都嫁了人，只留下他一个人抚养老母亲，他很孝顺，每月发了工资全都交给母亲保管。他偶尔喜欢喝两杯，但没有其他的不良嗜好，他不抽烟，也从不打牌，而且他的人际关系很好，从小苦难的生活让他养成了吃苦耐劳、任劳任怨的品性，在林场里口碑很好，在和我相处的过程中，他从销售科副科长位子上提了职，转了正职。当时他只有二十多岁，这在林场简直是个奇迹。

你问我是怎么转变了对他的看法，最终和他走到一起的？那是因为一件事。

宝峰人虽然随和，但也有坚持的一面。例如他不太喜欢轻浮的女人，特别不能经受女孩深夜出入娱乐场所，像什么歌厅、酒吧、舞厅之类。我有一次为了气他，特意跟班上的几个小年轻的去镇上新开的一家大众舞厅跳舞。那天宝峰本来想约我吃饭，我也答应了，但临时告诉他去不了。我故意告诉他我要去的地方，还假意问他，要不要一起来，宝峰当场拒绝了，说他不会跳舞，但是可以过来接我，让我走的时候用呼机呼他一下。

我们那天在舞厅待到很晚，里面音乐嘈杂，我们一会儿跳舞，一会儿聊天，时间不知不觉就流逝了。等出来的时候，天色已经很晚了，外面下起了大雨，我看见宝峰就站在一棵树下，虽然拿着一把伞，但身上也被浇湿了，原来他一直在等我。我说："你什么时候来的?"他说:"我没等着你的呼号,天有点儿晚,我有点儿担心,就过来了。"我说:"你真傻,你怎么不进去找我?"他说:"我呼了你半天,但你没有回,估计你还在玩,我想我还是别进去了,怕扫你的兴。"我看一下呼机,全是他的号。我说:"那你就这么浇着?"他说:"我带了伞,不妨事的。"

他只带着一把伞,我们只能撑着一把伞,等着在街上打车。我有点儿内疚,说:"我出来之前,应该呼你一下好了,让你白等了半天。"他说:"没事的,看来以后我还是应该和你一起去的。"下车时,他说:"你要是喜欢跳舞,我也可以学学,没事的话,我也可以陪你去舞厅。"

我听了这话很感动,其实我并不喜欢跳舞,也不喜欢夜半去舞厅,我就是想故意气气他,让他对我有想法,知难而退,但我没想到这个男人竟然肯为了我而改变自己,这让我感动。

这是我们关系缓和的开始,从那天起,我听了姥姥的话,开始和他认真处下来,也开始逐渐发现他的好。后来,宝峰在林场下属的一个厂里当了副厂长,而我也成了林场医院的护士长,事业上有了一定的成就,我们终于确定了关系,两家家长见了面,吃了订婚酒。但就在我们订婚的那天,去沈阳一家大医院挂职学习了两年的长河也回来了,他在我们医院当了副院长,我就在他分管的部门工作。

第二章　进击的巨人

1

从沈阳回来的一周内,蓝琴马不停蹄地工作。她在火车上初步诞生的想法,到了 C 市后渐渐清晰了,她就是这样,一旦想法清楚,就一定会坚定下来去做。

蓝琴的想法是，关掉十二个连锁店，只保留一个，把原来准备做儿童餐厅的一楼 1200 平方米的大厅变成同聚快餐的总店，取消所有分店，原有人员一部分转入新店，另一部分变成送餐员，加大送餐的力度，其余的人员则相应进行裁减，但凡是在同聚工作超过十年的，一律不在裁员之内。

除了一楼的快餐店保留，二楼以上，全部变成月子中心。一周之内，阿琪发来很多资料给她，让她更全方位地了解这方面的讯息，也坚定了她做下去的决心。

和宝峰进行了整整一周的对峙。对她的这个想法，宝峰的第一个反应就是"你疯了？！"

蓝琴对他分析，这是置之死地而后生的唯一办法。十二个连锁店占去了太多的运营成本，全部关掉，可以省去房租、人员开支、物料成本，而这部分省下的可观的钱可以解决还贷危机，还能二次创业。

宝峰对此难以理解，事实上他已经做好了和卢公子合作，成为娱乐场所总经理的准备，没想到蓝琴回来彻底打消了他的这一念头。

蓝琴回 C 市的当晚，就被宝峰叫去和卢公子还有几个官员一起吃饭。蓝琴第一次见到卢公子，他三十多岁，非常强壮的身材，有些寒冷的天气，外套里面只穿着一件半袖 T 恤，露出的胳膊上刺着的一条青龙。此人酒量极佳，在酒桌上，他硬是要给蓝琴倒酒，蓝琴说自己不喝酒，但卢公子强行倒上，宝峰要替她喝，卢公子不干。

卢公子说："餐饮行业的人不喝酒，简直是笑话。嫂子，你给我个面子，干了这杯，我陪你喝两杯。"

蓝琴说："兄弟，我以茶代酒吧，我确实不喝酒，而且我也很少出来吃饭，请您海涵。"

卢公子脸色微变，宝峰急忙说："她真不喝酒。你让她喝多了，回去倒霉的是我！"

卢公子也不勉强了，自己干了一杯，说："嫂子，咱们明白人不说暗话，我要租下你的房子，打造 C 市一个地标大酒店，我相中了宝峰大哥，想和他一起做点儿事情，但宝峰大哥说你们家还得你做主，看来你是太上皇啊！你有什么想法，咱们今天就敞开了说。资金那儿你不用愁，我只要你的地方和宝峰大哥这个人，钱的事都好说。"

"谢谢兄弟好意，不过最近我有新的想法，"蓝琴以茶代酒，敬了一杯，

"我这次去沈阳考察了一个项目,准备和朋友合股做点儿新事情,所以暂时还不想转让这个地方,咱们也许以后会有更好的合作,我期待着,也请兄弟容我一段时间吧。"

"新项目?我听说你们银行贷款不少啊,你的资金窟窿能堵上吗?再上项目,可还是需要钱的。"卢公子放肆一笑道。

蓝琴回之一笑:"我做生意几十年了,从没欠过人一分钱,无论是员工的还是银行的。我承认我们在项目投入上出现了偏差,但同聚公司最大的长处就是能及时纠错。我相信,这次银行出现的问题迅速就会解决,因为我已经调整战略,不会再犯错误了,这个,兄弟不用为我们操心了。"

"好,你要上马什么项目我不关心,那是你们的商业机密,我也不打听。"卢公子一拍桌子,"我是相中了你们的地方,所以我愿意等。希望你们回去商量一下,再给我个答复,就一周之内如何?"

宝峰赶快说:"请卢总放心,我们两口子回去再商量一下,尽快答复。"

"宝峰大哥,咱是老乡,我这人怎么样,你也清楚,有些事情,得抓住时机,别等到时候后悔。"

蓝琴有点儿接受不了卢公子盛气凌人的样子,于是借口有事,起身告辞。出去时她先到前台,把刚才这一桌的餐费结了。

宝峰晚上十点半才回家,满身酒气,蓝琴知道,她走以后,卢公子一定又逼他喝了不少酒。

宝峰一进门就埋怨:"你把账结了,卢公子很生气呢,今晚上是他安排的。"

"我可不想给人留下话柄,咱既然不想和他合作,还平白无故吃人家一顿饭干吗。"

"你那新项目到底是咋回事?你也和我细说一下。"

"明天再说吧,你今天又喝这么多,说了你也搞不清楚。"

"我今天没事,我留着量呢。我能让他们干多了吗?"

宝峰进卫生间洗了把脸,又出来了,非要蓝琴讲讲新项目的事。

蓝琴其实有点儿困了,她生活习惯比较固定,晚上不熬夜,十点肯定上床,但看来今晚宝峰兴致挺高,不和他说说,他也睡不着。

蓝琴细心地讲了一下她在沈阳的见闻,当然,为怕宝峰有想法,长河那一段全部略去了。

宝峰听她讲完了,摇摇头说:"你要关掉所有的门店,就为这个?不太冒险了吗?我还是觉得和卢公子合作更靠谱一些。"

卢公子已经答应,宝峰要是帮他管理酒店,年薪三十万元起,这个数目让宝峰是有些动心的。房子出租,还能拿年薪,宝峰认为这是一本万利的事。

"我拿着年薪,你管着同聚,咱俩各负其责,这是双赢的事啊。你要觉得店面太多,关掉它两三家就行,全都关掉,有点儿可惜啊,等于咱们放弃这个市场了。"

"我跟你说,快餐市场已经饱和了,这一行做大的可能性不大,而且美团上线以后,它有专门的点餐送餐机制,咱们的优势也就没了,这个时候及时撤出,就是上策。你不要心疼,互联网时代,一切都会变,传统行业不是转型,就是走向消亡,这是趋势。"蓝琴耐心地说,"但月子中心不一样,人们可以在线上完成很多事,但不可能在线上坐月子吧,这是不受网络冲击的非常好的一个选择。"

"有那么多月嫂中介机构,人家凭啥还找你啊?你又比人家贵那么多!"

"月嫂和月子中心不是一个概念,那个就是雇个家庭保姆,这个是一种健康的生活方式,我相信年轻人一定会接受的。"

"你也不年轻了,怎么这么有把握,就知道年轻人想什么?"

"我们是不再年轻了,可这个时代就是年轻人的时代,我们得让自己的思维跟得上时代,我们得让自己的思想永远保持年轻的状态。"

两个人破天荒地说到了快晚上十一点,但宝峰还是难以接受。

"宝峰,我知道你是舍不得卢公子给你开的年薪,但是我告诉你,那个卢公子我并不喜欢,他太江湖了,这样的人,未必是靠得住的。我怀疑他和当年的白老板没什么区别,这个酒店,总有一天也会变成当年你离开的那个聚龙!而且这个城市缺少的并不是声色犬马的地方,现在国家开始大规模地反腐,我相信未来几年,公款吃喝将会受到严控,那个时候这些消费场所不会那么有前途。咱们当年为什么要做快餐店搞送餐服务,还不是因为它接地气,是老百姓生活中最需要的?咱们都出身于底层老百姓,知道老百姓要什么、想什么,咱们的出发点要是离开了这个,就不是咱们擅长的了,你得慎重。"

蓝琴继续分析:"咱们和卢公子不一样,他是官二代,有权有势,你不要总想着和他们混到一个阶层去,不管咱们生意做得多大,咱们总归是普通老百姓,咱们和他们从本质上是不同的。咱们只能做老百姓该做的事,别的事咱也做不好。"

一番长谈,宝峰还是有些难以接受,但已经不是那么坚持了,蓝琴决定睡觉。但晚上,听着宝峰的酣声响起,她却毫无睡意。

2

凤鸣打来电话,问蓝琴考虑得怎么样了。

蓝琴告诉了她的想法,听说要关掉所有分店,凤鸣在电话那头吐了一下舌头,说真是大手笔,又问接下来做的事。蓝琴说,关掉门店后,准备重新装修那五层楼,申请执照,择期开业。

凤鸣说自己的钱已经全部周转出来了,就等着她的决定。蓝琴约她这两天尽快赶过来,商量装修开业之事。

凤鸣电话刚放下,长河电话又打进来。长河问蓝琴的近况,蓝琴告诉她想和凤鸣合作搞月子中心的事。长河听后稍沉默了一下,说:"资金情况怎么样?"蓝琴说:"凤鸣会带些资金过来,我这里关闭门店后,也会省出一笔钱来。"

"凤鸣是咱们的老乡,你的闺密,我不担心你们的合作,不过,她毕竟没有经过商,大事一定得你拿主意。如果是合伙入股,你得保证是大股东,大事上,你得说了算。"

蓝琴说没问题,凤鸣也早就说了,自己只负责技术层面,具体的大事还是由蓝琴来掌握,长河又问需要他帮助解决什么,比如资金问题,蓝琴说不用。

电话挂断,蓝琴给阿琪打了电话,说起自己的计划,阿琪表示支持,但也提议,要蓝琴在选择之后,还要多出去走走。

"我们会所成立之前,我去韩国考察了一圈,韩国有一个大的月子会所叫童格拉米,总部在首尔江南区,它的业务以月子会所和产后修复为主。这是韩国唯一且最大的连锁型月子会所企业。2004 年以来,做了近一百家月子会所加盟委托店。目前,在韩国拥有十七个月子会所直营店和一家护理产品研究室,我建议你可以去那里看看,那里重点的是产后康复这一块,很厉害。还有深圳的月宫,也是国内比较大和比较正规的,我建议你将来都要去看一看。"

蓝琴记下了这些地方的联系方式和地址,然后又开始打电话给房主,商议退租的事宜。

忙碌了一上午,中午在餐厅用餐时宝峰回来,说卢公子又来了电话。蓝琴要他明确拒绝卢公子,说自己已经下定决心,过两天要去韩国一趟。

"又要出门?"宝峰一脸的不悦。

"对,我要去考察一下,不能打无准备之仗。"

蓝琴告诉宝峰,凤鸣这周要过来,而且会带来一百万元资金入股。

"你要和她合股做吗?"

"对,你在账上看看,前期我们至少得投入一百五十万元,要凑出这笔钱来,这只是初步概算,以后可能还会追加。"

宝峰一脸无奈,摇摇头。

"我已经和所有的房东通了话,下月起,咱们出兑所有的连锁店。"

宝峰长叹一声:"你都已经做了决定,那我也干不了什么了。"

蓝琴拉住宝峰的手:"别担心,面包会有的,一切都会有的,相信我,这是一个完全正确的选择。"

凤鸣周四来到了 C 市,下火车就直奔蓝琴的楼盘,位于市中心位置的广华商厦,一进来就惊叹一声:"哇,你这里真大啊,比阿琪那个新月大啊!"

"对,我们将来干得一定要比她大,要么不干,要干就要干好的。"

迎接凤鸣的午餐过后,蓝琴对她说下周去韩国考察的事情。

"去韩国?"凤鸣又张大了嘴巴。

"对,咱们得考察一圈,新月算是咱们考察的第一家,但新月是模仿韩国模式,把源头都考察一遍,咱们要弄成什么规模、以什么风格为主的月子会所就心里有谱了。"

"我还以为,咱们看过了新月就能干了,还要考察其他地方吗?"

凤鸣不太爱动,对此表示质疑。

"我们是见过了新月,但我不想复制它的模式,那根本没有意义,沈阳也不是 C 市,咱们要做就做一个有自己的风格的。但自己的风格一定要建立在对这个行业熟悉的基础上,所以,不要心疼那些差旅费,为之花费一些是值得的。"

77

蓝琴说到做到,马上订了下周去韩国的机票。

3

首尔童格拉米月子会所的大厅里,蓝琴用手机不停地拍着照。

来到这里,蓝琴才知道阿琪为什么要她来韩国,和这里比起来,新月不过就是一个缩小版和山寨版,富丽堂皇的大厅,装饰精致充满童趣的各个房间,谈吐优雅、衣着得体、落落大方的工作人员,让每一个进来的人都无不有一种宾至如归的感觉,对于那些年轻父母们更是如此。环境是给人的第一眼印象,这是蓝琴的体会。

这已经是蓝琴来到首尔之后第三次来到这里了,她是和导游小金一起过来的。月子会所不是景区,不可能让人随便进入。她们来到韩国后,根据阿琪的介绍,就找到了导游小金。小金是个二十多岁的女孩,她生产的时候就在这所月子中心。凤鸣和蓝琴就让小金领着,假装也是要来这里选月子护理套餐的,这才得以顺利地进入月子中心,了解了月子中心的护理服务情况。

蓝琴连续来了三次,主要是一次了解得不够,她还想更深入地了解。因为有些问题是她回去之后想到的,所以还得再过来看看。凤鸣陪她两次,第三次说什么也不来了,因为凤鸣还想去首尔的江南区商业中心看一看,那一年,有一首歌风靡全世界,是韩国歌手鸟叔的《江南 style》,歌中唱的首尔江南区,是富裕时尚、豪华奢靡的代表。一向喜欢逛商场的凤鸣自然不想错过这个机会。

蓝琴对逛商场没有兴趣,就又让小金陪着她来到月子中心。这一次她想多拍一些资料回去,前两次来的时候,为了避免引起怀疑,她一直是在倾听,没怎么照相,这一次,她又来到这里弥补这个不足。

小金和中心的主管谈起话来,蓝琴假借上洗手间,从一楼开始逐层拍照,正在照着,一个身穿西装的保安过来,挡在她的身前,对她说着什么。

蓝琴听不懂他在说什么,只得耸耸肩,表示听不明白。保安指着她的手机,不停地摆手,对她说着什么。蓝琴明白他似乎是不允许自己拍照,于是将手机收起,点头做个明白的表示。但保安似乎并不满足于此,他指指楼上,做了个"请"的手势,好像是要她上楼。

因为语言不通,蓝琴无法理解他的想法,于是又掏出手机,给小金打电话。保安的脸色很难看,又冲着她喊着什么。小金从楼梯口出现了,看见她和保安似有争执,急忙迎来了上来,和保安解释着什么。在她身后,和她一直交谈的保安主管也下来了。

蓝琴听不懂韩语,只得站在一旁,看着小金和保安解释。小金又对着主管咬了一下耳朵,主管点头,保安离去。

小金走过来,蓝琴问:"怎么了?"

小金说在这里不允许随便照相,是为了保护客户及公司的隐私,而最近首尔月子会所竞争激烈,保安怀疑她是竞争对手派过来刺探情报的,要她删除手机的信息。她已经和主管解释了,但因为她来了几次,也没有付款,主管对她的身份也产生了怀疑,要她做出一个合理的解释。

"不用再遮掩了,"蓝琴说,"你就告诉她,我是从中国来的,有意也开一间月子会所,所以想来这里学习和交流一下,问她们可否谈谈。如果不允许,我们马上离开,我也可以答应删除所有刚才拍的影像资料。"

这个假装客户的身份本来就是凤鸣想的,蓝琴一开始也不太同意。现在露馅了,以她喜欢直来直去、开诚布公的个性,干脆就直接挑明。

小金和主管说了,主管连连点头,叽里咕噜地又说了一通,小金翻译,主管说这事她解决不了,需要报请月子中心的总经理。

蓝琴和小金在办公室里等待,没多久,主管回来了,说总经理正好在,要她们过去一趟。

本来是进来观察的,没想到直接和总经理相遇了,这倒是个意外收获。蓝琴进了总经理办公室,出人意料的是总经理竟是位男士,自称名叫朴尚志。两人在一起交谈,小金做翻译。朴总经理很有礼貌,对蓝琴先是表示了欢迎,然后又不失时机地介绍了一下童格拉米的情况,他介绍韩国童格拉米株式会社是韩国第一家产后护理院的开设者,经过十多年的开发研究,积累了一套特殊的产妇健康保健护理方法。童格拉米株式会社还参与了韩国产后护理行业的国家标准制定,并获得了韩国国家保健部颁发的第一张许可证,可以说是韩国月子护理的"金牌"机构。

朴总经理对于中国市场是很重视的,目前韩国在中国市场尚无一家月子会所,但对于这一机构进入北上广深等大城市却充满信心,而且也正在接洽中。总经理很欢迎蓝琴也能进入加盟连锁的环节,成为童格拉米在中国的连锁店经营者。

连锁经营？这倒是蓝琴没有想到的，她问起连锁经营的条件，对方回答：加盟费十八万元人民币，韩国将派专业人员过去进行技术指导。月子中心所有的室内装潢与机构设置、护理手法将与总部保持高度一致。

蓝琴说要回去考虑一下，稍后答复，朴总经理还给了她一张名片，要她有事可以直接联系。

蓝琴回到宾馆时，凤鸣还没有回来，到了晚间她才回来，大包小包的买了不少。

蓝琴嗔怪道："就知道购物，也不问问我的情况。"

"哎呀，好不容易来一趟，你就满足一下我的虚荣心嘛！再说，商业的事你懂，我也不太明白。事情怎么样了，你拍到要拍的资料了吧？"

"比这个重要，我见到了他们的总经理。"

"怎么回事？快说来听听。"

蓝琴把与总经理交流的事说了，凤鸣问她的意见，蓝琴说："我想听听你的意见，你别啥都让我说。"

"事情倒是可行，不过加盟费有点儿贵。"

"我也是这个想法，而且我看了一下他们的装潢与设计，我并不是很喜欢，而且用的材料过于豪奢，咱们不一定有这个实力，再说了韩国的团队要进这儿来，加盟还得完全按照他们的风格来，连材料都得保持一致，这一趟行程，人吃马喂的，连工带料的，得多少成本！而且，我们不能有事就找他们吧，语言不通、路途遥远都是问题。"

蓝琴心里还有个想法，她觉得韩国虽然和中国同属亚洲国家，但国家不同，人员素质不同，未必都能适用，就拿北上广深来讲，与 C 市也不一样，北上广深行得通的，在 C 市也不一定管用。要搞一个适合当地百姓需求的行业，还是得有自己的特色，不能照搬照抄，全盘复制。

"咱们看看中国有多少美容院都是从韩国加盟的，可是问题多多，很多都经营不善，不少都倒闭了。这就是没有形成自己的特色、不了解顾客需求导致的，月子会所也一样。但这次来也不是没有收获，童格拉米株式会社最早只是一家产后护理院，现在发展成了由产后护理院、家庭外派月嫂服务中心、产后按摩中心三家机构组成的综合型月子服务中心机构，这种全方位的意识和锁链式的服务理念，还是值得我们学习的。而且总经理给了我们很多的资料,都很有用,也算是此行的收获。"

既然已经了解了这边的情况,此地不宜久留,蓝琴决定明天就启程,凤鸣说:"你不在韩国多待两天? 江南区、济州岛这些地方,你都还没有去过呢。"

"有时间去吧,我现在没心思琢磨这个。"

在回C市的飞机上,蓝琴进一步和凤鸣探讨此行的心得:

"童格拉米可能确实是韩国国内乃至世界上最好的月子会所,但我们要看到它们的一些不足,比如韩国的分娩医院和月子中心大部分是孩子一出生就会把孩子放在婴儿室托管,只有喂奶的时候会叫妈妈过去喂奶见孩子,说是这样才能让产妇得到足够的休息。但是,二十多年前,咱们医院产科就提倡母婴同室了,那么在医院都母婴同室了,坐月子期间再分开,这样不宜于宝宝安全感的建立和母子亲情的建立啊。宝妈宝爸们为人父母之初,他们无论学历高低,在这方面都是小白,所以我们还是要从医学角度帮助他们科学育儿,将来要搞月子会所,就要在这方面下功夫。"

蓝琴说这个是有感而发,当年她的孩子出生时,就请了一个月嫂,因为工作太忙,没时间照顾孩子,坐月子期间也是忙于工作,所以忽略了最重要的陪伴时光,以致孩子现在和自己有些疏远,这是她一生最大的遗憾。

"还有就是母乳喂养,很多产妇为了保持身材或是图省事,不用母乳喂养,这是一个很大的弊端,母乳喂养不仅仅是为了保证孩子的健康,也是亲子交流的一个重要部分,我们将来要大力提倡,而且还要研发催乳技术,这一方面你没发现国内也是个空白吗? 咱们要把母乳喂养当重点去追求,作为月子会所的亮点。"

凤鸣佩服地说:"你想得真周全,我就是只会干点儿技术活儿,我都听你的。"

"回去之后,咱俩做好分工,你是儿科主任出身,所以技术的工作还有员工培训、管理工作,都由你来负责,我来负责方向性的。专业的我不太懂,你就当大总管,如何?"

"保证完成任务。"

回到C市,蓝琴马不停蹄,开始处理同聚快餐的一些善后工作,一个月之内,十二家连锁店陆续关闭。蓝琴引来了装修队伍,告诉他们,自己所租借的广华大厦,一楼装修全部拆除,按同聚以往的风格重新装修。

81

同聚最后还有二百多名员工,全部回到广华大厦,更换工作岗位,这些人,全在同聚工作十年以上。对此,蓝琴的做法是,一个不裁,全部保留。

同聚总经理助理王磊找到蓝琴:"琴姐,我的建议是留一部分新人,老人的工资高,上的保险多,而且年事渐长,不是最佳的留守选择,可以考虑去掉一些老人。"

"我的想法正好相反。新人年轻,有的是工作机会。老人不一样,在我们这里工作十年以上的,经验丰富,对企业有感情,而且还有一点,他们多数已成家立业,有家有口,还有些妇女多是双职工的,你现在让他们自谋生路,对他们来说不是个好的选择。同聚不能有了困难就先让他们背锅,所以一个都不能裁,全留下。"

蓝琴开始找专业团队寻找最佳的设计方案,凤鸣也彻底留在了 C 市,蓝琴帮她租了一间房子。

宝峰找到了蓝琴,说:"现在社会上都传开来了,说同聚要破产了,张行长打来了电话,问我怎么回事,我怀疑他又要催咱们还款。"

"你告诉张行长,同聚不是破产,而是转型,今后我们要建立城市最大的快餐物流渠道,而且我们已经聘请了北京的专家,做同聚线上服务的 App,马上向全市推广。此外,我们还将开创城市第一家月子中心,转型产后护理领域,"蓝琴想了想,说,"算了,今晚订个饭店,请张行长吃饭,我来当面解释。"

银行的事刚刚搞定,就有新闻媒体杀上来,要采访同聚一夜之间关闭的事情。

蓝琴叫来王磊,"开个记者发布会,告诉记者,同聚将率先进入快餐界的互联网市场,要开启线上点餐的新时代!"

凤鸣的资金到位了,蓝琴问宝峰资金筹集情况,宝峰东拼西凑,凑了两百万元左右。蓝琴问钱从哪儿来的,宝峰说卖掉了一个门市,还有将股市上的钱全部拿出来了。

蓝琴和凤鸣签了股东合同,蓝琴投资一百八十万,凤鸣投资九十五万,蓝琴成为大股东。具体的中心管理由凤鸣来担任,作为月子中心的院长,相当于企业里的总经理。凤鸣每月的基本工资为八千元,蓝琴则以董事长的身份负责公司全方位的战略发展,不拿工资,但有重大事情时,需要股东共同商量。

"现在虽然只有两个股东,但将来真的发展起来,我们可能会增加更多的股东。"蓝琴对未来充满憧憬,"我们不拒绝资金的流入。"

"一切你说了算,我这个股东全程配合你就行了。"

宝峰对蓝琴的决定稍有异议:"公司刚成立,你就给凤鸣开八千元的工资,和我们同聚总经理一样,是不是有点儿高了?而且你一分也不拿,这合理吗?"

"凤鸣为了这个事,已经拿出全部财产了,而且她和我们不一样,我们还有同聚,她什么也没有。她要投一百万,我让她投九十五,她现在只有这五万钱块的积蓄了。这个事,咱们得站在她的角度想问题。将来月子中心发展好了,八千元根本就不多。我拿了更没必要,这些钱都是大家的,我拿了就是这个口袋掏那个口袋进。"

"凤鸣全程管理中心的工作,她的能力你考察过吗?"

"她有多年儿科医生的经验,还做过民办医院的儿科主任,我相信她是没问题的。再说,她只负责技术工作和护理工作,具体的管理我还会入手的,你放心,我有分寸。"

蓝琴对未来充满信心,但她没有想到,办理月子中心的第一个难题就是办不下执照。

她去工商部门办执照,得到的回复是:C市从无筹办月子中心的先例,所以对于上级监管部门的归属是谁,谁也不知怎么划分。蓝琴找到了工商局的熟人,熟人称先请示领导,需要研究协商之后才能确定。

一周之后,蓝琴去工商局再次申请执照,熟人告诉她,因为C市并无先例,所以执照很可能办不下来。蓝琴闻言十分着急,熟人安慰她道,可以想一个折中的办法,又问她:"将来月子中心开张以后,有固定的月嫂吗?"

"当然要有,而且还需要更加专业和有水平的月嫂。"

"那就好办了,按照家政服务这一块申请吧。有月嫂就可以和家政服务放在一块儿了。"

家政服务?凤鸣听了不禁哈哈大笑:"这是什么鬼?我们怎么变成家政了?"

"没办法,要想申请执照,只能这样变通一下。"

就这样,蓝琴和凤鸣创办的月子中心就以家政的名义申请下来了执照。起一个什么样的名字呢?两人颇费了一番脑筋,最终选用了"Blue Baby"的英文名字,为了怕很多年龄大的人看不懂这个英文,还用了一个中文名字,叫"蓝宝贝",这里取一个"蓝"字就是蓝琴的姓。

4

同聚在广华大厦的新店终于开业了,虽然同聚的连锁店全部关门,但这个新店的面积比以前的门店都大得多,里面整整能放两百张餐桌,可以容纳七八百人同时就餐。

广华大厦的一楼与蓝宝贝月子会所是相通的,但两者的入口不一样,同聚所占据的是副楼的部分,有一条甬道可以通向蓝宝贝月子会所,但因为有门隔挡着,所以虽同在一个楼层,但月子会所与餐厅完全像是两个世界,所不同的是,一个厨房,两个团队,不能混在一起。把快餐店与月子中心集于一体,是一举两得的事情,既节省成本,又便于管理,还能互通有无。这也是蓝琴的算计。

同聚原来的老员工悉数到位,无一离岗。本计划留一百五十名,但因为很多人不愿离去,最终还是留下了二百一十人。在广华大厦的后面,有一排平房。蓝琴说服业主,将这套平房以比较适中的价格租了下来,经过简单装修后,变成了职工的宿舍,让留下来暂时没有地方居住的人暂居这里。虽然这又花费了一笔费用,不过蓝琴觉得还是值得的。

同聚新店开业当天,宝峰请了不少客人,鸣放鞭炮,架起彩虹门,着实热闹了一番。对这种形式,蓝琴一直有所排斥,但宝峰强调,隆重开业也是一个形象宣传,必不可少。蓝琴默许了宝峰的想法。宝峰在社会上的朋友较多,来了不少人,卢公子派人送来了一个花篮,但他人没有到。

新店开业,一切步入正轨。蓝琴同时开始装修蓝宝贝月子中心,按她的计划,一楼是接待中心,二楼以上就是各个房间,五楼是活动室、交流区域和VIP套间,因为楼顶有一个大平台,也可以建成一个户外活动室。

她请了四五个团队,提供了各种方案,每天工作到深夜,仔细研究,精心琢磨,这期间阿琪给了她不少帮助。不知不觉,一周时间又过去了。

在装修的同时,蓝琴和凤鸣开始组建团队,她们想得很好,却发现实际操作起来挺困难,这方面的专业人员太少了。先确定的是护士。蓝琴和凤鸣找到了护士学校的朋友,要她介绍几个新毕业的学生,但这些学生们一毕业就被各大医院抢光了,现在护士专业比较紧缺,市里就有十几家正规医院,还开了七八家民营医院,有经验的护士极受欢迎,护校毕业的也抢手。蓝琴调动了她以前在医院工作时的关系,找到卫校的马校长,几经选择,雇用了两个年轻的护士,一个叫马芳,另一个叫刘娜,她们的老家都是农村的,正规学过护理,刚毕业还没来得及找工作。蓝琴和凤鸣见了见,觉得人还老实,穿着也很纯朴,于是把她们招了过来。

马校长调侃道:"别看是刚毕业的,对你来说也是宝,你得好好经营,保证人家的待遇,千万别欠工资,要不谁也留不住的。"

"院长放心,同聚经营多年,从没欠过任何人的工资,蓝宝贝也一样的。"

接着是招收了一名客服,蓝琴有个亲戚,是她表妹的女儿,名叫郭丽丽,一直在同聚前台帮着收账,懂一些财务知识,而且能说会道,现在在办公室给宝峰当助手。蓝琴把她调了过来,到这里当客服,负责接待和宣传工作。

蓝琴的想法是,月子中心的人员尽量内部消化,因为现在在外面招人的成本太大。于是,她又从厨房选了两名经验丰富的女帮厨,让她们负责将来的月子餐。

这些人都可以内部消化,但有些人必须是专业的,如医生,有了凤鸣在,这一部分尚可解决,还有营销工作,就由蓝琴自己完成,但月嫂就只能在外面招人。因为这方面一点儿资源也没有,蓝琴与凤鸣只能去月嫂中介中心找,一找才发现,月嫂太难找了,从底薪五千到一个月底薪一万、两万的人都有,供不应求。月嫂公司的人告诉他们,月嫂和月嫂公司的关系比较简单,有了活儿就介绍月嫂过去,机动灵活,像她们这样的要天天去坐班的,可能月嫂不一定愿意去。

蓝琴说:"这个是观念问题,其实月嫂在我们中心工作,远远胜于去客户家里和他们单打独斗。一方面,我们各个方面都很正规,是标准化作业,有很多免责的条款,避免了很多麻烦与纠纷;另一方面,有很多的问题都有专业人员处理,月子餐由餐饮部管理,宝宝洗澡、抚触、被动操、早教都是护士来做,大大地减少了月嫂的工作强度,月嫂只需要做好生活护理就行了。"

"话虽如此,但去你那儿坐班,有业务量行,要是没有业务量,你影响人家的收入。你们那儿坐一回月子好几万,人家月嫂一个月几千元,最多的也就一两万,相比之下,找月嫂省事还省钱,我觉得很多人家都能接受。再说你说你正规,但坐月子自古以来都有一套经验,你的正规化、标准化得让人认可才行。"

好说歹说，最后以一个月七千底薪的价格，终于雇了四名月嫂。这让凤鸣颇感心疼。她说："怎么开个月子中心，招人这么难，比我们开医院还难！"

蓝琴安慰她："这个是肯定的，医院存在多少年了，已经是传统行业了，月子中心是新生事物，刚开始时都难，只能走一步看一步。"

对于创业的艰难，蓝琴是有准备的。当年她和宝峰开快餐店时，每一盒快餐都是由宝峰在由下房改成的厨房里亲手炒出来，她亲自拿到夜市上去卖的。她想，现在至少比那时强多了，月子中心肯定是要经过一段时间的市场磨合期的。

蓝琴想的还是同聚刚开业时的模式，从点滴做起，以小见大，一步步走向正规化，现在因为成本问题，招的人不多，但重要的是创品牌。她远远没有想到的是，月子中心与餐饮完全是两个概念，餐饮是传统行业，只要做好了品牌，很快就会被人们认可，而月子中心是颠覆中华五千年传统的坐月子方式，是新生行业，对新生事物人们有一个认知的过程，这不仅是创业，更是行业的拓荒。蓝琴创业之初在心中有着豪情万丈，但她也没有想到，这个行业拓荒的认知过程却要长达四五年的时间。

现在仅凭着一腔热情，蓝琴和凤鸣忙得如同陀螺般转着。月子中心的装修如火如荼，二楼办公室已经装修完成，三楼、四楼也初具规模，招人也基本告一段落，除了厨娘、护士、客服、主管医生、月嫂之外，又招了十几个服务人员，凤鸣建议，择日开业。

蓝琴觉得时机尚未成熟，但凤鸣的理由也很充足，越晚开业，就越可能错失机会，万一还有人在此期间也进入这一行业，抢先开业，就会增加竞争对手，招人就更困难了。

"我们得抓紧出手，抢先出击，"凤鸣说，"你看现在月嫂、护士多抢手，咱们不抓紧，落后一步，可能就全盘皆输了。"

蓝琴理解凤鸣的担心，毕竟，她的一百万资金都在里面，不能尽早上马，尽快开业运转，她也着急。

给同聚职工的宿舍也盖起来了，花了小二十万元。宝峰负责公司财务，他对蓝琴抱怨说："原以为关了那些门店，能省点儿钱，你又弄了这个，多花了一笔。"

"这个钱不能省，过去我们可以让员工住在店里，现在不能让他们再这样了，月子中心的房间都是给将来宝妈宝爸们准备的，怎么能有员工宿舍呢？这个钱,是必须花的。"

宝峰告诉她,银行这个月快还款了,还完款,账上所剩无几了。

宝峰又怪她裁员力度不够,不但人都没裁下去,还给他们盖宿舍,又增加了成本。

"人家跟咱们同甘共苦了这么多年,怎么能说不管就不管了?"蓝琴说,"我也希望他们能另谋高就,找着更好的地方,但现在餐饮业全饱和了,他们的那些技术又不能和同行竞争,这个时候,你把他们放到社会上,让他们怎么活?你放心吧,困难都是暂时的,办法总比困难多。我们想想办法吧。"

宝峰提议,可不可以融些资本进来,他又提到卢公子。

"卢公子手里有不少热钱,他也是搞项目投资的,要实在不行,我再求求他,毕竟我和他父亲卢局长还是有一些交情的。"

"不行。"蓝琴眼前浮现了卢公子那嚣张的形象,断然拒绝,"他的钱来路不明,我们这个行业,不能接受这样的投资。我们要也得要干净的钱。"

蓝琴又给宝峰借人,她说月子中心还得有一个独立的财务,要宝峰给她从同聚的财务中借出一个人。

"你想要谁?"

"小黄行不行?"

宝峰直摇头,"她是我的得力助手啊,你不能把我所有能干的人都抽走啊!先是厨房,又找着了我的办公室主任丽丽,现在又盯上了财务!"

"现在外面雇一个财务,专业的那种得四五千,你让小黄先帮我,等上了正轨之后,我再招人,把她还给你。"

宝峰叹口气,"同聚本来现在还是赢利的,可你这么一整,我估计也开始要亏损了。"

蓝琴看着宝峰,心里有几分愧疚。钱！都是该死的钱,蓝琴心中明白,月子中心重新装修,把以前的装修还要拆掉重装,这笔钱进去后,她和凤鸣那点儿投资都未必够用。但好在宝峰担了下来,用同聚的利润替她们担负了不少,而且还不让她们交房租。毕竟,当年房租的钱,也是同聚担着的,作为同聚的董事长,宝峰是有权力决定房子租与不租的,原本按照宝峰的计划,广华转租后,不但收租金还能赚佣金,确实是一本万利的好事,可是为了自己这个小小的梦想,他放弃了自己的这个想法,才可以让她们节省下来启动资金,能全部用于将来的运营和维护,不过这样一来,给一直负责同聚运营的宝峰压力就太大了。

看着丈夫半白的头发和不太挺拔的腰身，一想到他还要和自己面对前所未有的挑战，蓝琴心存感激，禁不住把手放在了他的肩上。

"你放心，今天同聚为蓝宝贝所做的事情，你为我所做的牺牲，我都记在心里。总有一天，我欠你们的，都会还回来。"

"两口子，都是一家人，说什么还不还的，我的和你的有啥区别，我就是盼着你做出的选择是正确的，那个凤鸣能顶用别捅娄子，就行了。"宝峰面色沉重地说出了自己的担忧。

5

蓝宝贝的开业庆典定在了6月1日，这一天是儿童节，选这个日子也是蓝琴的主意。这是一个属于孩子们的节日，蓝宝贝就是让孩子们茁壮成长的地方，这一天是最适合开业的。

宝峰想把开业庆典搞得热闹一些，但是蓝琴却不同意他提出的各种方案，包括放礼炮、搞剪彩、请市里相关领导以及歌舞表演之类的，蓝琴还是想一切从简，因为月子中心完全是一个新生事物，而自己的团队也只是在初创阶段，现在过于高调也不太合适。她印刷了至少五千份宣传单，提出了预订服务的优惠政策，凡是在开业期间过来咨询的，均有礼物相送，定了三个基本的价位：48888元、38888元和28888元，在当天成交的将享受8折的优惠，月子中心现有房间48套，已经有20套房间按照不同的标准可以投入使用，如果当天成交量能在5~10间，那么营销就算做得很成功。

月子中心的宣传画、宣传册和相关的宣传材料是必不可少的，蓝琴当年曾经开创性地在出租车车窗上贴过同聚快餐的广告宣传画，这一次，她又故技重施，把开业庆典的信息，再次利用出租车车窗进行了宣传。城市的出租车成千上万，这是一个很好的宣传平台。除了这些宣传手段，其他的蓝琴并不感兴趣，但是宝峰还是请来了一些嘉宾，最终在月子中心的餐厅里办了两桌宴席。这里有蓝琴在餐饮界的同行，还有他们夫妻在C市交下的一些朋友，对于蓝琴开办的月子中心，大家进行了简单的参观，提出了一些意见，但更多的人则都发出这样的感叹：

"这下好了，以后我们不用发愁找月嫂了，蓝琴，以后你就是这个城市最厉害的月嫂了,孩子的事都可以交给你了。"

蓝琴不停地和他们解释,月子中心和月嫂不是一回事,不过多数人对她的解释并不深究,大家还是嘻嘻哈哈祝贺蓝琴将是这个城市"第一月嫂"。

蓝琴与凤鸣对视一眼,无奈地一笑。她们知道,一个新生事物要想让人家了解,还需假以时日。

宝峰有点儿喝多了。今天来的有不少是他的朋友,其实蓝琴这些年在C市的朋友并不多,外围都是宝峰来处理的。宝峰迎来送往,忙了一天,等客人都走了,他的脸色绯红,明显有点儿头重脚轻的感觉,蓝琴嗔怪道:"你最近也是的,怎么一喝酒就喝这么多,也不是年轻人了,太不注意身体了。"

"这不是为你高兴吗?你是学护理专业的,却跟着我做了快二十年的餐饮,每天对着菜市场、油烟子,风里来雨里去的,挺对不起你的,现在终于遂了你的心愿了,我也为你高兴啊。"

"去你的,什么为我高兴?你不喝酒我就最高兴。"

蓝琴心中并没有宝峰那么轻松,开业第一天,真是来了不少人,不过很多人是来这里咨询,然后取宣传资料和伴手礼的,一个预订的也没有,不少人拿了东西连电话都没留下,抽空子就走了。

对这种局面蓝琴心里是有所准备的,今天为防人多,她从同聚抽了十个工作人员,在现场负责登记、分发宣传材料和礼品发放,并亲自调度,把有意向的人的电话和联系方式都记了下了,虽然没有成交,但总算对那些感兴趣的顾客有了一个统计表,以后也可以建立反馈制度。

宝峰拿起手机给蓝琴看:"你儿子发来信息对你表示祝贺!"

蓝琴看手机短信,上面有一行字:"祝贺老爸老妈,在创业路上,像进击的巨人一样横冲直撞,战无不胜!"

蓝琴问:"你把开业的事和他说了?"

"当然,孩子也不小了,家里的事他也得知道些了。我昨天和他打电话时说的。"

"进击的巨人?什么意思?"

"这个你就不懂了吧?"宝峰得意地笑道,"这是你儿子最近正在迷恋的一个日漫,前两天他还让我给他汇款,在网上买了一个和那个日漫里的巨人人物同款的手伴。"

"我想起来了,就是上次他花了我一千多元钱从网上买的那个手伴吧!"

蓝琴想了起来，当时顾枫想在网上买一个昂贵的手伴，打完折还得 1988 元，他怕蓝琴知道不给他买，暗中央求父亲给他转了款。为此，自己还和宝峰吵了一架，认为给一个还在上高中的孩子买这么贵的东西，实在太奢侈了。

　　"对，就是那个东西，我也搞不懂是啥玩意儿，反正他们小孩子都爱玩那个。"

　　儿子从小就看动画片，从最早的《熊出没》到后来的《变形金刚》，家里的玩具堆积如山，后来日漫流行，手伴逐渐风行，顾枫就成了日漫爱好者和手伴收藏者，一年为这个耗费颇多，蓝琴没少为此和他争执。

　　儿子拿日漫里的游戏人物来比喻自己，蓝琴倒是觉得很贴切。自己是不是漫画神通广大的巨人她并不晓得，但是"进击"这两个字，还真是蛮适合的。

　　"告诉顾枫，把成绩单发过来。我要看他今年各科的成绩！"蓝琴像突然想起了什么似的和宝峰说。

吴襄整理的采访笔录（三）

　　在我一直珍藏多年的相册里，有很多过去的老照片，这里有我父亲的，有我姥姥的，有我和我母亲以及几个弟妹从小的合影，不少照片都是黑白的，但里面有却有一张独特的彩色个人照片，与我们家族的人无关。那个人是我的一个大学同学，刘昭。这是一张她在海边的照片，彩色的。你可以看得很清楚，一个戴着深框眼镜的知性美少女坐在海边的一块礁石上，在她背后，是一片蔚蓝清澈的大海，海与天连成一片，无限宽阔、自由。

　　这是 C 市给我的第一个印象。C 市是一个海滨城市，也是中国最早的沿海开放城市，这个城市不大，但是风光秀丽，气候宜人，有着中国最美的海岸线。刘昭当时在 C 市第一医院妇产科工作，她是研究生学历，当时师从于 C 市妇产科第一高手"卓大师"卓越。

　　我们之间一直有书信往来，刘昭经常给我介绍 C 市，还总是欢迎我过去，可惜的是，当时我在医院的工作太忙，一直也没有成行。

到后来我去的时候,还是去参加刘昭的葬礼。

那天下着蒙蒙细雨,我们在墓地送别刘昭,她只有二十八岁,还没有结婚。我站在墓碑前,为她献上一束花,眼泪止不住地流出来。

C 市那时正是春天,空气中弥漫着咸湿的味道,这是海的味道,与我的老家松河的味道完全不同,我老家全是树木的香气,连吹来的风都是硬实而凛冽的,而这里不一样,海风轻柔,像情人温柔的眼光,也像闺密床前的闲话,更像是当年大学四年时,我和刘昭在树下的低语。

我就是那时爱上 C 市的,我大学最好的同学英年早逝,这成了我来 C 市的理由。那天葬礼过后,我心难受得很,就一个人来到海边漫步。我是想通过这种形式冲淡那积蓄在心中的忧伤,可却没想到一下子竟然爱上了这片海。我觉得冥冥中,似乎刘昭在召唤着我,来这里完成她未竟的事业吧!来这里延续我们曾经有过的梦想吧!悬壶济世,渡厄解困,我们曾经在医学院里立下的誓言,她已经没有办法实现了,现在,则要靠我这个好闺密来完成了。

我在那个时候正处于人生十字路口,宝峰也和我一样。林业系统此时风光不再,那个当年我们毕业就一直想飞奔回去的地方,已经从"林老大"成了"老大难",因为盲目扩大生产规模、过度砍伐和体制僵化等种种原因,从 20 世纪 90 年代初,中国林业进入了"低谷期",作为国营老单位,我们林场也首当其冲,陷入资金短缺、资源匮乏的"两难"境地。林业生产无林可采,育林速度远远赶不上采林速度,林场开始进入入不敷出的状态,甚至开始拖欠工人的工资,最多时拖欠竟长达三十个月。

改革迫在眉睫,林场由过去的"老国营"开始转向"承包制",而在这其中,下岗潮也在林场开始了,我父亲所在食堂也因经营不善关闭,不过那时候父亲已经退休了,没受连累。

我很明显地感觉到我所在的医院也受到影响,长年负债经营,这让刚刚当上副院长的刘长河十分头痛,因为他负责经营,他这个院长必须解决所有员工的吃穿问题,医院也开始和各种药店、药厂谈起了合作,但收效甚微,我们的收入都降低了,后来也出现了欠薪,当时很多有能力的或者有背景的人都调走了,包括林珍。在她父亲林副局长的安排下,调到了卫生局负责信访接待工作。

林场开始搞各种三产以解决困境,多种经营成了主流,宝峰刚当上销售科长一年,就被调到三产公司担任经理,主要是负责人参加工。因为小兴安岭盛产野山参,所以林场想开发这个市场。宝峰去了三产公司,把他在销售科的兄弟调过去好几个帮忙,每天忙得昏天暗地,一天也见不着个人影。他本来不喝酒、不抽烟,都是那个时候学会的。宝峰那时候算是正式进入商场,三产公司不好干,需要跑销售,搞经营,联系客户,过去宝峰在销售科时,正好赶上林业形势大好,他不需要怎么联系,就有客户主动找上门来,可称得上供不应求。现在形势全都变了,他这个三产经理需要当大业务员,四处奔波,登门推销,还经常要出远门。

我和宝峰原本是想定在那年"十一"结婚,但是因为宝峰要经常出门,不敢确定哪一天能有准时间,所以连婚期都推迟了。有天晚上,我去宝峰住的宿舍找他,我发现他喝得很多,但和往常不一样,往常他喝完酒回来话多,拉着我总说个没完,但现在他只是一根一根地抽烟,一言不发。我有点儿害怕了,问他是怎么回事,是不是受了什么委屈。宝峰说不是,只是不适应,每天赔着笑脸陪人吃喝,客户还提出了种种过分的要求,都是违规违纪的,可是不答应他们,生意就做不成,让他左右为难。宝峰说:"再干下去,就两条路了,不是去医院,就是去法院。"我听了,心头火起,说:"不干了,不干了,明天就去辞职吧,我看当个普通干部也挺好!"

宝峰第二天去找领导,提出辞职请求。领导一番安抚,让他再坚持两个月,等组织物色好人选再定。事实上,宝峰虽然力不从心,但他的工作能力是没得说的,三产本来一无所有,在他手里还是干出了起色,第一年就给林场上交了四十万元的利润,但这是宝峰拿自己的健康和所有的业余时间换来的。他很痛苦,可是还是听从领导的建议继续干了两个月,一直等到新的经理上任,还又留下来当了一个月的顾问,才总算转岗了。

领导对于宝峰的表现是满意的,转岗给他安排回了机关,当时人事科科长提前退休,宝峰成了新的人事科长。这让宝峰感到很满意,因为终于可以不干销售了,不用再陪客户了。我也替他高兴,他被任命新职务的那天晚上,我们俩破天荒地在外面的饭店美餐了一顿。自打认识以来,我们很少出去吃饭,因为宝峰从我父亲那学了一身厨艺后,就经常在宿舍里做饭吃,他说饭店的饭菜不卫生,也没他做得好。实际上是我们的工资都不高,不太舍得去饭店花钱。

我们的恋爱生活是很平淡的,但也很安稳。最初我对他其实没有太多的感觉,他真正的优点很多都是在婚后被我发现的。宝峰虽然比我小两岁,但是很让着我,而且脾气特别好,从不干涉我的选择。特别是,他满足了我的胃,每天换着花样给我做饭,让我天天活在美食的诱惑中,我有时笑着说,咱俩好像反过来了! 你像个家庭主妇! 他说,我愿意,我愿意给你做一辈子饭。

能碰见一个愿意天天为你做饭的男人,我想这也许就是爱,就是幸福吧,虽然爱这个字,我从来没有从这个"直男"口中听到过。可是自从宝峰干起了三产经理之后,他给我做饭的次数越来越少,在一起相聚的日子也越来越少了。现在,他终于又回到安定的岗位上去了,我很高兴,敬了他一杯红酒,说:"真好! 以后又可以天天吃到你做的饭了!"

宝峰也高兴地说道:"这下好了,等稳定下来,咱们得商量一下办婚礼的事了!"

然而我们高兴得太早了。没多久我发现宝峰的情绪又有所变化,他又变得抑郁了。我问他怎么回事,他也不说,只是说没事,到后来我一再追问,他就说了,原来领导调他到人事科是另有用处,单位因为效益不好,要进行大规模的裁员,宝峰过去的第一项工作就是帮单位裁人,我问他要裁多少,他说三百人左右。我一下子惊呆了,问这么多人,以什么标准。宝峰说,领导要他制定标准,这太难为他了,他现在明白前任科长为什么提前退休了。这是个得罪人的活儿啊!

宝峰很认真地做这件事情,他想把损失减到最小,尽量多保留一些,所以把标准放得很宽,但领导并不满意,因为按他的标准,连一半人也裁不下去。后来领导班子研究后制定了一个标准,强行要宝峰推行下去。

有天晚上，我晚班回来看见宝峰一个人坐在台灯下，对着一张纸发呆，桌上的烟灰缸里堆满了烟头，眼睛红红的全是血丝。我问他怎么了，他把桌上的那张纸推到我面前，说标准定出来了，这是裁员名单。我看了一下，上面有好多熟悉的名字。

宝峰指着名单上的名字给我解释，这个人，是当年和他一起进厂的同学，亲如兄弟；这个人，当年曾经手把手地教过他，是他的师父；这个人，在他当三产经理的时候，放弃了舒适的工作过去帮他……这上面好多人，都是他的朋友。现在全在名单里。

我说怎么都要裁下去，这都是老职工啊。宝峰说，裁的就是老职工，还有就是那些没有能力承包林场或给单位带来销售业绩的人。我说，和领导再商量一下吧。宝峰说没得商量，这就是人事科的事，领导说了，必须要他们落实。

我说不行咱别干了，你换岗吧。宝峰苦笑一下，说："林场是咱家的？说不干就不干，说换岗就换岗？上次能换，是因为我把三产那一摊子弄起来了，领导才答应我走的，现在这个刚刚开始，啥起色没有，我能一走了之吗？"

"林场现在的情况，不裁员是不行的，我理解领导的苦衷，如果是我，也会这么做。"宝峰说。林场的负担太重，老职工太多，裁员是无奈也是必要之举，但如果按这个名单执行下去，千夫所指也都在宝峰身上，因为标准和执行名义上都是人力部门负责的，最后还是得由他来落实这一切。

正说着领导来了电话，给宝峰下了最后通牒，问宝峰一周之内能不能完成任务。宝峰说可以。放下电话，我问他："你有把握？"他说："我想通了，有办法了。"

裁员工作顺利进行下去了，但我万万没有想到的是，在名单的最后一个名额里，是顾宝峰的名字。宝峰把自己也裁下去了。名单贴出后，领导对此十分不满，问宝峰是不是有什么情绪，怎么事先也没和他们商量一下。宝峰诚恳地说："我没有情绪。我也相当认可厂子里关于裁员的决定，但是无论怎么做，我们都无法做到面面俱到，无法让所有的人满意，我想了一下，只有这个是万全之策。

我还年轻，以后机会多的是。这几年来，厂里一直在栽培我、提拔我，我也该为厂里做点儿事了，只有这样，才能平复所有人的情绪，请领导支持。"

领导坚决不同意他裁下自己，并说明他的条件也根本无须被裁下去，宝峰说，名单已经贴出，再撤回就会弄巧成拙，反而给人留下话柄，事已至此，没法挽回了。

宝峰心意已决，但他还有一件事放心不下。那天晚上，他找到我，对我说起这件事，宝峰说："你会不会笑我傻，或是怪我，不和你商量就把铁饭碗这么丢了？"

我说："我理解你的选择，你这个人，就是太讲义气了，你宁愿亏着自己，也不愿亏了别人。可是离开了林场，你有没有想过未来？"

"未来？我还不到三十岁，我想我还有机会的。我有很多同学都和我做出了一样的选择，他们中间不少人自谋生路后，发展比以前还好。现在时代变了，机会也更多了，你不觉得，林场对咱们来说其实没有太大的吸引力了吗。这个单位太老了，太旧了，太跟不上时代了。我不想一辈子就围在办公桌上，或是围着几个客户转，我想出去转转，我想看看更大的世界。"

那天晚上，宝峰和我谈了很多，有很多是我从前没听说过的奇闻逸事，例如第一家股票交易所上市，机关干部下海创业，百万大军进驻"深圳"，中央领导发话"允许一部分人先富起来"等，让我听得目瞪口呆。我说："你怎么知道这么多？"宝峰说没吃过猪肉还没见过猪跑嘛，这一年见了不少客户，去了不少地方，长了不少见识。

宝峰在说这些话的时候，眼中是放着光的，这是我一年多来在他眼中没有见过的。我原本有点儿不理解，现在有点儿明白宝峰的选择了，我说："看来你是下了决心，就算没有这次的事，你也想走了？"宝峰点点头说："我的心早就活了，但我一直有一件放心不下的事，就是你。"

宝峰说他一直放不下我，为了我，他曾想妥协，但现在已经无法让自己再忍受了。"我实在受不了，坐在一张办公桌前，喝着茶水，看着报纸，然后等着论资排辈混上一个小领导的日子了，所以我才决定要搏一搏。但是……"宝峰停下来,再说话时眼圈有些红了,"我想,咱们还是分手吧!"

我吓了一跳,问他为什么。宝峰说:"我没有铁饭碗了,以后不确定日子过得怎么样,也可能会离开这里四处漂泊。我不能给你稳定的生活了,你的父母也一定很失望,所以我想我应该先提出分手。这样你可以找一个有稳定工作的人照顾你。"

我听了也挺感动,但突然又想笑,忍着没笑出来。我问他:"顾宝峰,我问你,和我分手也是你计划中的一部分吗?"他急忙说:"那怎么可能?我是怕连累你,我可从没想过要离开你。"

"那既然如此,你还说这个话干什么呢?你以为我和你订婚是件很儿戏的事吗?你以为我会因为某一个人一时的境遇就随便改变自己的决定吗?"我假装生气地说,"你这么看我吗?好,你要想分开,那我就遂你的愿!"

"我没有这样看你,我只是……"宝峰低下头来,说,"我以前配不上你,现在连个公职都没有了,我怕你跟着我受苦。"

"我以前是不太喜欢你,但现在我有点儿变了,你这个人,还挺男人的。"我第一次主动抓起他的手,说,"跟着你的本心走吧。只要你不怕,我就什么也不怕。"

我想我从那一刻重新认识了顾宝峰这个男人,并下定决心让他做我终生的伴侣。事实上,对于林场的生活我也早已经厌倦,我们的医院也开始进行改革,很多人都回家去了。我没有被裁掉的原因,一是因为年轻,二是因为我还有学历。但这并不代表医院的环境是好的,医院设备陈旧,人员老化,病人寥寥无几,人心思变,没有人积极工作,林场也无力再养活一个医院,最后做出了和另外一家医院合并的选择,这意味着过去在林场医院享受的待遇和便利也将一去不复返,而我们也成了市里医院的附庸。和市里医院合并的消息传出后,凤鸣马上辞职,去了沈阳,不久,长河也辞职离开。长河的离去在医院引起较大的轰动,成了当时医院的热门话题。

宝峰的决定在林场上下也同样引起轩然大波,谁也没有想到,领导眼中的红人,前途无量的年轻科长,也被裁下去了。这一决定让林场裁员进行得异常顺利，很多人没等厂里裁员，就主动离岗。在那个年代，离岗创业、辞职下海，成为镇上的一股流行风。

宝峰的离去让我父亲十分诧异，至今也不理解。但这对他来说，远不如后来我的离去更伤他的心。

我和宝峰是在那年的 11 月 1 日结的婚，这个婚期比我们原来预想的整整延后了一年，一年里，也发生了很多的事。在结婚的时候，来了很多林场的人，宝峰的人缘真好，尽管他在职时裁下了几百人，可是这些人中的很多人仍然来给他捧场。也就是在这个时候，刘昭寄来了有海的那张照片，因为她工作太忙不能过来，她还给我寄来了一份当地的特产——冻海参，作为贺礼。

新婚之夜，我拿着刘昭的照片对宝峰说："我们从小在森林里长大，从来没有看过海，将来有一天，能否带我去看看海？"宝峰说："将来有一天，我会在海上给你盖一座房子，让你推窗就见海，或是建一条船，让你随时在海上漂流。"我当时只是当成一个笑话，可是没想到宝峰后来真的帮我实现了这个梦想。

这时宝峰在山东的同学来电话，要他去青岛，他有一个厂子需要管理者。宝峰有些动心了，新婚第一周，他启程去了青岛，我本想和他一起去，但姥姥突然病了，病得很厉害，我就没有去。等他回来的时候，他告诉我，他在途中去了 C 市，见到了刘昭。

我没想到他竟然先找到了我的闺密。我问起刘昭的情况，他说刘昭在第一医院上班，还没有结婚，但是有了一个男朋友，在电视台工作。接着和我说起 C 市的情况，原来这次去 C 市并不是为了刘昭，而是他在青岛遇见了以前的一个客户，做白酒销售的白老板。白老板曾经在他当三产经理的时候定购过他的野山参，两人相处得很好，这次在青岛相遇，极力邀请他去 C 市玩。宝峰就和他去了 C 市。没想到白老板在 C 市很吃得开，不仅做白酒销售，还开了一个大酒店，算是 C 市第一家上了星级的民营酒店，非常有规模。在 C 市，人们管白老板叫白四爷。当白老板听说他认识一个叫刘昭的人时，说和她男朋友很熟悉，还是自己的本家。当即打了电话，刘昭和她男朋友白宇当天晚上就赶了过来。

就这样宝峰先我一步，见到了我的女同学。

97

宝峰谈起 C 市,说那里有阳光、海岸、沙滩,还有秀美无比的各种公园,我听了很神往。宝峰说,你不是想去看看海吗?我看那个地方就挺合适,离咱们也不远,一宿夜车就到了,反正咱们结婚还没出去旅行,我看咱们就去那儿吧,你正好看看老同学。我说好啊。

　　我们计划好了,下周就去 C 市,但没想到计划没赶上变化,我们没能走成,因为我姥姥病情又加重了。

　　我姥姥那时候岁数不大,其实也就六十多一点儿。但是由于长年辛勤的劳作,特别是后来为了贴补家用时为人家没黑没白地缝补衣服,她的健康遭到了严重的损坏。她肾上一直有毛病,但是她一直隐瞒着没有去医院治疗,而是选择了自己挺下来,这让她错过了良好的治疗机会,并终因肾衰竭走到了人生的终点。

　　在我印象中,姥姥很少上医院,她一直是充满活力、精明能干的,但我没想到她突然病倒,一下子就起不来了,这个过程太快了,不仅是我,我的父亲母亲都没有意识到。姥姥是在我人生中过早谢幕的人,但是她已经把她所有能够传下来的东西都给我了,包括善良、聪明、坚韧的品格和高度的责任感,这是她留给我的财富,让我在以后的生活中受用不尽。但我最大的遗憾是,在她病重之前的那些日子,我光忙于自己的事情,没有多陪她,没能多尽一些孝心,想想真的是太后悔了。

　　我们把姥姥从林场医院转到市里的医院,在重症监护室住了几天,医生说已经回天乏术了。我去见姥姥最后一面,她很衰弱,呼吸很困难,但嘴里还能吐出几个字,我握着她的手,眼泪止不住地流了下来。姥姥用力睁开眼睛,对我喃喃自语:"你走了?你走了?"我哭着说:"我不走,我不走,姥姥我陪着你,我哪儿也不走,我永远陪着你。"姥姥深情地看着我,一大滴眼泪突然从她眼眶中滚落下来,这是我第一次见到姥姥的眼泪,她又将眼睛微微闭上了,说:"走吧,走吧。嫁鸡随鸡,嫁狗随狗,跟宝峰走吧。走吧。"

　　这是姥姥最后和我说的一句话。我想这也是姥姥给我的最后的人生指引,她是在告诉我,让我支持宝峰的决定,让我们夫妻无论在什么情况下都要在一起,共同奋斗,同舟共济。

姥姥去世了，安葬她后那一段时间我心疼得厉害，我甚至怕回到娘家。在父母那里，我一进屋就觉得姥姥似乎还在，空气中弥漫着她的笑声，充满着她亲切关怀的话语。可是我现在已经没有办法再听她的教诲了，有了问题也无法再向她倾诉，让她拿主意了。我知道自己必须长大了，我需要自己拿主意了。我没有姥姥了，我人生的第一个导师完成了自己的使命，光荣谢幕了。

姥姥去世后，另一个人的突然离世，又给了我一个沉重的打击。她就是刘昭。在我为姥姥过完头七之后，从 C 市传来一个消息，刘昭死了。她是下夜班的时候被一个醉驾司机开的大车撞死的。当时她骑的是自行车，因为夜深人静，她骑得比较快，当大车迎过来的时候，她没法停住车，就滚到了大车底下。她的死太意外了，我原以为很快会与她见面，但是没想到竟然阴阳相隔了。不到一个月时间，不幸的消息接踵而来，我失去了最亲的人和最好的朋友。

我们赶到 C 市去参加刘昭的葬礼。原计划的结婚旅行竟然变成了一场追悼活动。就是在 C 市停留时，宝峰开始面临人生的抉择，白四爷相中了宝峰的才能，想让他留下来，帮自己经营酒店，做总经理，而青岛的同学也发来邀请，请他过去，帮他管理厂子。面临两个选择，宝峰有点儿难以取舍，他征求我的意见。

我说："我都没有意见，你去哪里都行。"其实我更喜欢 C 市，我喜欢这里的海洋，也因为还有刘昭在这里。我觉得她的离去似乎又是一个冥冥中的召唤，要我留下来。但我不想用自己的想法影响宝峰的选择，我说一切由他来决定。

宝峰说："我还是想和同学一起做点儿事，但是我还是担心你，无论怎么选择，咱们都得分开一段时间了。两地分居，以后我就没法照顾你了。"

我说："我有手有脚，也不用你照顾的。你做你自己想做的事就行。"

"我还想着结完婚后马上要个孩子，就怕这一分开，这个计划又得延迟了，"宝峰说，"咱们的婚礼就因为我的工作延迟了，没想到还是因为我，又得推迟要孩子这件事。"

看着有些难过的宝峰,我的脑海中突然浮现姥姥临终的那句话,我说:"你不用担心,你无论去哪里,我都会跟着你。"

"你跟着我? 你还有工作,你怎么跟着我?"

"最多我也辞职吧。我辞职跟你一起走。"

宝峰露出吃惊的神色。我说:"你不用担心。其实林场的医院对我来说也如同鸡肋,我也早就没有兴趣了。我姥姥说了,嫁鸡随鸡,嫁狗随狗,你走到哪儿我就跟到哪儿,咱们一起才能同舟共济。你一个人在外面闯荡,我也怕没人照顾你。"

宝峰不停地摇头,说这不行,家里有一个人出去打拼就行了,他不愿我放弃稳定的工作。

我从 C 市回来了,宝峰没有和我一起,他又去了青岛,找他的同学商量。等宝峰再回来的时候,他带来了一个消息,他已经决定留在 C 市了,有两个原因,一是他觉得我好像更喜欢 C 市,另一个原因是白四爷知道他的两难抉择后,做出承诺,如果宝峰愿意留下来帮他,他就负责为我解决在 C 市的工作,去公立医院上班。

宝峰说,就是这个承诺让他最终下了决心,他决定放弃同学的约请而留在 C 市,但他也尊重我的选择,如果我不同意,他就拒绝白四爷或者他的同学,再回松河也行。

我挺感动的,我觉得在这件事上,宝峰并不以自己的意志为主,而仍然考虑着我的想法,他是懂我、爱我的,想问题也是周全的。既然如此,我还有什么理由不和他走呢? 我们注定以后要在一起同甘共苦的。

我只担心一件事,我们两人双双辞去正式的工作,我父亲母亲那边怎么办? 他们能不能接受? 宝峰说:"你就告诉他,我要去另一个城市发展,去给人家当经理,可以把你正式调动过去,有正式的公职,这样爸和妈就不会担心了。只要是有正式工作,你无非是换一个地方而已,和林场也没啥区别啊。"

那天晚上,我们做出了一起离开松河的决定。宝峰决定先过去,让我在这里稳定一段时间,等那边工作有着落后,再过去找他。一想到我们就这样离开了生我养我的地方,去一个完全陌生的环境发展,我们都有些兴奋,也有些忐忑,竟然都失眠了。宝峰看出我的心事,对我说,不要担心,面包会有的,一切都会有的,我们的明天一定会越来越好的。看着他认真的表情,我想,我应该相信这个男人。

第三章　风起于浮萍之末

1

电话打过来后三个小时,女孩来到了蓝宝贝月子会所,与她同行的还有她的母亲,没有其他男人,只有母子两人。

蓝琴和凤鸣都在门口等着这一对母子的到来,身后还有护士刘娜、马芳。

这是一个重要的客人,重要在于,这是月子会所开业近两个月以来的第一个客人。

从6月1日开业至今,蓝琴投入了将近十万元的广告费,然而,却一个上门的客人也没有。眼看着钱如流水般花出去,却没有任何回报,凤鸣也有点儿急了。

"蓝琴,你是本地人,你的朋友多,你找一些熟人啊,起码得运营起来。"

熟人?靠熟人能撑起一摊事吗?蓝琴并不相信,在惨淡的现实面前,她的倔强劲儿又上来了,一个熟人也没找,她不信,靠着自己的实力就不能吸引到客源。

最后还是宝峰帮助了她。宝峰有一天告诉她,有个朋友给她介绍了一个客人,要来这里坐月子。

宝峰还自作主张,说为了促成这笔生意,他答应人家,打对折,原价38888元的服务,优惠15000元。

蓝琴听后头都大了,"谁让你打这么多折扣的?你以为这是在菜市场买菜,还可以讨价还价的?"

"俩月不开张,你还能挺住,得变通啊!"宝峰笑着说,"有了第一单,就有

101

第二单!"

　　蓝琴不得不接受宝峰的莽撞,事实上,宝峰的这个决定,后来让蓝宝贝至少有两年的价格跳水,再也没能涨上去。但目前,她们只能全力以赴地接待这个宝峰介绍来的客人,也是 C 市第一个进入月子中心的客人。

　　一大早,助理郭丽丽就和司机驾车亲自去医院接宝妈与宝宝上车,这也是月子中心提供的接送服务,从医院出来到入住月子中心,母婴在这二十八天的生活就全部由月子中心接管了,包括吃、住、行。入住前就要做好房间的准备工作:准备母婴的用物、房间清洁消毒、检查家电家具能否正常使用等。

　　现在这个客人和她的母亲就在眼前。客人名叫黄小玉,只有二十一岁,算是一个低龄的产妇,她的孩子是在三天前 C 市第一医院出生的,和她一起来的母亲名叫王淑芬,是来自效区农村海阳镇的,地道的农民。

　　小玉面容姣好,年轻的脸上化了淡淡的妆,上身是一件宽大的风衣,穿着一条肥大的灯笼裤,脚蹬阿迪达斯的旅游鞋,手上提着 LV 的包。虽是刚生过孩子,可是她的身材没有走形,还是很苗条。第一印象,蓝琴直觉觉得她是一个稚气未脱甚至涉世未深的母亲。

　　她母亲王淑芬似乎正好相反,眼神挺锐利,一进门就开始东张西望,问东问西。直觉也告诉蓝琴,这是一个不好惹的主儿。

　　接送车刚到门前停下,早已经等候迎接的护理人员马上前去,护士刘娜轻手轻脚地接过宝宝,蓝琴也亲自等候在门口,上前搀扶着宝妈说:"小玉,你辛苦了。"

　　步入接待大厅,按程序进行风淋消毒、穿鞋套、测体温、物品消毒,以保证母婴安全。从电梯上刷卡直奔三楼,她们订的是一个套间。蓝琴看着护士怀里的孩子,是个虎头虎脑的男孩。蓝琴问小玉:"起名字了吗?"

　　"大名还没想好,小名叫嘟嘟。"

　　"嘟嘟,好可爱的名字。"蓝琴轻轻用手碰碰小家伙的脸蛋,小家伙在襁褓里睁开了眼睛,眼睛又圆又亮。

　　进了套间,王淑芬到处检查。

　　"你这空调没问题吧?"

　　"窗子严实吗?"

　　"淋浴二十四小时热水没问题吧?"

　　"你这儿的月嫂靠谱吗? 我可要你们这儿最好的!"

面对着王淑芬的各种质问,蓝琴一一解答,并告诉她,无论是护士还是月嫂,都是专业的。

"宝爸什么时候过来,这个房间是个双人间,完全能住得下,我们鼓励宝爸陪住,宝爸和宝妈同住,也会给宝妈带来美丽的心情。"

"他忙,最近又出门了,近期来不了。"王淑芬眼神闪烁了一下,"我在这儿就行,不用他。"

出了门,凤鸣悄悄贴上耳朵说:"她们登记的时候没有写上宝爸的名字,只有她们娘俩的。"

"噢?"蓝琴略有诧异的感觉。

按照规矩,新生儿进入月子会所,将首先由专家来对产妇和婴儿进行常规检查,这一部分就由凤鸣来完成,产妇将在这里进行至少六周的调养。由护士刘娜和马芳轮番值岗,一个白班,一个夜班。

不知不觉,就忙到中午了,厨房将月子餐送至房间,有八宝饭、炒三丝和冬瓜汤。没多久,王淑芬就来找护士刘娜。

"你们这叫月子餐吗?坐月子还能吃土豆丝?为什么没有猪蹄汤?"

刘娜解释,我们坐月子第一周饮食的原则是:清淡稀软,因为宝妈肠胃要复位、调整,这都是我们中医营养学家科学设计的,和民间传统的月子餐可能有一些出入,但都是从母婴健康的角度出发的。

王淑芬还是不同意,并声明不要土豆丝:"我女儿不喜欢吃土豆,以后不要有土豆,她就爱吃猪蹄。"

刘娜将这事反映到蓝琴那儿。蓝琴说:"你把她姥姥叫来,我和她说。"

王淑芬不一会儿气呼呼地过来了,又和蓝琴说了一遍想吃猪蹄汤的理由,还说:"我们花了那么多钱,不是跑到这儿来吃素的。"

"大姐,不管你花了多少钱,我也不能给你猪蹄汤,除非你是不想孩子好。"

王淑芬一下子愣住了。蓝琴说:"猪蹄汤在这个阶段不适合吃,因为容易造成堵奶,引发乳腺炎。难道你想让宝妈因为喝这个,得上乳腺炎遭罪吗?"

王淑芬哑然,但又不服气地说了一句:"可是老一辈人都是这样的。"

"为什么您要来这里坐月子?还不是因为我们这里更科学。要都是老一辈人的老方法,那就用不着月子中心提供这么多服务了。"

说到女儿的事，王淑芬终于也不再执拗了，沉默片刻说："那就这样吧。"

"您放心，我们的饮食是按营养学设计的，你孩子在这里，绝不会亏着，更不会缺少营养。"

黄小玉入住第二天，又有新的事情了。月嫂周姐在会上反映，宝妈对母乳喂养特别抵触，并且不喜欢吃月子餐，自己带了很多零食，不停地吃，说她不听，而且母乳也不够。

周姐气呼呼地说："这孩子真是任性啊，油盐不进。"

"她还只是个孩子，要耐心，你别急，一会儿我和她谈谈。"

开完晨会，蓝琴来到小玉的房间，进门就看见她正躺在床上，一边看着手机，一边津津有味地吃着薯片，嘴里发出咔嚓咔嚓的声音。

她就是个孩子！蓝琴越发肯定自己的想法。看见蓝琴进来，小玉有点儿吃惊，放在嘴边的薯片停了一下，但随之又毫无顾忌地放进嘴里，嚼了起来。

蓝琴笑笑，拿了一个每个房间里都配备的小塑料桶，坐到她的床边，说："宝贝，吃什么呢，吃得这么香？"

"薯片啊！蓝姨这都没见过？"

"薯片当然见过，不过这上面全是外国字。"蓝琴假装不知地看着包装盒。

"当然，国外进口的，网上买的，商场里买不到的。"小玉一脸天真地说。

"好吃吗？"

"当然好吃了，"小玉将袋子举过来，"你尝尝，有四种口味，这种是孜然味的。"

蓝琴看到她那小孩子般的模样，又好气又好笑，一边盘算着怎么开口，一边从薯片袋里抽出一块放进嘴里，说："确实很好吃啊。"

"喜欢的话，我送你几包，我这次买了好多。"

"那好吧，有多少，都给我，我全要了。"

小玉正想讥笑两句，但看着蓝琴的表情，好像不是开玩笑，不禁有点儿惊讶。

"都给我吧，"蓝琴伸出手来，"我替你保管着，等你康复后，不要再喂奶了，我再都还给你。"

"蓝姨你什么意思，你要没收我的零食？"小玉一副故作委屈的表情。

"对。蓝姨这次来，就是想把你的零食全拿走了。"蓝琴轻轻抚一下小玉的头，小玉有点儿抗拒，下意识地闪了一下，但蓝琴还是将手放在了她的头上。

"小玉，你的年龄和我儿子差不多，在我心里，你就是小宝宝，但你又不能把自己当成一个小宝宝，你是个母亲，你知道吗？你已经有了自己的小宝宝，那就得对他负责啊。"

小玉眨巴下眼睛，没说什么。

"你现在需要给宝宝纯天然的母乳，这就是宝宝最好的食物。你记住，你现在吃什么东西，宝宝就吃什么东西，你想宝宝这么小，能吃这些东西吗？薯片，辣条，泡面，全是垃圾食品啊，你想他一生下来，就吃这些东西吗？"

小玉还是没有说话，但是情不自禁地摇了摇头。

"那就把零食都交给我吧，蓝姨相信小玉，为了你的宝宝，一定能忍住自己的馋虫，对吗？"

小玉点点头，说："行，蓝姨，我听你的，我先忍一忍。"

蓝琴收走了小玉的零食，又把王淑芬叫来，把这个道理又重复了一遍。

"大姐，小玉嘴馋，没定性，你这个当妈妈的，也得劝劝她，为了孩子，咱不能再瞎吃东西了。"

这一次王淑芬倒没啥意见，点头同意。

虽然断了零食，可是小玉的母乳不够，她太瘦了，又挑食。而月嫂们并不是专业的催乳师，在这方面也没什么经验。蓝琴四处查阅资料，又翻阅《实用妇产科》一书查找，没看到太有效的方法。她去市中医院内分泌科，找到熟悉的郭主任共同分析，了解到催乳从医学角度看是与内分泌系统有关。传统的催乳是由通草、王不留行等几味中成药熬制而成，所有的产妇都用一个偏方，可能会起到一定的催乳功效，但每个产妇的体质是不一样的，气血亏的程度也不一样，郭主任建议，不能"一刀切"，需要逐一给每位产妇把脉，对症调整。根据宝妈的不同体质，开不同的中药方进行整体调理。

"我现在只有一个产妇，"蓝琴笑道，"所以我们只针对她来把脉吧，郭主任，能不能请您介绍一个这方面的中医专家过来，帮我们指导一下，当然，我们不会让她白来的，该给的费用都不会少。"

郭主任想了想，说："这两天病人多，要不我帮你看一下。"

"你这个大主任能亲自去，那可太好了。"

郭主任五十多岁,毕业于河北中医学院,毕业后一直从事妇产科中西医结合工作,对于调理女性长期月经不调、不孕不育、临床诊治等工作颇有经验,她能友情相助,蓝琴真是感激不尽。

郭主任亲自去给黄小玉把脉。听说中医院来了个医生要给小玉看病,王淑芬吓了一跳,问:"我家小玉怎么了?"

"没什么,为了更好地下奶,我让人帮她看看。"

郭主任给小玉看了看,说:"这是典型的气血不足啊,我看她平时可能喜欢熬夜,生活不规律,而且是个急性子,身体阳火燥,还真需要调一调。"

郭主任给小玉开了一周的中药,王淑芬一听就急了,找到蓝琴:"怎么回事?我家小玉怎么正坐着月子,就吃上药了,她有啥事吗?"

"她没事,吃药也是为了更好地下奶,您放心吧。"

"怎么可能?这坐月子期间吃什么你都管得特别严,怎么吃中药就不管了?是药三分毒,我们怎么能随便吃呢,里面到底怎么回事?!"

和王淑芬解释不太清,蓝琴说:"我让郭主任和您说吧。"

郭主任和王淑芬解释,这些中药都是药食同源的,不影响母乳。王淑芬皱着眉头,仍不太相信。看着她将信将疑的表情,护士刘娜忍不住了,说道:"王大娘,您别不信了,这是我们院长好不容易请来的大咖,平时挂她的号,一周都挂不上,这次人家是专程为小玉的事来的,这是我们蓝院长为了您家的事,动了私人关系,又不需要您额外增加费用,您就别怀疑了。"

听刘娜这么一说,王淑芬不敢再说什么,但嘴里还是嘟嘟囔囔的。

等王淑芬走了,郭主任又对蓝琴说:"光是吃药也不能完全保证效果良好,可以做一些穴位按摩配合催乳。"

"具体怎么做?请您指教。"

郭主任告诉她了一些穴位按摩的要领,蓝琴说:"太好了,可不可以请您培训一下我们的护士,让她们也学会了,要不得总麻烦您。"

"可以,不过,为长久打算,以后应该有一个中医专家,这些都属于医学专业,最好是专业人士来做。"

蓝琴回去和凤鸣商量,将来要请一个中医担任月子中心的专家。

"才一个客人,是不是有点儿小题大做?"凤鸣对此不理解。

"现在是一个,难道永远是一个吗?以后人多起来,这就是个大问题了。我已经委托郭主任了,她平时忙,没有时间总来这里,可以帮着介绍一个退休的老专家过来,咱们聘用一下。"

凤鸣摸摸自己的口袋,说:"大财主,聘个专家又是一笔费用,你现在资金很充足吗?"

"这个不能省,我们想想办法。"

蓝琴从那时候就下了决心,月子中心将来一定要有专业的医生坐镇,起码现在是需要一个中医过来,给每个产妇进来后都要把脉问诊,一一调理。

"催乳也很重要,我们要在这方面进行研发,这个也需要你的帮助。"蓝琴已经开始想下一个方向了。

"慢慢来,大院长,先把眼前这个对付好了。"

很显然,小玉就是一个非常好的例子,可以实现蓝琴的想法。不过,对于加在她身上的这些康复手段,小玉一开始是非常抗拒的。

中药端上来时,她不想喝,嫌苦;按摩穴位,她也不想做,有时怕疼,有时怕痒。不过在蓝琴的说服下,最后还是配合了。王淑芬倒是没说什么了,因为她看见,蓝琴她们为了小玉能下奶这件事,确实也下了不少功夫。

经过穴位按摩、中医中药调理,再加上小玉也愿意配合吃月子餐,一周后,她的母乳也渐渐多了起来。

蓝琴来查房,看见小玉正抱着孩子喂奶,笑道:"怎么样? 这回感觉是不是像个妈妈了?"

"感觉怪怪的,不过,这孩子叼着我的时候,我还真是觉得,这世界上还真是有了离不开我的人了。"

仍是一脸稚气的小玉说出这样的话来,让蓝琴不禁一笑,说:"这世上有人需要你,说明你很重要,你以后就不能再任性了,得负起当妈妈的责任。"

小玉做了一个鬼脸,王淑芬从外面进来了,蓝琴说:"怎么样? 这孩子这一阵子奶不错吧?"

"挺好,还得谢谢蓝院长,让我孙子吃到他妈妈的奶了。"

小玉奶水好,王淑芬的情绪也很好,这让蓝琴觉得很欣慰。但眼看着母乳已经就要充足了的时候,没想到又发生了一件事,让小玉差点儿回奶。

2

没多久王淑芬又来找蓝琴,问能不能换个月嫂。蓝琴问她怎么回事,王淑芬气呼呼地说道:"你们这个周姐太不负责任了,孩子在那儿哭,找她半天找不着。我当时是上厕所去了,回来就看见孩子哭得都上不来气了,可是她竟然不在,过了好长时间才来。"

蓝琴把周姐叫来,问情况,周姐也是一肚子委屈:

"这娘俩就是甩手掌柜,啥也不管,全是我一个人!这个当妈的,就好像孩子不是她的似的,我也不能二十四时全方位地盯着啊。我就下去取个东西,晚上来一会儿,她妈就抓住不放,说我脱岗了。你说一个大活人,孩子就在身边放着,哭了你就抱抱他、哄哄他,怎么这么容易的事都做不到呢?还都等着别人来吗?她就在那儿等着,一动也不动,自从来了以后,就和住院似的,天天躺在床上玩手机,她可真是来坐月子的。"

蓝琴也听刘娜说过,这个当母亲的和孩子并不亲,甚至有几分疏远,而且对于母婴同室似乎也不太感兴趣,她还曾经问过刘娜,听说人家韩国和咱们台湾都是母子分离的,婴儿有专门的房间,让产妇充分休息,咱这儿咋没有?

蓝琴觉得还有一件事情特别奇怪,都住了这些天了,可是宝爸始终没有露面,生了一个儿子,按说这种时候再忙的人也得过来看一眼,可是宝爸怎么就一直没来呢?她觉得自己有必要亲自过问一下此事。

还没等来得及过问此事,护士刘娜又来汇报,小玉最近奶水不好,情绪也不稳定,经常发脾气。

这是怎么回事?蓝琴急忙去找小玉,但去了套房,却发现小玉不在。她临时有事,就先走了,不过心里想着,还得和小玉好好聊聊。

蓝琴再来找她时,小玉穿着睡衣,正在走廊里烦躁地打电话:

"又让我给你发视频,怎么?这是个玩具啊?是你养的猫狗啊!这不是你孩子吗?!告诉你,你不答应我们的要求,你就别想要走这个孩子,你连看也别想看他,给你发视频,我他妈的才不发呢!"

小玉挂掉电话,气呼呼地走回房间,孩子已经睡着了,王淑芬正坐在餐桌前,吃她剩下的饭。屋子挂着厚厚的窗帘,显得很昏暗,窗子紧紧关着,屋里弥漫着饭菜的味道。

小玉说:"你又吃剩饭呢?"

"嗯,都是好东西,你不吃也不能浪费了啊!多糟蹋东西!你看你又剩了这么多!"

"啥好东西？清汤寡水的，这月子餐太难吃了，"小玉一头倒在床上，"我想吃麻辣小龙虾，我还想吃正宗的重庆火锅，我想去撸串喝啤酒！这日子太难熬了！"

小玉烦躁地翻身下床，她弄的动静大了，孩子似乎有所察觉，翻了一下身。

"小祖宗，轻点儿动静，好不容易哄睡着了，你别再弄醒他了。"

"烦死我了！天天这么吵，烦！"

小玉一脸的焦躁。王淑芬急忙转换话题："你给他打电话了？怎么说的？"

"他还是往后拖呗，说这两天忙，说过两天过来看我。"

"关键的不是他看不看你，是他怎么看这个孩子。"

"他的孩子他当然想要！但我，他是不会要的。"小玉恨恨地说，"他现在正考虑怎么处理我呢，他是不会和他家那个母老虎离的。"

"他想要孩子，那也不能让他白要，这抚养费你不能少要，一分也不能少要，这孩子是咱最后的筹码。"

小玉看了一眼孩子，怒道："我真想把这孩子掐死！"

"你胡说什么？这孩子就是你的宝，是咱家的宝，你的未来、你弟弟的未来还都靠着他呢。可得精心管着，不能让他有啥损伤。"

"他妈的，我成什么了？"小玉终于绷不住了，喊道，"我是个工具吗？我就是咱家的提款机是不是？"

孩子一下子被吓醒，"哇"地哭了出来。王淑芬急忙上前，将孩子抱起来。

"小祖宗，你小点儿声音，看把孩子吓的！"

王淑芬推开门，喊："周姐，你又哪儿去了！"

蓝琴正好办完事回来找她们，刚一进来，看见了她们娘俩。

蓝琴问："怎么了？"王淑芬说："孩子又哭了。"

周姐提着一袋子纸尿裤也赶了过来，将孩子抱了过去。

蓝琴说："小玉，你有时间吗？咱们去活动中心坐一会儿去。"

蓝琴早就到了，在门口听见了小玉的怒吼，所以她没有进去，她在想着和小玉单独聊聊。

小玉看了看孩子，蓝琴说："没事，有周姐和你母亲在，没问题的。"

小玉和蓝琴来到了五楼活动中心,那儿有一个房间,让蓝琴做成了休闲室。蓝琴到了之后,让工作人员送了两杯热果汁上来。

小玉问:"有凉果汁吗?这个太烫了。"

"小玉,坐月子期间最好别喝太凉的东西,咱们就喝点儿热乎的吧。"

小玉点点头,喝了一口热果汁,蓝琴问:"在这里住了几天了,还习惯吗?"

"还行吧。大家对我还挺好的。"

"吃得怎么样?还顺口吗?"

"还可以,就是有点儿淡,我口味重。"

"坐月子第一周的日子,饮食是讲究清淡稀软,营养更重要,我们月子中心可能不如你在家或在外面吃得可口、随性,但我们都是从营养的角度来设计的,这些食物对于催奶也有好处,我还是建议你适应一下,主要是为了孩子。"

"不用给我催奶了,我也不想喂奶。"小玉说,"我才二十岁,我不想变成大妈。"

蓝琴问她为什么,小玉说听说喂奶喂多了以后,胸就会松垂下来,再也不挺了。

蓝琴笑道:"你听谁说的?我国一直以来都提倡母乳喂养。这是因为母乳营养丰富,适合宝宝的肠胃。吃母乳的宝宝不易患上腹泻、便秘等肠道疾病。虽然现在的配方奶粉经过改良,营养方面接近母乳,但容易上火。宝宝吃母乳是最好的,你要是担心胸不挺了,建议你坚持做一些对乳房的保健就行了,在哺乳期后,多参加体育锻炼,我会教你学习一些按摩手法,来改善乳腺纤维组织的弹性,再加上多吃些营养品,一定会让你恢复从前的身材,你不用担心的。"

蓝琴说着忍不住伸手抚了一下她的头,说:"你这个傻孩子,你看有那么多明星,人家都生孩子,用母乳喂养,也没见身材走样啊。关键是得适当运动,我听护士说,你平时总躺着,还爱在床上玩手机、吃零食,这都不是好习惯。虽然你是在坐月子期间,可也不是一动不能动,多下来活动活动,对你的身体恢复是有好处的。"

"我妈不让我动,说老辈子的经验是,少动,别见风、别见光什么的。"

"这都是不科学的说法。正好相反,我觉得你现在需要多晒太阳,保持良好的心态，另外，平时说话要小声一些，可以在屋里放一些柔和的音乐，给孩子一个良好的环境。"

"养孩子真麻烦。"

"这刚哪儿到哪儿？以后麻烦的事还有的是呢，现在只是让他们健康成长，这是父母要做出的第一步，起点很重要。你虽然还小，可也是为人之母了，这也是一个你成长的过程。"

小玉低下头来说："我还没做好这个准备呢，这孩子的出现其实是个意外。"

蓝琴惊讶地说："怎么？他爸爸不想要这个孩子吗？"

"他？他没想到我会把孩子生下来，"小玉惨然一笑，"我要是不生这个孩子，我真就是一无所有了。"

蓝琴的心情沉重下来了，果然如她猜的。于是问："他爸爸在哪儿？这几天一直也没来看你们。需不需要我帮你和他联系一下？"

"不用，他说过两天就来了，不用麻烦你了。我在这儿也就住一个月。一个月以后，大家一拍两散，谁也见不着谁，就各过各的日子了。"

"你不能这么说，你在这只要住过一天，就是我们蓝宝贝家族中的一个成员，蓝姨永远就是你的亲人，你的孩子永远是蓝姨的孩子。小玉，你要相信我的话，就把蓝姨当成你在这个城市的亲人，你有什么话都可以和我说，不方便和家人说的，也可以和我说。"

小玉抬头看着她，在她眼前，是一双清澈的眼睛和慈爱的完全没有虚伪的面容，一股暖流突然涌了上来。在这个城市，她不缺少围在身边的人，但真的缺少这样的一个长辈，她突然很想倒在这位大姐的怀里痛哭一场。但自尊心又让她强自抑制住了这种情感，她摇摇头说："我没啥可说的，需要说的时候，我再找你。"

"好吧。需要的时候，一定要找我。记住，即使你离开了蓝宝贝，也没有一拍两散一说，蓝姨永远拿你当家人。"

送走小玉，蓝琴心里还是有点儿牵挂。她给宝峰打了一个电话。

"宝峰，我问一下，这个黄小玉是哪个朋友介绍给你的？"

"怎么了？"

"你就告诉我是谁就行了。"

宝峰迟疑了一下，说："卢公子。"又叮嘱一下，"他特意嘱咐了，别告诉别人,你见他时可别说漏了。"

蓝琴挂断电话,她明白了。

3

卢公子是在一天以后过来的。由郭丽丽带着他直接去了小玉的房间。在电脑的摄像头里,蓝琴看见卢公子穿着一件 T 恤,戴着墨镜上了楼,他是自己来的,手里提着一个袋子。

一小时后,卢公子来到了蓝琴的办公室,开门见山,没有任何遮掩地说:"那孩子是我的。"

"我早猜到了。"

"这是个意外,可她非要生下来。但她也知道,我不可能娶她。我有家有业,也有儿子,我不可能为这个事抛家弃子,这事要是让我老爸知道,得骂死我。所以,我只得把她放在你那儿了。宝峰大哥也答应我了,一定会保守秘密。"

卢公子从怀里掏出一个信封,放在蓝琴桌前。

"我不大可能总是来这里看她,也不方便。所以得靠你多帮忙,照顾好她,照顾好我儿子。宝峰大哥给我打了个折,我知道他是觉得欠了我的,不过真没必要,这点儿钱你收着,就当是补差价,该多少是多少。我不差钱,不用替我省。"

蓝琴看了一眼桌上装满钱的信封,鼓鼓囊囊,看来有一两万。她不动声色地说:"你打算怎么办? 要不要这孩子?"

"要! 是个儿子我当然要。不过,小玉不能跟我。她得在我生活中消失,我准备出一百万,要儿子,让她走。"

"她答应了?"

"对她来说是最好的选择吧。她妈妈已经同意了,她弟弟要考学,她们家要买房,这笔钱能解她们家燃眉之急。"

"不管怎么样,你是孩子的父亲,让孩子生下来就见不到母亲,你忍心吗?"

"小孩子知道什么? 放谁家养着就把谁当妈,这本来就是个意外,我做过的我认账,你还指望我能做什么? 小玉你也见过,她自己毛还没长齐,她

112

能当妈吗？她自己也不想吧？放下这个包袱，她还有未来。要是捡起来不放，她也完了。"

望着一脸无所谓的卢公子，蓝琴陷入深思中，她想起自己刚刚怀孕时，宝峰得知了这个消息那兴奋得不能自已的表情，还有高举起双臂，大喊着"我有儿子了！我有儿子了！"的样子。自己当时还揶揄他一句："你怎么知道是儿子？要是女儿呢？你就不要了？"宝峰一把抱起自己说："女儿也好，女儿是妈的小棉袄，是爸的老皮裤！"那个时候，孩子是他们两人共同活下去的信念。可是眼前的这对父母却把孩子当成一个意外、一个错误，他们想的是如何赶快解决这个错误，尽快抽身事外。

蓝琴将信封推了回去，"我不要这钱，你已经付完款了，我不可能二次收费的。我还是想劝你回去好好想一想，如果没有了母亲，将来孩子成长中会有残缺，你这样把孩子领回家去，是不是有利于他的成长呢？有些事情，我觉得还是你们共同面对更好。"

送走卢公子，蓝琴去小玉房间查房。小玉已经睡着了，周姐正抱着孩子哄他睡觉。屋里只有他们两个人，蓝琴问："孩子他姥呢？"周姐说："出去打电话了。"

蓝琴望着周姐怀中的孩子，稚嫩的小脸蛋红扑扑的，眉清目秀，是个好看的小孩儿，怎么也不能把他和膀大腰圆、一脸横肉的卢公子联想到一起。蓝琴说："把孩子给我，让我抱抱。"周姐把孩子交到蓝琴手里，孩子小腿蹬了一下，不满地呜咽了一声，蓝琴轻言细语哄着他，用手轻轻拍着他的胸口，孩子不再挣扎了，看着她，脸上浮现一丝笑意。蓝琴将孩子交给周姐，说："等他妈妈醒了，让她来五楼茶座找我一下。"

小玉来的时候，蓝琴已经在茶座里等她，还给她准备了一杯热奶。小玉坐下时，蓝琴没有废话，开门见山："我已经见到孩子的父亲了。"

小玉嗯了一声，没说话。蓝琴说："你怎么想的？把孩子交给他吗？"

"要不怎么办？"小玉难掩一脸的无奈，"对他来说，这只是个意外，对我也一样。我不想这么小就带孩子，太麻烦了。"

"可还有你母亲呢？你不是一个人，小玉，你也有家庭。"

"我妈心里只有我弟弟，我弟弟学习好，将来是要考大学、出国的，我妈早就想好了。如果这个孩子是我弟弟的，我妈得乐死。可是我生了孩子，况且是和有妇之夫生的，我妈都要气死了，她本来也不想认这个孩子。"

蓝琴叹了一口气,原生家庭的不幸,她是不了解的。她从小出生在一个充满爱和温暖的家庭,她真的不太理解这种重男轻女的原生家庭,但这样的家庭是很多的,特别是在农村。

"不管你们的想法是什么样的,但我想劝你一句,小玉,在这月子中心短短的六周里,你要好好地和孩子相处,你要学会做一个母亲。再好的月嫂也比不过一个母亲。我不知道你生长在一个什么样的环境中,但我真不想你的下一代也要经受你承受过的那些不幸。"蓝琴给小玉空着的杯子里斟上水,"一个人只有真正当过一次父亲或母亲,才能更好地参透生命的意义,才能学会怎样去无条件地爱一个人,怎样去好好地爱这个世界。我想,这也许是你现在最缺失的。"

"爱?我没有爱,这东西对我来说是奢侈品。"小玉从怀里突然摸出了一盒烟,她问,"我能抽吗?"

产妇当然不能抽烟,但蓝琴想了想,还是点点头,说:"只此一次,下不为例。"小玉抽出一根递给她,蓝琴摆手拒绝。小玉问:"你不会抽烟吗?电视里的女强人都抽烟的。"

"你见到的是不抽烟的女强人。"

小玉将烟点燃,动作很熟练,一看就是老手。

"我十八岁技校毕业,找不着工作,就在社会上混了,去售楼处干过售楼小姐,后来又在朋友的夜店当领班,男人我见多了,没几个靠谱的。说实话,卢小辉这个人,我觉得还不错,起码说话算话,而且他还算是大方的,不差事儿。我和他最初也就是玩玩,但是玩着玩着玩大了,其实这个孩子我可以不要的,但是我没下得去手,真的!到医院门口我腿软了一下,我没能下手。等到后来,没有挽回的余地了,我妈过来了,带我和卢小辉去医院做了 DNA,他认账了。我妈说,这次没准儿坏事还能变好事。卢小辉认账了,这算是这件倒霉事里唯一还算不太坏的事吧。我没奢求别的。过完这个月,我把孩子给他,我就离开这里。"

小玉吐了一口烟圈,嘴里说着无所谓,可是眼神里却还是充满了挥之不去的忧伤。

蓝琴想,自己并不理解这样的孩子,也不理解这样的人生,可是她告诉自己,要试着理解,因为从开月子中心开始,她就要面对各种各样不同的人生了。

"孩子,你还太小,可能不懂得生活的真谛是什么。但是我觉得这个孩子的到来也未必是个负担,也许,他除了给你的生活带来一定的麻烦,还能给你的生活带来你从来没有过的东西——那就是爱!"蓝琴说,"不管有多少钱,都会花光。但爱这个东西,尤其是母爱、亲子之情,是永远不会消亡的。我建议你从今天开始,每天多抱一抱你的孩子,多看看他的眼睛,你看,他是多么可爱的一个孩子,他是属于你的,也可能是这世上唯一真正属于你的东西。从某种意义上讲,他就是另一个你,你爱他,就是爱自己,你有多久没有爱过自己了?自暴自弃,自我怀疑,那都不是在爱自己,是在作践自己。一个人,先学会爱自己,才能爱别人。多看看你的孩子,多抱抱你的孩子吧!只有这样,才能解决你心里的问题。蓝姨是过来人,你要相信我。"

小玉点点头说:"蓝姨,我相信你。你其实没必要和我说这么多,换作别人,拿钱做事就行了。"

"如果只是为了拿钱做事,蓝姨不会开这间月子中心的,我把店直接盘给卢小辉就行了,我拿他的钱就是了,咱们也不会见面了。"蓝琴笑着伸出手来,"来,把烟盒给我,蓝姨想看看你抽的这是什么烟。"

小玉将烟盒递给她,蓝琴接过来揉成一团,扔进了脚下的纸篓里。

小玉诧异地看着她,蓝琴说:"这个东西,你再也用不着了。咱们这里是绝对的无烟区,蓝姨只允许你抽这一次,记住,从这一天起,你是一个母亲,不管你愿不愿意,这都是你的责任。有些事情是可以改变的,但这是你永远无法改变的。"

小玉走了。蓝琴坐在那里深思起来,她想,和小玉谈完,接下来还要和王淑芬好好地谈一谈。

凤鸣走了进来,敏感地抽了一下鼻子,"这屋怎么有烟味?"

看见纸篓里的烟盒,她恍然大悟:"你一个人躲起来抽烟呢?怎么回事?"

"胡说!我抽什么烟,这是那个孩子的。"

"噢,你又和她谈话了?效果怎么样?"

"我不知道。"蓝琴陷入沉思,"凤鸣,我现在明白了一件事,咱们这个月子中心还需要一种人。"

"还缺什么人?"

"不缺你,不缺我,缺一个心理咨询师!"

4

小玉犯病了,夜里肚子痛得厉害,连夜被转到市第一医院。

事实上,中午的时候小玉的肚子就开始疼了起来,凤鸣给她看了看,开了两片适合产妇吃的止疼药,没想到后半夜,肠子扭着疼,还一阵阵地恶心,凤鸣束手无措,只得叫救护车连夜将她接走了。

小玉转到医院去的时候,蓝琴正在外面参加一次竞标活动。市里要给中小学生食堂配餐,选中了三家具有资质的,同聚就是其中一家。蓝琴整整忙了一天,回到家中就接到了郭丽丽的电话,好在早上小玉的病情已经稳定,医生诊断是食物中毒,怀疑是吃了不洁的食物导致的,让她留院输液。王淑芬也赶过去陪床,孩子暂时由月嫂周姐照管。

王淑芬一下子找到了理由,第二天一大早上跑到月子会所大闹起来。蓝琴赶到的时候,听说凤鸣和王淑芬打起来了,急忙赶过去找凤鸣。

凤鸣气得胸膛起伏,脸色绯红,一见蓝琴就怒道:"真没见过这么不讲理的人!"

蓝琴问她怎么回事,凤鸣说,王淑芬说是月子餐不卫生导致她女儿犯的病,还责怪自己是庸医,开错了药,说要月子中心赔偿她损失。自己辩解了几句,王淑芬就和她吵起来了。

蓝琴问:"孩子他姥呢?"

"上楼去看她外孙子去了。她说这事没完,要去消费者协会投诉我们。"

"咱们月子餐不卫生,不可能啊,我们有严格的卫生管理规范啊!"蓝琴又问,"你给她开的什么药?"

"我见她平时总是零食不离口,怀疑她是胃胀,就开了点儿助消化的药,没啥问题啊,"凤鸣脸色一变,"你也怀疑我给她开错了药?"

"没有,我只是问问,以便查明原因。"蓝琴又问,"谁在医院陪护?"

"郭丽丽在。"

"你有没有过去?"

"我这边事这么多,哪有工夫过去陪她?"

蓝琴有点儿不太满意,月子中心的产妇身体出现状况是个大事,可是看来凤鸣对此认识不够,还在这里和产妇的家人吵架。

"我马上过去一趟。"

蓝琴买了一个花篮，火速赶往医院。医院病床上，小玉正在输液，脸色蜡黄。看见蓝琴来了，有气无力地打了个招呼。郭丽丽在床边陪着她。

蓝琴问小玉："感觉怎么样？肚子还疼吗？"

"好多了，有点儿胀胀的疼，没有昨天疼得那么厉害了。"

"我刚才找过主治医师了，问他了，没什么大事，就是吃了些不卫生的东西。你放心，这个医院我有熟人，有事尽可以麻烦他们，在这里看病的费用也都由我们负责。"

"我儿子怎么样？"

蓝琴见她牵挂着孩子，眼前一亮，心中有点儿温暖之感。"你放心吧，有周姐，有中心这么多人，孩子什么事也没有，离开你几天也没事。"

"输完液我就回去，孩子还是不能离开我。"

是你也不能离开孩子！蓝琴想，无论你多么小，多么不情愿，你总归也是当妈的。女人在生孩子之前和生孩子之后是会不一样的，这就是一个蜕变的过程。她说："好，我问一下医生，要是没有大事，我就接你回去。这里病房人太多，也不利于休息，回月子中心调养一下更好。"

"不能着急回去，得把病根去了。"蓝琴的身后传来一个声音，她回过头去，看见王淑芬走进来。

"蓝院长，你来了正好，我要投诉！"王淑芬一脸怒气地说。

"有什么事咱们回去说如何？让小玉先安静一下。"

"回去不回去都一样，反正事得弄明白了。你们家月子餐有问题，我们家小玉就是吃了月子餐闹的肚子。"

王淑芬的声音很大，同病房的病人都看过来了。

"妈，少说两句。"小玉不满地指责她妈。

"少说？不能少说。我们花了这么多钱，就是要个好！怎么还吃出毛病来了！"王淑芬声音更大了，"还有你们那个于医生，她是什么医生啊！我女儿肚子疼，和她说了三次，她就是不给开药，说挺挺就好了，说就是吃多了，最后一次疼得没办法才给开了药，什么作用也没起！这不是庸医是什么？人家大医院的大夫说了，不是吃多了，就是食物中毒，她这是耽误了我女儿的病。和她反映情况，态度还不好，说一句怼一句，还说我们是无理取闹，是敲诈！您看她说的是什么话，我们是消费者，不是来看她脸子的！"

"妈，你有完没完?!"小玉不耐烦地大声打断她。

蓝琴说："不说了，王姥姥，咱们出去说吧，别影响其他病友休息。"

蓝琴和王淑芬出了病房，蓝琴问："你想怎么处理这件事?"

"赔偿我女儿的损失! 让那个医生跟我道歉!"

"医院的费用我们全负责，您还要怎么赔?"

"退款，加上赔精神损失费，我们不在你这儿住了，你这月子中心服务不行。"

"如果问题确实是出现在我们这里，我们一定全额退款。但是这事也不能光听一面之词，也得调查一下。再说现在这个时候，宝妈和孩子刚住进来一周，刚适应和接受这里的环境，临时更改环境对他们也不好。您给我一段时间好吗? 让我把这事查个清楚。若是问题出在我们这里，道歉、退款、赔偿都没问题; 如果问题不是出在我们这里，我建议还是让孩子和妈妈在这里调理为好。毕竟，我们是按照科学的方法周期性、阶段性进行护理的，现在只是第一周，产妇的伤口愈合度也完成得挺好，产后第二周还要完成通乳下奶、调理脏器的阶段，我还是建议您不要急于出院，这是为产妇和孩子着想。"

好说歹说，总算稳住了王淑芬。蓝琴和郭丽丽回到月子中心，蓝琴马不停蹄，让郭丽丽通知月子中心全体工作人员，开临时会议。

产妇只住了一周，就进了医院，无论如何这都是一个事故，必须查到源头。

蓝琴心中也有难言之苦，月子中心只是一个服务机构，没有医疗资质，客人出现问题时，只能观察，提建议，让顾客选择，原则上是不能开药的，只能建议顾客自己买药，严重时也只能去医院就医，但一旦有了问题，碰上不通情达理的客人，就很难解释。凤鸣给小玉开了几片药，原本是一片好心，结果还落人把柄。

一一追查，每个人都是一脸无辜，负责做月子餐的王姐，从食材那儿开始，把一周的餐食盘点一遍，认为绝不是自己这块出了问题，月嫂周姐也一再坚持自己一直尽忠职守，绝没有出现什么问题。

一定是哪个环节有问题。护士刘娜提供了一个线索："会不会是那个王老太太从外面带了什么不干净的东西进来，让黄小玉吃了，反倒打一耙，怪在我们身上?"

蓝琴觉得这个说法有道理,于是命令调监控,大家一起查看。

从监控里可以看出,王淑芬曾经几次外出过,最近的一次监控显示一天前的中午十一点四十分,王淑芬从外面回来,手里提着一个塑料袋子,里面装得鼓鼓的,但是看不出是什么东西。

监控到这里就结束了,王老太太进了屋,房间里是没有监控的。

蓝琴问:"她那个袋子里装了不少东西,有可能是吃的吧?能不能找到那个袋子?"

"这得问保洁员,不过,有的话也可能都当垃圾清理掉了吧。"郭丽丽说。

月子中心的楼外面有一个专门的垃圾箱,一天一清理,正常的话应该都已经清理了。

蓝琴要郭丽丽和保洁员去看一下昨天处理的垃圾有没有被清理掉,如果清理了,那也想办法去垃圾转运站看一看,有没有王淑芬扔掉的那个袋子。

郭丽丽下去了,过了一会儿回来了,万幸的是,垃圾箱还没有及时清理,很快发现了那个袋子,袋子里面有几个餐盒,上面写着"宝福斋"的字样,里面还有一些剩下的鸭架之类的食物。

蓝琴一看就明白了,宝福斋是市里的一家烤鸭店,这分明是王淑芬从外面买来了食品,让黄小玉解馋,结果导致她食物中毒了。

"她自己吃烤鸭闹肚子,还怪咱们!"凤鸣愤愤不平地说,"真可恶!"

"现在别说这个了,"蓝琴说,"你们把这段监控截个屏,这个袋子和饭盒也保留一下,然后把电子照片发给我,另外,丽丽你找一下她们当时签的合同,给我再看一条,我记得好像是有一个免责条款,规定来我们中心坐月子,禁止在外面点餐吧?"

"有的。"郭丽丽说。

"好,你取合同来,我再看一下。然后,我去找王淑芬,我要看看她怎么说。"

蓝琴说完这话看了凤鸣一眼,凤鸣一脸不在乎的样子,并没有主动请缨的感觉。蓝琴想,这个事其实应该是她可以处理的,可是这个擦屁股的活儿看来还得自己干。

5

黄小玉只在医院输了一天液,晚上就出院了,开了一些消炎药,本来要输至少三天的液,但蓝琴建议她回月子中心,因为这里也有医生和护士,比医院条件要好。这次小玉娘俩没有坚持,蓝琴亲自开车将她们母女俩接回了月子中心。

安顿好之后,蓝琴将王淑芬约到了办公室。

王淑芬刚坐下,蓝琴就直接挑明:"王姥姥您上次说的事,我已经查清了,并找到了责任人。"

王淑芬眼前一亮:"怎么?你们愿意退款和赔偿吗?"

"是的。责任人愿意,但不是我们。"蓝琴从怀中取出一个信封,交到王淑芬手中,说:"打开它。"

王淑芬打开信封,里面是一张卡片,她疑惑地看了一眼蓝琴:"这是——"

"宝福斋美食城的储值卡,里面有三千块钱的余额,不计次数,没有低消,您随时可以再和您的孩子去吃烤鸭。"

王淑芬愣住了,随即脸红了起来。

"8 月 15 日中午,您去宝福斋买了一份烤鸭回来,我们在监控里看见了,也查到你们吃后扔下的垃圾,我觉得小玉吃坏了肚子可能和这个有关,所以我去了宝福斋一趟,虽然没有证据证明他们的食材有问题,但这家店很讲诚信,还是愿意为之做一些补偿,不知道您满意否?"

王淑芬看着手中的储值卡,一时无语。

"既然来到我们月子中心,我想,您和您的孩子都应该遵守我们的规则,在签合同时,我们有个约定,在月子中心坐月子期间,禁止外卖食品入内,可是您违反了这个规定,所以,我们应该是免责的。"

王淑芬不服地说:"可是,你们的月子餐——"

"我们的月子餐有什么问题,您可以直接提出来,我们可以改进,但是自己擅自把外面的食物带进来,这是我们没法负责的。如果是在你自己家里,您怎么做都没有问题,可这儿是专业的护理机构,就像在医院住院一样,您有义务也有责任遵守我们的规定。"

王淑芬脸上还有些不服气，却也没再说什么。

"至于是否还决定在我们这里坐月子，决定权在您。如果您不想留在这里，我会按照总价折扣完这一段时间的款项后，再退给您余款。但是，我们总是相识一场，而且您第一次有了自己的外孙子，这本身是一件大喜事，我本想在你们正常离开时做这件事，但是现在提前做了，也算是给小玉一点儿安慰和祝福吧。"

蓝琴从办公桌底下取出一个精美的礼盒，递给王淑芬。

"一点儿小心意，不代表蓝宝贝，仅代表我个人。"

王淑芬将礼盒打开，里面是一把精致的长命锁，金灿灿的，显得十分名贵。

"这是——"王淑芬吃惊地说，"金锁？"

"包金的。"蓝琴平静地说，"希望你们喜欢。"

"这很贵吧，这，怎么好意思？"王淑芬有点儿不好意思了。

"收下吧。蓝宝贝将会在你们离开时有伴手礼相送，但这完全是我个人的一点儿心意。小玉这孩子，其实我挺喜欢的，她活得挺真实的，不像有些孩子。初人为母，也很难为她的，我觉得您应该好好地帮一帮她。您看您的外孙子多可爱啊！我真的觉得，无论他的到来对你们来说是不是已经做好足够的准备，但这是一个生命的延续，应该举全家之力，让这个生命能够健康、快乐地成长，而这需要您的帮助和支持。小玉需要，这个孩子更需要！母亲这两个字，对于一个家庭是多么的重要，我想，您应该比我更清楚。"

送走了王淑芬，蓝琴觉得有点儿疲惫，过了一会儿郭丽丽进来找她，告诉她，王淑芬不张罗走了，态度也缓和了很多，和她们主动说笑起来。

"蓝院长，您真有办法，"郭丽丽佩服地说，"这个王老太太刚才来的时候还一副战斗脸，和您谈过话以后马上好了，还夸起我们来了！"

我有办法吗？蓝琴苦笑一下，一条金锁花了两千多块，加上办储值卡的三千块，她用五千多块钱解决了眼前的危机，这两笔钱不能走公司的账，全是她自己掏的。但这笔钱花得还是值得的，避免了一场纠纷，留住了一个客人，总算这一单没出事。

可是这里暴露出的问题太多了。蓝琴看着郭丽丽，这是个纯朴的孩子，但无疑不是一个好的助理，面对问题，她一个主意也没想出来，全靠自己的智慧和经验解决了一切；还有月嫂周姐，她有点儿太心不在焉了，王淑芬也

121

不是全无道理,有几次,她来查房的时候周姐都没有在,她去了哪儿?有没有和人请假?这一点作为主管,凤鸣不掌握,也不关心;还有护士刘娜和马芳,应该照顾客人的起居和日常生活,可是对于外卖进了中心,或是一无所知,或是知道了也不能及时沟通和汇报,才有了这样的局面,这些人都不能独当一面,这就是问题所在。

但是蓝琴并不想责备郭丽丽,从昨天到今天,这孩子一直也在忙,又搞前台接待,又处理事情,也够她辛苦的了。她只是想重点说一件事:

"和下面的人说一下,以后不要叫人家王老太太,或是什么恶婆婆之类的,她五十岁都不到,远远不是老太太,叫人家王姨。"

"我知道,我们都是在私底下叫的,当面我们是喊她姨!"

"你还想当面叫啊?私底下也不行,这是一个习惯,以后我们所有的客人,咱们必须礼貌相称,无论是人前还是人后,称呼要保持一致。都要用敬语,要让大家明白一件事,无论来的是什么人,都是我们的衣食父母,我们对他们要有敬畏心。"

郭丽丽点头同意,蓝琴让她把凤鸣叫来。

凤鸣来了,蓝琴也不寒暄,说:"这件事你处理得不好。"

凤鸣有点儿不服气地说:"怎么了,她不是没走吗?"

蓝琴说:"她没走的原因是什么?是我做出了妥协。"蓝琴把刚才的事说了一下,凤鸣禁不住扑哧一笑,"还是你的鬼点子多!"

蓝琴一脸严肃:"不是鬼点子,这是没有办法中的办法,我总不能让第一单客人就心怀不满地离去吧。你知道口碑的重要性吗?就算是咱们有理,咱们什么损失也没有,但一个带着怨恨之心的人离开这里,会把负面信息和情绪传递下去,这是我们花费多少正面宣传的费用也弥补不回来的。"

凤鸣吐了下舌头,说:"知道了,老板。"

"我这不是危言耸听。凤鸣,做生意做的不是争上游、争名利,而是与人为善、与人方便,在这一点上,我觉得你还有学习的空间。记住,无论什么情绪下,我们绝不能和客人争吵,这是服务行业的大忌。你过去在大医院当主任当惯了,病人都是来求你的,一脸客气,现在不一样,我们是服务行业,观念得转变。而且,我们月子中心不是医疗机构,以后客人有问题,要马上去医院,不能拖,也不能自作主张开药。这幸亏不是什么大病,万一因为咱们的诊断不及时出了问题,那损失可大了。"

122

"知道了,我下回一定改,老板!"

"行了,别贫嘴! 我叫你来,主要是想商量一下,我觉得通过这个事,给我一个教训,我们的专业度还是不够,我想,我们一方面还需要学习,另一方面,我觉得还需更专业的人员,这一点,我得和你商量一下。"

"你说了算就行,我都听你的。"

"公司咱们俩都是股东,不能都我说了算,我还是想听听你的意见,也不用客气,有啥想法就说。"

蓝琴与凤鸣商讨了一个多小时,快到中午了,凤鸣走了。蓝琴自己去食堂用了餐,又有点儿放心不下,就去了小玉的房间。到了门口,从外面隔着门缝她看见小玉正坐在床前,搂着怀里的孩子。

蓝琴刚想敲门,却又停了下来,因为她发现,小玉坐的地方正好临着窗,一大片暖阳从窗外泻了下来,将她笼罩在了温暖的光环里。小玉搂着孩子,嘴里轻轻呢喃着,似乎在唱催眠曲,又似乎在低声地对着孩子诉说着什么。她脸上的表情是温柔的、平静的,与和煦的阳光恰到好处地融为了一体。怀中的孩子也安静地躺在她的怀里,不知是睡了,还是在与母亲对望着。

这一幕让蓝琴定住了脚步,她决定不进去了,她不想打破这份宁静。她欣慰地想到,看来自己的担心是多余的了,小玉已经开始接纳作为母亲的角色了。

从小玉的身上,再次证明了,生孩子就是一个女人蜕变的过程。

蓝琴不禁想起了自己的经历,在没结婚之前和没生孩子之前,她是一个有着浪漫梦想的女孩,在和身边的"过来人"聊天的时候,听她们三句话不离孩子,会很烦,有时甚至想冲她们喊一声:你们能不能换个话题,就你们的孩子重要吗?!

自从自己有了孩子以后,她也开始渐渐喜欢和别人分享孩子的各种事,可是孩子刚出生几个月,为生存之累,她把孩子甩给了母亲,光忙着自己的事业,常常顾不上孩子,更不跟人说起这些家长里短的话题,然而在月子中心开张的这几十天里,她的脑子里竟然全是孩子,全是与孩子有关的话题,她对黄小玉这个只是自己顾客的女孩儿操的心竟远远超过了当年对自己的孩子……

望着安谐的黄小玉母子,蓝琴想,生孩子是女人蜕变的过程,侍候坐月子则是让我蜕变的过程。我也变成了我以前讨厌过的那些人了。

6

为期六周的月子护理结束了。这期间,也发生了一些事情让蓝琴欣慰,像蓝琴终于说服小玉坚持用母乳喂养,而且奶水还不错;小玉终于适应了清淡的月子餐,并答应戒烟;王淑芬终于不再挑月嫂周姐的毛病,还和她加了微信成了好友;这期间卢公子来了三四次,每次都是不到一个小时的时间就走。他和小玉之间谈过什么,没有人知道。

小玉走的那天,卢公子派了司机来接,一辆宽敞的奔驰商务车停在门口,他依然没有出现。小玉、王淑芬和蓝琴告别。小玉的眼圈有点儿红了,拥抱了蓝琴,说:"蓝姨,也不知啥时能有时间再见,要是我真的有一个你这样的亲姨在身边,那该多好啊!"蓝琴抚摸着她的头说:"傻孩子,说的啥话,我就是你的亲姨。以后咱们就这么处了! 你就是我的亲外甥女,啥时候有空了,回来看看姨,带着孩子一起来!"小玉说:"我会的,一定会的。"

王淑芬也过来告别,还让蓝琴看,那个长命锁已经挂在了嘟嘟的脖子上,王淑芬说:"你看你挑的这个礼物真好看,以后孩子长大了,我就告诉他,这是一个好心的姨奶送的,我让他永远保留着。"蓝琴笑着说:"留着吧,这毕竟是他生下来接到的第一份礼物,愿孩子平平安安、健健康康的,以后每年孩子生日的那一天,你们都会收到蓝宝贝的祝福与礼物,我保证。"

蓝琴看见小玉娘俩上了车,车窗拉开,小玉在向她招手,眼眶中含着泪,蓝琴也不禁眼角湿润了。

凤鸣走过来,说:"怎么了琴姐,也多愁善感了?"

"这是个苦命的孩子,我想,回去之后,就是母子分别的日子了。"蓝琴伤感地说,"她是替别人养了一个孩子,那个父亲只认孩子,不认她。"

"也没有办法,各取所需吧。她母亲是为了钱,也算是达成心愿了。"

"钱,钱真的那么重要吗,连亲情都可以不顾了吗?"

想到这些,蓝琴的心里充满了惆怅。回到办公室,蓝琴依然闷闷不乐,送走了小玉,可是难以忘记她在窗前向自己告别时那眼含热泪的表情,真是个苦命的孩子! 她对小玉充满了同情,可也第一次有了一种无奈、无力的感觉。

刚坐下,电话打来,蓝琴接了电话,对面是一个稚嫩的声音:"蓝姨,你好,我是黄小玉。"

"小玉,你好！是不是已经到家了?"

"没有,我没去他那儿,蓝姨,我是想告诉你一件事——"小玉迟疑了一下,"我已经决定,自己带这个孩子了。"

"什么? 你——"蓝琴一时语塞。

"对,孩子是我的,谁也不能把他从我身边抢去。为了他,我可以放弃一切。"

"那你妈妈——"

"她已经答应了,帮我一起带。至于那个卢小辉,我不要他的臭钱,让他见鬼去吧。"

蓝琴从惊讶的情绪抽身出来,脸上露出发自内心的笑容。

"小玉,无论你做什么决定,蓝姨都支持你,需要蓝姨的时候,就来找我。我永远支持你。"

"蓝姨,谢谢你,我还想和你说——"小玉的声音有些哽咽,"将来有一天,我一定会找到一个真正喜欢我的人,再为他生一个孩子,到那个时候,我再来这里坐月子。"

蓝琴放下电话,这一刻,她的心情突然好了起来,甚至忍不住想喝一杯酒庆祝,庆祝月子中心毕业了一位母亲。尽管她年轻,但也已经开始成为一位伟大的母亲了!

财务小黄过来报账,让她的好心情一下子就没了,鉴于开业以来只有一单客人,本月财政肯定是出现赤字。营销还是件大事,这是让蓝琴最头疼的,她觉得除了心理咨询师,月子中心还真需要一个营销高手,否则,让她这个院长事事都管,真是管不过来了。

整个一上午,蓝琴都在想未来发展的事情,怎么合理地使用现在账上的资金,再充实自己的力量,提升专业性,不知不觉到了中午,一个电话打了过来。

来电话的是白宇,他是自己当年在 C 市的好友刘昭的男朋友,可惜的是,原本可以谈婚论嫁的一段感情,却因刘昭的去世戛然而止。不过,因为刘昭的缘故他们一直有联系,白宇过去在电视台当记者,现在他已经辞职不干了,利用当年做记者时积累下来的资源,开了一个人力资源培训中心,搞培训、搞讲座,做得风生水起,每次有职业规划的专家培训时,还常常提供免费的门票给蓝琴。

"蓝总,怎么样? 生意兴隆吗?"白宇的笑声在电话那头响起。

"两个字形容,惨淡!"蓝琴说,"我还等着你这个大老板给我介绍点儿客户呢,要不这个月揭不开锅了。"

"你甭说,还真有一个,不过不太好伺候,你敢接吗?"

"接。啥人我没见过!"

"是我们电视台的一个主持人,人长得漂亮,钱人家也不差,就说要好一点儿的服务,不过这个人可挑剔了,你要做好思想准备。"

"没问题。你让她来就是,你介绍的,不管她定什么标准,我都提供超值的服务。"

白宇介绍的人第二天就过来了,她叫蔡静,以前在电视台主持过新闻栏目,蓝琴对她还有印象,留着个大波浪的头发,口齿特别伶俐,人也很漂亮。今天在生活中见到了,发现人长得高挑,比自己高了差不多一头。

蔡静今年三十五岁,算是一个高龄产妇。生孩子晚的原因是她一直忙于出镜和工作,错过了要孩子的最好时机,而且她结婚也不早,三十岁才结的婚。

蔡静是和她母亲、老公一起来的。母亲名叫徐曼莉,六十岁左右的年纪,戴着一副金丝边眼镜,穿着一件中式对襟唐装,气质看起来也挺优雅。蔡静的老公叫徐冬,是部队里的一名团职干部,人长得黑黑壮壮,不太起眼。

蔡静和她母亲轮番检查了一遍月子中心的各个角落,看得很细,蔡静问可以拍照吗,蓝琴说没问题。蔡静取出相机,拍了很多照片,说:"看起来挺干净,卧室里每天都有消毒吗?"

蓝琴说每天都做,蔡静母亲徐曼莉又问了一些常规性的问题,最后决定选择 38888 元的套餐服务。蔡静说:"钱不是问题,但得保证我们能享受到最好的服务,和您实说,C 市的月嫂中介服务机构我都认识,我要想找一个最好的月嫂,真不是件难事,是白老师一再夸您这个人,我才过来的。您得保证我们在这里享受最好的护理服务。"

"这个您放心,一个好月嫂怎么也得一个月一万元左右,而且只是她一个人的工资,有的还不值夜班,我们这里管吃、住,还有各种科学护理手段,一定是物有所值的。"

"你们有没有身材管理的项目?"蔡静突然问道,"我怀孕以后胖了不少,生完孩子之后，比以前胖了快二十斤，我想尽快恢复身材，你们有这方面的服务吗？"

"我们可以给你提供一些保健和健身方面的服务，不过专业的健身教练还没有招聘到，但这是未来我们一定会有的项目。您现在在哺乳期，可以有适当的锻炼，但是不宜做太多的运动，特别是不要着急减肥，这方面，我们会有专业的指导。"

"那真是有点儿遗憾了，其实很多女性关注的就是产后能不能恢复身材的问题，你们要是在这方面有特色服务就好了，那会吸引更多的人过来。"

"您的建议很好，我记下来了。"

在交谈的过程中，蓝琴注意到蔡静的丈夫徐冬一直笑呵呵听着，一句话也没有插。

第二天，蓝琴派车将孩子接来了，是个女儿。蔡静说生这个孩子遭了不少罪，先是顺产没有生下来，接着是剖宫产，才终于生下来了。

"我们家小静从小到大没遭过那么大的罪，"徐曼莉心疼地说，"这孩子是个小冤家，一生下来就让妈妈受这么大的苦。"

"起名字了吗？"

"起了，叫徐欢子，小名叫欢欢。"

"好名字，听着就喜庆，高兴。"

蔡静担忧地说："这孩子生下来才不到五斤，有点儿小，能通过调理让她长得壮一点儿吧？"

"您放心，坐完月子六周后您再看，保证白白胖胖。"

蔡静的丈夫徐冬只陪了她一天，就接到了任务，要率团队的干部出门，临走前，徐冬把蓝琴叫到了一边，说有话要说。

徐冬说："我平时在部队里特别忙，没什么时间陪蔡静娘俩，我把她交到您这儿，一切就都委托您了。蔡静这个人，从小娇生惯养的，吃不了什么苦，有什么事还得您多担待。"

"您放心，把她放在这里，我们一定让您全家满意。"

"有什么事和我联系，需要什么就说话。"徐冬很客气，给蓝琴留下了很好的印象。

安顿好了蔡静，蓝琴松了口气，不管怎么说，在经过惨淡经营的一个月后，月子中心有了第二单生意。

下午,蓝琴意外地接到了长河的电话。

长河说他准备下午的飞机飞深圳,会去考察一些医疗项目,其中有一项是去深圳的月宫,这是全国最大的、价格最昂贵,也是最成功的月子中心,他问蓝琴有没有兴趣一起去看看。

长河听说了蓝琴去过韩国的事情,认为深圳的月宫作为中国最大的月子中心,有必要调研一下,而且这次还会有一个高端的民营医疗联盟论坛,月宫的主理人也会进行为期三天的讲座,长河认为蓝琴有必要学习一下人家的理念和管理方法。

蓝琴当即表示有兴趣,长河说:"那好,我这里帮你报名。"

蓝琴问他:"阿琪去吗? 我总也见不着她。"

"她不去,她已经辞职了。"

蓝琴一愣,"怎么回事?"

"说来话长。等见面时细聊吧,她是准备嫁人了,要去国外。她的走对我来说是很大的损失,我现在正在物色经理人呢。"

放下电话,蓝琴难掩心中的好奇之意,给阿琪拨了过去。

阿琪爽朗的笑声在电话里传来:"不用担心,琴姐,我是找到了理想的归宿,准备彻底放假了。"

"值得恭喜! 是个什么样的人,能让我们的顾总交出芳心?"

"是个美籍华人,家在美国,不过在中国也有家,是个商人。"

"噢,是成功人士,高富帅吧?"

"帅谈不上,高也不高,就是个生意人,还有两个孩子。"

阿琪简单介绍了一下。原来这是她在月子中心过去的一个客户,后来离了婚,独自带着孩子,两人在日常接触中相识,在对方强烈的追求下,阿琪终于被打动,并做出了随他出国定居的决定。

"真好,恭喜你找到了一个理想的伴侣,不过对方有两个孩子,你过以后还要履行母亲的职责,这对你也是个挑战。但我相信你是没有问题的,毕竟咱们这一行就是和这个打交道的。不过你这一走,对老刘是个损失,他肯定是闪了一下吧?"

"这世界离开谁都一样,我没那么重要,"阿琪漫不经心地说,接着话锋又一转,"虽然我还是真的有点儿舍不得,但我也是快奔四的人了,我也得考虑自己的终身大事了。嫁鸡随鸡,嫁狗随狗,也管不了那么多了。"

阿琪已经订了下周去美国的机票,将在美国的内华达州举行婚礼并居住。蓝琴对她再次表示祝贺,然后说:"有空了回国来看看,记住,在 C 市,你永远有一个亲姐姐。"

　　"放心吧,我只要有时间一定会过去看你,你月子中心那儿有什么问题,依然可以咨询我,我永远是你坚强的后盾。"阿琪笑着说道。

　　但蓝琴觉得,和阿琪再见就难了,但是她并没有想到的是,用不了几年的时间,阿琪就会回来,和她一起并肩作战。

　　蓝琴和阿琪通完电话,把凤鸣又叫来,对她说起要去深圳的事情。

　　"你又要出门?"凤鸣惊讶地说。

　　"对,这次机会难得,可以正大光明地去考察月子中心,还能和行业内的高手交流,所以必须去一趟。我不在的时候,就得麻烦你了,现在中心又来了新的客人,而且是电视台的,见多识广,咱们得给人服好务。"

　　凤鸣咬了咬嘴唇,说:"好。"接着脸上露出一丝羡慕之情,"去深圳,真不错,我还没去过呢。"

　　"还有机会的,这次我去看看,将来有机会,我也会派你过去。"

　　"是医疗机构的活动吧? 长河会去吗?"凤鸣突然问了一句。

　　"会的,其实这个机会就是他给我创造的。"

　　凤鸣微微一笑,"看来长河一直也没有忘了你啊,有好事还是想着你的。"

　　凤鸣的语气让蓝琴有些不悦。她一脸严肃地说:"这是公事。"

　　"知道,我就是开个玩笑啊。"看蓝琴脸色严肃,凤鸣急忙笑着说。

　　"我已经订好了去深圳的机票,一周之后就要走了,这里就多辛苦你了。"

　　凤鸣和蓝琴谈完话,回到自己的办公室。坐在办公桌前,看着桌上蔡静的检查报告,不知为什么,心情却难以平静下来。

　　蓝琴要去深圳了,她要去和长河会面,凤鸣其实很希望在这一刻,蓝琴对她说:"我把这次机会让给你吧,这一次我留在这里。"但是蓝琴没有说,甚至也没有征求一下她的意见。这让凤鸣心里有些不舒服。她走到窗前,将窗子打开,一股湿热的风从外面吹了进来。凤鸣的心里有点儿乱,尤其是想到有什么事长河总是在第一时间和蓝琴沟通,而自己在 C 市已待了半年,长河却一个电话也没有打来过。

想到蓝琴要和长河在深圳会面的场景,凤鸣不停地提醒自己,这和自己毫无关系,但她的心怎么也平静不下来。

7

月宫位于深圳市中心地带,从 2007 年成立以来,已为近万名妈妈宝宝提供了产后护理服务,并开发了母婴专业护理、中医调理、膳食营养、婴儿智力开发、产后修复等八大康复体系。

这个月子中心简直太豪华了。虽在市区里,却拥有 30 公顷园林环境,十年以上的树木有五十余棵,堪称市中心的天然氧吧,负离子含量和空气湿度极其适合产妇和新生儿,比韩国童格拉米还要豪华。

月子中心有一百多间客房,进入大厅,在照片墙上,蓝琴看见了很多"熟人",有影视明星,也有商界的杰出女性。月宫的接待员自豪地说:"我们这里是名人最爱来的地方,整个深圳选择月子会所的产妇中,平均每七人中就会至少有一人选择我们这里。"除了豪华的环境、温馨的氛围,月宫也有着独特的文化,它有自己的康复护理体系、新生儿健康护理体系、产后专业营养饮食体系,还有特色课程,以及自己出版的图书和杂志。

"我们有全国最好的专业团队、最专业的月嫂、妇产科医生和心理咨询师,我们还有健身教练和早教专家,对了,我们还有英语早教课程,让孩子早早地就能接触英语教学。"

一路上,边走边参观,接待小姐不停地解说着。

对于妈妈的护理,从科学评估、中医调理、营养月子餐、产后康复到产后瑜伽、乳房护理,月宫都是比较专业和科学的;对于新生儿护理,从健康分析到新生儿游泳、"三轻"法沐浴,以及接触、听力、视觉训练、脊椎肌力训练等,接待小姐也带他们进行了观摩。

月宫内禁止拍照、录像,蓝琴拿了一个笔记本,边走边记。

和韩国的月子中心一样,月宫也想在全国开分店,加盟费很昂贵,要二十八万元。对于有加盟想法的来宾,也提供企业宣传片光盘和图册,都放在一个包装精美的袋子里,蓝琴也拿了一份。

在最豪华的总统套房,导购小姐自豪地介绍道,票房纪录保持者、巨星周蓉蓉两次生孩子都是在这里坐的月子,房间有一张巨幅相片,是周蓉蓉怀抱着两个孩子的照片,她坐月子时的费用是 688888 元,享受的是顶级服务。

参观了准妈妈课堂,又去了婴儿护理室,在这里,二十多位婴儿同居于一室,每个人都享受一对一的服务。

蓝琴问:"咱们的月子中心也不是母婴同室吗?"

"对,为了让产后妈妈能够充分休息,也为了用更科学、标准化的方式统一护理婴儿,我们采取了母婴分离的护理方法,这在韩国很流行,日本人和西方人也认可。"

接待小姐不失时机地又带大家参观了一个西式风格装修的房间,在这里,今年有十五对外国友人与他们的孩子共同度过了"坐月子"的时光。

"外国人也开始接受月宫的护理模式,我们这些年接待了不少国外的爸爸妈妈。"

每个房间都是不一样的,有不同的特色和情调,有适合传统的,也有全盘西化的,这让蓝琴大开眼界,相比之下,自己的月子中心采用的是传统宾馆的装修风格,实在是太老化了。

"咱们这里母乳喂养率是多少?"蓝琴又问。

"您问得太专业了,国家规定是 50%,我们已经达到了 70%,远远高于国家标准。"

我们将来一定要比你更高!蓝琴心想。

大家来到月宫的厨房,精美宽敞又一尘不染的厨房让大家不禁惊叹一声,接待小姐自豪地说:"我们月宫尽管有五星级的大饭店,但是月子中心的配餐由一个专业的餐饮团队负责,由专业的营养师设计把关,每一套月子餐都是全国各大月子中心学习的标准。"

墙上贴着月嫂团队的说明。她说:"我们的月嫂是深圳最好的,分为三个等级:钻石级、黄金级、白银级。这些月嫂都是全天二十四小时在这里服务的,公司成立七年了,没有一个跳槽的。"

"黄金级别的一年能拿多少钱?"蓝琴问。

"黄金级别的年收入二十万至四十万之间,我们还有很多奖励,比如母乳喂养这一块,达标者会有额外奖励。"

一番考察,月宫的专业性让蓝琴大为折服。

来到深圳的第二天下午,将要举办的是时长三小时的医疗联盟论坛。有民营医疗机构的精英人士进行现场授课和交流,地点定在深圳月宫大酒店。月宫是一个综合性的企业,除了月子中心,还有酒店、医院等多家单位。

在介绍专家的展板上,蓝琴赫然见到了刘长河的名字,他也是主讲专家之一。这也就解释了上午月宫月子中心的观摩活动他没有参加的原因,长河看来一直是在为下午的讲演做准备。

讲演共五场,第四场是由月宫创始人蔡攸攸女士做主题讲演,蓝琴重点来听的就是这一场,现场允许拍照和录音。蓝琴抢先进去,坐到前排,刚一落座,就看见刘长河和几个人走了进来。

长河看见蓝琴,大步走过来和她握手,"不好意思,知道你来了,但是今天太忙,没能接你。"

"不用客气。组委会想得很周到,一切都安排得很好,你忙你的就行。"

"晚上一起用餐,我给你介绍一些这行业的精英。"长河说完就走到贵宾房间,为接下来的讲演做准备。

长河是第三个上台的,第四个是蔡攸攸,她一上台,蓝琴就拿起手机,按下录音键。

当天晚上,长河约请蓝琴去吃饭,说还有不少医疗界的同行,蔡攸攸也在场。蓝琴虽然不爱参加应酬性的饭局,但这个事情关系重大,是要参加的。在餐桌上,蓝琴和蔡攸攸互相留了电话。蓝琴说:"蔡总,今天参观了您的月子中心,收获很大,不知道你们有没有类似的培训机构,我想深入学习一下。"

"我们有的,每年的4月中旬、6月中旬和10月中旬,我们会在月子中心开学习班,但这是付费的。您有兴趣可以参加。到时候和我联系,我可以给你的学费打个8折。"

"谢谢蔡总,我到时一定组织团队的人来参加学习。"

"如果蓝总有兴趣,也可以考虑加盟的事,我们月宫在深圳已经开了三家,北京开了一家,上海有两家,最近正想打进华北市场呢,您那里地处华北,如果有兴趣,可以合作。你放心,在月宫总部的加持下,那些加盟费很快就会赚回来的。"

蓝琴对加盟并无兴趣,昂贵的加盟费也让她望而却步,但出于礼貌,她还是答应回去考虑考虑。

饭后蓝琴回到月宫大酒店的宾馆,把白天记下来的和录音录下的逐一整理,正弄着,接到长河的电话,约她下来坐坐。

蓝琴回绝道："有点儿晚了，我正准备洗漱，明天早餐见如何？"

"明天我就要走了，我还要去广州开一个会，一早就走，咱们今晚不见，再见不知何时了。"

蓝琴下楼的时候，长河已经在下面等待了。他们来到了宾馆内设的咖啡厅里。

热咖啡端上来，长河一声叹息："这两天真是太累了！"

"你是大忙人，当然累，我就很轻松了，住五星级酒店，还能学习，真不错。"

长河端起来喝了一口咖啡，问她："去了月宫，感觉怎么样？"

"高大上，但是不太适合老百姓的生活。花几十万坐月子，对多数中国人来说，难以想象。"

"人家定位的就是高端群体和北上广深这些大城市，不是面对普通老百姓的。"长河说，"月宫本身就是一个大公司，人家公司有实力，肯投资，也能放长线，月子中心不过是人家公司下属的一个企业，不是所有的资本都能够做到这样的。"

"一切还是资本说了算！但不是资本越多的事情，老百姓就会越喜欢。像我们的快餐店，永远不会有大老板和大人物去光顾的，但对于老百姓，是完全适合他们的。我想，有一天中国的月子中心也一定是立足于普通老百姓的，我们没有月宫那样的实力，但我们一定会开一个普通老百姓也能去得起、住得起的月子中心。虽然目前可能还做不到。"

蓝琴呷了一口咖啡，继续说："但月宫给我一个体会，人家是真专业，在这个行业，专业是一切的基础。与人家相比，我们就是小作坊。我也考虑好了，我要回去在专业性上再下功夫，专业的团队包括餐饮、康复和护理团队，这些不能靠外援，只能在内部培训和消化。所以，我回去之后，也要打磨团队。"

"可这些是需要资金的，你的资金怎么样？能够支持吗？"

蓝琴愣了一下，长河又是一语中的，资金，照现在这样下去，她的资金还能支撑多久？

"如果资金不宽裕，一切还是要缓进，特别是一个刚刚开张的企业，要稳，不能急。"

"我知道，但这个事情不一样，我们没有时间等待和学习，尤其是看到和别人的差距,我就坐不住了。月子中心和别的企业不一样,它必须足够专业和规范,没有时间让你去慢慢学习,慢慢消化。所以,回去之后,我必须尽快让月子中心走上正轨,哪怕为之再花费更多的精力和金钱,我也在所不惜。时不我待,我们如果不能在 C 市打响头一炮,很快就会被人赶上的。"

"我还是那句话,需要帮助你就吱声,特别是资金方面,你不用客气。"

蓝琴明白长河的想法,现在的她,是多么需要资金啊,但出于情感上的原因,她不得不再次拒绝这诱人的条件。

"目前不需要,我们的资金够用。"

"阿琪走了,我正在考虑和月宫的合作,我们现在的中心也需要一个专业的团队来管理。"

"你想加盟吗?"

"有这个打算。"

蓝琴沉默了,她喝了一口咖啡,有些凉了。这似乎是提醒她,夜已经深了。

"你对我的这个想法有何建议?"长河问。

"其实月宫也有一个很大的问题,"蓝琴答非所问地说,"它和我看过的韩国的企业一样,都有个致命的问题——他们没有完全做到母婴同室,而这是我想做到的。"

"为什么?"

"因为坐月子不仅仅是为了提供服务让产妇舒服、自在,还有另一个层次,它是一个人第一次步入家庭、为人父母的开始,这不仅仅是一个生理上的服务,更是一次家庭教育的开启,所以我想,真正良好的家庭关系和亲情伦理关系就是从这一步开始的,母婴不能同室,是无法完成这一目的的。母婴同室,母乳喂养,对于亲情的培育至关重要,未来也将是我们蓝宝贝努力的方向。我们要做到母婴同室,实现完全的母乳喂养,实行真正意义上的一对一服务。"

"可是这样一来,你会需要大量的护士和专业的月嫂,你能够承受由之而来的巨大成本吗?"

"我会想办法的,办法总比困难多。"

"蓝琴,你一点儿也没变,"长河感叹一声,"在你眼前,好像没什么事难得住你。"

我不是没变,是没有办法。蓝琴心想,创业路上,哪一次不是得置之死地而后生!但她不想和长河深入谈这个问题,正想着借口夜太深了提出告辞,这时电话响了,是宝峰打来的。

宝峰问她住下来了吗,情况怎么样。蓝琴简单地一一回答。宝峰又问:"你现在做什么呢? 睡了?"

"没有,在和朋友谈事情。"

"好的,早点儿休息吧。以前在家里,你这个时间都睡着了,注意别睡太晚,要不又得失眠了。"

放下电话,长河微笑道:"他现在怎么样?"

"还好吧,还那样。"

"我一晃也有十多年没见他了,"长河陷入回忆中,"还记得当年,你嫁给他时,医院还挺轰动的。"

"轰动?"

"对,你嫁给了一个比自己小两岁、形象也不太出众的男人,让人们大吃一惊。"

是你大吃一惊吧? 蓝琴想,长河是不是还以为这是为了报复他? 她不想继续这个话题了,就起身道:"太晚了,我有些困了,咱们今天就到这里吧。"

"好的,还是那句话,有需要你就说话,咱们是老同学、老朋友,不要客气。"

蓝琴回到宾馆,却全无睡意,这杯睡前的咖啡真是很害人,但让她更兴奋的是今天在月宫的所见所闻,让她更坚定了自己的想法。

月宫,是富人的天堂,可是蓝宝贝是给普通老百姓提供服务的地方,这在定位上是完全不同的,她将坚持后者,像当年做同聚时的初心一样。

既然睡不着,干脆继续工作吧。打开电脑,她开始整理月宫主理人蔡攸攸的讲话录音。

电话突然响起,这在深夜中显得十分刺耳,蓝琴拿起电话,上面显示的号码是凤鸣的。凤鸣也有早睡的习惯,这么晚了,有什么重要的事吗?

蓝琴接了电话,凤鸣的声音在夜空中传来:"你睡了吗?"

"没有,怎么了?"

"你什么时候回来?"

"两天以后吧,有个会我还想参加一下。怎么了,有事?"

"嗯,"凤鸣迟疑了一下,说,"有件事,本想等你回来时说,但想想,还是现在说吧。"

"说吧。"

"那个蔡静——"凤鸣又迟疑了一下,说,"她得了乳腺炎,她认为是我们护理失误,要我们赔偿她的损失。"

8

蓝琴急匆匆地出了火车站,打车前往蓝宝贝。

进了蓝宝贝,蓝琴先找到凤鸣,问:"是什么时候发现的?"

"她前两天一直低烧,没有感冒的症状,判断可能是乳腺问题,后来查了查乳腺,果然发现她左边的乳房有些肿胀,而且有红晕,确定是乳腺炎,她婆婆也带她去医院看了看,说确实是。"

"乳腺炎是产后妈妈在哺乳期间常见的疾病,得了也没什么大不了的,你给她怎么处置的?"

"按急性乳腺炎治疗的,先排乳,建议她吃了两天中成药后,又让她吃了头孢类抗生素,我还让她适当增加饮水。"

"局部感染严重吗?"

"我觉得不太严重。但是有些事我也说不准,我琢磨着等你回来处理。"

蓝琴来到蔡静的产房时,蔡静正在烦躁地打着电话,月嫂周姐在旁边抱着孩子。蔡静说:"我知道了,这孩子就是给我一个人养的,你什么光我也借不上!"

蔡静气呼呼地挂断了电话。蓝琴笑着说:"怎么?我听说身体不太舒服?"

"我喂不了奶了,"蔡静说,"胸前疼,身上热,我老公还在外面出差,回不来。我正和他生气呢。"

"没关系,他回不回来也没关系,急性乳腺炎是很多妈妈在哺乳期间都容易得的,不是什么大病,很容易就会治好的。来,让我先看看情况。"

蓝琴为蔡静检查了一下胸部,发现乳头没有皲裂,但除有硬块外,还有化脓的地方,这可能需要专业的穿刺化脓手术,看来蔡静的急性乳腺炎来得不轻。

"以前有过乳腺增生这样的毛病吗?"

"从没有过,我这地方没有得过病。我怎么会突然得这样的毛病呢?"蔡静肯定地说。她拥有着令女人羡慕的丰满身材,一对豪乳本是骄傲的资本,但现在却成了痛苦的源泉,令她情绪极其低落。

"有多种可能。而大部分原因是乳腺管的堵塞,因为有一些妈妈的乳汁浓度很高,或者哺乳不及时,就会导致乳汁淤积。也有可能是细菌进入了乳管,我看你的乳头没有皲裂,应该是乳汁淤积导致的。"

"你说了这么多,可是总得有一个答案吧,不能全靠猜啊。"

"对,所以我觉得这个事要给专业的人去做,"蓝琴拿起电话,"我现在就给你联系最好的医生。"

蓝琴刚拨通电话,徐曼莉就进来了,手里拿着个奶瓶,一见蓝琴就抱怨道:"平时也没有这毛病,怎么一进来坐月子还出这种事了?"

"乳腺炎是哺乳期妈妈们常见的病。一般都是急性的,诊断很明确,治疗也不难。"

蓝琴联系了第一医院的妇产科主任,她下午出诊。蓝琴准备了车,将蔡静接到医院,忙活了半天,结果出来了,主要原因就是乳汁淤积,也就是说小宝宝在吃奶的过程当中,每天的奶没有吃干净,或者是妈妈喂奶的过程当中,小宝宝吃完了之后,还有乳汁没有排干净,残留在乳管里面,时间长了才导致乳汁淤积,最后引起乳管阻塞,从而引起乳腺炎。这些都可能随病程进展形成脓肿,而蔡静一直有乳腺增生的症状,却未曾检查过,蔡静母亲可能也没有察觉,没有及时向医生反映,如果没有化脓时,可以给予抗炎、中药内服、中药外敷等治疗,但现在有些化脓了,需要进行切开引流术。

听说要做手术,蔡静一下子紧张起来,蓝琴安慰她,这不是什么大手术,三十分钟左右就能完成,负责手术的也是医院最有经验的大夫,让她不用担心。

"我女儿怎么办?她现在也离不开我啊!"

"您放心,手术做完后,没什么大问题,我就接你出院,有些调养工作可以在月子中心完成,不影响你和女儿在一起坐月子。不过这段时间暂时先别用这一侧乳房喂奶了,不足部分用奶粉替代一下,仍然可以让孩子吃健康一侧的母乳。"

“要是不用母乳喂养，就可能不会出这种事了吧？”蔡静不甘心地说。

“母乳喂养没有问题，即使出现了乳腺炎也不要怀疑母乳喂奶的好处，这一次康复后，也绝不会影响母乳喂养。”蓝琴安慰她道，这时电话来了，是徐冬打来的。徐冬问了一下情况，蓝琴介绍了一下，徐冬说：“一切都麻烦您了，蓝总。”

“不客气，这是我们该做的。”

徐冬比较通情达理，这是让蓝琴比较宽心的。回去之后，按照惯例，还是要围绕此事开个会，寻找一下问题的源头。凤鸣、郭丽丽等人都过来了。蓝琴先问凤鸣：“你是主治医师，你觉得她得乳腺炎的真正原因是什么？”

“我是儿科医生，不是妇科医生，这个我也说不太准确。不过，她的奶水不太好确实是真的。这位大小姐，在吃上很挑剔。而且老是担心身材，食量不大，很多食物不吃，我劝过她几次，她就是不听。她怕吃多了长胖，所以有时宁肯饿一点儿。我怀疑她的奶水不太好也与此有关，再加上她本来就有乳腺增生，但一直没有检查过，自己也没有注意，对母乳喂养又不太积极，喂奶不及时，最后引起乳管阻塞，从而引起乳腺炎。”

“我觉得你说得挺明白的，我也认为是这样的，”蓝琴赞许道，“但这也暴露出我们工作上的一些问题和不足。第一，我们还是缺少真正专业的妇科医生，对来这里的客人进行全面的身体检查，对这些情况也没有及时引起重视，采取对策，疏于心理上和行动上的指导；第二，成熟的月子中心都是有催乳师和催乳技术的，尤其是产后一到两周之内宝妈的乳房护理极其重要，乳汁未及时排出淤积、夜间睡觉挤压，甚至宝妈情绪不佳等因素均可导致乳腺炎的发生。我们需要有专业的技术团队应对这一切，我们没有，那怎么办？现在我们必须着手弥补这方面的缺陷和不足，自己动手研发这一项目。”

蓝琴这次去深圳，专门利用空余时间去了书店，买回来一系列育儿方面的书籍，回来之前已经先发快递寄了回来，这次她将这些书发了下去。每个人眼前都是厚厚一捆书。

“这些专业书籍，像《郑玉巧育儿经》《儿童疑难杂症治理》这一类的，都应该是我们平时在案头床前的参考书目，虽然也并非能做到面面俱到，但至少可以根据书上的一些理论知识，通过研究分析，在实践中应用，边学习边实践。我们不要求倒背如流，但希望你们都能和我一样，每天抽出时间学习专业知识，以免日后工作中出现各种问题，不知如何面对。”

散会后,蓝琴将凤鸣留下,跟她商量下一步的打算。

"本来我想回来后,和你沟通一下去深圳考察的情况,但突然出了这件事,一下子就没及时沟通,我现在和你说一下当时的情景。"

蓝琴简单说了一下月宫的考察情况,然后说出了自己的想法。蓝宝贝要发展,就必须在专业上再下功夫,所以她想做一些改进措施:一是母婴同室服务,并且一对一专人做生活护理、陪护;二是要建立妇产科、儿科、中医、产后康复科等专家团队的定期查房制度,随时专业指导,以及聘请专业心理咨询师坐班等。

"我们对月嫂制度也要改革。我们要员工化、专业化,要找到为自己公司服务、忠诚度高的月嫂,不允许她们再一手托几家,我们以后也不再叫月嫂,而是叫贴心阿姨,这些阿姨都是一对一的服务。她们一个人只负责一个家庭,我们要评选出金牌阿姨,护士要实行责任护士,每个家庭都要责任到具体的人,给她们的薪水要超过同行业最高的价格,这样才能调动起她们的积极性,留住优秀的员工。"

凤鸣听得舌头都伸了出来,说:"好家伙,你要这么整,得投资多少啊!咱们有这个实力吗?母婴同室还一对一服务,连月宫和韩国的月子中心都没做到吧?"

"是的,这就是我和你商量的原因。我们现在资金有限,这些事情不会一蹴而就,得慢慢来,但从医学专业角度看,必须这样做,有钱没钱也得干下去,我也琢磨了,除账上的资金外,我还可以继续贷款。另外,我们不排斥其他的投资,我会做一个计划书,寻找融资渠道。我要做这个城市甚至这个国家最正规、最专业也最接老百姓地气的月子中心,不管有什么困难,这个目标我一定要实现。"

看到蓝琴的眼光中射出了激动的且有些疯狂的光芒,凤鸣的心中略有些不安,她原本只是想找个事做,赚点儿小钱,打发无聊的时间,修补自己破碎的情感和生活的不如意,但现在蓝琴画的饼太大,她一时有点儿承受不了。

"这个事,你和长河商量过吗?"

"没有,这是我心中的计划,除了你,我和别人没有说起过。"

"你有没有考虑,让长河加入进来?长河的资金是不缺的,也不缺人脉啊。"

"没有。"蓝琴斩钉截铁地说，"我和他的关系你也不是不知道，我不想宝峰误会，我更不想欠他的！我们之间，最好永远也不要再有来往了。"

蓝琴斩钉截铁的态度让凤鸣顿时陷入了沉默中，事实上，她这次特别想问一下长河的情况，但是蓝琴的眼中除了工作什么也没有，她也无法张口。

"凤鸣，我还有件事想和你商量。"蓝琴并未意识到凤鸣的默然，又说道。

"你说吧。"

"就是咱们俩的工资……"蓝琴略一迟疑，这话窝在她心里好长时间了，但一直她没好意思，但现在，是不得不说的时候了。"刚开业的时候，我给你每月开八千元的基本工资，我不要工资，你不干，后来咱们商量，我是大股东，你是小股东，就你拿八千，我拿两千。可是现在看来，快两个月过去了，公司的财政还是赤字，按我的计划，更多的成本还要投到新的服务项目中去，所以我建议，能不能暂缓我们的工资发放？"

凤鸣瞪大了眼睛，蓝琴急忙补充一句："只是暂缓，等事业走上轨道后还可补回你的。"

凤鸣沉默了，蓝琴不安地看着她，心里充满愧疚。

凤鸣终于开口了："暂缓到什么时候？"

"起码要等到中心的运营不再出现赤字了吧。"

这就意味着一定要很长一段时间了，凤鸣想。她失望地说："琴姐，你知道，我已经把所有的身家都放进去了。我现在一无所有了。"

"我知道，可是，为了我们的事业，我觉得——"

凤鸣的电话突然响了，她看了一下电话，说："对不起，我先出去接个电话吧。"

什么电话要出去接呢？蓝琴想，凤鸣一定是不满意自己刚才的提法，找个借口出去了，以回避这个问题。望着凤鸣走后关上的门，蓝琴陷入深深的惆怅，她第一次感觉到选择凤鸣作为合作伙伴也许是个草率的决定。

9

徐冬突然发飙了，这让蓝琴措手不及。

徐冬的发飙是源于蔡静的住院报销问题。蔡静做完手术一天就出院了，手术做得很成功，原本大家的情绪都还不错，然而当徐曼莉拿着医院的手术费用要蓝琴报销并遭到拒绝时,分歧出现了。

蓝琴拒绝担负这一部分费用,因为月子中心只是服务机构,不是医疗机构,而蔡静得了乳腺炎有其自身的原因,月子中心帮她联系了医院,顺利完成了手术,还提供了陪床服务,并送去慰问品,已经尽到了责任,所以不能报销。

徐冬不同意,认为是在月子中心坐月子时得的病,所以理应由月子中心负责所有的费用,而妻子身体上出现的问题是月子中心服务不当导致的,应该追责,并且提出还要一部分精神赔偿费。

蓝琴坚持两点:第一,合同中并无如此条款,没有追责的凭证;第二,月子中心的服务并没有不当之处,请对方找出具体因月子中心服务不当而导致宝妈患上乳腺炎的证据,如能找到,月子中心愿负全责。

双方陷入焦灼的对峙中,徐冬收起了谦和的一面,恶狠狠地说道:"你要是坚决不负责费用,不做任何赔偿,那咱们就法庭上见。"

徐冬真的去找律师了。没多久,白宇的电话打过来了。

白宇问:"怎么回事?怎么一件好事变成了要对簿公堂了?这叫我怎么做啊?"

蓝琴和他说了来龙去脉,白宇说:"这个徐冬就是想要一笔钱,他是山东人,性格倔,脾气直,你让一步,赔他点儿得了!那医药费也没多少钱吧?"

"这不是钱的问题,老白,这是名誉的问题。如果我赔了他哪怕一分钱,就证明这个问题的毛病出在我们这里了,以后再有人住进来,有个头疼脑热的,都变成我们服务的问题了,这就会增添很多人无理取闹的理由。所以,这也是个原则问题,如果我们没有错误,决不能认错,认了就变成真的错了,想改也改不过来了。"

蓝琴的态度很明确,事关大节,她认为这件事情和上次黄小玉闹肚子的事情是两个性质,那一次只是简单的腹泻问题,这一次上升到了去医院做手术,蓝宝贝绝不能刚刚开业就给人落下口实,说月子中心因护理不当让客人得了病,这是砸牌子的事,以后花多少钱也弥补不了的。

"这就和我们开快餐的,因为有毒的食材吃死客人是一个道理,你说,有这么一次,还有人敢去这个饭店吃饭吗?"

对于蓝琴的考虑,白宇也理解,但也说出了自己的顾虑:"你别忘了,蔡静可是电视台的,你把她惹了,这媒体的力量可不能小瞧,会有麻烦的。"

"我就算是认了错,媒体会放过我吗?她会放过我吗?你能保证她不会再对别人说起这件事?再说,黑的就是黑的,白的就是白的,我没有理亏,为什么要让步?"

白宇最后提出一个解决办法,能不能在费用上打折,蓝琴同意,在原有本就已经折扣的基础上,再折一下,让他们少交三千多块钱。

"这是我的血汗钱,老白,你要让他们知道,我这也是因为你的面子,给他们的优惠。这不是赔偿!而且这也是我们最后一次打折了。"

白宇和徐冬联系了一下,但没想到徐冬的倔脾气来了,不接受打折,还要月子中心报销药费并公开道歉。

双方再次僵持。蓝琴约徐冬来月子中心谈谈,双方再次谈崩,徐冬坚持如果月子中心不道歉,就要走法律程序。

徐冬说:"我老婆的身体好好的,她奶水有问题,乳腺出现增生,这些都应该是你们月子中心常规体检能够查出来的,可是你们的医生太不负责任了,都已经出问题了,只是简单地开了几味根本没起作用的药,以致延误了病情,到了要手术的地步。这就是庸医,这就是不负责任,草菅人命!"

"你不要说得那么难听,我们不是专业的医疗机构,在当时那个情况下,建议你们用的药也没有任何毛病,至少延缓了病情的进一步恶化,控制了病情的发展。我们后来及时联系了专业的医疗机构,手术很成功,你妻子的病情并没有延误,事实也证明了,她病愈后也能照常喂奶,什么功能也没受影响!"

"巧舌如簧,那我们等着法庭上见!"徐冬怒吼一声,声音震得整个楼道嗡嗡响。

没几天,律师函送到了,凤鸣听说后,哭成了泪人,"都怪我,都怪我,蓝琴,我真没想到,开个月子中心有这么多麻烦事,一共就两单客人,怎么都这么难缠呢?要不,咱服个软儿,给他道个歉,赔他医药费得了,再闹下去,就干不下去了……"

"行了!"蓝琴心乱如麻,呵斥她道,"服什么软儿?道什么歉?我们有错吗?你现在服软儿道歉,就等于以前的坚持全白搭了,上法庭就上法庭,有理还怕这个吗?"

凤鸣还是哭个不停,抽泣道:"我心够乱的了,你还骂我……"

蓝琴怒道:"你也别哭了,好好想想办法怎么处理这件事吧,光哭有什么用？"

这件事情最终还是闹上了法庭，因为蔡静是公众人物，所以这个事很快传开了，连宝峰都听说了，问蓝琴是怎么回事。

"没事，小事，很快就会解决。"蓝琴故作轻松地说，又想起了一件事，"你这两天组个局，请白宇吃个饭，这件事挺让他为难的，得谢谢他。"

宝峰还想问什么，可蓝琴一转身，又去找公司的法律顾问了。

在一片混乱中，蔡静的月子就要坐完了，终于到了要离开的时候，蓝琴告诉郭丽丽，临行前要给宝妈宝爸准备的伴手礼一点儿也不能少，而且自己要亲自去送她。

在房间里，蓝琴与蔡静进行了告别，并合了影，蔡静的女儿欢欢，刚来的时候只有不到五斤，现在已经七斤了，小脸红扑扑的，特别可爱。

蓝琴摸摸孩子的脸蛋，说："这孩子多可爱啊，长得像你还是像她爸爸啊？"

"最好是像我，她爸爸那个熊样——"蔡静扑哧一笑，"不过都说女儿像爸，我看，还真是像她爸，不像我。"

"女大十八变，越变越好看。我相信，将来她一定比你还好看。"

蓝琴将一个包装精美的礼品盒递给蔡静，蔡静诧异地看着她。

"送你的，和公司无关，是我个人送你的一个小礼物。你打开看看，喜不喜欢。"

蔡静打开礼盒，里面是一个镀金的制作精美的长命锁，锁扣上还有四个字："有女如玉"。

"真漂亮，这上面的字我也喜欢，有女如玉！"蔡静感动地说，"真是不好意思，孩子她爸和你这样，你还这么客气。"

"一码是一码，相识总是缘分。"蓝琴笑着说，"无论如何，你们把人生的第一次留在了这里，这是你们珍贵的回忆，也是我的荣幸。"

"是啊，"蔡静感慨道，"我已经三十四了，也许，这是我这个高龄产妇人生的第一次，也是唯一的一次了。"

"据说国内要开放二孩政策了，我希望还能在这里再次见到你。"

"好的，我也期待，不过——"蔡静看着蓝琴的眼睛，"你还希望见到我这样的客人吗？"

"希望，当然希望，只要来过这里一次，就是我们蓝宝贝的家人，无论发

143

生了什么,我都是当作家人来看你们的。请你记住,当你想回娘家的时候,蓝宝贝就是你的娘家。"

蔡静点了点头,眼神闪烁着一点儿晶莹的光亮。

"蓝姨,你想不想知道,为什么徐冬要咬住你们不放,非要你们道歉和赔那笔医药费?"

"为什么?"

"徐冬这个人——"蔡静无奈地一笑,"见过我们的人都说他配不上我。他老家是山东农村的,虽然在部队混上了个副团,但是在我们家人面前,总是有些自卑感的。我妈妈当时并不同意我们的婚事,她总认为我应该嫁个大学教授或是某个单位的领导之类的。所以,徐冬总想证明些什么,给我妈妈和我的家人看。"

"我明白了,他所做的,都是你妈妈的意思吧?"

"我妈妈人特别精明,她不想让自己的女儿受委屈,她也想考察一下徐冬的能力,但我不赞成,其实挺丢人的,为了几个小钱,这也太毁坏我的名声了。"

"蔡静,"蓝琴禁不住拉住了蔡静的手,"你是你,他是他,在我心里,你也是个好孩子,以后你个人和宝宝这边有什么事,随时来找我,蓝姨保证随叫随到。"

"蓝姨,快分手了,也不知再见何时,我有句忠告,不知想听不想听?"

"想听啊,当然了,你说!"

蔡静眼神冷静地看着蓝琴:"其实每一个孩子的背后都站着一个家庭,你如果不了解这个家庭,不了解这个家庭每一个成员的所思所想,不了解这个家庭与其他的家庭的相似与不同,真的做不好这个行业,也真的很难解决一个又一个出现的问题。我是媒体工作者,我深知每一个个体的不同,而这一点,也是我想提醒蓝姨你的。徐冬这么闹,我很不高兴,但我没有干涉,因为我知道他想通过这个事,让我妈妈和我的家庭对他刮目相看,所以我尊重他的选择,但这不代表我的想法。我尊重他,我也尊重你,所以,蓝姨,记住我说的这些话,也记住,你以后也会有我这个朋友。"

蔡静走了,曾经热闹的房间一下子空了,这是蓝宝贝的第二个客人。望着空荡荡的房间,蓝琴觉得心里也空荡荡的,她多想再和蔡静好好地聊一聊,再听她说说话,可是蔡静,这个聪慧的、给了她心灵震撼的女人,如一阵风一样地走了。

"蔡静,你说得对,如果不了解一个家庭与其他的家庭的相似与不同,真的做不好这个行业,这一点,我还需要好好学习啊。"

蔡静的话,给了蓝琴很大的启发,也促使她的内心发生了重大的转变。

三天以后,传来了一个消息,徐冬撤掉了法庭的诉讼书,不再起诉蓝宝贝月子中心。

一场风波就此平息,但蓝宝贝经过这一次,声誉仍然出现了重大的问题,原来就不多的客源更是受到了极大的冲击,其公信度也受到了质疑,整整一个月,没有接到一单生意。而接下来,就是员工一个接一个地离去,先是月嫂周姐,再就是护士刘娜,她们都找到了更理想的工作。

但这些对于蓝琴来说,都不是最大的打击,最大的、最致命的打击来自凤鸣,9月份,在蓝宝贝惨淡经营了三个月之后,凤鸣提出辞职,并要求撤股。

吴襄整理的采访笔录(四)

关于我们来到C市的经历,在这个城市有很多传说。有人说,顾宝峰是白四爷手下的"叛徒",也有人说,是白四爷对不起顾宝峰,才导致了他们最后分道扬镳,这些传说,基本上都是不实之词,事实上,宝峰和白四爷从没有过正面的冲突,白四爷也没有在人前人后说过宝峰一句坏话,宝峰离开白四爷,完全是我的想法。

宝峰最初来到C市,是在白四爷新开的聚龙大酒店做行政工作,担任副总。本来白四爷是想聘请宝峰担任总经理的,但是我们到了之后,白四爷改了主意,聘请了一位退休的企业老总——邝总担任总经理,他也是考虑宝峰在当地人生地不熟,给他个适应过程。对此,我们都没有意见。

我们当时在C市租了一个民居,是刘昭的男朋友白宇帮我们安排的。白宇在电视台工作,虽然只是个普通的编导,但是人很活泛,他帮我们租了一个很便宜又不偏僻的地方,在一个老居民区,叫秀峰里。40平方米,一室一厅,房租极低,门外就是个市场,购物很方便，而且交通便利。

这间屋子价钱便宜，可是也脏得厉害，屋里到处都落满尘土，马桶里全是污垢，好像几个月都没有冲洗过，床底下竟然还扔着不少避孕套，我一进这屋简直都要吐了，恶心死了。我说，这是什么人住过的，简直太邋遢了！宝峰打听过了，是以前一个烧烤师傅在这里住的。这些人白天睡觉，晚上工作一直到凌晨，也没有时间收拾屋子，所以才脏成这样。宝峰把我请出去，坚决不让我再进来。他让我去商场转转，给他看看有没有合适的手表。我知道宝峰的意思，他知道我好干净，想收拾一下，又不想我在旁边着急。我出去转了一会儿，可是哪有心情闲逛，没走一会儿就回来了。一进屋，差点儿呛得喘不上气来，只见宝峰用报纸糊了个帽子戴在头上，还用我给他买的丝巾捂住了口鼻，手拿一个喷壶正往屋里的各个角落喷着，屋子里全是84消毒液的味道，他在屋里消毒呢。

我拿起过一块抹布，想擦一下屋里，却发现屋里已经窗明几净了，就出去一会儿的时间，宝峰已经让屋里变了个样，没什么可收拾的了，我就在那找找细节，把屋里每一个缝隙都不放过，清除所有的尘垢。我们俩整整从中午忙到晚上，这屋子终于变了个样，我又在屋里喷了空气清新剂，屋子里洋溢着玫瑰花香的味道，总算能住人了。

这就是我们最初的生活，一间40平方米的小屋，没想到一住就是五年。在外面，宝峰西装革履，春风得意，但回家就是在这里与我相依为命，看着羞涩的腰包，盘算着下个月的花销。白四爷给宝峰第一个月的工资只有六百元，说这是见习期的，但给总经理的工资却高达三千，因为总经理的人脉广，退休前又是企业高管。对此宝峰没有怨言，我也没有怨言，宝峰毕竟初来乍到，得有一个考验期。

我没有工作，在家赋闲了一段时间，后来白四爷找关系，因为我的学历，给我在市第一医院找了一个护士的工作，但这是临时的，第一医院是C市最大、最正规的国营医院，病人很多，医生很牛，护士工作夜以继日，非常辛苦，而且想转正是很难的。但我却是心甘情愿，因为比起林场的企业医院，这才是一个正规的三甲医院，在这里，有不少在全国都很知名的医生，我跟着他们，耳濡目染，学了不少知识。

比起我在医院的辛苦，宝峰的压力更大。在 1999 年的 C 市，经营一家大酒店其实并不靠什么管理手段，更多的是人脉和资源，在那个公款吃喝成风的年代，聚龙大酒店就是社会上的特权阶层出入消费和娱乐的场所，如白四爷起的名字一样，聚龙，就是聚人中之龙，聚 C 市的有钱有势之人。

宝峰出身寒门，又长年在基层与底层工人打交道，其实他内心对这种纸醉金迷的生活是很排斥的，对那些"上层人士"骄横跋扈、不可一世的嘴脸也颇为不屑，可是职责所在，他拿了白四爷的薪水，就得忠人之事，每天不得不赔着笑脸，委曲求全，百般逢迎。他虽是副总，其实只不过是个高级打杂的，邝总以前是一家国企的老总，平时养尊处优，高高在上惯了，对底下人一直是颐指气使，不讲情面的，在他眼里，宝峰和当年当领导时的秘书和下级没什么两样，支来使去，一点儿面子也不给。宝峰对此倒是没什么怨言，背后很少说起自己的苦与累，但我却眼见着他的变化。他回来得越来越晚，精神越来越差，烟抽得比以前还凶，几乎每天都要喝酒，回到家里倒头就睡，有时连鞋子都不脱，他太累了。

这种日子持续了将近半年，这时候宝峰的工资已经提到了每月一千元，这在当时的 C 市，已经是一个比上不足比下有余的水准，宝峰在 C 市已经开始有了一些名气，餐饮界的很多活动，他也经常参加。聚龙大酒店的规模也开始扩大了，不仅仅是饭店，还在楼上开了宾馆、歌厅和洗浴，增加了足疗、按摩、唱歌等娱乐设施，在 C 市逐渐成了一个高档的场所，水涨船高，宝峰管的事比以前多了，地位也比以前高了。但他的精神似乎更加压抑，有一次他回来时，坐在那里抽着烟，一言不发，我问他怎么了，他沉默了半天，才告诉我，今天晚上，有一伙人在酒店连吃带唱，消费了一万多块钱，最后让他开办公发票，说这些全能报销。那些人还拿走了两条中华烟，都记在这里了。"我没见过这么糟蹋共产党钱的人，这是犯罪，他们是罪犯，而我是从犯。"说到这儿，宝峰的眼泪突然掉了下来。

我理解他，宝峰上班第二年就入了党，曾经是林场最年轻的党员，也曾带着林场的工人们办三产，给厂子增效益，在林场的下岗大潮中，他为了以身作则，自己率先下了岗，他对单位、对集体有一种朴素的情感，现在看到身边的人如此糟蹋集体的钱，如此把单位的权力用于个人的享乐，他接受不了。

　　我对他说不行别干了，他说不行，我做事从不会半途而废，再说也对不起白四爷。

　　宝峰在心里还是感谢白四爷的知遇之恩，但白四爷一直也没有兑现他的承诺，我在第一医院上了一年班，一直没能转正，始终是个临时工。医院的人知道宝峰的身份，管我叫经理太太，我听了只有苦笑，只有鬼才知道我这个经理太太当得多么辛苦。我在医院的工资只是临时工资，两百八十元，有时有奖金，加起来四百元左右。这些钱，我还得寄回家里，二妹在上大学，母亲身体不好，有时要去医院看病，特别是我们到了 C 市第一年，母亲在沈阳医院做了一台大手术，住了三十多天院，我寄去了两万元钱，这差不多是我和宝峰全部的积蓄。为了这个事，宝峰还预支了半年的工资，然后我们就一无所有了。我很盼着转正，因为可以多点儿收入，但在C 市成为第一医院的正式员工是很难的事情，听说至少要卫生局局长或主管副市长的门子才能行。第一医院的院长也很牛，一般人也不买账。宝峰虽然天天接触大人物，但以他的个性，也不会为我们的事摧眉折腰的，所以我转正的事一直搁浅着。我们把希望一直寄托在白四爷身上，但一直都是失望的。

　　我其实是有机会转正的，白四爷曾经暗示过宝峰，要他象征性地拿出一笔费用，走走关系。白四爷说，宝峰，我知道你现在困难，但是你不用担心，这笔钱我可以替你出，你什么时候还我都行，而且我不要利息。宝峰问他需要多少，白四爷举起手来，伸出五根手指，宝峰问："五千？"白四爷摇摇头，笑道："再乘以十。这还是有熟人情况下的公道价格。"宝峰拒绝了，他也确实拿不出这么多钱，也不想从白四爷那里借钱。白四爷说："那就只能等机会了，你知道，没有钱，现在这个社会什么事也不好干。"

　　后来宝峰告诉了我这件事，我支持他的决定。我绝对不会为了给自己找一份工作，花一分钱在别人的身上，我是科班出身，我是林场医院常年的先进工作者，我是优秀的护士，可是要我去贿赂别人，用暗箱操作、行不正之风的方式去获得一份工作，我宁可不要这个工作。所以你也知道了，正是因为如此，我一直也没有转正。

没能转正，只能赚临时工资，但我没有怨言，因为在第一医院可以学到很多医学上的知识，这也是唯一的好处。我曾经在内科当过护士，后来又去了妇产科，最后去了儿科，在C市最好的三甲医院当护士的经历，真是一笔财富，这些在我开月子中心时竟然都派上了用场，似乎是冥冥之中的天意。

我在第一医院结识了一位高人，被称为"一刀仙"的卓越大夫。这算是一场奇缘。"一刀仙"是当时电影《双旗镇刀客》中的人物，是一个出手一刀就能制敌的绝顶高手，人们用来形容卓大夫，是说她手术时的那把刀纵横无敌。卓越大夫是妇产科主任，也是省内名家，据说她的剖宫产手术天下无敌，手中刀一出，从无任何瑕疵，所以有此名号。不过卓大夫是个怪人，平时不苟言笑，除了工作和进手术室，平时从不参加任何私下的聚会，也不参与任何与工作无关的话题，她在医院朋友很少，据说一直单身，婚姻状态和私生活都是个谜。这人一脸清高，连院长在她面前都不能随便说话，算是医院里一个大神。

我和这位大神的接触也很有意思，是缘于一次险些酿成医疗事故的分娩。当时有一个产妇住院临产，本来预产期是一周之后，却没想到半夜十二点钟，她突然肚子疼，要生了。当时值班的是只有二十岁都不到的小护士，见此情景，那个小护士吓傻了。那天不是我的班，可是我走得很晚，因为我在护办室里帮主任打一份材料，我家里没有电脑，就用护办室的电脑工作。小护士急了，进来问我该怎么办，我让她去找人，可那天不知怎么回事，值班的医生也没有在。而那个产妇痛得不停地叫，声音从病房里不停地传出来，她的丈夫也不在身边，来看护她的竟然只是一个远房亲戚。我放下手头的活儿，过去看她的情况。我上前一看，发现她下身出了血，孩子的头都要钻出来了，她马上就要生了。

我知道这是急产，急忙把待产包拿出，穿上隔离服，就把她推进了产房。急产最大的风险是生在地上，再有就是会阴撕裂，因为没有缓冲的过程，如果孩子直接冲出来，软组织会损伤，很有可能一直撕到肛门，会造成极大的伤害。我从来没有接过产，但是我见过卓越大夫她们接产的过程，因为情况紧急，我把自己当成了助产师。因为从小做各种活儿，我的手有劲儿，我一手保护着她的会阴，一手把孩子往外拉，因为按得紧，孩子在往外出时，一个小伤口都没有，结扎脐带，揉子宫，这些流程我都看过，也都明白，我在妇产科当护士的时候，给助产师打过下手，我知道该怎么干。那个孩子顺利地出来了，正在这时，值班的医生也到了，马上接手过去，如果我的动作晚了一步，后果不堪设想。

到今天我也不知道，为什么那天晚上会出现脱岗的情况，整个妇产科都被院长批评了，院长唯独特别表扬了我，因为我不当班，当时也不是妇产科的护士，我当时在儿科当护士，与妇产科都在一层楼。

有一天下午，我快下班时看见卓越迎面走来，她一反常态，竟然主动和我说了话："你是蓝琴？"我受宠若惊似的说："是我，卓老师。"卓越说："听说就是你为妇产科解了一难？你可以啊！"我心里有点儿得意，看来我的事连"一刀仙"都知道了，我故作低调："卓老师，这没什么，都是我应该做的。"卓越脸沉如水，厉声道："你不是专业的医生，谁给你的权力，一旦出了事，你负得起这个责任吗？"

那天下午，卓越把我劈头盖脸一顿骂，弄得我太委屈了。院长还夸我呢！我给她们妇产科解了一难，她作为妇产科主任，不感谢，还骂我？！真是怪人！我后来听说，卓越找到院长，要求妇产科自她开始，从上到下，免发一个月的各种奖金，连护士在内。这事让整个妇产科的人背后都骂她，说她多事，本来事都已经平息了！不过我听了这个消息，倒是心头一震，觉得这个人真不简单。

妇产科是一个很难干的科室，因为很多小护士当时都只有二十岁左右，没有生孩子的经验，在妇产科上班，十分勉强，再加上还有卓越这号领导，平时不苟言笑，办事极其认真，做得好得不到她的夸奖，做得不好肯定会被批评，妇产科的护士们都活得战战兢兢。卓越当主任时我正好去了儿科，没赶上她，但是我对妇产科的工作其实是不烦的。我喜欢看着新生儿的出生，看着母亲望着孩子时那安详而幸福的笑容。医院的任何科室，你都无法逃开生离死别、病痛折磨，但只有在妇产科，看到的更多的是爱。每一次嘶吼，每一次阵痛，每一次悸动，都是源自生命的力量、传承和伟大的亲情之爱，这是我喜欢在这个科室的原因。而我们所做的工作，就是把这种爱传递下去，我们是爱的使者，我们是在做善事。

妇产科经常做手术，缝合伤口是一大项，卓越是缝合伤口的大师，我特别喜欢看她工作，她的刀法好，手法细，动作娴熟而优雅，面对着眼前的病人，不管多复杂的伤口，都是胸有成竹，有条不紊，看着她工作，就像在看一场表演。我很想成为卓越那样的人，但我成不了她那种大医生，我只能努力做好我自己。我是干啥都乐在其中。我在儿科当护士的时候，我扎头皮针，孩子血管细，我就研究怎么给孩子扎得不疼，还要一针见效；我在肝病科当护士时，天天输液，我研究出来的方法不仅扎针不疼，拔针也不会疼，患者一见我来了，就高兴，说蓝琴来了，扎和拔都不疼，跟挠痒痒似的，舒服！听到这些赞美，我心里非常开心。干啥都要研究办法，要做到极致，这是我的乐趣，这些习惯，没想到后来在月子中心都用上了。

宝峰的工作后来有了变化，有一天他回来，一脸轻松，而且一反常态，五点多钟就到了家，还给我做了一桌子菜。我问有什么喜事吗，他说有。还说终于可以不用天天晚回来，陪人喝酒赔笑脸了，原来是白四爷和东北那边有生意往来，建立了一个野味养殖基地，专门种植、养殖人参、松蘑、鹿茸等东北特产，将来针对南方市场搞销售，白四爷为此包下了山里的一大块地，不仅想搞养殖业，还想将来搞乡村旅游，一举两得。养殖基地缺一个负责人，宝峰毛遂自荐，想去那里试试，白四爷知道宝峰以前在单位搞过这方面的业务，所以同意了。

我知道宝峰的想法，他实在是太懒得天天委曲求全，在酒桌上伺候那些官场、商场上的客人了，但是养殖基地建在山里，离市区有几十公里远的路程，而且是在初建阶段，工作条件非常辛苦，我担心地问他能适应吗，宝峰说："咱本来就是山里来的，啥苦没吃过？我就是担心，我过去了，可能要非常忙，吃住都在那里，可能一星期咱俩也见不了一面，我不能照顾你了，你一个人行不行？"我说，有啥不行的，你放心去，不用担心我，医院里有宿舍、有食堂，住宿、吃饭都不是问题。

就这样，宝峰离开了四星级酒店，跑到山里和山民为伍，搞农业建设去了，我也不再是经理太太了。我还是留在医院做我的护士。我们夫妻从此天各一方，虽然在一个城市，但不能天天见面，条件的艰苦比我想象的要多得多。宝峰去了山里，一周后回来一次，脸明显晒黑了，也瘦了，我问他是不是特别辛苦，他笑着说不辛苦，又干回老本行了，挺开心的。又说等有规模了，让我去参观，请我吃农家饭，在山庄里住一晚上。他回来后，再一去就是一个月没回来，再回来的时候更黑更瘦了，我问他怎么样，他还是笑，说没事，都很好。我们后来见面很少，从开始一周一次，到后来一个月一次都是常态。宝峰还经常出门，有的时候去外地，一去就是十几天。

我们就这样迎来了2000年，世纪之交，我也迎来了三十岁的生日。因为工作太忙，我们还没有要孩子，我父亲和我母亲很着急，总催着我们要孩子。我和宝峰商量了，只要养殖基地的事告一段落，就开始研究这个事。

有一次我们医院去农村搞义诊，那个地方离宝峰的养殖基地很近，都在一个村。宝峰他们的基地就在村后面的山里，我突然心血来潮，想去看看他，就和单位的司机说了一下，让他开车拉我到了山下。我沿着山路向上走，看见山上建了不少大棚，有不少农民在那里干活儿，我就问其中的一个人："你们的顾经理在吗？"有人喊了一声："老顾！"在前面干活儿的农民中有一个回过头来，我吓了一跳，这是宝峰？！他和农民们混在一起，穿着一身又脏又破的工作服，脸上晒得黝黑，满脸都是汗水。见到我，他也吃了一惊，问："你怎么来了？"我说："我来看看你。"我看着他，眼泪就流下来了，"你不是经理吗，咋和农民一样了？"宝峰说："啥经理，我现在就是一个工头。"他指指身后的大棚，说："你看现在的规模已经起来了，我不亲力亲为，没有那么快能走上正轨。"

宝峰领着我去看他的业绩，沿着山走了一圈，山上已经建起了养殖场、林场和蔬菜大棚，还盖了一个四层小楼，将来作农家乐用。才半年的时间，宝峰是没少出力啊。现在的宝峰，和半年前也判若两人，那时他西装革履，有自己的办公室，出门还能坐公车，现在天天都在田间地头，和本地山民没什么区别。不知不觉到了中午要到用餐时间了，宝峰要我赶快回去，说山里条件不好，不留我吃饭了，让我回去和义诊队在村里吃。我不干，我要看看他们吃的什么。午饭端上来了，是菠菜汤、稀粥、馒头和白菜烩豆腐，我说："你们就吃这个啊?"宝峰说："现在是艰苦一点儿，这里是贫困山区，交通不便，食材短缺，基本是自给自足，过两天村村通工程启动了，通了公路就好了。"我气不过地喊道："你过去也是星级酒店的总经理，白老板把你派到这儿，就天天让你吃这个?!"宝峰赶快做个嘘声的手势，说："你别喊，人家农民不也天天吃这个嘛。都在山上干活儿，咱不能搞特殊化。再说白四爷的资金最近紧张，在股市上被套牢了，我不能在吃穿用度上再让他增加资金，能省就帮他省点儿吧。"我说："你知道他们在城里天天吃什么? 山珍海味，飞禽走兽! 就把你送到艰苦的地方受这种罪，你真傻啊!"宝峰说："这是我自己选择的，咱不能怪别人。"

我又去看了宝峰住的地方，因为山里工期紧，农民们都住在山上，宝峰在村里有自己的宿舍，但这一阵子也住在这里，山上就只有个简易的石头砌的房子，没有暖气和上下水，全靠点炉子取暖。我一看这房子，眼泪又掉下来了，这住的条件太差了，比当时林场他家里的条件还差。宝峰说，这就是临时歇脚的地方，村子里条件还是不错的。我一想到他在山里一住就是一个月，还要住在这种地方，心情更难平静。我说："和白老板说说，咱不干了，还是回酒店吧。"宝峰说："那哪儿行，都说好了，岂能轻易反悔。现在工程正在紧要关头，再说酒店也回不去了，白老板已经找好经理的人选，回去也没位置了。"

宝峰还是一心想留在山里，但他不回去的原因其实另有隐情，这是我事后才知道的。

那天我离开后，心情一直抑郁着，可能是这种情绪也影响了我的健康吧，那年冬天，我突然得了一场怪病，食欲减退，浑身乏力，饱受失眠之苦，早晨经常有恶心、干呕的感觉，腿上还出现了水肿……刚开始我没当回事，以为是天天上夜班累的，但后来出现咳嗽、呼吸困难、憋气等症状，就赶紧去医院检查，最后发现是得了肾病，需要及时治疗。

　　我怎么会得肾病呢？百思不解，这病来得很奇怪，也很急，让我一下子倒下了，在医院一住就是半个多月。艰苦的环境没有劝退宝峰，但是我的病却让他停下了脚步。宝峰从山里赶回来陪我，我要他回去，我告诉他，已经和家里人说了，要我妹妹从单位请假过来陪我，实在不行，就请护工。宝峰说不行，在这个关头，没有比我的健康更重要的事，他已经和白老板请了假，这段时间要陪病人，不能去山里了。

　　因为临床治疗效果不明显，肾功能有明显下降，在宝峰的要求下，我后来转到了省里专门治肾病的军工医院。宝峰一直陪着我，一直也没有回山里。

　　手术期间，也有些朋友来看我，比如白宇就很热心地帮我联系了省军工医院，最让我吃惊的是还有邝总，他的到来真是出人意料，因为宝峰和他合作期间，两人的关系并不是十分密切的。

　　就是邝总的到来，让我知道了宝峰为什么离开酒店而选择去山里。邝总那天来看我时，正好赶上宝峰出去给我买药，我们就聊起了当年的一些事。邝总告诉我，白四爷在酒店楼上开了歌厅和洗浴后，招了很多小姐，也引来了不少客人，有一次，一个客人借着酒劲儿，打伤了一个陪舞的小姐，宝峰报了案，将这个人扭送到了派出所。但这个人是当地的一个官员的孩子，想息事宁人，赔一笔钱了事，又不想留案底，要求宝峰去做个证，说是小姐先动的手，他是出于自卫还手才伤的人。宝峰看到了那个小姐被殴打后的惨状，实事求是地向警方反映了当时的情况，结果那个客人被拘了起来。这件事让白四爷很没面子，特别不高兴，也让宝峰感到了极大的厌倦，促使他不惜一切代价要离开酒店。

邝总感慨地说："顾宝峰是个善良的人，他做不了这一行。他这么做，让白四爷难堪，也给自己在 C 市的权力圈子里树了敌，所以白四爷也没法让他干了，他走了，我认为是对的。"

我这才知道了宝峰的难处，这一年多来，真是太难为他了，我恨自己在这个时候又病了下来，让他担了这么多的压力。但我担心，让宝峰在并不适合的地方做自己不喜欢的事，对他来说太憋屈了，那天晚上，我和宝峰谈起了这件事，我劝他离开白老板。

宝峰说他也在考虑这件事，在 C 市一年多了，他越发觉得，自己和白老板不是一类人，做不到一块儿去。他说其实自己挺喜欢做酒店的，但不是这样的酒店，将来有一天，他要做一个绿色的、健康的酒店，真正意义上的高端、大气、精致的酒店，他相信自己有这个实力。

宝峰是喜欢做大事的人，离开酒店不是他不喜欢这个行业，而是这种经营方式不是他喜欢的，可惜由于我的原因，这个梦想他一直没有实现，无论是从前还是现在。这是我对他最大的亏欠。

这场肾病让我耗费了长达半年的时间康复，也让我们想在这一年要孩子的梦想再次落空。因为肾病对人身体要求比较高，不能沾凉水，这也让我不再适合护士的岗位了。再加上住院的时间比较长，耽误了太多的工作，我不得不向医院提出了辞职的请求。就在我从医院离开的一个月后，宝峰也辞职了，他帮白老板把基地所有的基础工作建好后，也提出了辞职，白老板并没有挽留他，因为白四爷也看到了他与自己并不是一路人。白四爷提出可以让宝峰考虑一下他弟弟的木材加工厂，去当销售副厂长，但宝峰拒绝了。在那个年代，销售意味着还要吃吃喝喝，巧于逢迎，宝峰已经厌倦了这样的生活。

我们夫妻两人在 2001 年到来之后，双双失业，这一年我三十一岁，宝峰二十九岁。

第四章　破　茧

1

雨不停地下。9月,C市进入了多雨的季节,今年的雨水尤其多于往年,一个月下来没几个晴天,地上总是湿答答的,雨停后干了没几天,又湿了起来。

就在这个阴雨连绵的日子,蓝琴迎来了自蓝宝贝开业以来最艰难的时刻,她曾经亲密无间的合作伙伴凤鸣提出了撤股和辞职。

凤鸣的离开是有先兆的,一个月前,蓝宝贝对面开了一间民营的女子医院——弘德女子医院。医院在招兵买马,开出重金聘请各大医院退下来的名医名师坐镇,并在各大媒体上登出了铺天盖地的广告。

医院开业当天,搞了盛大的庆典,礼炮轰鸣,彩旗飞舞,场面十分热闹。很多社会名流、政府官员也参加了盛典,进行了剪彩。午宴定在C市有名的聚龙大酒店,中间还有一场盛大的演出,C市籍的歌星杨杏璇小姐还特意从北京赶过来献唱。杨杏璇是C市出生的,后来去了沈阳音乐学院学习,在北京一番闯荡后成了名,她的歌曲红遍大江南北,出场费一场至少二十万,能把这位大歌星叫来,女子医院的财大气粗让人印象深刻。

但这些都不足以让C市医疗界震撼,震撼的是这家以女性为主要服务对象的医院,还拥有着C市公立医院都难以拥有的"明星团队",从北京请来的妇科专家,是原来协和医院的首席主任医师,据说年薪过百万;还有韩国著名的整容美容团队,纽约公立医院的产科专家,以及高校的博士专家团队等;C市妇科第一把交椅卓越也被招入麾下,担任妇产科主任一职,更是让C市人大跌眼镜。要知道,卓越自退休后,一直是被各大医院招纳的"热门人物",也有不少外省、市的公立、私立医院想聘请她过去,但她一直不为所动,现在竟然被弘德女子医院招了过去,让人对这家医院的实力、背景和能力不得不刮目相看。

蓝宝贝的护士刘娜也去了弘德女子医院，还是在儿科担任护士。就是在她的鼓动下，凤鸣也去参加了弘德女子医院的开业庆典。庆典那天很热闹，但蓝琴没有看到。她一直在忙着几件事，一是和当地妇联合作，成立 C 市关爱妇女儿童基金会，她担任常务副会长，顺便承办了宝妈课堂每周一次的公益讲座；另一个是在白宇的联系下，与电视台合作，开办长达一年的育儿知识讲座，与主持人蔡静一起，在每周三的医疗健康频道做时长二十五分钟的访谈节目。

与妇联和电视台合作，是蓝琴想出的绝地反击的策略，面对着蓝宝贝一直青黄不接的局面，她知道唯有主动出击，才能免于夭折。与妇联联系并成为其中的一个会员单位，对在政府层面上宣传月子中心是有好处的，而且可以以妇联为背书，做一些亲子类的公益活动，对扩大蓝宝贝的影响有积极作用；与电视台的合作更为重要，等于是在媒体上进行强化宣传，在这一点上，曾经给月子中心带来麻烦的蔡静这一次给予了大力的支持，蔡静此时已经从主持人的岗位上晋升为医疗健康频道的主任，正好与蓝琴的专业对口，蓝琴提出自己的想法，她表示支持，两人一拍即合，这档节目就开了起来。

为了准备好这档节目，蓝琴每天夜以继日，进行大量资料的搜集和整理，这是蓝宝贝对外宣传的窗口，她不能掉以轻心。当然，这档名为"亲子妈妈课堂"的节目也确实给蓝宝贝带来了一些实际的好处。9 月份，有三位宝妈就是看了电视上的节目而选择入住蓝宝贝，不久又有两个人交了预付定金。

在势头渐渐随着电视宣传而有所好转的时候，蓝琴万万没有想到，凤鸣竟然提出了离开。

凤鸣是在护士刘娜的鼓动下，见到了弘德女子医院的院长——来自南方的郑明明女士。郑院长对于凤鸣在沈阳私立医院里担任过儿科主任的资历很感兴趣，又听说凤鸣是蓝宝贝的执行院长，就更有兴趣了。弘德女子医院想打造 C 市最好的妇产科，为此高价聘请了著名的卓越主任，对于与妇产科紧密相连的月子中心，也是有兴趣的，凤鸣有儿科主任的背景，还当过月子中心的执行院长，郑院长有个预感，这是一个完全可以拉过来的人物。

郑院长从刘娜那里得知了凤鸣在蓝宝贝的情况，开出了一个令凤鸣心动的价格，年薪十五万，年底还有分红。

这意味着凤鸣在这里要拿到比蓝宝贝多出近一倍的年薪，而且还不用操那么多的心。弘德财大气粗,实力雄厚,儿科的人员、设施齐全,和公立大医院没什么区别,更重要的是,不用担心经营上的问题,主要工作是每天坐诊看病,剩下的时间全是自己的。

和郑院长分开之后,凤鸣失眠了。从气势恢宏、装潢大气、人马充足的弘德女子医院出来,再看自己这家人丁稀落、略显寒酸的月子中心,心理上产生落差是不可避免的。凤鸣夜不能寐,思考着自己的前途与未来,了无睡意。

对这一切,蓝琴一无所知,她天天忙着电视上的访谈节目,蔡静告诉她,节目出来后反馈不错,还有赞助商提及了赞助的事宜,蔡静又帮她联系电台,让她再做一档《如何当好妈妈》的电台节目。蔡静说,现在私家车日渐增多,电台最近的收听率直线上涨,比电视台宣传效果更好。蔡静建议她选择体育文艺频道97.3,这个频道主打音乐、体育、文娱和热点新闻,收听的多数是年轻人,收听率很高。

蓝琴决定趁热打铁,问:"能否做一个长期的节目,先做两年的,我可以提供广告赞助。"

"你肯投放广告就更好了,那这个节目就可以直接冠名,不过FM97.3的冠名费很高的,比我们电视台还高,一年可能要十万元左右,你的月子中心能拿出这笔钱吗?"

"可不可以商量一下赠送产品?每年我们提供五个价值38888元的月子套餐,交给电台广告部,这就相当于差不多二十万元钱了,你们可以用它变现,比单纯的十万现金要高。"

"这个不大容易,不过可以谈。"

蓝琴和蔡静去找电台广告部的沟通,最终达成协议:每年固定交广告费五万元,然后提供五万元的月子套餐优惠卡回馈给热心听众,蓝宝贝在电台开设了《蓝宝贝亲子妈妈乐园》节目,节目除蓝琴及相关专家讲授亲子教育、育儿知识外,还有抽奖、有奖问答、公益活动等环节,增加互动性。

蓝琴从广播电台出来,又去了出租车总公司,找经理谢九泉,商谈在出租车广告上张贴蓝宝贝宣传广告一事。

十几年前,同聚快餐曾经在全市五千多台出租车后玻璃上贴上广告,让同聚快餐成为城市流动的风景,聚拢了相当多的人气,这一招,蓝琴决定再次用在月子中心的创业中。

从出租车总公司出来,蓝琴又和人才中心联系,自己的招聘广告已经打出去了,她前去了解报名情况和相关资料。

一切忙完,已经快到晚上七点了,蓝琴这才意识到有点儿饿了,正准备去同聚凑合一顿,就接到凤鸣的电话,问她在哪儿,说自己在公司等她,有点儿事想谈一下。

蓝琴问是急事吗,如果不急,一起去吃个快餐,凤鸣说有点儿急,但是时间不会太长,自己晚上约了饭,所以想先谈一下。

"什么事这么急?电话里没法说吗?"

"还是当面说一下更好。"

蓝琴放下电话,开车往公司走,这时天已经完全阴下来了,到了公司,下起了雨,雨下得不小,唰唰地拍在脸上,还挺疼。蓝琴没有带伞,从车里出来急忙跑向公司大楼,身上也被浇湿了。

回到办公室,蓝琴先是换了一下衣服,然后把咖啡烧好,打电话要凤鸣上来。

凤鸣进来后问蓝琴:"今儿又出去了一天?"

"对。"蓝琴说,"今儿整忙了一天,去了电视台,去了出租车公司,谈下了和他们广告合作的事,又去了一趟人才中心,谈了一下招聘员工的事。你怎么样?中心今天的事多吗?"

"不太多,还那样,琴姐,我把你急着召回来是有一件事想通知你,"凤鸣犹豫了一下,说,"我想辞职,离开蓝宝贝。"

蓝琴惊呆了,如一个闷雷打在头顶。

"为什么?"

凤鸣迟疑了一下,说:"这个工作不适合我。"

"不适合你?我觉得挺适合的,你是学儿科的,咱们又是对着妇幼行业的,再说——"蓝琴焦急地说,"当年不是咱们一起筹划着要做这个事吗?还是你主动要求做的,怎么才几个月就打退堂鼓了?"

"不是,是我自己的问题。"凤鸣脸涨得通红,"我真的不适合做这个,我怕我再留下来,会连累你。"

蓝琴难以置信地望着凤鸣,凤鸣没有回避她的眼光,眼神里有些愧疚,但没有退避。蓝琴转移了目光,眺望着窗外。窗外,马路对面弘德女子医院的巨幅广告招牌正闪烁着光芒,很刺眼。蓝琴突然明白了。

"找到新的单位了吗？"

"嗯。"

蓝琴指了指对面的灯光，说："是那边吧？对吗？"

凤鸣点点头，说："你都知道了？"

"猜的。"蓝琴又问，"他们开的什么条件？"

"年薪十五万，还有分红。"

"条件不错，确实值得考虑，"蓝琴说，"但是有一点，我要提醒你，凤鸣，在这里你是半个老板，如果经营好了，你有百分之四十五的股份，你能赚的钱要远远超过这十五万。"

"我知道，琴姐，但是我等不下去了。你也知道，为了蓝宝贝，我投入了全部的资金，我现在一无所有了，我不敢再等下去了。我不像你，你有产业，功成名就，我什么也没有。我要输了，就会一败涂地。"

"凤鸣，我尊重你的选择，也理解你，不过我必须提醒你，蓝宝贝现在是经营得不太好，但这一行业是有前景的，咱们当年也规划过，我一直相信我们的判断是没有错的。而且这些天我一直也在思考怎么走下去，我已经想好了应对困境的办法，现在我们和电台、出租车公司都有了长期的合作，妇联也答应接纳我们月子中心进入会员单位，为我们提供背书，还答应定期在我们这里开办月子课堂，我们所做出的一切也正在获得相应的回报。你也看到了，上个月我们一单生意也没有，这个月有三单了，对于一个刚刚开业不到半年的单位，我们一共做了五单生意，我认为这已经是一个很不错的成绩了。你给我点儿时间，最多一年，我一定会突破困境，让蓝宝贝扭亏为盈，走上正轨，因为我们这个行业是老百姓需要的，是符合社会发展规律的，我是有信心的。你要相信我，就再等半年，半年以后，如果你觉得还是不行，你可以走，我绝无怨言。"

"琴姐，我知道，我这个时候走，对你来说是釜底抽薪，等于是让你闪了一下子，但是我发现我这个人真的不适合做管理工作，也不适合经商，我只能单纯地做点儿业务。所以我想了想，我还是走吧，我走了，你可以再找一个比我能干的人，一定会比我干得好，再说——"凤鸣迟疑了一下，说，"那边也不会等我。"

蓝琴沉默了。她知道凤鸣说的也是实情，弘德女子医院刚刚开业，正在招兵买马，肯定是求贤若渴，既然开出了比其他民营医院都优厚的条件，肯定是想速战速决,让人员迅速到位。他们不会等太长时间,这就是商场上惯用的招数——叫板。

"好,"蓝琴终于做出决定,"我尊重你的决定。你如果想走,可不可以做完这个月,把现在的这一单客人送走后再走?"

"可以。"

"公司欠你两个月的薪水,我会做出来发给你。"

"那个钱不重要,我不要也行,公司现在的资金也挺紧张的,但是——"凤鸣的头低了下来,"我还是想撤股,我想尽快把股金拿出来。"

"撤股?"蓝琴头一下子晕了起来,"你要撤出股份?"

"对,咱们当时签的协议里,合伙人若有撤股需求时,在六个月内可以按出资比例予以返还。"

她要撤股,这让蓝琴完全没有想到,蓝琴想想自己账上那紧张的资金情况,觉得心一下扎着的疼。凤鸣,这是临走时还给了我一箭啊!

"凤鸣,你把所有的资金都投入进去了,我知道,但我可以保证,只要有我一口饭吃,就绝不会让你饿着。你不用担心你的资金,你放在这里,或是投一部分在这里,不会亏的。我说了,你不要看眼前,月子中心是朝阳产业,将来一定会赚钱的。"

"我知道,可是我想在 C 市长期居住,我想买房,我相中了一套房子。"凤鸣一双大眼睛定定地看着蓝琴,满是哀求之意,"我不想再租房子住了。我也想有个家,我来的时候把沈阳的房子卖了,你也知道,我想在这里长期定居,我需要这套房子。"

"好——"蓝琴缓缓地说,"我明白了,我同意,你可以撤出你的资金。"

"对不起,对不起。"凤鸣的眼中落下一滴泪来。

蓝琴摇摇头,脸上浮现了一丝笑意,这是疲倦的苦笑。

"琴姐,我知道这件事让你很为难,但也请你理解我的处境。我只有一个人,我得为我自己的后半生着想啊。"

蓝琴点点头,泪水一下子冲到了她的眼眶,不争气地就要挣脱出来,但她告诉自己,不能哭,不能在这个女人面前哭。

"琴姐,我们今后还能是朋友吗?"凤鸣怯怯地说。

"当然,这有什么影响,我们当然是朋友,永远是。"

"谢谢你,琴姐。那我走了,你去吃饭吧,你也忙了一天了。"

凤鸣悄悄推开门走了。她走了,蓝琴望着窗外,雨下得越来越大了,把窗子也罩上了一层迷离的雾气,蓝琴的眼泪终于夺眶而出。对她来说,这雨,不是下在天地里,而是下在她的心里。

2

蓝琴强打起精神,在人才市场的展台前会见前来应聘的护士。

来应聘的是两个农村孩子,都是护校学生,算是中专生。一个叫周绮,另一个叫单红,两个人都很朴实,甚至有些土气,说话的时候还会脸红。蓝琴和她们聊了两句,觉得她们还都算专业,于是在她们的名字上打了个钩。

蓝琴说:"好,今天咱们就聊到这里,你们先回去,等着我们的电话。无论成与不成,我们都会在三天之内和你们联系。"

送走了这两个人,蓝琴感到说不出的疲倦。面试护士的工作本来应该是凤鸣来做的,可是她现在撂挑子了,只能自己担起来。

两个农村女孩都很纯朴,但是没有什么特色,属于那种看起来天资平平的人,可是也只能要她们,因为她们的要求不高,对于待遇不挑。蓝琴很清楚,她们在这里干过一段时间,有了经验之后,就有可能会跳槽的,只要月子中心的收入上不去,待遇没有改善,就留不住基层的人,特别是护士。刚刚跳槽走的刘娜就是一个例子。

正胡思乱想着,电话响了,是一个陌生的号码。蓝琴接了电话,对面传来一个稚嫩的声音:"喂,是蓝姨吗?"

"是我,您是?"

"小玉,"对方说道,见蓝琴似乎没有什么反应,又强调一句,"黄小玉。"

"小玉,是你?!"蓝琴的眼前浮现了那个年轻妈妈倔强的脸庞,高兴地说,"我真没想到是你的电话,你怎么样?"

小玉告诉她自己很好,蓝琴问起了孩子的情况,小玉说孩子由她妈妈带着呢,已经在乡下老家了,自己也在那边和妈妈一起生活,并说孩子的名字已经起了,叫天意。

"这个孩子是老天突然给我的,我想这是天意,所以给他起了这个名字。"

"天意,好名字。"蓝琴突然想起了一件事,"他姓什么? 随你还是他爸爸的?"

"我的。"小玉干脆地说。

蓝琴在电话这边情不自禁地点点头,她懂了,看来小玉是想彻底和卢公子划清界限了。"他爸爸有没有来看过他?"

"来过一次,扔下一笔抚养费就走了。为了让他放弃抚养权,我要了这笔费用,至少,我弟弟出国上学的钱被我赚出来了。"小玉很轻松地说。但是蓝琴知道,这里面一定还有很多的纠缠与瓜葛是自己是不知道的,好在小玉总算解决了这件事,让她觉得欣慰。

"等蓝姨闲下来去看看你,或者你带着孩子来城里玩,来蓝姨家做客,你姨父做得一手好菜,让你尝尝他的手艺,把孩子也带来,我还有点儿想他了呢。"

"谢谢你蓝姨,有时间我一定过去找你。蓝姨,你现在在哪儿呢?"

"我在人才市场。"

小玉嗯了一声,接着说道:"蓝姨,是不是又准备招人呢?"

"对,对面开了一家大的私立医院,从我这儿挖走了几个人,我准备再补充一下力量。"

"招到合适的了吗?"

"难啊,城里孩子吃不了苦,农村孩子又欠缺经验,我们月子中心不像其他的医院,需要的是思想意识超前、服务意识也超前的人,所以很难。"蓝琴没有把小玉当成外人,所以也不忌惮向她吐苦水。

"蓝姨,我很理解你的苦恼。我今天来找你,也是为此而来的。我想给你介绍个人,她能去你那儿当护士。"

小玉竟然要给蓝琴介绍工作人员,这让蓝琴觉得很意外,她问起情况。小玉说是自己的同乡,现在在 C 市一家美容院做前台接待工作,人很聪明,而且很漂亮,曾经学过护理专业。

"太漂亮的咱们可不敢要,"蓝琴一想到小玉的身世,立刻产生警觉之心,"咱们这个地方,工作又累又枯燥,美人吃不了这个苦。"

"我的朋友学历不高,但是人很聪明、机灵,非常有想法,而且,她是个'网红'。"

"网红?"蓝琴一时有点儿不解。

"琴姨,你开始用微信了吗?"

蓝琴听说过微信，好像是腾讯新开发的一个社交软件，她身边的几个年轻人都在使用，凤鸣也有。因为嫌麻烦，自己一直没安装，还是在用传统的短信和电话功能。

"你要是用过微信，就知道什么叫'网红'了。我的朋友，微信好友有三千人，她朋友圈的动态每天都有几百人点赞，而且她申请了微信公众号，上面现在有小一万粉丝了。我觉得，蓝宝贝不需要那样常规的、死板的护士，需要的反而是她这样的人，没准儿她能给你带来粉丝。"

"粉丝？网红？"这些概念对于蓝琴来说，有些陌生和难以理解。开月子中心需要粉丝吗？又不是明星开演唱会。

"粉丝，你可以理解成客户。"小玉说，"我的朋友比我大一岁，但是她的情商很高，我觉得你需要这样一个帮手。"

"听你这么一说，我更没把握了，这样的人哪肯安心在我这里当一个小护士？"

"你不用让她当小护士，你让她当王牌护士，她就安心了。她已经辞去原来的工作了，因为觉得没有挑战性，现在她正琢磨着要去当售楼小姐呢，这一行赚钱快，认识的人多，可是我不想让她做这个，我就干过售楼小姐，就是在那儿认识的卢小辉。那个地方太复杂了，我那个朋友人漂亮又开放，我不想让她蹚那样的浑水，再重复我的命运。我想给她找个可靠的人、可靠的地方，所以我就想到了你。"

"可是护士的工作很清苦的，也赚不了太多的钱。我怕她坚持不下来。"

"她可以的，只要你接收她，她就一定行。而且她很讲义气，钱对她来说不是最重要的，关键是得人好。你只要对她好，她一定会投桃报李，"小玉恳切地说，"相信我，我不会把不靠谱的人介绍给你。"

"好吧，那就让她找时间来见我，我明天、后天都在公司。"尽管内心觉得不太妥当，蓝琴还是口头答应了，又问："她叫什么名字？年龄多大？"

"她叫胡美丽，1992 年生人，比我大一岁。蓝姨，你有微信号吗？给我一个，我加你以后，把她的号推荐给你。你们可以先在网上聊。"

"我还没有，回头我申请一个去。"

"申请一个吧蓝姨，现在年轻人都在微信上聊天、联系，通过微信还可以了解一个人的思想、生活，您可别落伍啊。"

蓝琴答应她了，小玉这才放下电话。

从人才市场回来,刚进公司,财务小黄就找来了,说起凤鸣撤股的事。

"最近花销太大了,账上的资金可能抽不出这么多。可不可以暂时缓一下,她现在要钱,就是要我们的命。"

"能先给她多少?"

"最多抽出五万,就这样下个月也会入不敷出,给员工开工资都很困难。"

"好,我明白了,我回头再想想办法。"

小黄走了,蓝琴陷入沉思中,月底,凤鸣要辞职、撤股,但是现在账上资金已经走入穷巷,虽然和凤鸣说说,也许可以拖一段时间,但是迟早也要给,因为当年的合同里,已经明确了股东是可以要求撤回资金的。

蓝琴现在也明白了为什么凤鸣不顾一切要率先摊牌,她也是为了能顺利拿走资金,因为如果再拖下去会对她不利,而蓝琴接下来一系列的大手笔,会把原本就不多的资金使用殆尽,留到她手里的就更少了。

真会挑时机啊,凤鸣!蓝琴想。平时看来傻乎乎的凤鸣还有这份心机,自己真是看走了眼。不过,她并不想拖欠凤鸣的,这笔钱迟早得给,何必拖着。而且凤鸣一走了之,明摆了就是对自己没信心,对弘德更有信心,她蓝琴绝不能让凤鸣的这个想法变成真的。就算再艰难,她也不想拖凤鸣一分钱。这样也好,创业初期,先清洁队伍,也不是坏事。

但是这笔钱从哪儿出呢,只能是一个地方!蓝琴想了想,拿出手机想打给宝峰,刚拨出一个号,就把手缩了回来,这笔钱还让同聚负担吗?一想到自己开了一个月子中心让宝峰负担了这么多,一时真的说不出口。

如果当时按宝峰的意见,把房子租给卢公子,赚房租的同时还让宝峰完成酒店总经理的梦想,还能赚年薪,那一年稳稳几十万进账,真可以称得上是一本万利。可是现在,因为自己的固执和坚持,把宝峰和同聚也拖进了泥沼中,一年不但赚不了几十万,还要亏几十万,自己怎么好意思再和他借钱呢?

蓝琴看着手机上那个刚刚只按出一个数字的号码,怎么也下不去手了。

正在这时,护士马芳进来了,说刚住进来的宝妈有点儿偏头疼,睡不好觉,问怎么处理。

"给她做个头部按摩,然后薰香疗法,不行中药泡脚也用一下,这个有助于睡眠。"蓝琴吩咐道,突然想起了一件事,"马芳,你有微信吧?会申请微信号吗？给我也申请一个。"

"好的，我来帮你。"

马芳帮蓝琴申请了一个微信，并告诉她是用她的手机号码申请的，这样她通讯录上的好友就可以直接在微信列表里看见她，到时她可以加别人，别人也可以加她。

"还是年轻人厉害，这东西我现在才明白咋回事。"

马芳抿嘴一笑，"蓝院长，这不是什么新生事物了，微信用户全国都接近一亿人了，平均每十几个人中间就有一个用户，您是有点儿滞后了。"

"我在这方面一直是很滞后的。这微信都有啥好处，你和我说说。"

马芳告诉蓝琴，微信好处太多了，可以视频、发图片、传文件，还可以做公号、发朋友圈，是特别好的社交工具。

"那我们蓝宝贝是不是也可以利用微信发朋友圈、建公众号，让所有我们认识的人都能看到我们的产品？"

"没错，不光认识的，不认识的人也能看到，因为每一个人都自带流量，你想想你的通讯录上有多少人，他们如果都成为你的好友，他们每一个人又认识多少人，你认识的人越多，这个圈子就越来越大，每一个人都变成了一个发布平台，那有什么消息就会迅速传播开来，最后整个城市的人甚至全国的人都有可能知道。而且这个发布信息的方式还特别简单，动一下手指就出去了，这就叫病毒式传播。"

"那它不是比电视、广播、网站还要快了吗？"蓝琴恍然大悟，"那些媒体还受时间和空间的限制呢，有些东西不可能第一时间发出去的。"

"对，我们现在都不看电视、听广播了，有事情都是在微信上浏览和分享的。"

"分享！对，这个就是分享。"恍然大悟的蓝琴，开始有点儿后悔昨天投了那么多广告费在传统媒体里，她暂时忘记了资金短缺的烦恼，兴致勃勃地和马芳探讨起怎么操作和使用微信来。

一个多小时后，蓝琴就熟练掌握了微信的使用和功能。马芳走后，她准备开始一个一个加自己通讯录里的好友，还没开始动手，就有一个人先加了她，在备注信息里注明"顾安琪"。

蓝琴马上通过了她的好友申请。刚一通过，视频电话铃声就响起了，蓝琴按了接收键，阿琪的面容就出现在屏幕上。

"哈罗！"阿琪打招呼，在她背后，是一片蔚蓝的海洋。

"阿琪，你好，这微信真棒，视频看你老真切了！"

"有没有搞错，你刚知道啊？太老土了！"

"是，我检讨，这么好的东西我刚接触上。你这是在哪儿呢，风景太美了。"

"马尔代夫，我在度假。"

阿琪此时正和丈夫———一位美籍华人在马尔代夫度蜜月，她那边已经是傍晚时分，阿琪正在夕阳下面对着大海，在躺椅上小憩，等着一会儿去进行两人的烛光晚餐。

"真羡慕你啊！幸福啊，幸福！"

"你怎么样？月子中心怎么样？"

阿琪一问，蓝琴再也无法控制压抑的情绪，把凤鸣离开的事和她说了。

"真够狠的，还是你闺密，釜底抽薪的事也能干得出来。"阿琪一脸不忿地说。

"算了，不说这个了，她也是怕自己竹篮打水一场空，所以先上岸了，怪就怪我太无能了，没给她信心。"

"这样的人，只能共享福不能共患难，早分了也好，省得以后麻烦。不过，她要撤回资金，你怎么堵这个窟窿？无论是谁的公司，一下子拿出这么大一笔钱，都不是件容易的事。"

"没办法，我只能在我老公身上下功夫，他是同聚董事长，一直支持我，这次，让他再支持一次吧。"

阿琪对蓝琴一笑，"你呀，真是聪明一世，糊涂一时。"

"怎么了？"

"其实你还是可以融资的。何必要伤筋动骨！你的身边有一个可以帮你的人，你却总是视而不见。"

"谁呀？还有这样的人？"

"你忘了，你还有刘长河。"

蓝琴陷入沉默中。阿琪问她怎么了，蓝琴想了想，把自己的顾虑说了。

阿琪哑然失笑道："我还当什么大事呢，这算什么啊？你们不是早就过去了吗？"

"是早就过去了，可是我不想我的丈夫有什么误会，要是他知道我和刘长河还有资金往来，还接受他的帮助，我怕他会接受不了。"

阿琪正起颜色，"琴姐，这我就得说说你了。我觉得，你在这方面做得不洒脱，也不专业。我们是什么？我们是商人，我们是在商场上混日子，商场上不讲情感，只讲利益和双赢，这一点我想刘长河比你我都懂。你以为他会为了情感而接近你吗？或者，你们还是以前那种情感关系吗？所以，你的顾虑只是一个家庭妇女的顾虑，不是一个职场人士的顾虑。"

"可是，我们毕竟——"

"没有毕竟，如果你心底无私，那么就当然可以顶天立地，否则，就说明你没放下，你心底还是有私情的。你如果放不下，一切都免谈，我也不说了。"

"谁说我放不下？我早就和他一毛钱关系都没有了。"

"那我们就可以坐下来重新谈这个事，你的事业需要资金，刘长河在沈阳投资的月子中心没干好，他和我的老板在理念上发生分歧，赔了钱，他已经撤回了资金，和凤鸣一样。他走了，我也撤了。但据我所知，刘长河并未对月子中心这块蛋糕死心，也没想放弃，所以他还会投进来，只不过会更慎重，会选择更好的合作伙伴，那么在这种情况下，如果你有更好的合作模式和经营理念能够打动他，他还投资，你们之间还会有合作，这是双赢的事，不是情感的事。我想你也不用有那么多的顾虑。刘长河也不是傻子，会拿一大笔钱在没有任何回报的情况下为过去的情感买单，你当然也不想白要他的钱，你拿了他的钱，也要让他有所回报，所以才能双赢。但如果错过了这个时机，对你们两人，也许都是损失。"

阿琪的分析，让蓝琴似乎又看到了一片天空，而这片天空是她以前没有想过的，因为那些过去的情感确实挡住了她的视野，也束缚了她的脚步。

"你自己也很清楚，不管对感情上的态度如何，刘长河作为一个投资人和合作者，其实是很合适的人选，远胜于凤鸣，甚至超过你的老公。同聚是你的底线和根基，如果你为了月子中心不断地挖自己的根基，有一天，你会把蓝宝贝和同聚都拖垮，到那个时候，你更对不起你老公，很可能因为你的拘泥，你也拖垮了他的公司。"

"那你的意思是——"

"给刘长河打电话，诚恳地说明想合作的意愿，如果你不方便说，我替你打这个电话。"

"不用了，"蓝琴瞬间做出了决定，"我打，不用你了。"

"好，那我就等你的消息。记住，咱们这些在外面闯荡的女人，没有资格也没有时间困于儿女情长，拘泥于什么过往，把事业做大做强才是王道，其他的都不重要。"

"好了，小姑奶奶，就别给我上课了，学生谨记你的教诲就是了。"

阿琪看看腕表，惊叹一声："跟你扯了半天，晚餐时间到了。"

"去二人晚餐吧，我不打扰你了。"

"好，不过走之前，我有个小小的请求，"阿琪冲她挤一下眼睛，"可不可以后别叫我阿琪，就直呼其名，叫我安琪吧。"

"为什么？阿琪挺好的，叫起来多亲切！"

"不，阿琪是小女孩时候的名字，我现在已经三十四了，而且也结了婚，我想成熟一点儿，和过去告别，所以以后就直接叫我名字吧。再说，"阿琪莞尔一笑，竟有几分羞涩，"我老公也不喜欢别人这么叫我。他喜欢我的本名。"

挂断阿琪的电话，蓝琴不禁一番感叹，爱情的力量真是伟大，竟然让飒爽英姿的女强人阿琪也能变成一个小女人，她也由衷地替阿琪感到高兴，祝福她找到了真爱。

蓝琴看着手中的电话，调出了长河的电话。

有那么一刻，她仍然陷入了犹豫之中，虽然她承认安琪的话很有道理，但还是有所顾虑，毕竟，她虽心底无私，可不敢保证如果与长河合作，宝峰不会产生误会。

正迟疑不定间，手机突然响了一声，有人在加她好友。

蓝琴拿起来一看，是小玉。

蓝琴确认了一下，小玉在对话框里发来一个笑脸，随后又附上一句："已经和胡美丽说好，稍后她会加您。"

4

思考再三，蓝琴给长河打了电话。

长河好像对蓝琴的来意早有所料，接了电话也不寒暄，就问她："是不是有困难了？"

"你怎么知道？"

"凤鸣给我打过电话，跟我哭了一场，让我劝你原谅她。"

凤鸣竟然给长河打了电话，这倒出乎蓝琴的意料。看来他们之间还是一直有联系的。

"她不好意思再和你说这事，所以想委托我向你道歉。蓝琴，人各有志，我觉得也不必强求，她在这里，也未必能帮你什么。"

对于凤鸣的能力，长河曾提醒过蓝琴，但那个时候，她并不相信，现在她信了，可也晚了。

蓝琴把凤鸣要撤股的事说了，长河长叹一声："她竟然这么做了？这我也没想到。"

"从她个人角度来说，不做了就撤资，这也无可厚非。做生意就是这样，你不行了你不能还拖着别人下水，她的做法我理解，所以我不需要她道歉，"蓝琴不想借着这个话题说下去，"我现在面临的情况是如果把我所有的资金调出来退还给凤鸣，月子中心就干不下去了，只能申请破产。如果我还能融资或是找到新的股东，我还能挺下去，而且我有信心，一年以后月子中心会盈利，扭亏为盈。关键的是这最后的半年。"

"你的资金缺口是多少？"

"二百万，差不多有了这些我就能渡过难关。"

长河迟疑了一下，接着说道："我可以投资三百万，让你再宽裕一点儿，但是我的钱也不能全是由我来支配，我也有股东，也需要上董事会，所以，我需要你提供一份详细的项目合作书和股权合作模式，我们要经研究才能决定。"

"这个我明白，我稍后会把项目合作书做好。长河，你相信我的能力，你投入的钱，不会白白地浪费，我会让你盈利的。"

"我不是于凤鸣，我不会只看眼前的利益，蓝琴，你要知道，我给你投资，与过去的情分没有太大关系，我也是看中了这个行业的前景。所以，希望你把项目合作书做好，你起码要说服我，我才能说服董事会。"

"这样最好，我也希望这次的事就是纯粹的业务关系，不要有任何私人感情，因为我还不起。"

电话放下，蓝琴长长地松了一口气，庆幸自己听从了安琪的劝告，看来，长河确实是生意人，恩怨分明，这样才好，以纯商业的角度说事，也让自己少了很多顾虑。

电话那头,长河放下电话,却陷入了深思。

昨天一天,他接到了两个人的电话,第一个是凤鸣的,凤鸣是想向他借钱,其实凤鸣想撤股的事,昨天已经和他说了,但是凤鸣担心蓝琴拿不出这笔钱,所以想到了他。

凤鸣哭诉,自己已经山穷水尽,一无所有,所以想让长河借给她些钱,让她渡过难关,因为自己这时候逼蓝琴,确实有点儿不顾朋友情义,也实在太让她为难了。

"你是想彻底放弃月子中心了吗?"长河问。

"我是不想再做了,但是我可以缓一缓。我不想逼蓝琴太急,她账上也没有钱,我知道的。"

"你要借多少?"

"九十万。我在 C 市看中了一套房子,价格公道,但对方要求必须全款,否则就不按这个价钱卖了,机会难得,所以我想一把拿下。你借我,我给你写欠条,利息按最高的利率付。"

长河说数目有点儿大,要回家和她嫂子商量一下,放下电话的同时,他已经打定主意了,这笔钱他不会借的。

相反,在这个危难之际,他要投资给蓝琴,这于公于私都是他想做的。于公,他相信蓝琴的能力,会经营好月子中心;于私,他觉得这是欠蓝琴的,他应该在这个时候帮她。但他知道蓝琴的个性,就算她饿死了,也是不会主动求自己的,而这是最好的能让她接受的时机。

自己不借给凤鸣钱,凤鸣只能向蓝琴去要,那么走投无路的蓝琴也只能接受自己的帮助了。自己的这笔良心债,也就还清了。

主意刚打定,就接到了安琪的电话。安琪的意思很明确,要长河帮助她。

"这个项目和沈阳不一样,沈阳的项目是我们老板的主攻方向错了,她盲目模仿韩国模式和深圳模式,但沈阳人均的消费能力和收入不足以支撑那种高消费,所以必然失败。但蓝琴不一样,我相信她的判断和能力,她会把这件事情做好。"

"我知道,我已经打算帮她了,就算你不打电话,我也会帮她。"

"我是想和你说一下,如果打算帮她,一定要从商业合作的角度,千万别

171

提私人感情,蓝琴这个人很有自尊的,而且她不愿欠别人的。"

安琪的劝告引导长河与蓝琴以纯商业的模式开始了人生第一次的合作。没多久,项目书发了过来,长河在董事会上研究通过,300 万入股资金到账,长河成为蓝宝贝月子中心的第一大股东。

资金到账的第一天,蓝琴把凤鸣叫来了。

蓝琴见到凤鸣也不废话,直接就说:"撤股的事情我已经和财务说好了,一会儿你就去财务那儿办一下吧,具体事情找小黄。"

"琴姐,这个事不着急,我知道你现在的资金紧张,所以——"

"不紧张,这个你不用操心,去办吧。"蓝琴一会儿还要参加电台的直播节目,所以也不想寒暄。

凤鸣欲言又止,看蓝琴已经拿起了电话开始拨号,只能出去了。

和财务交接完,凤鸣拿走了她曾经投资的资金,这样她和蓝宝贝就两清了。

弘德那边也有职工的宿舍,凤鸣先搬过去住,蓝琴给她租的宿舍也就退掉了。钱到位后,她一次性交了全款,在 C 市买到了她想要的那间房子,房子是一楼,带个 30 平方米的小院,可以养花种菜,室内也有 110 平方米,三室一厅,在 C 市的黄金位置,非常理想,对此,凤鸣心满意足。这房子比她在沈阳的房子还要好得多,极大地满足了她想过自己小日子的愿望。

凤鸣走了,在欢送她的晚宴上,她喝多了,抱着蓝琴哇哇大哭。

"琴姐,我对不起你,你恨我吗?你恨我吗?"

"说什么傻话,我怎么会恨你?"蓝琴扶着摇摇欲坠的她,"无论怎样,蓝宝贝永远是你的家,我永远是你的姐姐,我欢迎你经常回来。"

"琴姐,我向你发誓,无论我走到哪里,我都永远不会做出伤害你、伤害蓝宝贝的事!蓝宝贝是咱们一起开创的,她就是我的娘家!"

蓝琴将凤鸣扶到座位上,说:"凤鸣,你这句话我可是记下来了,蓝宝贝可永远是你的娘家!"

又坐了一会儿,凤鸣觉得头有些晕,肠胃也有点儿不舒服,见蓝琴和桌上的郭丽丽等人谈得正欢,于是也不声张,起身悄悄去往洗手间。

凤鸣来到洗手间,扶着马桶想吐,却又吐不出来,正难受着,却听见门外有叽叽喳喳的议论声,听声音是护士马芳和财务小黄,她不想让这两人看见自己的窘态,于是将卫生间的小门关上了。

门关上了,凤鸣听见马芳和小黄在议论着。

马芳:"黄姐,蓝琴姐真厉害,前几天我听说她还捉襟见肘,为钱的事发愁呢,怎么这么快就解决了,还给了凤鸣姐那么大一笔钱?"

小黄:"蓝姐的人脉厉害,前两天有个沈阳的大老板被她说服了,投了一大笔钱过来,所以咱们蓝宝贝的危机就解除了。"

"太好了,这下子我们就有救了,我前两天还寻思着呢,要是蓝宝贝经营不下去,我去哪里呢?刘娜说她可以帮我联系新开业的弘德女子医院,我还真有点儿动心呢。"

"先别动了,蓝姐这个人心地不错,现在又解决了资金的难题,我们还是跟着她再干两年吧。我看现在客人也渐渐多了。"

"对。黄姐,蓝琴姐认识的什么大老板,真有实力,以前怎么没听她说过?"

"也是做医疗的,听说是她的老乡,具体情况我也不清楚。"

马芳和小黄走了,声音渐行渐远。凤鸣却呆立在那里,酒一下子全醒了。

月子中心开办以来,为解决资金瓶颈,蓝琴也曾想过融资合股,但在C市一直进行得不太顺利。现在突然来了一个沈阳的投资者,做医疗的,还是老乡,有这个实力的人,不是长河还能是谁?

前几天,她向长河借钱,长河冷淡地以和家里没商量通的名义拒绝了,但现在才知道,长河没有借给她钱,却无条件地把资金投给了蓝琴。

在长河的心中,从来没有她于凤鸣的影子,但对于一直若即若离、态度冷淡的蓝琴,却始终未能忘情,一直慷慨解囊。

凤鸣此时酒意全无,她扶着卫生间的门,全身酸软无力,嫉妒的情绪像一条毒蛇一样啮咬着她的灵魂。

5

一个留着直直的披肩发,戴着夸张的耳环、涂着鲜红唇膏、穿着一身皮草、鼻梁上还架着一副暴龙变色墨镜的时尚女郎走进蓝宝贝。

郭丽丽迎上前去:"请问您找谁?"

"找蓝总,我和她约好的。"

"请登记一下，然后我和她联系。"

女郎在登记簿上写下"胡美丽"三个字。

郭丽丽给蓝琴打电话，然后对她说可以上去了。胡美丽往楼上走去，她身材高挑，还穿着高跟鞋，在人群中走过有种鹤立鸡群的感觉，紧身皮裤下的两条细腿迈开，身姿婀娜地袅袅上楼，让刚从楼下经过的马芳瞪大了眼睛。

"这范儿，好像大模特啊！"

蓝琴正在办公室里打电话，有人敲门，她说了声："请进。"胡美丽推门而入。

蓝琴示意她先坐下，那边还在打着电话，胡美丽坐下，摘下墨镜，露出一双明亮的大眼睛。

蓝琴放下电话，看着眼前的女孩，一股青春气息洋溢出来，尽管在微信朋友圈里已经看到了胡美丽发的动态，但是这个女孩如此美丽逼人，却也让蓝琴有耳目一新之感。

"小玉的朋友，胡美丽是吧？我是蓝琴，可以叫我琴姐，也可以叫我琴姨。"

"你好，琴姐。您很年轻，叫姨不太合适。"胡美丽很爽快地说。

"也不年轻，我和你母亲的年龄可能都差不多。"

"您比她年轻太多了，我母亲就是个黄脸婆，您不一样，看着比我大不了五岁。"

"真会说话！"蓝琴面带微笑说，"来应聘护士这个岗位，你不觉得有点儿委屈吗？尤其是你这样的大美女。"

"护士？我听说是护理部主管，我是来应聘护理主管的。"胡美丽直率地说。

蓝琴忍俊不禁地说："对，现在我们确实是缺一个护理主管，小玉推荐了你，但是我看你的形象，好像更适合在前台工作。"

"我不想去前台，我不喜欢和陌生人打交道。我喜欢孩子，我准备结婚之后，马上就要孩子。虽然我现在还没找着合适的伴儿，但是只要结了婚，我肯定是要生孩子的。"

"这很不容易，我以为你们这些'90后'都是主张晚要孩子的呢。"

"我和他们不一样，我喜欢孩子。这也是我来这里的原因。"

蓝琴说:"我看了你的朋友圈,你的生活很丰富啊。"

在来面试之前,胡美丽和蓝琴加了微信,蓝琴看到了胡美丽每天都在发朋友圈,内容丰富、多元,点赞的人里竟有不少是蓝琴也认识的。

"对,我喜欢跑步、游泳、潜水、喝酒、听音乐,我还是个超级吃货。"胡美丽毫无顾忌地说。

"感觉到了,年轻人的生活真好!"蓝琴由衷地感叹一句,"听小玉说,你本来辞职后想去售楼处的,为什么又同意来我们这里呢?"

"售楼处就是卖房子,每天都要说重复的话,做重复的事,没什么意思。小玉后来劝我,她说我是学护理专业的,又喜欢孩子,可以选择您这里,所以我就来了。"

"我们这里更辛苦,而且,我们的薪水有可能不会比售楼小姐的高。"

"薪水无所谓,哪里都一样,但是我在乎的是有没有提成,你们能给我提成吗?要是有提成,我就都能接受。"

"提成?"蓝琴惊讶地反问一句。来这里应聘的人多了,这是第一个提出这种要求的护士。

"对,提成。我听说,像这种月子中心,来介绍客人的都是有提成的。你们会给提成吗?"

蓝琴想,这女孩真是应该干销售的,上来就谈提成,她怎么想起干护士呢?她笑道:"护理师的工资都是固定的,销售部门才有提成。"

"我觉得那似乎有些不公平,在我看来,能给公司带来客人的,就都应该有奖励。像蓝宝贝这样的公司,不能像传统医院一样,每个人都做固定的工作,拿固定的工资,得奖励那些有能力的、能给公司带来利益的,那样才会有活力。"

胡美丽拿起手机,说:"我有三千多微信好友,我的公众号里有近一万粉丝,我平时经常探店,我去过的店,只要发布了信息,生意马上就能翻一番,给你们月子中心带来客源,我想我也是没问题的。再说我有护理经验,我也喜欢孩子,我要是在网上发布蓝宝贝的信息,会给你们增加很多粉丝。"

蓝琴说:"你要有这个想法,我还是建议你做销售,我们也有这个岗位的需求。"

"不,销售这个工作我不愿做,我喜欢孩子,孩子的世界很单纯,我愿意把心思花在他们身上,这也是小玉让我来的原因。如果做销售,那我还是去售楼处,可能更直接了。"

"好,你要有这个想法,我也可以考虑,提成的事情不是问题。"蓝琴迅速拿定了主意,"但我想你还是应该看看我们公司的情况,再做决定。毕竟,月子中心在 C 市是第一家,不能我一直在考察你,你对我们还没有了解,这也不公平。所以,要是你有时间,我想你还是应该先去看看,我可以安排人带你去转转。"

"可以,那样更好了。"

蓝琴给郭丽丽打电话:"小郭,你来一下,带胡小姐去中心转一转。"

郭丽丽上来,与胡美丽一起出去了。她们刚一出门,蓝琴给郭丽丽发了一个微信:"带她去看看月子房,让她见见孩子们,然后给我打电话。"

一会儿工夫,郭丽丽电话打过来了,蓝琴问她:"怎么样?她见了宝宝们什么反应?"

"宝宝和她玩得挺好。她好像自身带感,把宝宝抱在怀里,帮着换尿布,喂奶什么的都试了一试,宝宝们在她怀里都挺听话,没哭没闹,我看她的手法也很专业,一看就是科班学过的,宝宝妈妈也挺高兴的。她现在正抱着孩子在阳台上唱儿歌呢。"

"我明白了,你带她去填个表吧。告诉她咱们公司的一些规定和纪律。"

"蓝姨,你要用那个大模特当护理师?"

"对!我想让她负责护理部。"

"你考虑好了?我看她这个性格和形象,可以做接待和销售,护理专业她行吗?"

"她行与不行,完全在于我们,任何来蓝宝贝的人,过去的经验都不重要,重要的是在这里都要进行全新的学习和培训。如果她能让孩子在她怀里不哭不闹,我想她应该具备了这方面的天赋,其他的可以学习。我相信对于我们来说,她也更适合在护理岗位,因为——"蓝琴停了一下,对郭丽丽也像是对自己说的,"我们护理部门需要一个明星,我看她行。"

6

有了长河的资金,一切都很顺利。蓝琴开始重组人马,准备大干一场。

确定了胡美丽之后,蓝琴干脆全面实行提成制度,对于所有能给蓝宝贝带来客户的员工,根据费用档次,给予不同的提成奖励。

蓝琴对蓝宝贝的各个职能部门重新进行了规划,并规范了称呼,护士不叫护士,而是叫护理师,护理师根据服务水准,划分星级,从一星做起,一直做到五星是最高等级;月嫂不叫月嫂,而改成阿姨,阿姨分为贴心阿姨、白银阿姨、黄金阿姨、钻石阿姨,能够做到二十四小时以上陪护的都是贴心阿姨,以服务水准和顾客评价为标准定级。不同等级的阿姨和护理师,在收入上差距是很大的,一级差二百元钱,最高级和最初级可能就会差出一千多元。

对于市面上最缺的月嫂和护士,蓝琴的想法是,不用去市场找成手,而是找潜力强、能接受培训的"素人",护理师要求中专毕业以上的,阿姨要求五十岁以下有过护理经验的,这一部分人,符合条件后将进行为期至少一个月的培训。为此,蓝琴找到深圳月宫的蔡总,花重金请来了职业培训师。

"在蓝宝贝,培训以后就是日常工作的一部分,无故不参加培训和培训缺课的要给予经济上的处罚,累积不参加到一定次数的,要降级或开除,常年坚持一次不缺席的,年底有红包。培训将会定期和不定期地举行。培训费用要纳入公司总账中,要单独做出来,必须花掉。我不想一年下来,培训费用没有动。"

月子中心是新生事物,在 C 市没有前例可循,对于蓝琴来说,学习就成了必备的功课,不仅是她个人,也是全体人的。从这一天起,她给自己规定了每天至少学习两小时的计划,每天下班,人们都走了,她会留在办公室里,看书,做笔记,一直到深夜。她拒绝了所有的饭局和应酬,也不吃晚饭,每天晚上七点钟开始,一直读书到九点才回家,十点准时上床,以保持充沛的精力。

"你比你儿子高考的时候还认真!"每次打电话问她是否回家吃晚饭却总被拒绝的宝峰忍不住打趣说。

学习是有好处的。蓝宝贝为了请培训师花了不少钱,但后来蓝琴也考下了一个培训师的证,她也具备了培训的能力,这笔费用也就省下来了。

蓝琴要所有的工作人员在称呼上统一以"姨""姐"相称,不许称职务,她要给自己的员工也给所有来的客户创造一个家族一样的感觉,让大家都能感觉到自己就是这个家的一分子,她也更想让"蓝姨"这个名字成为这个城市的一个招牌。

于是,在和电视台、电台及妇联所有的公益活动中,蓝琴都以"蓝姨"的身份出现,她还让人设计了"蓝姨"的LOGO,作为自己的标识。没多久,"孩子的事找蓝姨"就成了这个城市一句著名的广告语,并出现在了出租车的灯牌上。

蓝琴在护理部的办公室里,挂上了本市书法家写的一个巨大的"爱"字。

蓝琴在一次员工培训中,特别提到了挂这个"爱"字的苦心。

"我们月子中心的收费远远高于一个家庭请一个月嫂的费用,其实,这不是一个暴利的行业,而是一个需要用尽心血、苦心经营的行业。但是,仅仅是'苦心'远远不够,因为把自己置身于苦海中不能自拔,那不是我们的本意,也是不会干工作的表现。我想请大家记住一点,在蓝宝贝工作不是为了吃苦,而是因为'爱',在这里永远没有轰轰烈烈的大事要做,只有每天婆婆妈妈、琐琐碎碎的小事在等着做,如果你的心中没有一点儿'信仰''追求''理念''精神'的话,没有一个根存于内心的'爱'的时候,那么你很快就会崩溃的。也许这些精神层面的东西,有的人很不屑,说,这不就是心灵鸡汤吗? 我的回答是,是的,就是心灵鸡汤。然而这么多年来,我就是靠这些心灵鸡汤来'滋养'我那颗孤独无助的苦心,因为从事我们这一行业的人员都是女性,无论是做过妈妈的大姐们,还是没有结婚、没做过妈妈的小护士们,我们每个人都有女性与生俱来的'母爱',所以'爱'是我们蓝宝贝最生动的语言,也是我们内心最强大的力量。"

蓝琴要求所有人每天早上来到这里上班,要先在"爱"这个字面前静默十秒钟,这原是护理部独特的仪式,后来上升为全院上下,只有让自己时时刻刻看到这个字,才能深刻体会到爱心的重要性。

胡美丽成为蓝琴得力的助手。蓝琴非常支持她在微信朋友圈、公众号上发布和工作有关的讯息,并且在她的帮助下,也建立了蓝宝贝的公众号,这也是C市第一个月子中心的公众号。

"每天要发布内容,要让公众号涨粉。粉丝每涨破一千,我就给你发一个红包。涨破一万,我给一个大的。"蓝琴对胡美丽提出了要求。

"几位数的?"

"你想要几位数? 三位数行不行?"

"没问题,涨粉的事交给我。"

胡美丽主动请缨,成为蓝宝贝公众号的运营者。

除了护理部,还有康复部和销售部。这两个部门需要的专业人士,比护理部门更难找。

蓝琴面试了一些前来应聘销售岗位的人,在这些人中间,有两人个相对来说比较优秀,一个是以前在酒店做过销售部门经理的,有个很洋气的名字叫安娜;另一个是曾经在私立幼儿园当过园长的,名叫陈然。

两个人的气质也完全不一样,安娜能说会道,时尚干练,一看就是做这一行的资深人士。陈然则完全不同,气质比较内敛,平时话也不多,身上带着一股浓郁的幼儿园老师的感觉,她也确实是学幼教出身的。

蓝琴分别面试了这两个人,对于蓝宝贝未来的销售,两个人有不同的看法。

安娜直言快语:"我过去做销售时有很多人脉资源,这些资源我也会利用上。另外,对于有需求的客户会做一个全面的调查,然后我将大量投放精准的广告,每个月都会有促销活动,十二个月会有至少十二次促销盛会,商场、公交车、LED大屏上都会看到我们蓝宝贝的形象。我会评选一个宝妈形象代言人,让宝妈们都参与进来,这样更会扩大我们的知名度和树立我们正面的形象。"

蓝琴点头道:"想法很好,而且都能落地。"

陈然是另一种风格:"我过去做民营幼儿园,曾经当选过全市十佳园长,我比较擅长的是幼儿园里搞各种活动,促进亲子教育,我搞过几次幼儿园的亲子趣味运动会,还搞过几次亲子夏令营、亲子文化晚会,也搞过心理小课堂和素质教育小课堂,我能了解孩子父母的心理,我和妈妈们的关系处得也非常好,经常和他们互动。幼儿园里经常会有联欢会或联谊会,我给她们排练节目,孩子们的节目有的还上过省里、市里的春晚,有的还在省里的少儿文艺演出中得过奖。那些妈妈们都愿意和我交心,我们之间一直有特别好的联系,我工作过的幼儿园招生也都非常好。"

"既然这么喜欢孩子,为什么后来离开幼儿园呢?据我了解,一个好的园长的收入也是不低的。"

"各种原因吧。主要是我在那里有点儿江郎才尽的感觉了。再怎么干,也就是那些东西,我想挑战一下自己,换一个环境,但还是想做与孩子有关的工作。因为我喜欢孩子。"

"你自己有孩子吗?"

"有。我有一个儿子,今年五岁,他姥姥平时带着他。"

"以前做过销售？"

陈然很坦诚地说："没有，但是我想试试。我坐月子的时候全是孩子他姥姥侍候的，都是那些传统的办法。孩子小时候总是爱闹病，我和他爸爸没少操心，我怀疑可能和我坐月子的时候挑食有关，也有点儿怀疑可能是他姥姥的有些手法不太科学导致的。所以我很想了解一下新型坐月子的方式是怎么样的，我也想边做工作边学习一下。我下面还有一个妹妹，还没有生孩子，将来我也可以指导她一下。"

蓝琴要她拿一些过去在幼儿园的资料来。陈然把当时在幼儿园搞的一些活动录像的光盘拿了过来。蓝琴回去后很认真地一一都看了。

蓝琴把郭丽丽叫来，问她对两位应聘者的想法。郭丽丽认为，安娜更适合做销售，陈然太面，也太老实，不太合适。

"我和你的看法正相反，我想用陈然。"见郭丽丽露出不解的表情，蓝琴继续说道，"安娜很精明，但是太商业，这样的才能用于传统行业，像宾馆酒店都没问题，但月子中心不一样，这是一个需要有爱的、有家庭观念的人来经营和维护的。我侧面打听过，安娜结一次婚，又离了；陈然有一个孩子，跟婆婆和丈夫住在一起整整五年了，关系很和谐。我个人觉得，从面相上看，陈然有幼教的经验，又喜欢孩子，她更容易赢得母亲的好感。你别忘了我们的客户人群是什么人，是妈妈和姥姥、奶奶，你想想看，在她们的眼中，是陈然还是安娜更有亲和力？"

郭丽丽有点儿不以为然，说："可是销售这个工作和护理不一样，我们需要的不正是一个能说会道的吗？安娜做过多年销售，她的人脉和经验都是陈然不具备的。"

"我看了陈然给我的录像，她在幼儿园搞的那些活动，气氛很好，亲子气息浓厚，我倒是觉得，传统的销售都是能说会道、八面玲珑的人，我们月子中心就应反其道行之。我们要用妈妈、老人们眼中信得过的人。"

在蓝琴的坚持下，最终陈然成为蓝宝贝的销售总监。至此，蓝琴有了两个性格完全相反的人担任了最重要的岗位，性格开朗活泼、时尚大方且尚未婚嫁的胡美丽成为护理主管，性格沉稳、不事张扬、家庭关系稳定的陈然成了销售主管。

新的人马到位后，胡美丽那里先是出现了效果。有两对家庭看了胡美丽的公众号，与胡美丽联系，报名来月子中心，享用了28888元的两个套餐，并指名要胡美丽提供护理服务。

陈然做了销售总监后也有了效果,她原来的幼儿园的两个家庭,因为有了二胎,所以也报了名。这样,两位主管到位不到一个月的时间,蓝宝贝有了四个客户。

陈然对蓝琴说:"据可靠的消息,国家有可能要全面开放二孩政策,到那个时候,我估计我当时所在的园区里的多数家长可能会要二胎,到那个时候,我相信我们的事业一定会迎来爆棚的时刻。全市所有的幼儿园,将是我们最大的市场。我在幼儿园当园长的时候,和全市各大幼儿园的园长都有联系。我想给她们要一个灵活、优惠的政策,等将来二孩政策全面放开时,争取让她们都成为我们的客户和介绍人。"

"没错,你的分析很正确,我会尽力配合你。但是我们也得认识到,如果二孩政策放开,月子中心就会如同雨后春笋一般跳出来,我们现在就更要以良好的服务和信誉,争当 C 市最权威和最让人信服的月子中心。"

因为陈然和胡美丽的表现,按照当初的约定,蓝琴要财务给胡美丽和陈然分别发放奖励。两个人各自都得到了四千多元的提成。

7

蓝琴和月宫的蔡总联系,在 11 月份到来之际,办了一个全市范围内的月嫂培训班。

这是 C 市第一次针对月嫂办的培训班,由月宫的专家来为全市所有想当月嫂的人进行专业的培训,这次培训旨在摒弃传统坐月子方法中不太科学的甚至有弊端的方面,向人们灌输现代科学的坐月子理念,以及先进、适用的坐月子手法。培训班的宣传 LOGO 上还特意把蓝宝贝月嫂的收入比例贴在了上面。明确标出,培训结业后,如果去蓝宝贝工作,一个贴心月嫂月收入保持在五千至一万元之间,钻石和黄金级别的则能拿到一万五至两万元。

把这个收入比例放上是陈然的主意,产生直接的效果就是很多人看到这个收入比例后,被高薪吸引都来报名学习,三天之内报了七十多人。

这一活动蓝琴找来了背书单位,由妇联牵头,蓝宝贝和电视台、广播电台承办,活动完全是公益的,不收取任何费用。培训结业的月嫂,也可优先进入蓝宝贝月子中心实习,实习考核通过后,就可以上岗就业。

因为和媒体合力,这一新闻也上了各个电视频道,再加上胡美丽在公众号里大力强推,报名的人越来越多,后来超过了百人。培训将持续三天。通过培训结业的人,则将转入蓝宝贝正式进行深度实习。蓝琴想通过这一方式,给蓝宝贝提供庞大的、专业的月嫂团队,培养更多的专职月嫂。

在培训班的开幕典礼上,蓝琴做了动员报告,特别提出要大家都争取成为蓝宝贝的贴心阿姨、钻石阿姨。

"月嫂是一个很累的工作,但也是门槛不高的工作,今天来的很多大姐都是来自农村,文化程度不高,但是经验丰富,可即使如此,月嫂也是最容易挑毛病的工作,因为每个生过孩子的人都有一些经验,当你的经验与他们的相违背的时候,可能就会受到质疑和猜测。所以月嫂累的不仅是体力,还是心。一个月嫂要二十四小时值班,连续工作至少二十八天,这么大的工作强度,年轻的、有家有业的坚持不下来,我们能坚持下来,唯有两个字是基础:贴心。只有心贴心,心连心,这份工作才能坚持下来,才能被人们认可,才能有意义。

"怎么样做到心连心,心贴心呢?蓝宝贝的原则就是一个字——爱。月嫂是世界上最有爱的工作,所以我们蓝宝贝把月嫂改称为贴心阿姨。对于所有宝宝的父母来说,你们是阿姨,是有爱的阿姨,来蓝宝贝做贴心阿姨吧,在这里,你们会传播爱、收获爱,也会因为这份爱心带来荣誉和理想的收入。

"来蓝宝贝会有三部曲。第一,刚进来的时候先集训一周,集训的内容是企业的文化、服务的意识,岗位的专业操作流程、工作标准。第二,考试。考试一个是笔试,还有就是操作,用假模型来进行操作、理疗按摩等。第三,考试合格的,下一步就是实习,熟悉各岗位业务后在护理部进行实习。实习先由师父带着,我们将推出贴心阿姨一带一师带徒模式,等你出徒以后,就能独立上岗,就是一个合格的阿姨,也就有机会成为白银阿姨、黄金阿姨,直至成为最高级别的钻石阿姨。大家不要看这个程序很烦琐,你们想一想,只要大家出徒以后,就等于有了金牌月嫂的资质,就会变成供不应求的抢手月嫂!这是多么爽的一件事!我们这里有很多年纪不小的大姐,正常情况下,有的已经回归家庭,有的已经退休了,有的天天只能打牌晒太阳度日子,但是在我们培训之后还能重新走上社会,赚高薪,大家何乐而不为!

"蓝宝贝会有一些和其他的月子机构完全不同的奖励方式。比如我们鼓励母乳喂养，我们规定了，只要能做到纯母乳喂养，每个阿姨和护士都会得到至少二百元的奖励。我很想和大家一起，把母乳喂养这杆大旗扛起来，让蓝宝贝的孩子们全是母乳喂养长大的，全喝过母亲的奶。而且母乳喂养对母体恢复及以后预防生殖系统肿瘤的发生大有益处。"

蓝琴的举动引来媒体的关注，在这期间接受了几次采访，她的形象首次以新闻而不是广告、讲座的形式登上了媒体的平台。而培训最大的好处是，为蓝宝贝提供了大量的月嫂后备力量，蓝宝贝成为培养专业月嫂的摇篮。许多明星月嫂由此诞生，新的坐月子理念也由此发酵并深入人心，影响长达数年。蓝琴也终于不用再到处去月嫂公司寻找月嫂，而是有了自己专业的培训团队和这个城市最优质的月嫂资源。

这天上午，蓝琴一上班意外地接到了卓越的电话："蓝琴，我是卓越，忙吗？"

"不忙，卓医生您有什么事？"

卓越简单说明用意，最近她做了一个妇产手术，胎儿早产，体重很轻，想在妈妈坐月子的时候给孩子调养一下。另外产妇的身体也不太好，现在马上天气转凉，还没有供暖，家里比较冷，所以也想在一个好的环境下坐月子，所以想到了蓝宝贝。

卓大医生能够给月子中心提供客源，这让蓝琴倍受感动，当即应承下来，没问题，马上就可以安排车去接他们。

"好，不过，这两口子都是大学教授，尤其是那个男的，还是学生物科学的，上海男人，人很精细，女的还有点儿洁癖，不太好侍候，你得做好心理准备。"

原来如此，蓝琴心想，如果连卓大医生都说不好对付的，那肯定是难侍候的。蓝琴要卓越放心，月子中心不怕客人挑剔，还欢迎这样爱较真儿的客人过来，以便提高服务质量。

卓越又问了一句："有个叫于凤鸣的，原来在你那儿干过吧？"

"对，原来她负责医疗部。"

"这个人在弘德女子医院当儿科主任，说和你是老乡。"卓越有些漫不经心地说，"需要我关照她吗？"

卓越突然提起凤鸣，让蓝琴有点儿不解，这不是她的性格，在她印象中卓越是个比较冷淡的人，一般不关心与自己无关的人和事。

"关照一下吧,这个人技术还是不错的,人也比较爽快。"

卓越"嗯"了一声,又说:"你现在有专业的催乳师了吗?"

"还没有找到合适的。"

"给你介绍一个吧。我在中医院有个同学,今年刚退,是个有经验的老中医,现在在一个诊所里坐诊呢,你要有兴趣,我可以劝说她去你那里看看。"

蓝琴心中一喜,说:"你推荐的错不了,让她过来吧,我们举双手欢迎。"

"不着急,你们先考察一下看她合不合适,再做决定。"

放下电话,蓝琴心里特别感动,看似冷淡而不近人情的卓越,竟然也关心起蓝宝贝,这让她有一种比订了大单还高兴的成就感。

而催乳师也确实是她现在比较缺的。这也是医疗部一个重要的岗位,很多妈妈因为奶水不好而烦恼,而另一些则因为奶水较多产生淤积而引发乳腺炎,像上次蔡静出现的事故,如果有一个好的催乳师,这些问题可能就会避免。卓越愿意给她推荐一个催乳师,那一定是一个非常靠谱的人,等于给她增添了一个生力军。

第二天,卓越说的那对儿爸妈进入了蓝宝贝月子中心,护士周绮负责全天一对一的服务,月嫂周姐也回来了,负责孩子的护理工作。

这对夫妇是 C 市燕北大学的一对老师,都是博士学历,宝爸姜晓是上海人,三十五岁,宝妈秦红是 C 市人,三十三岁,两个人都比较好学,从本科读到研究生再到博士,因为忙于学习,所以要孩子比较晚。

蓝琴第一眼就觉得,夫妻俩性格有些不同,宝爸姜晓比较精细,是典型的南方男人,宝妈秦红虽然长得很娇小,却是大大咧咧的性格,像个北方女子。

"你们是典型的南北结合啊,这叫强强联合,生的孩子也肯定聪明。孩子叫什么名字?应该起一个具备南北两个地方特点的名字吧?"

"您说对了,孩子就叫姜南,但是小名叫北北。"

"有南有北,真好!"

秦红的孩子是顺产下来的,比预产期早了近一个月,比较瘦弱,勉强够到五斤,是个男孩。姜晓对自己的老婆挺在意的,一再和蓝琴说:

"这个小子让他妈妈受了好多罪,生了差不多十六个小时,不得了!"

"看她瘦瘦的,还能顺产生下来,很了不起!"蓝琴也捧了一句。

安顿下来后,姜晓很仔细地检查了一下房间,问有无每天除菌等常规性问题后,然后从旅行包里拿出了一个温度计,放到窗前。

胡美丽问他:"您这是要做什么?"

"室温检测。现在天气冷了,温度变化对孩子是有影响的,我要监测温度,保持恒温。另外空调对孩子的健康也不好,温度上来后,空调能关尽量关上。"

"您很专业的。"

"我平时读书看到的,专业的事情还是要靠你们的。"

姜晓还带着一个酒精喷液,进屋以后用酒精将屋里各个角落都喷了一遍。

胡美丽忍不住说:"你放心,我们这里都是经过清洁、定期消毒的,而且每天都做。"

"不妨事,不妨事,我老婆是有些洁癖的,她粉尘过敏,我这也是为了你们更好地工作,坐月子期间不要出什么岔子就最好了。"

秦红在一旁笑道:"别听他的,是他有洁癖,他总推到我头上。"

下午,卓越介绍的中医院罗医生到了。罗医生是一个老大姐,今年六十岁,在中医院当了几十年的康复科主任,还当过几年副院长,一看就是个经验丰富的中医。

"您来了太好了,我们特别需要强化催乳技术,我钻研了一些催乳步骤和方法,正好您来了,给我指导一下。"

蓝琴介绍了一下自己根据书本知识和实践经验总结的"催乳技术三部曲":

"第一步是乳腺疏通,第二步是宝宝的正确吸吮,第三步就是科学营养的月子餐。"

她仔细介绍了其中的内容,罗大夫听后赞许地说:"你很专业啊!怪不得卓越向我推荐了你,你真是内行。"

"没有,我就是在妇产科做过护士,再加上看书自己琢磨的,但也不知道对不对、科学不科学,希望得到您的指点。"

"总的来说思路是对的。催乳是一个综合性的工作,除了你说的这三步,中医调理也很重要,我看这个三部曲还可以扩增至五部曲,可以加上穴位按摩和中医中药调理。"

"对,我也是有这个想法,所以您的到来给我们提供了太大的帮助。您要是不介意,完全可以把我这里当成一个科研机构,有任何研究,咱们这里都可以成为试点,只要是对妈妈有好处的,我们都可以做。"

罗大夫的到来给了蓝琴以更大的信心,她的催乳技术三部曲开始向五部曲发展,最后又根据科技手段的进步,加上了生物电催乳的手段,变成了独具特色的催乳六部曲。此后十年间,这一技术逐渐成熟,在全省各大妇科医院都得到了推广。

催乳技术也直接用到了宝妈秦红身上。

秦红身子比较瘦弱,奶水不足,蓝琴一边帮她调理身体,一边让她坚持母乳喂养的同时,也辅以奶粉配合,但是收效甚微。后来发现了一个原因,秦红的睡眠质量太差了,她有轻微的神经衰弱,平时睡眠也不好。在医院生孩子的时候,因为时间太长,受到点儿惊吓,睡眠更差了。

孩子小,本身爱哭闹,孩子一有什么事,秦红马上就醒,她一醒,姜晓也就醒了,一晚上夫妻俩都睡不好。

睡眠不好,奶水就不行,只能靠奶粉辅助,罗大夫给秦红看了一下,说:"你必须好好睡觉,要不奶水就供不上了。"罗大夫要厨房在膳食上做一些改善,又要她平时多运动,不能总躺着,这也不利于晚上的睡眠。

蓝琴有一天查房,见秦红蓬头垢面,哈欠连天,面色泛黄,问她:"怎么,又没休息好吗?"

"三晚上没合眼了,白天只能勉强睡一会儿,一到晚上就没觉。孩子只要一动,我马上就醒。"

姜晓也是一脸憔悴,说:"你们的医生还吓唬她,说睡不好就影响奶水的质量,她一寻思这个,就更睡不好了。"

秦红看着姜晓,心疼地说:"把他也熬得够呛,他白天课还特别多,晚上就陪着我熬夜。"

姜晓一脸的关切,"陪你熬夜那都是小事啊,你睡不好,我能一个人安稳地睡吗?孩子吃不上你的奶,我也着急,更睡不着。"

看夫妻俩一脸焦虑,蓝琴安慰道:"别急,我们想想办法。医生说的是对的,睡眠不好肯定会影响健康,但这不是没有办法的,我们一定会让你睡得香甜的。"

蓝琴问了一下罗大夫,秦红是怎么一个情况。

"她就是神经衰弱,没什么太大的问题。另外,她白天的运动也太少了,她丈夫确实够宠她的,恨不得连上厕所都扶着她去,啥也不让她动,一天一点儿运动量也没有,孩子还全是月嫂带着,你说她除了躺着就是躺着,白天昏昏沉沉的,晚上哪还有觉。"

罗大夫说的蓝琴也看出来了,秦红是本地人,姜晓是外地人,所以作为外来女婿,他对秦红是挺倚重的,事事让着她,也确实很宠。

"怪不得周绮他们这些人私下管这上海男人叫宠妻狂魔,看来真是这样的。不过,这么多天,孩子姥姥怎么一直没看到?"

"我问了,好像是秦红妹妹也有个孩子,这两天病了,在托儿所请了假,她姥姥在看那个孩子。"

蓝琴问明白了这件事,想出一个办法。下午她找到秦红,说对待她的失眠,有办法了。但要她配合。

"太好了,您说怎么配合我都配合,只要能睡好觉就行。"

"我给你设计了睡眠三大方案,但我们一般的客人,只用第一方案就行,第一方案就是中药泡脚。"

蓝琴让护士取来了一个大木盆,然后拿了一个塑封袋子过来,里面是全是黄白色的粉末。

"这是什么东西?"秦红和姜晓都凑了上来。

"里面有十五味中药,调和好了之后,有助于安神补脑、平心静气,每晚睡前两小时开始泡脚,泡二十分钟,辅助于听音乐,我已经给你准备好了音乐。你们两口子都要听,听二十分钟,然后再睡觉,我保证能睡得好。"

蓝琴让人把小音箱抱来,放上音乐,是佛教音乐《大悲咒》。

"这是邝美云版的《大悲咒》,记住,只能听这个版本的,这个版本有一种魔力,是我们月子中心的催眠神曲,不要听别的版本,就听这个,把声音放得小一点儿,只要能稍稍听见就行,别吵着其他人。泡完脚听完音乐后马上上床,不要看手机,也不要瞎想事情。如果当天晚上没睡好,也不要着急,这是有周期的,大约三天就见效。如果这一方案不行,我们就执行第二方案或第三方案,但一般人,只要一个方案就可以了。"

秦红姜晓将信将疑地将大木盆留下,晚上就按照蓝琴的方式做了。

胡美丽问蓝琴:"中药泡脚有助于睡眠,这是罗大夫开的方子吗?"

"不是,罗大夫没开这个方子,是我想出来的。"

胡美丽的嘴张大了："那第二、第三方案是什么？"

"没有第二、第三方案。"

"什么？"胡美丽更吃惊了，"那你还说有——难道这都是编的？"

"对，编的，我这是为了让他们夫妻安心。你没听说过心理暗示法吗？"

胡美丽一脸质疑："这行吗？"

两天以后，胡美丽得到护士周绮的反馈，说秦红连着两个晚上睡着了，而且一觉睡到天亮。

蓝琴闻讯后对秦红表示恭喜，又问她："看来用不上第二、第三方案了！"

"不用了，中药泡脚确实舒服，以后我要养成这个习惯，睡不着就泡。"

罗大夫听说了这件事，对蓝琴说："我还琢磨着你这两天给我要中药方子干啥呢，原来是干这个，你鬼点子真多！"

"我看以后咱们的催乳五部曲还得加一条，适当的心理暗示。"

8

在月子中心住了一周之后，姜晓突然发飙了。

这天上午，正在开早会的时候，护士周绮跟主管胡美丽汇报，说姜晓正在收拾东西，并且要周绮通知护办室，他们不想住了，要回家。

胡美丽吓了一跳，急忙问是怎么回事，周绮说自己也不太清楚。蓝琴正在主持会议，闻讯急忙上楼找姜氏夫妇。

因为他们是卓越介绍来的客人，蓝琴绝不敢掉以轻心，所以只能亲自出马。

一上楼，满脸阴霾的姜晓正好迎面走过来，见她来了，立刻冲上来投诉。

"不像话，真不像话！你们的月子中心为什么不尊重我们家属的意见，一切都按你们的'套路'来，你们不知道具体问题要具体分析吗？"

"您先别急，把情况说明白了，若我们真有什么不足，我们马上改进！"

姜晓开始控诉：昨天晚上孩子突然出现腹胀，不停地放屁，连续放了五六十个，身体也不停扭动，也不怎么进食。对这一现象，姜晓认为就是护理不当导致的。

"护理不当？理由是什么？"

"孩子吃的奶粉是有问题的，你们不让孩子吃母乳，却让孩子吃合生元奶粉，这就是问题的根源。"

"我们也不是不想，是因为你爱人奶水不足，所以适当的奶粉补充是完全没有问题的。这个奶粉也是没问题的，我们一直在用。我觉得孩子出现的问题，可能就是肠胃上的问题，应该没有那么严重。"

"我是看过书的，而且我外省有医院的同学告诉我，让孩子吃这种奶粉是不合适的，但孩子在吃奶粉的时候，我让你们的护士停用，她们却没有停。"

蓝琴解释道："护理师做的一切安排都是遵从医嘱的，她得听从我们康复部专家的意见，不能家属说什么就是什么，这一点上我觉得她做得没有错。"

"你们护理上的问题还不光是这件事，还有一件事更过分。"姜晓又控诉第二件事，"你们开的什么中药泡脚，太害人了，这些中药的成分是什么？我爱人泡了一周后，睡眠是有所改善，但是双脚却出现了红斑，又痒又肿的，你说，这不是你们的问题吗？"

这个问题让蓝琴顿时吓了一跳，如果前两件事她还没有太当回事，那么下面这件事性质就严重了，她说："你先别急，这样，我们先去看看北北妈妈，咱们再解决这个问题。"

蓝琴和姜晓去往秦红住的房间，推开门看见秦红正抱着孩子坐在床上，脸上有哭过的痕迹。

蓝琴说："宝贝，怎么回事？让蓝姨看看。"

蓝琴观察秦红的双脚，确实长了红斑，这是刚来月子中心时没有的。

蓝琴问："什么时候起的？"

"就是昨天晚上，特别痒，而且，还有扩散的趋势，"秦红一脸无助的神情，"也不知会不会传染给孩子。"

蓝琴当机立断，给胡美丽拨了电话："胡美丽，联系郭师傅，马上出车去第一医院。"

姜晓说："还是得上医院去吧？我就说了，你们真是不专业的。"

"她皮肤有了问题，得让专科医生去看，但是否就是中药泡脚出的问题，还需要检查。如果是我们的问题，我包赔你全部损失，还免你的费用如何？"蓝琴耐心解释，"现在我们先去看一下，看到底是怎么回事。"

"孩子也得去医院吧？"姜晓说，"他昨天一直也没吃东西。"

"孩子先观察一下吧,而且我觉得他现在这个状况,医院也未必能收他,现在天已经冷了,别折腾他了,如果有什么问题,我们联系医生过来。"

秦红也不太想折腾孩子,说:"只能如此了。"

姜晓不满地说:"什么叫只能如此了?早就和你说过,要你给他停奶粉,你偏不听我的。"

秦红眼圈一下子红了:"不给他吃奶粉吃什么?我的奶水不够,他也饿啊!我能不喂他吗?"

"孩子还是应该去医院!"姜晓固执地说,"别在这里耽误了。"

"去啥去啊!孩子刚睡着,你又把他吵醒干啥!"

眼看着两口子要吵起来,蓝琴说:"你们别急,咱们一个一个地来,孩子在新生儿期胃肠道发育不良是正常情况,我保证在咱们月子中心也能解决这些问题。咱们还是先去医院看你脚上的红斑。"

胡美丽过来了,说车已经在楼下了,现在就往医院走,因为事关重大,蓝琴也和他们一起上了车。车送到第一医院,胡美丽帮着联系秦红去皮肤科挂专家号。趁着诊断间隙,蓝琴问胡美丽:"怎么回事?上周还好好的,怎么一下子出了这么多问题?"

"我问了周绮,都是宝爸的事儿多。"胡美丽小声地说,"有点儿不懂装懂,啥都较真儿,而且,一有事挺狂躁的。"

"看出来了,好像确实经不起啥事,我觉得他有点儿坐不住镇,但是咱们在这个关头别惹他,先看看情况。"

蓝琴给罗大夫打了个电话:"罗大夫,那孩子怎么样了?"

"没事,就是昨天喂奶喂得有点儿多了,可能是撑着了,我给他调了调,晚上应该能好一点儿。"

"你这样,把宝宝的情况跟他爸爸沟通一下,以及宝宝在新生儿期的一些特殊状况,他不知从哪儿打听的一些道听途说的理论,都当成常识,变成咱们的不是了。"

挂了电话,医生的诊断也出来结果了,秦红是过敏了,她对红花过敏,怀疑泡脚的中药中有红花,所以导致出现皮肤的红斑,且有瘙痒症状。医生要求暂时停止中药泡脚,另外再开一些药,让她去门诊输几天液。

医生去开药,胡美丽去药房帮着取药。蓝琴在想,怎么会出现红花过敏呢?我记得我在配制中药的时候,没有用这味药啊。为了求证,她又给罗大

190

夫打了电话,因为配药的方子是罗大夫给的,罗大夫说泡脚的中药里是没有红花的。

蓝琴进了门诊病房,看见护士正在给秦红输液。蓝琴问:"医生说你是红花过敏,可是我们的中药是肯定没有红花这味药的,这是怎么回事呢?"

秦红一脸糊涂,摇头说自己也不知道。

蓝琴想,药房配药配错了?正准备给月子中心打电话,却发现守在秦红身边的姜晓眼神有些闪烁,突然心头一动,放下电话,对姜晓说:"北北爸爸,咱们的药盆里好像并不仅仅是我们药房配的药,您是不是听了同学们的建议,又加了一些觉得对宝妈有好处的中药?"

姜晓尴尬地说道:"是我加了红花和艾叶。"

"原来是你,"秦红恨恨地说,"你可把我害惨了。"

"我也是为了让你能舒服点儿,你不是老是说,生完孩子天天在床上坐着,腿脚有些肿吗?我就想给你找点儿活血化瘀、散湿去肿的中药。我在省城的朋友说,红花和艾叶都有这个功能,而且没有任何副作用,所以我就——"

"去你的吧,你是啥事都操心,一个也不在点子上,就跟着添乱。"

"我这不也是担心你吗?别狗咬吕洞宾,不识好人心!"

"你说谁是狗,你再说一遍!"

蓝琴打断他们:"好了,你们不用吵了,小姜的心情我也理解,他也是出于关心你、爱你,怕你受罪。现在都明白了,就没事了。"

"她以前也不是过敏体质啊,"姜晓还是有点儿不服气,"以前我们也用过这个药,都没事啊!"

"有些产妇可能确实不是过敏体质,但是生完孩子以后,身体较弱,可能就会出现免疫低下的问题,也可能会对平时没什么问题的药物出现过敏。"

"您看他,还在强辩,他就是这个性格,死猪不怕开水烫!"秦红恨恨地说。

姜晓更加尴尬,正好胡美丽也拿着一些药进来了,蓝琴向他使了个眼色,胡美丽于是找个借口把姜晓拉出去了。

"宝贝,现在知道咋回事了,咱们就不害怕了,"蓝琴在床边坐了下来,"你安心调养吧,有个十天八天,红斑就会下去。而且我问了,你这种情况对哺乳也没啥影响。我们现在在搞催乳技术的研发,用不了多长时间,奶水就会足了,到时候咱们看情况就把奶粉停了,还坚持母乳喂养,孩子的肠胃也能得到缓解。"

"真对不起,错怪了你,姜晓就是个愣头青,还爱装明白。"

"也别怪他,我觉得,他还是因为太关心你了,有的时候关心则乱,而且,我觉得可能初为人父,他的压力也挺大的,我看他一有事比你还紧张。"

"他的家庭条件比我们家好,又是在大城市长大的,从小就娇生惯养,没经过啥事,平时性格也急,还自以为是,而且第一次有孩子,他是真上心,整天看这看那,到处打听,有时反而弄巧成拙了。最近他压力也特别大,白天在学校忙着备课、教课,又要评副教授,还得挤时间写论文、查资料,晚上还要陪着我,所以有点儿焦躁,蓝姨你别见怪!"

"蓝姨怎么会见怪呢?蓝姨觉得有一个真心对你好、爱你的丈夫,真是幸福!蓝姨也替你高兴啊。不过,我看你老公确实是压力挺大,他家不在这里,有事也没法和家人商量。在这个时候,咱们这边就得多帮帮他,北北他姥姥在忙啥呢?这两天我没见她过来。"

秦红刚进中心的时候,蓝琴看见北北他姥姥过来了几次,但是后来这几天一直没来,所以才问了一下。

"她也是忙啊,我二妹最近忙着出国学习,去北京办签证去了。我二妹夫又在北京开公司,孩子太小,这一阵子没人带,她光忙活我二妹的孩子了,这几天顾不上我了。"

"我倒是觉得,让她忙完那边,还是过来陪陪你,给你老公放松几天,我看他是白天黑夜连轴转,有点儿吃不消了,压力也就是这么来的。"

"您说得对,蓝姨,我回头和我妈说一下,让她过来替几天。我二妹从北京一回来,她就有时间了。"

和秦红聊完后,蓝琴又把姜晓约出来,单独聊了会儿,并且表明态度,虽然秦红的过敏和月子中心无关,但月子中心也一定会抽出专门的人员负责照顾、看护秦红,要他有事就去忙,不用担心。

姜晓有点儿不自在,和蓝琴道了个歉,说自己脾气太急了,要蓝琴别在意。

"怎么会?我还要给你点个赞,他们背后说你是宠妻狂魔,我还不信,现在信了,我看秦红有点儿事,你急得什么似的,你们夫妻的感情真是好得让人羡慕。"

姜晓有点儿不好意思地挠挠脑袋,说:"蓝姨,真是不好意思啊。其实我也不是啥宠妻狂魔,我就是在乎孩子。我上面有两个姐姐,生的全是女孩,我老妈特别喜欢男孩,所以我生了个儿子,她比我还上心。我也不怕您笑话,关于孩子的一些情况,我的一些做法,其实都是我妈在背后遥控的。我是怕孩子在我手里有啥闪失,让我妈着急,所以才有点儿关心得过分了,也给你们添麻烦了。"

原来是妈宝男,蓝琴心想,还是家中的老幺!蓝琴一下子就理解他了,说:"没有麻烦啊,我完全理解老人对孩子的心情。不过你妈这么在乎孩子,你怎么不把她接过来啊?让她老人家看看孩子,多开心啊。"

"她是想来,我没让。主要是我妈腿脚不好,每周都得去医院调理,这里太远,过来不方便,而且我最近事太多,来了也没法陪她。我琢磨着,等出了月子,我们就回上海,把孩子带过去。"

"这样也好。不过,小姜,蓝姨想劝你一句,你是个孝顺孩子,但是老一辈人的传统观念还是要分析着听啊!另外,也得做一个能扛事、善解人意的好丈夫,有的时候,咱们男人不是光对媳妇好就行,还得能扛事,让她有个靠山,别为了生活担心。你看你这几次,表现得不太冷静,孩子有点儿事就急了,还和小秦吵,这样挺影响她的情绪的。你来我们蓝宝贝,可能看见我们墙上有这样一句话——捍卫宝妈美丽心情。心情可以是美丽的,也可以是丑恶的,你是孩子的爸爸,也是孩子妈妈的丈夫,她的心情如何,你是关键因素啊。"

姜晓连连点头称是。

"我听秦红说,你过两天还要出门啊?"

"对,我去做一个职称论文答辩,这事挺重要的,可能要去一段时间。"

"那你可得珍惜在月子中心的这些日子,因为还有十几天,你们就要出馆了。你要记得,维护宝妈的美丽心情是你的责任,宝妈的心情美丽了,一切都 OK!你的情绪会直接影响她的情绪,你现在不仅仅是你妈妈的儿子,更是你孩子妈妈的依靠,你是老婆和孩子的定海神针。"

姜晓不停地点头:"是,蓝姨,我知道,我一定要当好这个定海神针。"

"你现在还想不想离开月子中心啊?还想带宝宝和她妈妈回家吗?"蓝琴打趣地问了一句。

"不想了,我们不走了。这些日子还得蓝姨你多照顾啊。"

"不用担心，我和秦红说了，她妈妈马上就过来替你，你最多一晚上，明天就可以回去休息一下，集中精力完成你的职称答辩！"

姜晓连声说谢谢，眼中露出感激之情。

蓝琴说："咱俩再加个微信吧，以后有什么事你可以直接找蓝姨咨询，不用总去问'外省医院的朋友'了。"

当天晚上，秦红的妈妈就赶了过来，姜晓回去了，未来几天，由秦红的妈妈陪她。

胡美丽和周绮这些护理人员不禁松了一口气。秦红的妈妈是个身体硬朗、性格直爽的老太太，看起来比姜晓好相处多了。

秦妈妈见面就问蓝琴："姜晓这个人比较矫情，没给你们添麻烦吧？"

"没有，我要给你这姑爷点赞，对老婆真的太好了！"

"那就好，他们南方人啊都比较较真儿，我这姑爷更是。我还怕你们受不了他的这种较真儿，没事就好！"

秦妈妈开朗的性格让蓝琴好感顿生，也庆幸自己让她过来陪秦红是正确的决定。

事情平息后，按照蓝琴的习惯当然要复盘一下。蓝琴把所有的人都叫来，在早会上根据这事总结出了几个教训：

第一，月子中心要根据医学情况对产妇身体出现的状况提出建议和协助就医，但对于产妇私自用药的情况，一定要严加管控。

第二，宝妈在产褥期体质比较虚弱，平时过敏的敏感程度有可能也会因此增加，像秦红以前对红花不过敏，但产后就过敏了，这是根据身体变化而产生的情况，以后对于所有进入中心的宝妈，都要时刻进行检查、监控，用药要极其谨慎。

"说来说去，还是要充分发挥康复部的作用，"蓝琴说，"现在销售、护理部门都已经比较完善了，但我们医疗部还缺少专业的、能够长期坐诊、及时解决问题的医生，也没有更强大的专业团队，这一方面，我们还要加强管理力度，争取在三个月之内，弥补这一缺陷。"

最后，蓝琴又提到心理建设问题，认为不仅要注意宝妈在产褥期间的心理问题，还要注意宝爸的。

"产后抑郁不仅属于宝妈，也是宝爸们常有的一种情绪，通过姜晓这个人，我们也能从中吸取一些经验教训。"

蓝琴与大家分享了她的三个心得：

一、宝爸有时也需要做心理疏导，尽管他们是大男人，但也难免会有情绪的，尤其是第一次当爸爸，又是比较心细的宝爸，他的情绪对宝妈的影响最大。

二、对于心细、爱纠结的宝爸宝妈一定要把道理讲通了，并且要采取一些措施，也许这些措施并不重要，但也要做，因为可以起到心理安慰的作用。

三、今天，姜晓是第一个被安抚疏导的宝爸。今后也一定会有第二个、第三个……

"总之，月子中心不仅仅是宝妈一个人坐月子，还是对每一个初为父母的家庭的心理建设过程，所以，我们还需要一个专业的心理咨询团队，现在全靠蓝姨一个人，东挡西杀，这无疑是不科学的，也是狭隘的。"

说是复盘，其实蓝琴等于是在给自己再次加压，从中发现问题，寻找解决途径，也让月子中心的功能更加完善。

虽然自己一路奋进，可是月子中心完善、自强之路还是任重道远，不过，总算还是有值得安慰之处，那就是在蓝琴和罗大夫的努力下，"催乳六部曲"研发成功，利用这些方法进行催乳的效果非常好。第一个受益的就是秦红，她的奶水增多，质量也不差，基本上实现了纯母乳喂养。接下来，月子中心的其他几位妈妈也都见到了效果，开始进入了胡美丽总结的"纯母乳有余粮"的时代。

9

几天后的一个晚上，九点钟的时候，蓝琴收拾一下东西正准备回家，突然接到秦红的电话。

秦红在电话里很焦急："蓝姨，你在哪儿？"

"我在中心，怎么了？"

"孩子拉稀，还有点儿烧，我不知怎么办了，能给他吃退烧药吗？"

"先别乱用药。可以让医生看看，你家楼下有诊所吗？"

"有，都关门了。孩子爸爸也不在家。他去石家庄了，我一个人在家呢。"

"你妈也没在？"

秦红说她妈妈又给她妹妹看孩子去了,晚上在她妹那儿住,晚上怕老人着急,也没敢和老人说。

蓝琴说:"你这样,先别急,我过去看看。你把你家的位置发给我。"

"不好意思了,蓝姨,这么晚了还麻烦你。"

"没事,孩子再拉稀先别着急清理,留着他的便便我看一眼。"

蓝琴放下电话,开车就往秦红家走去。秦红家好在离得也不远,十几分钟后到了,秦红一打开门,一股冷气从屋里袭来。

蓝琴从开着暖风的车里出来,一进屋顿觉不适。看见秦红虽在屋里,也是穿着厚厚的棉睡衣,脚下还穿着棉拖鞋。蓝琴要换鞋,秦红说不用,要她直接进屋。

孩子还没有睡,正在那里哭呢。

秦红急得都要哭出来了:"他刚才又拉了,只要一吃东西就拉。"

蓝琴将孩子抱起来,轻轻摇晃:"北北小宝贝,不哭不哭,蓝姨来了,肚子就不疼了。"

说来也怪,蓝琴只抱着摇晃了几下,北北就不哭了,开始安静下来。

蓝琴将孩子在床边放好,问:"便便留了吗?我看一下。"

秦红将留有便便的纸尿裤拿来,蓝琴看了看孩子的大便,又摸摸他的额头,说:"我感觉问题不大,应该就是肠胃不适,我带了点儿益生菌,先喂他吞服一下,然后明早再观察一下,要再不行,你给我打电话,我给你联系医院。"

蓝琴帮着秦红将药片喂进孩子的嘴里,北北可能也是折腾得太累了,吃了药就睡着了。

"他睡着了,咱们就观察他一下吧,先别折腾他了,也可能后半夜就能止泻,可以少量喂点儿奶。明天早上有情况再和我联系。"

"真是太谢谢你了蓝姨,要不是你,我都不知怎么办了。"秦红感激地说。

蓝琴说没关系,又看了看屋里,说:"屋子里怎么这么冷?"

"每年这个时候都冷,今年尤其冷得快,北北他爸走的时候天还没这么冷,哪想到这几天就降了温。"

"家里的空调不能使吗?怎么不打开?"

秦红告诉她,空调主机坏了,本来打算这两天修一下,但是姜晓事情一多,给耽误了,原本琢磨着从石家庄答辩回来就去上海他妈家住一段时间,也就没当回事,没想到这几天突然变天了。

"这几天这么冷,没给孩子洗过澡吧?"

"前两天洗过一次,这两天天冷,就没洗。"

"我怀疑孩子肠胃的问题和你家屋里太凉有关系,你家没有电暖气吗?"

秦红说没有,蓝琴不禁摇摇头,心想作为一个丈夫和爸爸,姜晓还是太粗心了,这个人该心细的时候,心却又不细了。

蓝琴给胡美丽拨了电话,胡美丽接了电话,里面听着声音很嘈杂。

"美丽你在哪儿呢?"

"和朋友吃饭呢。"

"喝酒了没有?"

胡美丽说喝了,问有什么事吗,蓝琴说没有了,她挂断了电话,决定自己走一趟。

蓝琴对秦红说:"你先休息,我出去一下,一会儿还回来,你等我一会儿。"

蓝琴走出了秦红的家,开车又返回了月子中心,从中心取了一个电暖气过来,再送到秦红的家里。秦红家是五楼,没有电梯,蓝琴扛着二十斤重的电暖气,一步步爬了上来。

敲开门把秦红吓了一跳,问:"这是什么东西?"

"给你拿个电暖气,放在孩子身边,就不会凉了。"

秦红和蓝姨一起把电暖气挪进孩子睡觉的屋里,秦红满怀感激地说:"蓝姨,这么重的东西,你怎么不喊我一声,就自己扛上来了,多沉啊!"

"没事,你那儿离不开孩子,这也不太沉,我的身体没问题的。"

把电暖气在孩子的床前放好,通上电,屋里很快就暖和起来了。

"有了这个,这几天能好过一点儿。明天蓝姨帮你联系一下修空调的人,让他们尽快过来,给你把空调修好。"

秦红感激地说:"这大晚上让你折腾的,太麻烦你了。蓝姨,你让我真不知说什么好了。"

"不用客气,你在蓝宝贝一天,就是我们的娘家人,你有事我们不管怎么行呢?电暖气你先用着,不用着急还我,什么时候来暖气了,再给我就行。"

离开了秦红的家,已经是夜里十点多了,蓝琴开始觉得有些疲倦了,到了屋里,宝峰还没有睡,问她:"今儿比以前晚了不少,怎么回事?"

"没事,有个客户有点儿事,耽搁了一会儿。"

蓝琴回到屋里，觉得全身乏力，脱下衣服连澡都没洗，倒头就睡。

两天以后，卓越将电话打过来了，说姜晓一家托她再次向蓝琴表示感谢，蓝琴说不用客气，这都是应该做的。

"有件事你可能不知道，姜晓的妈妈是我的高中同学，也是一个成功的企业家，"卓越说，"她本来是托我给她孙子找个好一点儿的月嫂，是我向她推荐了你们的月子中心，她很满意。特别是听说她孙子刚生下来只有不到五斤，现在已经七斤多了，她很高兴，也特意让我对你表示感谢。"

"噢，那太好了，没辜负您的厚望，我很荣幸。"

"罗大夫那个人怎么样？你们合作得还好吗？"

蓝琴对罗大夫大加赞扬，并说在她的帮助下，蓝宝贝研发的催乳六部曲取得了很好的效果。

"我听说了，不错。对了，你那儿还需要人吗？"

"需要。您有什么合适的人选尽管推荐给我，我这里没问题，待遇什么都好说。"

"有个从国外归来的博士，三十多岁，学历很好，我原本是想推荐给弘德医院的，但是我想了想，觉得你那儿可能更合适，你有兴趣接收吗？妇产科的。"

"太好了，什么时候能过来？"

"明天吧，我让她直接去找你。不过可要说好了，这个人的薪金不能太低了，她还是比较抢手的。"

"您放心，弘德能开多少，我也绝对不会少的。"

"好的，还有——"卓越似乎要挂断电话，但又想说什么，欲言又止。

"您还有什么事，请说。"

"没事。就是想说，以后如果有需要我的，你可以来找我。"

蓝琴说声谢谢，但突然脑中灵机一动，一个大胆的想法诞生了。

"卓大夫，我有个冒昧的请求，不知当不当说。"

"说吧。"

"蓝宝贝成立了专家顾问组，是由各大医院妇产科、儿科和医学院的教授们组成的，我能否请您也加入，成为我们专家顾问中的一员呢？"

卓越沉默了。蓝琴心中有些忐忑，想自己的这个要求是不是有点儿过分了？

片刻，卓越发话了："可以。"

蓝琴心中的一块石头落了地，难掩喜悦地说："太感谢了，卓大夫！"

"可以是可以，不过不要把我的头像挂在你们月子中心的墙上，你也知道，我毕竟还拿着弘德的工资，不能一手托两家。"

蓝琴说没问题，放下电话，心中一阵狂喜。卓越肯给蓝宝贝当顾问，这意味着以后妇产科有了一个金字招牌当背书。

两天后，从美国留学归来的杨天青博士到位了，这位博士是在河北医科大读了五年本科，后来又去了北京医科大学读硕士，毕业后又去了美国读博士，博士毕业后还在美国公立医院工作了一年，可谓精英级学霸，既有理论又有经验。

在美国待了五年，杨天青有些西化的做派，见面也不客套，直接说："我本来是要去大医院的，但是卓越老师，也就是我的研究生导师一再说你们这里更需要我，又说这座城市宜居宜游，和美国的夏威夷差不多，我这才过来的。不过我对你们这行业是不了解的，我也不知道我来这里，是不是大材小用了。"

"您可以先了解和适应一下再作决定。这几年我发现，月子中心，也就是产后护理这一块是医学新领域。怀孕生孩子虽然是生理过程，但是跟医学息息相关。这一母婴的特殊生理期，非常值得我们有医学背景的人去研究、探索。我相信，随着国家二孩政策的放开，我们这个行业比医院可能更有发展，社会的需求量也会更大，而您的专业在这里应该还有更广阔的空间。这座城市也确实适合居住和创业，比那些大城市安静和舒服多了，卓老师说得没错。"

"口说无凭，我在这里先适应一段时间再决定，你给我三个月时间让我适应，要是不合适的话，咱们就谁也别勉强谁了。"

三个月以后，杨天青决定留在蓝宝贝。蓝琴将医疗部主任的职位留给了她，并开出一个高薪，年薪二十万加分红。这已经和弘德给主任级医师开的身价是一样的了。有了中医院原副院长、康复科罗大夫主管中医，又有旅美博士杨天青主抓西医，再加上有 C 市妇产科第一把交椅卓越担当顾问，蓝宝贝医疗部的阵营就搭建起来了，也在 C 市引起了不小的反响，很多人慕名而来，这一年的年底，蓝宝贝的财政告别了赤字，开始第一次出现盈利。

10

这一年的 9 月份,蓝琴赶往成都,去参加了一个全国性的产后康复培训课程,但其主要目的是拜会和结识盆底康复学科的一位带头人——胡岭教授。

虽然是研究产康方面的专家,但胡教授却是一位男教授,而且年龄不小了,六十出头,已经正式退休。

退休后,作为当年妇幼医院的院长,胡教授离开了繁重的工作,正好可以潜心研究产后康复这一块,并取得了卓越的成就。

与胡教授的接触,得益于卓越的推荐。而来成都的直接目的,却和秦红有关。

蓝琴是在十几天前接到姜晓的电话的。姜晓在电话里很焦急,蓝琴问他是怎么回事,孩子有什么事没有,姜晓说孩子没事,秦红有点儿问题。

姜晓说,秦红最近经常漏尿,咳嗽、打喷嚏时就憋不住尿,有一次参加同学聚会时,同学相见原本格外高兴,结果她大笑的时候,尿液止不住地流了出来,幸亏发现及时到卫生间处理了,要不她那么好面子,被人发现得尴尬死了。

"别着急,我过去看看。你们什么时候方便?"

蓝琴和杨天青去了秦红家里,经过排查,杨天青认为,秦红这是产后盆底障碍性疾病,盆底肌功能出现了问题。

"怎么会出现这个问题呢?"姜晓一脸迷惑。

杨天青解释道:"这种问题在宝妈中并不少见,女性在孕育和生产过程中,因巨大压力会压迫盆底。盆底是软性的肌肉组织,每位产后妈妈都会或多或少地有所损伤,产后六个月内是盆底康复的黄金期,无论有无症状都需要康复。在欧美国家非常重视产后康复,并且已经研究三十多年了,而我们国家也在十几年前开始重视了。如果产后没有在黄金期恢复好,很容易出现排尿功能障碍,比如漏尿现象,业内称为'社交癌',还可能出现子宫、膀胱、直肠脱垂。到了老年阶段,发生率可以高达 50%以上。"

"那怎么办啊?坐月子时还好好的,没想到一回家,还得了这个毛病。"姜晓一筹莫展。

"也都怪我,单位事情很多,我还要评职称,确实也没得休息。"秦红也特别自责。

看着焦躁的姜晓,还有脸色焦黄、情绪萎靡不振的秦红,蓝琴产生了同情之心。对于女性生产后盆底障碍性疾病的痛苦,她深深地知道,自己在生产后也曾有过类似的经历,只不过是比较轻而已,但是排便不畅的痛苦,不但折磨人,而且有时有生命危险。蓝琴小的时候就听姥姥说过一件事,老家一个高龄产妇,四十多岁才生下孩子,后来七十多岁因为尿不出尿,活活地憋死了。

"都说活人不能让尿憋死,现在我可明白了,这人真有让尿憋死的。做女人真难啊,为了生孩子,让尿憋死了。"姥姥当时一脸惋惜的表情,犹在眼前。

看着一脸愁容的夫妻俩,蓝琴安慰道:"现在医学技术发达了,盆底障碍性疾病也不是什么解决不了的问题,我帮你们联系正规医院,先住院观察,积极治疗,我相信很快就会解决的。"

从秦红家出来,蓝琴对杨天青说:"女人在生产期间尤其是产后,特别容易出现问题。可是我们对此是无能为力的,我们毕竟不是专业的机构,我们负责了她们的二十八天,可是难以解决她们四十二天以后的事情。"

"对,六个月的黄金期,其实才是女性最关键的。但是现在这一块好像是个空白,就是正规医院,也只负责女性生产的这一阶段,而很少有对女性身体的功能进行长期监测和跟踪治疗的。现在各大医院还都只是针对病人情况,头痛医头,脚痛医脚,他们也没有时间和精力,做每一位女性的产后康复。"

"可是产后康复这一块其实是很重要的,要是早早地进行干预和处置,我觉得秦红不至于发展成这样。"

"是的,但我们没有这个能力,很多正规公立医院都做不到这一块,我们更不行了。据我了解,目前国内只有少数妇幼医院有产后康复科,而有的医院也仅仅是按照上级要求开设的,但是,也没有足够重视这样的康复类的科室。"

蓝琴沉默了,原则上月子中心只负责女性产后坐月子期间的服务,但是一想到很多女性生产带来的一系列问题,自己却无能为力,她就有一种负罪感。

生育是女性一生中非常重要的事情，而因此带来的乐与痛，她觉得自己作为陪伴者，是有责任分担的。

当天晚上，蓝琴和卓越在电话里说起了这件事。最近，确实有不少产妇从月子中心返家后，没多久就出现了各种各样的毛病，有些很折磨人，很痛苦。

"蔡静，你还记得吗？就是那个电台的主持人，大美女。她在生完孩子两个月后，也曾经出现过脏器脱垂的情况，严重影响了夫妻的生活，蔡静还悄悄地告诉我，她和她老公，因为这个两年没有性生活了。"

"排尿系统出现问题，夫妻无法进行性生活，这都会影响家庭的和谐，"卓越说，"更严重的是有可能会成为女人一生挥之不去的病痛。这太常见了。这也是女人最不容易的地方，她们创造了一个新生命，却可能给自己带来永远的痛。"

"有什么办法吗？我知道我们只是月子中心，不是产后康复中心，但我很想把这一块开拓一下，我想我们要是真正地对宝妈们负责任，就得做到即使她们离开了我们这里，我们仍能为她们的健康提出指导和帮助。这也算是一种延伸的服务吧。"

"确实想搞一下这个？"卓越语气深沉地问。

"有想法。"

"好的，我帮你留心吧，这方面的专家我恰好也认识。"

卓越说到做到，没多久就把产后康复专家要线下授课的信息给了蓝琴，还帮她联系了国内知名的专家。

现在，带着一脑袋的问题，蓝琴就坐在了胡岭教授的身边。

"产后四十二天，从理论上讲，应该去医院复查，做盆底超声，对于有问题的，还要进行产后康复，观察效果，跟踪反馈，建立档案，隔几年还要复查，尤其是高龄产妇，更要特别精心和注意。"

看在卓越的面子上，胡教授很细心地对蓝琴讲解。

"一般医院都是头痛医头，脚痛医脚，产康当然不能仅限于此，而是要根据人体生物力学进行设计和研究，生产过程对于脏器、骨盆和脊柱都有影响，包括切口、瘢痕、生产方式，都可能牵扯到好多病痛，慢性盆腔痛、腰痛、背痛等很多问题也都是由此而来的。而且每个个体是不一样的，身体结构也不一样，所以，还很难统一做出规划，而是要根据个体做出不一样的康复方案。"

"也就是说，要根据每个人评估的情况来设计康复方案，长期跟踪？"

"对，但这对于一个像你们这样的机构来说，是很难的。这意味着你不但要负责产妇的二十八天月子，对于四十二天以后的恢复期，也要进行跟踪和研究。相当于一辆汽车，上路之后，你还要负责保养。这对于你们无论是研发团队，还是管理团队，都是一个考验。"

胡教授实事求是地对蓝琴分析了这件事情的困难之处。

"同时，对于产康这一块，需要借助于各种仪器排查、评估、康复，这意味着你们还要购置设备，现在有很多康复仪器，对于加强盆底力量等方面有不错的功效，但这些检测仪器多数是进口的，还要花费一笔投入。这对于你们这样规模的月子会所，也是一笔不小的开支。"

蓝琴点点头，将胡教授说的都记在笔记本上。

"我听卓越说，你想进行产后康复的拓展和研发，这对于产妇来说当然是件好事。但我也把实际情况告诉你了，做这个事情，其一，你要组织专业的团队；其二，要购买相应的康复仪器，而且很可能在相当长的时间内不会有太明显的效果。因为你要增项，增加服务，增加费用，得让人们心里有个接受的时间，所以会有一段时间的等待期，你要做好准备。"

"您说得对，我要回去好好想一想。"

回去之后，蓝琴思考到深夜，早上起来，把所有骨干、中层人员叫来，在会上进行讨论。

多数人并不赞成，认为月子中心业务刚刚走上正轨，利润也不错，现在应该稳扎稳打，积蓄力量，这个时候又开发新项目，购买新设备，做公立医院都边缘化的事情，恐怕费力不讨好，甚至还有可能再次把蓝宝贝拖回到创业之初的艰难处境里。

少数人支持，比如杨天青博士，她说："月子中心要想发展，必须在临床研究、康复研究上有独特之处，产康这一块是所有宝妈面临着的问题，我想，这一块未来是有很大前景的。"

杨天青博士担负医疗部主管，对这一块的情况很了解。很多宝妈出了月子中心又有了各种各样的问题，都在微信上向她咨询过。

但是她也提出了自己的顾虑："这是一个多学科的项目，要搞好这一块，强大的医疗团队就是我们的技术支撑。妇产科、中医、泌尿、肛肠、骨科的专家必不可少，这也是一个科研的过程，可能会需要长久的时间，对我们来说，这是很困难的。"

各种意见不一,支持者是极少数。会后,蓝琴又咨询了卓越。

"你确实很想搞吗?"卓越问她。

"我很想搞,但是担心医疗团队的力量,所以,我还是想问问您,您愿意支持我的这个想法吗?包括帮我组建医疗团队。"

卓越沉默了片刻,说:"我试试吧。"

一个月后,蓝宝贝产后康复中心成立,由杨天青博士牵头,卓越担任顾问,七位专家组成的产康医疗团队建立起来了。

蓝琴在成立大会上说:"我们的产后康复将遵循三大概念。第一,医学诊断概念。一切都从医学诊断入手。第二,整体康复概念。我们要的是整体的康复,绝不能头痛医头,脚痛医脚。第三,个性化概念。每个人都是不同的个体,我们都要认真对待,不能笼统一致。为了达到这三个目的,我们要建立一整套完善的产康系统,给所有的客人在出院四十二天以后都建立档案,及时跟踪反馈她们的情况。"

面对着在座众人多数脸上的怀疑神情,蓝琴提高了声音:"各位,女性是家庭的太阳,把她照顾好,就能照亮一个家庭的三代人,请大家相信,我们这一次做出的决定,从关爱女性身心出发,一定是一个正确的选择。"

没多久,一台产后康复设备从上海发货,运到蓝宝贝。财务小黄找到了蓝琴,说:"琴姐,三个月的收入,这一下子又都整进去了。"

"没关系,你放心,面包还是会有的,只要我们努力。"

蓝宝贝率先建立了一套产后康复体系,此后多年间,在反复的探索和研发下,先后给两千多人建立了产后康复档案,解决了无数人的盆底障碍难题,到后来,很多公立医院的人也过来学习、求教。蓝宝贝之后每年都添置国内最先进的产康设备,被越来越多的宝妈们认可、信任,产康成为蓝宝贝的又一个特色项目。

第二部　潮　涌（2016—2019 年）

吴襄整理的采访笔录（五）

　　关于我在这个城市创业的过程，有人说，快餐让我赚到了第一桶金。当然，这个说法我是认可的，不过，快餐这一行业不是暴利的行业，与后来兴起的房地产、教育、医疗比起来，简直是小巫见大巫。但这是我和宝峰主动选择的，因为在当时，除了这个和老百姓息息相关的行业，我们别无选择。

　　2001 年，我们到了山穷水尽的地步。这一年，我母亲做了一个大手术，花光了我们所有的积蓄，而直到此时，宝峰已经离开白老板的事情家里还不知道，我这个人一向是报喜不报忧，我们辞职出走的时候，家里人一直以为我们是有了更好的发展方向，还以为我在 C 市的公立医院里面上班，殊不知我们双双失业了。

　　我们也试过找工作，宝峰曾经在一个月的时间内频繁去人才市场，但每次都是失望而归，他这个人，不甘心做那些平凡的工作，可是那些薪资高、发展前景好的工作，又轮不上他，宝峰那一段时间很压抑。有一次我回到家里，发现他把所有工作中的获奖、评先进的证书都拿出来了，他点着了打火机，正准备烧这些证书，这个行为把我吓坏了，我急忙抢过他手中的打火机，问他是不是疯了。

　　宝峰苦笑着说，我没疯，我就是想把这些东西都烧了，再也不

205

看它们了,你说,这些东西留着有啥用? 当年拼死拼活,卖命换来的这些东西,一直当作宝贝珍藏着,现在和废纸一样,我扛着它,去了好几个单位,没人认啊!

我问他都找过什么工作,他说面试过酒店副总、某民营企业的人力资源主管,都不成功。我说,这都是好的岗位,咱人生地不熟,轮不上咱,再说你的荣誉都是在国营单位获得的,人家私营单位就看利润和收益,当然用不上了。你得把目标放低点儿,现在我们是为了生存,适合是最重要的,不要考虑面子。

宝峰听了我的话,降低标准,很快找到了一个工作,在一个果树研究所上班,但是一个月后就让我否决了,那工作需要天天下农村,爬山越岭,风餐露宿,和果农没什么区别。宝峰的腰在当年帮白老板做野生产品基地时,受了扭伤,一直没有好,现在又重返这样的地方,我怎么能放心呢? 所以只去了一个月,我一看他变得又黑又瘦,马上阻止了他。

宝峰后来又找了一个工作,去看守所上班。我一听也急了,我说不能去,看守所里都是什么人,除了狱警就是犯人,那环境太复杂了,以宝峰这样的性格,怎么可能去那样的单位?

就是在那个屡次碰壁的境遇里,我开始有了自己干的想法。2001年,C市的经济也开始发展起来。C市依山傍海,资源丰富,距北京、天津只有两个小时左右的车程,地理位置很优越,物流、交通也十分迅捷,而且这时房地产市场已经悄然兴起,房价一路飙升,诞生了很多一夜暴富的神话。钢铁、煤炭等全国性的大公司在C市也开始设立办事处和分公司,C市的大商场也开始增多,北京西单、上海明珠百货、沈阳华润等大商家都进驻C市,各大高档酒店如雨后春笋,层出不穷,仅市中心具备五星级规模的酒店就有了六家,相应的娱乐场所也多如牛毛。过去白老板一家独大,但不到一年时间,它的规模和实力早就已经被挤出前十。高楼林立,车流穿梭,打破了C市固有的宁静和安逸,也带来了无限的生机与商机,很多人离开了固定的工作岗位,放弃铁饭碗,开始下海创业,这一切,和当年的松河有极大的相似之处。

我始终关切着这种变化,也深深感到,无论给谁打工都要仰人鼻息,看人脸色,不如给自己干,这样才能主宰命运。

我的创业之路是从一台织毛衣机开始的。我从小就在姥姥的教育下,会各种针织活儿,我觉得应该把这个特长发挥出来,赚点儿钱,也给宝峰减轻点儿负担。

我想成立一个私人编织作坊,从给别人编织毛衣开始,将来有机会开一个毛衣加工厂,给有需要的人和厂家供货,这个想法是我在沈阳的二妹给我提供的,她说沈阳有很多小的成衣加工厂,需要货源。她还举了身边的一个例子,说自己的邻居是一对下岗的夫妻,给人织毛衣,生意特别红火,后来发展到不仅是个人订货,有些成衣厂也在他们那里订货,每天都能收入上百元。我一听觉得可行,于是东拼西凑了一万多块钱,买了织毛衣机。

当时我是在长春买的毛衣编织机,人家要培训三天,我本来就有功底,所以只用一天就学会了,回来我们开始设计。宝峰对此挺支持,也跟着学习,在我的指导下,很快就会画毛衣的样子了,我们用两个多月的时间,就织了二十件毛衣样品。不过这个活儿也不好干,特别累眼睛,也累腰,但一想到将来能有销量,我就夜以继日,马不停蹄。

但是这个计划不久就夭折了,因为等到样品的编织都完成后,已经到了6月份,毛纺织品的需求量已经降到低谷,我没有估量好季节,错过了一个发展的时机。毛衣样品放在家中,却没有买家,我们的下半年,又没有着落了。

这个时候,好友于凤鸣发来了邀请我去沈阳参加她婚礼的通知,我去了沈阳,这才发现了快餐业的商机。

于凤鸣是我在松河的同事,也是我后来成立月子中心的合伙人。我们的故事,在后面还会和你说,但在当时,参加她的婚礼却是我人生的一个重大转变。

婚礼前夕,在我的要求下,于凤鸣陪我到沈阳最热闹的五爱市场闲逛时,我第一次接触到了沈阳的快餐业。

我们当时只花了六元钱,就吃得特别饱,里面有四个配菜,还有一碗米饭,比麦当劳、肯德基都便宜了好几倍,我问凤鸣,这样的快餐在沈阳多吗?凤鸣说,特别多,而且还受老百姓欢迎,尤其是上班族和打工族,这几年日渐增多,他们的吃饭问题,有很多都是在快餐店解决的。

"快餐还可以送到家和单位、工地上,特别方便,这一点比其他饭店要强得多。"凤鸣介绍说,"我们医院有食堂,可是菜太单调,不好吃,我们很多年轻人就订快餐,一天流水量不少呢,你看单位的电梯里,一会儿就上来一个送餐的,有时一天就走几百份,后来干脆有一家快餐店把我们的食堂都承包了,大家都很欢迎。"

"开快餐的也可以承包单位食堂吗?"我问凤鸣。

"可以,这都属于团餐的范畴,学校食堂、企事业单位食堂都可以承包,有资质、有口碑的快餐店完全可以入驻单位,做专供特供。"

说者无心,听者有意,我的思路突然打开了。我觉得我好像找到了一个生存下去的出口。

从沈阳回来,我和宝峰商量,做快餐。宝峰听了哈哈一笑:"你说咱们要去摆个摊卖煎饼果子?"

"去你的!谁和你说笑呢。快餐不是早点摊,那是全天候的。可以把饭菜做好送到人家饭桌上去,而且是热乎的。你不是会做菜吗?我看正好可以用上。"

宝峰听了直咧嘴,说自己那两下子,糊弄一下我还行,哪能真当厨师使。

"快餐没有复杂的菜,鲍鱼海参的也不可能有,全是简单的家常菜,成本低,价格便宜,而且有几个拿手的就行,吃快餐的人,不追求高档,只追求口味、实惠和卫生,这一点,你做过餐饮,也是没问题的。"

宝峰还是有点儿接受不了,从一个星级酒店的老总变成一个炒家常菜的大师傅,他在感情上是难以接受的。

我和他分析,快餐走的是流量,而且具备可复制性,对于成本控制、原材料购买都比较简单,而且要是做好了,还可以在单位承包食堂或定制服务。

"你看麦当劳、肯德基不就是一套标准、一种模式吗?而且都是可复制的,多受欢迎啊。但是他们有个缺陷,不能即时送到家里,快餐却可以配送,让你躺在家里,就可以等着热菜上门,你想想,这多方便啊,能不受年轻人欢迎吗?"

"说得容易,谁有时间送啊?"

"你做我送,反正咱俩都闲着,将来业务多了,就雇人呗。"

在大的事情上,宝峰还是能听进我的意见,再加上我们这一年也确实是山穷水尽了。于是我们打定了主意,我们租住的地方有一个10平方米左右的下房,这里就成了我们的厨房,不但离家里近,囤菜方便,最好的是还不用再交租金。

6月下旬,开始进入夏季,天气转热,下房里十分闷热,还没有窗户,但这里却是我和宝峰个人创业的初舞台,宝峰最初是想定下两个厨师,由一个人炒菜,他负责研发和跑单,他还是不想让我去外面奔跑,因为那个时候我已经过了三十,我们计划年底就要个孩子。宝峰是想一个人担下这件事,但是后来发现不行,因为下房太小,又闷,没有哪个厨师愿意来这里上班,宝峰只能自己动手了。我们最初的快餐就只有四个菜:宫保鸡丁、鱼香肉丝、红烧肉、地三鲜。这些也是北方人比较爱吃的下饭菜,而且成本也不高。

我在准备做快餐时,曾四处观察了一下,发现我们这个小区属于混居区,有很多来自东北、河南的打工仔,也有不少双职工上班的年轻人,根据他们的用餐特点,我确定了这四个菜,事后证明它们很受欢迎。我的想法是,先把这四个最家常的菜推出去,有了客人后,再研发六个东北的经典菜,像锅包肉、熘肉段、小鸡炖蘑菇之类的,今年一年,我们只做固定的十个菜,做得味道好,就能吸引顾客了。

做任何事前,不打无准备之仗,是我的一个特点。在准备开快餐店时,我其实已经走遍了这个城市的"平民区",为什么要走平民区呢?就是为了要做最接地气的生意。我和宝峰一无资金二无人脉,富贵的圈子不属于我们,我们也杀不进去,所以我们在老百姓真正想要的事情上下功夫。进入新世纪以来,C市贫富分化也很厉害,城区开始有了新的划分,东区是老城区,西区是新城区,西区也是市政府所在地,那里有不少新开发的楼盘和新成立的商场、酒店和娱乐场所,房价也比东部整体每平方米高出20%,东城区则是老城区、旧城区，住的以老人、打工者和正在创业阶段的年轻人为主，所以我把东城区作为我们将来发展快餐的主市场，我为此还专门找了一个地图，把所有东城区涉及的各个小区、街巷都标了出来，准备在这里"投放"目标。宝峰还笑话我说，我不像是要做餐饮，好像是要打阵地战。

C 市的地摊经济很发达，但是不少摊贩都是无证经营。对此，城管和工商部门经常是要抓的，一到晚上，只要听见一句"工商来了""城管来了"，抱着烧烤炉子、推着手推车四处奔跑的小商小贩比比皆是。这也不能全怪这些无照经营者，小本生意，再交上各种税，到手里就所剩无几了。那个时候，国家对于小商小贩的税收政策卡得比较死，税率也不低。各大小企业偷税漏税的现象层出不穷，与工商税务部门暗中拉关系，走后门，暗箱操作，走减税低税甚至免税的私下行为也十分猖獗。对此宝峰也提议过，先不起执照，先开起来，等有人查的时候，他可以通过白老板找找人。对此，我坚决反对。我这个人有个特点，凡事都愿意光明正大，不愿意偷偷摸摸，我不想占任何不该占的便宜，更不愿和人暗中做交易。

我还有一个梦想，就是想堂堂正正地开 C 市第一家民营快餐店，如果第一关就不按国家法规去做，又怎么能算得上堂堂正正呢？

宝峰同意了我的想法，在准备去工商局注册时，我们开始想给这个店起个什么名字，结果他说一个我说一个，一直也没定下来，最后宝峰急了，说咱俩只能由一个人定，不能都拿意见，我就不说了，让他说，他自己又没主意了，一连说了三个名字，我都没有发表意见，无论他说啥，我都说好。宝峰又说，你怎么也不给点儿建议？我说你不是不让我说吗，那你就定吧，你说啥，我都说好就行了。宝峰说，你就会说好好好！我说，好！

没想到，宝峰一气之下就把名字定下了，我们的快餐店就定名为"好好好"。

在 C 市，吃过我们快餐的老顾客都知道这个"好好好"，这是我们家第一个快餐店的名字，当时在 10 平方米的下房门前，挂了一幅用毛笔手写的店招牌，就叫"好好好"，后来工商部门又说这个名字不规范,不能这样叫,才又改的"同聚"。

这就是"同聚"诞生的源头。我们是7月1日正式开业的,选这个日子也是因为它有纪念意义,宝峰说,中国共产党在这一天建立,从此中国走向新生,我们也要选在这一天,意味着也要破茧重生。

10平方米的下房里,宝峰在里面挥汗如雨,每天忙着四个家常菜,四个大不锈钢桶里盛满了刚出锅的菜,我则负责统一分装,按顾客口味,将其中的菜装上有四个隔断层的餐盒里。下房里太热了,不利于工作,也不卫生,我们后来给墙上硬凿了一个窗户,解决了这一个问题。虽然环境恶劣,但我得保证东西必须卫生,所以我每天都给"工作室"里做消毒,食材也一定买最新鲜的。

在那个时候,我们夫妻俩成了小区里的"一道风景",人们说,从没见过戴眼镜炒菜的厨师,也有人打听到了我的身份,听说我从前在医院工作,怀疑我是不是被病人投诉而导致了"下岗",但也有些老年人说,我是个医生,一定特别注意健康,吃我家的快餐,卫生条件应该是没问题的。

这个论断客观上还真帮了我们的忙。刚开始的时候,很多人看热闹,偶尔有人掏钱买,我们定的标准不高,分别为三元、五元和八元。三元的没有红烧肉,五元以上的就有了。红烧肉是我们家主打,也是宝峰从我父亲那儿得到亲传的手艺,特别受欢迎。

一开始买的人不多,但后来就有回头客,有的人买了,又离得远,怕拿回去凉了,问可不可以在这里吃刚出锅的饭菜,我就买了五把椅子和两张桌子,放在下房门前,成了一个临时的就餐点,后来这个餐点经常人满为患。幸亏我们办了执照,不用像那些无证商贩那样一听说城管来了,就抱着桌椅跑,但后来物业还是提出了抗议,认为我们天天烟熏火燎的污染环境,这就逼得我们只能再换地方,后来在小区外面的一个机械加工厂的院里,又租了一个地方,但是离开了小区,生意就不像以前那么好了。

快餐的高峰期是在中午,晚上基本没有什么客人,我就跑到夜市上去叫卖,我买了一个电动三轮车,三轮车上放着个大泡沫箱子,上面还铺着一层棉被,以防凉了。夜市上的小摊贩很多,也有很多卖小吃的，我占据了一个角落，但是没多久就让人赶走了。我只能"流动作战"，骑着车子走哪儿停哪儿，但收获不大，来逛夜市的人多数是饭后来的，对我的快餐不感兴趣。

有一次走到马路边上卖，碰见一个城管，我看了特别紧张，因为那个时候城管要管无照摊贩，我在夜市是"流动摊"，看城管过来了，我推着车想走，没想到那个城管动作快，一把把我截住了，问我有证吗，我说有，我说我们是起了工商执照的快餐车，食品安全上完全达标且合法。城管说，我问你没有夜市上的摊位证，你这样流动售货是非法的。说完把手伸进口袋里，我紧张起来，怕他掏罚款单，急忙解释，说我这是给一个单位送餐，从这里经过，看有人问，顺便卖几盒，不是常年在这里摆摊的。城管将手掏出来，却没拿罚单，他问我，都卖什么餐？我说有三元、五元、八元三个标准的。

我拿出一盒五元的标准给他看，里面有地三鲜、鱼香肉丝和几块红烧肉，我灵机一动，对他说，你是不是也没吃呢？我送你一盒，你尝尝，我不要钱。那城管说，不要钱哪行？我哪能白吃你的？再说我也不是一个人，我们一组人出来巡视，都没吃呢！我说，你们有几个人，有几个我送几个，那城管直摇头。我说，要不这样，五元的我卖三元一盒，你们尝一尝，要是好的话，你留个电话，你只要来巡视，我就来送餐。

城管听了这个同意了，掏了十八元钱，买了六盒，一会儿又来了五个人，将我的盒饭拿走了，我松了口气，没想到不但没有被罚款，还卖了几盒快餐。虽然只是成本价，但总算"化险为夷"。

旁边的摊贩看见城管过来没罚我，还买我的盒饭，也挺奇怪，也过来看我的餐车，这些摊贩好多人天一擦黑就过来了，也没吃饭呢，也就纷纷过来买，我一下卖了十几份，正卖着，那个城管又过来了，我急忙说，我马上走。城管把我招到一边，问我："你们公司给送餐吗？能送到单位吗？"我说能。城管说："你们的快餐味道不错，刚才我们队长说了，大家值勤查岗经常饿肚子，你要是能送餐，能不能留个电话，以后再出勤时，给我们送过来，一定要保证热乎，价格上还保持这个优惠价如何？另外，我们还要开发票。"我说没问题，以后你们再出勤，大姐就负责送餐，而且保证食材新鲜、热乎,红烧肉比别人都多!

城管走了,也没罚我,他们刚一走,又有几个摊贩要了我的电话。我万万没想到,在夜市上,我的快餐没能卖给多少闲逛的客人,却挺受摊贩欢迎,从那天晚上开始,我开始给城管大队送餐,长达数年时间。我后来也办了摊位证,不再怕盘查,而在东城几个大规模的夜市我也利用这次的经验,成为摊贩的快餐提供商。一个晚上从六点开始,跑到快十点收摊,能卖出一二百份快餐。

宝峰本想晚上替我过去,但他白天太累了,要炒菜、备料,而且他也要去送餐。那个三轮车他是白天用,他利用下午三点至六点期间"扫街",三轮车上挂着"同聚快餐"的招牌,他沿着马路两边的各个店铺,发广告宣传单,再适时地销售出去一两份快餐。我们夫妻俩最初就是用这种方式,把"同聚"的牌子覆盖了整个东城区。

就是在这种情况下,2001年10月中旬,我怀孕了,而在送餐的过程中,因为一次冲撞,我流产了,这让宝峰特别痛心。他从此再也不让我送餐了,从老家接来了自己的一个远房亲戚,让她帮着送餐,后来又雇了一个厨师,帮他炒菜,还研发了另外的四道菜。我们的快餐开始有了八个常规的菜。

2002年,我再次怀孕,生了儿子。这个时候,"同聚"刚刚迁到新店,我们已经有了一个能放十张桌子的门店,以及五个送餐员、两个服务员,和包括宝峰在内的三个厨师。

因为我的怀孕,我的父母从老家过来了。我母亲虽然身体不好,但执意要过来帮我带孩子。我拗不过她,只能把他们老两口接来。比较庆幸的是,他们到来的时候,我们的店面已经从平房转到了临街的商铺中,要不让他们看到我们在如此简陋而拥挤的环境下操作,他们肯定承受不了。

我父母刚到的时候,宝峰做了四个大菜:红烧肉,鱼香肉丝,地三鲜,宫保鸡丁。宝峰说,这是同聚的四大主打菜,要我父亲尝尝,看是否得到了他的真传,能否入他的法眼。

父亲尝了几口,说不错,又说:"还有什么菜吗?"宝峰说还有六道菜,现在同聚一共十个主打菜,目前也准备再开发几个有特色的凉菜,父亲说,不够的! 你要开饭店,怎么也得储备三十个菜左右,

213

主打菜一定要有五六个，这才能让人信服。

父亲从那天以后就去了宝峰的店里，他负责试菜和技术指导，这对宝峰来说是添了一个强助，母亲在家里陪我看孩子。我的育婴经验一点儿也没有，全是母亲教我的，母亲也是听姥姥说的，全是老经验。我没想到有一天，我会成为这方面的专家，而最大的遗憾是，这些后来的经验都没用在我儿子的身上，而我也是陪伴他最少的人。

我们真的没有时间陪伴孩子，从2001年到2003年，我们连续换了三个地方，生意时好时坏，在我父亲的帮助下，菜品有了起色，但生意没有太大的突破，我们只能在东城区周转，始终也没有把快餐打到相对富裕和高端的西城区去，这就让快餐店做大做强的想法一直也没法实现。

半年以后，父亲和母亲要回去了。这半年来，他们给了我们很大的帮助，但我们天天忙着工作，真的没有时间陪他们，没有和他们多待一会儿。我其实很内疚，母亲来了半年的时间，我只陪她去转了一次街里，C市的所有景区我都没有带她去过，因为我快餐店差不多是全天的工作量，每天早起五点钟就要出去买菜，晚上九十点钟才收摊。母亲理解我，她嘴上不说，可是我心里很内疚。

父亲临行前叮嘱了宝峰几句："做餐饮是个辛苦活儿，我一直不想你们做这一行，但是没想到，你放着国家干部的身份不要，还是做起了这一行。既然做了，就好好做吧，无论是食堂还是开饭店，记着一件事，凭良心办事就行。民以食为天，你要保证从你这里出去的每一道食物都对得起自己的良心。开饭店的，保证食材卫生、价格公道，就是良心。做事千万不要图便宜，尤其是这一行，贪小便宜会吃大亏的。"

父母走了，我们把他们送到火车站，晚上回家睡觉时，我在枕头下发现了一个信封，打开看里面有两千块钱。这是母亲给我留下的吧？看着这两千块钱，我的眼泪夺眶而出。

我们的生意真正好起来，也终于挺进最富裕、时尚的西城区，得益于一位出租车司机。有一天晚上，我上了出租车，看见了一个出租车司机一边开车一边在啃一个面包，我问他怎么这么晚还没吃饭，司机说，我们这是经常的事情，干起活儿来，哪可能正点吃饭？我说，吃面包多干啊，而且冬天也凉啊，对胃不好。司机说，我也想吃热乎的，哪有啊？一般饭店九点多钟就关门了，等我们能吃口东西了，除了烧烤店开着，哪还有开着的店呢？我说，好像肯德基、麦当劳推出二十四小时服务了吧，夜晚也可以去。司机说，咱吃不惯那洋玩意儿，再说，肯德基吃一回最便宜也得二三十块，吃一回，我这一天就白干了。

我给他递了张快餐店的名片过去。我说，下回你去这里，大姐保证让你几点去，都能吃着热乎的。司机接过名片，说，姐们儿别逗了，我最早也得九点半以后，你哪可能等我一个人啊？我说，你可以试试。

第二天晚上，我们正要关门的时候，那个司机来了，说：我来看姐们儿是不是说话算话。我笑了，说保证算话。我让人给他准备了一个热乎乎的五元标准套餐，又让人给他的水壶灌满了茶水，我对他说，以后兄弟你随时来，都有热乎菜，也保证有免费的茶水喝。司机说行，那我就回去替你宣传一下，让我们路上的兄弟都过来。我说太好了。我知道司机每辆车上都有手台，而且这个城市的出租车数量在今年已经突破一万台，这是一个多么大的潜在客户群啊。出租车上还有不少客人，从他们的嘴里宣传出去，就是给我打最有效的活广告啊。

司机吃完后，服务员将灌满热水的水壶拿来，我问他感觉吃得如何，他说挺好，一碗羊汤的钱，还真能吃饱。临上车前，他又和我说了一个信息，出租车公司最近也开始推行改革，在经营上有很多新举动，比如出租车上也可以开始有广告了，广告媒体包括车身广告、车顶灯广告、LED屏幕广告、窗后LED字幕屏幕广告、座椅盖广告等，司机说，我们这辆车要是弄好了，就是流动宣传车。你可以在这上面做个广告，比我们手台喊强多了，这样全市的人都能看见。

这个信息让我觉得特别有价值，我问他，具体怎么操作，他说和我们出租车运营处打听去吧。

我第二天就去了出租车运营处，得知在C市出租车可以大规

215

模做广告的通知下发后,马上就被一家广告公司捷足先登,买下了承包权,承包期五年。我找到了那家公司,和他谈拢了合作条件,因为车身广告比较贵,我买下了出租车窗后 LED 字幕屏幕广告的三年广告使用权,虽然这花费了我六万多元钱,让我又一下子捉襟见肘,但我觉得是值得的。因为此后三年间,C 市的出租车只要在大街上一跑,就有人能看见同聚的招牌。

我和运营处也有了一个深度的合作,我给同聚快餐的门前挂上了"出租车司机之家"的称号,以优惠的价格,后来又每月以提供免费饭卡的形式,回报给这个城市所有夜班、白班开车的师傅们,后来我又和环保机构合作,挂上了"环卫工人之家"的招牌,给早上四点钟起床工作的环卫工人免费提供热水,并以半价的形式出售快餐,给他们提供服务,而做出这些的代价,就是我的快餐店必须早上四点开始营业,晚上十点关门,等于延长了工作时间。为此,我雇用了白班、夜班两组人马,增加了工作人员和运营成本,自己则是连轴转,也增加了很大的工作量。在那几年,我很少有十二点以前睡觉的时候,早上天没亮就得睁眼起床,但我觉得这是值得的,因为同聚关怀底层百姓的口碑就此建立起来了。那一年,同聚几次被媒体报道,我还荣获了"C 市好人"的称号。

出租车广告和司机师傅的口口相传,确实给我们带来了很大的广告效应。2005 年,同聚在西城区最繁华的渤海明珠商场下面开了第一家店,与肯德基、麦当劳、必胜客等世界驰名的快餐店在同一条街、同一个闹市区,这也意味着我的快餐王国的版图开始扩张了。后来,我们在东城区和新开发的北部城区又开了第三个、第四个、第五个连锁店,我们的品牌开始注册成为 C 市甚至全省"地方名吃"、新评选的"老字号"的时候,人们开始叫我"快餐女王"。但我知道,在这个听起来挺飒爽的称号后面,没有什么惊心动魄的创业故事或是运筹帷幄的商业权谋,我们就是脚踏实地、立足于普通老百姓的一个普通的行业,从小区小巷到夜市、大排档,从出租车师傅到环卫工人,这是我们最基层的市场和顾客,从三元、五元、八元到现在最贵的二十元、三十元,从四个菜到六个菜、十个菜,直到现在的五十多个菜,这就是我们成功的基础。我不是女王,我就

216

是一个给老百姓提供便利的服务人员，仅此而已。

第一章　麻辣婆媳

1

胡美丽接到了同学阎红的电话："你们月子中心还有床位吗？"

"当然有，你开口了，没有也得有！"

阎红和胡美丽是小学同学，不过两个人走的路不太一样，胡美丽考了护校，阎红则正儿八经地进了一所"985"大学，毕业后去北京工作了一段时间，五年前嫁到了 C 市，以她的学历和工作资历，很轻松地在本地找到了一份外企高管的工作。

平时两人没啥联系，通信一度中断，后来有了微信，才重新有了联系。在朋友圈里，胡美丽知道阎红的生活动态，包括她怀孕时的一些情况，阎红也在胡美丽的朋友圈里知道了她的职业，还关注了她的公众号和今日头条号。

不久前，胡美丽从阎红的朋友圈看见了一条动态，她怀孕了，在朋友圈发了一张照片，身边还有她的老公，一个面相憨厚的年轻人，阎红写上一句："感谢生命！"自己还曾点赞并祝福。

"你刚怀孕的时候，我就曾劝你来我们这里坐月子，你说还是不用了，怎么现在想开了？"

"唉，一言难尽，不是我想开了，是不来不行了。有些事，等见面再说吧。"

阎红的话语里似乎有一些无奈，但她也没多说，只是问了问胡美丽月子中心的一些情况，然后很痛快地定了下来。胡美丽说要请示一下领导，看能不能给点儿优惠政策，阎红很痛快地说，随便，这不重要，她只对产后康复这一块比较关心。

"我平时身体不是很好，心脏供血不足，我听别人说，你们产后康复这一块和正规医院差不多,所以才想过来体验一下。其实养孩子这事,我想大致和别处也都差不多。"

"你算是问对了,我们这里产康确实有特色,我们提出的口号是,产后康复只从医学诊断入手! 这是其他的中心都不曾提的,因为我们有正规的医疗专家坐镇,产康项目可多了,包括月子期间的洗头、骨盆修复、腹直肌分离修复、盆底肌康复、核心肌群功能锻炼等多个项目,而且我们的医疗检测设备也是很先进的。你也知道,我们蓝总在这方面的投资是很大手笔的,从不心疼钱。而且我们对宝宝的护理也有一套办法,还上过中央电视台的教育频道。"

"不用做广告,我相信你。这个家我是一天也待不了了,你帮我办吧。预产期马上到了,等孩子一生下来,我马上就办入住。"阎红干净利落地说完,就挂了电话。

胡美丽放下电话,心头觉得一阵轻松,像阎红这样痛快做决定的顾客,永远都是月子中心最喜欢的,但是阎红的话语中似乎没有像以往的顾客那样喜悦和憧憬,竟好像透着一丝无奈和痛苦,这让胡美丽感到有点儿奇怪。

2

2016 年 1 月 1 日,中国开始正式实施全面二孩政策,一切正如蓝琴预料的,月子会所的春天到来了。

从月子会所开办到现在已经是整整第六个年头,从第一年的惨淡经营,到第二年的逐步好转并出现盈利,一直坚持到了第六年,终于出现转机,蓝琴庆幸自己挺了过来,也给当时出资拯救自己的长河提供了相应丰厚的回报。

月子中心已经走上正轨,各部门职能健全,也获得了一系列的荣誉,有"C 市十佳金牌服务企业",还被省妇幼保健协会评为"母婴康护优质服务示范单位",算是在行业内得到了认可。其中,随着乳房护理、催乳技术的逐步提高,母乳喂养率也不断提升,乳腺炎发病率越来越低。过去为了给宝妈们催乳,蓝琴专门在中心外面开辟一片绿地,用来种芦荟,现在这片绿地产量越来越少,几近荒芜,因为也快用不上了。"纯母乳有余粮",这是她为了推广母乳喂养提出的一个口号,现在基本已经实现。专家团队总结出了蓝宝贝专属催乳技术——催乳五部曲+催乳灵魂,后来又有了催乳六部曲技术,作为全国母婴健康推广会上的宝贵经验,已经得到全面推广。

蓝宝贝还有很多专利。这得益于蓝琴从小就练就的女红本领,想当年,她还曾买过一台织毛衣机,想办个成衣加工厂,现在竟然在这里派上了用场,从申请蓝宝贝第一项专利——卧式哺乳枕开始,她相继开发了月子服、月子袜、月子鞋等专利产品,由这些专利开始,她与加工部门合作,生产了一系列让宝妈们使用着方便、舒适,而且适合此阶段需求的功能性母婴用品,也开始将产品推向全国。

然而最令蓝琴自豪的还是,在卓越、杨天青等医学专家的帮助下,她还建立了一支具有权威性的医疗科学团队,也第一次十分大胆地提出了一个口号——产后康复和专业康复"只从医学诊断入手"。在月子中心入住的宝爸宝妈们,会享受到如同医院一样的医疗条件,这无疑在产康服务上迈出了一大步……

六年了,虽然在 C 市终于站稳了脚跟,但是压力依然不小。六年前,月子会所无论在全国还是在 C 市,都是新生事物,但这六年来,随着二孩政策的放开,月子会所从无人问津变成了一块美味的"蛋糕",前来抢占、瓜分这个市场的人越来越多了,仅一年之内,全省就诞生了近一百家月子会所,C 市就占了其中五家。这几家月子会所,个个都野心勃勃,都想一统天下,价格大战此起彼伏……

蓝琴觉得肩上的担子更重了,丝毫不敢懈怠。现在,她正在同时筹划几件事,这也是为了应对未来残酷的竞争和价格大战而做的准备。最先做的一件事就是开始蓝宝贝第一次的线上直播,她将借助于网络自媒体平台,与新浪频道一起,向人们介绍科学"坐月子"的一些知识,这也是蓝宝贝的一次重要的对外形象宣传活动。这次直播计划进行五期,时间是三个月。

蓝琴从早到晚都在搜集直播的内容资料,忙得几乎抬不起头来,以至于安琪抱着厚厚的几个档案袋推门进来的时候,她竟然毫无察觉。一直到安琪坐到她对面,放下手中的东西时,她一抬头才发现了她。

蓝琴拍拍胸膛,说:"什么时候来的? 这鸟悄儿的,一点儿动静也没有,像猫啊。"

"我忘了敲门了,蓝院长,"安琪笑道,"要不要我再重新敲门进来一次?"

"别皮了,要你办的事怎么样了?"

安琪拿起手中的一个档案袋,放到她的桌前,说:"我今天做了两个方案。咱们一个一个说,先给你看第一个。这是蓝宝贝与新浪健康频道合作的直播的内容,一共五期,从这周五开始,你是第一期,我是第二期,杨天青主任是第三期,第四期还是你,第五期是咱们的营养师。"

蓝琴大致翻看了一下安琪拿来的方案,做得很详细周密,几乎是从各个层次对于育儿知识进行全方位的阐述。安琪在整理资料方面一直是让她满意的。

"我的直播要增加一部分内容,"蓝琴拿起了其中的一沓文件,那是属于她这一部分的内容,"就是关于先天性心脏病儿童的养护。咱们今年是不是接了两个先天性心脏病的新生儿?这方面的基础资料,我需要全面一些的,你去给我找一下。另外围绕这些内容,我给你个提纲,你和设计公司的碰一下,要一个图文并茂质量优秀一些的PPT,最好有动态的视频,这样看起来更直观。"

"明白。我马上着手去办。还有第二个方案,"安琪将手里另一个档案袋递过来,"关于蓝宝贝六周年店庆的策划方案,我已经和陈然、胡美丽一起在昨天搞定了,我们将举办一个为期一天的'回娘家'的模式,将六年来在我们这里完成产后护理的三十对家庭约请回来,进行大规模的庆典和互动活动,活动流程、成本预算以及实施细则都在里面。"

蓝琴打开策划方案看了看,一边看一边点头说:"不错,昨晚弄到几点?很晚吧?"

"十二点十分。大家忙完后,我开车把她们送回去了。"

蓝琴知道这个情况,事实上昨晚她也没走,安琪办公室的灯一直亮着她都知道,她知道屋里的头脑风暴正在进行得如火如荼,所以她没有进去打搅。

"你们辛苦了,方案不错,但我昨晚也在加班想这个问题,我觉得似乎还可以延展一下。"

安琪的脸上露出疑惑的神情,蓝琴接着说道:"我们再延续一天如何?我还想再做第二天的一个主题活动,叫'拥抱娘家'。"

蓝琴进一步解释:"'回娘家'是一次情感的回归,注重亲情仪式感,有很浓的怀旧感,而'拥抱娘家'则是为了未来而做出的努力,我们更注重的是一种情感的延续。在怀旧之后,我们还要给更多希望加入蓝宝贝家庭的人提供一条情感的纽带,来培育新的客户群体。"

"你是说,'回娘家'是针对老客户,'拥抱娘家'是针对新客户,针对的是那些对我们有所了解但还在等待和观望的人群?"

"对,店庆的目的当然不只是为了举家团聚,这和老百姓过年只为了相聚不一样,每一次店庆其实都是一次产品的促销会,也是一次形象宣传推介会,如果我们不能利用店庆的这个契机,把产品形象更好地宣传出去,那店庆就不成功了。"

"我明白了,你的意思是,通过老顾客回娘家的情感体验为我们代言、做推广,让更多的新顾客拥抱娘家?"

"没错,我就是这个意思。"

安琪点点头,说:"懂了,我马上下去,和陈然他们商量第二天的活动计划。"

"以后所有的店庆都要按照这个步骤,至少两天,一回,一来,这样才能达到目的。不过,这又得辛苦你们了,今晚可能还要熬夜。"

安琪微微一笑,没说什么,但她的表情却告诉了蓝琴,这个不是问题。

蓝宝贝周年店庆一直是蓝琴心心念念的大事,这既是对过往的一次总结和回顾,也是对未来的一次展望和招商,所以她在这方面想的是很多的。所幸的是,安琪和她的团队还是成熟的、干练的,在店庆上,她只要把握方向就行,细节上不用操太多的心。

"还有一件事,"安琪说,"关于四楼重新装修、整改的问题,效果图已经做出来了,装修公司要听我们的意见。你明天下午是否有时间,咱们去装修公司一趟?"

"我看看我的安排。"蓝琴开始翻日历上的记事本,"明天下午四点可以吗?"

四楼要扩建也是一件大事,广华大厦一共五层,刚开始四层、五层一直没有得到很好的利用,也是因为没有那么大的客户需求,所以多数时间是空置的。蓝琴本着这栋大厦只做单一的产后护理机构的原因,对这两层也一直没有出租。这两年,因为业务量的扩大,对入住环境的要求越来越高,蓝琴痛下决心,决定找最优秀的团队,把四、五层重新进行设计、装修,让四、五层都开始发挥作用。4000平方米的经营空间,可以容纳一百对家庭的月子护理工作,蓝琴一手打造了C市最大的月子中心,也让后来者望尘莫及。

这次四、五楼要重新整改、装修，以更适合高端人群入住，是蓝宝贝月子中心的一件大事，装修方案已经设计出几轮了，但还没有达到满意的效果，装修公司最近又拿出一个新的方案，等待她的决策。

安琪拿出电话，和装修公司约好明天见面的时间。

"已经定好，明天下午四点，钟总会在他办公室等我们。"

安琪出去了，所有的事情她给人的感觉都是没有任何质疑，成竹在胸的，这让一直感觉处在压力旋涡中的蓝琴多少会有一些安慰。

安琪的到来，真的是给自己添了一个强助！蓝琴由衷地想到，如果不是安琪，还是以前那个同聚过来的助理郭丽丽，蓝宝贝这两年绝不会有如此迅捷的发展态势。

安琪是两年前回归的。那是一个炎热的夏季夜晚，快十点钟时，蓝琴正要收拾东西回家，突然接到了安琪的电话。

已经好久没有和她联系了，对于接到安琪的电话，蓝琴觉得有些讶异。

安琪的声音在夜空中传来，嘶哑，无力："是琴姐吗？睡了吧？"

"没有，刚下班还没走。总也没见你了，你现在好吗？"

"还行吧。"安琪的声音还是显得有气无力的，"琴姐，你现在很忙吧？事业走上正轨了？"

"一般吧，不是很好干，只能是维持，因为我手下没有你这样的精兵强将啊！"蓝琴开个玩笑，"万事只能自己干，天天是顾头不顾脚的。"

"噢，我想看看你，也不知你是不是有时间接待我啊？"

"来啊！我当然欢迎，不过，"蓝琴笑道，"一听你就是在晃点我，你幸福的二人世界里哪能容得下别人，我可不敢叨扰你啊。"

"没有二人世界了，我现在很自由，想来就来，想走就走。你要是不烦我，我就订车票了。"

怎么回事？安琪似乎话里有话。蓝琴问："怎么了？没有二人世界了是什么意思？"

"没什么，就是我自由了，我现在可以说走就走了，我——"安琪迟疑了一下，"我离了。"

"什么？这是什么时候的事？到底为了什么？"

在蓝琴的追问下，安琪讲起了她沉痛的往事。事实上，她去了美国之后活得并不开心，她的丈夫原来一直和母亲一起生活。这位婆婆观念比较守

222

旧，和思想开放的安琪相处得并不太愉快。而且，之前由于一次流产的事故，让安琪失去了生育能力，这件事让一直想子孙满堂的婆婆尤为不满，因为她儿子生下来的两个孩子都是女孩儿，一心想要男孩儿的婆婆本来是寄希望于安琪的，一听说她没有了生育能力，一下子就失落到了极点。

"不能生孩子这件事情，你事先没有和他家人说？"

"唉，这都怪我，我确实没有说。我原以为，我认识的这位老公在西方生活多年，他没有这方面的要求，再说他本来有两个孩子，我以为他也不会再想有孩子了。再说我们在一起的时候，他也没和我提过要孩子的事，所以我就没有和他说。你知道，他都四十多岁了，我以为，我们在一起就是二人世界，不再有其他的干扰，哪想到，他的家里其实挺守旧的，他妈妈还希望我过去传宗接代呢。我要知道这个，我肯定要和他说明的啊。"

"唉，阿琪啊，你——"蓝琴真不知说什么好了。她理解安琪的想法，这一生不能再有孩子了，是她内心的痛，她肯定不会主动和别人说起这件事的，但是这也怪不得她的婆婆，老人都有要孙子的想法，不管是在美国生活多年，还是在中国生活多年，只要是中国的老太太，几乎都有这想法，怪就怪在安琪被爱情冲昏了头脑，一味隐瞒内心的伤痛，没能做到开诚布公。

"我不能生孩子这个事，让他妈特失望。我没想到的是，我老公竟然也拿这个事当成了理由，他怪我没有和他说明这一切，但其实一开始他也没说过想让我给他生儿子的事。我们在一起时，他总是说，有我在一切都不重要，我甚至都没有机会和他说起过我的这些往事，也让我误以为他根本不会有这方面的想法。我怎么知道他都四十多岁了，原来还一切都听他妈的，还是个妈宝男。后来的事情就跟个狗血剧一样，我的事情让他们知道后，我在他们家没什么地位了，跟个受气媳妇差不多，这一切就是我们从马尔代夫度假回来，搬去他家住以后发生的事。然后就是我老公出轨，开始找别的女人。后来我婆婆又找我，要给我一笔钱，让我和他儿子离婚，我老公出轨的事，她都知道，甚至还很纵容。我那时终于知道，我的童话故事结束了，也许，生活中从来也没有童话，我只不过是在做梦。"

安琪平静地在电话那头诉说着，没有眼泪，也没有愤怒，她的嗓音嘶哑无力，但还是很平静。蓝琴的脑海中浮现出一个画面，在一家灯光昏暗的小旅馆里，安琪一手拿着正在燃烧着的烟头，一边用下巴和肩膀夹着电话，慵懒地靠在床上给自己打电话。画面上的安琪伤感而孤独，却又勉强保持着

223

一份淡定,像在诉说着别人的故事。一想到这个画面,蓝琴的心像针扎般痛了一下。

"亲爱的,你现在在哪儿? 还在美国吗?"

"早回来了,我跟他离了以后就回来了,我婆婆要给我一笔钱做分手费,我没要,我不是要饭的,干吗要她的钱? 我回到了沈阳,想一个人静一静,可是,到了晚上有的时候真的很难受啊。琴姐,我想了想,没人能听我说这些,别人听了都当个笑话,只有你,也许只有你能理解我——"

"别说了,"蓝琴果断地说,"见面细说,我马上给你订票,安排宾馆,然后去接你,陪你在这里好好玩几天。到时候有什么想说的,咱们姐俩好好聊聊。"

安琪来了,在 C 市整整待了一周。初见安琪,把蓝琴吓了一跳。她瘦太多了,脸瘦成了一条,身上也是瘦骨嶙峋,两人拥抱时蓝琴明显地感到她身上的单薄和尖锐感。安琪的脸色也不好,面色发青,眼袋低垂,脸上不施脂粉,完全素颜,头发也没怎么打理,蓬松焦黄,这还是那个在沈阳满面春风、言笑晏晏、走路都带风的让自己艳羡不已的职业女性吗? 蓝琴心疼地抚摸着她的头发,说:"不就是一个臭男人吗! 怎么把我们的阿琪弄得这么憔悴! 阿琪,你放心,在这里,一切交给姐,我一定要让你胖起来、靓起来,让那个臭男人再见到你,悔得肠子都青了!"

安琪搂着蓝琴,眼泪终于掉了下来。"琴姐,我现在发现了,只有你才是我最亲的人!"

一周的时间,蓝琴和安琪住到了宾馆里,每天朝夕相处。她陪着安琪,去商场购物,去海边漫步,去山上看红叶,也去小酒吧喝酒,听驻唱民谣歌手唱歌,还拉着她参加蓝宝贝的团建聚会,安琪的心情终于渐渐好转。蓝琴却还是放心不下,而在她的心里,一个大胆的念头也开始渐渐清晰起来。

安琪终于想回去了,在分别前夜,蓝琴提出了这个想法,她想留安琪在身边,帮自己经营蓝宝贝。

这个想法蓝琴心念已久,但一直没敢提出,过去是时机不成熟,自己创业初始,只是个新手,而安琪早已经是资深业内人士,又有着幸福的婚姻,自己怎么敢打搅她? 但现在不一样了,安琪自由了,而且又很孤独,蓝琴认为,这个时候留在蓝宝贝,对她来说,既是一条出路,也是一个治愈自己的过程。

对于蓝琴的想法,安琪表现得倒是很平静,她问道:"你想给什么职务?"

"总经理。现在这一块的总经理是我兼着的,给了你之后,我当我的主管院长,行政事务都由你说了算。我给你的年薪绝不会少于沈阳的任何一家月子中心,年底还会有提成。"

"一上来就给我这么大的官?"安琪笑道,"你怎么这么信任我?"

"我能不信任你吗? 沈阳开的第一家月子中心,你就当过主管,还有比你更适合的人选吗? 我就是怕这里庙小,你看不上。"

安琪的眼睛里蒙上了一层雾水,说:"谢谢琴姐的厚爱,但是有一个问题你有没有想过,当年我在沈阳干得好好的,为什么又不做这一行了?"

"我知道,你不是为了要结婚出国吗?"

"那只是一个对外的公开说法,事实上,我是被解雇的。"

蓝琴惊呆了。安琪竟会被解雇?! 这实在太令人难以想象了,那么精明、能干又敬业的安琪!

"我被解雇不是因为我工作上的问题,还是与我的生育能力丧失了有关,"安琪平静地说,"有一次,我和一个客户发生了点儿争执,甚至要对簿公堂,你也知道,咱们开这个机构,难免会有难缠的客户,也可能会有这样或那样的事故。可是那个客户不知怎么知道了我不能生孩子这件事,他就以此为借口,认为一个没有生育能力、从来没有养过孩子的人怎么能当好产后护理中心的负责人呢? 他认为我不专业,也没资格,后来那场官司我们输了,这件事搞得业内尽人皆知,老板怕我这方面的缺陷影响他事业的发展,正好借着官司的事,解雇了我。"

蓝琴只觉得怒火冲到头顶,"怎么能这样? 他们怎么能这么办事呢? 这件事,长河知道吗?"

"知道,在股东会上解雇我的时候,他也是同意的。但是为了照顾我的面子,对外的说法就是我要结婚了,主动辞的职。"

蓝琴愣在那里,在安琪身上发生的事情,真是令人意想不到,而这一切,长河竟也都知道! 商场的无情,她虽然早就了解,却没想到,在这个行业也是如此赤裸裸的。资本方竟然会如此欺负一个弱女子!

"解雇了我,平息了那个顾客的怒火,他们还保证机构以后不会再有这样的人和事,这是坏事变好事。他们的做法,我很理解。我不是小女孩,当然知道职场有职场的规则,我告诉你这些,只是想让你明白,琴姐,将来这样的事也许还会发生在你这里,如果也碰上了我在沈阳那个月子会所一样的客人,琴姐,我不想让你再为难一次。"

蓝琴平复了一下心情,缓缓说道:"阿琪,这些事,你说了我就明白了。我不是你以前的老板,这里也不是那家公司。我不会无故地解雇任何一个员工,你放心。而且我相信,正因为你的人生有了那一次痛苦的遗憾,我才更加强烈地想让你留在蓝宝贝。我相信你会把这种遗憾化作人间的大爱,用在你喜欢的事业上。以后,这里所有的孩子都是你的孩子,也是我们的孩子。我相信你会比那些有生育能力的人更爱他们,更珍惜他们。阿琪,留下吧,帮我,也是帮你自己。"

安琪看着蓝琴,四目相对之间,两人的眼睛都有些潮湿。

"琴姐,"安琪终于开口了,"给我点儿时间吧。我先回沈阳一趟,处理一下自己的事,然后给你答复。"

"好,我等你,我会一直等下去。"

一个月后,安琪重返 C 市,正式加盟蓝宝贝。蓝琴如愿以偿,收获了一员大将。

8

两周后,阎红给胡美丽打电话,从家里把她和孩子接来了。

孩子生下来已经五天了,有点儿瘦,脸色黄黄的,因为现在正是黄疸高发期,所以立即安排黄疸监测,每日两次,然后开始进行一系列的工作:安排房间,指定"一对一"二十四小时服务的贴心阿姨(月嫂)、专属责任护士,此后每天都会有护士、医生查房,记录宝妈和宝宝的基本情况。一周内会有产科、乳腺科、康复科、中医、儿科专家查房,有什么问题都可以随时解决;接下来,就是对宝宝的常规护理,每天都会有洗澡抚触,做操锻炼,还要练习追听追视、抬头;贴心阿姨会每天记录宝宝的吃喝拉撒,测量体重和身高,掌握宝宝的发育情况。

阎红欣慰地说:"都说你们这里很正规,百闻不如一见,把孩子交给你们,我就放心了。"

胡美丽说:"不是孩子交给我们,是你也得交给我们,而且,你是我首先要关爱的人,前两周要以稳定为主,活动要适量,后两周开始增加活动量,并且还要辅以育儿知识的学习。每周下午有瑜伽课程,我给你办理瑜伽馆的

226

出入证。你在这里就踏踏实实地坐你的月子吧,你放心,你和孩子在这里,就又增加了一个'娘家',这个娘家会理智地爱你,只要你保持美丽的心情就行了。"

"太好了!"阎红发自内心地说,"我一进来,一看到你,一听你说这些事,我的心一下就放松了,这一年,心情没这么好过!"

阎红的话里有话,胡美丽听出来了,她假装无心地问:"人家来坐月子都是拖家带口,成群结队,你怎么形单影只的,你老公怎么没和你一起来?"

"他?人家忙呢,跟着领导出差了,哪有空陪我啊。"

阎红的情况胡美丽多少知道一点儿,她老公蒋明是政府组织部门的一个科级干部,和阎红是大学同学,这两口子,一个在外企当高管,一个在政府机关担任要职,可谓强强联合,当时让很多同学羡慕。

但是家家有本难念的经,阎红出身于城市家庭,蒋明来自河北的一个农村,结婚后听说双方家庭在价值观念上差异较大,两方亲家相处得也不太好,听说还发生过几次激烈的争执。不过这些都是小道消息,具体内情胡美丽不清楚。

别人的事不能多打听,这当然是月子中心的规矩,但对于护理人员来说,对各个家庭的了解和关心却是保证做好护理服务的关键,更何况这位还是当年的同学,于是胡美丽热情地说:"一个人坐月子总是有些孤单和不方便的,我还是建议你们家再过来一个人,你老公来不了,你可以让你妈妈过来,我们的阿姨更多的心思可能用在孩子身上,妈妈过来陪你也好有个精神安慰。"

"好的,我会安排的。今天先这样吧。"阎红似乎不愿多说这个话题,将话题岔开了。

阎红住的是一个普通的套间,里外两间,外面的房间是月嫂和宝宝住,里面的一间是她和家人住。阎红刚安顿下来,蒋明的电话就打过来了:"小红,你在哪儿?妈出去买菜回来时,发现你和孩子都走了,也没和她说一声。"

"你告诉你妈,我带着孩子住月子中心了,让她以后不用管了,你让她回去吧。"

"什么?你胡说什么?我妈大老远地过来帮你,你一句招呼也不打,就带着孩子走了,你现在还让她走,你不觉得这样做太过分了吗?"

"蒋明，我不想和你吵，当时我也没想让她来，是她自己突然杀上来的，你也知道，她那种带孩子的方法不行，你没看孩子面黄肌瘦的，再这样下去，后悔就晚了。"

"说的什么话，孩子脸黄和我妈带他有什么关系？那是从娘胎里就有的毛病，你怎么赖到她头上去，你就不从自己身上找找原因吗？"

"好，就算是我的毛病。可我今天看见你妈嘴对嘴地喂他吃东西，你说这卫生吗？大人身上有多少毛病，这样喂孩子，将来孩子能好吗？"

"说的什么话?！我们哥三个，都是我妈一手带大的，我们有毛病吗？我们哪个不是健健康康的？把壮壮交给我妈，她是他亲奶，你以为她能害他？"

"观念不同，我们互相真适应不来，你也别说那么多了，这边的钱我早都交了，我现在都住进来了，已经不能退了。"

"唉，交了多少钱？"

"三万多。"

蒋明那边不说话了。阎红知道，钱也是他们夫妻、婆媳之间的重大分歧，她怀孕期间，婆婆从河北无极县老家不请自来，住了没几天，就被自己的消费观念吓了一跳。本来两口子没怎么为了钱有过分歧，可是自从婆婆来了以后，蒋明经常拿钱说事，有一次还竟然问起自己每个月的支出情况，这在以前都是没有过的事。

阎红和蒋明在这个城市里不算是富裕阶层，但也可以称为中产。蒋明是一个政府科级干部，赚死工资，一个月四千多，阎红比他要多一些，因为在企业做高管，月入八千左右，比蒋明多了近一倍。但是阎红的花销大，女性总有一些花费的项目，尤其是阎红这样的职场女性，花销比一般女性本身就大，再加上阎红出身于城市中产阶级家庭，虽然父母在她幼年时就离婚了，但在花钱上却没怎么憋屈过她。

与她相比，蒋明的出身要差一些，他们兄弟三人都是农村长大的，蒋明是家中老大，父亲早逝，母亲一手将其拉扯大。蒋明人很孝顺，对母亲可说是言听计从，蒋母虽是农民出身，字也认得不多，但很精明能干，独自一人拉扯三个孩子，老大上了大学，老二初中毕业后找了正式工作，老三在县里读高中，也算是村里的能人。

阎红的父母离婚早，也养成了她从小就独立坚强的性格，再加上少女时代在大城市求学、求职、打拼过，所以性格果敢、泼辣，没想到这一点，竟然与自己的婆婆也有相似之处。蒋明的妈妈张玉香由于青年丧夫,一个人含辛茹苦把孩子拉扯大,性格上也有强硬、主观之处,对此,在婚后的几次"磨合"中,双方都有抵触,不过,由于大家当时是各过各的日子,井水不犯河水,矛盾不大,但是阎红一生孩子,各种问题就浮出水面了。

蒋明有两个弟弟,一个参加了工作,一个正要考大学。蒋明的二弟已经到了成家的年龄,他在县城里上班,处了一个对象,但对方家庭条件比他们家要好,于是对他提出了一个要求,要他在县城里买套婚房。蒋母就想到了蒋明这个哥哥,要蒋明帮忙。蒋明当然责无旁贷,但听说需要四十万时,一下子也呆住了。

蒋明打听过,县城的房子不比城里,每平方米也就三四千元,按说二弟多年来参加工作,怎么也得积攒点儿钱,蒋明原以为自己拿个五六万,足够他交首付就行了,没想到一下子要这么多。蒋明苦笑着对老母亲说:"妈,这么多钱,都够在我们这里买房了。"

"妈知道钱是有点儿多,但是你弟弟他们选的那个是学区房,将来生了孩子,就是一劳永逸的事。你弟弟没啥文化,初中没毕业就上了班,总不成让他孩子将来也和他一样吧?"

"妈,我二弟还没结婚呢,你就给他想生孩子的事?这都好几年后的事,现在买什么学区房不太早了点儿?"

"你以为是妈要买吗?是你弟妹家里提出来的。人家说了,对咱啥要求也没有,就是要个婚房。你做大哥的,不能眼看着你弟的婚事黄了吧?你也知道你弟的条件,他这样的人能找个正经工作,也不容易啊。"

蒋明二弟的条件确实差点儿。好像上天有时真是不太公平,在蒋家三兄弟中,所有好的基因都显现在了蒋明身上。蒋明身高一米八,相貌英俊,肤色白皙,上高中时就是县城中学有名的帅哥,而他二弟身高勉强一米七,黑脸,小眼睛,塌鼻子,颜值跟蒋明差之甚远,简直不像一个妈生的;蒋明从小就品学兼优,学习成绩突出,二弟则从小就贪玩懒散,学习成绩极差,初中都险些上不下来,勉强毕业后在社会上游手好闲,后来还是老母亲亲自出马,找了父亲生前的一个熟人,才在县农机厂给他找了一个学徒工的工作,工作了五年才转为正式工。

和二弟相比,蒋明上过大学,住在城里,有房有车,有让人羡慕的干部身份,真是一个天上一个地下。但蒋母心中也有杆秤,当年为了供蒋明上大学,她借了不少外债,为了还清外债,她早早地就将本无心求学的二儿子推向社会,让他出外打工赚钱贴补家用,生生断了他学习的机会,这一点,她也觉得对不起二儿子,所以,现在蒋明出息了,她认为蒋明也有义务帮一下弱小的二弟。

"咱家把所有的好事都给了你,可以说是全家人都是为了你一个人,就是盼着你能出息。你二弟要不是为了成全你,也不会早早地就没有学上了。他十四岁就出去打工,也吃了不少的苦,小明,人都得讲良心,你将来发达了,得想着帮衬着自己的兄弟们。都是一家人,劲儿得往一处使啊。"

这是蒋母平时没少和蒋明说的话。蒋明也确实没少接济这两个弟弟,不过,这次一下子要他拿四十万,他还真犯了愁。

"小明,钱是多点儿,但这关系你二弟的终身大事,你还是想想办法。你在政府工作,总是有门路的,你媳妇又在大企业上班,收入也不低。我听老二说,你们这新买的车就要二十多万。这笔钱,就当是你借给二弟的,将来他有钱了,妈有钱了,一定会还你的,你放心。"

"妈,我明白,还不还的那是另一回事,主要是这么多钱,我一下子真拿不出来。你也知道,城里花销也大,阎红那个人,又不是攒钱的主儿。一下子拿这么多现金,我挺难的。"

"妈知道你的难处,所以,妈也给你想个办法。你们城里人不是能贷款吗?你可以在这方面想想办法。"

蒋母的意思是,让蒋明以自己的名义向银行贷款,先把县城的房子买下来,然后再过户到二弟的身上。这样的话,就不用拿这么多的现金了。

"妈,这想法是从哪来的?也不可行啊,我们现在的车、房都贷着款呢,再说贷款买二套房,还要过户给二弟,我怕阎红听了也不会答应的。"

"你的事还要她做主吗?你说了不算吗?"

"妈,我们俩之间这些年一直是各人管各人的账,她赚的钱她存上,我赚的钱我存上,要是有共同用钱的事,就一起商量表决。这么大的事,我一个人怎么能做得了主,得和阎红商量。但是你的这个想法不用问,阎红一定会否决。"

"什么?不是都老爷们儿掌家吗?怎么你在家里,连一点儿财权都没有?我说孩子你可别太老实了,这钱袋子可不能让女人掌管着,尤其是阎红。她买一双鞋都能花两千多,这钱都给她,还不都败光了?"

"妈,怎么叫她败光了?人家阎红也赚钱的,而且赚得比我多,人家花自己的钱,心安理得,怎么能叫败家?"

"什么叫自己的钱?两口子一起过日子,那钱就是公用的,还分什么你的我的,家里总得有一个掌钱的,说了算的,要不能叫家吗?那不成搭伙过日子了吗?反正,你是爷们儿,这钱的事你得掌管起来,你让她管,日子好不了!再说了,我刚听说什么,你的车也是贷款买的?那车也不是必需品,还贷款买什么?要是没钱,别买那么贵的,买二十多万的干啥,买十万的不行吗?你说,这阎红是过日子的人吗?"

蒋母对蒋明又是一番数落。最终还是以蒋明答应和阎红商量一下而告终。蒋明回去和阎红一商量,阎红一听马上就炸了,斩钉截铁地说:"不可能!"

"你妈、你弟弟真是贪得无厌,四十万!他们怎么想出来的?我告诉你,不要说四十万,四万都没有!还想出来咱们贷款买房给他的馊主意,这都是什么人啊!让他们做梦去吧!"

"你也别这么说,我弟弟的事,我怎么也得管一下,这是他的终身大事。"蒋明无力地辩解一句,"我这个哥不帮忙也不行啊,都是一母同胞啊!"

"你帮得还少吗?你弟找工作转正,给人家厂里送礼,一次就要了你一万;你弟弟跟厂里人打架,把人打得住了院,本来要判拘役,是你动用关系找的人吧,那赔人家的两万块钱,是你出的吧?你弟出了一分吗?这还不包括咱们请人吃饭、给人家好处费、赔人多少次的笑脸!你弟相对象,见面时那顿酒席都是你安排的吧?给人家姑娘的见面礼,你妈也让你给,你真大方,一下子给了9999元!好家伙,都做成这样了还不行,买房还要你给!一下子就四十万,这四十万在他们农村,都能买别墅了吧?她真把咱们当成提款机了,缺钱了就提点儿,还不用输密码是吧?"

"四十万是多点儿,我琢磨着,怎么也得给点儿,要不咱少给点儿,先借他二三十万行吗?"

"不行,没钱。"阎红一口拒绝。

"咱在城里住三室一厅的学区房,开二十多万的车,你还是业务经理,我还是个小科长,说咱没钱,妈和弟也不信呢。怎么也得意思意思吧,要不也说不过去。"

"咱家的房、车怎么来的你清楚吧?买房首付,是我爸借给咱的钱,孩子都没有呢,你却非要买学区房,一下子首付交四十五万,咱没有,我爸出了,现在每月还房贷得四千块,差不多是你一个月工资;买车,你妈就以为是我的主意?那还不是你想买大车吗?越野的,还不要日系,要德系,这又是二十多万,咱还是贷的款。你真的以为咱的钱那么经花?”

“你一年买鞋买包也不少,不行咱省点儿花吧,这些费用省省,还能多攒点儿。”

“你胡说什么呢?这话也说得出口!大房子你住着,写着你的名,越野车你开着,我上班坐公司的车,我还有啥要求?我买个衣服买个包,这你也看不过眼?你老婆是什么身份你不知道吗?我跟着你,连穿个衣服买个包都没自由吗?而且我也不花你的钱,你还算计到我头上了。”

谈恋爱谈的是风花雪月,过日子过的是柴米油盐,这一点用在阎红夫妻身上最合适不过,那一层本来就是飘浮在柴米油盐上的浪漫幻想,随着蒋母的介入而一下子被戳破,露出了生活的真面目。阎红和蒋明大吵了一架,最终也没有答应蒋母的要求,但矛盾没有升级,因为这个关键时刻,阎红怀孕了,这个消息让一直渴望着抱孙子的蒋母喜出望外,一下子就冲淡了二弟的婚事。

但生活中的冲突却永远不会随着时光的流淌而减少。没多久,新的矛盾就出现了。

一切源于蒋母给蒋明打的一个电话。

“明儿啊,你们去做那个什么B超了吗?看出来是男孩还是女孩了吗?”

“阎红不让做,说没用,男孩女孩都得要,知不知道没多大意义。”

“这孩子!那你把预产期再告诉我一下,我要找个算命先生测一下八字,能测出是男是女。”

“妈,这个你也信?那都是封建迷信,是男是女不看这个,要看双方的染色体。”

“妈不懂什么染色不染色的,你给妈办件事就行,你给阎红肚子拍张照片给妈发手机上。”

“妈,你这是要干啥?”

“妈看看她肚子是什么形状,是尖的还是圆的,尖的就应该是个男孩。”

对母亲的要求蒋明觉得啼笑皆非,母亲太想要个孙子,他也理解。但让阎红给自己肚子拍张照片发过去,这是绝不可能的事。

蒋母接下来的要求给未来的婆媳关系埋下了雷。她想过去在蒋明家住一段时间,照顾阎红生孩子,侍候月子。

蒋明却告诉她不用了,阎红对侍候月子有她自己的想法,她有个同学在月子会所,阎红想将来去会所里坐月子。

"什么会所?"蒋母对这样的机构闻所未闻。蒋明告诉她就是专业侍候月子的地方。

"就是找月嫂吧?我觉得没必要花这个钱,妈从小把你们仨都带大的,那经验比他们丰富,而且你们还能省一笔开销。"

"妈,不是月嫂这么简单,人家是专门的机构,需要搬过去住的。"

蒋明介绍了一下会所的情况。蒋母问:"那得花多少钱?"

"我也不知道,阎红问去了,还没回信,怎么也得一两万吧。"

"这么多钱?请一个月嫂也就两三千吧,他们咋那么贵?!那不去了,妈跟你说,这都是骗人的地方,再怎么的,对孩子的照顾也不可能做到像亲人一样,你告诉阎红这个钱省省吧,妈过去帮你们,还能给你们做饭。而且妈带孩子的经验肯定不比他们差。"

"妈,你就别操心了,阎红的事你别管,管了也不落好。"

"这叫什么话!你这个老爷们儿啥都说了不算?妈不听你的了,这钱不能让你们这么造!"

蒋母这一次没听儿子的,一意孤行地前往 C 市,也就正式拉开了这场婆媳大战的序幕。

4

蒋母突然出现,弄了阎红个措手不及。那天,她正挺着大肚子躺在沙发上看电视,嘴里还磕着"傻子瓜子",敲门声把她从沙发上吵了起来,她一边往门前去走,一边还叨咕着:"又不带钥匙。"打开门一看是蒋母,吓了一跳。

"妈,你怎么来了?"阎红惊诧地问。

"你马上要生了,我不得来照顾你吗?"蒋母不是空手来的,背上还背着个老式的旅行包,她把旅行包放下来,阎红要去接她的包,一拿就"哎哟"一声,包太沉了,一下子没拿住,掉在地上了。

"可要小心,这包沉,你身子不方便,不要动。"蒋母拎起包就往屋里走,看着她穿着鞋从洁净的地面上走过去,留下了几个大脚印,阎红心中一颤,急忙跟了过去。

蒋母轻车熟路地进了厨房,将旅行包放下。阎红跟进来问了一句:"妈,您怎么突然来了,也不说一声?"

"和小明说过的,他没和你说吗?这孩子是事多忙的,没事,我能自己过来,也不用麻烦你们来接。关键是你这里需要人。"

蒋母没细说,她和蒋明说过,蒋明明确表示不要她来,可是她得来,一是她舍不得让蒋明掏昂贵的月子费,二是二儿子婚期将近,怎么也得让大儿子出点儿血,她怕蒋明说不服阎红,自己过来看看情况。

蒋母一样一样地往外掏东西,有小米、大豆、土鸡蛋等土特产和一些蔬菜,还有一只刚宰完的鸡,装满了整个旅行包。阎红傻眼了:"妈,您这是——"

蒋母说:"这都是老家家养的,地里长的,全是绿色食品,都是有助于身体健康的。你生孩子坐月子,需要点儿营养,妈给你搭配着拿了点儿。你看这只鸡,早上刚杀的,新鲜着呢,在家里养了六年,这次给你熬汤喝。"

看着这一包东西,想着一个六十岁的老人从车站出来,扛着它一步步走过来的场景,阎红有些感动,说:"妈,真不用这么麻烦,这多沉啊!家里啥都有,而且楼下就有个大超市,想买什么可方便呢。"

"那不行,又贵又不好,都是转基因食品,咱不吃那个。"

老人还知道转基因?这让阎红不禁莞尔一笑。蒋母说:"以后,不要去外面买吃的,妈来了,就可以给你做饭了。我养过三个孩子,怎么养孩子,我心里清楚。"

"妈,您吃了没有?我给您弄点儿吃的。"

"不用,你别动。妈自己弄,也不是没来过。你家的厨房我也熟悉,晚上想吃什么?熬粥吧,我带的小米挺好。"

"别喝粥了,妈,蒋明回来得晚,咱们去外边吃吧。"阎红拿起手机,开始搜索,"楼下有个川菜馆,味道不错。"

"不去不去,外面挺老贵的,也吃不好,再加上妈坐了一天火车,也累了,我也不想出去。"

"那点外卖吧。你老先歇会儿,要不先洗个澡也行。我现在就点。"

"外卖也不用,那东西都油大,再说也不是好油做的,你现在这个时候,可不能瞎吃，妈带了食材过来，就是给你们做饭的。你快坐着，啥也不用管，妈自己都会整。"

好说歹说，蒋母就是不同意在外面点餐，阎红无奈，只得答应她。回到客厅，听着婆婆在屋里忙碌，阎红坐立不安，想过去帮忙，可是自己一向远离厨房，也知道帮不了啥，又想去擦地上的那几个大脚印，于是去门前鞋柜里拿了一双拖鞋，想给婆婆送去，走到门口，又停了下来。

结婚以后，婆婆一共来家里就三次。住的时间也都不长，但是每一次都没有换鞋的习惯，蒋明和阎红都提醒过她，但是她下次来了，仍不记得。这只是和城里人一个微小的区别，但也成为阎红与农村婆婆分歧的导火索。

阎红躲进自己卧室里给蒋明打电话，问他是怎么回事，蒋明也没想到妈妈说来就来了，阎红要蒋明下班买些菜回来，说婆婆不同意外面吃又不让点外卖，说不卫生，让蒋明看外面有啥现成的买点儿回来。蒋明说没事就随她吧，又答应自己去买点儿即食的食品回来。

阎红出来时，发现客厅上自己吃的瓜子、皮屑都一扫而空，蒋母正在拖地。

"妈，您怎么一来就干上活儿了，快歇歇，这个一会儿蒋明回来干。"

"不妨事，妈把鸡炖上了，现在正好闲着。你看你这屋乱的，妈帮你收拾一下，也别都等着蒋明，他工作了一天，回来哪还有精神头儿啊！"

墩布从阎红脚下掠过，阎红急忙闪躲开，说："妈，晚上就开始炖鸡了，是不是有点儿荤呢？"

"不荤，以后这鸡汤啊天天都得喝，你得补，太瘦了将来不利于生孩子。妈来了，保证让你能补起来，将来能顺顺利利地生个大胖小子。"

阎红看了一眼已经关上的电视和洁净的桌面，想起了刚吃了一半的瓜子和自己喜欢的小零食，以及正如痴如醉地看着的韩剧，又看看在忙碌着的老太太，叹了口气，回到屋里。

躺在床上，阎红心神不宁，一想到未来一段时间要和这个婆婆天天朝夕相对，竟有种生无可恋的感觉。

在月子会所，听阎红讲起这些经历，胡美丽忍俊不禁。阎红叹气道："这老太太来我家的这一个月，简直是种煎熬。"

"你呀，身在福中不知福，有一个疼你念你的，过来侍候你的婆婆，还不知足。"

235

"这哪是福啊？简直是打乱我们的生活了，就像个魔鬼来了。老太太事儿太多了，老习惯也太顽固了，进屋从不换鞋，进我们的屋也不懂得敲门，而且做菜油太大了，还齁咸，还不开油烟机，说用不习惯，我怀疑她就是为了省电。她一做饭，屋子里全是油烟子味，我说了她几句，她就把窗户打开，一阵阵冷风吹进来，我当天就头疼了，我这个人怕风你知道吗？可她不管。还说孕妇多吹吹风好，空气要流通。这是什么歪理？而且她天天不是烙饼就是蒸馒头，要不就是熬粥、炖鸡汤，这家伙天天给我整成农家饭专场了！她炖的鸡汤上面漂着一层油，还不让我撇，说营养全在这上面呢，关键是我也不爱吃鸡啊，除了肯德基的炸鸡，我不爱任何做法的鸡，而且我见了那油就恶心！"

提起婆婆，阎红是一肚子气。胡美丽劝她道："行了，别不知足了，要是有人天天给我炖鸡汤，我得乐死。"

"乐死，我快馋死了！那天我点了二百多块钱外卖，吃了个痛快。结果晚上躺在床上听见我这婆婆和她儿子抱怨呢，她看见我点外卖的单子了，一看二百多块钱，心疼呢，说我不会过日子，你说点个外卖就不会过日子了？这观念也太老了。还有难受的呢，她不许我白天看电视。说白天看电视吵得慌，其实我知道她是怕费电，而且她起得太早了，天不亮就起来，起来就开始收拾屋，要不就弄早饭，一天到头来，不是墩布扫帚在动，就是锅碗瓢盆在响。你说，我们一天忙下来本想睡个懒觉，这还能睡得着吗？再说一个屋子，有啥必要天天收拾，我本来还想着雇个保姆呢，结果全让她否了，她说费那个钱干啥。还有，她占厕所时间也太长了，我们家是三室一卫，厕所就一个，她一去就是老半天，她说她便秘，其实我知道，她是在厕所里给她二儿子发信息呢，不想让我知道，那您发微信就发呗，我也不想听您说啥，可是您老躲厕所里干啥？我本来肚子就胀，这一天天给我憋的——"

胡美丽忍不住哈哈大笑起来。

"你还笑，你是没有这样的婆婆，有了，我看你还笑得出来。"

胡美丽收起笑容，她也不是没有婆婆，她最近处了一个对象，也快到谈婚论嫁的地步了，不过，她这个婆婆是个刚退居二线的单位女领导，思想开通，也有素质，确实理解不了像阎红这样的婆婆。

"你的事让我想起了一个电视剧——《双面胶》。城里人和农村人，观念是有区别的，这真是得好好适应。"

"这还都是小事,最关键的是,她还挑拨我和蒋明的关系。看我和蒋明好一点儿,她好像是有点儿嫉妒。而且,对于我们家的财务分配她有意见,她觉得我花钱手大,攒不下钱,总想着让蒋明把家里的财权抓起来。这就是'干涉国家内政'了,是可忍孰不可忍!你不知道她讨厌到什么程度,我每次快递来了,她都偷偷看我的价签,看是多少钱买的。我有一次从网上买了一双鞋,花了一千多。她看完之后,和蒋明抱怨,说我买的不是皮的,是人造革的,而且她还去我们家鞋柜里看了,说一模一样的有好几双,她说我败家呢。"

"唉,管人家的私事,这是有点儿讨厌。"胡美丽也被激起了同仇敌忾之感,"放我身上我也受不了。"

"关键是我老公,我真没想到,他妈没来的时候,他还算是听我的,可是他妈一来,他马上就叛变了,真是谁家的娃像谁啊。"

阎红没和胡美丽说,其实在生孩子前一周她就和蒋明母子俩打了一架。起因就是在一次似睡非睡中听到了这母子俩的对话,蒋母要蒋明对二弟结婚的事表个态,蒋明没有办法,答应先帮二弟解决三十万块钱。

"这钱啊,就算是借给你二弟的,我让他给你打借条。你放心,钱借给自家人,咋都是踏实的。就你这个媳妇,你看她花钱那个方式,我就担心呢,这钱啊,早晚得让她败光了。"

"妈,这事你就别操心了,她现在怀着呢,让她想干啥就干啥呗,咱没必要惹她不高兴。"

"妈知道,要不妈为啥啥也不说,也是不想这时候惹气。孩子顺顺利利生下来,母子平安,一切都好。不过,你真也得管管你这媳妇,你说我来了才几天,觉得咱家就像外卖站、快递站,这一天天外卖员、快递员比你回来得都勤,今天一百二百,明天三百五百的,家里都趁啥啊这么造?!这钱袋子,你得拿过来啊,让你媳妇把着,家就得败光了。"

"妈,我知道了,您以后也别老为这个事操心了。"

"你给你弟弟钱的事可别和她说啊,两口子过日子也得长个心眼,你就记着,这钱放在你弟弟那儿,有妈在,他必须认账,迟早得还你。要是让你媳妇拿着,都变成了包啊鞋啊的,也没你啥事了。"

躺在床上听到这段对话,阎红再也躺不住了,不过她还是有理智的,没有马上起来发作,晚上蒋明回到屋里睡觉时,两人终于为这个事吵起来了。

阎红明确表示,让蒋母赶快走,她不想留她住了。

"你这是干什么? 我妈也是一片好心,再说这几天她鞍前马后的,没少出力啊! 她也六十岁的人了,又马上能见着孙子了,你说我怎么好意思就这么赶走她?"

"你以为她是为了我? 她是为了我肚子里的孩子。我在她眼里就是外人。她再不走,就该挑唆咱俩离婚了。"

蒋明摆上一副笑脸:"那哪可能呢? 我知道你不习惯她,不过再忍忍吧,孩子一生下来,我让我妈看看放心了,然后就劝她回去,咱们找月嫂。"

"不找月嫂,我要去月子中心,这是以前说过的,不能变卦。还有,你弟弟的事,我告诉你,不许给他钱,咱家也没有钱。"

"咱家? 唉——"蒋明叹了口气,"我这当大哥的也不能一毛不拔。要不,先凑十万给他吧,把他打发了得了?"

"十万? 你要给你给,别动我的主意,我是一分也没有,我也不给! 再说,"阎红脸上挂上一丝讥讽的笑,"十万能打发他吗? 你妈不是说了,最少也得先给三十万,要不这钱都让我这个败家娘们儿给败光了。"

"你,你偷听了我们的谈话?!"蒋明脸一下白了。

"对,听了,你们敢说,还怕人听吗? 蒋明,我再次告诉你,你妈必须走,下周就得走,你要不说,我就和她说。她再赖着不走,我就走! 而且我要正式告诉她,她二儿子结婚,我们没钱给他。"

"你敢!"蒋明急了,"那是我妈,不是别人,你休想赶走她! 你有没有良心啊? 这段时间,我妈侍候你还不够精心啊? 天天给你做饭,帮你收拾屋子,什么活儿都抢着干,孩子生下来还无偿地帮你带,你说,她哪点做得不如别人啊?"

"她做的这些事,找一个保姆,找一个月嫂都能干,而且人家还不会瞎掺和我的生活,我至少还落个心静。"

"你说的这叫人话? 一点儿感恩心也没有!"

两个人当晚大吵了一场,把蒋母也惊醒了。

蒋母进来先道歉:"孩子,别喊了,这大晚上的,让人听见像什么话啊,再说这么喊,对肚子里孩子也不好啊,咱不为别人,也为了孩子,咱们不吵架,不吵架了。"

阎红见纸已经撕破了,干脆一不做二不休,直接挑明了:"妈,你来得正好,我告诉你一件事,蒋明和我还有房贷、车贷要还,我们真的拿不了这么多钱来给二弟他们一家子贴补。你告诉二弟,让他趁早死了这条心吧。"

"不提这事,不提这事。妈不逼你们啊,你们量力而行就行。孩子,妈说别生气,别动了胎气,影响孩子。一切都是妈不好,你别和妈计较了。妈和你说对不起了,你放心,等孩子生下来壮壮实实的,妈看见了就走,绝不打扰你们。"

蒋母一边说着一边流下眼泪,蒋明将她搂了过来,也哭了,说:"妈,你说的这是啥话!这是你家,你住在这里天经地义,你不要走。谁走你也不能走。"

"这老太太,真有招啊!"胡美丽听到了这段不禁一声感叹,"这叫以退为进,人家先服软儿了,这下子,你还能赶她吗?"

"赶不了!他们娘俩一抱头痛哭,我一下子成啥了,成白眼狼了。你说我还怎么赶他们走?行,他们娘俩抱团,那就抱吧,但我打定了主意,等生孩子下来,我一定要去月子中心,我可不和那个老太太耗了,让她和她儿子过吧。我过我自己的,我和我儿子过我们自己的生活。"

"时间长了总不是个事,"胡美丽有点儿担心地说,"也不是一天两天的事,到时候还得常见面呢。"

"到时候再说吧,我现在累了,不想想这个事,烦!"阎红苦笑一下,"你看我,还号称是个职场女性,好家伙这一下午,家长里短地和你聊了这么多,我都成怨妇了。"

"不会不会,我挺爱听的。其实家家有本难念的经,尤其是女人,有什么心事不能常憋在心里,说出来也是一种释放。"

两人虽然一番倾诉过去,但是这个事并没有就此结束。下午时分,蒋明来了,来的时候脸色挺难看的,不过看了一下月子中心的环境,脸色稍缓。

"你这件事做得有些过分了,你在月子中心订了房间的事,怎么事先也不和我商量一下?和我妈也应该说一声。你这样就不声不响地来了,太让人措手不及了。"坐下没多长时间,蒋明就开始发难。

"商量?和你能商量得通吗?我一说要去月子中心坐月子,你妈赶紧反对,你也不同意,我就自作主张一次了,我这也是为了孩子。"阎红寸步不让。

正说着,月子餐送到了,胡美丽也进来查房。

"姐夫,你就放心吧,她在这儿能得到最好的照顾。"胡美丽看屋里的气氛有点儿紧张,就进来解围。

"妈说晚一点儿过来看你,她给你熬了鸡汤。"

"让她歇歇吧,这里的月子餐很好的,营养比鸡汤丰富。"

"老人是一片好心。你就别再违逆她了。"

蒋母下午就过来了,尽管早有所耳闻,但胡美丽却发现蒋母看起来挺朴实憨厚的,不是她印象中恶婆婆的形象。而且还很会说话,对护士、贴心阿姨们很客气。而且到了房间,没寒暄几句,就把阎红的内衣裤拿出去洗了。

胡美丽趁蒋母出去时,对阎红说:"你这婆婆,好像没你说的这么厉害啊,我看挺好。"

"都是表面现象,这老太太,演技好着呢。当年我第一次和蒋明去她家,也是被她唬住了,以为她是个通情达理的人。"

5

阎红和蒋明吵起来了,吵得惊天动地,把蓝琴都惊动了。

争吵的原因是因为蒋母下午的到来。蒋母不是一个人来月子中心的,随她前来的还有蒋明的二弟和弟媳。二弟是昨天下午来 C 市的,来的原因是来看看嫂子和孩子,但也是来借钱的。

阎红没想到一下午就看见了他们,她立刻联想到,这一定是蒋母的主意。好啊!她马上就想到,真是步步紧逼啊,连我生孩子期间都不放过,这一家人心也太狠了。因为心生怨气,所以脸子很难看,没怎么好好理这些人。

蒋明见妻子的态度较差,又见二弟一家子脸色也渐渐拉了下来,急忙紧急叫停,带着二弟一家子出去吃饭了。晚上回来,阎红还在生气,见他进了屋,理都没理。

"我知道你不高兴他们来,但也别太摆在面子上了,人家好歹也是实在亲戚,你生孩子这么大事,他们来看看也是应该的。再说也没空手来,还是讲礼数的,咱也不能太没礼貌了。"

"来看我?我看是黄鼠狼给鸡拜年,没安好心。"

"别说得那么难听,那是我亲弟弟啊,以后还不走动了?"

"我问你,他们是不是又提钱的事了?"

"没提,但是我主动说了,我说了一下咱家的情况,我答应先借给他十五万,要是不够,以后再想办法。二弟也同意了!"

"你——"阎红气得胸膛起伏,"你可真有钱,张口就是十五万。"

"不借怎么办? 你看你,生孩子都进月子中心,一花就是三四万。再说咱没钱,我能说得出口吗?"蒋明心里也一肚子气。原来他二弟一来就打听了,听说阎红坐月子一个月要花三万多,当时就和蒋母说了,说我嫂子坐一个月子二十多天,就顶我一年工资了,她家这么有钱,怎么才借给我十万块钱? 蒋母听后又是一番劝说,蒋明没办法,只能又增加了五万,一下子拿出十五万块钱,他也心疼,心中不禁也怪阎红多事,放着省钱的老母亲照顾不要,非要去昂贵的月子会所,落人以口实,这下借钱少借点儿也不行了。

"怎么,我去月子会所还有毛病了? 那不是你的孩子? 你就知道心疼这几个钱? 给你弟弟填那个无底洞就不心疼了?! 再说,我又没花你的用你的吧! 你也真有种,你妈说啥是啥,说掏十五万就掏十五万,你这么有钱,你自己拿吧。我没钱给他,我儿子长大了,干啥都得花钱,我不能这么糟蹋钱。"

"他给我打借条了,也不是一借不还的。"

"能还回来才怪呢! 你妈不是说了吗? 钱放在我手里她不放心,怕我全瞎花了,我看她要替你经管着,谁知道是你弟弟真缺钱,还是你和你妈打的什么主意!"

"说什么呢你! 你怀疑我妈贪咱家的财产吗? 真是岂有此理!"

两人越吵越厉害,把孩子也吵醒了,月嫂见情况不妙,急忙去找胡美丽。

蓝琴正好查房回来,听见了吵闹声,她沿着声音看过去,正好看见蒋明出来,脸色铁青,啪的一声将门摔上,里面还传来阎红的哭声。

"这是怎么回事?"蓝琴急忙进了房间,看见阎红正在哭。

"宝贝,出什么事了? 怎么还哭上了?"蓝琴对阎红印象很深刻,知道她是胡美丽的初中同学。

"没事,蓝姨。"阎红擦擦眼泪,强自打起精神。

"两口子闹意见了吧? 我看小蒋出去时脸色可不太好啊。有什么委屈和蓝姨说说,蓝姨是过来人,没准儿能帮你想想办法呢。"

不管蓝琴怎么问,阎红只是抹眼泪说没事,就是不说细情。

正说着,胡美丽进来了,蓝琴冲她使个眼色:"美丽,你劝劝阎红,问她是怎么回事,一会儿到我办公室来一趟。"

胡美丽心领神会地点点头。

蓝琴刚回到办公室，安琪就上来了，说："三楼309屋是怎么回事？刚才有客人投诉，说他们大吵大闹，把孩子都吵醒了。"

"小两口因为婆媳关系吵起来了，具体细节我还不清楚，一会儿胡美丽上来我问问。"

正说着，胡美丽上来了，把阎红家里发生的事情和蓝琴、安琪说了。

安琪哑然失笑："看这两口子，有文化有教养，都是好单位出来的，没想到家里的事也一地鸡毛，还真狗血。"

"城市与农村结合的家庭，具有一定的典型性，我们以前也不是没经历过。"蓝琴说。

"她那个婆婆真不是东西，"胡美丽恨恨地说，"都是她挑的事，偏心眼子！"

"你不能这么说，"蓝琴马上纠正她，"任何事情都得一分为二地看，我们得站在对方角度看问题，都是一奶同胞，做母亲的，谁不想一碗水端平？他母亲心思是好的，想照顾着大儿子，也帮衬着二儿子，只不过做法是有些欠考虑，但我们不能一棒子打死。在这个事上，阎红也有做得不对之处，最不该的就是也不通个气就自己跑到月子中心来了。清官难断家务事，可是到了我们这里，我们就得帮着断，要不，也影响我们的工作质量。"

胡美丽说："可是我们怎么断啊？刚才阎红还和我说，想和蒋明离婚，还说出了月子就办这事。我看她是真生气了，蒋明不和她商量，就答应给他弟弟十五万，这个事让她觉得自己完全没有得到尊重，她不想再这样过下去了。"

安琪笑道："离婚的话都说出来了？不过我也理解蒋明，他是两边受气啊，和阎红商量，肯定商量不通，他弟弟和弟媳妇又亲自来了，不掏钱，他这个当哥的也说不过去，所以他也是没办法。"

"离婚绝对不可以，宁拆十座庙不毁一桩婚，咱们月子中心自开办以来，只有因为坐月子以后关系复合的，没听说过坐完月子就离婚的，这个事，绝不能开先例。"蓝琴这一刻下定了决心，"美丽，这个事，你先别管了，我来处理吧。"

胡美丽惭愧地说："蓝姨，又把这个棘手的事推给你了。"

"不是棘手，这是我们必须解决的。两位，从咱们成立以来，我们就反复强调一句话,要捍卫宝妈的美丽心情。现在,这就是我们全体上下齐心协力,要捍卫这句话的时候了。"

蓝琴等安琪和胡美丽走了以后,就给蒋明打了电话。寒暄两句,蓝琴就开门见山地说道:"小蒋,蓝姨想问你一句话,咱们进入月子中心之前,我要你承诺一件事,你还记得吗?"

"什么事啊?"蒋明有点儿糊涂。

"你这么年轻,脑子怎么这么差了?那句话就是在这里的一个月时间,我们要捍卫宝妈的美丽心情!为此,咱们还签了个责任书,你还有印象吧?"

"有印象,但——"

"但你没有做到是吧?我昨天去了,看见阎红在哭,孩子也在哭,你这个当父亲的,怎么能言而无信呢?"

"蓝姨,这里面是有原因的,你听我解释。"

蒋明满腹委屈地解释了一通,虽然已经知道事情的真相,但是蓝琴还是耐心地听他说完了。

"我明白了,小蒋,你现在答应蓝姨一件事,马上给阎红打个电话或发个微信过去,向她道歉,要真诚地道歉,为你昨天的言行道歉。"

"行,我可以做到。为了孩子吧!"蒋明勉强同意了。

"接下来你要有时间,把你妈送过来,我想和她谈谈。"

蒋母是下午过来的,蓝琴和她聊了两个多小时,了解到这个家庭的一些情况。她了解到,其实蒋明和阎红的婚姻一开始就是有波折的,两个人刚结婚八个月就差点儿闹离婚了,原因是一件貂皮大衣,当时阎红看中了一件貂皮大衣,要两万多块钱,但蒋明却觉得有点儿物非所值,而且 C 市地处海洋性气候区,冬天也比较温暖,用不着穿这样的衣服。两人发生分歧,但阎红没管这个,直接买了。但没多久,蒋明二弟因为在厂子里打架,把人打伤了,蒋明为了摆平这事,从家里拿了两万块钱去运作,阎红认为这事没有意义,一人做事一人当,他弟弟做错了事,就应该承担责任,她认为蒋明做的这件事不但于事无补,反而助长了他弟弟这种有事就依赖别人、不思悔改的习气。两人为此又发生了争执,大吵一顿,最后蒋明还是出面帮弟弟摆平了此事。一件皮衣,一个打人事件,各自花了两万多块钱,双方都觉得不值得,最后干脆也规定了,以后各人管各人的钱,谁也不能干涉谁。

"像这样的事情,你亲家那边是怎么看的?他们是支持小蒋还是支持小阎?"蓝琴问起一个她一直关心的问题。

"谁家的老人当然就向着谁家的孩子,这女娃子家是城里人,她父母条件好,花钱手大,我们家小明是农村人,从小过的苦日子,他们家一开始也看不起我们农村人。那次打架之后,阎红回娘家住了一个月,还是我和我们家小明去了她家好几趟,我舍了这张老脸给他们道了歉,这才回来的。"

蒋母和亲家的关系是很一般的,平时很少来往,而且蓝琴还从中得知了一个讯息,阎红和蒋明一有争吵,就喜欢回娘家,几乎每次都是蒋明去她妈家把她接回来,才算平息。

"一吵架就回娘家,这习惯不好。"

"谁说不是呢,这么几次下来,让阎红他们家对我也有成见,以为都是我们家挑事,其实,我们还是盼着他们好的,谁愿意看他们天天吵?可他们不理解啊,阎红家就一个孩子,什么当然都可着她来,可我有三个孩子,我不能不一碗水端平啊。"一说起这些事,蒋母也是满腹委屈。

"哪个父母不盼着孩子好呢,我就要您这句话就行了。既然如此,老姐姐你能不能答应我三件事,我敢保证,做了这三件事,他们夫妻之间的关系就能和谐了,也不会争吵了。"

"行,您说吧,能答应的我一定答应。"

"第一,坐完月子了,您照顾完他们,就马上回老家,咱就别干扰他们的生活了,现在的年轻人和您那个时候不一样,他们要自己的生活,我们尽到职责就行了,过多的干预咱们就不需要了,有可能管得太多了反而添乱,给他们家里制造矛盾。"

"行,我也想家了,我也想回去了。"

"第二,这两年蒋明借的、花在他二弟身上的钱,希望您那里整一个账出来,要您的二儿子签个字,交给您保管,而且最好还要有抵押物,例如房子什么的,这事要告知蒋明夫妻两人,让夫妻俩知道他们的钱都花在什么地方了。另外哪些是赞助的,哪些是需要还的,什么时间还,这一点,您要把账目弄清楚,把还款期限弄清楚,把抵押物品弄清楚,要让所有人都清楚。一个家庭,亲兄弟也要明算账,也要有信誉度,如果这个信誉度低于底线以下,那这个信誉就不能再讲了。我希望您也能理解,一个人不可能长时间无条件地给另一个人付出。你的二儿子有困难的时候,作为兄长,蒋明是应该帮助的,但这不代表着这件事情只能剃头挑子一头热,而有些没有必要的、额外的事情,从您那里就应该拒绝和推辞的。按说,这是您的家事,我不应该管,但是如果因为这件事惹得阎红坐月子期间心情低落,影响她和孩子的身心健康,这就是我们的失职了,所以也请您理解。"

蒋母点了点头,说:"我理解。我回去就办。"

"第三,我就想请您也理解一下您的大儿子,他赚的每一分钱也很不容易。还有您的儿媳,她也不是您想象的拿着钱就大手大脚不知道过日子,城里的工薪阶层也有很多的苦恼、有很多的压力是您不知道的,过去你们不在一起过日子,可能有些事情您不是很了解,现在正好利用这个时间,大家互相理解和了解一下对方的生活。我有个大胆的想法,但是得说服阎红,而且需要您配合,您能做到吗?"

蒋母瞪大眼睛,问:"什么想法?"

"我想让您和蒋明一起和阎红坐月子。我会给你们换一个大一点儿的套房,价钱不变,让你们在这里度过一个月的时间,让你们了解一下月子中心每天都在做什么。你们也可以利用这个机会,重新了解一下对方。"

6

阎红一听说要婆婆和自己一起坐月子,当即一口回绝。

"我妈明天要过来陪我,已经说好了。月子一坐完,我就回她家,房间都收拾好了。"

蓝琴劝她道:"我和你婆婆已经说好了,等你出了满月,她就回去了。你母亲那边身体也不好,我建议等你出完月子再去她那儿住段日子,再说老人也想孩子,你一个月不让你婆婆见孩子,她也受不了。"

阎红还是不同意:"我们的生活习惯太不同了,我们在一起合不来。"

"你们的生活习惯不同,这才正好在我们月子中心一起住一段时间呢,因为在这里,你们过去的生活习惯和传统经验都要放下来,我们月子中心将会提供一套科学、完善的产后护理方法,这个既需要你们配合,也需要你们学习,而且是共同学习。你不总是说,你婆婆那些老式的护理方式你看不习惯嘛,我看正好在这里也校正、改变一下她的老观念,让她能接受科学的护理方式,并且做到身体力行。"

阎红鄙夷地一笑:"就她那老脑筋,你让她坐下来学东西,那哪可能?"

"有什么不可能的,你要是相信蓝姨,就让她暂时在这里住一段时间,看看效果。蓝姨只想问你一件事,你的孩子长大了,将来你还想不想让孩子认这个奶奶?"

阎红迟疑了一下,说:"该认的当然还是要认的。"

"那就行了,你就是现在不见她了,将来迟早也得见,这是孩子的亲奶奶,你也不想孩子长大以后,因为你们的隔阂就和亲奶奶再不见面了吧。既然如此,我们就趁着这个时机,一劳永逸地解决你们之间的问题,以免小问题越来越大,变成大问题。"

"可是他们家那些穷亲戚,我真是受不了,老太太太偏心!"

"这个蓝姨已经和你婆婆沟通过了,你放心,他们不会再来骚扰你了。但是你也要理解你婆婆,她有三个孩子,不像你家里只有你一个,这次的事情大家都各自退让一步,但丑话要说在前头,你们对他们的帮助不是无穷尽的,而且借和赠予不是一个概念,这个,我想由你老公来亲自出面,把一切说明了。你不宜过多参与了,你在幕后指挥就行。至于你老公那边的工作,由我来做。"

阎红咬了一下嘴唇,想说什么却没说出来。

"小阎,我还是劝你一件事,以后有什么事,和你老公心平气和地商量、解决,不要动不动就吵起来,而且最忌讳的是,一生气就回娘家。你们夫妻间的事情,要齐心协力,共同商量着办,不要动不动就去老人那里诉苦,让老人为你们担心。如果有商量不通的地方,可以先搁置几天,大家冷静下来,再理性地处理。夫妻之间是有相处之道的,这个你们也要学一下。把矛盾转嫁给老人,让他们仲裁、解决你们之间的事情,这是不成熟的表现,也会适得其反。"

和阎红谈完,蓝琴又把蒋明约来,一见面就严肃地说道:"小蒋,蓝姨听说,阎红说出了满月就想和你离婚,这话是真是假?"

蒋明一脸的憔悴和不满,"谁知道真假!这日子这样下去,也真是没法过了。"

"你这是什么话,这是一个男人该说的话吗?让妻子提出想离婚的要求,这不是一个丈夫的失职吗?这说明你们夫妻之间相处是有问题的,你得积极解决。我已经和你母亲谈过了,这一个月,她和你一起在产房里陪阎红坐月子,她们婆媳是不是通过这一次能好好相处,就全看你了。"

"阎红能同意让我妈过来陪她?"蒋明觉得难以置信,"在我们家她都受不了,在这里就能行?"

"你们家是你们家,我们这里是月子中心,这环境和条件都是不一样的,你放心吧,在这里,多少比你们恶劣得多的婆媳关系都缓和了,我们这里就是有种气场,专治婆媳不和。"蓝琴笑道,"不过,这也得看你。你是你老婆的坚强后盾,也是她们婆媳之间的桥梁,你责任重大。"

"那我该怎么做?"

"蓝姨教你三句话,你学会了,这夫妻相处的事也就明白了,这三句话就是男人对老婆要有三多:多理解,多关爱,多甜言蜜语。把这三多学会了,一切事情就都迎刃而解了。"

蒋明听了若有所思。蓝琴说:"回去好好琢磨琢磨,从今天开始,就做'三多'男人。"

送走蒋明,蓝琴觉得有些疲倦,但没多久就接到了阎红的电话。阎红在电话里直接问她:"蓝姨,你说我婆婆同意了,这一个月在月子中心陪完我她就回家是吗?"

"对。陪完你她就回去了。"

"行。那我就试试,反正就忍一个月吧,忍一个月,就不用再见她了,也挺好。"

"行,那我就通知给你换个大房,让你婆婆、你老公今晚就过来住。"

蓝琴要胡美丽帮着阎红换了房间,晚上蒋母就过来陪床。蓝琴已经想好了一系列的方法:让蒋母和阎红一起吃月子餐,也一起去听产后护理的课程,另外贴心阿姨要多和老太太沟通,将一些现代化的产后护理知识讲给她听。

"咱们得让她们娘俩共同学习、成长,这方面你们要耐心一点儿,她们有分歧的时候,我们要做好调解工作。不管怎么样,这不是在他们自己家,大家面子上起码也得都稍微收敛一些,这反而有利于我们的工作。"

"唉,"胡美丽叹了口气,"我们不光是护工,现在又变成调解师了。还得学点儿心理学呗,蓝姨?"

"你以为呢?咱们这个工作是简单的护士就能干的吗?咱们个个都得懂得心理学,咱们的产后护理就包括了捍卫产妇美丽心情这一块,这是你的职责啊,美丽同学!"

一开始，婆媳之间还是有些分歧。

没几天，蒋母就找蓝琴诉苦："这人就没有知足的时候，我一天忙得昏天暗地，连内裤都给她洗了，她还是不满意，一天连个笑脸都没有。"

"怎么了？你儿媳妇连内裤都让你洗啊，这也太不像话了，我回头说说她。"

"不，不是她让我洗的，是我主动给她洗的。她照顾孩子，身子也不方便。"

"那要是您主动的，您就别抱怨了。您这么做为啥啊？不也是为了她好吗？既然是为了她好，那就好人做到底，别抱怨。我相信每个人的眼睛都是亮的，不会看不见你做的事。"

没多久，蓝琴又找到了阎红："你婆婆这两天说手疼呢，我听阿姨说，她天天帮着你洗衣服，连内衣裤都洗了，可能是沾凉水导致的。你回头劝劝她，咱们有阿姨，你和宝宝的贴身衣裤都交给阿姨负责洗就行，要是不放心，非要自己洗，洗漱间有热水，别用凉水洗。"

阎红的脸一下子红了，"我可没让她洗内衣啊，是她非要洗的，我有时藏起来，准备自己洗时，都让她翻出来了。她非要洗，我其实特别不愿意她洗我的贴身衣服啊。"

"老人也是一番好心，咱做子女的理解就好了，她愿意洗就洗吧，反正这是小活儿，也累不着。不过，你该表扬的时候也得表扬她一下啊，她这也是为了让你能轻松点儿，怕你累着啊。咱别让她说咱不懂感恩。"

"我知道了。"

有一天蓝琴去查房，发现蒋母正和贴心阿姨有说有笑的，讲当年在村里养孩子的一些趣事，阎红正抱着孩子坐在窗边晒太阳，屋子里满溢阳光，气氛也是其乐融融。

蓝琴没打断蒋母的雅兴，悄悄过去问阎红："怎么样，最近没啥事吧？"

"没有，她可找着说话的伴儿了，天天在这儿谈得兴高采烈的，我耳根清净了很多。"

正说着，蒋母也凑过来了，蓝琴问她："怎么样？老姐姐，在这儿住得习惯吗？"

"挺好的，你们的人都很和气，还爱和我聊天，比我在家里啊热闹多了。"

"月子餐你吃得习惯吗？"

"行,刚开始觉得清淡,现在觉得,味道真好,比我熬的那鸡汤好。"

"还定时听课吗?"

"听了,还真挺有收获。你甭说,有些事啊,不听听还真不知道,原来过去很多的方式都是不对的。比如坐月子,过去我们叫猫月子,讲究的是'捂',大棉被二棉被盖身上,就怕凉着,现在才知道,过度捂对产妇也不好。还有,过去老辈人讲产妇还要忌风、忌口、忌凉水,月子期间连澡都不能洗,现在才知道,澡是可以洗的,只要温度适宜了就行。老辈还说坐月子不能'串',产妇不仅要坐,而且必须'坐'在床上,否则会伤了元气,现在才知道,根本不是那么回事,产妇还得有适当的运动。想想也是,你说我们当年生孩子,生完孩子第二天就下地干活儿了,哪有那么多忌讳啊!另外,我们过去为了发奶,要弄不少吃的,又是熬南瓜,又是炖猪蹄,又是熬鸡汤,现在看来,有的也不科学,过油过腻的,还可能会堵奶,还会变胖……"

蒋母说起来滔滔不绝,蓝琴笑着打断她:"看来您真是个好学生,记住了这么多,不白听课啊。"

一旁的小护士插嘴道:"老太太听课可认真呢,还拿手机录音呢。"

"这辈子我也没好好上过几天学,没想到在这儿又重新上学了,"蒋母笑道,"我得好好听听,将来我那二小子、三小子再给我生孙子的时候,就有经验了。"

"对,您现在好好学学,将来有经验,带出的宝宝就更健康、更好了!"

正说着,蒋明进来了,手里提着一袋子水果。

蒋明和蓝琴打了个招呼,然后出去洗水果,蓝琴跟了出来,问他:"最近怎么样?大家相处得还好?"

"挺好,每天能看见孙子,还有人陪着说话,我妈心情好多了。阎红心情也不错,前两天她妈也来了,大家在一起,还是挺和谐的。"

"你呢?我说的'三多',做到了吗?"

"努力做呢,这两天阎红情绪也不错。"

"很好,继续坚持。"蓝琴鼓励道,"不是坚持这一个月,而是要把这个习惯一直坚持下去,女人就是用来疼用来爱的,你能做到这一点,家庭生活就不会出任何问题。"

晚上回家,蓝琴和宝峰说起了这段婆媳的故事,宝峰大笑道:"蓝琴啊,我一直以为,你是个从不婆婆妈妈、做事斩钉截铁的大女人,怎么现在也天

249

天跟这家长里短、鸡飞狗跳的事捆在一起了？还帮人家解决婆媳矛盾,这也不符合你的人设啊!"

"唉,谁让咱干的就是这婆婆妈妈的事,咱接触的全是婆婆妈妈的人呢,"蓝琴叹了口气说,"我现在感觉,我不是什么院长,就是居委会主任。居委会主任能干的工作,我全能干。"

是的,几年来,在做好产后护理的同时,处理各种各样的家庭琐事和纠葛,几乎成了蓝琴生活的主旋律,她从一个原本有点儿男性化的性格,变得越来越纤细,越来越缜密,越来越生活化了,这是职业带来的变化,有几分无奈,但也是一种成长。

一个月时间过去了。阎红准备出院了,这一个月期间,没有争吵,也没有分歧,孩子很健康,比来的时候胖了三斤多,大人们也心平气和,阎红和蒋母也不再互相抱怨,度过了自婚后以来最平静的一段时光。

临行前,蓝琴给阎红搞了一个欢送仪式,在欢送仪式上,蓝琴说:

"小阎,小蒋,祝贺你们和宝宝顺利毕业了!但是你们和蓝宝贝的缘分并没有尽,回家后我们还要密切跟踪服务六个月,这六个月之内也是一个女人的黄金期间,还要引起重视,记住每个月要回馆把脉一次,我们要追踪你身体的恢复情况,及时沟通宝宝生长发育及母乳喂养情况。满月后还要注意别着凉、别累着,保护好自己。另外,饮食还要多样化,哪些禁忌食物不可吃的,要忌口。最后,有什么需求还要求助'娘家'哦,这里是你永远的娘家。欢迎随时回娘家!"

阎红说:"蓝姨,谢谢你一个月的照顾,重要的是,你让我们的家庭重新回到和谐的状态,甚至挽救了我快要绝望的婚姻,这一点,是我在来之前没有想到的,也没有期望到的,这一段时间辛苦你们了,也表示感谢。"

蓝琴说:"我们这是应该的,我觉得,小阎也得对你的老公、你的婆婆说声谢谢,这一个月的时间,他们也很辛苦,为了你,为了孩子,都付出了很大的努力和牺牲,一个家庭,互相付出,又互相感恩,才是良好发展的基础,这一点,在你们家里我看到了,我也很高兴。"

阎红对蒋母鞠了一躬,说:"妈,您辛苦了,谢谢您。"

蒋母将她抱在怀里,眼中流下泪来,"傻孩子,你给我生了个大孙子,妈做啥那不是都心里高兴嘛!应该说谢的是我啊。"

在出院之前,按蓝琴的建议,蒋母把账目拢了一下,把蒋明这些年接济兄弟们的钱财进行了汇总,还让蒋明二弟做了将来用房屋抵押的证明,都交到了阎红的手里,并向她保证,按期归还,决不拖延,上面还有蒋明弟弟的亲笔签名。

"妈,您这是干什么?"阎红对此很意外。

"亲兄弟明算账,你放心,小明对小龙付出的,妈心里有数,该他还的,会监督着他还,不会让你们白白地付出。他要是不好好还,那房子就不给他了。而且以后妈尽量不让他们再来麻烦你们夫妻俩了,这次买房的事情,也暂缓一下吧。妈和二弟他们两口子解释就行。你们生活也不容易,还有不少贷款,妈这次都了解了,放心吧。"

现在,阎红对着蒋母鞠了一躬,婆媳心中百感交集,尽在不言中。

车辆来了。他们三人带着宝宝上了车,蓝琴不禁长出一口气。

无论是怎么样来的,一定要让他们笑着离开,这是蓝宝贝的承诺,也是她蓝琴的责任。

第二章　公道人心

1

在月子中心待的时间长了,简直就像进入了一个家庭纠纷处理站,什么样的情况都会出现,而且每天都有新情况,让人真是应接不暇。

这不,刚处理完阎红婆媳的事,月子中心又传出新闻了,一个暴怒的丈母娘打了姑爷一个大嘴巴子,这一巴掌的后果是姑爷眼含热泪,带着右脸的伤痕离开了月子中心,女儿则大哭了一场,下午这一消息就传遍了整个会所。

蓝琴是第二天听到这个消息的,事实上她这几天正忙着与妇幼医院在做一个孕前保健知识的讲座,忙得不可开交。闻得此消息,就把胡美丽叫来,问是什么情况。

胡美丽对此倒是很了解,身处第一线的护士,当然要了解各个家庭的情况。这个家庭是个很奇怪的组合,宝妈韦思思嫁人时是个黄花大闺女,却爱上了一个有妇之夫。韦思思是个大学老师,她现在的丈夫胡也频是在大学里教艺术的,好像还曾是个雕塑家,现在辞职开了一个室内装潢设计公司。和现在的妻子认识时,胡也频还没有离婚,有一个女儿,所以这场恋情一开始是不被看好的,他们都背负了很多压力,最后胡也频离了婚,女儿的抚养权也得到了。现在他和韦思思又生了一个女儿,在月子中心坐月子。

本来是想夫妻两人一起住的,但是因为胡也频的大女儿太小,还在上小学,需要照顾,所以就把韦思思的母亲接来帮忙,没想到在一起没多长时间,韦母和姑爷就发生了冲突。

"这个人的情况我听说过,好像他是谁介绍来的?"蓝琴思索着。

"白宇老师,胡也频是白宇老师的高中同学,他介绍的。"

蓝琴想起来了,既然是白宇的高中同学,那他们的年龄相仿,胡也频也有四十多岁了。从年龄上讲,这对夫妻有点儿老夫少妻的感觉,蓝琴还记得白宇初次带着胡也频来月子中心时的场景,胡也频虽然人到中年,但一头长发却乌黑蓬松,身材高挺瘦削,穿一件黑色皮衣,脖子上还挂着一个十字架项链,眼神凌厉,很有艺术家的范儿,一看就是特能打动文艺女青女的那种类型。不过,她对韦思思印象并不深刻,记忆中好像就是一个普普通通的女孩。

"韦思思她妈对这场婚姻极不看好。我听韦思思说,她一直持反对意见,想尽各种办法,想搅黄了他们,不过,这韦思思好像吃了秤砣铁了心,就是不听她妈的,任别人怎么搅和,也铁了心要跟胡也频在一起,最后她妈不得不妥协,听说一直不满意,连他们的婚礼都办得很低调。"

"任何一个母亲,对自己的女儿嫁给一个有妇之夫,况且还大了十几岁、带一个孩子,都不会满意的,不过这次的分歧是因为什么?"

"就是一件小事,好像是韦思思她妈来看她女儿,发现胡也频也在,韦思思正在给胡也频洗衬衫,而胡也频却躺在沙发上睡觉。这下子就把她惹怒了,认为胡也频不关心老婆,这个时候还让老婆干体力活儿,然后就争吵起来,最后打了他一个耳光。"

"事情就这么简单吗?会不会还有什么别的原因?"

"别的我就不知道了。我问了一下,韦思思就是哭,也不说啊。"

蓝琴知道,里面可能有更深层次的原因,没有婚姻经验的胡美丽可能并不太了解怎么分析,这个可能得自己出手了。

捍卫宝妈美丽心情的前提,是让所有的家庭在女人一生中最重要的时刻不能有分歧,要和和美美。蓝琴觉得,古人说家丑不可外扬,知识女性好面子,韦思思是不会对月子中心的护士们说出更多家庭里的事的,这就需要有更好的方法来调节。

想了一下,蓝琴给胡也频拨通了电话。

"是胡老师吗? 我是蓝琴。"见对方似有迟疑,蓝琴补充一句:"蓝宝贝月子中心的。"

"是您啊! 蓝院长,您好您好。"

简单寒暄几句,胡也频问:"蓝院长您找我有什么事吗? 是不是思思那边有什么事?"

"没事,她那边没事,是我个人想找你,我听说你是搞室内设计的,我有个室内装修的事情想向您请教。"

"没问题,您有什么问题随时过来,我平时都在公司。"

约好后当天下午蓝琴就来到了胡也频的家装公司。公司建在市中心的一个楼盘里,占了整整一层。不愧是搞室内装修的,公司的各个角落都布置得很是精致、文艺,充满艺术气息。

胡也频出来迎接她,让蓝琴诧异的是他和上次见面时变化很大,剪掉了那一头原本有些飘逸的长发,换上了正规的西装,看起来,像个小老板,而不再像个艺术家了。

参观了一下胡也频的公司,蓝琴不禁发出一声感叹:"你公司的规模真不小啊,很有实力。"

"哪有的事!"胡也频的脸上却没显出一丝得意之色,反而有几分无奈,"我压力也很大,勉强维持罢了。"

来之前,蓝琴和白宇了解了一下,知道胡也频的公司最近在扩建,不过,资金似乎很是紧张,听说是韦思思的母亲借给了他一笔钱。

"您太客气了,您是大学老师,本身就懂艺术,做室内装修这一行,其实有点儿大材小用了,当然,要论核心竞争力,别人更比不了您。"蓝琴恭维了几句,又假装不经意地说,"我也想把我们月子中心改建一下,重新装装,不过看你公司这种档次的装修水准,这至少得投入几百万吧。"

"四百万左右吧,不过,钱也不全是我投的,思思她家给我提供了不少帮助。"胡也频倒也诚实,直截了当地说明情况。

"对,我听说思思的母亲是做石材生意的,是个女企业家呢。您真有福,有一个这么好的妻子,家里的条件也这么好。"

胡也频脸上挂着一丝苦笑,这无奈的表情尽收在蓝琴眼中。

两人在胡也频的办公室里喝茶,蓝琴假意问了一些装修的情况,然后将话题引回主题。

"胡老师,在月子中心住了一段时间了,您对我们的服务还满意吧?我也想回访一下。"

"很好,你们的服务很好,收费也合理。"

"有什么不满意的地方一定要提出来,我们的护士多数没有生过孩子,所以一定有做得不足的地方,因此,我特别想听听每个顾客的意见。您是白宇老师介绍过来的,我很重视您的意见。"

胡也频迟疑了一下,说:"蓝院长,我看咱们还是开门见山吧。您是不是听到什么和我们家有关的传闻了?您来这里的目的,可能不光是为了问一下装修的事吧。"

没想到这个男人如此直率,这倒让蓝琴有点儿刮目相看,既然如此,她觉得也不用铺垫了。

"是的,您猜得没错,一方面,我确实有些装修的事想咨询您,我们蓝宝贝成立五年多了,确实应该有点儿新变化了,这倒不是借口;另一方面,我也是想了解一下思思的状况,昨天晚上听说她一直在哭,我们的护士问她怎么了她还不说,我想,您作为她的老公,可能更了解出了什么事,咱们可不能让坐月子期间宝妈的美丽心情受影响啊。"

"唉,说一千道一万,都是我的错啊。"胡也频长叹一声,"从那天起,我就不该接受思思她家的馈赠!"

胡也频谈起了公司创业之初的情况。他当年从大学辞职出来创业,成立了一家装潢公司,本来做得也不错,却因为房租到期,房东另有他用,不能再租给他们,而只能另换门庭。这个时候,在白宇的介绍下,在市中心找到了一个很合适的位置,特别适合行业发展,但因租金太高,费用太大,自己一直迟疑未定。而在这个节骨眼上,韦思思又面临怀孕生产,养孩子也需要费用,胡也频原本想推掉这里,再换他处,但看出了自己的犹豫和不舍后,韦思思就背着他,向她妈借了二百万元,把房租和装修费补上了,这就埋下了导火索。

"借钱不是我的意思,是思思背着我向她妈借的。她妈却以为这是我的主意,刚开始是不想借的,耐不住思思死缠烂打,最后还是借了。她本来就不同意我们的来往,对我们的婚姻一直持否定态度,现在我又花她一大笔钱,在她心里,就更瞧不起我了。她是看我什么都不顺眼,平时和我说话、相处,都可以看出对我的蔑视,包括我的兴趣爱好,甚至我的打扮、穿着,您看,本来我一直留长发,现在也把头发剪短了。我和护士们说是为了给孩子一个爸爸的好形象,其实就是思思她妈妈看着不顺眼,为此,我把留了几十年的长发也剪了。"

提起这些往事,胡也频一脸的焦虑,似乎苍老了十岁。

"你和思思的感情没有受影响吧?"

"我和思思之间是有爱情的,我们就是为此才走到一起的。您可能见过思思吧,别人看我们俩不太合适,因为她是个朴素的、低调的女孩。当时很多人都以为是我诱惑了她,是我诱骗了一个无知的、家境良好的女孩,因为我有婚姻,也有孩子,所以人们就把渣男的标签安在了我的身上,这一切误解,我都能忍,因为我知道,事实不是那样的。事实上是思思先爱上了我,我一直在躲避,在逃避,在冷淡地对待她,我躲了好几年,直到思思告诉我,没有我她再也活不下去了,而且她也不会再选择任何婚姻,我才开始考虑和她在一起的事。因为我也爱她啊!这期间,发生过很多的事情,思思她妈妈一直想拆散我们,也给思思介绍过不少她认为合适的男青年,但她一直不见,她们母女为此打了无数次架,甚至都闹到要脱离母女关系了,我夹在中间很难受,但我知道我不能退缩,因为我知道我能给思思幸福,思思离开了我,也不会幸福。所以我才决定,不顾一切也要和思思在一起,为此我告诉自己,要忍耐所有发生在我身上的事,忍不住了也要忍!"

胡也频说不下去了,在这个满脸沧桑的男人的眼中,突然蓄满了泪水。

蓝琴同情地点了点头,但心中却想:面对着家庭生活中的误解和分歧,忍,难道就是一个良策吗?如果能够有效地沟通,何需要忍?

她问:"听说你岳母和你发生了激烈的争吵,还动了手,那是为什么?"

"她认为我不关心思思,因为她看见思思在给我洗衣服,我却睡着了,但事实上是——"胡也频迟疑了一下,"那天晚上,我陪客户去了,喝了很多的酒,您也知道,在外面做事,有的时候需要去应酬的,我本来是不喜欢应酬的人,但是为了公司,为了更快还上思思借她妈的那笔钱,我必须得出去努力工作,甚至要比平时多付出十倍的努力才行。所以这几天为了拿下一个工程,我一直在跑客户,和甲方沟通。那天晚上,我请甲方吃饭,喝了很多酒,可是吃到一半的时候,思思给我来电话,说这几天晚上有点儿失眠,问我能不能陪陪她。我知道我酒后过去找她是不太合适的,但是听到她的声音后,我就是想过去安慰她一下,甚至等她睡着了我再离开也行。所以没等饭局结束,我就找个借口先过去了,可是我太累了,进去之后,说了没几句话就在沙发上睡着了。那几天一直在外面奔跑,我连衣服都没来得及换过,思思看我衬衫的领子有些脏了,所以她趁我睡着的时候,帮我换下来,想给我洗洗,就在这时候,我岳母回来了。"

接下来的情形,在胡也频的描述中,就如同狗血剧一般的情节了。面对着一个在沙发上自顾自地睡去且一身酒味的女婿,韦母大发雷霆,破口大骂,并骂他是个骗子,骗钱骗感情!而倍感委屈的胡也频忍不住出言反驳了几句,于是,韦母对他动了手……

"我其实很累的,我不光有眼前的事业要奔忙,我还有另外一个女儿要照顾,我和前妻离婚后,为了不影响她再婚,我就争取到了女儿的抚养权。我要养家糊口,要照顾好我的大女儿和现在的妻儿,我必须多赚钱,才能给她们良好的生活。而这一切,思思的母亲并不理解,她甚至怀疑我借了钱可能是贴补给我和前妻生的孩子的。那天晚上,她用这个来指责我,平时对她的指责我都是逆来顺受的,但这个无论如何我接受不了。所以我借着酒劲反驳了她,她当然不能接受,于是就出现了护士们看见的那一幕。"

直到此时,事实才完全清楚了。面对着眼前满脸委屈的男人,蓝琴安慰道:"胡老师,感谢您对我的开诚布公,我也很理解您现在面临的处境。但是请您放心,这件事既然发生在我们这里了,我不会袖手旁观的,如果您相信我,就让我试着和您的太太、您的岳母谈一谈,让我们共同找到协调、沟通的良好办法,我也不希望您继续在忍耐和逆来顺受中过日子,不过,这也需要您的配合。我希望,您能保持理性、冷静的思考,不冲动,不情绪化,这一点,您能做到吗?"

胡也频点了点头,但他的眼神里却透着一丝茫然和不自信。

"最后,还是那句话,让我们在这期间捍卫宝妈的美丽心情,做'三多男人',多理解,多关怀,多甜言蜜语。把这'三多'学会了,一切事情就都迎刃而解了。"

2

　　和一身艺术范儿的胡也频完全不同,韦思思一看就是个低调的、温柔的女孩,尤其是坐月子期间,她素面朝天、不着脂粉的脸上,端庄、质朴的相貌里看不出有任何离经叛道的感觉,再加上戴着一副浅色半框眼镜,冷不丁一看,就是一个很普通的高中女教师的感觉。

　　事实上,韦思思从小大到,确实一直是个"乖乖女",她有一个能力超强、控制欲极大的母亲和一个老实巴交、逆来顺受的父亲,在这样的家庭里成长,注定了韦思思一直都是在循规蹈矩中生活,包括上学、工作、恋爱、结婚、生子,如无意外,一切都是按部就班进行的,没想到这中间也会出现变数。例如说,因为工作关系,认识了曾经的学长、现在出来创业的胡也频,一见面之后,就疯狂地爱上了他,做出了让家人甚至让自己都无法理解的大胆选择。

　　一见韦思思,蓝琴就明白了她为什么会爱上胡也频。虽生长在家境良好的家庭里,但这却是一个缺乏安全感也缺少浪漫陪伴的女孩,而成熟、帅气又充满文艺气质的胡也频完全契合了这个"好女孩"心里所有的梦想。

　　"我从小到大,没有什么事没听我妈的,就这一次,可把她气坏了。"提起这段旧事,韦思思露出苦涩一笑,"她想尽了一切办法,也拆不散我们,最后只能妥协接受,但心里一直不痛快,而且她有一个心结,那就是胡也频还有一个女儿,我嫁给他时却是一个黄花大闺女,这是我第一个孩子,而胡也频已经和前妻有了一个孩子,我妈总认为我过去是做小的,胡也频的那个孩子也是她的心病。"

　　"你和那个孩子相处得怎么样?"

　　"挺好的,那个孩子只有七岁,她能懂什么?你对她好,她就对你好。就是个小孩子嘛。胡也频并不像人们说的那样,见异思迁,其实他和前妻在我们相识的时候,就已经准备协议离婚了,我是在他们办完手续之后才明确我们的关系的,如果他们不想离婚,我决不会当第三者,拆散他们的家庭。"

　　"你们这种婚姻状态,其实放到现在也不算什么。老夫少妻,离婚再婚,这都不是什么事。不过我也理解,从小到大,你母亲一直都把你的生活安排得好好的,你现在突然自作主张,还是在这么大的事情上,她为此而生气,也是可以理解的。"

"蓝姨,我现在好害怕,"韦思思用充满恐惧的眼神望着蓝琴,"我不知怎么处理他们的关系,你不了解胡也频这个人,他自尊心特别强,我母亲当着那么多人的面打了他一巴掌,他内心肯定是受不了的。他已经两天没来这里看我了,我怀疑,他对我母亲一定怀恨在心,这一定也会波及我们的婚姻和家庭,我现在真的不知怎么处理了。我该帮谁说话,是让他理解我母亲,还是让我母亲接受他? 我真的是进退两难了。"

韦思思的眼圈又红了。蓝琴把手放在她的肩上,说:"思思,别着急,一切缘于误会,我们想办法把这个误会给解除了吧,蓝姨只想问你一件事,如果你母亲非要你在她和胡也频之间选择一个人的话,你会放弃谁?"

"我谁也不想放弃,谁都不能放弃。"

"如果他们真的水火不容到了非此即彼的地步,你必须选择一个,你会选择谁?"

韦思思的眼泪流了出来,说:"我可能还是会选择胡也频吧,我爱他,而且他是我孩子的父亲。当年我母亲说我要再和他来往,就脱离母女关系,我都没听她的。当然我母亲也没有和我脱离关系。"

"这就对了,你有这个选择,是因为你明白一件事,无论如何,你母亲都不会放弃你的。但胡也频不一样,他可能会。如果你不能妥善处理好家庭关系,胡也频很可能会因为疲于其中,无法自拔,最后和他的第一段婚姻一样,在无力解决时选择放弃。"

"可我不想这样啊蓝姨,我真的爱他,我不能没有他,孩子也不能没有父亲。"韦思思哭出声来。

"思思,蓝姨和你说这些话,不是说一切无法挽回,只是想告诉你,你母亲这样做是出于对你的关心,关心则乱嘛。我希望你理解她,再怎么着,你母亲也是不会放弃你的,但胡也频和你母亲不一样,你们之间没有血缘关系,夫妻之间依靠维系的东西有责任、义务、亲情,还要有相处之道。你爱胡也频,但不是仅仅拥有他,这么多年来,你更得要学会让你母亲和你的家人接受他、理解他、喜欢他。夫妻之间的相处之道还有另有一层含意,就是你不仅仅是过两人的小日子,还要在外面维护老公的人设,维护他的尊严,甚至帮他树立起形象。"

韦思思瞪大眼睛,说:"蓝姨,你的话,我有些懂,又有些不懂。"

该怎么和这个虽然参加工作多年,但像个"巨婴"似的女孩解释这一切呢?蓝琴的眼前浮现出一幕幕场景:当年,宝峰和自己处对象时,所有人都不理解,家人不理解,单位人不理解,身边的闺密也不理解,谁能想到,医院里高傲的冷美人会选择一个比自己小两岁、个子比自己矮一头、相貌还平平无奇的穷小子呢?面对所有的非议和不理解,宝峰也曾自卑过、退却过,还是自己一力维护他,在外面一直挺他,帮他树立各种形象,才让这段婚姻没有出现问题。现在宝峰所有缺陷都不再是缺陷,他是同聚的老板,商场上的成功人士,出入有车接车送,身边有秘书助理,他能有今天这份自信,是来自他的努力,但是和自己的鼓励与支持也是分不开的,夫妻之间的相处之道不就是互相成全吗?

"亲爱的,我昨天和你老公聊了聊,我发现他经常用一个字——忍!无论是两口子过日子还是一家人相处,忍这个字是最要不得的。但是你的家庭里,我发现好像大家都在用着这个字。你老公忍着你母亲,你母亲忍着你老公,忍无可忍时,必须爆发。其实一家人在一起,有什么不能开诚布公的,为什么干什么事都要忍呢?你要想成为你老公和你母亲之间的传送带、润滑油和调和剂,你就得试着把这份忍换成爱,如此才能起到这个作用。"

"传送带、润滑油和调和剂,我能做到吗?"思思瞪大眼睛,有些迷惘又似若有所思。

蓝琴回到办公室,给韦思思的母亲打了个电话。

"二姐,忙着呢?啥时候有时间,请你喝个下午茶。"

韦思思的母亲名叫张桂霞,是当地装饰市场上的一个风云人物,专做石材生意,做得挺大。张桂霞学历不高,初中毕业,虽然没啥文化,但人很泼辣,从小买卖做起,最后一直成为装饰市场里垄断 C 市石材生意的大老板,因为在家排行老二,所以在业内有个外号,叫"二姐"。

"二姐"和蓝琴也早就相识,因为有一段时间,装饰市场的快餐都是同聚送的,"二姐"也给自己的员工订过,所以和蓝琴那时就认识。听了蓝琴的邀约,她很爽快地说:"这两天忙,周五下午如何?"

"可以,不过要是时间允许的话,最好早点儿。我有话要和你说,是关于思思的。"

"行,那周四吧。我把时间安排一下。"

放下电话,安琪进来了,一脸严肃。

蓝琴见她脸色沉重,问她:"怎么了? 出啥事了?"

"有点儿,是和周姐有关的。"

周姐是最早进入公司的月嫂,现在虽没有上升到金牌贴心阿姨,但也是老员工,在月嫂中颇有威望。

"怎么了,有客人投诉?"

"不是,有人和我反映,周姐没有坚持母乳喂养,她给我们谎报了军情。"

蓝琴不禁呆住了,这事可严重了。

为鼓励所有的宝妈母乳喂养,在蓝宝贝有一个规矩,如果在贴心阿姨的帮助下,能使宝妈做到纯母乳喂养,那每一位母亲出院后就给阿姨一面锦旗,并奖励四百元钱,护士也奖励二百元,如果发现有奶粉喂养情况,阿姨要扣二百,护士扣一百,以多奖励、少惩罚的方式鼓励积极性,最后还要根据年终客户母乳喂养的情况进行总排名,给予比较优厚的奖励。

这样的做法就是为了促进母乳喂养的成功率,也是为了让阿姨们产生优胜劣汰的竞争机制,自实行以后,效果很好,很多人都获得了奖励,也极大提高了母乳喂养成功率。但与母乳喂养相比,奶粉喂养当然更简单、易操作,也给阿姨减少了许多工作量。有些阿姨不愿麻烦,还是用奶粉喂,但在几次处罚后,也都端正了心态。近年来,被处罚的阿姨很少。

周姐是阿姨中的老资格,也是经常得到奖励的,蓝琴多次在会上表扬过她。但安琪得到的消息却是,这几次周姐都没有坚持母乳喂养,而是用了合生元奶粉喂养,而且还串通了宝妈,替她隐瞒。

"这个消息是谁泄露出来的? 是宝妈吗?"

"不是,周姐选中的宝妈都是比较老实的,为了让她对孩子好点儿,都自愿帮她隐瞒的,这是其他月嫂因为气不过,暗中发现后告诉我的。"

"证据确凿吗?"

"确凿。其实以前也有人和我说过,我提醒过她,她当时发誓说没有这回事。我看她是老人,警告了几句,就没追究,现在人家怕我不信,还给她录了像。她拿奶瓶喂孩子的视频都发我这儿了。"

蓝琴陷入沉默中。竟然是同事揭发的,如果是客户或是其他不同领域的同事发现还好一点儿,被同事发现,影响确实太不好了。

"当时就有这事,怎么没和我说?"

"我以为警告她一下她就会收敛,她毕竟是创业的老人,没想到她不知悔改。"

对于周姐,蓝琴又想起了一件事。蓝宝贝有争当金牌阿姨的竞争制度,规定每一次晋级时,都要进行业务考核,要经过报名、培训、考核,最后由大家打分评选出晋级人员。结果第一次晋级考试时,周姐没有报名,她认为自己是老字号、创业元老,说不愿和年轻人一起考试,丢不起那个人。周姐心中还认为,不管她考不考试,金牌阿姨始终应该是她的。在她的带动下,本应该是全员参考,却有几个老阿姨就是没参加。结果,当时考试之后,有四个年轻人晋级成功,荣获金牌阿姨称号。按规定,月薪每月增加一千元。周姐等人因为没参加考试,所以就没能取得这一资格。

事后听说周姐并不服气。蓝琴还听说,她在背后发牢骚,说这次晋级都是内定的,评上的全是蓝院长眼中的红人。蓝琴把周姐叫来,问她是否说过这些话,周姐赌咒发誓说没有,蓝琴严肃批评了她,并告诉她,在这里以后不会论资排辈,一切都要以考核和业绩为主,要她必须报名参加下一次的考试,别当害群之马。

结果下一场考试,周姐一路虽然顺利过关,但在最后评分环节,各部门给她打分极低,竟然排到最后一名,依然没评上。周姐心中特别生气,找到蓝琴,说自己在这里太没面子了,提出辞职,蓝琴好言相劝,才劝说住她了。此后,听说她在工作上就不大起劲儿,经常有闹情绪的时候。现在竟然串通宝妈在母乳喂养上做假,这个事情就严重了。

"怎么处理她?"安琪有点儿忧虑地说,"换别人我就开除了,咱们有规定,只要存在弄虚作假行为,先警告,如不悔改就直接开除,周姐这么做不是一次两次了,应该开除。但是我又觉得她毕竟是创业时期的老人,还是应该网开一面。"

"网开一面?怎么网?"

"扣一个月奖金,给她出个公司警告吧。要不也没法交代,毕竟这事不是让客户发现的,是同事揭露的,只能杀一儆百了。"

蓝琴略一思索,说:"没有用,她不会服气。上次晋级的事,她找我闹过一次了,还说要辞职,我那次为了安抚她,好言相劝,她虽然平息下来,但心中一直有怨气。你这样处理,虽是给她面子,但她不会服气,以后在工作上她还会找回来。而且你也达不到杀一儆百的目的。罚款或是警告对年轻人可能有用,但对于周姐这样的老油条,不一定管用。"

"也是,我也听说周姐在私下总是抱怨,说我们公司事多,总是动不动就考核、学习什么的,她说她在别处干的话,比在这里赚钱容易多了。"

蓝琴终于下定决心,轻轻一拍桌子,说:"开除吧。"

安琪的嘴唇张成了"O"形:"开除?是不是太重了!"

"有个故事你听说过吗?说是黄帝有一次去具茨山寻找高人,见一个牧童在放牧,将马匹管理得井井有条,黄帝就向他请教治天下之道,问怎么把天下管理得像他管理马匹一样成功,牧童说:'这治理天下,和放牧一样,去掉其害群之马就行了。'"

"明白了,你是说周姐是害群之马,必须去除。"

"对,否则怎么能做到杀一儆百?"

安琪点点头,正要离去,蓝琴又喊住她:"等等!"

安琪留步,蓝琴说:"给周姐准备一份礼物吧。另外,明天晚上请她吃顿饭,我就不参加了,免得尴尬,你来陪一下吧。"

"你开了她,还请她吃饭,你觉得她会参加吗?她要是不来怎么办?"

"我稍后会给她打个电话的。她来不来随便她吧,但我得告诉她,这世间,无非就是公道人心而已。开除她是公道,但不舍的情感是人心。有的时候两者无法混淆,也只能希望她理解。"

3

周姐走了,这事让蓝琴心里也不太好受,于私,她是不想让周姐走的,毕竟,从蓝宝贝开业之初,周姐是最早的一批阿姨,现在把她开除了,情感上不但难以接受,也会让人说闲话,说自己不念旧情,甚至会有人说她卸磨杀驴,过河拆桥。但于公来说,这样做无可厚非,而且对整顿行风绝对有效。

沮丧的情绪没持续多久,就被一件新来的事情冲淡了。那就是月子中心这一天来了一个久违的客人——黄小玉。

蓝琴当然不会忘记,黄小玉是月子中心第一位主顾,月子中心能有这一单生意,还要感谢卢公子——黄小玉私生子的亲生父亲。

记得几年前黄小玉离开的时候,她还说过,自己有一天有了堂堂正正的家庭后,还可能回这里来的,没想到,这个诺言她真的兑现了。

故人相见,分外亲热。蓝琴和小玉在大堂里拥抱在了一起。小玉的丈夫、婆婆也随之一起过来了。她的丈夫叫高强,在一家酒店当厨师,三十出头,是一个健壮、憨厚的小伙,相貌虽不出众,但言谈很稳重。婆婆五十出头,一看就是来自农村的,面相朴实,言语也很实在。

一看就是一个稳当的家庭,蓝琴替黄小玉高兴。小玉和高强这次生了一个女儿,她现在有一儿一女,可谓儿女双全。

趁着高强和他母亲去看房间,蓝琴把小玉拉到一旁,问她:"老大怎么样?"

"挺好的,我妈在老家看着他呢。明年就要上小学了,学校都联系好了。"

"你老公对他怎么样?"蓝琴很关心这个问题。

"挺好的。我们在一起时我把一切都和他说了,他能接受,他要不接受我的孩子,我也不可能跟他。"

看着小玉那依然姣好、充满青春活力的脸庞,再想一下高强那憨厚又平平无奇的相貌,蓝琴也理解了,说:"只要对你、对孩子好就行,其他的一切都不重要。能看着你过上好日子,蓝姨真高兴!"

胡美丽抱着小玉的女儿过来,说:"小玉,你老公能娶了你那是他的福气,你看你往这儿一站,哪像是生过孩子的样儿!这整个月子中心的宝妈们,也没几个人在颜值上超过你的。你现在有了一个踏实能干的老公,还儿女双全,真让人羡慕。"

"羡慕我干啥?你和那'海归'咋样了,也不和我汇报一下,我还等着喝你的喜酒呢,等到花儿都谢了。"

"我,别指望了,"胡美丽耸耸肩,"我还没玩够呢,结婚成家这事,我还得考虑考虑。也没准儿,最好的都是下一个。"

胡美丽现在也不是单身了,蓝琴知道,她现在交了一个"海归"男友,是个高富帅,原来在北京工作,现在回这里创业,偶尔会来接胡美丽。小伙子开一辆奔驰,长得也很帅,让中心里的其他未婚员工羡慕不已。

"你也快三十了吧?别不当回事啊,婚姻大事,不能拖!你看看人家小玉,儿女双全,你就不羡慕?告诉你,蓝姨最多给你三年,必须把自己嫁出去。"

"我嫁出去了,蓝姨你就缺了一个好助手,为了你,我也得挺几年。"

"去你的,别让我背这锅啊!蓝宝贝不差你一人,别把自己说得那么重要,你赶快给我结婚生宝宝,蓝姨还想给你的孩子当姥姥呢,你可别让我失望啊,小坏蛋!"

说说笑笑间,一上午就过去了,安顿好黄小玉,刚一回办公室,安琪就进来了,问她:"你今天下午约了韦思思她母亲喝茶,地点要不要我给你定一下?"

蓝琴一拍脑门:"这一天忙的,差点儿忘了,地点不用你定,我已经定好了。"

蓝琴给张桂霞拨了电话:"二姐,下午你那儿没问题吧,我说了约您喝茶的。"得到了对方肯定的回答后,蓝琴说:"我下午去接您吧?我把地方定在一个朋友的公司里面了,我怕您找不着。"

张桂霞爽朗地笑道:"不用接我,你发个定位给我,我有啥找不着的,我又不是七老八十不会看手机。"

"好,那我给您发定位。下午三点,不见不散。"

下午三点,蓝琴在茶室的楼上,隔着窗户看见张桂霞开着宝马车停到了楼下,她急忙下楼去迎接,在门口与停好车正往里走的张桂霞撞上。

蓝琴热情地拉住张桂霞的手,说:"二姐,您真准时。"

"你更准时,还是你到得早。"

"我怕不好停车,所以早来了一会儿。"

两人来到电梯间,蓝琴按了六层,上到六层,蓝琴引着张桂霞进入一间茶室,里面装饰古朴,家具全是实木的,充满中式风情,墙上还挂着几幅秀丽的字画,墙角还有一台抚琴,典雅而幽静。

茶台临窗而置,除茶具外,还有香炉熏着香,满室里茗香馥郁。从茶座向下俯瞰,城市街景尽收眼底。

张桂霞不禁感叹道:"平时总是开车从这儿过,知道这个大厦里藏着不少公司,但从没想到,里面还有这么一个风雅之地,蓝琴,你真会找地方。"

"请二姐喝茶,不得找个好点儿的地方嘛!要不也对不起您啊。"

"拉倒吧,我一卖石头的,哪有那么多讲究。蓝琴你也不是闲着无事之人,有啥事啊,就请明说。你也知道二姐这人,喜欢开门见山,不愿意兜圈子的。"

"二姐也别急,我们先把茶沏上再聊也不晚。"

蓝琴将茶沏上,给张桂霞端了过来,两人喝了一口茶,面对张桂霞充满问询的神情,蓝琴笑道:"二姐,我给您发了定位,以为您一定知道这是哪里,现在看来,您还真不知道这是哪儿。"

"你不是说你朋友的公司吗,难道你这朋友我认识?"

"你肯定认识,这个确实是一个朋友的公司,我这个朋友叫胡也频,您认识他吧?"

张桂霞的脸一下子拉下来了:"这是他的公司?"

"对啊,这个茶室就是他公司的会客间。怎么,您一次也没来过?"

"我来这里干什么!"张桂霞现在脸上的表情,好像是马上要走的感觉。

"我还以为您知道。我听小胡说,您也是这家公司的大股东了,怎么,自己投资的产业也不来看一次,这也太心大了。"

"我什么时候投资给他了?我给他那笔钱是为了俺家那姑娘,这就是肉包子打狗的事。"

蓝琴笑道:"可我从小胡那儿可不是这么听说的,我听他说,是您给他投了资,您是他的大股东。"

张桂霞鄙夷地一笑,说:"我能给他投资吗?他打的什么算盘你以为我不知道,无非就是从我这弄点儿钱。再说,我用得着给他投资吗?他那点儿小生意,我能看得上眼?"

"他的生意也不小,您看一下,这一整层楼都是他的公司,从这间茶室的装潢设计,也能看出他的品位。您要是有时间,我想领您看一看,您姑爷的生意做得很有起色,在业内口碑也很好。"

"这和我有什么关系啊?"张桂霞的眼神突然警觉起来,"是他让你过来找我的?"

"不是,这完全是我个人的意思,您姑爷并不知情。我把您请来,其实不是为了他,是为了您女儿。"

一听说女儿,张桂霞的表情有些缓和。蓝琴说道:"思思这两天情绪不好,我也是想了解一下,帮她找找原因,她现在正在哺乳期,可不能因为情绪上的问题,影响她和孩子的健康啊。"

"唉!"张桂霞长叹一口气,"家丑不外扬,看来,这下子我脸都丢尽了。"

"二姐,你也是一个女强人、商场上的大姐大,我不理解,您怎么会这么冲动呢!姑爷再怎么着,也是外人,也是座上宾啊,咱咋能动手打人呢?"

张桂霞一脸痛苦状:"我就是受不了他对我女儿不好!"

张桂霞和蓝琴聊了起来。虽然互有耳闻,但张桂霞的一些陈年旧事,蓝琴是一无所知,这一聊才知道。原来张桂霞从小就生在一个单亲的家庭,父母早早离婚,作为老大的她,从小就很独立,早早就挑起了家庭的重担。后来结婚成家,嫁给了一个老实巴交、能力平平的男人,家里大大小小的事情,包括孩子的成长,都是她掌管,对这个女儿,她心特别重。

"从小到大,就怕她受委屈,就怕她让人骗,结果,这孩子可能是让我惯坏了,一点儿明辨是非的能力也没有,这不,在婚姻这种大事上就走了弯路。"

事实上,在遇见胡也频之前,张桂霞就给女儿相中了一个合适的人选,是当地河南商会会长的公子,也是大学生,在政府机关里上班,原以为是门当户对的姻缘,却因为女儿的一意孤行给整黄了。

"你也知道,我们家不缺钱,可是缺个吃公饭的人,我女儿在大学教书,风吹不着,雨打不着,再嫁给一个吃公饭的,那这样的组合可以说就天衣无缝、完美无忧了,可这孩子,给我找了个啥!一个二婚的,带个孩子,还没正式工作,把好好的大学老师的工作都能给混没了,你就说他这人品能咋样,这人行不行,这不一目了然吗!我原以为她就是一时鬼迷心窍,有个一两年就能反应过来了,这可好,还给人生个孩子,又生个丫头,你说,这以后她的日子咋过?她还能有好吗?"

张桂霞越说越气,眼泪都快掉下来了。

蓝琴给张桂霞的茶杯蓄满茶水,说:"二姐,别光说了,来,喝口茶,消消气,你听妹子我帮你分析分析。我看你啊,是有点儿杞人忧天。儿孙自有儿孙福啊,其实孩子们也都长大了,有些事啊,未必都能由娘,也未必都是我们想的那样。你对孩子的那种感情我全懂,你比如说我吧,我也有过你那种恨铁不成钢的感觉。我儿子现在在俄罗斯上学,前两天听他爸说,竟然交了一个俄罗斯女朋友。"

"啊?有这种事?"张桂霞一听这个马上瞪大了眼睛,女人的好奇心在很多时候是会战胜一切的,她马上转移了视线,感兴趣地问:"这咋回事?"

"唉,别提了,这事把他爸气得够呛,俄罗斯人,咱东北人过去管他们叫老毛子,你说,我儿子竟然要和一个老毛子谈恋爱,他爸是咋也接受不了,我刚开始也难以接受,但后来想想也就算了,现在是全球一体化的时代了,中国人和外国人结婚生子的有的是,我们月子中心还接过混血儿的孩子呢,这也不是什么大不了的事,只要孩子们真心相爱,咱们做家长的,又怎么管得了这么多呢。您看,和我比,您女儿起码嫁给了一个中国人,还不是外国人吧。"

"你真大度,"张桂霞感慨地说,"要是放我身上我还真受不了。"

"也没啥接受不了的,我还是那句话,只要孩子们愿意,只要他们不觉得委屈,咱们家长就应该支持,当然,也不是无条件地支持。您看,这次把您叫到您姑爷的公司里来,我就是想让您看看,您女儿的选择是不是正确的,您投给他的二百万,值不值得。"

接下来的时间,在蓝琴的坚持下,她被带着参观了一下胡也频的装饰公司。因为对姑爷的偏见,张桂霞虽然借给了女儿二百万,但从没踏进过胡也频公司一步,对姑爷的公司情况也是一无所知。现在蓝琴带着她详细地参观了一下,还找来了工作人员进行介绍,让张桂霞基本上了解了胡也频公司的运转情况。

身在商场多年,张桂霞迅速搞清了现状,知道胡也频的公司处在良性运转的阶段。

参观回来,又来到茶室喝茶,蓝琴语重心长地说:

"二姐,从这里看了一圈,您有什么感触? 您这个姑爷是没有您优秀,但也是很努力的,他业务也不错。所以我们不能因为他没有正式工作、没有正式单位,就说他这个人不行,是个骗子。而且最重要的是,思思和他是真心相爱的,有了孩子以后,我们相信他们的感情会更好的,但现在您要是总过不去这个坎儿,总和您的姑爷作对,最后吃亏的还是思思。

"您想一想,按您姑爷现在的发展情况,要是他有一天成功了,显达了,他会不会还总是受您的这个气? 要是他气不过,他可能还不敢和您正面交锋,但一定会把这种负面情绪转嫁给家人,转嫁给老婆和孩子,到时候谁受牵连? 您不会有什么事,将来有事的是您女儿啊。"

张桂霞哼了一声:"他敢给思思气受? 我饶不了他!"

"咱们能天天不离眼地和孩子在一起吗? 过日子的还是他们啊! 我知道您为什么打他,您是认为他不心疼闺女。可我问了思思啊,您女儿觉得小胡对她挺好的,反而有点儿怪您冲动,错怪了他。您看看,什么叫费力不讨好,这就是了! 再说您又怎么就知道他对女儿不好。这都是片面的! 老姐姐,听妹子一句劝,有的时候,不要和姑爷比爱,你们是母女连心,血浓于水,但您姑爷和您女儿之间没有血缘关系,他们之间只能用爱情来维护,您得让他们的爱情保鲜保质,别让它过期变质了。"

张桂霞没有说话,似乎有所触动。

"女人的爱和男人的爱不一样,母亲的爱和丈夫的爱也不一样,男人在爱的表现上是深沉的、含蓄的,有的时候,咱看不见,不代表没有,也不代表就有多浅薄。二姐,您姑爷开公司,您一把就投了二百万,您这是帮了他多大的忙啊,他一辈子都得感激您、感恩您,可是您这一巴掌,把这些好都抵了,伤了他的自尊,让他在人前抬不起头来,您想想,这是不是得不偿失?"

张桂霞有点儿不服气地说:"我知道。可是我有时就是忍不了,你看他那样子,都四十多岁了,留个长发,穿得邋里邋遢,也没个正形。"

"哎呀二姐,人家穿什么怎么打扮是人家的自由,没准儿当时思思就是因为他这个范儿,才看上了他的。再说为了你,人家小胡也做出了牺牲,起码把长发剪了吧? 这就是互相成全的事。以后再有看不惯的事,咱先不说,要冷处理,要回避,实在看不过眼了,和女儿说,别和姑爷直接说,在有些事上,女儿是亲人,姑爷是外人,咱把这关系弄清楚了,就不会生闲气了。"

"我女儿跟猪油蒙了心似的,和她说有啥用,她能管得了啥?"

"那咱就也别管。人家老婆都看不出毛病,看得挺好,那咱这当妈的,还操这份心干吗。二姐,咱操劳一辈子了,抱抱孙子享享清福多好啊,清官难断家务事,咱这岁数的人,还总让家务事缠着自己,那不是自寻烦恼吗?"

好说歹说,张桂霞的脸色总算缓和了下来,终于同意和姑爷好好谈谈。送走了张桂霞,蓝琴觉得自己有点儿口干舌燥,不过还是没忘了给胡也频打个电话。

"小胡,你岳母刚从我这里走,你得放下姿态,给她打个电话,和她道个歉,你们之间又没有多大事,你岳母也不是个糊涂人,我带她去你公司看了看,她对你这个人,也比以前有更深的了解了。"

胡也频有点儿吃惊地说:"你们去我公司了,怎么没和我说一声? 我好过去接待你们啊。"

"不要你来,你来了,你岳母还能坐得住吗? 小胡,我是找了你们公司的副总,特意不让他告诉你的,现在,蓝姨给你做的铺垫都结束了,剩下的就看你了。"

第二天下午,胡美丽来报告,说张桂霞、胡也频都来月子中心了,一家三口虽没有表现得其乐融融,但好像也挺和谐,没出现什么争执。

蓝琴松了一口气,胡美丽刚走,一个电话就打了过来,蓝琴接了电话,是卓越打来的,她给蓝宝贝带来了有史以来最大的一单生意。

第三章　孙子兵法

1

卓越所供职的弘德女子医院,自极为高调地开业以后,生意还算是不错,特别是卓越担任主任的妇产科,每天更是忙得不可开交,很多外地的产妇也慕名而来。

开业一年多来,弘德也终于迎来了一位尊贵的客人——祖籍 C 市的大明星杨杏璇小姐。

杨小姐在弘德开业那天,就被大老板从北京请来做开幕嘉宾。弘德集团的总部在北京,老板财大气粗,手眼通天,与杨小姐在北京就是好友。杨杏璇当年在网络上演唱歌曲走红后,签约了国内一家大的唱片公司,相继推出若干专辑,均上了热榜,她以此为契机,又接拍了几部根据大 IP 改编的影视剧,取得收视狂潮,人也迅速走红,成为国内身价最高的“90 后”天后级巨星之一。杨小姐趁热打铁,又入驻正在蓬勃发展中的新自媒体——抖音,短短两个月,粉丝过了千万。

杨杏璇人长得甜美可爱,但声音却沙哑沧桑,极具辨识度,一出道就因大量翻唱田震的歌曲而被称为“小田震”。自几年前田震低调退出歌坛之后,中国流行歌坛太缺少田震那样的“摇滚嗓”,一个长相甜美如邻家女孩的小姐却能唱出铿锵有力的歌曲,这种反差一下子引起了人们的极大关注,也让杨杏璇拥有了与其他偶像明星不一样的特质。

杨杏璇人虽甜美,岁数也不大,但在业内人士眼中,这个人极有主见,个性坚强。她十七岁离开 C 市,带着一把吉他来到北京谋生,短短五年就大红大紫,其间个人努力自不用说,但能够抓住机遇和利用人脉的能力,也足以堪称女中豪杰。弘德大老板就是她当年的支持者之一,所以弘德女子医院开业时有什么需求,她也会义不容辞。

但没想到数天前,杨杏璇却找到大老板求助一件不能为外人知的事——她怀孕了,想在弘德不被人打扰地生下孩子。

杨杏璇怀孕的消息如果传出去,绝对是一个爆炸性的新闻。一位正在走红的"90后"艺人,私生活是需要严格把控的,一旦结婚生子的消息过早传出来,势必会产生极大的负面影响,甚至会造成大规模的脱粉,最严重的可能会取消代言和合同。所以对这一情况,杨杏璇所在的公司极为慎重,一方面赶快强调要公司上下对外封锁消息,严格管控;另一方面急忙联系北京最专业的协和医院,为杨杏璇预留贵宾单间,并准备了最好的妇产科专家待产,还请来了身价最高的保姆和月嫂。

但杨杏璇对此却有自己的主见,她坚持要求回自己的老家生产,一方面,老家 C 市并非首都这样的大城市,相对安静,媒体关注度也少,环境比较适合生养;另一方面,自己的家人都还在 C 市生活,也比较方便照顾。

最重要的还有一点,杨杏璇强调,C 市是生她养她的地方,自己就是在 C 市第一医院由卓越医生接的生,她自己的孩子,也想在家乡,由同样的医生接生,这对于她来说,意义深远。

卓越医生无疑是 C 市妇产科的招牌,但在整个首都,这样的医生比比皆是,公司高层不同意杨杏璇的想法,认为远离公司的控制,回一个二线城市接生似有风险,但杨杏璇一再坚持,最终公司不得不妥协。

当杨杏璇把电话打给弘德的大老板时,大老板受宠若惊地说:"那我真是求之不得,这是我的荣幸。"

"不过,有一条必须说明,我生孩子这事,不想让任何人打扰,更不能惊动媒体,你得保证,全程保密,要绝对安静。至于何时官宣这事,我们公司会统一安排。"

"这个你放心,咱家的医院就是你杨小姐的堡垒,你在这里,比躲在航空母舰里还安全。"大老板拍着胸膛保证,还不忘幽上一默。

十天以后,杨杏璇和保姆、助理、保安人员一行八人,乘坐一辆豪华奔驰商务车来到弘德女子医院。在她来之前,郑院长召集包括卓越在内的所有高层开了一个紧急会议,强调两点:一、要提供最好的服务,保证此次产子万无一失;二、来者是大老板尊贵的朋友,又有娱乐界的身份,要保证其隐私权,不要被狗仔队有任何程度上的骚扰。

"咱丑话说在前头,要是有人破坏了这两条,让我们尊贵的客人利益受损,马上开除并承担相应的经济处罚,不接受任何反驳。"郑院长一脸严肃地下了指令。

听着卓越说过去这些事,蓝琴问:"生产顺利吗?"

"这就是我要找你的原因,她早产了。"

"什么?"蓝琴闻讯大吃一惊。

"她身体太瘦弱了。你也知道,艺人为了保持身材,尽量不摄入碳水化合物等营养,往往都会用极端的方式减肥。杨小姐也不例外,她为了保持身材,几年的时间一直吃素,造成了严重的营养不良,而在孕期到来之前,因为身材走形她不能在公众面前演出,可她还是接受了几次线上的采访,还有两场线上的直播,其间又忙着录唱片和做影视同期的配音工作,一直没有休息,所以种种原因导致她早产。"

"孩子怎么样?"

"体重刚刚1480g,孩子孕期为28周,各系统、器官发育均有不良现象,现在还在新生儿科的保温箱里。"

蓝琴知道,早产儿在27周~30周之间的,成活率仅有50%~80%,虽然卓越的叙述轻描淡写,但她知道,卓越对这一早产儿的临产和抢救中一定也遇到不少凶险,尤其是像杨杏璇这样尊贵的客人,卓越一定是经过许多不为人知的努力,才能让这个孩子顺利生下来的。

"孩子已经安全出生了,但今后的护理工作会很艰难,早产儿要想恢复正常状态,护理是关键的第一步。杨杏璇公司的人想到了深圳的月宫,并联系了专机准备接她和孩子走。但我考虑,这样的长途跋涉对大人和孩子都不好,所以我想到了你,你能接吗?"

蓝琴倒吸一口气,说:"护理早产儿,我们的经验也不多啊。"

"我很想帮你,但我不是儿科专家,所以可能会需要专业的儿科医生一起会诊。这方面我会给你联系。但是如果你这次能成功地让这么危险的早产儿恢复健康,脱离危险,也许就开辟了一个新的领域。有风险,但也有机遇,你自己考虑。"

蓝琴犹豫了一下,没有说话。

271

"对了,有个事情我也顺便和你说一下,我听说一个消息,弘德有可能也想在 C 市开一个月子中心,这件事情已经提上议事日程。你以后可能会有一个强劲的竞争对手了。"

　　这个消息让蓝琴听了更是为之心惊,谁都知道弘德财大气粗,他们要加入竞争,那可真不是一个好消息。

　　"弘德这么大的产业,怎么也想分这块小蛋糕?"

　　"具体的我不能多说,我告诉你这个,是出于私交,你可绝不能外传。"

　　卓越没有告诉蓝琴的内情还有:弘德成立月子中心的提议是于凤鸣提出的,并正式在高层会议上做了论证报告,于凤鸣还提出,可以和沈阳原爱琴宫月子中心的第一大股东刘长河合作,把 C 市的月子中心市场从蓝宝贝手中抢过来。

　　卓越虽不是院领导,但因为其专家和顾问的身份,有些院会也能参加。当时在会上听到这个消息,着实吃了一惊。在她心目中,一直认为凤鸣和蓝琴是好闺密,却没想到她会提出这个釜底抽薪的想法。以弘德的实力和影响,如果它染指月子中心,对蓝琴可以说是致命的打击。

　　而最让她吃惊的是,为了让医院高层同意自己的提议,凤鸣还以 PPT 的形式,向大家详细介绍了月子中心内部的管理流程和制度建设等基础信息,这一切,肯定是她在蓝宝贝工作期间搜集和备份下来的。这也充分说明,凤鸣是想利用弘德的实力和影响,另起炉灶,和蓝琴对着干。一旦高层同意凤鸣的想法,由她来牵头负责运营,那就等于说,蓝琴当年无私培养的这个合作伙伴,现在会变成最可怕的竞争对手。

　　这个发现让卓越有点儿坐立不安。对于蓝琴的未来,她是担忧的,但以她的个性,又绝不愿在背后传话搬弄是非,所以一直隐忍着没有点明。现在,有了杨杏璇这件事情,卓越觉得于公于私,有必要提醒蓝琴一下了。

　　蓝琴何等聪明,立刻就明白了卓越的暗示。弘德原本只是致力于妇产科版块,但现在开始染指 C 市目前规模最大的月子中心,其背后受谁影响,她一猜便知。卓越如此点题,已经实属不易。再深问下去,自己也会令卓越难做,所以她也不想再问,面对暗涌而来的黑云压城的形势,她当即就做出一个决断。

　　"这个早产儿我们接了,什么时候送过来听您的吩咐。"

　　卓越长松了一口气。"杨杏璇说了,如果能保证孩子健康成长,她愿付出一切代价，所以这件事的回报是丰厚的。但还有两件事要注意，第一，杨小姐是公众人物，她这次未婚生子，属于绝密消息，我们医院当时接她时也是签了保密协议，所以，你们要对外封锁信息，决不能对公众泄露此事，万一有所泄露，可能也要面临巨额的赔偿，这是风险。"

"好，我明白了。"

"第二，杨小姐是否去你们那里，不能由我来推荐。因为我不能直接向我们医院的高层提出这个要求，毕竟，如果月子中心的计划批准，你就是我们最大的竞争对手，医院高层是不会同意把最尊贵的客人转过去，替你们扩大影响和知名度的，即使这个计划不被批准，我想医院也会自主联系与之相关的单位处理这件事情，不会把这个重要的客户无条件地转给你。我作为弘德的一员，做这样的提议当然不合适，但我会向杨小姐提出这事，由她来主动提出去你们那里。因为我和杨小姐的父母比较熟悉，又曾经给她接生，和她们的感情非同寻常，我想我的提议她们会重视，由杨小姐主动提出去你们那里，我觉得是最合适的。"

卓越用心缜密，蓝琴感激地说："您说得没错，这样最好。"

"不过，即使杨小姐同意去你那里，他们公司的人也会对你们的资质、能力和经验进行深度的调查，这个，你也要做好准备，不能掉以轻心。最重要的还要切记，你们可能没有太多护理早产儿的经验，所以在这方面要加强学习和实践，这是一次考验，也是一次学习，机不可失，时不再来。"

2

一辆奔驰商务车停在蓝宝贝月子中心的门前，虽已经是夜晚九点多钟了，但蓝宝贝所有的高层、中层管理人员都没有下班，几乎是清一色地在门口或是在大厅里待命，站在门口的人有院长蓝琴、总经理安琪、销售总监陈然、护士长胡美丽、康复部主任杨天青等人。

如此大的阵仗，在蓝宝贝还是头一次，很多不知情的小护士都纳闷儿，是什么人值得中心上下如此重视，如临大敌，对此，蓝琴要求少数的知情人一定要守口如瓶，绝不能透露任何信息，否则，等待她们的将是严厉的处罚。

车子停下，两个穿黑色西装的男士先下车，警惕地看看四周环境，然后将车门打开，下来两位女士，随后，两位男士又从车里将几个大的行李箱搬下来,最后出来一个戴着黑墨镜和口罩,穿着黑风衣、肩上围着大披肩的年轻女士。这位年轻女士头顶上还戴着一个高高的帽子,把帽檐压得低低的,帽子、墨镜与口罩组成了一个"堡垒",把她的面容遮挡得严严实实,你就是走到近前,也不可能看清她的模样。与她一起下来的是一个打扮入时、得体的中年女人,怀里抱着用丝绸缎面的锦被包裹着的婴儿。年轻女士刚一下车,随行人员就众星捧月地走上前去,把她围在中间。

蓝琴向前一步,说:"我是蓝宝贝月子中心的院长蓝琴,欢迎尊贵的客人入住我们月子中心。"

隔着墨镜和口罩,蓝琴看不到杨杏璇的表情,但是随行的一位年轻女士却上前一步说:"蓝院长,杨小姐有点儿累了,请安排她马上入住即可,欢迎仪式都不必了,她和孩子也不想见更多的人。"

"好,今天来的都是我们团队的核心成员,将来都是要和杨小姐打交道的,我把他们都叫来了,以表示对杨小姐的重视。我现在就安排杨小姐入住。"

安琪指引着工作人员接过杨杏璇怀中抱着的婴儿,指引着一众人等进入五层特别为杨杏璇安排的总统套房。整个过程迅速、流畅而有条不紊,其间杨杏璇始终没有开口说过一句话。

看着杨杏璇等人进入电梯,胡美丽忍不住发出一声感叹:"大明星的排场果然不同于常人!"

蓝琴听到她的声音,回头眼光凌厉地扫了她一眼,胡美丽吓得吐出舌头,做个噤声的标志。

蓝琴说:"大家忙了一天,也都累了。杨小姐安顿下来后,都回去休息吧。"

两天前,杨杏璇团队的人就把蓝宝贝考察了一遍,从各种资质到环境卫生、人员情况都进行了比较深入的了解,最后还约见了为杨杏璇服务的护士、月嫂,进行了一番审核后,才同意杨杏璇入住。这次的入住,将启动蓝宝贝从没有过的 VIP 服务,堪称蓝宝贝开业以来最大的一笔订单,杨杏璇公司的经纪人说了:"我们不怕花钱,只要能提供最好的服务,还有,要有最严格的保密性。"

通常,来月子中心的客人都是由中心亲自派专业人员去接。为了迎接这些尊贵的客人,蓝琴狠下心来,买了一辆专门用来接收产妇的奔驰豪华商务车。但杨杏璇团队却因怕中途出现纰漏，坚持要用自己团队的车辆和人员来护送，与她一起来的，有两个保安人员、两位助理，以及她在 C 市的母亲（杨杏璇的父亲早在两年前就因病去世）。给杨杏璇预订的是中心顶层的 VIP 贵宾套间，相当于一个酒店的总统套房，在她到来之前，已经在杨杏璇团队的监督下，做了严格的清洁、消毒工作，除二十四小时值班的护士与月嫂外，还为杨杏璇配备了一个二十四小时的专职保安。这个套房是刷卡进入的，没有卡就无法进入，拥有进门卡的仅包括杨杏璇及其助理、专职护士等少数几人，门上还安了人脸识别监视系统，所有来探视的人，要先经过门口保安、主管护士同意，最后还要在监视系统前进行人脸识别，由杨杏璇本人同意后，才能由工作人员帮助刷卡进入。

"您放心，在这里，我们保证比在您的家里还要安全，像那些狗仔队什么的，就是隐了身也别想进来。"安琪面带微笑，对前来审核的杨杏璇的助理苏小姐保证。

现在杨杏璇终于入住，大家松了一口气，不过这只是第一步，最大的考验还在后面，这是蓝宝贝自成立以来接待的第一位有全国影响的公众人物，不但要提供服务，还要提供最严格的保密机制，而这也是蓝琴最心重的。在杨杏璇入住之前，蓝琴已经代表蓝宝贝和杨杏璇的公司签署了保密协定，如因此事而导致损失，都将由蓝宝贝来承担，所以她的压力很大。

为此蓝琴把所有的相关人员叫来开会，要求对这位客户的一切信息严格履行保密措施，若哪个环节出现了问题，都要进行严查、追究和处罚。

"一个健康还处于危险期的早产儿，一个不能泄露一点儿信息的大明星，我们蓝宝贝成立以后，这可能是最大的一次考验，我们要把这一项工作当成一场硬仗来打，不能掉以轻心啊，各位，如果这一次成功了，我们就有了护理早产儿的经验，一旦推广和宣传出去，对整个月子中心将是一件大好事。"

看着一个一个如临大敌的同事，蓝琴不忍心再施压，就说出让他们宽慰的话。

胡美丽一脸惋惜地说："大明星来我们这里坐月子，这是一个多好的爆炸性新闻啊！要是传出去，对我们月子中心是个多么大的宣传，可惜啊，还得替她保密，不能说出去。"

安琪说："纸包不住火，杨杏璇生孩子的事情，不会永远隐瞒下去，什么时候她可以公开了，我们就可以名正言顺地宣布，她是在我们这儿坐的月子，到那个时候，一样会起到宣传的作用。总之，只要一切顺利，对我们蓝宝贝来说，肯定还是一件大好事！现在最重要的是，不能把这事弄砸了，尤其是美丽你，还有红姐，你们作为护理部和贴心阿姨的负责人，我建议这个重要的客人由你们亲自来护理，不要再交给别人了，人多嘴杂，千万别有疏漏。"

对安琪的这个说法，胡美丽和贴心阿姨的负责人红姐都点头同意。

"我同意安琪的说法，我们现在确实还没有到盲目乐观、憧憬那些美好事情的时候。我现在最关心的，还不全是杨杏璇的保密问题，而是那个孩子，一个早产儿，虽然经卓越大夫的手成功接生，但接下来的护理很重要，让孩子健康地成长，这才是我们应该最关心的事。"

早晨，在阳光四溢、温暖如春的 VIP 套房里，昨天开会的情景历历在目，看着正和宝宝一起歪在床背上小寐的杨杏璇，蓝琴的担忧又涌上心头。

早产儿在住院期间，需要得到非常精心的护理，住院期间，需要住暖箱，不同胎龄、不同孕周的早产儿需要住不同级别的暖箱，对温度和湿度的要求非常高。然后还需要呼吸支持、营养支持，避免感染，住院这块集中表现为保温、保暖、适宜的湿度、很好的喂养，这个称之为鸟巢式护理。但除鸟巢式护理外，还要加上所谓袋鼠式的护理，这时妈妈要进到早产儿的病房，跟孩子进行接触，然后同时做呼吸支持，还要保证比较好的母乳喂养。

现在，宝宝虽然经过保温箱的护理、生长，体重已经达到了 2250g 的出院指标，但接下来的护理仍然非常关键。杨杏璇虽经过怀孕和生产，可是体重尚不足百斤，如果是寻常百姓家的人，可能不会出现这种情况，她们会稳稳当当地待产，把自己吃得胖胖的，养得舒舒服服的，在家人的陪伴下，在万事俱备的情况下，生下一个大胖小子或是大胖女儿。但明星就不一样了，她们不敢对外声称自己怀孕，甚至生了孩子也不敢让外界知道，孩子的父亲是谁，没有人敢打听，也没人知道。寻常老百姓生了个孩子，家里当成头等大事，爷爷、奶奶、姥姥、姥爷、七大姑八大姨围成一团，但明星却不一样了，生孩子是件绝密的事，就像杨杏璇这样，陪在她身边的，依然是从前的那些工作人员，唯一的亲人只有自己的母亲，甚至有的人连家里人都不敢通知，也不敢叫过来陪伴，怕被狗仔队盯上。

看着坐在那里瘦弱的杨杏璇，一丝同情之意涌上蓝琴的心头，她住在月子中心最豪华的套间里,享受着最尊贵的服务,可她也是最孤独、最无助的,这里所有客人,哪一个不是被家人、亲情围绕着,被各种祝福、祈愿围绕着,可是杨杏璇却要小心、谨慎地防止任何人接近她,甚至连自己最基本的人身自由都没有。这难道就是成名的代价吗?

蓝琴进屋的动静让杨杏璇睁开了眼睛,虽然不着脂粉,但杨杏璇的脸上仍然光滑粉嫩,透着一股青春的活力。

"杨小姐,昨晚睡得好吗?"蓝琴微笑着问杨杏璇。

杨杏璇忍住了一个强要打上来的哈欠,说:"不太好,不过和你们这里没关系,我一般换了一个新环境都睡不好。"

"在这里还住得习惯吗? 我看宝宝好像是睡得不错。"

"还可以,我有点儿担心孩子,听说你们这里提倡母乳喂养,但是我可能做不到。"

看着杨杏璇只是微微隆起的前胸,蓝琴很理解她的担忧。

"没关系,我们会想办法。早产儿喂养虽然首选母乳,但如果没有母乳,可选用早产儿配方奶粉,必要时也可以用静脉营养注射以满足早产儿的营养需要。"

"这孩子能健康地长大吗?"望着在床边还在酣睡的瘦成一条的孩子,杨杏璇一脸担忧地说,"刚生下来的时候,我甚至都怀疑她能不能活下来。您看她,跟一双筷子似的。"

"能的,只要您有信心,我们会努力让这孩子和您一样的健康。不过,这也得要求您做出一些牺牲,首先就是不要刻意减肥了,为了孩子,您要多加点儿营养,对于早产儿,母乳喂养是很重要的营养手段,我们也需要您的努力和配合,让自己能再壮实一些,咱们还是尽量争取这一步。"

"我没有刻意减肥,我只是食欲很差,吃多了会恶心,也不太容易吸收。这就是多年来一直节食减脂造成的职业病。至于这个孩子的出现,也可以说是个意外吧。无论在身体还是在精神上,我其实都没做好准备。"

杨杏璇苦笑一下,又说道:"我生孩子这件事情,公司是坚决不同意的,如果不是我现在手头有几个大活儿都在推进阶段,不能停下来,我怀疑这孩子一生下来,公司就得和我解约。"

蓝琴脸上露出微微诧异的表情,这一切都让杨杏璇看在眼里。

"老百姓觉得明星富裕,明星的钱好赚,可是明星的苦也是他们想不到的,我们不能自由地恋爱,不能自由地生孩子,不能自由自在地过家庭生活,一切都是有合同制约的,甚至体重,我们都是被限制的。胖了就是最大的事故。"

杨杏璇轻轻抚摸了一下自己的小腹。

"怀孕五个月我还在拍戏,演的是爱情戏,我不得不用腹带束着肚子,尽管知道这对胎儿不好,但是我不能让这部戏夭折了。自从出了很多问题艺人后,投资方也学奸了,很多条款规定得都很苛刻,规定如果因为演员的缘故导致拍戏中断,会有巨额赔偿,无论是公司还是我们个人,都不敢冒这个险。"

孩子突然哭了起来,好像是这个话题太沉重了,她也不想听下去了。

蓝琴按了一下指示铃,只几秒钟时间,值班护士就刷卡进屋了,蓝琴说:"孩子醒了,可以去做个阳光浴了,宝宝的黄疸还有些高。"

护士将孩子抱走。屋子里又陷入一片沉静之中。

"所有人都劝我把这个孩子打掉,我一直都没下决心,我当然知道,以我现在的状态,这个孩子是不能要的,公司也不允许。可是,后来出了点儿事,让这一切都无法挽回了。我们的戏,本来应该四个月前杀青,但怕啥偏来啥,剧组有一个男艺人,顶风作案,在外面吸 K 粉被朝阳群众举报了,一下子被总局封杀了,不得不把他的戏删除,再补拍他的所有戏份,而这些戏份缺了我还不行,结果我一直在片场,夜以继日地补戏。这事放在过去就简单了,用抠图换头的方式就解决了。但是现在观众也难伺候,前两天刚有一部戏,因为一个女演员抠图的事件被曝光,引起了观众的反感,令收视率大跌,资方不愿再有这样的负面消息,宁可再重新投入成本补拍也不抠图。这样,我整个人就只能留在剧组继续奉陪了,最好的时机就此错过了。本来对于是不是打掉这个孩子,我还一直在犹豫中,现在好了,客观条件也不允许了。您看,我说这个孩子的出生是个意外,就是从这里来的。"

杨杏璇云淡风轻地说起这件事,但在蓝琴听来,却如惊雷阵阵,不禁感叹一句:"唉,做你们这一行也真是不容易啊。"

"和你说了这么多,我就想说一件事,事已至此,无可挽回,这个孩子是我身上掉下的一块肉,无论丑与俊,健康也好,疾病也好,我不能丢下她不管,我既然生了她,就得养她一辈子。我不会为了这些所谓事业抛弃我的孩子。所以,她对我很重要。卓越医生是我信任的医生,也是当年给我接生的人,她推荐了您,所以我也信任您,希望您别让我失望。"

"您放心,蓝宝贝上上下下会竭尽全力,让您和您的孩子从这里离开的时候,都是健健康康的。这也是我们对每一个顾客的承诺。"

"是的,这几天就要多靠你们了,你们给我找的护士、阿姨和全陪,我都见到了,也基本满意。"

"好,有什么事您尽管吩咐。不过——"蓝琴欲言又止,转换了话题,"如果没什么事,我先去忙了,有事您可以随时和我沟通。"

杨杏璇敏感地意识到蓝琴似乎还想说什么,她说:"还有什么想问的您尽可畅所欲言,我能回答的都尽量满足您。"

"一个完整的家庭对孩子的呵护,是亲子护理中特别重要的一个环节。我不知这话当问不当问,这个时候,是否需要通知孩子的父亲,过来和您一起照顾孩子,分担一下您的压力。"

"他不合适,"杨杏璇斩钉截铁地否决道,"他和我一样,也没那么自由。公司知道了也不允许。"

这件事等于已经挑明了,杨杏璇孩子的父亲也是圈内的人。蓝琴点头道:"我明白了,对不起,我不是故意要打听这件事的。我只是提个建议而已。"

"我明白,我知道您不是狗仔队,不会对我的事感兴趣的。一会儿我母亲会过来,在这个时候,有她就足够了。另外——"杨杏璇突然莞尔一笑,"您想不想知道,我为什么最终会选择在你这里坐月子?"

"不是因为卓越医生吗?"

"不全是,其实公司已经给我订下了月宫,公司更加信任的还是月宫,但这次我还是没有听公司的。因为您这里有一个吸引我的地方,就是母婴同室。"

杨杏璇年轻的脸上浮现了与她年龄并不相符的沧桑与成熟。

"很多女演员选择月宫,是因为在月宫可以得到良好的休息和保健,月宫是把孩子接走搞母婴分离的那种,但是我不喜欢这样,因为我喜欢孩子,我愿意看着孩子在我身边,哪怕为之吃不好睡不好,再累一些也没关系。作为一个母亲,我也得尽我的责任,不能都推给别人吧?还有一点就是,孩子只有在我身边,我才觉得她是安全的。你也知道,我们这种职业,永远在别人的焦点与关注之下,我不想我的孩子,因为我的职业而有任何的意外和

279

风险。"

北京协和医院的门口,蓝琴和卓越与一位白发苍苍的女医生正在握手道别。

蓝琴一脸恭敬地说道:"林医生,一切就有劳您了。需要我们什么时候来接您,您就发话,我随时可以让司机过来。"

"不用麻烦了,我自己可以坐车过去,北京去 C 市很方便的,高铁就两个小时车程,司机来来回回反而不方便。你们在网上给我订票就行。"

"您每天那么多工作,能抽身过来相助,我们已经万分感激了,怎么能让您自己过来呢?您放心,我会派总经理和司机一起来接您。"

蓝琴一再坚持,林医生也没再说什么,最后敲定,后天由司机过来接人。

与林医生告别后,卓越说:"蓝琴,人我帮你联系了,我的使命也完成了,不能再耽搁了,我想晚间就赶回去。"

"好,我们今晚就启程。"

来北京协和医院找林医生是蓝琴的主意,但这个机会是卓越提供的。林医生在儿科界大名鼎鼎,与卓越在医科大学的老师是同学,现在虽然年近七十,但退休后又被返聘,在协和医院专门处理儿科类的疑难杂症。

蓝琴和卓越来到北京,与林医生在医院见了面,林医生很忙,只在一起交流了四十分钟,大致就明白了情况,并称看在卓越老师亲自打电话过问的情谊,可以去 C 市看一看。

虽有卓越的关系,但这一次林医生当然不能白白出山,请她过来需要花费一大笔钱。卓越说:"看来你很重视杨杏璇这个人,真是下了血本。"

"卓大夫,也不全是为了杨杏璇,如果能够通过这件事,让早产儿的护理在蓝宝贝形成一个科学的方案,我觉得花多少钱都是值得的,就是这次不是为了杨杏璇这个大客户,我也可能会这么做。"

"嗯,你这一点倒有些像我,有的时候,对事,不对人。"卓越对蓝琴的做法十分欣赏。

回到蓝宝贝,蓝琴去找杨杏璇,却意外地发现她的房间里没有人。

蓝琴急忙给胡美丽打电话,问:"杨小姐怎么不在房间?"

胡美丽给值班护士打电话,得知杨杏璇去瑜伽室了。胡美丽也急忙赶过来了,蓝琴见她劈头就问:"怎么回事?人怎么还给弄跑了?"

"护士说是她觉得待着太闷了,想出去转一下,她听说我们有瑜伽课程,挺感兴趣,要过去看看,正好这个时间瑜伽室也没有人,护士就带着她去了。她和我汇报,我觉得可以,就让她们去了。"

"这个人是敏感人物,绝不能让其他宝妈和她见面,你怎么还能让她走了呢?万一被认出来就麻烦了。"

"我知道,可咱们这里也不是监狱啊,人家想出去走走,我们也不能拦着,我都安排好了,瑜伽室没有其他人,周绮又是专门陪护她的,都强调纪律了,您放心,不会走漏风声的。"

看着胡美丽一脸肯定的样子,蓝琴在心里叹了口气。胡美丽是个好护士,但是让她当这么大一个机构的护士长,还是太年轻了,她有时过于有主见、有个性,这样的人可冲锋在第一线,但稳守家园和巩固阵地,不是个好人选。那一瞬间一个念头在她脑海中突然浮现出来:胡美丽必须换掉。但现在也不能想太多,她转身去找杨杏璇。

瑜伽室在中心四楼,是宝妈们特别喜欢的一个地方。这里有一面玻璃墙,可以直接看到外面的风景,视线极为开阔。天气好的时候,面对着蓝天白云,特别适合放松心情。这个瑜伽馆也是蓝琴亲自参与设计的,不仅是宝妈,她和员工们有时也在这里练瑜伽。蓝琴本身就是瑜伽爱好者,多年都坚持这项运动。

现在偌大的瑜伽馆里,只有值班护士周绮和杨杏璇,屋子里有满室的夕阳和优雅的音乐,阳光是从窗外射进来的,音乐则是从杨杏璇的手机里发出的,伴随着音乐,身穿瑜伽服的杨杏璇正在挪移转动着身体,做瑜伽体操。

蓝琴悄然坐在一旁,看杨杏璇舒展着瘦削的身体,不得不承认,身为明星确实是得有一身才艺的,杨杏璇的动作优美、舒展、专业,几乎可以和瑜伽教练媲美。

周绮看见蓝琴进来了,正想打个招呼,蓝琴伸出一只手指在嘴边做个嘘的标志,但杨杏璇似乎后背长了眼睛,做完一个完整的伸展动作,就说道:"是蓝院长吗?"

蓝琴应了一声,杨杏璇回过身来,脸上微微有汗的她,身着凹凸有致的紧身瑜伽服,有如梨花带雨般的娇俏。

杨杏璇说:"我平时都有运动的,每天都坚持。我听说你们这里有瑜伽馆,还有专业教练,我就来看看,没给您添麻烦吧?"

"没有,不过您的身份特殊,一切都要小心为妙,"蓝琴谨慎地说道,"咱们最好别惹不必要的麻烦。"

"我知道,你们的护士长说了,听说我想来活动活动,她特别通知了瑜伽馆闭馆,不好意思,为了我一个人,是有点儿兴师动众了。"

杨杏璇走了过来,周绮及时地将一条毛巾递给她,杨杏璇一边擦着脸一边说:"不过,我明天就没有这么自由了。我的经纪人和健身教练、保健师、营养师他们这一群人从北京赶过来了,这些人本来是定了去深圳月宫的机票,现在听说我改主意了,又都赶到这里来了。我已经安排他们住在月子中心对面的酒店了,明天很多事情都由他们来和你们对接,包括我在这里的日程安排、休养事宜。明天想这么自由自在地在你这个瑜伽馆里练一会儿瑜伽,估计也不大可能了。"

蓝琴点点头,她知道名人是不可能有自己的自由生活的。

擦干脸上的汗水,杨杏璇似乎有些漫不经心地说:"我听说为了我的事,你们去北京找专业的儿科专家过来了?"

"对,我们找了协和医院的林爽。"

"林爽?我知道她,当时我准备生孩子时,公司也把协和作为我待产的医院了,不过我没听公司的。"杨杏璇莞尔一笑,"换作别的艺人,公司早就不忍耐了。我的经纪人拿我也没办法。"

"您是有个性和主见的艺术家,"蓝琴发自内心地说,"和那些事事都要经纪人决定的流量明星不一样。"

"艺术家不敢当,我最多比网红强一些吧。"杨杏璇清醒地说道,"公司这么纵容我是因为我还有商业价值,做我们这一行,商业价值是第一位的,一旦这方面不行了,就一切都没有了。"

杨杏璇披上衣服向外走去,她的房间有高档的浴室,她会在那里洗漱。蓝琴跟在她后面,杨杏璇问:"林医生什么时候到?"

"明天,司机会和我们的总经理一起去接她。"

杨杏璇真诚地说:"听说林爽的对外出诊费用不低,蓝院长,看来你们为了我的事,还真是下了功夫,谢谢了。"

接触了几次,蓝琴对杨杏璇的印象很好,觉得她既聪明、识大体,又很谦逊低调，没有明星的架子，直接扭转了一些她对明星的看法。

但是杨杏璇的团队就不那么好对付了。第二天，杨杏璇的经纪人苏小姐到了，为了怕引起别人的注意，团队这次住在了月子中心对面的酒店，也没有大张旗鼓地过来看杨杏璇，而是先由苏小姐带着一个营养师过来，主要看一下杨小姐居住、饮食的状况，月子中心要提供所有居住环境的环保健康参数、食品的安全参数及指标。

"杨小姐的肠胃并不好，在饮食上要格外注意，她不能吃凉的，也不能吃甜的和油腻的东西，她还对几种食品是过敏的，千万不能动，如紫薯，我看你们这里有紫薯粥，这个东西是万万不能给杨小姐吃的。"

杨杏璇入住以前已经有人过来检查一遍了，但是苏小姐等人又重新复核了一遍，面对他们的质询，蓝琴耐心地解释：

"您放心，我们这里每个房间每天都要进行通风、消毒处理和检验，另外我们有提供月子餐的餐饮团队，是经过 ISO22000 食品安全国际标准管理体系认证的，卫生及食材保证全部达标。"

一切正如杨杏璇所说，团队的人马一到，她的日常生活就开始进入监控状态了，苏小姐几乎和杨杏璇的母亲一样，每天至少要来一次，当然她不是为孩子的事而来的，而是为了处理杨杏璇离开后未能善后的一些工作，营养师和保健师也每天都要过来一次。杨杏璇的单独活动，也被严格禁止了。

两天后，林医生到了，杨杏璇女儿的护理工作就在她的指导下进行，林医生为此请了七天的假期，这七天对于早产儿的护理非常关键。整个护理部的工作人员全都自动转化为学生，在林医生这个大医生的带领下，学习早产儿护理相关知识。

一切按部就班，然而，就在杨杏璇在这里居住的第十二天，她的女儿体重和各项指标都已经开始进入良好状态的时候，一场让人措手不及的变故出现了。

4

韦思思出院了，胡也频、张桂霞和老伴儿一起过来接她出院。

韦思思的儿子虎头虎脑，来的时候六斤多点儿，走的时候九斤多，看着这个大白胖小子，张桂霞乐得合不拢嘴。

"来的时候,我还琢磨着我外孙子有点儿瘦,现在看来,胖了好多,你看这脸上的肉……"张桂霞执意要把孩子抱过来,让大家看。

蓝琴组织工作人员与韦思思一起合影,胡也频将蓝琴拉到一旁,说:"琴姨,有个事麻烦你一下。"

胡也频将一个红包塞给蓝琴,说:"麻烦您把这个交给胡美丽护士。"

"你这是什么意思?"

"没什么,这段时间,她照顾我们家思思,非常辛苦,也尽职尽责,我想表示一下,可她死活也不要,我想麻烦您帮她收下。"

"她不会要的,那是我们的职业操守。我要帮你收下了,你这不是让我替她犯错误吗?"蓝琴笑着把红包塞回胡也频的口袋里,"这个真用不着。你要想表示感谢,就给她发个信息表示感谢吧,或是在朋友圈给我们宣传一下,这就是对她们职业最大的尊重了。"

"蓝姨,真别客气,不瞒您说,在那个医院做手术时,我上上下下都打点过,大家也都笑纳了,这不是送礼,就是表达一下这个意思,您替她收了,不行拿这钱请大家吃个饭,算我请的,您看行不行?"

"真不用,你要再这样我就生气了,我们又不是免费给你们提供服务,你们也是付了费的,理应享受应有的服务。我不管别的医院怎么做,在我们这里,绝不收任何人的红包和礼物,工作人员也不会参加客人的吃请,这是我们的纪律,小胡,你别让蓝姨自己制定的纪律,再由自己亲手打破了啊。"

见蓝琴一再坚持,胡也频不再提送红包的事,但也由衷地说:"蓝姨,我的家庭关系缓和了,这我也得感谢你。"

看着在不远处正在和工作人员忙着照相的张桂霞,蓝琴问:"她后来又去了你公司吧?"

"去了好几次,还给我介绍了几个活儿。"胡也频说,"我也得好好干,争取尽早地还清她借我的资金。"

"对,男子汉大丈夫,总欠人家钱也不是个事,把钱早日还了,让你岳母看到你的能力,你也会更有尊严。回去好好过日子,对思思要好一些,对孩子好一些,我相信以你的能力,一定会让你岳母对你刮目相看,绝不后悔让思思选择了你。"

和工作人员合完影,韦思思和抱着孩子的护士走了过来,两眼红红地说:"蓝姨,要走了,日子过得太快了,让我抱一下您吧。"

韦思思和蓝琴搂在一起,眼泪流了下来,蓝琴的眼圈也红了,说:"把虎头抱过来,让姨再看看。"

蓝琴抱过小虎头,小虎头看着她,脸上绽放出一个笑容,蓝琴说:"思思,你看,多可爱的孩子,他长大了,这小子大模大样的了。"

蓝琴执意要抱着孩子和医护人员一起送出门口,自蓝宝贝开业以来,每个宝妈和孩子离开时,她都要亲自相送,从无例外,今天也是如此,来到门前,她把孩子头上的棉被盖得严实一些,说:"风大了,别吹着他。"

月子中心的奔驰车就等在门口,蓝琴将思思和孩子送上车,望着依依不舍的一家人,蓝琴说:"思思,记着,这里永远是你的娘家,有事要求助于娘家,千万别客气啊。"

隔着车窗,思思含泪挥手,蓝琴的眼泪也忍不住掉了下来。

几年来,她每次送走一个客人时,都忍不住流下眼泪,有的时候,她自己也不理解,当年生活陷入绝境时,她都没有哭过,可是现在,是什么让自己变得如此多愁善感了呢?是自己软弱了,脆弱了,眼窝子浅了?还是那些一个个茁壮成长的新生命,一个个充满着母爱的年轻妈妈们,让自己感受到了爱的力量?

送走了韦思思一家人,仍有些不舍的蓝琴回到办公室,还是忍不住拿起纸巾擦拭眼睛,这时安琪敲门进来了,脸色严峻。

安琪一向喜怒形于色,所以蓝琴对她的情绪是很敏感的,她马上问:"怎么了?"

"昨晚保安部负责人汇报,咱们这儿出了个蹊跷的事。"

蓝琴问她是什么情况,安琪给她看了手机里存的一张照片,照片是一辆蓝色的桑塔纳车,车牌子是外地的号码,车里有微微的光芒闪烁。

"怎么回事?"

"从前天晚上开始,值班的保安就发现这辆外地牌子的车一直停在咱们门口,而且晚上也没走,保安程师傅眼尖,看见车里有时还有光芒一闪一闪的,程师傅怀疑车里的人在偷拍我们公司的门口,就拍了这张照片交上来了。我刚才看了看,那辆车还在。我觉得这事不太对劲儿,就让保安过去问一下。可是保安刚往那辆车前一走,车就开走了。保安向里面看了一下,车里有两个男人,手上好像还拿着相机。"

一股不祥之感涌上蓝琴的心头。她说:"会不会是为了咱们公司的某个

285

人而来的?"

"我也怀疑。那个车号是外地的,我们也查不出来是谁,但是我已经和派出所联系了,再出现时,我就报警。"

"对,这个警惕是要有的。另外,你通知一下杨小姐,最近不要让她公司的经纪人和助理再过来了,产妇也需要休息,不能天天处理公司的事情。"

安琪说了声好的。她走后,蓝琴觉得心里有些惶恐的感觉,觉得似乎有什么事情就要发生,而且不会轻易地结束。

第二天一上班,胡美丽的电话就打过来了:"蓝姨,糟了!"

蓝琴觉得心头一震:"怎么了?别慌,慢慢说。"

"杨杏璇在我们这儿坐月子的照片,今天在网上出现了,有报道说她正在 C 市一家月子中心坐月子,说得有板有眼。"

真是怕啥偏来啥!蓝琴急忙让胡美丽把照片发过来,照片是从某门户网站上截的图。一共三张,第一张图是杨杏璇在瑜伽馆的照片,她正在做瑜伽,后面站着身穿护士服的周绮,杨杏璇没有穿月子中心的衣服,而是穿着瑜伽服,但是后面的护士穿的是蓝宝贝的护士服;第二张图是杨杏璇在二楼楼道里走,前面是抱着孩子的月嫂红姐,这一次杨杏璇穿着月子中心的衣服,而且很齐全,哺乳服、月子袜、月子鞋全穿在脚上;第三张图是杨杏璇在露台上的照片,她也仍然穿着月子中心的衣服,正趴在露台上眺望外面的天空。前两张图不太清晰,但依然能看清楚是杨杏璇,最后一张图很清晰,一看就是她。

网站的标题也很惊悚:"清纯女星翻车了?自称从没谈过恋爱的玉女明星,被人发现在某海滨城市秘密产子!"

蓝琴注意了一下,这篇稿子是今天早上六点三十分发出的,现在还不到九点,两个多小时,点击率 10 万+,下面留言已经有几百条了。

蓝琴仔细看了看内容,稿子内容模棱两可,没有透露更多有用的信息,而且也没有说明杨杏璇是在 C 市哪家月子中心,但蓝琴清楚,这不是对方手下留情,是留有更厉害的后手,他们先吸引注意,然后再继续深度解密,让一个一个真相不断地出现,这样就会让这个新闻始终发酵保持热度。这套新闻营销方法她是知道的。

蓝琴曾经在北京自学过一段时间传媒的课程,当时也是为了更好地宣传蓝宝贝,她对公司聘请的宣发人员不太满意,干脆自己去北京学习媒体传播知识,还拿到了中国传媒大学培训班的合格证,后来把所学的知识很多用于蓝宝贝的宣传上,效果良好,所以对这一套传媒的手段,她心里很清楚。

胡美丽却懵然无知地说:"不幸中的万幸是,这篇文章没有点明是我们月子中心,说明他们还没有掌握真实的情况。"

蓝琴不客气地驳斥道:"明眼人一眼就能看出,这些哺乳服、月子袜、月子鞋是出自哪里的,你别忘了,这些衣服都是申请了国家专利的,在全国任何一家月子中心都不会有,你以为人家真不知道,照片都能伸进来拍了,他们还能不知道是在哪儿?"

她想了想,又问:"护理杨杏璇的是周绮吗?"

"是,现在还在护士站哭呢,她发誓,照片不是她拍的,也不是她泄露出去的。"

"当然不是,照片里还有她,怎么可能是她拍的,而且我相信她也不敢。"

对于周绮,蓝琴还是放心的,也是蓝宝贝的老人了,平时一直很沉稳老实,嘴也很严实,要不也不会让她来看护杨杏璇,但照片确实是从月子中心拍出来的,这是谁干的? 肯定是内部人,否则怎么能做得到?

蓝琴给安琪打了电话。安琪也已经看到了新闻,问蓝琴下一步该怎么办。

"把中心所有的工作人员都叫来,一个一个调查,看信息是从哪里出去的,这是一个很严肃的事件,我们和人家公司是签了保密协议的,如果泄露了用户信息,不但要退还所有服务费用,还要三倍赔偿和登报道歉,钱还是小事,要是为这件事在媒体公开道歉,蓝宝贝就毁了,这是生死攸关的大事。"

安琪知道事态的严重性,说马上就去办。蓝琴说:"把保卫部所有人都调动起来,停止三班休息,对楼内楼外严格管控,门外停车场暂时关闭。我估计这个新闻一登,全国媒体和自媒体的人都会赶过来,这里将无法再保持安静。我觉得现在就得和驻地的派出所联系,必要时动用警方的力量,保护蓝宝贝的安全。还有,我们的法务呢?听说在外面度假吧? 马上召回,让法务赶快联系好一点儿的律所,做好对簿公堂的准备。"

"我明白,马上去办。"

"我觉得这事多半和咱们的护士站有关系,也没准儿是在狗仔队的利诱下,我们的护士经不住金钱的诱惑,为他们提供了信息。"

"狗仔队是怎么知道她在我们这里的呢？"

"杨杏璇公司的人几天前从深圳月宫赶到这里，也没准儿是他们的动静引起了狗仔队的注意，人家就跟踪过来了呗。或者是弘德女子医院里的人露了口风。"

"但是人家在弘德住了一个月的院，可没有一张照片泄露出来啊，怎么一到了我们这里，照片就出来了？我们这里真有狗仔队的内鬼吗？"安琪疑惑地说。

"一切皆有可能，现在的问题不是着急揪出内鬼，而是要想想怎么防止这件事情的发酵。我觉得蓝宝贝这次是处在生死关头了，"蓝琴迟疑了一下，"无论如何，最接近杨杏璇的除了月嫂就是护士，这两个群体是最有可能泄密的。"

"红姐不可能，我以我的人格担保。"

"我也能。但是其他的护士呢，她们中间也有不少年轻人，而且见过杨杏璇的，知道她在这里的，应该也不少。"蓝琴在那一刻下定了决心，"安琪，这块的事处理完，我要换护士长。通知人事，把胡美丽换下来。"

安琪毫无异议地说："明白。我会去做。"

"查吧，下面的事就是查，看哪个环节出了问题。"

放下电话，蓝琴觉得头有些痛了起来，还没开始思索对策，苏小姐的电话就打过来了，电话那头有些歇斯底里。

"蓝院长，你们怎么搞的?！你们也太儿戏了吧！契约精神呢？保密协议呢？都没有放在脑子里吗?！"

苏小姐是上海人，平时说话温温柔柔，但一发起脾气来，声音就变得尖刻、急促，听着很是刺耳。

蓝琴耐心地说道："苏小姐，我理解您的心情，我们现在正在调查，看哪个环节出了问题，希望你们也自查一下，看是不是哪个环节有问题。"

"什么意思？我们有什么问题？你不要推卸责任，照片是你们月子中心里的，这分明就是你们月子中心的人泄露出去的，跟我们有关系吗?！真是笑话！"

"我没有推卸责任，我也没说和您有关系。但是一切皆有可能，我们要考虑得全面一些。我可以负责任地说，如果真是我们月子中心的事情，我们一定会按照协议条款进行赔偿和道歉，但现在当务之急是我们看看有什么办法能把损失降到最小。"

"怎么降？新闻都出来了怎么降?！我告诉你,蓝院长,我们公司的危机公关团队已经出发了,但我们的速度赶不上狗仔队,他们一定就潜伏在这个城市里,等着下一个新闻的推出。我们今年新上了一部杨小姐的剧,已经和四大卫视谈好了上星的时间,要是因为女明星未婚先孕的丑闻而被国家广电总局封杀或延期,造成的损失无可限量,你们小小的一个月子中心是承担不起的！卖了你们的楼也承担不起！……"

苏小姐暴跳如雷,骂不绝口,蓝琴不得不挂断她的电话。电话刚一挂断,一个陌生的外地号码就打了过来。

"喂,请问是蓝宝贝月子中心的蓝琴院长吗?"

"我是,您是——"

"我是星娱乐周刊的记者,请问一下,杨杏璇小姐是否在贵中心坐月子?"

"没有,我不知道有这个消息。"

"可是我们看到网上出现了她在这里的照片,请问——"

"对不起,我一切都不知道,我很忙,挂了。"

蓝琴将电话挂断,想了想,又给安琪拨了电话。

"你刚才有没有接到外地的号码?"

"有,但是我没接,直接挂断了。"

"好,做得对。通知所有人,这几天外地来的号码一律不要接。所有在岗的工作人员,这几天封闭式工作,先不要回家,晚上集体住在楼里,也不要发任何朋友圈消息。"

放下电话,蓝琴想了想,又给弘德女子医院的郑院长打了个电话。

一接电话,郑院长就说道:"蓝琴,你那里好像有点儿乱啊。"话语里没有安慰的意思,却有几分幸灾乐祸。这让蓝琴心中很不快。

蓝琴压抑住情绪,说:"郑院长,我想您也看了早上的网络新闻,我一直在想,是在哪个环节出了问题呢。"

"弘德应该是没有问题的,杨小姐在我们这里住了二十多天,做了一个早产儿的剖腹,虽是早产儿,但很成功,也很安全。她的信息并没有泄露,说明我们这里是没有问题的。"

"我不是说你那里有问题,我只是想说,估计这两天全国的媒体都会过来,我想咱们应该建立攻守同盟。毕竟我们都和杨小姐公司签了保密协议,我们要保持一致的口径。稍后我们的法务会和您联系,希望得到您的配合。"

"这没问题,我们现在是一条船上的了,咱们都得为杨小姐的未来着想不是吗?"郑院长通情达理地说,"我们会配合你们,需要怎么配合就怎么配合。"

一切安排妥当,蓝琴硬着头皮,去杨杏璇的房间去看她。

一到门口,正好护士周绮一脸疲倦地出来,蓝琴问她:"大小姐怎么样了?"

大小姐是杨杏璇在这里的代号,一般的产妇在这里都是昵称,一般都是取名字的最后一个字,但只有杨杏璇用的是代号。

"正在发脾气,我不敢劝她,先出来一会儿。"一见蓝琴,周绮的眼圈又红了,"蓝姨,照片的事真不怪我,我是无辜的。"

"我知道,孩子,这事不怨你,你还是继续你的工作,没事的。"

安慰完周绮,蓝琴推门进去,只见杨杏璇和她母亲都在,全是脸色铁青。

一见蓝琴进门,杨杏璇马上开火:"蓝姨,我很信任你,但是你还是把我的信息泄露出去了!你怎么和我解释这件事情?"

"亲爱的,先别急,我们正在调查此事,也正在积极寻找解决方案,你相信蓝姨,我一定会想出办法帮你解决这个难题。"

"我怎么相信你?我告诉你,我在北京的朋友给了我一个内幕消息,骆伟和他的团队马上就要过来了。如果骆伟来了,没有任何事情能瞒得住他的,因为纸是包不住火的。骆伟说什么都有人信,这事就再也不可能藏住了。"

骆伟,狗仔队大神级人物,很多明星的大瓜都是他发现的,很多明星身败名裂也是拜他所赐,他是艺人公司眼中的顶级杀手,可惜,人们还奈何他不得。听说他要来了,蓝琴顿觉事态越发严重。

"亲爱的,我知道事态严重,越是这个时候越要稳住,你能不能听蓝姨一句话?就一句。"

杨杏璇看着蓝琴,虽然没说话,但表情里的意思是"你说吧"。

"这个时候,先不要着急让你们的公关团队过来,也不要再让公司的任何人都过来了,因为你们的人来得越多,这件事情就坐得越实,那骆伟他们的人一看这个局面，就更知道这一切的真相了。"

杨杏璇将信将疑地看着蓝琴，没有说话，但情绪稍稍稳定。

告别杨杏璇，蓝琴匆匆走出来，一路上见到所有人都是忧心忡忡，面沉如水。的确，这是蓝宝贝自成立以来从来没有过的事。接下来，安琪要联合保卫部开始全方位调查，没有一个人能够幸免，所有人都将陷入前所未有的信任危机。

这是蓝琴很不愿意看到的。蓝宝贝成立快十年了，一直亲如一家，团结如一人，没有谁心生隔阂，也没有哪个员工对自己和公司高层产生过不满，逢年过节，每个人的婚姻嫁娶，这些重要的时刻，公司的员工都是在一起庆祝、欢度，其乐融融。然而这一次，这一和谐局面将被打破，这是她最不愿看到的。近十年来企业文化的吸引力，近十年来和衷共济的向心力，难道真的因为一个明星的一点儿隐私就毁于一旦吗？她不愿看到任何一个人因为这件事而被调查、被怀疑，但又无法阻止这一事件的发生。

她信步由缰地走着，却又突然觉得自己的行动很盲目，很慌乱。现在不能乱，她对自己说，这个时候是不能乱的，她蓝琴什么没见过，这点儿小事能把她打倒吗？不能，当务之急是要想对策，而想出对策的第一步，就是要找出源头在哪里，是在哪里出了问题呢？

她不由自主地走进产妇专用电梯，一直坐到五楼。在五楼顶上有一个大露台，在这里能够直接看见外面的蓝天，是特别受产妇们欢迎的地方。

蓝琴走到露台上，趴在露台的栏杆上极目远眺，脚下是车水马龙的马路，眼前是天高云阔的天空，这个姿势，这个角度，和那张照片上杨杏璇的完全一致。蓝琴在想象着，因为寂寞而出来透气的杨杏璇，在这一刻，是怎么会被人偷拍到的呢？

蓝琴抬起头来，望向对面，对面是一个三十二层的高楼，这是一个商务大厦，是去年建成的，也是这片城市中心区比较高的建筑。当时建起来的时候，蓝琴很担心它会遮挡自己这五层楼的阳光，但是事实证明并没有，因为大厦离这里有一定的距离，而且角度偏斜一些，竟然将阳光漏了过来。不过在露台上，还能看到对面大厦玻璃幕墙里面的人影，尤其是晚上，灯火辉煌时，大厦里活动的人形也依稀可见。

望着对面的大厦的玻璃幕墙，突然有一道光从对面射了过来，晃了一下蓝琴的眼睛，蓝琴盯着那道光射来的地方，突然间发现了什么。她急忙顺着露台的人工楼梯下楼,下到四楼瑜伽室,在瑜伽室的透明玻璃幕墙上,同样可以看见对面大厦的玻璃幕墙。

一种如释重负的感觉突然油然而生,蓝琴想自己终于明白杨杏璇的照片是怎么泄露出去的了。

5

"狗仔队一直潜伏在我们中心对面的大厦里,他们租下了其中的一个房间,把高倍数的照相机架在那里,拍到了杨杏璇的照片。"

在杨杏璇房间的办公桌上,放着一张手绘的图,蓝琴正把手放在这张图上,对着苏小姐、杨杏璇比画着,解释着她的发现。

"那狗仔队又是怎么知道我们杨小姐是在你们中心里坐月子的呢?"苏小姐一脸疑惑地问道。

"这也是我迷惑的地方,可能是哪个环节出了问题,让消息泄露了,所以我才说,这是我们都需要在各自的团队里进行筛查的原因。"

苏小姐说:"没有那个时间了吧?我得知一个确切的消息,骆伟现在已经到达 C 市了,全国的媒体也正在陆续赶来,我们的应急公关团队正在出方案,也会马上派团队过来。"

"这正是我要说的,"蓝琴一脸迫切,"我现在特别想请求两位一件事,不要让你们的团队,尤其是公关团队过来,你们现在的一举一动一定都在狗仔队的监控下。我估计随着骆伟的到来,现在全国的狗仔队会蜂拥而至,所以,我们得想办法让这些狗仔队离开,走得越远越好。而你们团队的出现,则会起反作用,让他们越聚越多。"

"想让他们离开,谈何容易?事情已经发酵了,难道你还看不出来?你们月子中心处理这些事情难道比我们公关团队更厉害吗?"苏小姐一脸不以为然。

"我请两位给我三天时间,不,两天或一天也行,让我来处理,我保证,我会尽自己所有的力量,请相信我。"

看着两人狐疑的神情,蓝琴进一步阐述自己的观点。

"我是东北人,我们老家冬天最寒冷的地方就是大兴安岭。大兴安岭脚下,每当到了风雪天气时,最骇人的不是雪,是风,有一种风,叫白毛风。我想各位都没见到过,什么叫白毛风呢,就是风里面裹着雪的那种,因为狂风扬起地面的积雪,在风里就像出现了白色的毛发,所以才有了这个名字。风里有雪,不但地面和天空一片白茫茫,能见度极差,而且对牲畜的威胁极大。所以我们又把白毛风叫作白灾,当地人都说,一起白毛风,就要冻死人。现在我们面对的情况就像是东北刮过来的白毛风。面对这种情况怎么办? 要先把风里的雪扫清,风里没有了雪,杀伤力就少了多一半,现在,我们要做的就是得找个办法,把狗仔队这团雪先清出去。对付这种白毛风,需要经验丰富的人,还得是我们这些来自东北大林场的人。"

"说得很形象,可你想怎么做,蓝姨?"

"给我两天时间,最多两天,我想办法解决。相信我一次。"

在蓝琴对杨杏璇等人做说服工作时,同一时间内的弘德女子医院,则是另一番景象。

一个茶台之上,弘德掌门人——院长郑明明正在往一个精致的茶碗里倒茶。在她对面,坐着一男一女,大家脸上春风得意,笑逐颜开,心情都是不错的。

在她对面的男人面带微笑,说道:"蓝宝贝这次可能要危险了,我听说了,杨小姐公司的法务也要马上过来了,如果这部剧因为这次丑闻而被封杀或延期,起诉他们是肯定的,那将是一笔巨大的赔偿,这对于蓝宝贝来说是致命的一击。"

郑院长给他斟上了茶,说:"骆伟先生,你打算怎么做呢?"

"我不急,我先看看他们怎么应对吧。我喜欢打心理战,我在等着杨小姐公关团队的到来,看他们的对策,我再出手,观众喜欢看这种反转,我得陪他们玩下去。我会耐心地等他们到来。"

"您确实是太厉害了,"郑院长笑道,"要不怎么都叫你明星杀手呢。"

"不,还是你们厉害。这一次出手,不但让弘德规避了违约的风险,还把锅甩给了竞争对手,我想经过这么一来,蓝宝贝月子中心不但物质上损失巨大,还信誉扫地,弘德的月子中心在开业之前,先扫清这唯一的竞争对手,以后就一家独大了,真不知,这么高明的主意是谁想出来的,能否透露一下?"

郑院长望着坐在她对面的女子,笑而不语。

"噢,原来是于小姐的主意,厉害,厉害!"骆伟做出夸张的表情,对着女子伸出了大拇指,"这叫釜底抽薪,厉害!"

"算了吧你,哪有你说的这么厉害,也没那么复杂。"女子娇嗔道,"我这都是为了医院的利益,可没有一点儿私心在里面。不过一旦这事曝光了,人们知道杨小姐是在我们医院成功地做了生产手术,这不也是很好的宣传吗?"

"没错,这事反正迟早都要曝光,到时候,把好事留在你们医院,把坏事留给了你们的竞争对手,一举两得,真是妙计啊!"骆伟又是一番感叹。

"于主任为了筹建月子中心,一直尽心尽力,而且还能做到公私分明,不徇私情,这一点,确实值得敬佩,"郑院长说,"中心一旦成立,于主任责无旁贷,一定得勇挑重担。"

"郑姐您放心,只要您信得过,我就好好干、努力干,不给您丢脸。"

茶室里响起一阵阵的笑声,然而屋里的人并不知道的是,这笑声也被从屋外经过的一个人听到了。

这个人就是卓越,她来找院长签字,被告知院长正在陪北京的客人在后院茶室,她来到这里,却无意间听到了里面的对话。

笑声很热烈,但里面传递出的阴冷,却让卓越不禁惊呆在那里,震惊之余,一股担心之情油然而生,她想:蓝琴,面对从里到外都是如此凶狠的围剿,你能扛得过去吗?

6

一辆奔驰车停在春秋茶室的门前,车门打开,白宇从里面走了下来,长风衣,蓝围巾,西装裤,加上修长的身材,显得很是潇洒。

他径直走进茶室,服务员上前迎接,他问:"蓝女士订在哪间了?"

"先生,请跟我来。"

服务员领着白宇走到一个雅间门前,推开门,一股浓郁的茶香扑鼻而来。

白宇吸了一下鼻子,满脸笑意地走了进去。蓝琴正在茶台前煮着茶,见他来了,笑道:"来得正好,茶刚煮好,你就到了。"

"这是正宗大红袍的香味,一闻就知道啊!不过,能让蓝大院长亲自沏茶,这可不是一般的福利啊。我想,要不是有了什么要紧的大事,您是不会想起我的。"

294

蓝琴嗔道："不是我想不起你，是你白老板现在日理万机，我也不敢约你啊。"

两人说笑几句，将茶水沏好，直接切入正题。

这些年来，白宇从电视台辞职后，搞培训，做自媒体，干得风生水起。他这个人，聪明，情商高，智商高，点子多，人脉广，在蓝琴创业的路上，也帮过很多忙。因为他足智多谋，蓝琴有很多事情都要听取他的意见。

这一次，蓝宝贝面临危机，蓝琴想来想去，只有请这尊大神了。

待白宇坐好，蓝琴就将这里面的事情一一和他道来。白宇听她说着，并不插话，只是低头喝茶，不过脸上的表情越来越严肃，说明他正在用心听。

蓝琴尽量用简洁、准确的语言将这件事复述完了，然后说："娱乐圈的事我不太懂怎么处理，你不是在北京开过文化公司吗，也算半只脚踏进过京城娱乐圈了，所以我很想听听你的主意。"

白宇轻吟一口茶，双眼微闭，似在深思，蓝琴知道他在动脑子，便不催他，自己也喝起茶来了。

白宇沉默片刻，突然哑然失笑。

"你笑什么？"

"我在笑——"白宇面带笑意地说，"高，真是高啊。"

蓝琴嗔怪道："别在那儿故弄玄虚行吗？你直截了当说点儿我懂的。"

白宇收起笑意正色道："你现在是不是还在怀疑是你的人把杨小姐的行踪泄露出去的？"

"不怀疑了，我觉得我的团队没有问题，我也不打算为这事处理任何人，事实很清楚，狗仔队躲在我们对面的大厦上，一直等着杨小姐露面，可谓用心良苦。他们说骆伟今天到 C 市了，我怀疑人家早就来了，只是我们不晓得而已。"

"没错。这是一个连环套啊，人家在弘德做完手术，什么风声也没露，一到你这儿就露了行踪，这时候赶得太巧了。我的看法是，消息是有人泄露的，但不是来自你的团队，而是那边的人。没想到郑明明这个人，不光会开医院赚钱，也懂孙子兵法。"

"弘德和我们都与杨小姐公司签了保密协议，所以这一招釜底抽薪，是想彻底搞垮我啊！但我就不明白，她开女子医院，我开月子中心，我们井水不犯河水，干吗非要弄死我？"

295

"这还不明白,人家也看中了月子中心这块蛋糕啊。他们是啥钱都想赚,人家想搞一条龙服务,从产房到月子房,把所有的市场都占了,有你在,还在她的对面,那简直太碍眼了,为了独占这份市场,也得把你挤走了。"

　　蓝琴长吸一口气,说:"那怎么办? 我不能坐以待毙,但面对骆伟这些狗仔们,我还真想不出什么办法。"

　　白宇喝了一口茶,从怀里掏出一盒"荷花"细支烟,点燃了一根,突然没头没脑地说了一句:"蓝琴,我最近可是总也没吃大闸蟹了,听说海阳路上开了一个大闸蟹馆,是上海人开的,叫蟹老板海鲜城,是上海本帮菜加阳澄湖大闸蟹,味道好得很,不过很高档,菜也贵得很,我还没吃过,很想去看看。"

　　蓝琴一时没搞明白他想表达什么,细一想就明白了,笑道:"这没问题,你定时间,我马上安排。"

　　"择日不如撞日,就安排今晚吧,我正好要请工商局几个领导吃饭,还没定地方,你把你们家老顾也叫上,算你们两口子一共八个人,行吗?"

　　"行,没问题。"蓝琴拿起手机,迅速给安琪拨了个电话,要她去蟹老板海鲜城订一个十人台。

　　白宇看着蓝琴安排这事,不禁一声感叹:"别人找我平事,怎么也得掏个万儿八千的,就只有你蓝琴,一顿大闸蟹我就得给面子。无功不受禄,我不能白吃你的,吃了你这顿饭,这事我就得管了。"

　　"太好了,一顿大闸蟹算什么,这事要是能搞定,天天请你也没问题啊,"蓝琴高兴的神情溢于言表,"有何妙计,请白大哥指教。"

　　"不急,不急,听山人慢慢道来。"白宇笑着又抽了一口烟,"蓝琴,你看过《孙子兵法》吗?"

　　"看过一点儿,没怎么研究。"蓝琴说,随后又讥讽地说,"肯定没有郑明明研究得深!"

　　"她那也不是深,都是雕虫小技,皮毛而已。"白宇自负地说,"我们就以其人之道还治其人之身,也给她来几招孙子兵法吧。第一招,就是瞒天过海。"

　　在蓝琴期待的目光下,白宇打开手机,对蓝琴说:"你看看这个人,认识不?"

　　白宇的手机里,是一个女孩的照片,背景是一个大舞台,女孩穿着泳装,容貌姣好,眼含笑意,身材也是高挑婀娜,洋溢着一股青春的气息。

"杨杏璇小姐？"蓝琴迟疑地问了一句，又仔细看看，"很像，但又有点儿不一样，这是她年轻的时候吗？"

"你的第一眼感觉，让我很欣慰。她很像杨杏璇吧？但不是。她叫卓玲。是去年一个电视台模仿秀的亚军，她模仿的人，就是杨杏璇。她是杨杏璇的崇拜者。"

蓝琴迷惘地看着白宇，没明白他的意思。

"这个人的出场费并不高，因为她不是明星或网红，有两万块钱应该就能请她出来演一场戏。"

"你的意思是？"

"我的意思是来个调包计，让她去深圳的月宫，当几天杨杏璇。这就叫瞒天过海。"

按照白宇的意思，他会聘请卓玲，打扮成杨杏璇的样子在深圳的月宫出现，然后将这一消息放出去，吸引骆伟等狗仔队过去，以解这里的燃眉之急。

"她只要到了月宫，就能把所有的媒体和狗仔队都吸引过去，我们这里的危机就解除了，这就是第二计，围魏救赵。"

"她去月宫干什么？"蓝琴还是没明白。

"拍戏啊。月宫有一个形象宣传的项目，正好需要一位形象大使，杨小姐就是一个合适的人选，所以让她过去考察，试镜，这不就是一个完全说得过去的理由吗？"

"月宫能同意吗？"蓝琴还是不相信，"一旦发现是假的，月宫不是涉嫌欺骗媒体吗？"

"不是假的，这就是真的。月宫确实是想拍一个形象片，也正在物色代言人，如果杨杏璇肯代言，价钱又合理的话，他们求之不得，所以我的这个计划，他们一定会同意。剩下的，就是你说服杨杏璇小姐，同意给他们代言。"

"你的计划最后想怎么收场？"

"很简单。让卓玲先去月宫，我在北京的自媒体朋友们会发布杨杏璇在月宫代言的消息，而且发布她在月宫试镜的照片。你就弄假成真，让杨小姐的团队都赶去深圳，这样一来，骆伟和狗仔队们发现杨小姐在深圳，而且有图有真相，一定会赶过去抢这个新闻，他们只要动了，媒体肯定就动了，所有的狗仔和记者们都会被吸引过去。真的杨小姐安安静静留在这里。一个月后，她月子坐完，就会回到北京，到那个时候，她人走了，和你这里就没有关

297

系了,也就安全了。"

蓝琴还是有些质疑地说:"卓玲在深圳冒充杨小姐,万一要是被发现——"

"不会的,卓玲只要露一面就行,她不会接受任何记者采访,在深圳,只要记者过去了,新闻出来了,我们可以安排她消失一段时间,让她牵着媒体的鼻子,把他们牵得越远越好,总之,让真正的杨小姐远离他们的围剿,在你这里安安静静的就行了。"

"杨小姐会同意吗?"

"这个就由不得她说了算了,我觉得你可以和她的经纪人谈一下,用这个办法有两个好处,一是合理地解释了杨小姐为什么会出现在月子中心,因为要拍片和合作嘛,她在你这里和月子中心的护士在一起的照片,也就无可厚非;二是让真正的杨小姐远离是非,就算骆伟他们不相信我们造出的这个新闻,还要留在这里追查你,或者拿照片上蓝宝贝的一些标志来质疑你,你可以完全对外承认,留在你这里的人,不是杨小姐,而是一个和杨小姐长得很像的网红小明星——卓玲。"

"你是说,如果他们还要追查,我们就把杨小姐的身份改成卓玲的,对吗?"

"对,这就是真真假假,虚虚实实,一招瞒天过海之后,就是围魏救赵,接下来的,才能够以假乱真。卓玲和杨小姐,她们的身份可以随时互换,只要我们需要。"

"卓玲那边没问题吗?她肯配合咱们演这场戏吗?"

"我说了,两万块钱就行。最多是让杨小姐以后在戏中给她找个角色,她巴不得呢。"

蓝琴有种恍然大悟的感觉,但新的疑问又出现了。

"老白,我看你胸有成竹、运筹帷幄的样子,怎么回事?是不是在我来找你之前,你就已经把一切都安排好了,你早有对策,在这儿故意和我卖关子,让我干着急?"

白宇微微一笑,说:"从网上一看那个新闻,我就知道杨杏璇一定是躲在你这儿呢,我能猜到你的处境。所以我先做了一些准备工作,你别忘了,我在北京也有个自媒体公司,也开过文化公司,这个圈里的事,我是知道的。而且我认识业内的高手,像把卓玲找出来调包这件事,也不全是我的能力,是朋友帮我想出来的。"

蓝琴这才明白,白宇其实一直在关注着这件事,就算自己不找他,他也一定会找上来的。这个人太有心机了,但好在,是处处为自己着想的。

"无论如何,非常感谢,要我怎么报答你呢?"蓝琴由衷地说,"不能让你和你的朋友们白忙活啊,有需求你就直言,别客气。"

白宇沉思一下,说:"蓝琴,我和你的交情,别提报答的事。但是要想请卓玲出山和答谢我的媒体朋友,你确实也得出点儿血,五万块钱,给卓玲和媒体朋友,这是友情价,最低的价格。"

"没问题,你把卡号发到我手机上,我马上打款。"

白宇把卡号转了过去,又说道:"还有个事,也得麻烦你亲自出手。"

"什么事?"

"和月宫那边的事。我记得你有个朋友叫刘长河,在民营的医学界有点儿影响,他和月宫的人熟识吧?"

"熟悉,需要他做什么吗?"

"让他和月宫的人打个招呼,杨小姐就算你能搞定,但月宫不能掉链子。虽然这是月宫宣传自己的很好的机会,但我也怕节外生枝,别出纰漏。"

一想到又要找长河,还是这种事情,蓝琴觉得有些头疼,但她还是点了点头,应承下来。

计划已经商定,两人也不想多留,于是就起身告辞,当天晚上,蓝琴要宝峰陪白宇去蟹老板吃饭,她自己一堆琐事,是没有心情去吃饭的。她要找杨小姐团队的人谈一谈这个计划,约了苏小姐还没等她来,白宇的电话就打过来了。

"蓝琴,我看你好像给我转了一笔款,怎么这么多? 是十万元!"

"你拿着吧,用钱的地方可能多,别碍手碍脚的。"

"不行,说好五万,多个一两万的也无所谓,但这可是有点儿多了,我不能要。"

"没事,你要实在觉得不好意思,就拿出那多出来的钱,也替我找个狗仔队,最好是骆伟的竞争对手,让他们也出几条新闻,逼那个骆伟一下。"

"你这招好,就这么干了。"

一切都如同预想的一样,和苏小姐商量后,苏小姐同意这个瞒天过海的计划,请示公司后也表示同意,但苏小姐提出要面试卓玲,并与卓玲签保密协议。鉴于卓玲现在在北京,苏小姐当晚就赶回北京与她见面,见面后觉得很满意。苏小姐觉得她作为杨杏璇的模仿者,其形象、气质俱十分接近,于是马上安排她飞往深圳。

蓝琴给长河打了电话,很意外地得知长河最近正准备来 C 市,原来是与弘德有一个合作项目,他们想投产一个新的医用设备,试点就是在 C 市的弘德女子医院。对于蓝琴的要求,长河答应和月宫的老板尽快沟通。

很快,长河的电话就打了过来,称月宫对于能和杨小姐合作十分期待,双方已经达成一致意见,并准备签署协议且附上了保密条款。放下电话,蓝琴松了一口气。

第二天早上,一篇报道横空出世,称杨杏璇小姐出现在深圳月宫,准备与月宫进行品牌合作,前几日拍到她在月子中心锻炼及怀抱婴儿等照片,怀疑均是在拍摄过程中体验生活,报道中有杨杏璇参观月宫的图片,也有一些很短的视频镜头。与此同时,苏小姐及杨杏璇团队的人员都在深圳现身,更证实了这一说法。

报道出来后,迅速吸引了众多媒体的目光。不久就有狗仔队揭秘,前一阵子拍摄于 C 市月子中心的照片并非杨小姐本人,而是一位以模仿杨小姐而著称的网红卓玲。狗仔队提供各种证据表明,卓玲此举是想蹭杨杏璇的热度,想制造杨杏璇怀孕产子一事,吸引别人对她的关注,但卓玲本人否认这一事实。

这个消息一出,本来前往或已经抵达 C 市的媒体和狗仔队马上前往深圳,去寻找真正的"杨杏璇",骆伟也坐不住了,给狗仔队同行打电话:"老黄,怎么回事?C 市这个不是杨杏璇,真正的杨杏璇在深圳?"

"不知道啊,反正杨杏璇的助理和经纪人都在深圳呢,C 市的那个照片就是卓玲想博人眼球,想炒自己,那应该是个假新闻。"

骆伟心中大骂,什么假新闻,那个照片都是老子派人拍的!狗仔队们为探究真相,都杀往深圳,他也坐不住了,找到郑明明,提出也要告辞。

郑明明气急败坏地说:"老骆,太沉不住气了,你们都让蓝琴骗了!我敢打包票,这个在 C 市的真是杨杏璇,那个在深圳的肯定是个假货。"

"你打包票也不行,我不亲眼看一下真假,我不放心。我在这里待了快一个月,就等一个爆炸性新闻出来,现在变成假新闻了,我得抓紧过去,抢个爆料出来,要不损失太大了。"

骆伟一离开,C 市马上就风平浪静,杨杏璇和蓝琴都有种呼吸顺畅的感觉。

在全国媒体和狗仔队前往深圳寻找真的"杨杏璇"期间,蓝琴抽出精力,和医疗团队一起精心看护杨杏璇的早产儿,经过二十多天的调理,孩子的体重趋于正常,各方面指标均告正常,比来的时候重了三斤多。

"杨小姐,孩子来的时候身体很弱,各方面指标都不好,现在我可以负责任地说,你拥有了一个健康的孩子,完全可以高枕无忧了。"

看着蓝琴怀中正在安睡的孩子,杨杏璇一脸欣慰,她把孩子接过来,刚一到她怀中,孩子就醒了,瞪着眼睛,蹬起了小腿,腿踹在了杨杏璇的胸脯上,蓝琴笑道:"你看,她多有劲儿,这小腿蹬的!"

"是啊,这一下踢得我还挺疼的,她真有劲儿! 说明她很健康,蓝姨,还是你们照顾得好。"杨杏璇充满感激地说。

蓝琴说:"这也是我们应该做的,杨小姐,希望这次出院后,你还是要多陪陪她,孩子最离不开的是母亲。亲子陪伴,就是对孩子健康最大的保障。"

"我知道,我尽量。"杨杏璇的脸上露出一丝倦意,"我妈会和我去北京,先替我看着孩子,安顿好他们,我马上就要飞往深圳,有一个发布会,要在月宫里进行。"

蓝琴知道,那场大戏这就要落幕了。随着真的杨杏璇赶往深圳,假的卓玲从此就人间蒸发了,没有人会知道这个瞒天过海的计策,除了几位当事人。

而这个孩子,相当长的一段时间里,将会秘密地在北京的某一个豪宅里,由保姆、姥姥陪着长大,还不知道要经历多久既不能公开身份,母亲也不能经常去看她的隐形日子。

接杨杏璇的车已经到了,随车的除了两个保姆,还有四个保镖,他们将在今晚就带杨杏璇和孩子一起赶回北京。时间安排得很紧,蓝琴本想给杨杏璇搞一个小型的欢送仪式,可都不能进行了。

杨杏璇说:"我太忙了,有太多的事情还等着我呢,蓝姨,你的好意我心领了,给我留着,我下回来时,咱们再办吧。"

临行之前,杨杏璇礼貌地向胡美丽等人告别,感谢她们在这一个月期间对自己的悉心照顾,蓝琴也代表月子中心送给了杨杏璇一份伴手礼,和所有来这里的宝妈没有区别的一份伴手礼。

送她到车前,杨杏璇已经将自己包裹得严严实实的,大围巾遮住了半张脸,还架着一副墨镜,谁也看不出她是谁。

蓝琴打趣道:"这身打扮和来的时候一样!"

"不一样,来的时候我心是慌的,我不知道怎么样当好一个母亲,走的时候,我心里是踏实的,因为我知道,只要有蓝姨你在,我和我的孩子就都不用担心什么了,有了什么问题都可以找你们的。"

"对,你要记住,不管你是多大的明星,蓝宝贝都是你的娘家,你随时可以回来,有什么问题都可以来找我,就像回自己的家一样。"

隔着墨镜,蓝琴看不见杨杏璇的眼神,只觉得她的眼睛似乎在深深凝视着自己。杨杏璇说:"蓝姨,再见了。"接着又莞尔一笑,"可惜了,让月宫捡了个便宜,希望下一次,我也能给蓝宝贝做一次形象代言人。"

"那真是我们的荣幸,不过,我们可请不起你这个大明星啊。"蓝琴开玩笑地说。

杨杏璇却没有笑,她若有所思地低声说道:"一切皆有可能,蓝姨,我不是在开玩笑。"

杨杏璇上了车,车窗马上关严,车子开走了。望着远去的车子,在蓝琴身后的胡美丽感叹一句:"她要是真能给咱们代言,那可太好了!"

蓝琴摇摇头说:"不敢想。大明星每天忙得要命,她能时不时想起咱们这些人,我觉得就很不容易了。"

回到办公室,蓝琴的脑海中浮现着杨杏璇藏在黑墨镜后的深不可测的表情,不知怎么的,心总也静不下来,她很想再和杨杏璇说两句,可她走得太匆忙了,自己的话却怎么也没能说出口。

想了片刻,蓝琴决定还是给杨杏璇发一条信息。

"杨小姐,感谢您对我们的信任和理解,短短一个月,您让我看到了以前并不了解的另一个世界,您也是第一次为人母,这无论对于您还是我,都是一次珍贵的成长过程。人生在世,相识一场总是缘分,今日分别,有几句心里话想和您说说。您有勇气生下孩子,这让我很是敬佩,但生下了孩子,只是为人父母的第一步,接下来,如何抚养她、关爱她,让她茁壮成长,我想这可能是人生中最重要的一件大事,比一切事业都要重要。我觉得,孩子需要一个健康的身体,也同样需要一份健全的亲情。孩子生下来,不是一个独立的个体,而是父母爱情的结晶,也是联系亲情的纽带。不要让这份爱情与亲情在她身上出现残缺,我希望她能得到健康的身体,也能得到健全的爱。"

写到这里,蓝琴有些迟疑,但还是写下了最后几句话:

"所以,用尽全力去爱她吧,不要让她的爱有残缺。不要担心她的出现会让您的生活出现什么问题,我相信,理智的粉丝和真正关爱你的人,不会介意你成为一个母亲,也不会介意你有自己的家庭和爱人。即使他们不理解,但在孩子面前,我觉得一切都不重要。重要的只是孩子需要一个母亲,也同样需要一个父亲,一份完整无缺的父母之爱,才是我们能给她的最良好的成长环境。这无论对于我们还是孩子,既是一种成长,也是一种责任。"

蓝琴将这条信息发了出去,没多久,杨杏璇的信息回来了:

"蓝姨,请放心,我也在考虑。到了北京,我会和她父亲联系。我既然生了她,就会照顾她、爱她,您不要担心。"

蓝琴放下电话,有种如释重负的感觉,又觉得特别累。

安琪敲门进来,看蓝琴瘫坐在椅子上,关切地问:"累了?"

蓝琴点点头,说:"把不好侍候的主儿终于送走了,觉得好像从来没有这么累过似的。"

"是的,这一次,我们付出了不少,时间、精力还有金钱。"

"希望这是最后一次了。我讨厌什么三十六计、孙子兵法,希望这辈子再也用不上这些东西了。"

安琪微微一笑,"前几天你说想聘白宇当顾问,那还聘吗?"

"聘,还得聘。有些难办的事,还真得有这么个人!"

"那《孙子兵法》呢,您还学吗?"安琪打趣道。

"不学,那个东西,交给孙子去学吧。我们把宝宝和宝宝的妈妈照顾好就行了。"

蓝琴的话让安琪笑了起来,蓝琴也笑了。

两个月后,一条与杨杏璇有关的新闻突然出现。

新闻声称:在杨杏璇主演的电视剧《河神的女儿》刚刚取得收视率开门红之际,其本人却通过工作室发布了一条惊人的消息:她已经顺利生下一个男童,并第一次公开了鲜为人知的地下恋情,恋人是同一公司的偶像型歌手蔡某,两人交往长达五年,但因为公司合约问题,一直未敢公开。现在蔡某合约已满,与杨杏璇一道与原公司双双解约,终于大胆向媒体公开自己的身份。蔡某承诺将承担起父亲的责任,与杨杏璇一起将孩子抚养成人。据悉,两人也将在一个月以后在马尔代夫补办盛大的婚礼。

这一消息引起网络较大轰动,杨杏璇生子的消息及其主演的电视剧都双双登上热搜榜,而对于蓝宝贝来说,却有另一个意外的收获,那就是开始有不少影视圈、娱乐圈的艺人们选择到蓝宝贝月子中心来进行产后护理。因为有一条未经证实的小道消息说,杨杏璇就是在蓝宝贝坐的月子,而且蓝宝贝还为她的早产儿进行了成功的护理,使其达到健康婴儿的标准。这批名人的到来,为蓝宝贝迎来了一个前所未有的宣传效应,让那一年蓝宝贝的事业蒸蒸日上,出现人满为患、排队报名的局面,杨杏璇曾经住过的高级套间也出现供不应求的局面。

但这一切,对于蓝琴来说,并不是最重要的事。就在这一期间,她正在处理一个更复杂的问题,那就是在准备公司十周年的庆典活动期间,因为刘长河的到来,让她和宝峰的婚姻第一次出现了较大的危机。

第三部　再　生（2019—2022 年）

第一章　流水无意

1

车子停在 C 市最豪华的宾馆——与大海近在咫尺的海天大酒店门前，凤鸣深呼吸一口气，挟着一瓶威士忌，从车里下来。

海风扑面吹来，虽是盛夏，但夜晚的海风还是冷飕飕、湿乎乎的。海滩上还有不少游客，在漆黑深邃的大海深处，有些人还泡在海里流连忘返，海天大酒店霓虹闪烁的招牌格外醒目。

凤鸣提醒自己，今天晚上要把握机会，对刘长河一诉衷肠，为多年的相思之苦找到一个出口。

长河是两天前到达 C 市的，他是和弘德的大老板一起来的，在欢迎他的晚宴上，凤鸣没有被通知参加。这是可以理解的，长河这次来是和弘德洽谈关于一个医疗设备的深度合作。凤鸣从郑明明院长那里听说，长河的公司投资研发了一种医疗设备，可以在五分钟内完成正常医院里要花费数个小时才能完成的各种健康体检，而且还不用空腹和抽血，并且能做出精准的基因检测，可以测算出一个人将来有可能患上哪种癌症，以提前做出预防，准确率达到百分之九十以上。这台设备耗资颇巨，一台要四百万元左右，寻常的小医院是购买不起的。而财大气粗的弘德老板对此有兴趣,长河这次来就是和他谈深度合作的事情的,为此还带来了一台设备,要放在弘德免费试运行一段时间,所以大老板也从北京赶了过来。

这样的聚会,凤鸣这样的中层干部是没有机会参加的,在大老板和长河面前,院长郑明明也是赔笑脸的人。虽然凤鸣很想见长河一面,但也只能望洋兴叹。

第二天,长河来到医院考察时,和凤鸣还是见了面。几年没见,长河还是风度翩翩,凤鸣感觉他可能是强化了健身,或是刻意在减肥,比上次见面时瘦了不少,虽然年事渐长,却反而显得年轻了许多。

长河见到凤鸣,倒是十分热情,上来就和她握手。大老板惊奇地问:"你们认识?"长河说:"她是我在沈阳的老同事,没想到在你这里工作呢。"

凤鸣知道长河是在撒谎,事实上,在离开蓝琴的时候,凤鸣曾经给长河打过电话,但长河正在开会,不方便接,凤鸣就发了一条长长的短信过去,诉说自己的不得已,但得到的却是长河一个非常冷淡的回复:"知道了,多保重。"

在那以后,凤鸣没敢再给长河打电话,她想长河和蓝琴关系匪浅,对自己的背叛行为,长河一定是有意见的。虽然他没有说明,但态度说明了一切。

长河要来了,凤鸣心里有些期盼,又有些惶恐,怕看见长河指责的眼神,但又想见到长河的一颦一笑,在这种复杂的情绪下,长河在到达 C 市的前几天,她竟然一直处于失眠的状态。

现在终于见到长河了,看到长河热情又毫无芥蒂的表现,凤鸣心里并未释然,她知道长河是在给自己面子,这可能不是原谅,只是一种客气罢了。

长河接着又说道:"小于是个很好的儿科医生,以前在沈阳大医院当过主任的。"

郑明明院长及时补上一句:"也是我们挖过来的一个人才。"

凤鸣脸上露出谦虚的笑容,但心里面很清楚自己位置的尴尬,她是自己应聘过来的,和卓越这些大医生没法比,虽然自己坐在一个儿科副主任的位置上,但薪金、待遇只属于中层干部中的中下等,像昨天大老板欢迎长河的晚宴,院里高层悉数到位,连卓越这样的专家都被邀请了,但她是没有资格去的。在弘德这种大医院里,聘请的几乎全是业内有名的专家,可谓强手如林,自己在业务上并不太精通,又没有资历,其实还是很受排挤的。

郑明明这么说,无非是给她面子。但这面子值多少钱,凤鸣心里清楚,如果不是在对付蓝琴这个事上她出了很多力,郑明明是否还这么捧她,也很难说。

凤鸣过去在蓝琴那儿,既是院长,也还是一个股东,比较受重视。但是到了更大的民营医院,她这才意识到,这里虽是医院,但也是私企,也是职场,职场里所有的潜规则,所有的明争暗斗,是一样也不少的,凤鸣深深感觉到自己过去在蓝琴那儿的宽松、自由的气氛一去不复返,作为一个部门的副手,在这里也要小心翼翼、谨慎行事,得注意自己的言行,不能得罪那些能左右自己命运的人,特别是院长郑明明。

鼓动郑明明开办月子中心,是凤鸣的主意,也是她绝地反击的唯一机会,如果月子中心能够办成,她于凤鸣就一定是月子中心的老大,取得仅次于院长郑明明一样的地位,薪金、待遇上自不用说,关键是能成为一方诸侯,能自己说了算,还能有一定的财权、人事权和自主决策权。

与蓝琴共事多年,凤鸣自信对于这个行业的了解和熟悉程度是医院其他人都不具备的,她肯定是最佳人选。对自己的这个决定,郑明明口头上表示赞成,却一直说要等大老板最后定夺,因为这涉及新增加一个部门,还要增加成本,凤鸣一直在苦苦等待,但目前还没有消息。后来又出了杨杏璇事件,本以为这一次可以把最大的竞争对手蓝琴挤出这个行业,可以让单位成全自己的想法,却没想到蓝琴竟能绝地反击,不但没有垮掉,反而借杨杏璇之事,扩大了业务量,而且她们成功护理早产儿的案例还被媒体报道,蓝琴本人还因为这个案例,被邀请做了很多次讲座和直播,无形中又扩大了影响。

郑明明对凤鸣说:"小于啊,你是不是有点儿太小瞧你的对手了?"在凤鸣看来,郑明明这话分明还有深意,那就是,责怪自己弄巧成拙,搬起石头砸了自己的脚。

开办月子中心的事情,再次无限期搁浅。而郑明明对自己的态度,虽看不出有明显的变化,但凤鸣很清楚,她是不满意的。

这一段时间凤鸣活得很压抑,直到听说长河来了,心头又燃起希望之火,一方面是渴望着能与长河旧情复燃;另一方面,她想以长河和大老板的交情,如果能够说服他帮自己一次,相信一定会有作用的。

可是长河的时间安排得太满了。参观完医院后，长河又要和当地医疗界的朋友见面，然后就又要飞往深圳。最后，在长河抵达 C 市的第三晚上，他才勉强同意，可以在酒局之后，在宾馆里见一面。

凤鸣对这次见面，充满憧憬。在见长河之前，她穿上了一直珍藏在衣橱里没舍得穿的一套宝姿碎花式样的真丝连衣裙，颈上还佩戴了一条名贵的珍珠项链，知道长河本人不太喜欢浓妆艳抹，所以只化了一些淡妆，但用的是顶级化妆品，看似不着痕迹，其实已经脱胎换骨。她还在身上微微掸了一点儿香奈尔的香水，味道恰到好处，既不太浓，又不显淡。

凤鸣对着镜子看自己。她对自己的身材是有信心的，这些年来，她在身材管理上一直十分注意，体重始终控制在标准体重上下五斤左右。因为从来没有生过孩子，她的胸脯依然高耸，并未下垂，腰肢也一样纤细，两腿还是笔直的，和少女时期相比没有太大变化。她凑到镜子前面，看自己的脸，有微微的皱纹，但是在具有保湿成分的化妆品的掩饰下，几乎轻微不可见。无论如何，作为一个四十五岁的女性，这种形象，还是很出众的。

凤鸣看着镜子中的自己，配上低胸的真丝连衣裙，风韵是有了，但缺点儿什么。她突然想起来了，从鞋柜取出去年去欧洲旅游时买的那双意大利真皮皮鞋啊！这双橘红色的皮鞋与浅蓝色碎花真丝裙真是绝配！为了配上这双鞋，凤鸣大起胆子，又给唇边的口红加重了一些。现在镜子中的这个人，女性的柔媚有了，还带有三分野性的感觉。对一个男人来说，是不是很有诱惑力呢？

凤鸣的脑海中突然浮现出蓝琴的样子：那张几乎不施脂粉的脸，永远的平底便鞋，多数时候是牛仔裤、休闲裤，再加上长年一件国产品牌的休闲上衣，和镜子中的风情万种的自己，哪有可比之处！可也不知为什么，长河对她一直念念不忘。一想到这些，凤鸣的好心情突然没了，甚至有些烦躁，为了平息这种情绪，她走到酒柜前，挑选了一瓶日本川崎威士忌。

一路上她脑海中一直想着这次见面时的情景，竟有些走神，在出租车司机的提醒下才下了车。

现在，终于来到酒店房间的门口，凤鸣深吸一口气，这样会让胸脯显得更挺一些。她敲了敲门。

门里有人问："谁呀？"凤鸣很想俏皮地说一声："是你的妹妹我！"但不知为什么，话一出口却变了："我是于凤鸣。"

门打开了,长河探出头来,说:"小于,来了,快进来。"

长河穿得很随意,一件短袖 T 恤,七分裤,拖鞋,完全是在宾馆的打扮,这和一身名牌的凤鸣形成鲜明对比。看来对这次会面,他是很随便的。凤鸣佯作无视,从身后将酒瓶伸了过来:"看,这是什么?"

"威士忌? 怎么,你看我还带东西?"

"你不是喜欢喝威士忌吗? 咱俩正好喝两杯,就算我给你接风了。"

"还喝吗? 我可不行了,这连着喝两天酒了。"长河将凤鸣引进屋里,笑着说道。

长河住的总统套间里,有吧台,有茶儿,凤鸣直奔吧台,坐到了高椅上。这样,长河也只能和她对面坐着,两人会离得很近。

长河却没有坐过来,而是去了卫生间,等他出来时,手里拿着一副拖鞋。

长河说:"要不要换鞋? 我看你鞋跟挺高,累不累脚? 可以换上这双拖鞋,松快一下。"

对于长河的贴心之举,凤鸣很感动,突然觉得一下子和他的关系又拉近了。她说了声好,把高跟鞋褪了下来,换上崭新的宾馆拖鞋。凤鸣是光着脚的,换鞋的刹那,白嫩的脚掌、涂满红色蔻丹的指甲都暴露出来了,凤鸣想长河是不会看不见的。

两人都穿着拖鞋,一下子变得轻松多了。长河坐到凤鸣对面,笑道:"小于,几年没见,你真是越来越漂亮了。"

"漂亮啥啊,都是老太婆了。"

"不老,一点儿看不出岁数,和我当年见你时没什么两样,"长河抚了一下自己的头发,"倒是我老了不少。"

"不老,头发还黝黑呢。"

"你看不出来吗? 全是染的,我现在头发已经半白了,过年就五十四岁了,头发能不白吗?"长河发出一声感叹。

"只要我们心不老,就永远是年轻的。"凤鸣说着,一下子将威士忌拧开了。

"你干什么啊?"长河有点儿诧异。

凤鸣笑道:"和你干一杯,庆祝我们都不老。"

长河苦笑一声:"还喝啊,你这是要我的命啊!"

"怎么,刘总,您可以和我们院长、老板们喝,就不能和我这个小人物喝一杯啊,我们可还是老朋友呢。"凤鸣噘起了涂得红红的嘴唇。

"我不是这个意思,我只是说,这么晚了,再说我晚上也喝了不少。"长河解释着,看着凤鸣脸色越来越不开心,他不禁又话锋一转,"也对,老朋友见面,是应该干一杯。"

长河走到酒柜里,拿出两个杯子,先到洗手池前冲洗起来,然后走过来,将杯子放下,凤鸣拿起酒瓶往杯里倒酒,长河一边看着她倒酒,一边说:"你要是早说想喝两杯,咱们约到楼下的酒吧多好,那儿有酒有菜,环境还好,在宾馆客房里,有点儿怠慢了。"

"没事,客房更好,楼下的酒吧人多,我讨厌见那么多的人。再说,您这客房,环境也不错啊。"

凤鸣说得没错。长河住的客房就在顶层,吧台靠在窗边,两个座位临窗而设,向下一望,浩瀚大海,点点星光,尽收眼底。

凤鸣将两酒杯斟满,她今晚想多喝一点儿,所以有意比以前多倒了一些,长河看着她倒满杯酒,没有阻止,说:"我去给餐厅打个电话,要他们送几个下酒菜上来吧。"

"不用,我晚上一般不吃东西,我想你也吃不下,我们就这样,看着海景,一边小酌,一边聊天,也挺好。"

凤鸣将杯举起,说:"长河,欢迎过来。"

长河举起杯来,两人碰了一下杯,凤鸣一口喝下去了小半杯。长河忍不住"啊"了一声,说:"小于,慢一点儿,威士忌劲儿很大的。"

"没事,今天高兴,可以多喝点儿,你呢——"凤鸣指了指长河的杯,"等什么?养鱼吗?"

长河举起杯来,也喝了一大口,脸上稍稍露出为难之色。

"这是川崎的牌子,你不是最喜欢日本的威士忌吗?你说和法国的比起来,川崎更像是清酒的感觉,有种清香味,"凤鸣笑道,"我还记得呢。"

"真难为你还能记得,其实我已经很多年不喝烈性酒了,白酒都忌了,只偶尔喝点儿啤酒,不过,为了这次相聚,我破一下例。"长河举起杯来,"小于,我敬你。"

两人碰杯,又喝了一口,凤鸣觉得身上渐渐热了起来。

"小于,最近好吗?我看你气色真不错。"

"还行吧,你呢,事业做得很好吧?"

"一般吧,累。现在这一行竞争也激烈,我们最近在搞研发,投资很大的。"

两人闲聊了几句,话题渐渐进入正轨。长河说:"你在弘德这儿做事,我看也挺受倚重吧? 有什么需要我的,你就说话,我和你们于老板很熟的。"

"我还真是有事要找你。"

凤鸣借着酒劲儿,把自己在弘德的情况和长河说了,又说起想做月子中心的事。

"长河,我也四十多了,到了要拼事业的时候,但是我在弘德工作几年了,没什么太大的起色,也不太受重视,所以我想自己打拼出一片天地,起码得让人看得起我吧。长河,你要是能帮我的话,就帮帮我吧。和我们老板说一下,让月子中心这件事情早日提上日程,现在一拖就是一两年,我有点儿等不及了。"

长河的表情开始严肃起来,他说:"这事蓝琴知道吗?"

"这和她有关系吗?"凤鸣瞪大了眼睛,"她做她的,我做我的,为什么要她知道呢?"

"你的医院就在她的对面,你开月子中心,她也开,你们之间会形成一个竞争关系,还离着这么近,我觉得,你其实应该先和她商量一下的。"

"我觉得没有什么可以商量的,我们的定位是不一样的,蓝琴是面向大众的,我们是高端的,你也知道,弘德是贵族医院,来我们这里的人和去其他公立医院的人是不一样的,非富即贵,去月子中心的也一样。我觉得我们要是做火了,可能还会对蓝琴有所帮助,高端的人群给我们,低端的给她,不是一个互相补充吗? 我们如果共同存在,有可能会带火这个行业。"

长河不禁摇了摇头,"小于,我觉得你的理解有点儿偏颇,开月子中心不是开饭店,开得越多、越扎堆越好;而且,对高端人群的概念你有点儿乐观了,在中国,我觉得还是普通老百姓最多,他们的需求是最广泛的。"

"我想起来了,你是蓝琴的大股东,是不是你担心,我要办起来了,对你这个股东会有影响?"凤鸣忍不住喝了一口酒,"长河,对于我和蓝琴分开这件事,你是不是一直对我有意见?"

"没有,职场上的事我全理解,水往低处流,人往高处走,我觉得你的选择也没什么错误,无可厚非。"

"你理解就好,你要知道,我不是蓝琴,"凤鸣又端起酒杯,苦笑道,"我没有你这样的好朋友,在危难的时候会无私地伸出援手,我只能靠自己。"

长河伸出手去,按住了凤鸣端杯的手,"小于,慢一点儿,这是酒,不是水啊。"

长河一边将凤鸣的手压在了桌上,一边自己却忍不住呷了一口酒,说:"我觉得有个事你们理解的都有误,大家可能都以为是我给蓝琴投了钱,才帮助她渡过难关的,以为我帮她,就是因为我们曾经有过那段感情。但我想和你说,职场不讲感情,只讲利益。我帮蓝琴,不是因为我们以前的关系,而是因为我相信她,她能行,能把这个事业做起来,而我也会从中受益。事实证明我判断得没错,我是投入了几百万资金,但每年都有分红,收益很好。所以,我是投资人,不是债主。我想你要明白,我和蓝琴的关系很单纯,就是投资人与商家的合作关系。"

"那要是这样,你能不能也帮我一下?你也帮我投资吧,就像你帮蓝琴一样。你帮我投资一个高端的月子中心,像深圳的月宫、韩国的童格拉米那样的,你相信我,我不会比蓝琴差的,我也会帮你赚钱的。"凤鸣急躁地说。

长河无奈地一笑,"小于,你想得太天真了,我怎么还会再投一个月子中心呢?再说,高端的月子中心我也不是没经营过,我在沈阳投资那个高端的月子中心,你们也知道的,不也是因为不接地气,最后关闭了吗?我怎么能再犯一次这样的错误呢?"

凤鸣一下子愣住了,不知再说什么了。

"小于,能不能听我一句忠告?"长河诚恳地说,"如果你真的对做月子中心有想法,我认为,能帮你的,和能与你合作的人只有一个,就是蓝琴。你们是闺密,也曾是战友,我认为你们应该在一起。"

"蓝琴会要我吗?不可能啊,她会要一个在她最危难的时候离开她的人吗?"凤鸣鄙夷地一笑,"我去找她,就是自取其辱。"

"你并不了解蓝琴,我了解,她是个大度的女人,而且重感情,她绝不会做出让人失望的事。"长河举起了酒杯,这一次,他自己又干了一口,"小于,如果你真的觉得在弘德做得并不开心,又还想去做月子中心,为什么要舍近求远,不去找蓝琴呢?在她那里,不一样可以实现你的梦想吗?"

劝我跳槽,他竟然为了蓝琴劝我跳槽?凤鸣心中突然升起悲凉之意,看着长河,一提起蓝琴好像酒量也变好了,说蓝琴时连喝了好几回,而自己举杯时,他却只是象征性地沾了沾唇。这个时候,她突然明白了一件事,今天

312

晚上,自己精心化妆,穿上全身最好的行头,甚至抱着献身于此的念头过来了,可是在长河的眼中,盛装而来的她,仍然不如一个始终对他态度冰冷、若即若离的蓝琴,为什么? 这是为什么? 她心中不甘,胸中似乎燃烧起一团火,压抑而愤懑,她想压住这团火,却又觉得怎么也压不住。

长河似乎并没有发现她内心的波动,还在说着:"我这次回来,本来想去看看蓝琴,但行程太忙了,还没来得及,明天我可能会去她的中心,你如果有这个想法,我可以和她谈谈,你如果不好意思,由我来说。"

"不用了,不用了!"凤鸣强自压抑住心中的愤怒,站了起来,她很想出去透透气,离开这里,她要出去。"我去个洗手间——"她一边说着,一边走了过来,头开始晕晕沉沉的,突然脚一软,倒了下来。

长河急忙跳起来,扶住了她,凤鸣就势倒在了他的怀里。多年来,她一直盼着有这一天,但这一时刻却在她最痛苦的时候来临了。

长河焦急地问道:"小于,怎么了? 是不是喝多了?"

凤鸣伸出了手,环抱住了长河的脖子。满脸潮红的她,轻轻喊了一声:"长河——"将嘴唇递了过来。

长河呆立在那里,在他心中,不是不知凤鸣对自己的感情,但他也一直在强自压制。凤鸣是蓝琴的闺密,为了蓝琴,他多次提醒,可以跟任何人在一起,但绝不能跟凤鸣,否则就是对蓝琴的再次背叛。但现在,凤鸣软软的身子就倒在他怀里,猩红的嘴唇就在他的眼前,这是一个男人不可抗拒的诱惑……长河全身颤抖起来,终于,也将自己的嘴唇递了过去……

凤鸣的全身酥软着,她终于盼到了这一刻,她感受到了长河的吻,瞬间,一切都不重要了,她觉得自己的身子似乎已经飘了起来,头还是很沉,但身子变得很轻,她听见了长河急促的呼吸声,感受到了长河的手开始在她身上游走,脖颈、胸膛、腰身、下腹……她的手也开始在长河身上摸索,嘴里喃喃自语着:"长河,你爱我吗?"没有得到回答,而只有粗重的喘息和不停摸索的手,凤鸣低语着:"去床上吧……"长河抱起她向床上走去,她能感受到他厚实的胸膛和怦然的心跳……

两人翻滚到了床上,长河开始解她的衣扣,凤鸣紧紧抱着他,双手向他身子下面摸索,突然间,刺耳的电话铃声响了起来……"不要接!"凤鸣嘶哑着嗓子喊了一声,但长河却似乎突然想起了什么,从凤鸣的怀抱中硬是挣扎出来,翻身下床,从吧台的桌上抄起了刚才一直放在那里,现在屏幕正在闪

313

烁不停的手机。

长河看了一下来电,脸色大变,情不自禁地说出两个字:"蓝琴!"

凤鸣呆呆地躺在床上,看着衣衫不整的长河拿起电话,一边按接听键一边急速地向外面走着,刹那间觉得心哀若死,全身竟然再也没有一点儿力气。

长河正在低语:"是吗? 好,我马上过来,你等我,没关系,不晚,我还没有睡呢。"

凤鸣缓缓地从床上爬了起来,整理着自己的衣服,她的头没有晕晕沉沉的感觉了,却痛得厉害。

长河从外面匆匆进来,"对不起,蓝琴突然有急事找我,对不起。"

长河说这话时,心很虚,头都没敢抬起来看凤鸣,好像是一个做错了事被捉奸的丈夫。

凤鸣看着他,不知怎么的,心里充满了鄙夷和不屑,对这个人的爱好像一下全没了。

"你不是说,你明天要见她吗?"凤鸣缓缓地说,每一个字吐出来都费了很大的劲儿。

"是的,但她明天要出门,有紧急事,所以今晚必须见一面,"长河迟疑一下,又说,"是商业上的事。"

"明白,你不说我也明白。"凤鸣苦涩地说,竟然还不合时宜地提出了一个问题,"是她来找你还是你去找她?"

"我们去外面见面,因为——"长河迟疑地说,"她说太晚了,过来我这里不合适。"

她要避嫌! 这就是蓝琴,什么事都考虑得面面俱到,绝不给人留把柄,绝不落人口实,绝不让人有非分之想,这一点和我不一样,我很主动,我很高调,我很下贱……一种自怨自艾的情绪弥漫在凤鸣的心中,让她一分钟也不想再留下去了,她开始恨自己,恨长河,恨蓝琴,以及身边发生的一切。

"我走了。"

"我给你叫车。"

"不用了!"

在宾馆的门口,出租车前,长河追了出来,他还是穿着拖鞋和短裤。

"凤鸣,我送你回去!"长河要上车。

凤鸣将车门关死,隔着窗户喊道:"不用,去找蓝琴吧,她更需要你。"

"凤鸣,我想和你说一声,"长河犹豫着说道,"对不起,我知道你对我的感情,但我是个有妇之夫,我已经错了一次,我不能再做错事了……"

凤鸣将车窗关上,对司机说:"开车!"

车子发动了,凤鸣没有回头,但她知道,长河不会追过来,也不会像影视剧那样,站在车后看着她离去。

司机问道:"去哪儿?"

去哪儿?我能去哪儿啊?凤鸣忍不住回头看了一眼,果然,长河不在了,他已经急忙赶回去了,因为他还要去见蓝琴。

"去哪儿?"司机又问一遍。凤鸣长长地吐出一口气,异常冷静地说道:"回去!"司机诧异地看了她一眼,凤鸣加重了语气:"回去,还回到刚才来的地方!"

2

长河穿好衣服下来时,蓝琴的车子也到了,等在宾馆的门口。

看见长河过来,蓝琴摇开车窗喊他:"长河,我在这里。"

长河上了车,笑道:"怎么,这么晚还过来了,有急事?"

"没有,不过我月子中心的大股东来了,我总得见一面,要不太失礼了。"蓝琴发动了车子,又解释一句:"明天一早我就要去北京,我怕这次见不到你,所以就这个时间过来了,没打扰你休息吧?"

"没有,我平时睡得也晚,再说现在也不晚,"长河看看腕上的施华洛世奇手表,"九点三十,城市的夜生活刚刚开始。"

蓝琴将车子开动,长河问道:"我们去哪儿?"

"去市中心一个餐厅喝咖啡吧,"蓝琴说,"本来明晚想请你吃饭的,但是突然有事,只能请你喝杯咖啡了。"

"怎么突然有事了?"

"和新浪健康谈的一个直播节目,因为在场一位嘉宾计划有变,提前了三天,这下子就把咱们的见面给影响了。"

但是你还是抽出时间来见我了,长河心里不禁生出一股暖意,蓝琴对自己,是不是也未曾忘情呢?但蓝琴接下来的话,又把他拉回了现实。

"听说你明天计划要去我们那里,我已经安排了安琪接待你,但是我想了想,关于蓝宝贝这两年发生的一些情况以及对于未来的一些设想,我还是想亲自和你聊聊,特别是蓝宝贝十周年庆典即将举办,这里面有些细节,我还得和你沟通一下,当然我也希望你能参加。"

长河有点儿泄气地说:"蓝琴,你大半夜的来这里找我,还是为了工作?"

蓝琴有点儿诧异地看了长河一眼,眼神透出的信息似乎是在反问一句话:不然呢?

蓝琴将车子停到了市中心人民广场的明典西餐厅,这是一间二十四小时开放的西餐厅,环境幽雅而安静,虽然已经是夜里九点多了,但餐厅里还是三三两两地坐着人,蓝琴似乎是这里的常客,把车停好刚一进去,就有侍应生过来,说:"蓝院长,位子已经给您预订好了。"

蓝琴点点头,在侍应生的带领下,和长河来到了大厅角落里一个靠窗的位子前,这里紧邻着一面落地窗组成的墙壁,坐下来后,可以将外面车水马龙、灯火璀璨的夜景看得一清二楚,视线非常开阔。

因为太晚了,喝茶和咖啡都影响睡眠,蓝琴点了两杯奶茶,还有几样小吃。

和旧日的恋人相会,选择在了一个特别敞亮、透明的大厅,而不是选择更安静的、适合独处的包间或是隔断里,这个安排也完全符合蓝琴的个性,她是不想给长河任何暧昧的、私密的想法,摆明了,这就是告诉长河,不管多么晚的时间见面,这都是一次商务性的会面。

理解了这一点,长河更有点儿沮丧的感觉,见面之前的那些憧憬和激动,似乎一扫而光,就在刚才想到和蓝琴见面时,他还预想了一些令人心动的画面:会不会有一个久别重逢的拥抱?两人会不会在一个小酒馆里喝两杯,听着音乐,叙叙旧;或者,在月光之下,可以相约去海边漫步一下,一边谈着未来的事业,一边说起现在各自的生活……

一切幻想,现在都被眼前这明亮、临街的大厅惊醒了,幻想中的一切都没有发生:没有拥抱,没有怀旧,甚至连一次握手都没有,稍稍亲昵的问候也没有。眼前的蓝琴,正把一个下车时带来的档案袋缓缓地解开,抽出里面的一些文件,向他解释着蓝宝贝这几年的经营状况,以及未来的一些规划……

太冰冷和职业化了!长河心中有些许不快,思想又开始心猿意马,就在刚才,凤鸣可是带着酒过来找自己的,她是想主动投怀送抱,刚刚如果不是蓝琴突然打来的电话,如果不是自己对蓝琴还有着那些不切实际的幻想,是不是现在的他正在和凤鸣倒在床上,享受着缠绵与甜蜜……

长河看着眼前的蓝琴,她有多大了,五十了?还是四十七八?岁月在她身上还是留下了痕迹,她的眼角出现了皱纹,皮肤也不再紧致,这已经不是当年曾让他着迷的那个留着一头乌黑长发、脸上总是挂着淡淡笑容的高冷女孩了,和风情万种、保养得体、身材依然凹凸有致的凤鸣相比,蓝琴缺少一些女人味,也不够妩媚,但不知是中了什么邪,自己就是一直难以忘记她。这些年来,作为一个功成名就的男人,长河身边也没有缺少过女人,但是他从没有忘记过蓝琴。是因为从来没有得到她吗?其实,他曾经得到过的,长河仔细回味着,与蓝琴第一次接吻时的感觉,这感觉竟然很模糊,他们有过初吻吗?他一时迷惘,他们曾经有过吗?可是刚刚他印象深刻的是,他吻过了凤鸣……

"长河,你在听吗?你是不是有点儿困了?"面对着有点儿走神的长河,蓝琴忍不住问了一句。

"没有,你接着说,你的想法很好,我在认真听呢。"

"那好吧,"面对着长河有意的掩饰,蓝琴只能佯装不知,"你放心,最多半小时,我就放你回去,这个事情我会很快说完的,不占用你太多的时间。"

长河忍无可忍地说:"蓝琴,咱们一晃也有三四年没见了吧,你就这么着急,想让我离开吗?"

"没有,当然没有,我只是怕影响你休息啊。"蓝琴一脸的歉意,"本来我是想明天晚上和宝峰一起请你吃个晚饭的,但没想到我自己的安排有变,所以才晚上过来找你。我总得见你一面啊,我是怕等我回来,你又走了,你别怪我唐突就是。"

"我会怪你吗?蓝琴,你明明知道,无论多么晚,只要你召唤,我都会赶过来的。"长河突然激情上涌,伸出手去,想握住蓝琴放在桌上的手,但没想到蓝琴的动作更快,他刚一伸手,蓝琴似乎早有防备,放在桌上的手就迅速抽走了,长河一把抓空,手掌落在桌上,发出了轻微的响声。

这响声并没有惊动大厅内的任何人,但对于长河来说,却似乎是拉响了警报器。长河咳了一声,不知如何掩饰这一刻的尴尬,蓝琴一时也无语,空气似乎凝固了,两人默默无声,却又无法对视,眼睛都望向了窗外。窗外,夜色渐浓,刚刚灯火璀璨的街道,已经开始渐渐隐入黑暗。

长河终于恢复常态，说："蓝琴，时间不早了，你抓紧说说十周年庆典的事情。"

　　蓝琴望着坐在她对面的长河，有那么一刻，心中竟有一丝愧疚。长河今年应该有五十四五了吧？不得不承认，将头发染黑，又通过健身减肥之后，一股成熟男人的魅力，还是让长河显得如此与众不同。和从前那个瘦削儒雅的青年相比，现在已经大富大贵的长河，身上还是有着一种与商人不同的书卷之气，足够吸引女人的目光。长河对于自己的情意，蓝琴心里很清楚。今天晚上，听说明天要去北京的消息后，蓝琴觉得于公于私，都应该和长河见一面，但是怎么见？如何见？这也让她颇费脑筋，本来她是想和安琪一起过来的，但是安琪今晚早就有了安排，无法抽出时间来陪她一起，她就只能自己过来了。选择在一个公开、透明的场合与长河相见，不让他产生非分之想，也成了这次相见时她蓝琴所能坚持的一个底线。

　　蓝琴迅速收拾起这些想法，开始谈起十周年庆典的一些想法。好像是天助她一样，没说几句，电话响了，是安琪打来的。安琪问她在哪儿，是不是还在和长河在一起。

　　蓝琴欣慰地想，安琪的电话来得很是时候。她的语音也变得轻快起来："亲爱的，我们在明典呢。你在哪儿？那个饭局结束了？"

　　"结束了，刚出来打上车。你问一下刘老板，还想不想见见他当年的下属？"

　　蓝琴将电话离开耳边，对长河说："安琪，她问你想不想见她。"

　　长河笑道："不想，告诉她，有了新欢就忘了前任的人，我不想见她。"

　　"你自己和她说吧。"蓝琴将电话递给了长河，看着与安琪在电话中调侃的长河，心中有点儿如释重负的感觉。她知道安琪一定会赶过来的，等她一到，各种尴尬的场面都将会不复存在。

　　如释重负的蓝琴并没有想到的是，安琪的到来也并未解决她身边潜在的危机。因为就在明典西餐厅的对面，一辆车里，一个手机正在打开录像功能，将她和长河聚会的场景，连拍带录地记录了下来。

3

　　这是蓝琴第一次来到全国最大门户网站的直播间，过去她也做过一些直播节目,但是多数是在 C 市的各个电视和网络频道里,现在,她出现在全国著名的门户网站里,面对的是来自全国的线上观众,虽说身经百战,心中多少还是有些忐忑的。

她是早上开车过来的,昨天晚上和安琪、长河在一起待的时间比较晚,安琪来了以后,空气中些微的紧张和暧昧就一扫而空,大家竟然谈得很是尽兴,不知不觉就到了快十二点钟。习惯早睡的蓝琴发现竟然已经如此之晚,马上紧急叫停,回到家中洗漱完毕,却怎么也睡不着了,可能是要面对全国直播有些兴奋吧,翻来覆去,早上两三点钟才睡。

在车上她补了一觉,到北京后精神好了一些,到了网站大厦,先简单地吃了个午餐,然后就去化妆间化妆,直播是下午四点开始,但是中午十二点钟就要进化妆间化妆,彩排,做一些准备工作。

两点钟,特约主持人到了,她是业内很有名的网络主持人苏丝黄,这是一位健康达人,做过健身教练,也有自己的健康运动品牌,在业内也算是一个大 V,在喜马拉雅还有自己的音频节目,听众几十万。新浪健康为了吸引更多的粉丝,所以特约她担任本次直播的主持人。

这次蓝琴突然改变时间就是因为苏丝黄有一个活动改变了时间,所以整个行程都发生变化了。苏丝黄很客气,见面先是一番道歉,接着又谈起了和蓝琴的一个共同的朋友——杨杏璇。

"杨小姐对蓝女士和蓝宝贝一直赞不绝口啊,说实话,要不是杨女士力荐,这次我就可能不过来了,可能会更换一个新的主持人与您对接,但我是很想见您的,除了杏璇的原因,另一方面,我这两年也有要小孩子的想法,所以想向您咨询咨询,也没准儿在您那儿坐月子。"

"那太欢迎了,您要是去了,我们一定提供最好的服务,让您满意。"

对于杨杏璇的这次相助,蓝琴心生感激。

在直播间,蓝琴也意外地发现了一位老朋友——协和医院的林医生。林医生也是来做直播的,是上午的一场直播,刚刚下来,听说蓝琴来了,特意过来相见。

林医生在杨杏璇的早产儿进入月子中心产后护理时,提供过极大帮助,蓝琴也一直对此心怀感激,现在见到这位德高望重的医生,蓝琴十分高兴。

"小蓝啊,听说你们最近在早产儿护理这一块做得很好啊,对你表示祝贺。"

"这其实都要感谢您的无私帮助,给我们提供了宝贵的经验啊。"

"你不要客气,还是你们做得好,你们很用心,这一点,其他很多同行做不到啊。"

对于林医生的肯定,蓝琴觉得特别欣慰。听说她们曾经有过合作,苏丝黄笑道:"看来,我们之间全是因为杏璇小姐结缘,这真得谢谢她这个红娘。"

性格爽朗的苏丝黄当即就给杨杏璇打了电话。杨杏璇恰好还在北京录歌,听说蓝琴到了,将电话接过来,对蓝琴说:"蓝姨,直播节目结束后,我请吃饭,你,小苏还有林医生,一个都不能少。"

"你那么忙,可别再打扰你了,这就已经很感谢你了。要请也得是我请。"

"没说的,到北京了,怎么也得让我尽地主之谊啊,您不用管了。晚间我让司机过来接你们。"

直播开始前一小时,苏丝黄说了一下流程和注意事项:

"我会先介绍一下您,然后,我们会先分享一些产后护理的经验,这个过程不会太长,十五分钟吧。重头戏是网友在线提问,您将在两个小时之中回答线上网友对于产后护理这一块的各种问题,这个希望您做好准备,因为是直播,什么样的问题都会有,咱们要注意回答时的质量,还要注意节奏,不要拖拉,要控制好时间,尽可能让更多的人参与互动。另外,您讲话时口齿要清晰,尽量别用缀语,还有就是要放松,虽然咱们这是直播节目,面对的是千千万万的线上观众,但是也不用紧张,你就拿出平时聊天时的状态,松弛下来。另外,讲话的时候要注意镜头,不要老是看我,你要时刻记得镜头在哪里……"

直播前四十分钟,蓝琴的手机上出现了宝峰的微信。

"直播是四点吗? 我已经发动了同聚所有的员工,暂时停止手上的工作,一会儿都进入直播间给你打 CALL……"

蓝琴回话:"谢谢老公。"

三十分钟时,安琪发来了信息。

"蓝宝贝所有的人都开始准备进入直播间,预祝成功。"

二十五分钟时,直播间开始进人了,苏丝黄说:"你看,已经有一千人了,一会儿人会更多。"

蓝琴长长地吸了一口气,像一个整装待发的战士,准备迎接挑战。

十五分钟,蓝琴和苏丝黄准备就位,直播马上开始,直播间已经快有五千人了。蓝琴注意到对面的手机屏幕上,安琪等人都已经进入直播间,并开始留言。

蓝琴想，这一次直播，有很多人都会看见，不光是自己的朋友，那些竞争对手们也在其中吧？还有长河、凤鸣……不知道他们是不是也在观看呢？

四点整，导播示意，直播开始。

苏丝黄面对镜头，脸上露出浅浅的笑容："各位直播间前的网友们，大家好，我是你们的老朋友，苏丝黄。今天，我们将针对所有宝爸宝妈们最关心的一个问题——怎么样做好新生儿的产后护理，做一期专题的直播节目。今天，我们荣幸地请到了产后护理专家、蓝宝贝月子中心的院长蓝琴女士，与大家共同分享经验，答疑解惑。蓝琴女士既是月子中心的经营者，也是被很多宝爸宝妈称为蓝姨的一位'坐月子'的专家，让我们欢迎蓝琴女士的到来！"

简单的开场白之后，蓝琴开始介绍了自己从事这一行业的起源：

"我是三十二岁生的孩子，在当时，我绝对是一个高龄产妇。在那个时候，我正处于事业的低谷，为了生存，四处奔波，我曾骑着三轮车，到夜市卖过盒饭，也曾买过毛衣编织机，给人织毛衣赚钱养家，一个盒饭，我赚一块钱，一件毛衣，我赚十块钱，就是这样一步一步，经历了各种艰难走到了今天。在这个创业的过程中，我有过特别惨痛的经历，因为送餐，我流产了，失去了第一个孩子，我也有过特别大的遗憾，因为工作的繁重，我把孩子交给了母亲，整整三年，每天晚上回到家中时，孩子不是已经睡去，就是刚刚睡醒，我和他没有完整地睡过一个晚上；我没有过母乳喂养的经历，孩子从小就吃各种奶粉，结果长不胖，长不高，还爱生病，后来还去北京的医院做过手术，留下了终生的病根……"

蓝琴毫不避讳地谈起了自己早年的那些遗憾与经历，直播间开始不停地出现点赞和留言。

"在我所处的年代，我看过太多太多和我一样有过遗憾的人，但我现在可以很羡慕地对大家说，你们将不会重蹈覆辙了。因为你们生在一个如此好的时代，有如此好的物质生活条件和医疗环境、医学技术，可以让大家更好地与孩子一起温柔相伴，一起同频同轨，和谐生长。从孕育到生育，到哺育，到养育，到教育，一个人的成长过程中，需要很多人的呵护，需要很多的感恩与爱，也需要更多科学、专业的护理方法。我们中间的大多数人是第一次做妈妈，在我们感动、幸福的同时，也要清醒地认识到，没有一个好妈妈是天生的，好妈妈和学校的学生一样，同样需要学习、等待、探索、积累，甚至面对着无尽的自我否定与自我挑战，需要自助，也需要他人相助，一个产妇的身心状态、产后恢复与亲子关系对家庭和谐同样至关重要，而这也是我做这项事业的起因，我想做那个能够帮助女人成为伟大母亲的人，想做那个能够让生命赋予一个家庭全新意义的人，我不想让任何一个母亲有我当年留下的遗憾……"

在声情并茂的倾诉中，开场白进行了十分钟。苏丝黄随时关注着直播间的人数，在蓝琴的讲述出现停顿时，不失时机地插了一句：

"噢，让我们看看进入直播间的人数，随着蓝琴女士的真情讲述，已经有一万人进入直播间了，很多人听了蓝琴女士的自我介绍，已经迫不及待想提问了。蓝琴女士，让我们把时间留给这些线上的网友们，她们有些可能是准妈妈，有些可能是刚刚生下宝宝的新妈妈，也有些可能是正在准备二胎三胎的、有了一定经验的成熟妈妈，那么，就让我们把时间留给她们吧。"

"好，欢迎大家的提问，我会尽我所能，解答各种问题。"

"好，我们会随机抽取大家提出的有代表性的问题，由蓝女士解答。"

各种各样的提问随后都出现在直播的屏幕上，苏丝黄随机抽取了这些问题，并当众宣读：

"网名为'下一站等你'的网友提出这样一个问题：生孩子好烦啊，总是睡不好，还头痛，心情也不好，而且我觉得家人的关注点都在孩子身上，没有人关心我，我好像突然间成了一个无足轻重的人。尤其是我老公，现在眼睛全在孩子身上，我让他帮我个忙，做一些家务事，他总是找各种借口敷衍，他妈妈也是，天天挂在嘴上的全是孩子。我好像是个生孩子的机器，生完了就没用了，我可怎么办呢？"

对这个提问，蓝琴做出如下解释：

"对这个事首先要关注动机。大家都关注孩子，不正好说明了孩子在家人心中的重要性，而这不也正是你希望的吗？所以和他们一起关注孩子吧，而不要把自己变成一个局外人。另外，要和你的先生明确表达自己的感受和期待，特别要说明一点，如果宝妈的情绪不好，是会影响孩子的。所以要让他清楚地知道你和孩子的情绪是连在一起的，包括母乳也会因情绪而产生变化，让他一起共建宝妈的美丽心情。但切记一件事，不要和你的公婆发生矛盾，有事情，要先和先生沟通。"

接下来又有人提问：

"我生完孩子后特别易怒,特别是婆婆带孩子的时候,她的尿布没有换好,或是让孩子没法入睡的时候,我就会气得要命,事后觉得自己小题大做,但又控制不住,怎么办?"

蓝琴说:"理解婆婆,和婆婆一起学习。要知道,养育孩子和上学一样,要先从小学上起,才能上到中学、大学,你要和婆婆一起上学,而不是怪她没能毕业。要知道,进入学校,没人不学习就能直接毕业的。除非是神童。"

又有人问:"生完孩子身材走样了,形象也变了,一想到从此陷入每天照顾孩子的忙碌生活里,就突然觉得生活好像画上了休止符,我的青春再也没有了,完全没胃口,什么也不想吃,觉得活着真没劲。"

蓝琴回答说:"我觉得恰恰相反,生孩子是一个伟大的事业,你现在其实是一个伟大事业的开始,为了这个伟大的事业,你现在最重要的是做好两件事:吃好,睡好。照顾好自己是妈妈最大的智慧,而孩子也会得到最大的幸福和满足。相信我,孩子的诞生是青春的延续,绝不会是青春的终结。不信,你看一看明星杨杏璇小姐,她是不是比以前看着更漂亮了?"

多数提问还是和产后抑郁有关的。

"我带不好孩子,我很想自己带孩子,可总是力不从心,又不敢在家人面前表露出来,怕他们觉得我不称职,怕我的孩子让他们从我身边抢走。我开始睡不好觉,半夜总是醒,还幻听了,总是听见孩子哭,我这是怎么了?"

蓝琴回答:"同为女人,非常理解您,带孩子会有挫败感,是因为我们还没有学习到良好的方法。从现在开始,端正心态,从小学开始学习吧。你曾经用了十个月等待你的宝宝,他出来了,请你务必给自己一点儿时间,再学习一下。"

还有人提出了对于喂养的忧虑:

"我奶水太差了,本来我做好准备了,一直也在吃上很注意营养,也加强身体锻炼,我老公一直催我喂奶粉,可我就想给他喂母乳,但母乳没有,孩子饿哭了。我老公气得和我吵了一架,把我婆婆都惊动了,我觉得自己很差,我该怎么办呢?"

蓝琴回答:"怎么办?求助吧,母乳喂养的关键在于早接触、早吸吮、早开奶,你看看你是不是错过了这个时机?如果错过了,情绪压力也会造成母乳迟迟不下,但产后奶不够,并不代表以后不够孩子吃,所以一定要耐心等待,稳定情绪,别怕,认识蓝姨,我就是你的小帮手,你可以向我求助。"

还有爸爸的抱怨：

"她好像是变了一个人，生完孩子以后，情绪变得恶劣，特别爱发脾气，她自己也觉得不可思议，我认为她得了产后抑郁症，可否去医院开点儿药物，这样能控制住吗？"

蓝琴严肃地回答："千万别，每个产妇在产后恢复的过程中身心状态各有不同，但绝不能简单粗暴地定义，更不能靠药物。你现在最需要的是给她一个肩膀，给她一个拥抱，告诉她，没事，你没有病，有事我们一起扛。另外，要让她释放情绪，要有耐心听她的'碎碎念'，让她把不舒服的感受都说出来。记住，你现在的身份变了，你不仅是丈夫，还是爸爸，你有责任照顾好两个人，因为母子是连心的。"

不知不觉，两个小时很快就过去了，各种提问还是层出不穷，以至于苏丝黄不得不及时叫停。

苏丝黄说："同为女人，我了解一个女性的心理。女性是伟大的，母亲是伟大的，而在这伟大的背后，是因为我们对于生命的传承。但我们在孕育和生育中要经受无尽的挑战和困难，而这幻化和繁衍生命的过程，还真是得靠我们自己来体验、实践和经历。今天，因为时间的关系，本次直播只能遗憾地说一声结束了。特别感谢蓝琴女士的到访，给大家进行了良好的心理疏导，也提供了很多在护理宝宝时需要注意的科学方法，让我们再次感谢蓝琴女士的到来，期待我们的下次相见。"

直播结束，在线人数十一万，点赞数六十多万。

苏丝黄说："这次直播的感觉不错，蓝女士，咱们初次合作，我觉得可以说是一次完胜吧。"

蓝琴长长出了一口气，连续两个小时的直播，她觉得身心俱疲，汗水把后背都洇湿了。但眼前挥之不去的，是屏幕上一个又一个不断提出的问题。

每一个问题都代表着一个人、一个家庭、一个群体，产后护理这一块，看来是人们的"刚需"，这里有很多可做的文章，更说明了自己所从事的这个事业既有意义，又是一件功德无量的事。

做下去，不管出现什么情况，我要做下去，而且必须做好。蓝琴在心里再次下了决心。

当天晚上，杨杏璇做东，请了林医生、苏丝黄、蓝琴等人，为这次顺利的直播庆功。晚宴其乐融融，因为心情愉快，蓝琴破天荒地端起了酒杯，喝了点儿酒。

这是一个美好的夜晚。大家相聚到十点才依依惜别，在酒店门口，杨杏璇的司机过来，将蓝琴和林医生分别送走。大家在门口拥抱告别，依依不舍，然而谁也没有注意到的是，在一旁的车里，有一个相机正在悄无声息地录着像。

两小时后，视频传到了京城第一狗仔骆伟的手中，骆伟看着视频中的杨杏璇、林医生、蓝琴等人，似乎有了一个什么发现。他想了想，把电话拨了过去。

"于大夫，你们的医院里是不是有一个叫卓越的医生，她有个老师叫林爽，是协和的吧。"

"这你都知道！真是无所不知。"

"这也没什么，林爽给很多明星接过生，所以我们也特别关注了她，有她的一些视频资料。这里面有点儿内容，我想你可能感兴趣，是和你们弘德那位卓医生有关的。"

"卓医生关我什么事？我没兴趣的。"

"要是和蓝琴有关系呢？"

电话那头沉默了，骆伟耐心地等待着。

终于电话那头有了动静："什么价格？"

骆伟脸上露出了得意的笑容。

第二章　神仙归位

1

安琪开着车，行驶在 C 市最繁华的商业街区锦华街，一边开着车，一边还在接着蓝琴的电话。

"没错，琴姐，直播的效果很好，我组织了月子中心差不多所有的宝爸宝妈都看了，其中有些问题，也是他们提出来的，不过，因为时间关系，很多人的问题都没有被抽到。他们还说，要等您回来，当面请教呢。"

蓝琴在电话那头说："很好。我通过这次直播也有一点新的体会，产后护理这一块，人们的需求量很高。我们要和媒体还有妇联这些机构合作，多做一些线上和线下的活动，给更多需要的人一些帮助，最好是每个月都有活动，这样才能扩大影响。我想让你帮忙做一个方案，全年的方案，我们回头研讨一下，尽快落实。"

安琪笑道："我这都忙死了，你还给我找活儿！"

"不是找活儿，是必须适应时代的需要，网络太厉害了，昨天的直播，在线十几万人呢，留言有几千条，你看这是什么影响？C市有哪个媒体能有这个影响？所以，我们现在要利用好网络时代的特点，做好全国性的传播和推广。我已经准备和各大门户网站谈一下合作的事情，这个时候也不能心疼钱，该花的费用也得花。也没准儿有一天，我们的影响扩大了，在北上广深这些大的城市，也能开我们的分店，蓝宝贝的名字不仅仅是省内的品牌，也能成为全国的名牌。"

提起未来，蓝琴充满雄心，这种情绪也感染了安琪。

"行，你要想干，那咱就整！我今晚就琢磨方案，等你回来，一起研究。"

车子在前方突然堵住了，商业区的街道就是这样，安琪也不着急，索性停下车，和蓝琴聊了起来。

"行，不过我也知道你现在的事多，所以考虑到你那儿人手不够，我给你派个人过去。你看胡美丽怎么样？"

蓝琴的这个提议倒是让安琪出乎意料，"胡美丽，她不是护士长吗？你怎么让她过来帮我？这合适吗？"

"我觉得合适。我觉得过去我们找一个让人们看着养眼的、漂亮的护士长，是为了月子中心的形象宣传，但现在，我们的客户越来越多，人员层次也越来越复杂，所以，就需要一个成熟、老练的护士长来坐镇了，面对着这些形形色色的人群，胡美丽就不一定还合适了。但她也有她的优点，胡美丽对于网络这一块很明白，她自己在公众号、抖音平台上也有十几万粉丝，她又有较为丰富的产后护理经验，所以让她负责这一块工作，应该没问题。我准备成立一个网络企划部，专门负责线上和线下的活动，由她来负责。"

"胡美丽知道这件事吗？"

"我还没和她说呢，不过你可以先透露一下，把我的意思和她说说，看看她的想法，我回去之后再和她细谈。"

前面的车一动不动,后面的车又跟了上来,本来就并不宽敞的街道,渐渐堵成了一条长龙,在车流中间,还有自行车、电动车艰难地穿行着,开始有司机不满,按起了喇叭。

喧闹之中,安琪不自觉地提高了嗓音:"你今天回来吗? 我怎么听这意思,你不想回来?"

"我是想回来的,但是有个人过来了,他不让我走。"蓝琴那边也开始喧嚣起来了,她也提高了声音,"刘长河也在北京呢。"

"噢? 他也在?"安琪感到很意外。

刘长河是昨天来月子中心的,是安琪接待的他,主要是看看月子中心运营的情况。虽然是主要投资者,但刘长河其实一次也没来过月子中心,这次也是带着参观的念头,他只在月子中心逗留了一小时左右就走了,因为明天还要飞深圳去他的厂家洽谈。需要准备的工作很多,所以他只简单坐了一会儿就走了,但是安琪没想到他也去了北京。

"他不是要飞深圳吗,怎么又去北京了? 难道是专程看你的?"安琪半开玩笑地说。

"也不是,他在北京还有点儿业务,所以过来了。正好听说我在,就约了我一下。我也正好想和他谈谈与门户网站合作的事情,你也知道他在北京的人脉比我广得多,所以也就正好和他见面聊聊。"

安琪的脑海中浮现了那天晚上长河看蓝琴的神情。那天晚上,她在陪客户吃饭的时候,不断接到蓝琴的微信,问她什么时候结束,安琪知道蓝琴是不想单独和长河在一起的时间太长,毕竟两人以前曾有过特殊的关系。但是长河昨天也去了北京的消息,在月子中心与她告别时一句没提,现在他突然出现在北京,是单纯为了业务,还是为了蓝琴而去,这就不得而知了。但蓝琴直接对安琪说起了这件事,也恰好说明了,蓝琴对于和长河的会面,完全是当成一件公务来办的。

"你们都谈了什么? 他同意你的想法吗?"

"他表示支持,并答应给我介绍这方面的资源,我们明天晚上会和相关人士一起吃饭见面,所以就不能回来了。有可能还要在北京待两天,你这边先帮我看着点儿吧。"

前面的车纹丝不动,后面的车又堆成一排,安琪见行进无望,干脆熄火和蓝琴聊了起来。

"没问题的,这次长河回来,我看变化不小,他的野心比以前更大了。昨天他来中心的时候,特别提起了,他似乎还想染指医疗器材这一块,他没和你聊这个事吗?"

"聊了,他也问了一下我的意见。我的回答是,我不太懂这个,但觉得有一定的风险。"

蓝琴没有和安琪细说,事实上,昨天晚上长河到北京后,两人在酒店的商务中心就见了一面,在喝咖啡的时候,也谈起了这件事,长河这次在全国考察曾有过合作关系的医疗单位,就是为了这件事。他现在和深圳的一家工厂联合,要生产一套大型的、自动化的全新自助体检和基因检测设备,准备覆盖全国市场。这是一个科研开发的项目,前景远大,但投资也巨大,每一台设备成本就要二百万左右。长河的想法是,先生产一百台左右,争取以北上广深各三甲医院为目标,兼顾像 C 市这样的二线、三线沿海发达城市,一年之内,全面推广覆盖全国。

两人为了这件事,确实还进行了深入的交流,因为长河这个想法,在董事会上也遭到了一些人的反对,他也特别想听听蓝琴的建议,看能不能找到回击反驳意见的突破口。

在 C 市的那天晚上,长河一直在听蓝琴讲月子中心的事,没提这事。到了北京,时间充足了,他才开始提起了自己的计划。这也是他做人的周全之处,但蓝琴却觉得这事还得慎重一些。

"长河,我觉得你上来就生产一百台,你有把握能全部销出去吗?而且,你这个成本太高了,我倒是建议,可以先试运作一下,看看市场反应再说。"

长河却对此不以为然。

"蓝琴,做事不能畏首畏尾,更不能小家子气。你不了解这个产品,我绝对有把握,它是一场医疗界的革命,将更新人们传统的观念和医疗手段,用不了多长时间,就会成为主流。我现在的想法是争取快点儿让它遍地开花。你也知道,这台设备的研发成本非常高,而且研发费用还具有持续性,所以我们得保证资金链的畅通,拿什么来保证资金链的畅通呢?最好的办法当然是销售了,只有销售跟上去,后续的研发、生产成本才有保证。所以当产品一旦研发试验成功,销售就必须紧紧跟上。"

"销售的前景怎么样?你这个成本就好几百万,一般的医院能担负得起吗?"

"我有我的想法，一般医院不会拒绝，现在弘德就同意了，我也想在你的月子中心搞一下试点。"

长河的想法是，寻找一百家合作的单位，可以不用现金购买，他提供设备，免费试运行一个月，一个月之后，再与医院分成，以病人检测的费用充账。

"这样的好处是，医院减少购买设备的成本，还多了一台设备，也能赚钱，肯定愿意与我们合作。而我们还能用这个办法占领市场，用不了一年，就能覆盖全国。"

蓝琴承认这确实是一步妙棋，但还是有一定风险。

"你这个检测费用应该不低吧？万一要是没有用户，怎么收回成本？"

"费用确实不少，比正常检测要高出几倍甚至十倍，但你放心，只要东西好，一定有人认，人们在看病这方面是不怕花钱的。你没看吗？一个核磁好几百，一个胸片也好几百，一台手术好几万，但只要医生一句话，有几个病人敢不去？我们只要搞定了医院，搞定了医生，那还愁客户吗？"

开了多年民营医院，长河了解病人的心理，对未来充满信心。蓝琴心里却觉得不妥，又提出自己的疑惑："一百台设备，一台成本二百多万，这一下子就是过亿的资金，长河，你有这么多的资金储备吗？"

长河面带微笑，"这你不用担心，我当然不是独资，我也是采取融资合作的办法，我不会把鸡蛋都放在一个篮子里的。蓝琴，你如果有兴趣，也可以入股进来，当一个股东，你放心，这里面的利润，可不是一个月子中心能比的。"

蓝琴摇摇头，"别开玩笑了，这种砸大钱的活儿，我本小利薄的，可没资格加入。"

"你怕什么？有我在呢，钱的事那还不好说嘛！虽然我们这次的入股资金是有限额的，但是以咱们的关系，一切都好说。"

长河望着蓝琴的眼光，又有些炽热起来。蓝琴回避着他的眼神，"我现在一个小小的月子中心都玩不转，我哪还敢做别的？不过，你的想法很大胆，我祝你成功。"

和长河的这次深入交谈，蓝琴没有必要和安琪细说，可是敏感如安琪，她还是能感受到，对于长河的想法，蓝琴未必赞成。

"你不会和他合作吗？长河这次来，和我只简单提了提他的想法，说还要和你深谈。"

"不会的。他的那个设备一台要几百万，检测一次要一两千，我觉得咱没有这个实力，也没法强制客户做那样的服务。我们还是老老实实做事，做接地气的事，这种资本运作的事，我们是来不了的。"

后面的喇叭响成一片，蓝琴问："你那边是不是堵车？"

"对，不知怎么了，今天堵得厉害。"

"那挂了吧，我这儿也得出去一趟。对了，胡美丽的事，你得抓紧谈。"

挂断电话，安琪看看表，发现竟然堵了二十多分钟了。怎么回事？她这回有点儿焦急了，很多人开始下车往前走看看情况，安琪锁上了车子，也下车跟着走了过去。

往前走没几步，就发现了原因，前面有一台路虎横在马路中间，一个穿黑夹克的男人正在和一个穿着保安制服的人争吵。

旁边还围着一群人，不少人还在劝解着：

"算了，也没多大事，都让一步吧。"

"哥们儿，你一看就是家大业大、不差钱的人，就别跟一个看车的计较了。"

"对了，你看这小伙子也很可怜的。"

人围得挺多，车都堵成一片，安琪不愿挤进去看热闹，问旁边的一个男人："大哥，出什么事了？"

那男人说："车停在那儿让人刮了，他让看车的保安赔钱，那人不给。"

另一个说："这保安不但不给赔钱，还要存车费呢，他有点儿缺心眼。"

安琪远远望去，只见穿保安制服的人是个小伙子，二十多岁的年纪，脸上污秽不堪，眼神看着有些呆滞，一张脸气得通红，胸膛不停起伏着。

"他是缺心眼，"身边又有一个人说道，"他在这儿看了好几年车了，智商有点儿问题，是个傻子。"

安琪有点儿好奇，往前走了几步，就听见那个青年保安正磕磕巴巴地说着：

"你是坏人，你是坏人，你的车不是我刮的，那些印子以前就有，你是坏人，你冤枉我！"

黑夹克举起手来，骂道："你说什么呢，找死吧你！"

黑夹克一拳打了过去，旁边有人眼疾手快，急忙去拉他，这一拳没打实，

330

但也打在了保安的脸上，鼻子出血了。

拉架的人劝道："哥们儿，他一个弱智你跟他计较啥呀，显得咱不大度啊。"

又有人劝："哥们儿，这傻子身上也没有钱，你让他赔他也赔不起，你大人有大量，放他一马吧。"

有人更在后面骂上了："你什么毛病啊？因为你一辆车堵了这么半天，你们的事自己解决，别堵我们的车啊！"

大家群情激奋，黑夹克有点儿理亏，说："妈的，今天算你走运，老子今天先放了你。"

他往车前走去，青年保安却冲上前去一把将他的衣服拉住，喊道："你不能走，你不能走！"

旁边有人拉他："你干吗呀！人家都说算了，你咋还没完了？"

保安喊道："他不能走，他得给了存车费才能走，他没交存车费！"

旁边有人哄笑起来，有人还摇头说："这时候还想着存车费，真是个傻子！"

黑夹克骂道："傻×，我不让你赔车钱就不错了，你还敢要我存车费！"

保安喊道："不是，你的车是旧伤，不是在我这儿刮的，我一直看着呢，没有刮，没有刮。你得给我存车费。"

安琪往前挤着看了看，这路虎车的左轮胎上方的车身上确实有几道明显的刮痕，都露出了底漆，但她的眼神好，看出这个刮痕似乎有些陈旧，不像是新刮的。对这个保安的话，就有几分信了。

黑夹克喊道："给我放手，听见没有！"

"我不放！交费才能走！"

两人争执起来，黑夹克要走，保安始终不放，只听得"嘶啦"一声，黑夹克的衣服被扯下了一角。

黑夹克大怒，飞起一脚将保安踹倒在地，回身打开车门，从里面拿出一个棒球棍。

"反了你了傻×，敢拉我衣服！你他妈赔得起吗？"

黑夹克拿起棒球棍打了下去，在众人的惊叫声中，保安不及躲闪，被打中头部，脸上血流如注。

鲜血没有阻止黑夹克的怒气，他举起棒球棍劈头盖脸地打了过去。

"住手!"安琪忍无可忍,冲上前去,大声喊道,"住手!"

黑夹克不管不顾地将棒球棍再次落下,这次打在了保安的肩上,保安惨叫着倒在了地上。安琪冲上前去,一把推开黑夹克,挡在保安面前,怒火上涌地喊道:"叫你住手,你没听见吗!"

"关你屁事,躲开,老子要废了他!"

黑夹克举棍还要打,受安琪影响,旁边本来吓得躲在一旁的众人也涌了上来,将黑夹克连拉带劝地拉到一边。

黑夹克还不依不饶地说:"他刮了我的车,还拉坏我的衣服,不打他也行,让他赔!"

安琪怒道:"你让他赔你?! 你把他打死打伤了,你赔得起吗?"

有人在一旁喊着:"报警,让警察过来解决。"

一听有人喊报警,黑夹克自知理亏,没再说话。安琪走过去,扶起保安,他伤得不轻,脸上全是血。安琪从包里取出手帕,压到他头上,血一下子把手帕染红了。保安倒在地上还喊着:"姐姐,别让他走,他没交存车费。"

"弟弟,存车费多少钱? 我替他交。"

"他停了两小时,十元。"

安琪从包里掏出十元钱,塞到他手里,说:"弟弟,我替他交了。"

旁边有人为安琪叫起好来,黑夹克看着安琪的举动,脸上青一阵白一阵。安琪没理他,冲人群喊道:"哪位帮帮手,抬一下他,他得去医院。"

有人过来将保安抬起,安琪说:"我的车在后面,先把他抬我车上去吧。"

大家抬着保安跟着安琪走,黑夹克趁人不注意,急忙上了车,发动车子就开走了。

有人喊:"那打人的人跑了!"旁边有人说:"他跑不了,有监控呢。"

但是大家没心思关注他了,人们一起帮着将保安抬上安琪的车,有两个人自愿地当帮手,也跟着一起上了车扶着这个青年保安。安琪发动车子,导航了一家离这里最近的医院。

安琪问:"弟弟,你伤得不轻,得赶快通知家人。你有家里人的电话吗?"

"我有我妈的电话。可是我没带手机。我的手机让经理拿走了。经理说,上班的时候不让他看手机,他帮我保管着。"

扶着他上车的帮忙人说道:"什么帮他保管? 经理就是怕他偷懒,怕他分心,把手机给他没收了。这条街,就他一个人从早到晚管着,真出了事,一

332

个出来替他顶事的人都没有。"

"对,打他的人叫老三,是这条街上的恶霸,管事的人怕惹事,看他挨打,谁也不出来。"

"换别人早就躲了。这孩子实在,让他在这儿看车,他就特认真。没交费的,他都不让走。"

帮忙的人议论起来,安琪没心思听这个,问保安:"你还记得你妈的电话号吗? 告诉我。"

"我记得。"

保安说了一个号,安琪又问:"你的名字叫啥?"

"柱子,我叫柱子,大家都叫我傻柱子。"

车里的人笑了起来。安琪却没笑,她一手把方向盘,一边掏出了电话拨号,电话通了,安琪将话筒贴在耳朵上,说:"喂,你好,是柱子的妈妈吗?"

电话里响起一个声音:"您好,请问您是——"

安琪愣住了,电话里响起的这个声音,太熟悉了。

她是卓越。

2

两天以后,蓝琴回到 C 市,刚一回来接到的第一个电话就是卓越的。卓越约她去吃饭。

在蓝琴的印象中,卓越是一个不食人间烟火的人,两人认识多年,不要说吃饭,连一起喝茶的时候都没有过。她们相见的地点也好像永远都是在医院,谈的也永远都是工作,卓越永远是那样的一本正经,不苟言笑,好像她的生活中除了工作,就没有任何别的东西了,在第一医院的时候,同事们背后都说她是一个"机器",一个没有私生活的女人。

所以接到她邀约吃饭的消息,蓝琴很清楚,这一切当然是因为她的儿子——被安琪无意中救助下来的卓宝柱。

但蓝琴更清楚一件事,在卓越的心中其实是藏着热情与温度的,这一切都裹在那冰冷的、职业的外表下。这么多年来,卓越对她蓝琴帮助多多,她也曾想过答谢,但无论是请吃饭还是送礼物,卓越一概拒绝。不仅对自己,卓越在单位也一向如此,她和病人的关系也是这样,一切都和工作有关,一且治疗结束,一旦离开工作,她马上就把自己封闭起来,不让任何人进入自己的私人空间。

但现在,卓越的私人空间向自己敞开了,都是因为她的儿子,让蓝琴突然间知道了卓越的秘密。

在这之前,卓越的私生活一直是个谜,因为她从不向别人坦露这些事情。蓝琴只隐约知道,卓越有过一次婚姻,但是又离了,她一直单身,好像有个孩子,但情况不明,是男是女都不知道。现在,蓝琴通过安琪的描述知道了真相:卓越确实是有一个孩子,但是个智障,一直在 C 市最繁华的锦华街当保安,主要工作是看车,而且做了好几年。

卓越,一个那么有才华的医生,一个名气那么大的医生,她有个傻儿子,而且从事着最底层的工作,这怎么可能? 这说出来没人能信。以卓越的影响力,她要想给儿子找一个安逸的工作,或者让他什么也不干,舒舒服服地活着,都完全不成问题。但她竟然让自己的儿子风吹日晒地做着最底层的工作,这怎么能让人相信呢?

但这事就是发生了,放在别人身上都不可置信,但放在卓越身上,蓝琴却相信,因为卓越不是一个普通的人。

那天下午,在返回 C 市的火车上,蓝琴听安琪简明扼要地描述了这一经过。

"孩子已经送到了医院,只是皮外伤,没有危险,包扎一下就应该没事了。我已经找到派出所的熟人,调出监控,已经把打人者逮捕了。另外,我和那物业公司的经理也联系上了,他们对此事负有不可推卸的责任,面对自己的员工被打,竟然没有一个人站出来主持公道,太不像话了! 物业经理也服软儿了,答应负责孩子住院时的全部费用,并拿出两千元精神补偿金。"

对于安琪这一系列的做法,蓝琴深表赞同,她又问:"看到卓大夫了吗?"

"没有,我想她也许在这个时候不一定想见我,见我还得解释和致谢,而这不一定是她喜欢做的,所以我联系完她以后,就走了。那孩子在医院里也有人照顾,在她来之前,应该很安全的。"

"你做得对,要是别人我们可以见一下面,但对于卓越,把事做了就行,不要让她为难。"

对于安琪的周到,蓝琴十分赞赏。

现在,她已经到达了 C 市。她在北京逗留了整整四天。在这四天里,因

334

为长河的到来,让她有机会和京圈里的一些人会面了,这些人有医疗界的,也有门户网站的,最终达成了一些合作意向,此次可说不虚此行。在临走之前的送行宴上,长河再次提出,有没有兴趣加入自己的新产品开发项目,并向她承诺,现在已经有将近五十家医院初步达成合作意向,一旦启动起来,利润是很惊人的,要远远胜于月子中心。

蓝琴再次婉言谢绝。她说月子中心马上迎来十周年店庆,自己想把精力全部放在这上面。

拒绝长河时,蓝琴看见他眼中深深的失望之情。蓝琴不禁有些愧疚之意,她知道长河是真心想为自己好的,他想带着自己赚大钱,但理智告诉蓝琴,月子中心才是她真正想做的事业,而与长河的接触也不宜太过深入。

蓝琴和卓越约到了晚上七点,在一家很有品位的西餐厅,这里的法式大餐很有档次。地点是卓越定的,这充分说明卓越也并不是完全不食人间烟火,起码,她还知道哪个地方适合女性的会面。

卓越也约了安琪,但安琪很聪明地找了一个借口推辞了——其实也不算是借口,为了新成立的网络企划部,安琪确实晚上也要加班。安琪也是想留给蓝琴和卓越相处的机会,因为她知道无论如何,卓越肯定是有很多话想和蓝琴讲的,而自己在一旁,也许会有所不妥。

七点整,蓝琴赶到西餐厅时,发现卓越已经到了,这么多年来,看习惯了穿着白大褂医生服的卓越,发现她换上了便装还有点儿不习惯。坐在橘黄色灯光下的卓越,穿着一件朴素的浅灰米色开司米毛衫,一头近于全白的头发,再加上鼻梁上架着的一副精致小巧的眼镜,望上去显得很慈润,和平时高冷的样子大相径庭。

蓝琴先道歉自己的迟到,又笑着坐下来说:"卓大夫,您今天看起来气色真好,特别有气质。"

"不是有气质,是我今天没穿白大褂,你有点儿不习惯吧。我是不是更显老了?"

"瞧您说的,不但不显老,我觉得好像年轻了许多。"

卓越拿起桌上放着的一瓶红酒,说:"朗格斯红酒,这是法国酒庄的原产货,我们今天喝一点儿吧。你喝得习惯吗?"

"习惯。"蓝琴有点儿难以置信地说,"卓大夫你也喝酒吗?"

"喝,我每天晚上入睡前喝一小杯,这个对心血管有一定好处的。"

卓大夫也喝酒,这又是个新发现。卓越叫侍应生去开酒,又说:"我随便点了几个菜,也不知你吃不吃得惯。"

"没问题,只要是您点的,我都爱吃。"

侍应生将酒端来,给两人的高脚杯倒上,又开始上菜,一道接一道的正宗法餐,每一道都很精致。蓝琴不禁惊叹了一下:"哇,都是好吃的。这是不是有点儿太浪费了?"

"哪有!这么多年也没有在一起吃过饭,这次你们帮了我这么大的一个忙,必须答谢一下,这个人情我还是懂的。"

"可不能这么说,事实上这些年是您一直在帮我,我都不知怎么报答您。这次这点儿事,真的不算啥,卓大夫,我可以负责任地说,无论那天有事的人是谁,蓝宝贝的员工都不会坐视不理的。路见不平,出手相助,我相信我们的员工都有这个素质。"

"是的,"卓越表示赞同,"安琪是你一手带出来的,从她身上,我确实看到了蓝宝贝的企业文化。我今天晚上想请她来,可她死活不来,那你一定要把我的谢意给她带过去。"

卓越从自己的坤包里取出一个信封,推到蓝琴的面前。

"我听说是安琪小姐垫付的医药费,这个就烦请你转交给她。我本来是想亲自给她的,但是晚上没有见她,就有劳你了。"

蓝琴看了一眼眼前厚厚的信封,目测一下,里面的钱数至少要过万。她说:"好像用不了这么多吧,卓大夫。"

"我也不知够不够,你先拿给她吧。多不用退,少了我补。"

蓝琴将信封推了回去,"应该是用不了这么多,这样吧,我让安琪和您联系吧,具体她垫付了多少,她没有和我说,我让她和您联系。"

卓越点点头说:"好吧,那咱们就该怎么办就怎么办吧,我确实也应该当面致谢的。"

"大家都是实在人,咱们真不用那么客气,卓大夫,我是从没拿您当外人的,也希望您拿我当妹妹。"

卓越和蓝琴举起杯来,轻轻地碰了一下,认识这么多年,两人这是第一次碰杯。

"蓝琴,你心里一定很奇怪,我怎么会有个傻儿子,又怎么让他做起了看车的保安?"

"实话说,确实好奇,但你要不想解释,我也不会问的。"

"我今天想和你说说这事。毕竟,纸是包不住火的,有些事情,该发生的总要发生。"

几杯酒下肚,卓越终于打开了话匣子,这也是压抑多年,她第一次向别人倾诉生活中的私事。

"我儿子是个早产儿。怀孕时就发现他脑体有些问题。我丈夫也是个医生,他觉得将来生下来可能是个累赘,不太想要这个孩子,我本来也想听他的。但是做流产手术的前一刻,我突然下不了这个决心,因为我们做 B 超时,已经知道这多半是个男孩儿,我喜欢男孩儿,特别喜欢。我总觉得,未来医学越来越发达,一些在娘胎里的问题,也许生出来后会得到解决的,我想试着把他生下来。我承认,在医院多年,因为见过太多的奇迹发生,我开始有一些赌博心理,于是,我没听我丈夫的。但是还没到预产期,羊水就破了,这和我在孕期时也忙着帮别人看各种病历没有得到良好的休息有关,我的孩子提前出来了。作为一个早产儿,他被强行生下来之后,就发现患有脑膜炎。"

谈起往事,卓越很平静,但蓝琴很清楚,在这平静背后,其实是一段惊心动魄又不堪回首的岁月。

"孩子生下来以后,发现他可能是傻的,我丈夫都要绝望了。我们抱着他,去了北京,去了上海,遍寻名医,可是都没有办法,那时的医术远远没有现在发达。蓝琴,为什么我对杨杏璇的早产儿那么关注,你现在明白了吧?杨小姐的那个孩子虽然也是个早产儿,但是现在医术发达了,护理的手段也提高了,所以她虽然生下来的不是一个健康的宝宝,但完全可以凭借着先进、科学的护理方式,恢复成一个健康的孩子。可我的儿子是二十多年前生的,那个时候没有这么好的条件,所以,我只能承受落后时代的后果。"

卓越一直很关心早产儿的护理工作,而且对自己寄予了这么大的希望,现在听了她的这一番话,蓝琴才明白了其中的原因。

"孩子从生下来之后,智力就远远低于常人,生活完全不能自理,后来我们经过耐心的调教,情况有所好转,但还是无法达到正常人的水平。我当时觉得上天真是不公平,我曾经给很多人接过生,帮助太多的人顺利生下健康的、可爱的宝宝,但我自己的孩子却是傻的,可是有什么办法?这就是命啊!我痛苦了一段时间,决定坦然接受命运的安排。我要照顾我的傻儿子,照顾一辈子。但我丈夫没多久就受不了了。"

卓越端起酒杯,轻轻呷了一口,她脸上的表情安详,似乎在云淡风轻地说着别人的事。

"我的傻儿子到十几岁时,生活还一度不能自理,需要我来照顾他的起居。他离不开人,见不到我就会哭,有时还会尿裤子、拉裤子,吃饭还要人喂。我只能放弃所有的业余生活来照顾他,你们总觉得我好像特别封闭,从不参加私人聚会,特别不近人情,其实,是因为我得把更多的业余时间留给我儿子。我没觉得这有什么不好,你生下孩子,照顾他不是天经地义的事吗?可是我丈夫受不了,生孩子时他还不到三十岁,他的生活才刚刚开始,他还想在事业上干出名堂来,他不想早早就被一个傻孩子缠住寸步难行,这样过了十几年,他痛苦死了。于是,有一天晚上回家,我发现他走了,给我留下一封信。他告诉我,他想去北京,他的同学在一个外资的医院里当院长,要他过去,他想去那里发展。他想把我们的儿子送去福利院,让专人照顾。他希望我和他一起走,否则,他就要自己走。他不敢当面和我说这些事,就用了写信的方式通知我。"

听着卓越对往事的回忆,蓝琴心情沉重,问:"那后来呢?"

"后来就是我没有走,他走了。我选择了孩子,他选择了放弃我,他每月给我寄生活费,寄的钱不少,我都给孩子攒着呢。但我不会花他的钱。我有本事可以养活我的孩子,我可以让他过上衣食无忧的生活。我不需要男人,我自己一个人,一样可以把孩子拉扯大。"

"但你付出的代价太大了。卓大夫,你后来就没有想再找一个男人,帮你分担这一切吗?"

"没有。我年轻的时候,有些人对我动过心,但一看到我带着一个傻儿子就都打了退堂鼓,后来,年纪大了,这个心思越来越淡了,我就守着我儿子也挺好的。你生下来了他,就得对他负责,这没得选,是老天给你的,你就坦然接受吧。"

"可是为什么你要安排他去那种地方,去做那样的工作呢?"

卓越意味深长地望着蓝琴。"那个工作有什么不好吗?因为他喜欢啊!我的儿子从小就在锦华街那块长大,那个时候,这里还没有商场,只有几家店铺,一条马路,当时旁边还有火车道呢,他就喜欢在那里转,看火车开来开去。他还喜欢汽车,我给他买了好多的汽车模型,他一直舍不得扔,保存了好多年。我把他安排在那里,他特别喜欢,因为可以在童年玩耍过的地方上班,还可以看各种各样的车,指挥着这些车来来往往,这是他喜欢的工作啊。所以,我没觉得有什么不好,这个工作也没有什么低贱的,只要你喜欢的,那都是最好的。"

蓝琴不禁点点头,深有同感地说:"对,只要孩子喜欢的,那就都是最好的。卓大夫,我为我刚才的想法而惭愧。"

不知不觉,两人聊到了夜深,一瓶红酒也全喝了下去,两人的脸上都微微有些泛红。

"蓝琴,现在我的故事你都知道了,我没有刻意隐瞒过,但也没有想让更多的人知道,我讨厌背后让人非议,也讨厌那些廉价的同情。我只知道,你来到这世上,有些事情既然做了,就得自己扛下去,别无选择。过去,人们认为我清高、冷淡,还有人说我为人僵化,是老古董,听说他们还给我起了个外号,叫'冷血杀手',现在你明白了,我为什么会这样,我是不得不这样!现在我和你说了这些,我心里也挺高兴的。这么多年,终于有人能让我把藏在肚子里的话都倒出来了。谢谢你,蓝琴。"

"我也谢谢你,卓大夫。虽然和你平时不总在一起,但我却觉得,你就像我姐姐一样,有您在,我心里就踏实了。我希望这样的聚会,这样的倾诉,咱们以后会多一些,孩子那边,需要我们的时候您也千万不要客气,那是您的孩子,也是我们的孩子。有些事,您不要自己扛,你这个妹妹也可以帮你扛。"

这一夜,面对着吐露衷肠的卓越,蓝琴似乎觉得两个人之间的关系一下变得好近好近,再也没有了任何的距离。

夜已深了,蓝琴打车回家,觉得肚子里翻江倒海,她已经好长时间没有喝这么多酒了,勉强回到家中,宝峰已经睡了。蓝琴简单洗漱一下就上了床,倒在床上没多久就觉得肠胃难受,忍不住爬起来就往卫生间跑。

蓝琴趴在马桶边上吐了起来,宝峰被惊醒,急忙追了过来,问她:"你怎么了?"

"有点儿喝多了,难受!"

"你不是不喝酒吗?这跟谁喝的?"

"卓越,卓大夫。"

"什么?那个老古董,那个'冷血杀手',你怎么会跟她喝这么多?"

"胡说,人家才不是老古董,才不是'冷血杀手',你不要胡说,哎呀,难受,给我倒杯冰水。"

第二天早起,安琪听蓝琴说起让卓越喝吐了的事,不禁大笑起来,说:"这说破天也没人信啊。"

蓝琴脸色苍白,但情绪好了很多,说:"安琪,我昨晚睡不着,我有个想法,你听听行不行。咱们这块停车场,是不是也需要个保安,看看车,泊泊车啥的?"

"你是想把卓大夫的孩子弄过来?"

"对,锦华街那儿太乱,什么人都有,那个物业公司也不地道。我想,把卓大夫孩子放到咱们这儿来,又安全,环境又好,来往的人员素质又高,不知行不行?"

"倒也不是不行,不过,他的智商可不高啊,而且他这样子会不会影响咱们的公司形象?"

"那也没什么,他是傻点儿,但人不坏,而且认真负责,要不也不会为了几块钱存车费让人打成那样,我觉得,这事我们就得管!关怀智障人士,帮助智障人士择业就业,是一个有社会责任心的事,没准儿还是我们这儿将来的一个亮点呢。"

商量好后,蓝琴给卓越打了电话,说明了此意。

卓越有些警惕地说:"蓝琴,你是不是出于对我的同情才想这么做的?我跟你说,这个大可不必,锦华街看车的工作是我儿子特别想干的,他可没觉得委屈。"

"不是,我们这儿有一个老师傅面临退休,特别缺人,我观察柱子了,他人特别有责任心,我们需要这样的人,他来了,是给我帮忙的,您千万不要以为我们这是同情。这真是我们现在的需求!"

好说歹说,卓越终于答应让儿子去蓝宝贝上班,但特别强调,工资不能高于锦华街那边。卓越不想让蓝琴为了自己的缘故,对孩子有特殊的待遇。

"您放心,孩子要是干得出色,我们还考虑给他增加一些工作担子呢,到时候根据工作成绩和工作强度定薪,保证不搞特殊对待。"

"不管怎么样,都要谢谢你,你这都是为了我。"

卓越心里也很清楚蓝琴做这件事的动机,话语中充满了感激。

两天以后,卓宝柱去蓝宝贝上了班。安琪却又带来了另一个消息,卓越已经离开了弘德。

"怎么回事？干得好好的怎么走了？"

"不太清楚，但听说好像和我们有关。"

安琪把打听来的情况告诉了蓝琴：好像是上次卓越带着蓝琴去找林爽医生的事情被弘德女子医院知道了，院长郑明明要卓越解释这一切是怎么回事，卓越实话实说了，郑明明院长十分不满，要对卓越进行处分，卓越一听，干脆提出辞职。

"这事他们怎么能知道呢？"蓝琴怀疑地说。

"我也不知道，但是北京那边情况复杂，咱们的对手又一直处心积虑，也没准儿跟踪了你们，获取了信息。"

"不管怎么样，卓大夫是因为我们被辞退的，这事我们得接着。"蓝琴和安琪对视一眼，突然有心照不宣之感。

安琪笑道："卓大夫走了，对弘德是个坏消息，但其实对我们来说，是个好消息。"

蓝琴马上给卓越打电话，提及弘德离职的事，卓越说道："和你们没关系，你不要抱歉，是我和他们的理念不同，所以真的不想一起干了。"

卓越没有告诉蓝琴的是，当她发现自己和蓝琴、林医生在一起的照片被摆在桌上，郑明明要自己解释的时候，她马上就下定了决心，不在弘德干了。

"卓大夫，我有一个大胆的请求，能不能请你来我们这里？您放心，弘德所有的待遇，我们这里都能给，而且一定比她的更好。只要您肯来，我们蓝宝贝的大门永远向您敞开。"

没想到卓越一口回绝了，她说："我最近不想再做事了，做了几十年了，累了。我想回老家看看去，孩子有你们照顾我也比较放心，正好趁这个时候回去，我有多少年都没回去了。"

"没问题，您先去您的，什么时候回来我等您。蓝宝贝首席医疗专家的位置永远给您留着。您想一想来我们这儿的好处：第一，可以天天和孩子在一起，能够看着他在这里成长；第二，月子中心需要一个真正的医学专家坐镇，这个事业可以由我们共同开创，您曾是妇产科专家，现在这一身本领在蓝宝贝也同样有用武之地。"

一番劝说，卓越同意考虑一下。十五天以后，卓越从老家回来，看着在蓝宝贝职工食堂里吃饭的儿子白白胖胖、神采奕奕的样子，终于下了决心，正式进入蓝宝贝,成为其中的一员。骆伟与于凤鸣联手导演的这一出戏,虽然逼走了卓越,却给蓝宝贝添了一员强助。

§

宝峰最近心情不佳,与妻子蒸蒸日上的月子中心相比,他执掌的快餐王国却开始走下坡路,事实上,从美团外卖开始兴起后,快餐业的黄金时期就已经过去了。现在全市各餐饮行业都推出了外卖服务,年轻人足不出户就可以点到各种自己喜欢的饮食,曾经以实惠、量大、口味咸香而著称的同聚,开始渐渐失去核心竞争力,特别是缩小生产规模之后,这几年来,利润呈现大幅度的下滑。

而蓝琴坚持不裁员,这也让宝峰感到压力不小。同聚的员工有二百多人,这几年虽然没怎么招过人,但从来没有裁过人,同聚有一条规定,凡是在这里工作超过十年以上的,每过一年就都有工龄工资,现在很多员工在这里上班都超过了十五年,每个人的工资收入、养老保险、社会福利,加起来就是一大笔账。过去月子中心成立以后,前五年都是同聚在支持,但这两年,经营收入已经远远赶不上了,宝峰有一次半开玩笑半认真地对蓝琴说:

"再这样下去,同聚要靠蓝宝贝养着了!"

蓝琴正在电脑边上看一份资料,听到这话,抬起头来若有所思地说:"如果需要,蓝宝贝当然要支持同聚的,我可没忘了,当年要是没有同聚,蓝宝贝早就垮了。"

"我不是在开玩笑,我是在说一个严峻的现实。我们快要被蚕食了。"

同聚现在面临的现实确实很严峻,传统快餐业已经不太赚钱了,现在同聚主要的一大块收入是团餐的收入。同聚为至少十几家单位和全市所有的中小学提供工作餐、学生餐服务,还承包了十几个单位的食堂,这是近五年来最大的一笔收入。但是前几天,一个狼来了的消息,让宝峰坐立不安。听说市里一家实力雄厚的公司——江海集团也要入驻团餐市场,而且已经取得了某些重要领导的支持。

透露这一消息的是卢公子。卢公子的父亲退休后,被江海集团返聘,担任顾问,说是顾问,其实就是利用他退休前在官场上的资源和人脉,为集团的经营助力。在 C 市,也有很多类似于卢局长这样的领导,退而不休,继续

342

在民营企业里发挥余热。所以当这个消息由卢公子嘴中传出时,真实性就是很大的。

江海集团是多元化的集团,以房地产为基础,近年来涉及机件加工、制造、矿产等多个领域,均取得瞩目的业绩,其总资产早已经逾十亿。近几年又开发了餐饮业和文化产业,特别是餐饮业上,几乎以垄断态势,连续开了十多家中高端档次的饭店,在C市餐饮市场打下了一大片阵地,来势汹汹。

卢公子提醒宝峰:"你们同聚现在团餐还是老大,但江海如果和你争,以他们的实力和在市里的影响,你们可不是对手。"

"江海集团那么大的企业,一个小小的团餐市场,他们为什么还想染指?这点儿小钱,江澄宇他也看得上?"

江澄宇是江海集团的老总,C市企业家协会会长,在年度企业家联欢会上,宝峰曾经与他见过一面,此人只有四十岁出头,有留学背景和在海外经商的经验,虽然年轻,但经验老到,手段强势,算是近年来C市崛起的商界猛人。

"他当然看不上你那点儿小钱,但是餐饮业现在也是他旗下五大板块之一,他手下的经理和高管们想在这一块做到极致,那就只有垄断市场,团餐也被纳入了经营范围。现在的时代已经不在乎哪个领域做哪个领域的事了,只要能赚钱,谁都可以跨界! 这是一个大鱼吃小鱼、小鱼吃虾米的时代,你被大鱼盯上了,对不起,要么接受被吞并的命运,要么就只能退出舞台,没别的好办法。"

被大鱼盯上了,这感觉让宝峰很不舒服,他和蓝琴提起了此事,如果丢掉团餐市场,同聚生存会很困难。

"若真有那一天,只有两条路可走,要么裁员,要么转型,你总是不同意裁员,说不想让那些跟了咱们多年的老人失业,那就只能考虑转型了。"

对于转型的想法,宝峰已经不止一次提出了,但以前只是说说,现在他觉得已经迫在眉睫了。

但蓝琴一直持反对意见。

"宝峰,同聚经营这么多年,我们对这一行业很熟悉,你说转型,我们转做什么呢? 还有哪个领域能有比这一行业咱们更熟悉的? 现在的经商环境也不是特别好,我觉得也不能轻易就改变方向。同聚有多年的基础,我不相信一夜之间就会被江海取代。再说,一旦转型,那些员工怎么办? 二百多名员工,不可能都跟着你转型吧?让他们自谋生路,我也下不了这狠心。"

"你总是妇人之仁,这样下去,等江海真的要来竞争这个市场时,我们再想对抗就来不及了。"

对蓝琴的固执,宝峰是恨铁不成钢。但蓝琴还是很坚持:"咱也不能听风就是雨,就算是江海真的介入了这个市场,也不可能一下子就全部拿走吧?他吃肉也得允许别人喝汤。现在蓝宝贝马上要举办十周年店庆,这是大事,宝峰,你再坚持一下,等蓝宝贝大庆过后,我们一起商量对策。"

蓝琴现在完全没有心思琢磨同聚的业务,她已经把全部身心投入月子中心了。宝峰无奈地想道,过去以为她只是想再开拓一个领域,也就是小打小闹地玩玩,现在没想到,变成了她生命的全部。她是完成了人生的跨越和转型了,可是我呢?

前几天晚上,和朋友聚餐时,他听到卢公子在市中心又开办了一家豪华酒店的消息,这家豪华酒店集住宿、餐饮、娱乐、洗浴于一身,每天宾客盈门,生意红火。朋友不知怎么知道了当年卢公子有意租广华大厦的事,很惋惜地说:

"宝峰,我听说卢公子当年是想租你们那里的,还要聘你去当老总?你知道卢公子现在找的老总年薪是多少吗?一百万。你说,你要是当这个老总多好,你又不是没干过这个差事,一年轻轻松松赚一百万,比经营你那个小快餐店强多了。"

旁边有人说道:"那能一样吗?给几百万也是给人家打工,人家宝峰这是自己当老板,当老板的哪个还愿意再给人家打工。"

"你们只知其一不知其二,"在一旁说话的是白宇,一个与他们夫妻交情匪浅的能人,"宝峰这个老板,其实也就是个天选打工人,他那员工不少,有二百多人吧,一年的利润估计给员工们发工资、发福利、上保险,再剩下来,也没有多少了。快餐这行业,本来也不是利润高的行业,全靠走量的。同聚的辉煌时期在十年前,但这十年餐饮业发展多迅速啊,都进入 P2P 时代了,快餐业的黄金时期过去了。宝峰要是走老路,不转型,不升级,靠吃老本,支撑不了多久的。"

宝峰不得不佩服白宇的观察是到位的,一语中的,说出了自己的生存困境。面对大家的议论,他只能微笑着举杯岔开话题。

白天的时候,他从卢公子的门店经过——这家金碧辉煌的酒店有一个傲气的名字——"帝宫大酒店",酒店位于市中心一隅,二十几层楼高,全是玻璃幕墙,居高临下俯瞰街市,像一个巨人般威风凛凛。宝峰看着这气势惊人的酒店,望着门前进进出出的西装革履、衣着笔挺的人们,想起自己那只有一层、平时总是喧闹的、类似于职工食堂般的餐厅大堂,不禁叹了一口气。

狼来了的消息在昨天终于得到证实,卢公子亲口证实,明年全市各大、中、小学校团餐招标的活动马上要开始了,江海集团已经正式决定参与竞标,据说,某位市领导对此十分支持,希望江海的加入能促进 C 市团餐市场的繁荣和质量的提高。

卢公子特别强调一句:"老顾,兄弟提醒你,你也得走走上层路线,可千万别被挤出去。"

带着这份顾虑,宝峰和蓝琴商量,却没想到她似乎并不十分重视这件事。

"那就准备招标吧,还有什么别的办法?我们认真准备招标,坦然应对,至于到市里走上层路线,咱们也没有认识的市领导,我看也没那个必要。"

"咱们要是失败了怎么办?你有没有想过,万一失去了这个市场,同聚的未来就危险了。"

"既来之则安之吧,我还是那句话,同聚在 C 市存在了那么多年,它不会轻易被打垮,我相信人们对这个企业也是有认知的。如果有大的资本要蚕食我们,他们吃肉,我们总能喝碗汤吧?现在的形势就是这样,任何的行业火了,都会有竞争的。过去我们这一行能起来,是因为没人看好这个行业,现在看见有钱赚了,你怎么能阻挡别人冲进来的脚步?我的月子中心也一样啊,你看市里已经开了好几家月子中心了,我听说弘德女子医院也要开一家大的,这和你面临的形势是一样的,在这个时候,咱们自己不能慌,从强化自身建设入手,积极应对吧。打铁还需自身硬,只有咱们自己强大了,才不怕任何的外在力量。"

宝峰对蓝琴的乐观态度一直是存疑的。而在这个让他心焦的时候,家里又出了一档子事,让他也头疼,那就是儿子顾枫不仅没和那个俄罗斯对象分手,还扬言一毕业就要和她结婚。

这个姑娘是儿子在大连枫叶学校上学时认识的,后来还考上了同一所大学,宝峰怀疑他们高中时就开始谈恋爱了,考大学也是商量好的。

之前听说他俩恋爱,宝峰就曾表示强烈反对,奈何儿子不听。想到年轻人都是图一时新鲜,估计处着处着就会分手,这事宝峰也就暂时搁置了。现在儿子大四了,眼见马上毕业,当真要跟俄罗斯姑娘结婚,宝峰马上就急了。

姑娘的老家在俄罗斯,母亲一直在中俄合资的工厂里工作,所以她很早就在中国生活,儿子顾枫说,她能讲一口流利的中文,交流起来没有问题。

"中国话说得再好,她也是老毛子,你说那么多中国姑娘,他怎么偏偏选了一个这样的?"宝峰从心里上怎么都不能接受。

他终于忍不住,给儿子打去了电话,本想在电话里晓以大义,劝他打消这个念头,但儿子态度坚决,此生非此女不娶,而且说,等毕业了,找着工作就结婚。

"结婚是终身大事,你着什么急啊!这事得从长计议,你现在玩玩行,结婚这事,得听父母的意见。"

"爸,你这叫什么话?什么叫玩玩行!你把你儿子当成什么了?我这次是认真的,我告诉您,我们将来肯定是要结婚的,您反对也不行,我这一辈子就选安娜这个人了。"儿子听出了父亲的不满,干脆挑明态度。

"你敢!你要是把这个老毛子女人带回来,我不让你进这个门!"宝峰勃然大怒道。

"不进就不进,世俗的力量和眼光是挡不住我们的。"儿子也急了,挂了电话。

事后听说此事,蓝琴嗔怪道:"你也是太急了,怎么不会和儿子好好沟通呢?"

"还怎么沟通?他都要马上娶这洋女人进门了,我能不急吗?"

"他离毕业还有一段时间,找工作更是遥遥无期,你不用急,一切都是未知的,也许还会改变。"

"你儿子的性格你还不知道,他认准的事,啥时候变过?"

对儿子的倔强,蓝琴也清楚,她心想:这倔强还不是随他老子!她安抚宝峰道:"也别急,慢慢沟通,回头我和他说。"

蓝琴虽然这么说了,可是和儿子沟通的事,一转身她就忘。蓝宝贝十周年庆典在即,她天天忙这个事,已经没有空余时间管儿子的事了。

这天早上,宝峰从上级主管部门听到了一个确切无疑的消息,江海集团已经正式进入全市各学校团餐项目的招标环节了,上级领导要宝峰做好准备,准备竞标。

怀着忐忑的心情，宝峰找到了白宇，从他那里听取建议。

白宇劝他："不要悲观，同聚作为C市第一家快餐连锁店，拥有省城老字号招牌、省级非物质文化遗产品牌称号，我想市里不会一下子就把你们抛弃的。虽然江海集团实力强大，但你们在市民中间的口碑也是他们不具备的，我个人觉得，这次的竞标有可能是你们双双中标，不过你要做好准备，以前的市场你一家独大，现在有可能就要变成江海是老大，你成了'小兄弟'，市场的份额将会一分为二，你得适应。"

"越想越不痛快，我们打下的天下，怎么这么容易就让人家夺去了？"

"宝峰，这事没办法。现在这个时代，就是实力说话啊，市里面也是看实力说话的，江海是纳税大户，这年头，谁能给市财政创收，谁就是老大！但你放心，这个事我给你打听着，我在市政府那也有熟人，我会让人帮你说话的。"

有了白宇的承诺，宝峰心里略安，他中午请白宇吃了饭，两人喝了点儿酒，带着几分酒意，宝峰回到办公室，发现桌上有个信封。信封上写着"顾宝峰收"的字样，贴着邮票，但是寄信地址这一栏是空的。

在这个快递横行的时代，寄信似乎已经成了一个古老的方式，宝峰已经很长时间没有接收到邮局寄来的传统的信封了。他拿起信封，心想别不又是什么广告宣传单之类的东西吧？他将封口撕开，从里面掉出一个东西，是一个红色的U盘。

有人给自己寄了一个U盘，这是怎么回事？宝峰抖抖信封，里面没有什么别的了。

宝峰桌上有电脑，他打开电脑，将U盘插入，双击打开U盘，发现里面有几个视频文件和一个文件夹。

视频文件一共有三个，没有名字，只有日期。宝峰打开第一个视频文件，画面弹了出来，是夜晚的场景。摇摇晃晃的镜头先是对准了一座酒店，酒店上方写的是"海天大酒店"的字样，画面并不清晰，一是因为夜晚太黑，二来可能是手机拍摄的，而且有一定距离的缘故。镜头摇晃着开始下移，落在了一辆白色的宝马上，对准了车牌。宝峰认识这辆车，是蓝琴的车。

接着，从远处走来了一个人，因为离着远，又黑，只能看到他是一个男人，接着车上又下来一个女人，是蓝琴。

宝峰屏住呼吸，脸色越来越严峻。镜头开始向前拉，他认出了那个男人,是刘长河。刘长河走到蓝琴身边,两人低语什么,但听不到声音,最后,长河上了蓝琴的车。

视频到此结束。宝峰再重放一遍,发现视频有一个时间,显示是"2019年9月15日21:00"的标志。

那天晚上,蓝琴去做了什么呢?宝峰翻开桌上的日历,找上面的时间,他想起来了,蓝琴说来了一个重要的客人要见一面。她回来得确实很晚,快12点才回的家。第二天一早,她就乘车去了北京。

宝峰打开了第二个视频。画面上一个玻璃的幕墙,在玻璃幕墙里,隔窗坐着两个人,离得很远,虽然拍得不清晰,但是可以看出,正是蓝琴和长河,两人正在热切地说着什么,看得出长河脸上挂着笑容。

宝峰凝视着这画面,听不见声音,只看见长河和蓝琴在不停地交谈着。上面的时间显示是"2019年9月15日20:00"。

长河来到了C市,但蓝琴并没有告诉自己。而那天晚上,他们会了面,喝了咖啡,然后又一起开车来到了宾馆,这中间发生了什么事,宝峰不敢去想,但觉得心一阵阵发痛。

宝峰打开第三个视频。这次还是在一家咖啡厅,是白天。长河和蓝琴又出现在画面里,镜头开始平移过去,可以看见外面车水马龙的街道,不远处的建筑上有"东单"的字样。宝峰一下子意识到,这是在北京。

那天晚上很晚回来后,蓝琴就去了北京,说是去做直播,但是做完直播并没有马上回来,而是在北京逗留了几天,她说要会见几个客户。

现在,蓝琴身上的衣服正是她当时出门穿的,而视频显示的时间也正是她在北京做完直播的第二天。蓝琴和长河在热切地交流,但离着太远,听不见他们说什么。

蓝琴在北京和长河再次见面了。视频结束了,宝峰颓然地坐在那里,心里一下子空空荡荡的,他们之间,是不是有什么瞒着自己的见不得人的事?他不敢想象,但又不能停止想象。

宝峰颤抖着手,点开了那个文件夹,里面没有视频,全是密密麻麻的表格文件,点开一个文件,他一眼就认出来了,这是一个财务报表,但不是最新的,而是2016年的。

一份三年前的报表,怎么会有人给他发过来呢?宝峰疑惑地看着,这是蓝宝贝财务一年来的收支情况。他一个一个打开所有的报表文件,发现了一个令自己出乎意料的情况。

在这些财务报表中,证明了蓝宝贝曾经接纳过一笔资金,有二百万之多,其汇款单位是沈阳的一家医疗公司,此后还有一些资金汇款往来,是蓝宝贝汇给这家公司的,几乎在每月月度报表中都出现了。

宝峰几乎瘫倒在椅子上,这家公司的名字很熟悉。长河医疗!他想明白了,是刘长河的公司,过去他听蓝琴说过。

他一直以为,蓝琴是靠同聚的扶持办起月子中心的,现在才知道,原来月子中心曾经接受过刘长河的资助,而从报表上的各种数据来看,蓝琴还曾经给这家公司转汇过分红款,他们之间的关系很深,像是股东的关系。

也就是说,他一直以为是蓝琴独自创办的月子中心,可是却有刘长河的股份或是他在控股。蓝琴竟然背着他,和刘长河一起经营公司。

这个发现让宝峰有一种迎头一击的感觉,先是难以置信,接着陷入了巨大的痛苦之中。

不知是谁寄来的这个东西,但是这个人的用意很明显,他想告诉宝峰真相,一个隐瞒了多年、他从没有想到过的真相。

宝峰的眼中突然蓄满了泪水,蓝琴一直在骗他,那个相濡以沫多年、在他心中一直视若珍宝的蓝琴,一直在骗他,不管是情感上,还是经济上,都在骗他!

宝峰强自压抑着情绪,用手背抹了一下眼中的泪水,他想起了一个人,他要做最后的证明,看蓝琴是不是骗了他。

他拨通了一个电话,这个电话是他从前的助理,后来跟了蓝琴担任过一段时间财务主管的小黄,再后来,蓝琴从会计师事务所招来专业的会计人员成立了财务部,小黄就又回到了同聚。

电话通了。宝峰尽量让自己的语音显得正常,"小黄,你在哪儿?"

"顾总,我在公司,您有事吗?"

"你是哪年离开蓝宝贝的?"

"三年前吧,蓝总找到了专业的会计师,就让我回来了。"

"三年前,就是 2016 年呗。你走的时候,月子中心在财务经营方面是一个什么样的情况,你能跟我说说吗?"

"这些您可以问蓝总,因为我只知道前面的事,后来的事我就不清楚了。"

"你来我这里吧，我想了解一下情况。蓝总在开会，我打电话她没接。"宝峰假装漫不经心地说。

就在宝峰和小黄沟通的同时，另一个地方，一个电话也拨响了，拨出的是北京的号码。

在北京的骆伟接了电话，问："怎么样？寄出去了？"

电话那头"嗯"了一声。骆伟嘿嘿笑道："我把视频的时间调整了一下，是不是调得很高明？"

电话那头终于开口了："是的，你们做这个确实很专业。"

"于小姐，这世上有句话说得好，没有花钱的不是。只要你花了钱，我们包你满意。"

电话那头又沉默了。骆伟又问："接下来你要我们做什么？"

电话那头说话了："刘长河又来 C 市了。他把设备送到弘德了，然后可能会参加蓝宝贝的十周年庆典。"

"那我们要做什么？"

"你的那份视频，不能只给顾宝峰一个人看见，还有刘长河那边呢。"

骆伟稍一思索，点头道："明白了。"接着又问了一句："于大夫，这一次你和刘长河单独见面了吗？"

"这个不是你该关心的。"电话啪地挂掉了。

骆伟听着电话里的忙音，脸上挂上了得意的笑。

骆伟想：刘长河，你不能小瞧女人的嫉妒啊！这一次，你再不给她机会，和她续上旧情，恐怕就再也没有机会了。

第三章　杯弓蛇影

1

一辆越野车在山路上蜿蜒前行，开车的是卓越，坐在副驾驶座上的是蓝琴，满头白发的卓越开着一辆与她的身材、气质完全不符的丰田霸道越野

350

车,看起来有些诡异,但在蓝琴的眼中,此时的卓越就像一个圣母,全身沐浴着神圣的光辉。

车子从山路上已经开了一个多小时,终于抵达终点——山腰中间的一个村庄——马家屯子村。车子的马达轰鸣声打破了村子里的宁静,有人从屋里出来张望,一看见卓越的车马上热情地迎上去挥手,喊着"卓大夫来了!"很多人都从屋里跑了出来,冲卓越招手。卓越将车速放慢,摇开车窗,她平时冷若冰霜的脸上浮现出温暖的笑容,向路边的人点头示意。

车子在一个破旧的、石砌的房屋门前停下,蚀迹斑斑的木门前已经站着一家人,一对面相纯朴的夫妻,看着挺苍老,其实他们也都没超过四十岁,在他们身前,还有一个七八岁的孩子,骨瘦如柴,但稚气的脸上一双大眼睛却炯炯有神,脸上还挂着一行清鼻涕,见卓越的车过来了,迎上前去喊着:"卓奶奶来了,卓奶奶来了!"他身后的那对男女也迎上去,脸上全是笑意。

卓越拉开车门,将冲上来的孩子抱在怀里,一点儿也不忌讳地用手将他鼻子上流着的清鼻涕抹去,问:"小天最近怎么样了?"

迎上来的小天妈妈上前说道:"好着呢,这一阵子一直壮壮实实的。"

"我拿的药坚持吃了吗?是不是按疗程吃的?"

"是的,按你的嘱咐,一顿没落下。"

卓越点点头,又捏捏孩子的胳膊,说:"还是有点儿瘦,我给他拿了点儿蛋白粉,给孩子喝一下,会增强点儿体质。"又补充一句:"蓝院长也拿了不少东西,有吃的也有用的,都放后备厢了,回头你让小天爸爸拿进屋里。"

"谢谢卓大夫,谢谢蓝院长,总想着我们。"

小天爸妈感激不尽地说道。卓越抱着小天进屋里了,蓝琴打开后备厢,和小天爸妈一起往下搬东西,有米、面、油,还有一些孩子穿的衣服和食品。

这已经是蓝琴连续第三周和卓越来到贫困山区看望这些有生理残疾的农村儿童了。像今天看望的小天,是一个患上先天性心脏病的儿童,家里很困难,为孩子看病花去了不少钱,父母一度绝望,不想再给孩子治疗了,是卓越帮着联系北京的专家,将孩子抢救过来,并义务地承担起照顾他、治疗他的工作,为其承担了大量的医疗和生活费用。

卓越一共在贫困山区帮扶了七个类似这样的孩子,他们的共同特点都是从娘胎里就带着疾病而来,因为家庭条件困难,无力支持昂贵的医药费,致使孩子无法得到治疗,留下后遗症。卓越是通过多年的义诊发现了这些儿童患者,他们的病症各异,有脑部痴呆的,有先心病的,也有得了白血病的,卓越担负起了免费为之治疗、照顾他们的责任,为此,还买了一辆越野车,就是为了能跑山路。她几乎把所有的积蓄也都用于帮扶这些贫困家庭了,平时省吃俭用,那辆越野车,就算是她唯一的奢侈品。

当蓝琴对卓越表示出崇敬之情时,卓越很平静地说:"这也没什么,看见他们,我就想起了自己的孩子,人世间苦难太多了,但有些人从生下来就要经历各种苦难,我的孩子就是这样,上天有时是真不公平的。我管不了太多人,只能尽我所能吧,再说我留着那些钱也没用,一个人过日子也花不完,给那些需要的人,能让他们少受一点儿苦,就算是花到正地方了。"

"我以前从没见过活着的圣人,卓大夫,您就是一个。您不但在医院里救死扶伤,在生活中,也是一个大善人。"蓝琴由衷地感叹道。

但卓越又是淡然一笑:"我一个普通的产科医生,谈不上救死扶伤,但每天面对的都是新生命的诞生,也算是做过善事吧。医者父母心,要不怎么做这一行呢?我想哪个医生,在这方面都不差。"

去了几次以后,卓越又对蓝琴说起了做这件事真正的动机。

"我还是为了我的儿子,我有的时候也会带他去村子里看孩子们,我要让他看看,这世上还有比他活得更苦的人,让他珍惜自己现在的处境。我家柱子和村子里的这些孩子处得都挺好的。他心智就停留在七八岁,和他们在一起,一点儿压力也没有。"

蓝琴对卓越佩服得五体投地,如果说过去,她更多的是在技术上佩服卓越,现在,则是对她的人品和医德心存更多的敬佩。卓越平时做人十分低调,她无偿资助疾病儿童的事迹,除了蓝琴和她自己的孩子,没有任何人知道。蓝琴能够知道这件事情,是因为卓越有一次在周一早会时请假,说自己车坏了,来不了。蓝琴问她是怎么回事,卓越一下子说走嘴了,说坏在山路上了,蓝琴怕她出事,让安琪带着师傅去山路上救助她,这才知道了卓越每周末一有闲暇时间就往山里跑的事情。卓越也不再隐瞒,就和她说了,但前提是,要蓝琴为她保守秘密,这个秘密不能让任何人知道。

第一次带蓝琴去看望这些孩子的时候,蓝琴见到村子里的人对卓越的崇敬,深感震撼,回去之后,她责令安琪马上与扶贫办和红十字会联系,蓝宝贝也要向卓越学习,建立几个扶贫点,帮扶一些弱势群体,对那些贫困家庭的宝爸宝妈们,特别是在关于产后护理方面,要实行固定的义诊制度,为他们提供帮扶和免费的服务。蓝琴自己也认领了五个贫困家庭的孩子,给予资助。

安琪问,有没有必要将这些事情通知新闻媒体,因为这也是一次对蓝宝贝正能量的宣传。蓝琴很坚定地说,没有那个必要。卓大夫做了十几年的好事,从没宣传过个人,这一点我们也要向她学习,淡泊名利,不图回报,把事情做到位,就是福报。

对于蓝琴的做法,卓越也十分佩服,她说:"我过去在弘德时,曾经提出要定期搞一些免费义诊和慈善帮扶活动,院长郑明明嘴上同意,但只是象征性地去了一次就不愿再去了。去的时候还叫了电视台、报社和一些自媒体的记者们,表面弄得很热闹,实际上根本没有后续,就是一次作秀,以后再也没有人提过这事。现在看来,你和他们真不一样,我来蓝宝贝,确实来对了。

今天,蓝琴抽出时间和卓越来看小天,从早上开车出来,路上开了三个多小时的车,才到了目的地。因为时间紧,晚上还要回去,卓越还想下午再去一个地方,去邻村看望另一个患有白血病的孩子。但是小天家里非不让人走,要留他们吃饭,好在蓝琴早有防备,在路上买了很多速食食品,于是也不用麻烦小天家人,将这些食品拿来一热,就可以当午餐了。

在村里吃完饭,往下一个村里走的时候,已经是下午两点钟了,好在两村相隔不远,也就只有四十分钟路程。在路上,蓝琴有些困倦,倒在车上正闭目养神时,电话响了,蓝琴看看手机,是宝峰打来的。蓝琴接了电话,宝峰问她在哪儿。

"我和卓大夫在一起,我们去山里了,看望几个贫困山区的孩子。"

宝峰迟疑了一下,没说话,蓝琴问他:"有事吗?"

"团餐招标的事要提前了,有一位市领导近期要去北京开会,所以把很多事情都提前了,所以要我们抓紧准备,随时待命。白宇老师说晚上要请几个客人,都是关键人物,你有时间和我一起参加吗?"

"又是吃吃喝喝吧,我没兴趣,晚上有个会,关于十周年庆典的,我得参加,你去吧。"

"同聚现在好像变成我一个人的了。"宝峰的话里似有几分埋怨。

"本来就是你的,你是董事长啊,"蓝琴笑道,"你也知道现在蓝宝贝对于我的意义,以后我会把更多精力放在蓝宝贝身上,同聚真是要靠你了。"

宝峰话题一转:"蓝宝贝十年庆典,会请一些嘉宾吧?"

"那当然了,嘉宾不会少,但我想了想,领导一个也不叫,生意场上的也尽量少请,以宝妈宝爸们为主,这是给他们准备的庆典活动。"

"有你过去的同学们吗?或者咱们在东北的老乡什么的,例如,刘长河什么的会不会来?"

宝峰突然提起刘长河,这让蓝琴倒是一愣,一时不知如何回答,情不自禁脱口而出:"他应该会来吧。"

"怎么回事呢?"

"长河做民营医院是个老大级的人物,对蓝宝贝一直也挺关注的,我也挺想让他来为我们指点指点的,所以我准备邀请他。"

"只请他吗?"

"别人我再想想,同学们在这一行业的也不多了。"

宝峰说了句"明白了",就挂了电话。但蓝琴心中却隐隐有些不安,刘长河这个名字,多年来没有在宝峰的口中提起过了,蓝琴也很少提他,但宝峰突然问起刘长河,这不禁让她觉得有些蹊跷。

蓝琴心中一直有个结,长河曾经资助和入股蓝宝贝的事,她一直也没有跟宝峰提过,这倒也不是有什么诡秘之处,她是怕宝峰误会,毕竟自己曾经和刘长河好过,而且现在刘长河的发展比自己两口子都要好得太多。男人是有嫉妒心的,无论是情感上还是事业上,蓝琴不愿让这种情绪干扰了宝峰的思路,更不愿干扰了自己的家庭生活。

但是她后来也想过,这事不能总是瞒着宝峰,还是要找个合适的时机对他说明为好。不过蓝宝贝自成立以来,各种事情纷至沓来,把她天天忙得晕头转向,时间一长,竟然一直也没有想起来,现在宝峰突然提起刘长河的名字,这再次提醒蓝琴,这个事不宜再拖。这次长河来 C 市之前,她要告诉宝峰真实的情况,然后以夫妇二人的名义,请长河来家里吃个饭。

见蓝琴一直沉默,卓越关心地问道:"怎么了,有什么事吗?"

"没事,我在想蓝宝贝十周年庆典的事情,琢磨还要请什么嘉宾。"

"如果需要嘉宾,我可以帮你约一下林爽大夫,在杨杏璇那件事上,她出力不少的。"

"对,她能来就太好了。"

就在那一刻,蓝琴做出了决定,原计划想请的女网络红人苏丝黄和杨杏璇小姐,都不请了,因为这些人太有名了,她们来了,势必会吸引媒体过来,这并不符合她想低调而热闹地为宝爸宝妈们办一次庆典的初衷。另一个决定是她想今天或者明天就把长河和蓝宝贝的关系坦诚对宝峰讲,因为这次庆典长河也会来的,把话提前说明了,对双方都有好处。

想法已经定了,蓝琴立刻就轻松下来了,和卓越有说有笑,驱车前往下一个目的地。

2

晚上蓝琴和安琪等人开完会,回到家里已经九点了,宝峰还没有回来,蓝琴忙了一天,觉得身心俱疲,洗漱一下,她换上舒适的睡衣,拿了一本《郑玉巧育儿经》。这是她睡前必读之物,已经反复看了十几遍,还经常翻看,每次都能看出新东西来。刚要上床,突然听见门响动的声音,她知道这是宝峰回来了。

蓝琴原本是想和宝峰说长河入股的事的,现在却发现他走路略有些踉跄,而且一身酒气,知道他今晚又没少喝,就嗔怪地说道:"你看你,一遇见白宇他们就忘乎所以,今晚又没少喝吧!"

宝峰喘息急促,也不回答,换上拖鞋先往卫生间跑,蓝琴担心他出事,跟了上来,宝峰进了卫生间就将门关上了。蓝琴担心地说:"没事吧你?别关门,有事我好知道。"

卫生间里传来冲水的声音,没有干呕声,蓝琴的心微微放下了。卫生间的门开了,宝峰的脸上湿漉漉的,看来他进去洗了把脸,不过从气色上看,似乎没有太大的问题。

蓝琴嗔怪道:"一进屋就奔卫生间,喝完酒的人都和马桶亲!"

宝峰哼了一声,从蓝琴身边走来,一屁股坐在了沙发上,习惯性地摸出一盒烟来,又去茶几底下找打火机。

蓝琴一把将烟抢了过来,说:"不是说好戒了吗,怎么又拿起来了?"

宝峰叹了口气,将手中的烟揉碎,扔进烟缸里,有点儿赌气似的说:"不抽就不抽。"

蓝琴倒了一杯蜂蜜水,放到宝峰面前,说:"事谈得怎么样?"

"听天由命吧。白宇和卢公子只能做到如此了,江海集团财大气粗,这次志在必得,市里面也倾向于他们,人家吃肉,我们能喝碗汤就不错了。现在怕的就是我们连汤都喝不上,人家可能想就此蚕食掉我们!"宝峰有点儿焦躁地说,"同聚已经到了生死存亡的时刻了!"

蓝琴从宝峰的语气中,似乎听到了一丝沉重和无奈,她说:"有那么严重吗?我们只要努力争取了,问心无愧就好了。"

"说得容易,同聚所有的重担,现在都放在我身上了,可你好像也不拿这个当回事,天天想着你那个月子中心,一点儿你的力我也借不上。"

"哎,你怎么还埋怨上我了?当年不是说好了,同聚你管蓝宝贝我管吗?再说,蓝宝贝马上迎来十周年庆典了,这对于我们来说,也是一个特别关键的节点啊。"蓝琴对宝峰冲自己发泄怨气也有所不满,"你得理解我啊!"

"理解你,我理解你。自从蓝宝贝成立以来,你要人我给你人,你要钱我出钱,现在月子中心越干越大了,同聚却是越来越不行了,我这个同聚的老板,在业内已经传开了,说我干不过我老婆,我让我老婆压了一头。"

看着一脸沮丧的宝峰,蓝琴靠过来,将手放在他的手上,柔声说:"这有什么啊?你还会因为这个而上火吗?什么蓝宝贝,什么同聚,不都是咱俩的吗?你说得对,蓝宝贝成立的时候,全靠同聚支撑,现在同聚有事,蓝宝贝也当然不会坐视不理,这两个公司是你中有我、我中有你的关系。蓝宝贝要是发展壮大了也有你的功劳,你应该为我高兴才是。"

"有我的功劳吗?我看不一定吧,"宝峰脸上露出讥讽的笑,将蓝琴的手悄悄地拂去,"我看还是有高人帮你吧。"

"是,确实有高人帮我,要是没有了卓越大夫,没有了安琪,没有了陈然,我可能真的挺不过去,不过,我最大的帮手还是你,"蓝琴将手又放在宝峰的腿上,"要是没有你,我是挺不下去的。"

"也不一定,没有我,你也能挺下去,"宝峰再次推开蓝琴的手,"你蓝琴的本事,我是了解的。你想干的事,什么干不成,更何况,你还有那么好的资源,你有那么厉害的同学啊!"

"什么意思?"蓝琴闻听此言,觉得心头涌上一股不祥之感,反问道:"从今天一进门你的态度就怪怪的,你到底想说什么,你就直说,别旁敲侧击的。"

"哈哈,要我直说吗?"宝峰发出一声怪笑,"蓝琴,你背着我做了什么,你不要以为我真的就一无所知。"

"我背着你做什么了?就请你一一道来,让我也死个明白。"

"好的,那我们就挑明了,"宝峰站起来,从放在桌上的皮包里取出一沓文件来,扔到蓝琴的眼前,"看看这个,你给我解释一下。"

蓝琴将这些文件摊开,一张张看,脸上的神色越来越严肃起来。

"很熟悉,对吗?这些账簿和收支记录很熟悉吧,这上面能说明问题吗?长河医疗,这是你老同学的公司吧?他也是你的金主,我说得没错吧?"

蓝琴将账簿和记录放下,脸色严峻地说:"你从哪儿弄来的这些东西?"

"这你甭管!我只想问一句,有了这个,你还能说蓝宝贝是咱俩共同的财富吗?不能吧?是两个人的,但不是你和我,是你和他。"

"这个事很复杂,我需要和你详细解释,而这一切,还有一个知情人可以告诉你真相,就是安琪。"蓝琴冷静地说,"今天太晚了,不要打扰她。明天一早咱们一起去公司,我让她和你说明一切,然后,把这几年的账全调出来,让你一个一个地查看,一条一条和你解释。"

"安琪和你穿一条裤子,和刘长河的关系也非同寻常,你们三个人之间,我能相信谁啊?"宝峰脸上的表情充满讥讽,也带着深深的恨意,"几年前你去沈阳,你会见的就是刘长河,这个安琪也是在那个时候认识的吧?你们早就串通在一起了,你那个时候就想放弃同聚了对吗?不要以为我不知道。"

"串通?你竟用这个词!我们最多是合作伙伴,我们串通在一起,能做什么?再说,同聚是我们俩一起打下来的天下,我怎么会想放弃同聚呢?宝峰,一场夫妻这么多年,你竟然会怀疑我吗?"

"想让我不怀疑吗?太难了,尤其是,我还看到了这个证据。"宝峰从皮包里翻出一个 U 盘,扔给蓝琴。"打开来看看,然后再告诉我,我怎么才能不怀疑你。"

蓝琴将 U 盘插进手提电脑里,打开看,看着看着,脸色越来越凝重。

"怎么样?看了有什么感想?"宝峰讥讽地说,"完全出乎意料吧?"

蓝琴将电脑合上,问:"宝峰,这东西是谁给你的?"

"没有人,是直接寄到公司里来的。"

蓝琴严肃地说:"蓝宝贝十周年庆典在即,同聚又处于生死关头,这个时候有人寄了这么个东西来,她的目的很明确,想离间我们夫妻的感情,想浑水摸鱼,搞垮咱们的企业。"

"这些都不是最重要的问题,我关心的是,这些视频是不是真的?"

"是真的。"

听到蓝琴的回答，虽在意料之中，宝峰还是不禁发出一声长长的叹息。

"是真的，但也不是你想的那样，我和长河之间没有私情，我们是纯粹的商业合作关系。几年前，凤鸣离开，蓝宝贝陷入财政危机，而我又不想动同聚账上的资金，在安琪的建议下，我们接受了长河的资助，但我不想欠他人情，就以入股的形式，给长河在利润上有所回报，他就算是我们的一个股东。如果当时没有长河的相助，蓝宝贝挺不到今天，如果当时挪用了同聚的资金，同聚也一样是崩溃的命运。这就是长河入股蓝宝贝的原因。"

"可这一切你对我一直守口如瓶，如果没有见不得人的地方，干吗要刻意隐瞒？"

"我能对你说吗？我和你说了，你会接受吗？虽然我问心无愧，但我和长河当年毕竟也有过一段情，我不想让你产生误解和怀疑，我也知道，你是个好面子的人，也绝不会允许我向长河求助。所以，这一次我决定自作主张，因为我了解你这个人。你是一个简单的、纯朴的人，你有你自己的道德底线，只按自己的原则做事，但商场有时就是战场，在商场上，没有永远的敌人，只有永远的利益，所以我和长河，我们完全是为了利益，没有一点儿私情，而且永远也不会有。我蓝琴自从嫁给你的那一天起，就不会和任何人有私人感情，只有和你。"

"可是你瞒了我这么多年！既然问心无愧，何必要隐瞒这么久？"

"我承认，这是我的错误，我应该尽早地告诉你一切，可是我总觉得时机还不太成熟，结果一下拖延了这么长时间，我承认，这是我的错，"蓝琴望着宝峰的眼睛，真诚地说，"我为此要向你道歉。但宝峰，我只错在了没能尽早告诉你，别的事情上我绝对没有对不起你。事实上，这次十周年庆典，我本来邀请了长河过来，就是想当着他的面，和你说清楚这一切的，却没想到，我们的对手抢先一步，抢在了我的前面。"

宝峰冷笑一声，"是的，你们是商业伙伴，可为什么又要在深夜会面，宾馆、咖啡厅，还有在北京的餐馆，这些都是谈工作的地方吗？"

"宝峰，你我都是商场上混过的人，你难道不知道我们的时间规律吗？尤其是做老总的，哪有工整的见面时间啊，我们都忙得昏天暗地，什么时候有空什么时候见面，不是很正常的吗？"

"可是你们在北京单独见面，这怎么解释？"

"很好解释，因为长河也在北京开会，因为我也需要通过他的引见，认识一些重要的人物,我们全是正大光明地见面,没有任何见不得人的地方,你要想调查,人证、物证我都给你提供。"

蓝琴应答如流,宝峰一时语塞,蓝琴又说道:"宝峰,咱俩一路患难与共,什么风雨没有一起担过,你怎么会怀疑我会对你变心呢?长河是比我们有钱有势,但这不是一天两天的事情了,人家一开始起点就比我们高得多,我若真的贪图他的富贵,我早就背叛你了,何必等到今天?"

宝峰辩解道:"我不是认为你贪图他的富贵,我知道你不是那样的人,但我最受不了的,是你竟然一直隐瞒着我。"

"我承认,这是我的错,但是请你相信,我没有做任何对不起你的事,绝对没有。"

蓝琴又拿起了桌上的 U 盘,说:"反而是这个东西,是一个让人怀疑的事,在蓝宝贝与同聚都面临着重要节点的时刻,有人寄来了这个,用心真是太险恶了。宝峰,咱们虽然一直与世无争,诚信待人,但这些年,同聚和蓝宝贝事业越做越大,难免会引起同行的嫉妒和非议,所以,我们并不是没有敌人的。我们的敌人,狡猾而阴险,为了利益,为了挤垮我们,是什么手段都可能想出来的,这个时候,形势越是复杂,我们越应该同舟共济,共渡难关,而不能互相猜疑,发生内讧,这个我想你应该明白,你也能够理解。"

蓝琴耐心解释,但宝峰心中却仍难以释怀。他摇头道:"不管你怎么说,我心中就是不舒服,蓝琴,换角度思考一下,你如果是我,看见自己的妻子和从前的恋人一直暗中有联系,甚至还一起做生意,你的心里会舒服吗?"

"不会。所以我向你道歉,为我没能及时向你说明这一切。但我向你保证,不会有下次了,我绝不会再和刘长河单独见面,而且我和他只要有接触,我第一时间就会告诉你,我向你保证。"

宝峰脸上挤出一丝苦笑,"你倒也不必如此吧,你也不是我的奴隶,用不着事事向我汇报。"

"在家庭和婚姻关系中,没有绝对的自由,这一点我以前没想到过,但是我向你保证,不会有下次了。"

在蓝琴一再保证下,宝峰的脸色稍稍缓和,但是当天晚上,他还是以加班为名,自己在书房里工作到深夜,然后在另一个卧室里睡去了。蓝琴一夜无眠,这是他们夫妻自成家以来,很罕见的一次分床而睡。过去有过这种情况,都是宝峰回来得太晚,怕打搅她,但现在是因为他心中的隔阂未曾消退,这些视频和文件，还是深深地伤害了他。

8

第二天一早，蓝琴头痛欲裂，昨晚上几乎一夜未睡，早上五点多钟，她才勉强睡着了，再次醒来时，已经七点多了。今天上午八点三十还要开例会，探讨七天后蓝宝贝十周年庆典的事情，所以还不能缺席。蓝琴奋力爬起来，来到卫生间，对着镜子看自己的脸，苍白而疲倦，两颊明显地消瘦了下去。这一阵子，她身心俱疲，她太累了。

蓝琴洗了一把脸，喊："宝峰！"没有人应答，宝峰一大早就出去了？她出去来到餐厅，发现桌上有面包和打开的牛奶，还有一张字条，是宝峰留下的："我去公司了，忙招标的事，中午不回来了。"

宝峰一大早就走了，以前他们夫妻都是一起在餐厅吃完早餐才各自离开，今天宝峰留下了早餐，但他可能没吃就走了，他还是不愿面对自己吗？蓝琴摇摇头，她决定不再想这些事情，就让工作驱赶掉所有的烦恼。

同聚招标会和蓝宝贝十周年的庆典赶在一起了，但是蓝琴现在也无暇顾及招标的事，昨天安琪拉了一个名单，里面是邀请的嘉宾，包括各医疗系统的领导，还有一些同行朋友，以及媒体代表、北京的一些门户网站代表，这个名单值得好好研究一下，今天的会上就讨论这个问题。

蓝琴赶到月子中心，安琪已经在等她了。蓝琴把包和外套放下，就一起来到会议室，名单已经打印出来了，上面第一个名字就是刘长河。

大家都在等着她，蓝琴一个一个看着名单，渐渐皱起了眉头，把刘长河以外的名字，一个个划掉，只留下了白宇等少数几个人。

安琪不解地问道："什么意思？"

"我想了想，觉得这次庆典活动，真正的主角，是宝爸宝妈们。这是我昨晚想了快一晚上才决定的，除了我们公司内部的员工和那些一直支持我们的人，我认为，应该把更多的名额留给我们的用户。"

"领导们一个不请了？李院，王院，陈局，还有妇联的解主任，工商联和吉林商会的朋友，这些都是对我们很关键的人物啊。"陈然也提出质疑。

"不请了，我想了想，一般单位的庆典都是请一些领导或是社会名人来捧场，我们真正需要的人，是那些初为人父母的爸爸妈妈们，以及那些准备

360

为人父母的准爸爸和准妈妈们,所以,我想重新设计环节,我们要利用这个活动,搞一次隆重的回娘家和拥抱娘家的主题,把曾经在我们这里住过的客人都请回来。另外,要让准备生育的准爸爸准妈妈们在我们的庆典上了解为人父母的一些知识。所以,我建议所有的人都要做好准备,我们要把这次庆典变成一次咨询会、答辩会,我们要准备回答所有人的问题,现场解决人们心中对产后护理、产康护理的一些疑问和难点,很简单,我要把那次在新浪健康直播的活动再延续一次,变成线下的活动。"

安琪和陈然对望一眼,两人从对方的眼中均看出了疑惑。

"那演出还搞不搞?我们可是已经谈好了演出团队的,杨杏璇小姐甚至都说也争取参加。"

陈然说:"杨小姐要是来了,那对我们蓝宝贝可是一次很好的宣传。"作为销售总监,陈然时刻不忘有商业卖点的活动。

"杨小姐那边我已经明确态度了,这一次不请她,我怕狗仔队跟来又有麻烦。演出还是要搞,但我要你们推掉你们请的演出团队,我的想法是,这次演出,全部由在我们这里做过产后护理的宝爸宝妈们担任演员。蓝宝贝十周年,不仅仅是我们公司的团建,更是一个属于他们的节日,这一次,我要所有的宝爸宝妈,还有他们的孩子,成为这次庆典的主角。"

"用他们?"陈然和安琪又对望一眼,安琪说,"邀请他们参加就已经很好了,但要让他们演出,搞节目,他们能行吗?"

"而且时间会不会太紧了?我们又没有专业的艺术指导。"陈然再次提出了疑惑。

"能行,咱们十年来积累的用户来自各行各业,而且多才多艺,这就是我们的财富,在我心目中,比那些领导和名人们更让我看重。所以,我下定了决心,这一次,我们要创造一次属于他们的聚会。"

蓝琴的决策让庆典的方案再次调整,安琪和陈然马上下去,把十年来客户的资料调来,从里面选择能够进行演出和互动的人选,以前是想把这些宝爸宝妈当成观众,现在他们变成了演员,一切都得调整。

散会后,蓝琴给宝峰打了电话,但宝峰没有接。过了一会儿发来信息:"在一个领导那里谈事,稍后联系。"

安琪进来了,手里拿着一沓打满了字的 A4 纸,说:"琴姐,我草拟了一份回娘家招募群演的文案,准备以电子请柬的形式发给宝妈宝爸们,招募有才艺的宝妈宝爸以及宝宝们在十周年庆典上表演才艺和节目，你看一下我写得行不行。"

蓝琴接过安琪的招募文案，粗略地看了一眼，赞许道："不错，你动作真快，我刚说完就弄出来了，弄得很好。"

"那我就发出去了，所有蓝宝贝的客户我们都有联系方式。"

"不仅仅是这种形式，我要你联系 C 市所有的媒体、自媒体和灯箱广告，把这封电子请柬登发出去。"

安琪眼睛一亮，"你是说，要把这件事在各大媒体上宣传到尽人皆知？"

"对，我们要让 C 市所有人都知道，蓝宝贝要为这些初为人父母的家庭搞一次盛大的庆典，主角不是我们的月子中心，而是所有在这里生活过的家人们，我们把请专业演出团体的资金用来做这个，不就是最好的形象宣传吗？"

"明白了，我马上让陈然去办这件事。"

看着兴奋的安琪，蓝琴说："等一下，我还有一件事，想让你尽快办一下。"

"什么事？"

"你查一下我们的账上还有多少资金可以调动，我想转一笔款。"

安琪想了想，说："应该是有一些的，你需要多少？"

"先转三百万吧。"

安琪吃惊地瞪大眼睛，"这么多？要做什么？"

"转给长河医疗，给刘长河的公司。另外，你要草拟一个协议，我们要和刘长河解除股东关系，希望他能接受，我们可以承担为此需要付出的任何代价。"

安琪眼里充满愕然之意，"怎么回事？你们之间怎么了？不是一直合作得很好吗？"

"谈不上合作，刘长河注资以后，其实从来没有关注过我们这里，也没有过来参与任何管理。他就是卖了个人情给我，现在我想还清这个人情，我不想欠他的，也不想和他再发生联系了。"

"到底发生了什么事，琴姐，你和他到底怎么了？"

"原因很复杂，我忙完后会和你说明原因，但不是长河的问题，他没有做过任何对不起我的事情，是我单方面做出的决定。蓝宝贝已经走出难关，发展势头良好,我想收回所有的权益,以后就纯粹变成自己的事业了。"

安琪还是似懂非懂的表情,担心地说:"琴姐,三百万可不是小数目,月子中心又恰逢十周年庆典,正是用钱之时,我们也月月都有银行贷款要还,一下子拿出这么多现金,不是件容易的事。"

"我知道,所以我要你想想办法,我自己在股市上还有一些投资,我也全部取出来,用来抵账。"

"我知道你在股市上的投资,但股市现在正处于低迷状态,你现在取出,损失惨重,你要考虑清楚。"

"清楚了,我马上就赎回所有股份,可能还有几十万,你再凑一下,尽快给刘长河转账。"

"明白了,那这次庆典还请不请刘长河?"

"请,在蓝宝贝最危难的时候,刘长河帮了我们,他是我们的恩人,谁不来都行,他必须得来,而且我在庆典会上要正式向他表示感谢。"

是的,正式表示感谢,蓝琴在心里想,而且要当着宝峰的面,把一切都说清楚。

安琪带着一脸无奈的表情离开了。蓝琴头又开始疼了起来,但她知道自己不能休息,她给刘长河拨了电话。

电话那头,长河的声音低沉而疲倦:"蓝琴,我还正想给你打电话呢。"

"心有灵犀啊,你先说说你那里有什么事,我再说我的。"

长河犹豫了一下,说:"蓝琴,蓝宝贝十周年的庆典我不能参加了,感谢你的邀请,我只能在沈阳这边遥助你成功了。"

蓝琴"噢"了一声,心中涌起一股不祥之感。"你那边出了什么事吗?"

"没有什么大事,只是我这边实在走不开,有一个会,必须要我参加。"

"长河,"蓝琴放慢声音,尽量平静地说,"你要告诉我实话,到底怎么了?"

长河犹豫了一下,说:"蓝琴,最近你有没有接到什么奇怪的东西?"

"有。你也接到了?"

"是的,对方来了消息,要我不参加你的活动,否则,就会寄给林珍。你也知道,林珍那个人,她一直对我们的事很敏感。"

"对方是谁?"蓝琴打断了他的叙述。

"她,我不能说,如果我说了——"长河又开始吞吞吐吐起来。

"我知道了,不要说了,那就不要来了,长河,你想和我说的就是这件事吧,还有别的吗?"

"没有了,我只是想提醒你,你也要小心,我想她是分别给咱们寄了,宝峰没有看见吧?"

"不用担心,他没有看见,"蓝琴迅速转换这个她不想谈论的话题,"长河,你说完了,现在听我说,我找你也有件急事。就在刚才,我给你的公司账户上转了三百万。"

"什么意思?蓝琴!"长河的声音充满惊讶。

"你听我说,长河,我还让安琪草拟了一个协议,马上发给你,希望你尽快签字同意。那就是我们之间解除一切合作关系与股权关系,长河医疗与蓝宝贝从此再也没有关系了,我希望你能接受,如果觉得不合适,条件你开,我全部补偿给你。"

"蓝琴,我不明白,你这是要干什么呢?"

"我这是为了我们各自的家庭,为了我们的事业,也为了保护我们自己,"蓝琴冷静地说,她就是这样,越是严重的事,她的语气越是平淡,甚至有些冰冷,"长河,你放心,那些视频文件只是第一步,接下来,她会用咱们之间的合作关系来做文章,林珍要是知道这十年来你曾经给我投过资,是会产生疑心的,你的婚姻也危险了。"

"林珍确实不知道我给你投过资,但是——"

"没有但是,长河,我们犯下的最大的错误,就是我们都没有对我们的家人开诚布公。我们本来正大光明,什么私情也没有,却因为这件事,都说不太明白了。我觉得,这个错误就此结束吧,为了你和我的明天,为了我们各自的家庭,我们必须彻底划清界限。我很感谢你在我最危难的时候伸出援手,但正因为这份感激,我们必须做出选择,我们不能再犯错了,也不能让彼此的家人再受伤害了。"

蓝琴挂断了电话,她无法看见电话那头长河的表情,但她的内心却也已经波澜起伏,一股股激流涌来,让她全身不禁打起了冷战。

坐在阳光普照的窗前,蓝琴眺望着下面喧嚣的车流与人群,脑海中泛起与长河在一起的点点滴滴。他们曾如此相爱,他又给她带来过那么痛的伤害,但这一切都结束了,以后在生活中,再也不会有刘长河这个人。想到这里,一滴泪珠不知为何从眼眶中滚落出来,滑落在了她的胸襟。

不知就这样坐了多久，直到一个电话打了过来，打破了这有几分哀伤氛围的宁静。是安琪的电话，她告诉蓝琴，一切都办妥当了，刘长河同意签协议。

就在当天夜晚，一家五星级宾馆的总统套房里，卢公子一丝不挂地躺在床上，百无聊赖地刷着手机，浴室里传来哗哗的冲水声，没多久，一个披着睡衣的苗条的身体从里面闪了出来。

卢公子放下手机，调笑道："洗得挺仔细啊。"

凤鸣啐了他一口，坐到梳妆镜前，用吹风机吹干头发。

卢公子问道："你给刘长河打了电话，他怎么说？"

凤鸣一边吹着头发，一边漫不经心地说："他同意帮我和弘德的大老板说说，支持我来主理弘德旗下的月子中心。"

"真听话，"卢公子凑上前来，搂住凤鸣的肩膀，"这下子你的目的达到了，以后，蓝宝贝不能再一家独大了。"

"也没有那么简单。郑明明那个人，比猴都精，她知道这件事后，提出了一个苛刻的条件，要我确保完成年内的利润指标，这一切都将和我的收入、绩效挂钩，所以，即使我当了弘德月子中心的老大，要是完不成指标，照样可能卷铺盖走人，"凤鸣用胳膊肘捅了卢公子一下，"你说过要帮我的，你不会食言吧？"

"那哪能呢？你放心，你完不成绩效的话，缺多少我来补，"卢公子的手开始不老实地在凤鸣的胸前摸索，"只要你一心一意对我，这点儿小钱算什么，花多少钱都没关系。"

凤鸣推开他的手，脸上难掩厌恶之意。"希望你不是只在口头吹吹牛，花言巧语的人我见得多了。你要敢骗老娘，我让你吃不了兜着走。"

"放心，我不是刘长河，我不会让你失望的。不过说起刘长河，还有件事，你可能感兴趣。"

凤鸣一脸好奇地望着卢公子。卢公子再次将手伸进她的胸口，这次她没有推开。

"就在刚刚，我听说一个消息，刘长河已经撤回了投给蓝宝贝的资金，他们中断了合作关系。"

"噢？"凤鸣意外地说，"竟有这事！"

"刘长河这个人做事挺绝啊，他是不想留任何把柄，真是翻脸无情！不过这下子蓝琴可惨了,估计这两口子都难以翻身了。"

"才几百万而已,能惨到哪儿去?"凤鸣白了他一眼,"人家蓝琴家大业大,还有同聚在背后给她撑腰呢。"

"同聚也快没了。有个消息,我先告诉你,但不能外泄,"卢公子压低声音,"同聚要完了,全市团餐这个几千万的大标,他们中不了。"

"江海集团连口汤也不给他们喝吗?"凤鸣也知道同聚竞标的事。

"本来想给一口,不过,他们大老板改主意了,准备全部拿下。"

望着一脸坏笑的卢公子,凤鸣怀疑地说:"你怎么知道?"

"因为让他们改变主意的人,是我!"卢公子得意地说,"江海集团拿下整个市场,将来会找一个主理人,我正在考虑和他们的合作。"

"真有你的,天天和顾宝峰称兄道弟,背后还阴他一道,你是真小人!"

"生意场上,利益至上,哪有什么伪君子真小人的,没有永远的朋友,只有永远的利益。顾宝峰他吃了那么多年的红利,这个市场他也该让一让了。"

卢公子将凤鸣抱起来,一直送到了床上,然后压在她身上,耳语般地说:"你说我厉不厉害?"

"是你厉害还是你老爸厉害?我想这些馊主意都是你老爸出的吧,是你老爸在江海大老板面前吹的耳边风吧,要不他能看上这点儿小生意?"

"你甭管是谁吧,我做这一切还不是为了你!为了给你报蓝琴的一箭之仇,我可是下了苦功夫的,你怎么报答我啊?"

卢公子开始上下其手,凤鸣难掩心中的厌恶与反感,但一想到利用这个色狼,就能绝地反击,让蓝琴再也缓不过来,她又觉得自己付出的这点儿牺牲是值得的。

4

宝峰深夜未回,蓝琴驾车来到他的公司,在公司办公室里,看见了坐在黑暗中,被烟雾笼罩着的宝峰。

"好难闻的味道!"蓝琴一边抱怨着一边打开灯,看见宝峰蓬头垢面,胡子拉碴,手里还夹着一根燃着的烟,地上桌上堆满了烟头。蓝琴一把将他手中的烟抢过来,扔到地上,用脚踩灭,一边打开窗户,一边说:"三更半夜不回家,你到底想干什么?怎么又抽上烟了?"

"我们失败了,蓝琴,"宝峰语气平淡,双眼迷离地望着前方,"江海竞标成功了,我们被排挤出局,几千万的大标啊,一口汤都没剩下!"

"我们精心准备了招标文件,我们又有多年的信誉,怎么,他们都视而不见吗?"对于竞标的失败,蓝琴也深深感到难以接受。

"卢小辉安排我见了几个市里的领导,但是很明显,他们说话都不管用,或者,根本没替我们说话,精心准备的标书没有用,江海集团是市里的纳税大户,市里对他的看重远远超过我们。我在他们面前,就是一个小虾米。蓝琴,这么多年,我一直就是个小虾米,我是不是很让你失望啊?"

"那又有什么?就是一次竞标而已,我就不信,同聚都二十年的金字招牌了,能一夜之间让他们给搞垮了?再说,我们还有蓝宝贝,蓝宝贝可是一直都在盈利的,同聚当年支持过蓝宝贝,这一次,蓝宝贝也会支持同聚渡过难关。"

"蓝宝贝一直在盈利吗?但我听说,你退还了刘长河三百万?"宝峰瞪着布满血丝的双眼,问蓝琴。

"听谁说的?"

"卢小辉。他告诉我说,你和刘长河已经没有任何股权关系了。"

蓝琴轻蔑地说:"他倒是消息灵通得很!"

"蓝宝贝一下子拿出三百万给刘长河,你怎么还会有钱支持同聚呢?蓝琴,在这个节骨眼上,你汇出这么一大笔钱,这是压垮我们的最后一根稻草啊。你太傻了!"

"我不是傻,宝峰,蓝宝贝现在拿出这一笔钱确实很费劲,我承认,这一下子让蓝宝贝几年的盈利又化为乌有了。但是我不想因为这点儿钱,因为这件事,让你心里有阴影,我不在乎钱,我在乎的是你,这难道你还不明白吗?"

宝峰看着蓝琴,眼中渐渐有了几分暖意。

"我们怎么办?未来怎么办?"

"大不了从头再来,宝峰,难道还会比之前更坏吗?"

"没有机会从头再来了,现在不是 2003 年,不是 2013 年,现在是 2020 年,时代变了,蓝琴,我们没法再走原来的路了。"

宝峰突然站了起来,他的眼神里有几分坚定的光芒。

"蓝琴,我想好了,我准备去深圳。"

蓝琴吓了一跳,说:"你去深圳干什么?"

"我有一个同学在那边,做线上的餐饮连锁非常成功,他曾劝我考虑一下加盟的事,我一直没有同意,现在我想过去看一看。"

"加盟? 你要放弃同聚吗?"

"不是放弃,是看一下是否还有深度的合作。他的快餐连锁非常成功,已经从南方打到北方,在北京都已经上市了,我要看一下,他的运营模式是什么样的,他是怎么赚到钱的,我要和他学习。我们过去一直主打北方市场,但是一直忽略了去南方看看,我想出去走走。"

"你打算什么时候去?"

"明天,就在你来之前,我已经买了明天的机票,明天下午我就走。"

"这么急吗?"蓝琴忧虑地说,"你都没有做好准备啊。再说蓝宝贝十周年庆典,我还想让你这个幕后董事长上去讲几句呢!"

"没有时间了,我不能再留在这里了,在这里多留一天,我都有要发疯的感觉。蓝琴,我走了,同聚只能暂时交给你了,你多受累吧。"

望着一脸坚决的宝峰,蓝琴无言以对,她能说什么? 又能做什么呢?

拖着疲倦的身体,蓝琴回到家中,连澡都不想洗,她就想一头栽倒在床上,但是多年养成的习惯还是让她坚持洗漱完毕。正要上床时,电话响了,是安琪打来的。

安琪告诉她,宝爸宝妈们对于真人秀演出非常感兴趣,报名踊跃,她已经根据这些人的特长排出了演出的节目表,在微信上给蓝琴发了过去。

"不错,听了一天的坏消息,这至少是个好消息。"蓝琴由衷地说。

"还有一个好消息和一个坏消息,你想听哪个?"

"先说好的吧。"

"好,你知道苏丝黄吗? 新浪那个健康频道的网红,你当年做现场直播的主持人,她帮我们联系了一家特别有影响的女性杂志,准备为我们做一个专版,有三张彩页的篇幅呢。"

"好,那坏消息呢?"

"坏消息就是,弘德女子医院也要开办一个月子中心,而且推出了一整套优惠套餐,价格只有我们的一半。"

"这怎么可能?"蓝琴难以置信,"只有我们的一半,他们都收不回成本啊。"

"他们就是要搞价格战,要用低价销售挤垮我们。而且你知道她们选在哪一天开业吗?"

"哪一天?"

"6月1日,就是我们十周年庆典的当天,她们也要搞开业大典,在这一天,和我们一样的套餐,她们全是半价。"

蓝琴倒吸一口冷气,这是要赶尽杀绝的节奏啊。"这个月子中心,是谁来主理呢?"

"我们的一个老熟人,于凤鸣大小姐。"

蓝琴脸上浮现一丝讥讽的笑。是她,又是她,也只能是她。

"琴姐,我们怎么办?我们得想办法应对这一切。庆典那一天的日子,我们还改不改?不改的话,就得跟他们对着干,也打价格战。"

"不改,"蓝琴斩钉截铁地说,"庆典日期不变,一切照旧,而且我们当天决不降价,不打价格战。于凤鸣不是想赶尽杀绝吗?那我们就和她好好碰一碰!"

吴襄的最后一次采访笔录(2022年)

和你聊了这么久,我总是在说同聚的事情,是因为同聚对于我们夫妻俩非常重要,就像我们的前生,而蓝宝贝更像是今世,没有前生,何来今世?

同聚最辉煌的时候,是在2008年至2011年,这三年是我们发展的黄金时期,同聚做了很多事情,例如在全市餐饮快餐行业率先取得ISO9000认证、ISO2200食品安全体系认证,虽然这些认证过程十分麻烦、烦琐,还要花费大量的金钱,但是我们夫妻还是认准了要干,这并非政府或哪些部门的要求,而是我们主动的行为,因为我们有一个共同的想法,要把同聚做成百年老店,就必须在质量上挺得住,过得了关。

我们在那几年参与了很多重大的活动,也在C市各种大型的城市活动中提供快餐、团餐服务。你记得那次轰动全省的 C 市郊区龙泉山大火吧？为扑灭火情，三千官兵上山扑火，为这三千官兵提供快餐服务的就是同聚。当时每天提供的快餐有一万多份，为了保证每一位救火官兵都能吃上热乎的快餐，我们二百多人同时开工，在快餐运输途中也极为重视保温工作，每一个保温箱都缠上胶带防止快餐凉掉。有一天，官兵们提出想吃馒头，同聚派出了八台车在整个 C 市采购馒头，那一天 C 市的馒头几近脱销，上万个馒头都被同聚抢购一空，终于成功地让每一位官兵都吃到了馒头。当时扑灭大火整整用了八天，我们出色地完成了配餐任务，获得了上级领导的表扬，这是一个几乎难以完成的任务，我们全都完成了……

我们还为北京奥运会提供过快餐服务。2008 年，C 市作为奥运会比赛的分会场，由我们来为几千名工作人员、志愿服务者提供快餐服务，为了确保绝对的安全、卫生，我们也第一次体验到了如同进手术室一般的配餐程序，我们鼓励后厨男员工剃光头发，为了让他们能按要求执行，还特别每人奖励五十元。那时候，同聚的光头厨师们成了城市的一个趣闻，最终我们出色地完成了这一关乎国家荣誉的政治任务……

我们夫妻俩在同聚身上倾注了很多的心血，同聚也一度成为 C 市的标杆单位，每次有上级领导来检查时，我们都是接待单位和参观学习单位……

同聚的收入主要是三大块，一块是零售服务，一块是团餐，主要供应中小学和各相关单位，还有一块，是我们承包食堂取得的。当时很多单位的食堂办得不好，员工多有意见，成本还经常失控，没有专业团队打理，所以就有了外包的想法。这一行业竞争十分激烈，但同聚在至少五年内都是行业老大，我们最多时承包了这个城市十几家单位的食堂。

承包食堂成功的先例是一家外企。外企对于食堂的卫生、食材标准要求太高了，当时选了几家单位都不满意，后来一位市领导推荐了同聚。外企的人办事特别认真，他们老总亲自去我们那里参观调研，特别是重点考察了同聚的厨房，还随机抽查了几名来用餐的客户,最后决定让我们试一试。虽然同聚在这方面有优势,但是我们还是不敢掉以轻心,最终,这家外企对我们很满意,由他们开始,同聚承包了 C 市开发区和工业园区的很多外企的食堂,我们在食堂方面的努力,也开了这个城市餐饮业的先河……

同聚讲质量,是在业内出了名的。我们坚持用最好的食材,就连普通的豆浆也坚决不用任何添加剂,不加过多的水,标准是放置十分钟就会起一层豆皮。我们使用的植物油是非转基因大豆油,油条也绝不用重复油炸。只要是怀疑原材料不新鲜就销毁,有一次还把一锅五十斤的红烧肉直接倒在了垃圾桶里。当时员工心疼极了,小声说:"自己吃也行啊!"但宝峰却坚持认为员工和顾客是一样的,坚持倒掉。

同聚开了二十多年,有很多人是吃着我们的快餐长大的,我们的发展已经和城市的记忆融为一体,有时候走在马路上,有不少人认出我,说他们的童年、少年时光里都有着在这里用餐的回忆。有一个当时出国的孩子,后来在国外发展,成为大富豪,他每次回来,还去我们店里吃快餐,他说难以忘怀那红烧肉的味道……

说了这么多,我想你应该明白,作为同聚的开创者,宝峰对于同聚的感情。而这一点,我不比他少,但是当有了蓝宝贝的时候,我分了心,开始把重点转移,我没能帮助宝峰,和他一道完成同聚的转型升级,这一点,是我的遗憾,也是我对他的最大的亏欠。

2019 年底,在我准备蓝宝贝十周年盛大庆典的同时,同聚也面临着有史以来最大的一次考验。同聚在相继关掉了十几家连锁店之后,又在几年内失去了单位食堂的业务,最后,曾垄断了 C 市五六年时间的团餐在竞争中也败下阵来,被另外的大资本抢去。

从 2019 年开始,C 市餐饮市场乱象丛生,而同聚没有做好思想准备,仓促应战,在这一点上我们失利了,不能埋怨任何人,但是蓝宝贝也同样面临着巨大的挑战,压力之大,不在同聚之下。

说回蓝宝贝十周年庆典吧。在我们全体人员的努力下,取得空前的成功,在这方面后来一直都是行业庆典的标杆。我们采用了完全以客户为主角的庆祝方式,有一百对在蓝宝贝产后护理的家庭参加了这次庆典活动,我们没有邀请任何领导、权贵人物,也没有邀请任何演出团体。我们的演员和主角完全是由蓝宝贝的家人们组成的,在回娘家和拥抱娘家两天的庆典活动中,他们登上舞台,抒发感想,交流心得,朗诵诗歌,载歌载舞,我们准备了至少二百份伴手礼,我亲手为每一个家庭写下祝福的卡片,蓝宝贝的墙壁和每个角落里都贴满了这些父母与孩子们一起共同成长的照片,我们把这些记忆制成光盘,写成歌曲,编成图册,发放给每一个参加庆典的人……

这次活动很热烈、很成功,有二十多对前来参观的家庭受我们影响,在现场就签约了,我们的营销策略基本上成功了,这是我们蓝宝贝全体员工努力了几个月的结果,但是,严峻的形势也接踵而来。在我们庆典的当天,我们的对手——弘德女子医院在我当年的闺密于凤鸣的唆使下,也开了一家规模和我们差不多的月子中心,而且以比我高出至少三分之一的薪金,开始挖我身边的人。在我们庆典当天,也就是他们唆使李宝琦来找你曝光我们的同一时间,于凤鸣给我手下所有的高管们都发了微信,诱使她们脱离我的团队,去弘德月子中心工作。

好在,多年的感情,让我团队里所有的成员不可能会受她的蛊惑,至今为止,没有任何人跳槽。

一计不成,她又生一计,开始率先在 C 市打起了价格战。你也知道,弘德后来用跳水式的价格竞争,打出了比我们便宜一半的价格,确实吸引了相当多的一批客户。对此,我的总经理安琪也曾找过我,问我是不是也调整价格,我告诉她,绝不可能,缩水的价格,一定会伴随着缩水的服务。我们凭良心办事,以优质待人,绝不能为了增加收入,而在成本和质量上缩减。也就是说,在这个领域,没有“薄利多销”一说,你想提供最优的服务、最好的护理,怎么能在成本上偷工减料呢。

这场价格战整整内耗了小半年,C 市当时有六七家月子中心,除了我和弘德,都不成规模,所以这场战争就是我们两家的战争。那几家月子中心后来纷纷破产,都退出了舞台,只有我们两家,一直在 C 市较量。

这半年,对于同聚和蓝宝贝,都是极其艰难的。而这个时候,我为了避嫌,宣布中止了与我同学刘长河长达数年的合作,并退还了他的股金,在财政上我也开始陷入困境。但是,我坚持哪怕勒紧裤带也不能让身边的人受苦的原则,在这半年里,我几乎投入了所有利润来维持各项收支,我不减薪,不裁员,更不降价,也绝不降低服务标准。

有一天安琪来找我,拿着厚厚的账本,说:"琴姐,再这样耗下去用不了半年,咱们就该挺不住了。"我说:"挺不住也得挺,你放心,咱们挺不住,他们更挺不住。"

我对于凤鸣是了解的。她这个人,从小娇生惯养,只能共享福,不能共患难,而她现在以低于成本价格搞恶性竞争,可能一时会占上风,但是产后护理是一个需要细心、耐心、有恒心和爱心的工作,仅靠一时的情绪和冲动,带着追名逐利的思想,怎么可能做长久呢?

那一年,蓝宝贝和弘德,我和于凤鸣的竞争,是 C 市尽人皆知的事情,大家都在关注着,看谁能挺到最后,看最后的结局,谁也没有想到的是,结局很快就揭晓了。

2020 年初,无论对于 C 市还是全国,都是一个黑色的日子,这一年,新冠疫情开始肆虐,病毒横行,人人惶恐,全国各地开始封市场,封街道,封小区,最后封城,所有工商业一度停滞,而我们也接到了暂时封控管理的指令。我告诉安琪,蓝宝贝从这一天开始停止接收新客户,已经签约的客户,也劝返并退还定金,正在接受护理的客户,则享受一切该有的服务不变。我提醒各级部门,蓝宝贝要根据上级指示,做好各级防护,并建立人人都遵守的防护制度,绝不能松懈。

封城,让整个城市停滞,一时冷冷清清,街上空空荡荡,所有的店铺全都关了门。同聚也关了门。这个时候,从深圳到了武汉,帮朋友打理麻辣小龙虾连锁店的宝峰也被封在了新冠重地——武汉。我们夫妻俩开始了从来没有过的两地隔离生活,而这一次隔离就是半年之久。

这半年,C 市风云变幻,阴霾遍布,无数企业破产倒闭,服务业、餐饮业、旅游业走向衰落,大笔大笔的资金链断裂,有种"一夜回到解放前"的恐慌。但对于同聚来说，却又捞到了生存下去的最后一根稻草。

因为全城封控，同聚的快餐又开始重新回到人们的视线，我封闭在家时，遥控指挥外送人员，尽快恢复送餐服务，而且联合过去的合作商家，推出二十四小时送餐服务，一时很受欢迎。第一次封控结束后，因为堂食尚未恢复，团餐需求量较大，特别是学校，C市有五十多家大中小学，江海集团也难以为继。市里领导也考虑不能都交给一家垄断，于是再次招标，招两家单位。这一次，同聚终于中标，担负起为这些中小学配餐的任务，虽然还是江海集团占了大头，但我们总算有了喘息之机。这是一次机会，而宝峰人还在武汉，寸步难行，我只能放下蓝宝贝，重回同聚。我们接的第一个工作就非常艰巨，因为正赶上五月份学生们要中考之时。我们发挥了曾在单位管理过食堂的经验，为中考的学生临时建立了一个封闭式食堂。在没水、没气的情况下，同聚全体员工仅用了三天的准备时间，从第四天早上开始就为七百多位师生稳妥地提供一日三餐，一连持续了二十多天……

人家吃肉，我们喝点儿汤吧，疫情期间，就是利用这有限的一点儿空间，同聚没有倒下。我曾许诺过，只要同聚开着一天，在这里工作的人就有饭吃，就永远是家人。这一次，同聚二百多人的编制没变，我没有裁下一个人，所有人也都在挺着，宁可暂时不开薪，也不离职，共同患难……

蓝宝贝经营更困难了。有一天早上，安琪拿了一个名单，上面有蓝宝贝所有员工的签名，她们自愿放弃三个月的工资，伴我共渡难关。我告诉她没必要，但我的财务告诉我，我的账上确实没有钱了。我想了想，去银行抵押了我所有的房产，卖掉我当年投在股市里的最后一笔股票，贷出了可供支付蓝宝贝员工两个月的工资……

我儿子在俄罗斯给我打电话，说那边疫情也很厉害，暂时不能回国了，他问我能行吗，我说没问题，我能挺住。儿子笑着说："老妈，我相信你能行的，因为你是进击的巨人！"电话放下，我的眼泪夺眶而出。在儿子、老公面前，我都是一个强人，但只有独自一人时，我才发现自己的脆弱、无奈和痛苦。我也是一个女人，一个女人，她瘦弱的肩膀，要怎么样才能背负起这么多的责任呢？我觉得很累，而且发现身边没有可以倾诉的人，身边的人，还都想在我这里汲取点能量呢。可是我也真的需要一个肩膀可以依靠，但我的丈夫远在千里之外，也在提心吊胆地过着隔离的生活，我的儿子，在更遥远的异国他乡，我也担心着他的安危。

　　我身边没有亲人可以倾诉，我想给刘长河打个电话，自从我们中断了合作关系后，就再也没联系过，可是手机拿起来，我又放下了。我听说，他的生意在疫情之后也一落千丈，我想他也可能正在烦恼着呢。我甚至都想给凤鸣打个电话，我想问问她，她能挺得住吗，她怎么样了。我们曾经是多么好的朋友，究竟是为什么会变得形同陌路，甚至变成仇人？我蓝琴真的有做过对不起她的事吗？如果有，我想当面向她道一声歉，如果没有，我要和她解释清楚。那个上午，我一直在流泪，但我也知道，眼泪不能解决任何问题。当你的眼泪流干时，当你没有泪可流时，你还是要挺起胸、抬起头来，正视眼前的路，走你自己的路。

　　新冠疫情改变了我们身边的一切，每个人都要在这时代的灾难面前，面对前所未有的挑战与改变。而我们这些人，也终于在这个时刻，迎来了各自的结局。

终　章（2023 年）

　　一辆汽车缓缓开进弘德女子医院的停车场大门，以往门庭若市的停车场内，一片萧条，门可罗雀，很多车位空空荡荡。

　　于凤鸣站在医院行政楼门口，手里提着一个大行李箱，背上还挎着一个塞得鼓鼓囊囊的背包。汽车一直开到她的脚下，车窗摇开，司机探头问道："你是于女士吗？是你叫的车吧？"

　　凤鸣点点头。司机下车，打开后备厢，将行李箱塞了进去。凤鸣上了车，司机回到座位上，发动车子。

　　车子向大门方向驶去，凤鸣透过车窗，望着弘德女子医院的行政中心大楼，在顶层之上，曾有一块牌子写的是"弘德月子会所"，非常显眼和醒目。如今，上面已经空空荡荡，马上就要换上另外一个招牌。

　　曾经这里属于过她，曾经这里拥有过 2000 多平方米的一层楼，员工有五十多人；曾经她当过这里的院长，被人前呼后拥；而今，一切如同一场梦，现在是梦醒的时候了。

　　昨天下午，郑明明将她叫了过去，对她说明了医院的态度：鉴于她掌管的月子中心自开业以来连续亏损，而且几次停业整顿，不但未完成经营指标，还给医院造成将近一千万的亏空，所以医院决定永久关闭这所月子中心，并撤销于凤鸣院长的职务。

　　郑明明还很严肃地说了另一件事：在疫情期间，因为不遵守疫情防疫政策，隐蔽招收客户，月子中心被市卫健委通报批评、罚款，甚至责令医院关闭整改长达两个月，让弘德女子医院在信誉、经济上均受到巨大的损失，医院高层决定，开除于凤鸣弘德员工身份，永不录用。

　　郑明明说："教训深刻啊，小于，我和你共事多年，真不想看你走到这一步。但是这一次我真的是爱莫能助,你给医院造成的损失太大了。我只能祝福你,希望你在接下来的人生道路上能够越走越顺,不要再犯同样的错误。"

凤鸣凄然一笑,她心中充满委屈,但又不想辩解。在月子中心两年多了,为了给公司赢利,为了打败蓝琴,她费尽心思,打价格战,挖墙脚,动用各种关系陷害蓝琴,可换来的,却是入不敷出的财政窟窿、资不抵债的账面收入、无穷无尽的客人投诉和各种缠头缠脑的官司纠纷。最致命的是疫情三年,蓝宝贝完全遵守疫情政策,甚至做出了全部退还客户定金的决定,停业长达半年,但竟然还挺了下来;而自己为了求生,铤而走险,冒着被防疫部门查封的危险私自开业,偷偷接客,却因为客户一封举报信,不但月子中心被关闭,医院也被勒令停业两个月,这一切,都是自己太想为医院赚钱,太想证明自己的才能所至。现在眼看她搬起石头砸了自己的脚,而郑明明作为院长,却一点责任也不分担,直接就将自己扫地出门了。

几年的努力,瞬间化为泡影。凤鸣无力辩解,事到如今,怪得了谁呢!

车子开出弘德女子医院大门时,凤鸣脑海中又浮现出两天前给长河打电话的情景。

知道自己大势已去,凤鸣也曾想过长河。她想实在不行,就回沈阳重新创业,去长河那里从头开始。她硬着头皮给长河打了电话,电话那头长河的声音疲倦、苍老,一反常态。

"我可能帮不了你了,因为我已经准备申请破产了。疫情来临之前,我把大量资金投到了医疗设备上,却没想到全国各地都封城,交通中断,医院封闭,我的这些设备都无人问津,它们压了我太多的钱,造成我的资金链出了问题,几个项目全部停工。董事会也弹劾了我,我不得不辞去董事长职务,现在还得应对监事会对我的调查,他们认为我滥用了股东的资金,有营私舞弊的嫌疑。所以你现在即使来到沈阳,我也帮不了你什么忙了。"

电话放下,凤鸣只觉得眼前一片漆黑,疫情三年,生活发生了翻天覆地的变化,也几乎夺走了她的一切。她瞬间觉得自己无依无靠,再也没有了可以寄托的人。

车子在空荡荡的马路上行驶着,但前路是何方? 凤鸣觉得一片迷惘,她不知自己该往哪儿走。

车子经过一座大厦旁,凤鸣又向这里望去。以前这是一片繁华地,每到傍晚，门前就停满了车，现在却一辆车也没有。大厦已经处于关门停业状态。这座大厦凤鸣也很熟悉，两年前，她曾在这里多次出入，并委身于大厦的主人卢公子，当时只是为了寻找一个帮手，也为自己找一个金主，但现在卢公子已经因为涉黑涉赌及行贿罪而锒铛入狱，自己白白地耗费了一番精力，却终是一无所获。

往事不堪回首，凤鸣用力摇摇头，想把这些肮脏的记忆都甩掉。

电话响了，这个时候，还有谁会想起她吗？凤鸣拿起电话，意外地发现，是久未联系的蓝琴的号码。

蓝琴应该已经知道自己的处境了吧？她这个时候来电话是干什么？嘲笑自己，或是表示一下同情吗？以蓝琴的个性，很可能是后者，但她需要这廉价的同情吗？她已经失败了，还需要一个雪上加霜的冷箭射过来吗？凤鸣冷笑一声，想把电话挂断，但鬼使神差，手指竟不听使唤地按了接听键。

电话那头响起了蓝琴的声音："凤鸣，你方便接电话吗？"

这是多年以来，自凤鸣离开蓝宝贝后，两人的第一次通话，虽然一直在较劲，但是事实上，这几年她们没见过面，无论是私人场合还是公开场合，两人都没有过任何接触，连一句对话也没有。这么多年，第一次听到蓝琴的声音，凤鸣竟然有一种想哭的感觉。

她强自压抑住情绪，尽量让声音冷淡地说："我很方便，你有事吗？"

"我听说你离开弘德了，是吗？"

果然是为这个来的。凤鸣在电话那头冷笑一下，说："是的，月子中心效益不好，我主动辞职了。"

凤鸣在这个时候还是想挽回几分面子，情不自禁地撒了个谎。

"你以后有什么打算吗？"

"没有打算，可能会回沈阳。我想离开C市这个伤心地。"这倒是凤鸣的真心话。

"凤鸣，我一直在想，我们之间到底出了什么问题，让你这么恨我。"蓝琴停顿了一下，"是因为长河吗？"

"我不想谈论这个问题。你还有事吗？没事就挂了吧。"

"凤鸣，其实我一直想找你好好聊聊，但是最近确实太忙了，"蓝琴缓慢地说道，"我只是想和你说，我和你，其实没有什么大的分歧。蓝宝贝的成立，你是有功劳的，你也是创办者之一，可以说没有你，就没有这家月子中心。如果你还对这些事有感情,蓝宝贝的大门永远会向你敞开着。"

"出了这么多事,你还能接纳我吗?你可别骗我了。"

"凤鸣,我们是多少年的朋友了,我们也都不再年轻了,人生还有多少年的好时光,你难道还看不开一些事吗?人生不如意事十有八九,但可以言之者却无二三人,你我从少时相识,有什么话都是可以互相与对方倾诉的。人生在世,谁能无错,但太执着,就是错了。我希望,如果你还想留在 C 市,记得还有我这个朋友,如果你需要我,我不会拒绝。我等着你的电话。"

蓝琴将电话挂断了。凤鸣将电话放在耳边,却半天也没有放下来。

她以为,蓝琴是以胜利者的姿态,对她给予廉价的同情,但没想到,蓝琴似乎已经尽释前嫌,而且还愿意在蓝宝贝给她个位置。

愧疚、感动、惋惜、悔恨,各种情绪纷至沓来,不知不觉,一滴清泪从凤鸣眼眶中坠落,无声地滑落至胸口。

蓝琴挂了电话,觉得心里似乎一下子敞亮起来。几年了,有些话堆在她心里,一直没有说出口,这让她觉得特别堵得慌,特别压抑,现在,终于说出来了,有种如释重负的感觉。

对于凤鸣,她没有了恨,甚至也没有了同情和可怜。从凤鸣一开始打价格大战开始,到后来她知道凤鸣和卢公子走到了一起,她就知道,等待凤鸣的,只能是衰败的命运。一个人从一开始就错了,你怎么能期望执迷不悟的她,还能凭着自觉走回正路呢?

凤鸣的处境她已经知道了。还是弘德的郑明明给她打的电话,郑明明向她做出了道歉,为这几年在于凤鸣的蛊惑下,对她所做出的一切事情。最后郑明明坦诚表示,如果蓝琴不计前嫌,弘德愿与蓝宝贝合作,共同开发 C 市月子中心的广阔市场。

"我知道你和长河医疗过去有过合作,也接受过他们的资金入股,我们的老板说了,只要蓝院长不嫌弃,愿意重启你们和刘长河当年的合作模式。弘德是不缺钱的,而我们对蓝宝贝有信心,大家有钱一起赚,有市场一起开发,这才是正道。您放心,弘德以后与蓝宝贝将再不会是竞争关系,我们需要成为亲密的合作伙伴。"

对于这个抛过来的橄榄枝,蓝琴婉言谢绝。

"谢谢郑院长的好意,不过,我想弘德实力如此雄厚,也不差我们一个小小的蓝宝贝,而我们蓝宝贝虽然实力很差,但是我们还是想走自己的路,按自己的风格去做,也许我们终有一天会合作的,但现在还不是时候。所以,抱歉了。"

放下电话,蓝琴想起这几年发生的事,恍若梦中。疫情一晃三年了,从全城数次的封控,到几度开放复又解封,她亲眼见到很多企业倒下,很多有钱人变得一贫如洗,但所幸的是蓝宝贝还是挺了下来,在 C 市连续多家产后护理中心停业或关闭时,蓝宝贝和同聚都挺了下来。而她蓝琴,一直在兑现着自己的承诺,没有裁掉一个员工,也没有降低任何职工的收入和福利,以至于在一次经济工作会议上,一位市领导特别指出:

"咱们 C 市的企业要像蓝琴学习,他们夫妻俩主理的企业,在疫情狂潮面前挺住了,没有倒下,也没有出现员工失业、下岗的现象,靠的是什么呢?不光是勇气,还有诚信、责任和良知,以及在顾客心中的美誉度,这是一个企业生存的基础,也是维持社会稳定的基础。"

据白宇说,同聚能从实力雄厚的江海集团里分一杯羹,也正是因为其在疫情期间的坚挺表现,给了市领导非常好的印象,以至于在这次招标中,很多人为同聚投了赞成票。

蓝宝贝月子中心在疫情期间的种种举动也得到了当地妇联的支持,并被确定为母婴基地,这块招牌,在 C 市仅有蓝宝贝一家拥有,无形中提高了蓝宝贝的企业形象。

现在,一切都将过去。封控政策即将取消,全面复工复产的局面也渐渐开始,蓝宝贝开始恢复昔日的繁荣,订单越来越多,而不知不觉间,蓝宝贝十三周年的庆典即将到了。

疫情三年,为响应防疫政策,蓝宝贝一度中断了每年的庆典活动,现在,春暖花开、云开日出之际,庆典活动又即将提上议事日程,安琪做了详细的方案,提交给蓝琴审议。

蓝琴提出一个要求:这次庆典将延续十周年庆典的成功经验,不请领导,不请权贵,全部以在蓝宝贝生活过的宝爸宝妈为主角,举办一场属于他们的盛会。

"上一次有两个人没有到场,这一次,我要他们都来参加。"

蓝琴在来宾名单上郑重写上"顾宝峰"和"刘长河"两个名字。

"他能来吗?"安琪指着刘长河的名字,怀疑地说。

"能来,我想他一定能来。"

在和凤鸣通过电话之后,蓝琴也给刘长河拨了电话。

"长河,你还好吗?"

"不太好,你呢?"电话那头刘长河的声音有些抑郁。

蓝琴笑笑说:"我很好。"

"那就好,疫情看来没能打垮你。蓝琴,你一直是一个让我刮目相看的女人,我现在有点儿后悔当初没有听你的建议,要是我当时听了你的,不盲目扩大生产规模,不在全国搞连锁销售,也许不会走到今天。"

"你也不用自暴自弃,其实一切还没有太坏。我问你,你现在手里还有多少产品?"

"还有不少,都积压在库房里,我想降价处理,也找不着买主。"

"不用降价,我帮你想办法。你还记得苏丝黄吗?"

当年曾经和蓝琴一直做过直播、担任主播的苏丝黄,现在已经在北京的一家跨国医疗公司里工作,并成为负责开发海外市场的 CEO。

"你所开发的检测设备可能并不适合中国国情,但在另外一些国家,有可能会有所帮助,那就是医疗技术并不发达的落后国家,比如中非、南美洲的一些国家。最近,中国正在协助这些国家承建医疗项目,你有没有考虑过将你的这些设备出口到国外,虽然可能会以比较低的价格成交,不过一旦医院建成,它们就会发挥作用,那成交额和前景就是不可限量的,你的所有计划还是可以开始的。"

长河略一思考,就明白了,说:"你有资源?"

"我没有,但苏丝黄有。她算是我的朋友,我可以帮你们牵线。"

"蓝琴,要是能成交,一台设备我给你提 40%,只要能渡过难关,你让我做什么都行,让多少利都没问题。"

"不用了,长河,当年蓝宝贝落难时,你曾慷慨相助。现在你需要帮助了,我岂能袖手旁观?你我是多年的朋友,不要谈什么提成的事,也不要说谢字,那就太疏远了。"

长河还要说什么,但蓝琴已经挂断了电话。无论如何,和凤鸣、长河打完电话,蓝琴觉得心头曾经欠下的债似乎都已经偿还清楚了,感到一身的轻松。

现在,她开始正式思考一个问题。

上周,她接到了来自北京、深圳和韩国的三个信函,都是邀请她过去面谈合作的,蓝宝贝多年来坚持的催乳技术、产后科学护理及各项产康专利技术,引起了这几个大城市著名的产后护理公司的关注,想请蓝琴过去,洽谈深度合作之事。

蓝琴并未回复,她也在考察,能与哪家机构建立长久的合作关系,开展什么样的深度合作,为此,她也一直没有贸然接受邀请。

韩国的童格拉米公司见久没有回应,再次抛出橄榄枝。想要入资蓝宝贝,成为大股东,以雄厚的资金帮助蓝宝贝做大做强。

作为财大气粗的国际级别的产后护理公司,这个诱惑一般人很难拒绝,但蓝琴想都没想,直接推辞了。

面对别人的不解,蓝琴解释道:"我不想成为国外大月子中心的附庸,成为他们的一个连锁和加盟店,我们一直想要建立自己的品牌和服务理念,所以我们才一直在搞自主研发,一直在开发各项专利和医学科研项目,我有信心让蓝宝贝成为一个百年企业,不做眼前,只做百年,是我们的目标。"

安琪听到这里,不禁吐了下舌头,"琴姐,咱们要不要这么刚? 那可是一大笔钱啊!"

"我相信,在中国,母婴健康事业作为一个新兴的事业,其前途无量,功德也一定无量,而在这造福人类的创举中,应该有我们的一份贡献。我有信心让科学母乳喂养的观念与方法推广到千家万户,所有的宝宝都能吃上最有营养、最安全的妈妈的奶水,让中国人的产后康复水平走到世界前列,这个理想,我觉得比那一大笔钱重要吧?"

现在,拒绝了国外大公司诱惑的蓝琴,正伏案在自己的办公桌前,为即将到来的十三周年庆典撰写着自己的讲演词。

这时,电话响起,是白宇打来的。

"蓝琴,有个很不好的消息,我想和你说一下。"

白宇语气严峻地告诉她,C市年度团餐招标又即将开始,这一次,将有四家单位竞标,而除江海外,其他两家单位的实力亦很雄厚,呼声也高。

"我还没有和宝峰说,我怕他沉不住气。我先和你说一下,这一次,我觉得同聚还是凶多吉少。疫情三年,餐饮业不景气,很多餐饮巨头负债累累,都把视线瞄准了团餐市场,这一块,明显狼多肉少,同聚的实力远不如这三家竞争对手,我想你要和宝峰商量一下,必要时要走走关系,托托人,别让人暗算了。"

对于白宇的好意,蓝琴表示感谢,但对于要走关系托人的事,她明确表示并无此意。

"同聚的命运如何,有老天做主,我和宝峰早就做好一切准备,我们会尽力准备招标文件,会做好所有准备工作,但不会奢求结果。岂能尽如人意,只求无愧我心了。"

当天晚上,睡觉前和宝峰谈起此事,宝峰轻抚着蓝琴的头,说:"你说得对,岂能尽如人意,只求无愧我心。我们只做我们认为对的,至于结果如何,自有上天安排,我们管不了那么多。"

蓝琴温柔地看着宝峰,脑海中浮现了三年前的那个夜晚。

那是年三十的夜晚,过去,这一天灯火通明,锣鼓喧天,鞭炮齐鸣,异常热闹,但是这一年,因为疫情的缘故,多数小区还在封控中,四周静悄悄的,显得冷清之极。而蓝琴在大年三十的晚上还在办公室工作,还在为了如何偿还银行的一笔贷款而苦苦思索着对策。

蓝宝贝月子中心的人都已进入了梦乡,就只有她一个人在坚守,夜色渐浓,外面飘起了雪花,她都不知道……

门外传来了敲门声,蓝琴喊了一声:"谁啊?"却没有人吱声。蓝琴走到门前,狐疑地将门打开,只见外面站着一个雪人,从头到脚,都被裹上了一层银白色的光芒。蓝琴一开始差点儿没认出他来,再仔细一看,不禁惊叹一句:"宝峰?"

自从武汉封控以来,宝峰在武汉停留了半年之久,后来武汉刚一解封又被同学派去了上海开发市场,没想到上海再次封控,交通中断长达几个月,就这样差不多近一年的时间,他没能回到 C 市。现在,在这年三十的晚上,他的突然出现,让蓝琴喜出望外。

蓝琴问他:"你是怎么回来的?"

宝峰笑道:"各种手段,汽车,高铁,绿皮车,步行,就差骑马了,总之,终于赶在三十夜晚回来了。"

"怎么不提前说一声,我好去接你?"蓝琴一边帮他拍打着身上的积雪,一边嗔怪道,"这大雪天的,路滑,车都打不着,也不知你是怎么从火车站摸回来的。"

"我想给你个惊喜,所以没打招呼,但真没想到,C 市也会下这样大的雪,好多年没有过了。"

蓝琴要宝峰坐下,又给他去倒热水。宝峰却一把拉住她的手,说:"不忙,蓝琴,我这次回来,你知道我最想和你说的第一句话是什么吗?"

"是什么?"

"对不起。我想了很长时间,觉得我最应该当着你面说的就是这句话,我承认我嫉妒了,我也承认我的狭隘,我不该怀疑你和长河。我现在都想通了,一切都是无中生有,我不会再怪你了。"

蓝琴微微一笑,"终于想通了,说明你还不算笨。"

"不,我很笨,但是我不会总这么笨的。我希望我还能帮到你。"宝峰将蓝琴揽到怀里,深情地说,"疫情期间,百业艰难,同聚和蓝宝贝都面临着更大的挑战,现在是我们应该同舟共济、携手扶持的时候了。所以,我必须回来,即使没有这些个年节,我也得和你在一起,咱们不能再分开了。"

现在,宝峰就躺在她的身边,已经沉沉地睡去,并发出了均匀的鼾声。三年了,他们夫妻始终在一起面对着所有的挑战与压力,现在,又是他们要面对困难的时候了,但蓝琴还是觉得十分幸福。望着熟睡的宝峰,她越发相信,当年从松河林场遇见宝峰的第一天起,就是上天给她的最好的安排。

蓝宝贝十三周年庆典大会上,十对宝妈上台,共同打着手语演唱歌曲《感恩的心》……

> 我来自偶然,像一颗尘土,有谁看出我的脆弱?
> 我来自何方,我情归何处,谁在下一刻呼唤我?
> 天地虽宽,这条路却难走,我看遍这人间坎坷辛苦,
> 我还有多少爱,我还有多少泪,
> 要苍天知道,我不认输……

这十位宝妈,是从蓝宝贝开创一直走到今天的见证者。她们中间有黄小玉,一位两个孩子的年轻母亲,她也是蓝宝贝开创之初的第一个客户;有秦红,在她身上,蓝宝贝成功实现了纯母乳喂养,并通过产康手段治好了她的盆底障碍性疾病;有阎红,她在这里修复了与婆婆的关系,开始成为一个二胎母亲;有年轻的韦思思,她与二次结合的人到中年的丈夫在这里开启了人生的下一段航程;还有歌星杨杏璇,她曾经红极一时,但现在已经为照顾

第二个孩子的出生而暂时退出娱乐圈,回归家庭,今天她素颜出现在这里,已经不再引起当年的那种轰动……

为她们指挥的是胡美丽,一位大美女,当年蓝宝贝的明星护士长,现在,已经是一个拥有两岁孩子的妈妈,也是一位在抖音拥有百万粉丝的辣妈。她发布的育儿日志,已经成为很多准妈妈眼中的育儿指南。几年前,胡美丽还差点去做售楼小姐,现在,在蓝宝贝工作十年,她已经成为育儿领域的明星……

宝妈们将这首歌曲献给她们心中伟大的女性——蓝宝贝月子中心的蓝琴院长。在献歌之前,杨杏璇代表所有的宝妈致辞:

"在蓝宝贝,我们经历了初为人母的难忘经历,也让我们更加地敬畏生命,重视亲情,并知道父母和子女之间良好的亲子关系才是幸福人生的基石,才是解开人生幸福密码的钥匙,才是一个人、一个家庭走向成熟与成功的必经之路。在这里,我们衷心地感谢让我们产后幸福无忧的蓝姨。蓝姨,是我们生命中出现的一个温暖的名字,也将永远温暖我们未来的人生……"

在宝妈真挚的歌声中,一幕幕场景浮现在蓝琴的眼前,从二十岁离开家乡林场,到 C 市创业开了第一家快餐店,从开办第一家月子中心,初次经营的惨淡,到后来井喷般的辉煌,再到后来三年疫情的种种困境,一路走来的每一步的艰辛和不易……蓝琴的眼眶,不知不觉地湿润了。

台下的观众在热烈地鼓掌,他们中间,有顾宝峰,有白宇,有躲在角落里、衣着低调的于凤鸣,还有一对青年男女,男孩瘦削英俊,女孩则金发碧眼,是一个外国人。这是蓝琴的儿子顾枫和他的未婚妻——俄罗斯籍女孩安娜。她是和顾枫从北京赶过来的……

一张纸巾递到蓝琴的手上,安琪的身子贴过来,低声道:"一会儿你要讲两句吗?"

蓝琴摇摇头,说:"我不讲了,今天的舞台不属于我们,属于他们。"她悄悄用手指指向台上。

安琪会意地点点头,又说:"北京的代表到了。"

顺着安琪的视线,蓝琴看到了两个穿西装的中年人,看见蓝琴在看他们,他们也微微颔首。

这两个人,是苏丝黄介绍过来的,他们是北京一家跨国医疗公司的商务代表。经过长达数年的考察,这家公司达成了一个意向,准备与蓝宝贝进行深度的合作,开发与延展蓝宝贝的自主品牌与各项专利。合作模式由蓝宝贝提出,他们会尽量保持蓝宝贝的经营理念和风格。这也意味着蓝宝贝将正式开始入驻北京这样的大城市,与有雄厚资本的医疗机构合作,而难得的是还能保护自己的品牌,发挥自主权,这是一次预计能够取得良好效果的合作。

两位客人是刚刚从深圳过来的。飞机一抵达 C 市,他们就马不停蹄地赶到了庆典现场,急于与蓝琴见面。

蓝琴对安琪说:"带他们去我的办公室,我马上过来。"

安琪领着北京代表上了二楼,蓝琴随后跟上,在从座位席走过的时候,她并没有注意到身后悄然出现了一个人。这个人头发已经近于全白了,魁梧的身材穿着一件藏青色的西服,很有风度。他看着蓝琴从自己眼前走过,目不斜视地上了楼梯。他知道她并没有注意到自己,他的眼神随着她的脚步在移动着,一直到她消失在楼梯口了,还不肯离去。

蓝琴,你永远是一个与众不同的女人,你让我永远得不到,却让我永远着迷。

刘长河想道。他又想着,如果有一天我还想重新入股蓝宝贝,她会同意吗?

(完)

图书在版编目（CIP）数据

人之初 / 刘剑著. -- 北京：中国文史出版社，
2024. 9.--（跨度小说文库）.--ISBN 978-7-5205
-4727-7

Ⅰ. I247.5

中国国家版本馆 CIP 数据核字第 2024Q7P680 号

责任编辑：薛媛媛

出版发行：**中国文史出版社**

社　　址：北京市海淀区西八里庄路 69 号院　　邮编：100142

电　　话：010-81136606　81136602　81136603（发行部）

传　　真：010-81136655

印　　装：北京科信印刷有限公司

经　　销：全国新华书店

开　　本：720×1020　1/16

印　　张：24.75　　　字数：383 千字

版　　次：2024 年 9 月第 1 版

印　　次：2024 年 9 月第 1 次印刷

定　　价：69.80 元